SINO-HUMANITAS

人文中國 學報

第三十六期

香港浸會大學

張宏生　盧鳴東　主編

（本刊論文全部經過隱名評審）

上海古籍出版社

圖書在版編目（CIP）數據

人文中國學報. 第 36 期 / 張宏生, 盧鳴東主編
. —上海：上海古籍出版社，2023.7
　ISBN 978-7-5732-0739-5

　Ⅰ.①人…　Ⅱ.①張…②盧…　Ⅲ.①社會科學—叢
刊　Ⅳ.①C55

中國國家版本館 CIP 數據核字（2023）第 115133 號

人文中國學報（第三十六期）

張宏生　盧鳴東　主編

上海古籍出版社出版發行

（上海市閔行區號景路 159 弄 1-5 號 A 座 5F　郵政編碼 201101）

　　（1）網址：www.guji.com.cn

　　（2）E-mail：guji1@guji.com.cn

　　（3）易文網網址：www.ewen.co

上海顓輝印刷廠有限公司印刷

開本 787×1092　1/16　印張 23.75　插頁 2　字數 351,000

2023 年 7 月第 1 版　2023 年 7 月第 1 次印刷

ISBN 978-7-5732-0739-5

Ⅰ·3733　定價：98.00 元

如有質量問題,請與承印公司聯繫

《人文中國學報》編輯委員會

（以姓氏筆畫爲序）

《人文中國學報》顧問委員會（Advisory Board）

（以姓氏筆畫爲序）

目　　録

Contents

文人與義士之間：明代金華地區鄉賢編寫中的駱賓王[*]

許建業

提　要

　　元明時期，金華地區爲理學之重鎮，士人爲鄉賢撰寫傳記乃維繫鄉邦文化傳統的重要活動。鄉賢既是地方學術文化的代表，與他們相關的編寫某程度反映了風教之變化，也涉及地方崇祀鄉賢的機制。唐代詩人駱賓王是金華地區早期比較知名的文人，但其形象和地位到了明代中葉以後才得到肯定和提升。對於賓王書檄討武后一事，金華廟學公論、地方志傳鄉賢傳記等陸續將他由"作亂"改判"舉義"，又將其身分類目由"文人"轉爲"義士"。這除了見證胡應麟等金華後學爲其平反的努力外，同時反映明代中期以後文人之價值認同漸從道學鬆綁開來。在駱賓王的形象塑造背後，既有用以證明"文藝"可兼"器識"的觀點，卻又陷於"立身"還是"立言"才得以自樹的糾葛之中。剝離文學史視野而置於鄉賢編寫中的駱賓王，不單可看到金華文教風尚轉移的側影，更是明代文人自我價值與定位其中一個重要的討論場域。以上關於立言、文士等的價值爭議，在在透露了文學批評研究對史料的運用和詮釋，拓闊了其考察的維度。

[*] 本文曾在嚴志雄教授主持的講習會上得到師友的修訂建議，獲益良多。其後分別宣讀於"方法、理論與視野：中國古典文學之新詮釋——第五屆青年學者國際學術研討會"（香港浸會大學孫少文伉儷人文中國研究所，2019）及"明代文學研究第五次明代文學研究青年學者論壇暨明代文學與中國古典傳記文學專題學術研討會"（蘭州大學文學院，2021），期間侯榮川教授、李程博士與龔宗傑博士等諸師友給予批評指正，切實而深刻。此外，學報兩位匿名評審員惠予很多寶貴意見，尤其提升了本文的學術深廣度，特此表示謝忱。

關鍵詞：駱賓王 金華 鄉賢編寫 鄉賢祠 文人價值

一、引 言

南宋以後,金華地區學術傳統十分輝煌,有"小鄒魯"之譽。金華鄉里對於鄉地名賢非常重視,陳雯怡指出,元代至明初的婺州(金華)鄉里士人透過題序、書信等方式,標榜或追懷地方賢達("婺文獻"),並發展出相互認可的師友網路和歷史文化記憶。[1] 入明以後,金華地區則出現不少聚合本地鄉賢詩文或其相關傳記的結集,[2] 可謂對鄉賢形象的整體塑造。

中國傳統社會著重表懿鄉賢,且形式繁多,國家朝廷與地方社會大多以祭祀、撰寫傳記、編纂詩文集等方式來紀念和表彰鄉賢。據載,東漢期間,已出現整合撰寫一地名賢事蹟的"郡書",[3] 對古人的形象塑造與品評定鑒等有著不少影響力。自唐宋開始,地方郡縣逐漸建立祠祀先賢的制度,主要尊奉地方先賢、名宦或大儒。南宋地方上的官學廟學積極組織先賢祠或鄉賢堂等,以群祀方式祭祀鄉邦之先賢前哲,正是古人奉揚鄉賢的一種重要形式。[4] 這些地方祠祀本身對名賢的籍貫沒有明確限制,不論在本地出生、遊宦或流寓,都有機會享祭於此。明洪武二年(1369),太祖詔令天下"各建先賢祠,左祀賢牧,右祀鄉賢"。[5] 一直沿用的"先賢祠"自此分鄉賢和名宦二堂。弘治年間,朝廷又下旨

---

1 陳雯怡：《"吾婺文獻之懿"——元代一個鄉里傳統的建構及其意義》,《新史學》20 卷 2 期(2009 年 6 月),頁 43—114。

2 包弼德：《地方傳統的重建——以明代的金華府爲例(1480—1758)》,李伯重、周生春編：《江南的城市工業與地方文化(960—1850)》(北京：清華大學出版社,2004 年),頁 247—286。

3 劉知幾《史通》："汝、潁奇士,江、漢英靈,人物所生,載光郡國,故鄉人學者,編而記之……此之謂郡書者也。"這些"郡書"都是在東漢、三國時期已經出現的敘寫地方先賢的傳記。參見劉知幾撰,浦起龍釋：《史通通釋》(上海：上海古籍出版社,1978 年),頁 274。

4 鄭丞良：《南宋明州先賢祠研究》(上海：上海古籍出版社,2013 年),頁 18—19。

5 李之藻：《名宦鄉賢祠祭儀疏》,《泮宮禮樂疏》,卷 9,《四庫全書》(上海：上海古籍出版社,1987 年),冊 651,頁 302。

"令天下郡邑各建名宦鄉賢祠以爲世勸"。[6]　這些將鄉地出生之名賢和仕官於此的流宦分辨開來的措置，無形中增加鄉賢得享祀典的機會，亦强調了鄉地身分的價值和認同。[7]　亦因如此，對應崇祀鄉賢的志傳編寫亦逐漸熾盛起來。[8] 一般而言，與鄉賢相關的編寫可分爲"官修"和"私撰"兩種，前者主要是地方廟祠、郡邑方志裏爲受祀者或鄉里名賢立傳的官方修撰，後者多爲私人編寫的傳記、祝祭以至鄉賢文移等。國家和地方社會對鄉賢的追祀與事蹟編寫，既出於追懷紀念，也希望透過表彰鄉賢身上所體現出來之賢德，從而確立和建構地方的價值認同，這對於維繫地方民衆和穩定社會秩序發揮重大作用。[9]　元明時期金華地區的鄉賢編寫，就是在這種時代背景下盛行起來的。

　　本文嘗試在這股鄉賢編寫的熱烈氛圍底下，特別聚焦到出身金華的初唐詩人駱賓王（640—?）身上，探視其形象在元明時期的學術思潮變動之下如何被撰述塑造。駱賓王，金華義烏人，詩人名家，初唐四傑之一，歷任武功、長安主簿，曾得罪入獄。因上書諷諫登帝位之武后，遷臨海丞，故又稱"駱臨海"，後棄去。遊廣陵時，跟隨起兵討武后的徐敬業（640—684），所撰討武曌檄文一出，天下爲之震動。起義事敗後之存亡去向，説法不一。本文不純然鋪陳駱賓王形象在不同時期的轉折變化，而是進入諸如官修史志、鄉賢傳記，以及鄉賢文移或補傳等的不同語境，透過各種編寫考慮與呈示樣態，從而審察地方機制、學術文化、文人心態等與文人形象編寫的關係。此外，透過賓王形象在此間之轉變歷程，更可特別探視嘉靖、萬曆以後關於文人價值的討論氛圍。

6　蔣冕：《全州名宦鄉賢祠記》，《重刻蔣文定公湘皋集》，卷 21，《明別集叢刊》第一輯（合肥：黃山書社，2013 年），冊 78，頁 201。

7　趙克生：《明代地方廟學中的鄉賢祠與名宦祠》，《中國社會科學院研究生院學報》2005 年第 1 期，頁 118—123。魏峰：《從先賢祠到鄉賢祠——從先賢祭祀看宋明地方認同》，《浙江社會科學》2008 年第 9 期，頁 92—96。牛建強：《地方先賢祭祀的展開與明清國家權力的基層滲透》，《史學月刊》2013 年第 4 期，頁 39—63。

8　張會會：《明代的鄉賢祭祀與鄉賢書寫——以江浙地區爲中心》（長春：東北師範大學歷史系博士論文，2015 年），頁 29—40。

9　林麗月：《俎豆宮牆：鄉賢祠與明清的基層社會》，黃寬重主編：《中國史新論——基層社會分冊》（臺北：聯經出版公司，2009 年），頁 327—368。趙克生：《明清鄉賢祠祀的演化邏輯》，《古代文明》2018 年第 4 期，頁 83—90。

二、由"作亂"到"舉義"之聲名平反

晚明金華蘭溪文士胡應麟(1551—1602)曾爲駱賓王撰《補唐書駱侍御傳》,末尾申明其撰傳原因道:

> 故自賓王舉事,歷宋迄今八百餘載,而公論始定於一,殆若有天意存焉。於戲! 賓王不死矣。顧《新書‧文苑》,闊略未詳,而劉昫《舊唐》,論述尤謬。因稍據《臨海丞集》,掇其忠孝,大都暨墊(野)乘稗官之足徵信者,爲《駱侍御補傳》以傳。[10]

這裏有兩個重要信息:第一,胡氏認爲新、舊《唐書》對於駱賓王的描述和評論既簡且謬;第二,關於駱賓王的評價要到其時(萬曆年間)才趨於一致。然則,其中"公論"對駱賓王身世之評論起了相當關鍵的轉折作用。一般而言,公論即公衆的評論或共識,但對於明代地方廟學推舉鄉賢入祠而言則有著重要意義。在獲得所謂"公論"以前,駱賓王的身世評價實際建基於新、舊《唐書》等官方志傳之陳述,這大大影響其在鄉地金華義烏的聲望,以至入祀鄉賢祠的機會。

(一)唐宋史傳之定性

駱賓王早獲詩名,在當世詩壇以至詩歌歷史中均有相當重要的地位。而早期比較完整的關於駱賓王的生平記録,要算郗雲卿應唐中宗詔令,輯集賓王作品而撰寫的序文。[11] 序中特書賓王諷諫武曌而降職,並隨李敬業(即徐敬業,下文將按語境混用)"起義"之事。然而,後來新、舊《唐書》兩部官方修撰(下文簡稱《舊》、《新》)似乎没有以此序作爲述寫賓王生平的底本,[12]下表並列以示:

---

10 胡應麟:《少室山房類藁》,卷 89,《明別集叢刊》第四輯(合肥:黄山書社,2013 年),册 36,頁 239。

11 駱賓王著,陳熙晉箋注:《駱臨海集箋注》(上海:上海古籍出版社,1985 年),頁 377。

12 劉昫等:《舊唐書》(北京:中華書局,1986 年),册 15,頁 5006—5007。歐陽修、宋祁:《新唐書》(北京:中華書局,1975 年),册 18,頁 5742。

	駱賓王文集原序	舊唐書	新唐書
1	年七歲，能屬文。高宗朝，與盧照鄰、楊炯、王勃文詞齊名，海內稱焉，號爲四傑，亦云盧駱楊王四才子。	少善屬文，尤妙於五言詩，嘗作《帝京篇》，當時以爲絕唱。	七歲能賦詩。
2		然落魄無行，好與博徒遊。	初爲道王府屬，嘗使自言所能，賓王不答。歷武功主簿。裴行儉爲洮州總管，表掌書奏，不應，調長安主簿。
3	仕至侍御史，後以天后即位，頻貢章疏諷諫，因斯得罪，貶授臨海丞。	高宗末，爲長安主簿。坐贓，左遷臨海丞。怏怏失志，棄官而去。	武后時，數上疏言事。下除臨海丞，鞅鞅不得志，棄官去。
4	文明中，與嗣業於廣陵共謀起義。	文明中，與徐敬業於揚州作亂。敬業軍中書檄，皆賓王之詞也。	徐敬業亂，署賓王爲府屬，爲敬業傳檄天下，斥武后罪。
5	兵事既不捷，因致逃遁，遂致文集悉皆散失。	敬業敗，伏誅，文多散失。	后讀，但嘻笑，至"一抔之土未乾，六尺之孤安在"，矍然曰："誰爲之？"或以賓王對，后曰："宰相安得失此人！"敬業敗，賓王亡命，不知所之。
6	後中宗朝，降勅搜訪賓王詩筆，令雲卿集焉。所載者即當時之遺漏，凡十卷。	則天素重其文，遣使求之。有兗州人郗雲卿，集成十卷，盛傳於世。	中宗時，詔求其文，得數百篇。

　　過去關於賓王生平的最大爭議，是其於兵敗後遭到誅戮還是不知所終。然而當中對賓王行事的描述，也反映史家下筆之考慮。相比郗序，兩部唐書的開首都只略述賓王的文學才華，《新》更只有"七歲能賦詩"一句。至於賓王之形象個性，《舊》以"落魄無行，好與博徒遊"將之形容爲無聊文人一般，後來更因"坐贓"而謫遷，失意棄官，逃避責任。最爲重要的是，《舊》將徐敬業起兵一事定性爲"作亂"，賓王隨亂書檄，事敗而"伏誅"。諸種用詞，皆顯見《舊》將駱賓王視作無行文人、亂臣逆賊。至於《新》的措辭稍偏中性，對賓王沒有過於貶抑之詞，大概以"不答"、"不應"、"棄官去"述寫賓王仕途之諸般失意。但同樣

地,將徐敬業起兵反周稱作"亂"事。如此,官方志傳之立場坐實了駱賓王"作亂"之罪咎。無怪乎胡應麟直嘆道:"賓王檄后嬰大惡數十,義炳日星。而史臣以怨誹譏之。僞周群鼠,倒置君臣大倫以媚嬰,可也。而亘千百載而下,而皆周之史,何也?"(《少室山房類藁》卷八九,《明別集叢刊》第四輯,第 36 冊,頁 240)即便到了南宋朱熹(1130—1200)的《通鑑綱目》,改以"起兵"書徐敬業之事,認爲"舉兵其名正矣",卻又指徐、駱等人"皆失職怨望,乃謀起兵"、"非真有討亂之心"。[13] 從賓王舉事之定性到用心的臆斷,都與郁雲卿所評"起義"相去甚遠。

　　明代中期或以前,駱賓王形象的歷史定評大抵沒有太大變易,故亦得不到鄉地官方的認可。根據現時可考文獻,只有正統年間由義烏知縣劉同編定的《正統義烏縣志》將賓王列入人物傳文學類,[14]至於州府級別的方志,如《成化金華府志》人物志中沒有設"文苑"或"文學"類目,只在書末"集文"一目中附有作家小傳。而編撰者應只認可駱賓王爲文人,既然方志沒有立"文苑"或"文學"類,自然就沒有"駱賓王傳"了。如此,《成化金華府志》雖存錄了作爲詩文作者的駱賓王的傳記,但因爲文人身分而無法進入人物志,這某程度貶低了單以文章名家者的地位。至於《嘉靖浙江通志》,駱賓王也沒有出現在著錄該地區鄉賢的"人物志",卻因其曾任臨海丞而見於用來記錄曾在境內任官的"官師志"之中。微妙的是,"官師志"駱賓王傳傳末對徐、駱被污名而抱不平道:"當是之時,狄仁傑委曲以圖大功,徐敬業慷慨以申大義,而賓王則佐佑敬業者也。

13　朱熹等:《御批資治通鑑綱目》,卷 41 下,"英公李敬業起兵揚州"條,《四庫全書》(上海:上海古籍出版社,1987 年),冊 691,頁 176。書中"發明"又言:"廢君,天下之大惡,人神之所同慣,天下有能討之者,討之可也。敬業爲是舉兵,其名正矣。然曷不書'討'? 敬業等本以失職怨望,非真有討亂之心……"(頁 177)。

14　周士英修、吳從周等纂:《萬曆義烏縣志》(杭州:浙江圖書館藏,萬曆刻本)"人物傳·文學卷"卷首識語云:"然舊《志》以駱賓王列之'文學'。"此"舊《志》"很大可能是明正統年間劉同主持編修的《正統縣志》。清人王廷曾等纂修:《康熙義烏縣志》(東京:國立公文書館藏,康熙刻本),保存了明代舊志的序文。此序文由崇禎年間熊人霖撰寫,其中提到:"蓋士英舊《志》,實因先臣劉同《正統志》。"因此,起碼在《成化府志》以前的《正統縣志》,已經置駱賓王於人物傳文學類之中。隆慶六年(1572),義烏教諭鄭茂林等再修縣志,惜已佚失。

乃謂敬業反、賓王被誅,謬矣。"[15]這是嘉靖或以前,少數對賓王有正面評價的官方志傳,可見當時已開始審視評述的褒貶用字。不過與《成化金華府志》一樣,賓王始終未足以進入人物志,反映了其時還沒有獲得鄉地以至官方的廣泛認可,尤其在道學學風主導的金華地區,自然難有附入鄉賢享祀的資格了。

(二) 廟學公論之平反

嘉靖十三年(1534)朝廷嚴格規定鄉賢和名宦的定義和入祀資格。是時直隸御史鄭坤(嘉靖八年〔1529〕進士)曾奏請嚴核地方鄉賢、名宦二祠之所祀,述道:"至於仕於其地,而有政跡惠澤及於民者,謂之名宦;生於其地,而有德業學行傳於世者,謂之鄉賢。"並提到"令提學官著落府州縣掌印正官及儒學師生,備查各處名宦鄉賢,果有遺愛在人,鄉評有據,未經表彰,即便及時興立祠祀,以勵風化。"[16]明代鄉賢祠之去取主要有兩種方式:一是在鄉賢祠初建之時審定享祀之先賢,[17]一是如前述,令提學官員在地方巡視時作定期考察,或審批鄉里呈請。兩種形式都須經過相當程度的考核工作,以審視鄉賢的履歷功績與鄉評公論。尤其地方廟學官學推舉之鄉賢,需經生員或鄉里間的士人群體討論去取標準,以及查考推舉對象的德業文章等,然後上報州縣提學考慮和核准,加上府縣長官支持,方可入祠享祀。[18] 如此,既確立先賢身分和入祀資格,同時使請祀鄉賢成為一種具操作性的程式。鄉評公論往往與該地學風文化之趨向有很大關係,同屬金華人士的陳亮(1143—1194)便曾在鄉賢祠經歷"罷而復

15　薛應旂纂:《嘉靖浙江通志》,卷24,《中國方志叢書》華中地方第532號(臺北:成文出版社,1983年),頁1247。在後來的《雍正浙江通志》,駱賓王已移至"人物"志的"文苑"類中。

16　鄭坤:《嚴鄉賢名宦祀》,俞汝楫編:《禮部志稿》,卷85,《四庫全書》(上海:上海古籍出版社,1987年),冊598,頁535、536。

17　此如李東陽《金華鄉賢祠記》叙述金華建鄉賢祠之始:"金華府鄉賢祠,浙江布政參議吳君紀所建也。……吳君稽古問俗,慨其遺闕,乃白諸巡按御史,吳君一貫檄府同知薛敬之,取舊所傳《敬鄉錄》《賢達傳》及諸史籍,質諸福建按察僉事章君懋,擇其德業文藝之卓然者,分爲五類,合五十二人。令前知府郝隆相地,得廢寺於城南隅,構祠堂一區,名之曰鄉賢祠。"參見李東陽:《懷麓堂集》,卷66,《明別集叢刊》第一輯(合肥:黃山書社,2013年),冊65,頁61。

18　趙克生:《明清鄉賢考據述論》,《古代文明》2019年第3期,頁107—113。

祀"，主要原因是不同時期鄉里士人對道學的理解，以及學風的偏重或轉移。[19]

　　包弼德曾指出，明代金華學風在萬曆年間逐漸趨於多元，不獨以程朱理學爲尊，既有王學相抗衡，文化風尚也偏重詩文，當中尤以胡應麟爲代表。[20] 而胡氏爲鄉里先賢駱賓王請祀的用心，也相當值得重視。事實上，胡氏常感佩駱賓王這位鄉賢之忠勇孝義，如《題駱賓王起義檄》一文讚賞賓王撰檄"詞義凜如，足寒猾賊之膽，蓋唐初第一流人物"；《題駱賓王集後》其一言"賓王起義，世所以共知，而不知其奉母至孝"；《題駱賓王集後》其二又說其"忠孝氣誼，浡鬱諸製作間，有足異者"等，[21]直如駱賓王的隔世知音。萬曆二年（1574）夏天，胡應麟因詩文之才爲浙江提學滕伯輪（1526—1589）所賞，"破格增其爲廩膳生員"。胡氏既爲地方生員，便期望趕在萬曆三年（1575）三月滕伯輪調任浙江督漕右參政之前，致書請求將駱賓王入祀鄉賢祠，該文爲《舉唐臨海縣丞駱賓王祀鄉賢札子》，其云：

> 竊見故唐臨海縣丞義烏駱賓王，大節高風，瑰材卓行，詞華冠代，學業超群。挺生景龍、垂拱之辰，驟揭天寶、開元之幟。雕章繪句，則霧卷霞舒。授簡揮毫，則星流電掃。楊、盧遜其渾博，沈、宋範以馳驅。逃榮上裴聞喜之書，陸沉靡悔；潔己拒員平原之請，壁立難攀。至孝篤於平生，孤忠竭於始仕。微官奉母，任武功簿而不辭。直道匡王，謫臨海丞而愈奮。屬牝晨之篡國，玄樞撼而八極搖。仗雄略以登壇，赤羽呼而萬衆集。慟一抔於故主，問六尺於元凶。歷數屠兄殺子之奸，鯨鯢褫魄。亟發酖母弒君之惡，獍獝寒心。既首建義旗，將裂渠魁於七廟，旋身膏逆刃，尚飛靈爽於千秋。偉哉器識無雙，詎曰文章寡二。乃史氏因仍，弗昌言於紀述，而州民謏陋，迄罷享於烝嘗。誠亙古不白之沈冤，實闔郡當先之巨

19　張會會：《明代鄉賢祭祀中的"公論"：以陳亮的"罷而復祀"爲中心》，《東北師大學報》2015 年第 2 期，頁 97—101。金華地區以外的，可參考：莊興亮、黃濤：《明中葉毀"淫祠"行動中的思想因素——以魏校欲罷祀陳獻章於鄉賢祠爲例》，《中國社會歷史評論》2018第 21 卷（2018 年），頁 211—221。

20　Peter K. Bol, "Looking to Wang Shizhen: Hu Yinglin (1551 – 1602) and Late-Ming Alternatives to Neo-Confucian Learning," *Ming Studies* (2006): pp.99 – 137.

21　胡應麟：《少室山房類藁》，卷 106，《明別集叢刊》第四輯，册 36，頁 368—369。

典。伏惟闡發幽光，播揚茂烈。亟修廢墜，廣勵風猷。俾乾坤壯氣，恢弘
於崇正之朝。海甸英魂，振迅於右文之日。某不任激切，祈懇之至。[22]

此札子可謂一篇短小卻精悍有力的鄉賢文移。所謂鄉賢文移，即府州縣學的
學官或生員提請薦舉鄉賢的呈請公文。文中須詳述該鄉賢之行實德才與享祀
理由，對象為鄉里、府縣各級官員以至提學官員等。素習詩賦的胡應麟對賓王
文章自有深刻獨到的見解，但他亦深知，在文移中大書其詩文如何出色，實無
助於贏取入祀鄉賢的鄉里公論與提學支持。故此在胡氏這篇札子之中，只有
"詞華冠代，學業超群"至"楊、盧遜其渾博，沈、宋範以馳驅"等數語概述其詩歌
特色和詩史地位，餘者則縷述賓王的卓行孝義。他起首先以"大節高風，瑰材
卓行"總括賓王之賢德。在家奉母至孝，仕事亦孤介忠直。既補充唐書之未
詳，亦糾正志傳之謬悠。尤其推重賓王書檄在起義反周之重要性，言其文字力
量足可撼動天地，斥退群小。其中"偉哉器識無雙，詎曰文章寡二"一句，胡氏
策略性地提醒公眾，在重新審視衡準賓王的德業卓行時，不應只聚焦在文章之
上，還須肯認其器識。駱賓王不僅是一代文人，更是千古忠義之士。最後，他歸
咎過去史志讓賓王蒙受不白之冤，並申明請祀之迫切，尤其提到當朝崇正，右
文興化，器識文藝兼具的賓王正是入祀鄉賢的理想人選。

可惜，胡氏首次上書請祀便因提學官調遷而遭到擱置。後來胡應麟與督學
行部婺中的浙江提學僉事蘇濬（字君禹，1542—1599）交誼，二人常有詩賦投贈與
書信往還。胡氏趁此在 1586 年再次為駱賓王請祀，終使賓王得以享祀於金華郡
城鄉賢祠。[23] 此後，胡應麟仍積極為駱賓王請入縣邑之祠。1601 年（胡應麟過世
前一年），督學洪啓睿（1556—1616）採納胡氏之議，將駱賓王祀於其家鄉義烏鄉

22　胡應麟：《少室山房類藁》，卷 120，《明別集叢刊》第四輯，冊 36，頁 498—499。
23　胡應麟《題駱賓王起義檄》云："往余籍弟子員日，嘗以白督學建安滕公。滕公戃材甚，業
　　舉行，會擢任去，弗果。蘇觀察君禹繼至，大快余論，即移文祀駱於鄉。"《少室山房類藁》，
　　卷 106，《明別集叢刊》第四輯，冊 36，頁 368。朱國楨（1557—1632）《湧幢小品》卷六記其
　　事："萬曆丙戌，祀駱賓王於金華之鄉賢祠，蓋吾師蘇紫溪先生以督學按行，而胡元瑞請之
　　也。元瑞嘗謂史第知狄梁公、朱廣平，而不知賓王，故力以請。又欲祀劉孝標，不果。"《四
　　庫全書存目叢書》（濟南：齊魯書社，1995 年），冊 106，頁 271。

賢祠,義烏知縣張維樞(1598 年進士)亦十分支持。胡應麟爲此賦詩及撰寫《補唐書駱侍御傳》誌慶。在該傳末尾,胡應麟歷述自己爲駱賓王請祀之事道:

> (駱賓王)自唐世因仍周曆,目以叛臣,刺庱相沿,郡乘邑志咸弗録。明萬曆丙子,滕觀察伯輪董浙學事,於是門下士胡應麟,婺人也,首上事訟賓王云(下引録《舉唐臨海縣丞駱賓王祀鄉賢札子》)……。書上,事垂下所司,適擢去,不果。已蘇督學濬至,亟申前議,列祠郡城。已洪督學啓睿至,復采凤聞,專祀邑里。三觀察使皆閩人,雅尚風節,而後先繼至,故自賓王舉事,歷宋迄八百餘載,而公論始定於一,殆若有天意存焉。[24]

此傳既曰“補唐書”,即爲了補新、舊唐書對駱賓王叙述之遺誤。胡應麟在補傳中特別申明自己“婺人”的身分,表達後輩對同鄉先賢的欽慕,以及爲其屢次請祀的努力。胡應麟認爲,此前諸國史郡志均没有對駱賓王給予公允的官方評述。的確,胡氏提呈舉薦文移之後三年的萬曆六年(1578),由王懋德主持纂修的《萬曆金華府志》才正式加入駱賓王傳,而且不無頌贊。萬曆二十四年(1596),周士英等編修的《萬曆義烏縣志》又將駱賓王從原來《正統義烏縣志》“文學”類改置於價值地位較重要的“氣節”類。我們難以判定這些對駱賓王的肯定是否直接受到胡應麟請祀札子的影響。不過《萬曆金華府志》書前的“金華府續志例義”曾述,撰寫人物志傳的部分資料來源乃“據今郡守王公懋德所采郡縣各學公論”。[25] 那麼胡氏在 1575 年的首次請祀雖未成事,但其請祀札子或許已引起公衆討論與官方注意。[26] 無論如何,《萬曆金華府志》之所書與《萬

24　胡應麟:《少室山房類藁》,卷 89,《明別集叢刊》第四輯,冊 36,頁 239。

25　除了公論之外,王懋德等撰人物傳還“以《洪瞻》《東陽》二志、周公舊府志爲主……並稽吳禮部《敬鄉録》、宋學士《浦陽人物記》、鄭清逸《賢達傳》、章品《文獻録》、應廷育《先民傳》,參互品斷。”參見王懋德等纂修,陸鳳儀等編:《金華府志》“金華府續志例義”,《中國方志叢書》華中地方第 498 號(臺北:成文出版社,1983 年),頁 10。

26　此外,胡氏在《史書佔畢》提及請駱賓王入祀金華郡城鄉賢祠道:“今賓王已祀郡城,余嘗集駱詩文關涉者,並昔人遺論爲《駱侍御忠孝辯》,有他刻。”參見胡應麟:《少室山房筆叢》,《明別集叢刊》第四輯(合肥:黃山書社,2013 年),冊 37,頁 247。雖然《駱侍御忠孝辯》現已佚失,但在當時鄉里間或許發揮相當影響力。

曆義烏縣志》之歸類，可算代表當時金華地區對駱賓王形象的整體看法。事實上，明代地方志又往往對評核入祀鄉賢發揮影響力，比如楊廉（1452—1525）曾述金壇縣名宦鄉賢二祠之入祀者資格，"皆考諸郡邑之志與邑大夫士之公言……既不敢有所專，尤不敢有所苟也。"婁堅（1554—1631）也道："近者明臺纂修邑志，已於人物志中撰次小傳，伏乞粘連，申詳有此。"[27]此皆可見鄉賢文移或地方志傳既提供了公論之資源，對於鄉賢配享祠祀的資格來説亦有著重要的推動作用。除了首次因上級調職而擱置外，胡應麟之後兩次向府縣兩級的請祀亦可謂水到渠成。

萬曆以後，不少地方志傳將駱賓王歸入"忠義"、"氣節"門類，其傳文都會用上"義"字來定性和叙述徐敬業起兵反周之事。一字之褒貶，由"作亂"到"舉義"，駱賓王蒙受自五代以來所撰史傳所帶來的數百年不白冤屈，於此終可謂幾乎洗盡。然而最重要的是，新舊《唐書》"徐敬業亂"一句在諸鄉賢傳記與郡縣方志等所作的改動。若以《萬曆義烏縣志》為界，在此之前諸傳記或方志人物志都將"亂"字改曰"起兵"，這大抵承用了前述《通鑑綱目》的"書法"。但在賓王入祀鄉賢祠後出現的駱賓王傳，除《婺書》外，《萬曆義烏縣志》、《崇禎義烏縣志》及《兩浙名賢錄》等都將"起兵"改為"起義"或"舉義"，使賓王由"叛臣"復歸"義士"之名。就在萬曆最初這二十多年間，駱賓王形象得以大大扭轉。從胡應麟請祀、公私傳記評價之改變，以至先後入郡邑鄉賢祠，某程度反映了地方制度和文士所驅動的文化力量。比及南明弘光帝朝，出身金華府東陽縣的朝臣張國維（1595—1646）甚至進呈《請謚駱賓王疏》，讓駱賓王獲謚"文忠"，以作為文士節義報國之號召。

三、"文學"與"忠義"之定位轉移

由"作亂"到"舉義"，乃駱賓王形象由負面轉至正面的兩個極端。事實上

27　楊廉：《金壇縣創建名宦鄉賢二祠祀記》，《楊文恪公文集》，卷 32，明刻本。婁堅：《請入殷方齋先生鄉賢呈祠》，《學古緒言》，卷 20，《四庫全書》（上海：上海古籍出版社，1987年），冊 1295，頁 233。

在鄉賢編寫中間，賓王還有著"文學"與"忠義"兩種價值形象的位移，這尤其見諸人物傳記之歸類。

　　與單篇的鄉賢行狀、墓表、碑銘、像贊及獨立志傳等撰述不同，方志人物傳和鄉賢傳記主要彙聚整合一鄉之先賢，並爲其撰寫傳記，故在選取和叙次鄉賢方面，除了要有群體面貌的全局考慮外，個傳的編寫還須要顧及整體的褒貶評比，而不能只作單純的表彰和紀念。這很大程度反映了傳記編撰者的價值判斷和主觀意見，乃至於一時一地的學術文化風向。[28]　現存明代金華地區載述駱賓王事蹟的官修方志人物傳共三種：《萬曆金華府志》、《萬曆義烏縣志》和《崇禎義烏縣志》；至於私撰鄉賢傳記則共五種：鄭栢（1361—1432）《金華賢達傳》、金江（生卒不詳）《義烏人物記》、應廷育（1497—1578）《金華先民傳》、徐象梅（生卒不詳）《兩浙名賢錄》及吳之器（1595—1680）《婺書》。這些傳記所載範圍大至州郡，小至縣邑。它們雖然大多不是原創，而是在官方史傳的基礎上再行修訂，內容輾轉相承，但對傳主的處理（諸如傳文的來源與叙寫、傳末論贊的評價，以及形象類型之歸屬等），某程度反映其撰傳重心、旨趣偏向，以至文化觀念等。

　　傳記分類當出自史志，最早見於《史記》、《漢書》之類傳，以及《人物志》等，後世部分史志列傳也多以類分。鄉賢傳記本可作存史補史之用，與史傳甚有淵源。不過，鄉賢傳記中的分類與史志有著不同的考慮，關捩之處在於編撰者對"賢"的理解與價值考量。現存金華地區比較早出現的鄉賢傳記，應爲元代吳師道（1361—1432）的《敬鄉錄》（後又增輯《敬鄉續錄》）。其編寫以時爲序，故先列簡傳、後輯詩文，偶爾附上簡評，但沒有分辨鄉賢的類型。[29]　而在金華地區較早出現且影響重大的分類鄉賢傳記，首推宋濂的《浦陽人物記》。《浦陽人物記》爲入選鄉賢劃出"忠義"、"孝友"、"政事"、"文學"、"貞節"五類，其於凡例二云：

28　此如徐象梅《兩浙名賢錄》凡例言："錄曰'名賢'，重儀世也，不賢而無儀，即爵禄奚重焉？故凡國史之所傳，郡志之所紀，與夫家乘之所載，止稱官閥而言行無足采者，悉削而不錄。"《續修四庫全書》（上海：上海古籍出版社，1995 年），册 542，頁 183。

29　吳師道：《敬鄉錄》，《四庫全書》（上海：上海古籍出版社，1987 年），册 451。

忠義、孝友，人之大節，故以爲先，而政事次之，文學又次之，貞節又次之。
大概所書，各取其長，或應入而不入者，亦頗示微意焉。[30]

在其分類之中，已有主次高下的價值判斷。這種叙次方式和標準也爲往後同
類傳記的編撰者所仿效，如宋氏門人鄭栢《金華賢達傳》便大抵承襲了《浦陽人
物記》的類目，只是"文學"換作"儒學"，"貞節"換作"卓行"。又金江《義烏人
物記》分類同樣緊隨宋濂，只是不立"貞節"一門，甚至凡例也與宋著相仿。至
於應廷育《金華先民傳》則明言本諸《敬鄉錄》《金華賢達傳》和《成化金華府
志》人物傳，故而其分類也基於後二書，斟酌釐定爲十類。[31]《萬曆義烏縣志》和
《崇禎義烏縣志》皆在其人物傳分十四類。至明末的吳之器《婺書》和徐象梅
《兩浙名賢錄》更分別增加至十二類與二十二類。這些類型劃分與傳主歸屬，
定性了鄉賢的德業學行，以爲鄉里追範的依據。

倘若我們排列駱賓王在這些鄉賢傳記與方志人物傳中的分類，可看到其
有著從文人轉向義士的趨勢（吳之器《婺書》除外），萬曆年間則爲比較明顯的
轉折期。詳見下表：

年　　份	作者／編纂者	鄉賢傳記	方志人物志	歸類
1428（宣德三年）	鄭栢	金華賢達傳		儒學
1445（正統十年）	劉同等		義烏縣志	文學
1480（成化十六年）	商輅等		金華府志	不入傳
1535（嘉靖十四年）	金江	義烏人物記		文學
1558（嘉靖三十七年）	應廷育	金華先民傳		文學
1578（萬曆六年）	王懋德等		金華府志	不分類
1596（萬曆二十四年）	周士英等		義烏縣志	氣節

30　宋濂：《浦陽人物記》，"凡例"，《知不足齋叢書》（臺北：興中書局，1964 年），冊 7，頁
　　4606。
31　應廷育：《金華先民傳》，《四庫全書存目叢書》（濟南：齊魯書社，1997 年），冊 91，頁 572。

續　表

年　　份	作者/編纂者	鄉賢傳記	方志人物志	歸類
1625（天啓三年）	徐象梅	兩浙名賢録		忠烈
1640（崇禎十三年）	熊人霖等		義烏縣志	氣節
1641（崇禎十四年）	吳之器	婺書		文苑

　　如考察歸類之理由，可大概把握賓王形象在鄉里間的變易：從明初説起，頗令人費解是何以《金華賢達傳》將駱賓王歸入"儒學"類。在《金華賢達傳》"儒學"門中，起始四人乃劉峻、劉昭禹、婁幼瑜、駱賓王這些唐代或以前的文士。鄭氏亦在駱賓王傳末贊曰："吾婺以儒學起家，由六朝至唐，知名者僅數人。若峻《類苑》之博、昭禹作詩之工、幼瑜著述之富、賓王號稱四傑，皆可謂吾郡之儒宗云。"此或許受到宋濂主持編纂的《元史·儒學傳》影響。與此前史著不同，《元史》抹去"文苑傳"，並將詩賦辭章之士劃入"儒學"列傳中。作爲宋濂門生、尊奉道學的鄭栢，大概步趨其師之處理而再作調適，使該傳記"儒學"目有著寬闊的涵蓋範圍。[32] 雖然將劉峻、劉昭禹、駱賓王等人號爲"儒宗"，但此僅代表鄭氏希望將金華儒門上溯更早的源頭，細較下他們之傳文皆十分簡疏，且只以"儒宗"爲評，與後來宋元儒士相比，明顯得不到鄭氏的重視。其後諸如《義烏人物記》《金華先民傳》等傳記，或者《正統義烏縣志》，皆將賓王歸入"文學"、"文苑"之門，莫不以文事作爲賓王的唯一貢獻或最大價值成就，同時將其擯出儒門以外。是以將"儒學"涵蓋範圍擴大，並置駱賓王於其中這種不常見的措置，可算是其時傳記撰者崇敬儒學的某心態反映。

　　不過，駱賓王之定位歸類在萬曆朝似乎發生了變化。且不談人物傳不分類的《萬曆金華府志》，其他方志鄉傳大多將其列入"氣節"、"忠烈"等類目之中，最明顯的改動來自義烏縣志的安排。《正統義烏縣志》本將駱賓王置於"文學"類，至《萬曆義烏縣志》則改歸"氣節"類。後者分別在其"氣節"和"文學"

32　鄭栢：《金華賢達傳》，卷 8，《四庫全書存目叢書》（濟南：齊魯書社，1996 年），冊 88，頁 66。

二目之識語述明駱賓王的歸類原因：

> 乃若駱賓王草檄斥武后之罪狀，黃中輔題詞譏秦檜之議和，不勝鞅鞅，
> 逞於一擊，幾不免虎口，危矣哉！然其感時憤事，發於忠肝義膽，此亦有
> 所長，非苟而已也。余故並列之"氣節"，無使與叛人狂士同類而共笑之
> 焉。（"氣節"）
>
> 烏自漢以來，號小鄒魯，而歷唐宋至於我朝，其以文著名者，代不乏人。覩
> 其所製作，咸琳琳琅琅。然吐胸中之奇，而歸之理道，宜其聲稱，浹於兹
> 矣。然舊《志》以駱賓王列之"文學"，豈非以其文綴錦貫珠，滔滔洪遠，固
> 千古絕藝也？乃傳檄一事，貽譏不諱，幾不得列於節士之儔，而宗忠簡、
> 王文忠其功業、人品與日月爭光，豈徒以其文哉？嗚呼，後之學士家，當
> 以立德立功爲先，慎毋以翰墨爲勳績、詞賦爲君子也！[33]（"文學"）

從兩段識語可見，撰傳者對駱賓王書檄斥武后之事十分認可，雖認爲當中含有
"鞅鞅"不得志之意，但始終是"感時憤事，發於忠肝義膽"。將賓王置於"氣
節"類，首先避免與反叛無行、狂妄作態的"叛人狂士"同類，況且書檄反周也非
"不諱"之事。其次是不希望後人將焦點放在賓王之絕藝文章，因爲翰墨詞賦
絕非德業君子所重，賓王之氣節比其詩文實有更高的價值。此後崇禎年間任
知縣的熊人霖（1604—1667）按照《萬曆義烏縣志》再行編纂《崇禎義烏縣志》，
完全承襲前人的分類處理和意見，這反映了賓王忠義氣節之形象在鄉里間已
趨於穩定。

此外，天啓元年（1623）徐象梅編成的《兩浙名賢錄》也將賓王歸入"忠烈"
類目，而不入"文苑"。徐氏在卷首《叙目》部分簡述諸名賢門類定義，"忠烈"
目云："守身者孝，致之即忠。曰啓手足，乃竭股肱。赤膽既輸，白刃可蹈，匪曰
能忠而始克孝。"[34]除了將忠與孝判然分開外，以此對照駱賓王之反周盡忠、臨
兵赴義，更見徐氏對賓王形象之塑造。《名賢錄》凡例又言："至於意之所存，寓

33　周士英修、吳從周等纂：《萬曆義烏縣志》，卷 13、14。
34　徐象梅：《兩浙名賢錄》，"叙目"，《續修四庫全書》，册 542，頁 21。

於圈點。"徐象梅提醒讀者,傳記中將以圈點標示出叙傳中之"簽要"、"情事"與"文法"等,"使披卷者曉然,不必指授,俱爲解人"。[35]　在駱賓王傳中,其"簽要"圈點之處是:"棄官"、"起義"、"傳檄天下,斥武氏罪狀"、"一抔之土未乾,六尺之孤未在"、"亡命,不知所之"諸語,這些都與賓王以身"致之"的忠義事蹟相關。[36]

　　凡此可見,經過萬曆年間以後胡應麟等文士的公論評價、官私志傳的分類定型,以至先後入祀郡邑之鄉賢祠等,駱賓王的形象已由翰藻之能手,變而爲忠烈之義士。事實上,這在"作亂"與"舉義"之定性和"文苑"與"忠烈"的歸類背後,還與駱賓王形象相關的器識文藝、立身立言之議論有著重大的關係。

四、"器識"與"文藝":文人價值之論辯

　　《左傳》有言:"太上立德,其次立功,其次立言。"對古代士大夫來説,"三不朽"乃自我價值的肯認,畢生理想之追求。當中雖以立德、立功、立言爲次,但三者還是相當正面的。然而,後世對立言的理解和價值取態有著不同程度的變化。尤其經過魏晉時期對輕薄文人的斥責、唐代又生出"先器識而後文藝"之論調,乃至於宋代儒門道學之士對"文章害道"、"文人無行"的指控等,都是對傾心文藝卻無關德業政教的文人的嚴厲批評。文章斷不可先於德業、更莫説與德業無關了,是以先道後文、道以衡文的觀念幾成世所共識。弘治年間陸深(1477—1544)《(策)癸亥南監季考》便曾道:"夫文人無行,自古爲然。蓋其究心枝葉,而遺棄本根。"[37] 其"枝葉"、"本根"之喻應源自朱熹的道文關係之説,[38]亦即究心文章,足以害道,從何"立德"? 這類指控其實也對研治詩文的官員構成壓力,直至嘉靖、萬曆朝的王世貞仍然感受得到:"是時朝士業相戒毋

35　徐象梅:《兩浙名賢錄》,"叙目",《續修四庫全書》,"凡例",頁20。

36　同上,卷7,頁215。

37　陸深:《儼山文集》,卷85,《明別集叢刊》第二輯(合肥:黄山書社,2013年),册2,頁27。

38　"道者,文之根本;文者,道之枝葉。惟其根本乎道,所以發之文,皆道也。三代聖賢文章,皆從此心寫出,文便是道。"參見朱熹著,黎靖德編,王星賢點校:《朱子語類》(北京:中華書局,2015年),卷139,頁3319。

治詩，治詩即害吏治。"[39] 然則其時普遍目文章之士爲不善治政者，遑論"立功"？ 文人之無行與無用，蓋出於文章害道、治詩怠政，也就是重文藝而使器識不足的整體表現。三不朽的相關討論在某些語境已變換或包納進"器識"與"文藝"的論辯之中，前者涵蓋立德和立功（或可以"立身"概之），後者自然與立言相對應。"先器識而後文藝"的評價對象本來是初唐四傑，當中卻以駱賓王最常被提及。在相關爭議之中，駱賓王形象之不斷周旋轉換反映了"器識"與"文藝"、"立身"與"立言"等涵義之各種變化，以及對於文人價值的不同考慮。

（一）文人價值一：先器識而後文藝

"先器識而後文藝"之說最早見於張説（663—730）《贈太尉裴公神道碑》，但比較普遍的引録來自《舊唐書·王勃傳》：

> 初，吏部侍郎裴行儉典選，有知人之鑒，見勵與蘇味道，謂人曰："二子亦當掌詮衡之任。"李敬玄尤重楊炯、盧照鄰、駱賓王與勃等四人，必當顯貴。行儉曰："士之致遠，先器識而後文藝。勃等雖有文才，而浮躁淺露，豈享爵禄之器耶！ 楊子沉静，應至令長，餘得令終爲幸。"[40]

裴行儉（619—682）出身河東世族，累世公卿，乃唐高宗時之名臣。其任吏部侍郎時與李敬玄、馬載同掌選事多年，提拔過不少人才，故史書謂其"善知人"。後任長安令，甚賞駱賓王，二人頗有交誼，曾命賓王爲隨軍幕僚。關於裴行儉有否對四傑予以惡評，胡應麟《補唐書駱侍御傳》曾言"殆匪實録"。[41] 近人黃永年對此有仔細的糾謬辨正，同時指出，明清以前對裴行儉"器識"論其實有兩種理解：一者是《大唐新語》率先以"士之致遠"作爲"先器識而後文藝"之前提，此"遠"實有爵禄顯貴之意。一者是《宋史》述劉摯（1030—1098）"教子孫，先

39　王世貞：《山澤吟嘯集序》，《弇州山人續藁》，卷 43，《明別集叢刊》第三輯（合肥：黃山書社，2013 年），册 36，頁 581。

40　劉昫等：《舊唐書》，册 15，頁 5006。

41　胡應麟：《少室山房類藁》，卷 89，《明別集叢刊》第四輯，册 36，頁 238。

行實後文藝，每曰：'士當以器識爲先，一號爲文人，無足觀矣。'"劉摯以"行實"解釋"器識"，即是從品德角度而言的耿直篤實。[42]"先器識而後文藝"之論成了古代文人間持續討論的話題，重器識者或從品德，或從榮身，或將德與業並稱之，而其目的同樣是告誡士子莫溺於詞章之藝，若如四傑般耽迷於文事，反而有礙德業，於爵祿無望，更可能不得善終。此論雖與理學家闡發的道文關係沒有直接關係，但由於是對文章之士的尖刻批評，故亦成了尊奉儒道者，或"文人無行"、"文人無用"論者喜歡引用的例子。

　　金華不少人物志傳透過叙寫駱賓王而參與了"器識文藝"論的爭議，這主要見於傳末的論贊部分。自《史記》開始，史傳之體多附"論贊"於傳末，用以評價人物事件，或表達史家之史識或情志，明代金華部分鄉賢傳記也繼承了這個傳統。前文提到嘉靖年間的道學尊奉者金江，便曾引裴行儉之説來總結駱賓王的形象，其《義烏人物記》駱賓王傳傳末贊曰：

> 新室篡漢，劉崇帥百餘人攻宛，不入而敗。《綱目》書"起兵"、書"死之"，予倡義也。至於英公，亦書"起兵"，而著其"怨望"，蓋誅心之法，特與其事耳。賓王是時就辟爲府屬，觀其所擬檄文，斥武后罪，至今痛快人心，誠亦知順逆之遺者。然使得志於孽后之朝，則又不敢決其必在五王之黨否也。然則，與宋樊若水又何異焉？觀其文藝之美，則以王楊盧駱並稱。嗚呼！先器識而後文藝，裴公固已識之矣。[43]

《春秋》本來有所謂"原心之法"與"誅心之法"。金江認爲，朱熹《通鑑綱目》評論"英公"（即徐敬業）起兵之事正運用了誅心之法：在比較劉崇起義討新莽與敬業出兵反武周二事中，前者討賊乃忠於漢室，故云"倡義"；後者起兵蓋"失職怨望"，則非忠節。金江進一步認爲，賓王檄文討武后雖然能"痛快人心"、"知

42　黃永年：《"士先器識而後文藝"正義》，史念海主編：《唐史論叢》第四輯（西安：三秦出版社，1988 年），頁 96—108。

43　金江：《義烏人物記》，《四庫全書存目叢書》（濟南：齊魯書社，1996 年），冊 95，頁 16—17。

順逆之遺者"，但設若賓王爲武后重用，又是否還會"棄官去"、隨徐敬業起兵？這種質疑是將賓王視作宋代樊若水（943—994）般的投機分子，明顯詆毀其人格。前述史傳評價駱賓王"無行"、參與"亂"事、"失職怨望"等，以至後來兵敗，或"伏誅"或"亡命"，都成爲重文藝、輕器識，致使"不得其死"的明證，這也是金江在駱賓王傳末贊語所申述的理據。賓王唯一讓金江認可的只有"文藝之美"，但這亦反過來印證了裴行儉"先器識而後文藝"的評斷。明初以來，士大夫普遍對文藝之士抱有輕蔑貶抑的態度，金江之論並不罕見。

（二）文人價值二：文藝器識可兼，安可以成敗論人？

嘉靖、萬曆期間，以王世貞爲首的文人群體開始對"文人無行"的批評提出質疑和反駁。[44] 譬如徐中行（1517—1578）嘗道："余獨怪鄙人之言曰文人鮮行，乃概天下賢者，於是而謂文章不得與節義齒列。"[45] 屠隆（1543—1605）也言："世亦有無行文人，豈謂文人必無行耶？"[46] 這些對文人與道義不能並列的批駁，其實亦對文人、文章的價值給予了肯定。王世貞曾在《藝苑巵言》舉裴行儉不取四傑，反看重日後"鉤黨取族"、"模棱貶竄"的王勮、王勔、蘇味道諸人之事，證明裴氏之所謂"善知人"只是"臆中"，不足以證其知人，況且"區區相位"又怎能驗證所謂"器識"？他認爲人們以此作爲談柄，實在可笑。[47]

胡應麟承接王世貞之言，進一步評道：

> 凡稱知人者，知其人臧否邪正耳。窮達修短則姑布子平小術，君子不道也。裴行儉以器識短王楊四子，幸而偶中，至今儒者樂道之。……今徒

44　党月瑶、熊湘：《文人與德行：中國古代相關話題的生成與演變》，《中國人民大學學報》2018 年第 5 期，頁 155—162。熊湘：《王世貞的"文人"身分認同及其意義》，《文藝理論研究》2021 年第 4 期，頁 53—63。

45　徐中行：《何大復碑記（代作）》，《天目先生集》，卷 14，《明別集叢刊》第三輯（合肥：黃山書社，2013 年），冊 13，頁 217。此碑記開首述及何大復被請入祀鄉賢祠之經過，也是題記之背景。

46　屠隆：《答王胤昌太史》，《棲真館集》，卷 15，《明別集叢刊》第三輯（合肥：黃山書社，2013 年），冊 90，頁 587。

47　王世貞：《藝苑巵言》，卷 4，陳廣宏、侯榮川等編校：《明人詩話要籍彙編》（上海：復旦大學出版社，2017 年），冊 6，頁 2467。

以位遇通塞爲驗，則裴所見眞姑布子平之術耳。況勃等即如裴論，不過浮淺小節，味道輩模陵邪諂，榮寵牝朝，器識何在？裴之取捨如此，其足以涵詞場欺達者哉？[48]

這裏明確分辨所謂"器識"、"知人"之義，應是以言行之邪正，而非位遇之通塞作標準。即使如四傑者，最多只是失諸小節，反而獲裴行儉相中的蘇味道輩，卻是有違大義，眞正的器識應與窮達無關，更與文事不相違背。"器識"論者若只問顯貴榮名，便流爲君子不道的姑布子相人術；如無視文人之節義，反而對其坎壈作出嘲諷，更是扭曲了器識的眞正意義。

王、胡之論以外，其時也興起不應"以成敗論人"的説法。郭子章（1543—1618）《駱賓王李敬業論》開首提到，"世之以成敗論人者"多謂"裴行儉知人，李世勣知孫"，駱、李的"俱以敗誅"正是明證。但事實上，忠於唐室如駱、李者才應該是節義的代表。[49] 前一節提到將賓王歸入"氣節"類的《萬曆義烏縣志》，於駱賓王傳傳末也有相近評論：

乃作史者書曰"賓王以反誅"，是以成敗論人也。以成敗論人，此豪傑多千載不白之冤。而裴行儉評論器識數語，則榮名貌士者耳，烏足以稱衡鑑。余特采其遺事，悉記之，傳以竢好古者稽焉。[50]

這裏直接批評令千載豪傑蒙冤的"以成敗論人"者，既肯定了賓王之義舉，也指出所謂"器識"論只是用"榮名"作標準，並非衡之以氣節義行。

胡應麟在請祀札子揄揚駱賓王"器識無雙，文章寡二"，後來的《萬曆金華府志》駱賓王傳亦竭力爲賓王洗冤，其傳末贊語曰：

48　胡應麟：《史書佔畢》，《少室山房筆叢》，《明別集叢刊》第四輯，冊37，頁246。

49　郭子章：《駱賓王李敬業論》，《青螺公遺書合編》，卷20，《明別集叢刊》第三輯（合肥：黄山書社，2013年），冊94，頁536。

50　周士英修、吳從周等纂：《萬曆義烏縣志》，卷13。

武曌篡奪，專制亂唐，此神人所共憤也。當時雖以狄仁傑、李昭德、徐有功之賢，猶不免濡跡以俟之。而聲討有罪以伸大義於天下，獨有賓王一檄耳。其輔敬業，直欲如劉章之鋤呂、劉崇之興漢，盡心王室。人品固不在狄、李下矣。君子安可以成敗論人哉？彼鞅鞅不得志，在文人常態，固亦有之，而其數大疏言事，蓋由憤激所發，至於檄文顯斥武氏之罪，亦非賓王不能爲此。此雖若反乎武氏，而實忠於唐也。作史者乃謂其失志棄官而去，與徐敬業作亂伏誅。噫！其亦不白賓王之冤，而且不知世之所謂忠義者矣。至《綱目》書曰：“英公李敬業起兵”，是予敬業也。予敬業者，予賓王也。然不能用魏思温之策，直指河洛，卒以取敗，豈賓王器識之不足，無以佐之而致是歟？抑亦敬業之不足輔也？[51]

《萬曆金華府志》凡例中提到，其人物志傳之撰寫參考了不少鄉賢傳記，不過當中沒有金江《義烏人物記》。雖然如此，上文這段論贊亦可視作對前文所引金江評論的有力反駁。贊語起首即申明，“武曌篡奪，專制亂唐”是個大是大非的問題，提醒不能以誅心之見否定一切義舉，隱然針對《綱目》和金江等人以所謂“失職怨望”揣度賓王等人用心之論調。然後，贊語列舉了狄仁傑、李昭德、徐有功等時賢亦不免錯判濡跡以事周，用來襯托駱賓王之書檄聲討，更彰大義。此外，金江利用《綱目》的“書法”來比較劉崇舉義與徐敬業起兵之不同，但《萬曆金華府志》贊語則認爲，二者本質其實相同，故賓王之輔敬業，足證其人品必不在狄、李之下。亦因如此，論人當不可以成敗爲據，又認爲文人失意乃常態，怎能以此反指賓王之輔敬業、書檄文是出於怨望？這某程度流露了對文人心態的體貼。“作史者”使賓王蒙受多年不白之冤，其忠義志節遭到掩蔽，這與胡應麟的看法是一致的。最後贊語還點出，徐、駱起義之失敗責任更多在於用策者徐敬業，並不代表賓王沒有輔主之才能器識。通篇完整的辯白確認了文藝名家如駱賓王者，也可以是忠義之士，所謂“文人無行”、“先器識而後文藝”之論，根本站不住腳。由是可見，萬曆以後在器識文藝的爭論當中，駱賓王成了反

51　王懋德等纂修，陸鳳儀等編：《金華府志》，卷15，《中國方志叢書》華中地方第498號，冊3，頁1013。

證文章不足以害道、治詩不代表無識的突出例子，如以榮辱成敗論器識，才是與品德之義越走越遠。

（三）文人價值三：文人、文藝實足以自樹

承上一節，雖然文未必害道，器識與文藝能夠並存，文士實可涵養節義，但須要進一步思考的是：文藝之士非道德節義無以自樹嗎？文章有其獨特的價值嗎？比如《萬曆義烏縣志》等雖然標舉駱賓王節義，但將之抽離文苑，某程度亦因為對文士之輕視，故同時訓誨後學"慎毋以翰墨為勳績、詞賦為君子"。可見王世貞等對文人"無用"、"無行"大加批駁，實不足以讓所有士大夫悅服。因是之故，晚明部分文士便嘗試透過駱賓王作為話題，在文章與氣節、立身與立言的辯證關係中闡發文人的獨特價值。

胡應麟曾在《讀唐駱賓王集》申述文章與氣節的關係道：

> 用修云："孔北海大志直節，而與建安七子並稱；駱賓王勁辭義舉，而與垂拱四傑為列。以文章之末技，掩其立身之大閑，可慨也。君子當表而出之。"楊氏此論甚公。然謂大閑掩於末技，恐不應爾。妖牝竊唐，舉唐臣子，頌德恐後。自賓王一檄痛摘其奸，疾呼其惡，罳雖漏網，千載下罪孽歷歷，即輾碟都市弗過，寧曰末技？且當時從敬業起事，詎止賓王數人？今皆名姓無聞，而賓王以一檄故，烜赫天壤。謂文章永氣節乎？氣節永文章乎？[52]

楊慎曾言孔融和駱賓王因與其他文人同列並稱，而使其節義受到忽視，胡應麟引用並謂"此論甚公"，即楊慎確實道出了客觀情況。但胡應麟又認為，這並非出於"文章之末技"掩蓋"立身之大閑"的問題，即文士的基本行事原則（氣節）是不會被文辭（文章）所遮蔽的。以駱賓王為例，當舉世對武后稱聖頌德之時，只有他敢書檄文摘奸陳惡，使其罪千百年歷歷可見。更重要的是，賓王正因為

52　胡應麟：《少室山房類藁》，卷 105，《明別集叢刊》第四輯，冊 36，頁 360。

其檄文才得以彰顯志節，這豈非文章之功？以此，胡應麟最後提出"文章"與"氣節"何者賴以永傳的問題，雖然胡氏沒有給出明確答案，但我們或可在其自傳的結尾看到相關觀點：

> 左丘氏亟稱三事，言若匪所先者。他日之論魯大夫臧文仲也，獨曰："既沒，其言立，是之謂不朽。"此其説奚以征焉？要之，德與功非言弗樹，若孟列達尊，輕重各有攸當，必以上次論，溺其指矣。[53]

魯國大夫臧文仲本身有功於國，亦爲一代賢者，在《左傳》中卻成了"立言"的代表，這是因其"言得其要，理足可傳"。胡應麟據此引申，指出立德與立功固然重要，但若没有得當之言辭文章，又何以樹榜樣於當代，垂訓誨於後世？作爲文人，不能否認立身與立言是有輕重之別，但他同時強調，如果強分二者價值高下，便過於陷溺了。然則，他認爲"立言"自有其不容低貶的價值，若我們反過來看，臧文仲的例子正代表比一般賢者更爲突出的、能讓德業標樹廣傳的"立言"力量，這是必須加以珍視之處。在萬曆辛卯（1591），一篇題署汪道昆（1525—1593）的《刻義烏駱先生文集叙》也説："文以行重，行以文遠，是寧以文士目義烏，義烏益不朽矣。"[54]"行以文遠"襲自《左傳》"言之無文，行之不遠"一語，都是指聖人節行之所以傳揚久遠，實賴有文之言。而"義烏"（即駱賓王）既然器識文藝兼具，尤其是以文章顯揚忠節，則應以"文士"稱之，這樣才更顯不朽。這觀點背後的邏輯實與胡應麟相近。

此外，萬曆以後部分志傳在彰顯駱賓王的忠義器識之餘，還會突出其在不同生命情境以詩文抒懷之一筆。即在討武后檄文以外，特別記述其悲懷憤志的重要著作。比如《萬曆義烏縣志》、《崇禎義烏縣志》和《兩浙名賢録》的駱賓王傳，都述賓王在不答應徵召後提及其"上啓陳情，詞旨哀愴，有李令伯之風調"，又補上"因得罪詔獄，賦《螢火》《詠蟬》諸篇以見志"。《兩浙名賢録》還在傳記中之"文法"者加點標示，所謂"文法"，即與文名、撰述等相關者，如標示賓

53　胡應麟：《石羊生小傳》，《少室山房類藁》，卷 89，《明別集叢刊》第四輯，册 36，頁 247。
54　駱賓王著，陳熙晉箋注：《駱臨海集箋注》，頁 379。

王"以文章齊名,號爲四傑"、"數上疏言事"、"詔求其文,得數百篇"等。可見部分傳記雖以忠節揄揚賓王,但没有完全忽略其文事。至於胡應麟《補唐書駱侍御傳》對賓王之詩文撰作更有不少篇幅的叙述與引録,如詳述七歲詠《鵝》之情境、"獄中作《螢火賦》以自廣"、"棄官歸賦'寶劍思存楚,金錘許報韓'(《詠懷》)之句"、大段引録討武曌檄文,以及不應召辟時的上啓陳情等,突出了賓王不同遭際的情感流露。

　　崇禎年間,尊奉胡應麟的同鄉後學吳之器熱心爲鄉賢撰述生平、德業與學行等,所撰《婺書》不一味承襲方志史傳,而是廣搜材料、考訂信實、別出機杼,十分可貴。《婺書》以名臣、節義、儒林、孝友、文苑等爲序次,仍依循傳統古人的普遍價值追求。然而,吳氏其實十分相信和珍視文辭的力量,《婺書》凡例特別提到:"不朽有三,詞章抑末。然風人遺什之外,其他行誼,邈爾難追。録其單辭,足知全鼎。必欲求備,吾將奚從?"[55]他認爲,傳主行誼既然"難追",倒不如透過其"單辭",以推想整體情志,從而對傳主個性形象有更具體的把握。故此《婺書》在各傳主的不同人生抉擇或重要情境之中,都加插了其詩文或言説以見興懷幽思。就以《駱丞列傳》作例:

> 裴行儉總管洮州,辟掌書記,時最稱雄任,士人多階以顯,賓王以母老,爲書(《上吏部裴侍郎書》)謝之曰……又《答員半千書》曰……無何,調長安主簿,授侍御史。時武后篡唐,數上書諷諫,得罪謫臨海丞,因棄官,遊廣陵。作詩(《詠懷》)曰……會徐敬業起兵,即爲傳檄曰(《爲徐敬業討武曌檄》)……
>
> 賓王負逸才,五言氣象雄傑,構思精沈,含初包盛,卓然鮮麗。七言綴錦貫珠,汪洋洪肆。《帝京》、《疇昔》,特爲擅場;《靈妃》、《豔情》,尤極淒靡。雖本體間有離合,抑亦六代之遺則也。[56]

當中所引賓王詩文差不多超過全傳篇幅的一半,以具見其心跡,對其詩藝也作

55　吳之器:《婺書》(上海:上海圖書館藏,崇禎十四年采蘭堂本)。
56　同上,卷4,"文苑列傳"。

了精要評價，可見吳之器對賓王文辭的重視。他又在凡例道："今所收遺文，多殊舊貫，則亦體之所嚴，事非得已，非敢故抑前薪以賈後戾。世有識者，或不河漢其言，幸甚至哉！"提到文辭之選録雖異於"舊貫"，但並非濫收，而是有其實際需要的，亦希望識者不會唾棄，這反映吳氏對擇取傳主詩文之認真態度。不過，這不代表吳氏如嘉靖以前的志傳般，認爲賓王徒具才華。他在傳末的論贊便引用了前述王世貞反駁器識論者的説法，並加以引申道："以余觀駱丞始謝顯辟，終激義舉，去就較然，不肯鹿鹿。雖古狂狷何以加，徒以仕艱再命，一躓不復，竟致厚訾。嗟乎！彼豈謂魯連、翟文仲遂出新垣衍、孔光諸人下哉？"在他看來，賓王比古代狂狷更加直率，其高風亮節可與魯仲連和翟文仲同，實不應因命途偃蹇而"致厚訾"。但是，既然賓王之節義冠於世，爲何《婺書》還將他歸入"文苑"？此或可從凡例五推見之，其道："三代以後，全德爲難，褒貶雜施，史氏之金科玉尺也。但奉揚先哲，匪待刑書。果其疑城，寧勞鬢穎。搜材取幹，先采維喬，固皆具茲書。"吳之器直言三代以後已難見全德之人，若用史氏尺規衡人，並不容易。尤其旨在奉揚先哲的鄉賢傳記不同於審斷是非之典獄刑書，選取頌揚的應是先哲們最爲突出的表現與成就，以爲傳記之主要內容。由是吳之器對賓王詩力逸才之推重，置諸"文苑列傳"自是順理成章了。

　　駱賓王形象的爭論和書寫正體現了古代文人自我價值肯認的複雜心理。一方面爲了提升賓王之形象，同時强調文人可兼品德，文章不會害道，如此則須重視其器識之面向，以爲賓王平反；但另一方面，若賓王因爲義舉而脫離文人行列，則既遮蔽了真正之卓越才幹，同時無助於肯認才士文章的價值，故又須爲其另立地步，以突出文章立言自有其不可低貶的價值。由是這些關於鄉賢編寫的史料，實際也是文學批評研究可大加發揮的空間。

五、結　語

"士之致遠"代表士人自別於文藝，生前才享榮禄；"行以文遠"代表士人得文章標樹，死後方可不朽。駱賓王形象成了相關論爭的主要場域，反映著古代士大夫對文人詞章的不同價值判斷與取態，特別是明代中後期文人從不同層次與角度表達了對文章、立言的肯定與追求。前述黃永年爲"先器識而後文藝"論正其義，但其意不在梳理歷代不同的相關意見，是故略過了明代期間深層而複雜的討論。本文藉著對駱賓王傳（尤其方志與鄉賢傳記）與相關評議的梳辨，算是補充了部分論爭説法。

此外，駱賓王形象由作亂至舉義、自淺露文人到忠節義士的改變，除了胡應麟努力請祀，同時漸獲公論鄉評的肯定外，還隱然反映明代學術文化風氣之趨向。明初國家特重道學禮教，形成朝野的政教文化連結。這不單體現在朝閣郎署、地方提學等的取態與策略，崇祀鄉賢也成了地方文教推動與權力機制的重要環節。駱賓王自唐代開始本是詩文名家，但遲至明初仍不入州府級別的方志，到了晚明卻能配享郡邑祠祀，這與學術文化風氣之轉移有著莫大的關係。事實上，崇祀鄉賢是明清期間地方上重要而恒常的文化活動。誠如唐順之（1507—1560）所言："鄉賢之祀，關閭巷萬口公論，關國家彰癉大典，非勢位可得而干，非子孫可得而私。"[57] 鄉里間的各種請祀，能否俎豆宮牆之內，便牽涉到先賢模範與親族榮耀、國家維穩與鄉邦教化、政制運作與學風承續、公論攸關與私心自用、德業理解與文藝取態等諸多範疇。

承此，鄉賢編寫也成了明代其中一個重要的文學參與場域。首先鄉賢之崇祀方面，便須經鄉賢文移提請，並考諸郡邑志傳、鄉賢傳記與鄉里公論等，入祀後甚至有崇祀相關的祝祭或誌慶，凡此都可列入鄉賢編寫的範圍。這其中既有爲個別先賢撰述的文章，也有匯總一鄉之賢的編纂。諸種叙寫鄉賢的語境場合關涉到不同的編撰需要與述評策略。彼此的編纂傳統與傳寫脈絡，甚至所包含的諸種學術偏向與價值判斷等，都有其梳理辨析的需要。除此之外，明代不少文人曾參與撰寫鄉賢祠記，或討論崇祀鄉賢的各種情況，其實都與鄉賢編寫有著不少的聯繫。如果這些編寫當中涉及到文人、文事的取捨、歸類等評鑑，便進入文學批評的相關範圍了。此外，若説史傳與行狀、墓誌銘等體現了傳記體中公與私、史與情兩種面向的話，那麼鄉賢傳記的性質正好擺蕩於其間；加諸鄉地懷想與公論考慮等因素，鄉賢傳記與史志、傳狀、碑銘等的內容如

57　唐順之：《與人論祀鄉賢》，《重刊荊川先生文集》，卷 7，《明別集叢刊》第二輯（合肥：黃山書社，2013 年），冊 74，頁 285。

何相互參仿、挪用或轉化等，這對於傳記文學的撰寫而言，便十分值得探討和反思。以此，在古代文學批評與傳記文學體類兩方面的研究來說，鄉賢編寫都是一個尚待深挖梳辨的重要課題。

（作者：香港樹仁大學中國語言文學系助理教授）

引　用　書　目

一、中文

（一）專書

王世貞：《弇州山人續藁》，《明別集叢刊》第三輯，冊 36。合肥：黃山書社，2013 年。

王世貞：《藝苑卮言》，陳廣宏、侯榮川等編校：《明人詩話要籍彙編》，冊 6。上海：復旦大學出版社，2017 年。

王廷曾等纂修：《康熙義烏縣志》。東京：國立公文書館藏，康熙刻本。

王懋德等纂修，陸鳳儀等編：《金華府志》，《中國方志叢書》華中地方第 498 號。臺北：成文出版社，1983 年。

朱國楨：《湧幢小品》，《四庫全書存目叢書》，冊 106。濟南：齊魯書社，1995 年。

朱熹等：《御批資治通鑑綱目》，《四庫全書》，冊 691。上海：上海古籍出版社，1987 年。

朱熹著，黎靖德編，王星賢點校：《朱子語類》。北京：中華書局，2015 年。

吳之器：《婺書》。上海：上海圖書館藏，崇禎十四年采蘭堂本。

吳師道：《敬鄉錄》，《四庫全書》，冊 451。上海：上海古籍出版社，1987 年。

宋濂：《浦陽人物記》，《知不足齋叢書》第 17 集，冊 7。臺北：興中書局，1964 年。

李之藻：《泮宮禮樂疏》，《四庫全書》，冊 651。上海：上海古籍出版社，1987 年。

李東陽：《懷麓堂集》，《明別集叢刊》第一輯，冊 65。合肥：黃山書社，2013 年。

周士英修、吳從周等纂：《萬曆義烏縣志》。杭州：浙江圖書館藏，萬曆刻本。

金江：《義烏人物記》，《四庫全書存目叢書》，冊 95。濟南：齊魯書社，1996 年。

俞汝楫編：《禮部志稿》，《四庫全書》，冊 598。上海：上海古籍出版社，1987 年。

胡應麟：《少室山房類藁》，《明別集叢刊》第四輯，冊 36—37。合肥：黃山書社，2013 年。

胡應麟：《少室山房筆叢》，《明別集叢刊》第四輯，冊 37。合肥：黃山書社，2013 年。

唐順之：《重刊荊川先生文集》，《明別集叢刊》第二輯，冊 74。合肥：黃山書社，2013 年。

徐中行：《天目先生集》，《明別集叢刊》第三輯，冊 13。合肥：黃山書社，2013 年。

徐象梅：《兩浙名賢錄》，《續修四庫全書》，冊 542。上海：上海古籍出版社，1995 年。

婁堅：《學古緒言》，《四庫全書》，冊 1295。上海：上海古籍出版社，1987 年。

屠隆：《棲真館集》，《明別集叢刊》第三輯，冊90。合肥：黃山書社，2013年。

郭子章：《青螺公遺書合編》，《明別集叢刊》第三輯，冊94。合肥：黃山書社，2013年。

陸深：《儼山文集》，《明別集叢刊》第二輯，冊2。合肥：黃山書社，2013年。

楊廉：《楊文恪公文集》。明刻本。

劉知幾撰，浦起龍釋：《史通通釋》。上海：上海古籍出版社，1978年。

劉昫等：《舊唐書》。北京：中華書局，1986年。

歐陽修、宋祁：《新唐書》，北京：中華書局，1975年。

蔣冕：《重刻蔣文定公湘皋集》，《明別集叢刊》第一輯，冊78。合肥：黃山書社，2013年。

鄭丞良：《南宋明州先賢祠研究》。上海：上海古籍出版社，2013年。

鄭栢：《金華賢達傳》，《四庫全書存目叢書》，冊88。濟南：齊魯書社，1996年。

駱賓王著，陳熙晉箋注：《駱臨海集箋注》。上海：上海古籍出版社，1985年。

應廷育：《金華先民傳》，《四庫全書存目叢書》，冊91。濟南：齊魯書社，1997年。

薛應旂纂：《嘉靖浙江通志》，《中國方志叢書》華中地方第532號。臺北：成文出版社，1983年。

（二）論文

牛建強：《地方先賢祭祀的展開與明清國家權力的基層滲透》，《史學月刊》2013年第4期，頁39—63。

包弼德：《地方傳統的重建——以明代的金華府爲例（1480—1758）》，李伯重、周生春編：《江南的城市工業與地方文化（960—1850）》（北京：清華大學出版社，2004年），頁247—286。

林麗月：《俎豆宮牆：鄉賢祠與明清的基層社會》，黃寬重主編：《中國史新論——基層社會分冊》，臺北：聯經出版公司，2009年，頁327—368。

張會會：《明代鄉賢祭祀中的“公論”：以陳亮的“罷而復祀”爲中心》，《東北師大學報》2015年第2期，頁97—101。

張會會：《明代的鄉賢祭祀與鄉賢書寫——以江浙地區爲中心》。長春：東北師範大學歷史系博士論文，2015年，頁29—40。

莊興亮、黃濤：《明中葉毀“淫祠”行動中的思想因素——以魏校欲罷祀陳獻章於鄉賢祠爲例》，《中國社會歷史評論》第21卷（2018年），頁211—221。

陳雯怡：《“吾婺文獻之懿”——元代一個鄉里傳統的建構及其意義》，《新史學》20卷2期（2009年6月），頁43—114。

黃永年：《“士先器識而後文藝”正義》，史念海主編：《唐史論叢》第四輯，西安：三秦出版社，1988年，頁96—108。

熊湘：《王世貞的“文人”身分認同及其意義》，《文藝理論研究》2021 年第 4 期，頁 53—63。

趙克生：《明代地方廟學中的鄉賢祠與名宦祠》，《中國社會科學院研究生院學報》2005 年第 1 期，頁 118—123。

趙克生：《明清鄉賢考據述論》，《古代文明》2019 年第 3 期，頁 107—113。

趙克生：《明清鄉賢祠祀的演化邏輯》，《古代文明》2018 年第 4 期，頁 83—90。

魏峰：《從先賢祠到鄉賢祠——從先賢祭祀看宋明地方認同》，《浙江社會科學》2008 年第 9 期，頁 92—96。

党月瑶、熊湘：《文人與德行：中國古代相關話題的生成與演變》，《中國人民大學學報》2018 年第 5 期，頁 155—162。

二、英文

（一）論文

Peter K. Bol, "Looking to Wang Shizhen: Hu Yinglin(1551‒1602) and Late-Ming Alternatives to Neo-Confucian Learning," *Ming Studies* (2006): pp.99‒137.

A Poet and a Martyr: Luo Binwang
in the Local Worthies Narratives of
the Jinhua Region in the Ming Dynasty

HUI, Kin-yip

Assistant Professor, Department of Chinese Languages and Literature,

Hong Kong Shue Yan University

Abstract

In the Yuan-Ming dynasties, the Jinhua region (in modern Zhejiang province) was a center of Neo-Confucianism. To maintain the cultural tradition of the place, scholars stressed the importance of writing biographies for local worthies, who represented the local intellectual culture. These narratives reflect the cultural norms and perceptions of the time, and, therefore, showcase how and why certain figures were praised and worshipped in a certain locale. The Tang Dynasty poet Luo Binwang (7th c.) was relatively well-known in the early Jinhua area. Nonetheless, his image and status had not been affirmed and promoted until mid-Ming times (16th c.). The public opinion on Luo Binwang's denunciation of Empress Wu (r. 690 – 705) underwent significant changes over time: he was first considered a rebel, but was later seen as a righteous poet who upheld loyalty and integrity. The change was made possible due to the efforts of Hu Yinglin (1551 – 1602) and other Jinhua scholars. This reflects the gradual change in the literati's value as Neo-Confucianism was no longer the only standard people would abide by after the mid-Ming. Behind the making of Luo Binwang's image, scholars sought to prove that "literature and art" could be combined with "morality and talent." But at the same time, the Ming literati struggled between the two ways of establishing oneself: "by virtue" or "by writing." Luo Binwang, no longer viewed from the perspective of literary history, was then placed in the tradition of local worthies. This not only reflects the transition of Jinhua's culture, but also serves as an important case study to examine how the literati assessed and positioned themselves in the Ming Dynasty. The aforementioned disputes on the value of writing and the literati demonstrate how the scope of study can be broadened by integrating history with the study of literary criticism.

Keywords: Luo Binwang, Jinhua, writings for local worthies, shrines to local worthies, value of literati

論《萬壑清音》之丑行散齣
及其變異[*]

侯淑娟

提　要

　　止雲居士所輯《萬壑清音》爲明代崑劇北曲散齣選集,收元、明雜劇與傳奇三十七種劇本,六十八齣劇目。此書計收兩齣丑行散齣,即《草廬記‧怒奔范陽》和《紅拂記‧計就追獲》。《精忠記‧瘋魔化奸》雖未標脚色,卻演變爲現今重要崑丑五毒戲折子《掃秦》。此三齣與丑行相關的選齣都有流傳過程主唱脚色轉換的變異現象。《怒奔范陽》演述張飛與諸葛亮不和,私離軍營之事。雖題《草廬記》,卻非此劇齣目。此戲另有淨扮滾調選本,丑扮選齣主要流傳於崑腔系統的選集。《紅拂記》之《計就追獲》是原劇第卅一齣《扶餘換主》和第卅二齣《計就擒王》融湊後的散齣,丑扮探子,稟報李靖與高麗戰況,改變原劇小旦主唱的安排。《瘋魔化奸》地藏菩薩化身爲掛單靈隱寺的瘋和尚,點破秦檜陷害忠良的奸計。元雜劇、南戲各以正末、外應工,萬曆時期也曾有以淨扮應工的選集,清代《續綴白裘》之後的崑劇《掃秦》變爲丑行折子,曲唱皆來自《萬壑清音》的北套,更可見此選集對丑行折子發展的重要性。

關鍵詞:《萬壑清音》　丑行　折子戲　明傳奇　戲曲選集

---

* 本論文爲執行"國科會"("科技部")107年度補助專題研究計畫《〈萬壑清音〉丑腳行當之研究》(編號:MOST 107 - 2410 - H - 031 - 056 -)之部分研究成果。感謝兩位匿名審查委員的寶貴意見,使本文之論述更臻周延。謹此敬申謝忱。

一、前　言

在明代，南戲、傳奇不同於元雜劇正末、正旦主唱規範，以生、旦爲劇作男性與女性人物的主戲腳色，既是一劇之靈魂人物，也常是重要齣目的主角。明代的雜劇也有或遵元代雜劇，或循南戲、傳奇等不同體製規律範式的差異。正末、正旦主唱全套的腳色行當規範也已打破。明代南戲傳奇在北曲化過程中，將北套納入套式。[1] 當運用北套爲齣目時，多數劇作家依然運用一腳獨唱方式組套，只是主唱之腳不再受正末、正旦之限，生、淨、丑皆可爲北套主唱者。在南戲傳奇中，生旦是主腳，其出場歌唱齣目是受觀／讀者矚目的情節主軸，北套儘管可由各種腳色行當獨唱，但在全本戲的情節脈絡中，生旦以外的腳色不容易受關注。這些次要或邊沿人物在南戲傳奇中雖然可能主唱北曲全套，但若僅留存在完整的本戲中，永遠不會成爲受關注的主腳。而折子戲的發展改變這種人物主從關係結構。《萬壑清音》將六十八齣北調套數從卅七種元、明雜劇、南戲傳奇劇作中輯選出來，[2] 成爲北調合集後，北套折子脫離原劇，給各種獨唱或主唱腳色行當彰顯技藝的發展機會。在這種折子戲腳色行當化作用中，[3] 有利

1　有關北曲化的問題參見曾永義：《再探戲文與傳奇的分野及其質變問題》，《臺大中文學報》第 20 期（2004 年 6 月），頁 87—134。

2　本文所用止雲居士：《萬壑清音》有兩種版本：抄本見王秋桂編：《善本戲曲叢刊》（臺北：臺灣學生書局，1987 年），第四輯。刻本見陳志勇編：《明清孤本戲曲選本叢刊》（北京：國家圖書館出版社，2017 年），第一輯，冊 9—10。正文“卅七種元、明雜劇、南戲傳奇劇作”之數是依抄、刻兩種原始版本目錄所計。止雲居士選輯，李將將、李淑清、黄俊、肖田田校注：《萬壑清音校注》（成都：四川大學出版社，2016 年）之《點校説明》提及：“選本收錄雜劇傳奇三十九種”（頁 2）係在止雲居士原有目錄中新增《氣張飛》和《西天取經》兩種，前者由《草廬記》之《怒奔范陽》別出，後者補附於《西遊記》，但李氏等校注所增皆未詳論，《怒奔范陽》與《氣張飛》筆者考述於後，至於吳昌齡《西天取經》之增，實宜再論。此外，如《瘋魔化奸》雖題爲《精忠記》，實有元雜劇《東窗事犯》第二折內容，此類問題不只一處，都會影響劇作數量統計，因此，本文仍採《萬壑清音》原始版本目錄計數。

3　有關折子戲腳色行當化之論，曾永義在評述陸萼庭《崑劇演出史稿·折子戲的光芒》的重要觀點時説：“折子戲對崑劇演出最大的貢獻是精益求精，尤其是腳色行當藝術的建立。”其結論強調：“如衆所周知，北曲雜劇之末旦，分別爲主唱之男女性人物，可以扮飾任何人物類型，而南戲傳奇之生旦，則分別爲男女主腳人物，且‘生旦有生旦之曲，淨丑有淨丑之腔’，生旦職司最繁重之唱做表演，而淨丑等其他腳色皆爲次要，皆爲襯托生旦而設，本身難於有所發揮。而折子戲，則將藝術行當化，使各門腳色皆有充分展現才藝的（轉下頁）

於磨練腳色行當的表演藝術,對丑腳行當而言,北套長段曲唱更是極大的挑戰。

　　陸萼庭之《崑劇腳色的演變與定型》將腳色行當發展區分爲承繼期、成熟期(清初至乾嘉年間)、定型期(清道光,即 1821—1850 年以後)三階段。[4] 承繼期由末、生、外、旦、貼、净、丑之七人成班,發展爲萬曆後期的十門腳色,增小生、小旦、老旦三門。成熟期以李斗(1749—1817)《揚州畫舫録》卷五"江湖十二腳色"爲代表,以李漁作爲此期的代表劇作家,而李漁最早的劇作《憐香伴》寫作時間(約 1651 年)已是清初。若以陸萼庭立論觀點審視,《萬壑清音》是明思宗天啓四年(1624 年)前實踐於舞臺之折子戲的輯録,早於李漁《憐香伴》二十餘年,更是探討折子戲腳色行當分化發展過程的重要觀察據點。

　　在崑劇中,丑腳屬"下三路",即李斗《揚州畫舫録》所稱"三面",又或有"小面"之稱。陸萼庭之《崑劇腳色的演變與定型》説:

　　　　白面、付、丑被稱爲"下三路",是崑劇藝術中描繪社會世相特具色彩的
　　　　行當。……這類腳色的重要性是以與有名的生旦戲相頡頏。在江湖上,
　　　　一副崑班要是缺乏好的下三路腳色,那是很難站住腳的。[5]

"下三路"有"描繪社會世相"特質,在崑劇團中是重要的,但這類腳色所扮人物,在傳統劇本中卻是次要的,如果没有折子戲行當化的發展過程,這類人物難以凸顯表現世間人性的複雜面,尤其是丑腳。正如王安祈《折子戲的學術價值與劇場意義》所説:

　　　　折子戲的演法,打破了原來的主從關係,整本的主角在這一折中也許只
　　　　是邊配,原本微不足道的小人物,反而有了足夠的空間去呈現他生動的

(接上頁)戲齣,其疆界之嚴,實有如不可越雷池一步者。如此一來,就使戲曲藝術,大大的提升了腳色行當的修爲,生旦净末丑簡直可以並駕齊驅,無形中使得戲曲品味更加的分披雜陳,觀衆也可以於弱水三千中,各就所好而取其一瓢飲。"見《論説"折子戲"》,頁 442,收入氏著《戲曲之雅俗、折子、流派》(臺北: 2009 年),頁 332—445。

4　參見陸萼庭:《崑劇腳色的演變與定型》,《民俗曲藝》第 139 期(2003 年 3 月),頁 5—28。
5　同上,頁 19。

面貌。駐足於折子戲"凝結的時空"諦觀一個片段時，舞臺焦點由故事的叙述轉而爲浮生衆相的展示，在此，形形色色各類人物的性格紛然現形，性格塑造開啓了更多的面向，觀衆才發覺：平庸、卑微甚至反面的人物，在中國戲曲裏不見得没有内心世界的開掘。[6]

不只表演深入挖掘小人物的内心世界，在脚色行當化後，連人物的格局氣度都彩繪於臉上，故陸萼庭《崑劇脚色的演變與定型》論大面、二面、三面名稱與脚色勾臉的關係時提到：

"大、二、三"之分主要指脚色勾臉（塗面）面積的小大，次指氣局身段的開闊和卑小。[7]

使丑這種看似不重要的小人物，在崑劇中更深刻地描繪社會世相，成爲極具表演特色的脚色行當。

在《元刊雜劇三十種》的脚色系統裏，没有"丑"，其表演與淨脚雜混；而在有明人改動之跡的《元曲選》，淨、丑只有賓白，演而不唱，只有在南戲傳奇裏，丑才有歌唱。北曲套數不論在雜劇或傳奇，都維持一脚獨唱的表演方式。本文所要探討的問題是：處於崑劇脚色行當分化發展過渡之先的《萬壑清音》如何選録丑脚獨唱北調的散齣？這些散齣如何發展？在明清戲曲選集中有甚麼特殊之處？檢視《萬壑清音》，可以明確判斷爲丑脚專場的北調折子，雖只有選自《草廬記》的《怒奔范陽》和張鳳翼《紅拂記》的《計就追獲》兩齣。《精忠記》的《瘋魔化奸》以"風"題寫主戲人物的精神狀態特徵，未標脚色行當，但此齣在舞臺發展中，演化爲至今仍傳演的崑劇丑戲，李惠綿在《從隱藏的秩序論述崑劇〈下山〉〈掃秦〉》中已論成其説，[8]並詳細分析其崑丑五毒戲的特徵。以下將分

6　王安祈：《折子戲的學術價值與劇場意義》，洪惟助主編：《崑曲辭典》（宜蘭：傳藝中心，2002 年），冊上，頁 194。

7　陸萼庭：《崑劇脚色的演變與定型》，《民俗曲藝》第 139 期（2003 年 3 月），頁 19。

8　李惠綿：《從隱藏的秩序論述崑劇〈下山〉〈掃秦〉》，《戲劇研究》第 3 期（2009 年 5 月），頁 75—124。

別探討這三齣戲發展爲丑行折子的問題、變異歷程，及主戲人物的特點。

二、金蘭情義——《怒奔范陽》與張飛行當變異

《萬壑清音》卷二將《怒奔范陽》和《姜維救駕》二齣題爲《草廬記》。《怒奔范陽》[9]是丑扮張飛主唱北曲的折子，寫張飛與諸葛亮不合，屢犯軍令，劉、關以結義弟兄情誼追回的過程。《姜維救駕》是由没有標記腳色行當的姜維主唱北套，寫姜維假扮漁夫救回劉備的故事。明代三國戲甚多，《萬壑清音》雖將此齣題爲《草廬記》，但在現存《草廬記》中，找不到可與《怒奔范陽》對應的齣目。若與其他戲曲散齣選集相較，此齣張飛戲，在各散齣選集中主扮行當净、丑並存。《怒奔范陽》果真選自《草廬記》？各散齣選集或净扮，或丑扮，其間有什麽差異？丑行折子有何特點？這是本文要釐清的問題。

（一）《萬壑清音·怒奔范陽》出處考述

《草廬記》是明初戲文，作者闕名，[10]全稱《新刻出像音注劉玄德三顧草廬記》，今傳明萬曆金陵富春堂刊本，[11]分四卷，共五十四折。以"折"爲單元，只有折次，没有折目名稱。此劇寫劉備偕關羽、張飛三顧茅廬，請出諸葛亮爲軍師，聯吳抗曹，爭荆州。在與吳結盟中與周瑜鬥志，草船借箭，擊敗曹軍，周瑜設計招劉備入吳成親，在劉備樂不思蜀時，趙雲用諸葛亮交付的錦囊妙計爲其解

9　止雲居士：《萬壑清音》抄本見王秋桂編：《善本戲曲叢刊》，第四輯，册1，頁101—107；頁109—125。刻本見陳志勇編：《明清孤本戲曲選本叢刊》，第一輯，册9，頁315—321。

10　《草廬記》在明代著録中已不見作者，如祁彪佳《遠山堂曲品》"《草廬》"條，中國戲曲研究院編：《中國古典戲曲論著集成》(北京：中國戲劇出版社，1959年)，册6，頁84。近世研究，如莊一拂將《草廬記》歸爲"明初闕名戲文"，見氏著：《古典戲曲存目彙考》(上海：上海古籍出版社，1982年)，册上，頁128；郭英德也將《草廬記》置爲作者"闕名"之列，見氏著：《明清傳奇綜録》(石家莊：河北教育出版社，1997年)，頁115—118。

11　《草廬記》有兩種影本流傳，一收入林侑蒔主編：《全明傳奇》(臺北：天一出版社，1983年)，册175。另一種收入《古本戲曲叢刊》編輯委員會編：《古本戲曲叢刊》(北京：國家圖書館出版社，2016年)初集册10，與《古城記》《重校金印記》合爲一册。《草廬記》劇本開頭明標："古本戲曲叢刊編刊委員會影印北京大學圖書館藏明富春堂刊本原書，原書版高十九公分，寬十三公分"(頁138)。

危,逃回蜀國,最終登基爲王。

　　明代以三國故事爲藍本的劇作不少,明初戲文除了《草廬記》外,還有《古城記》和《桃園記》。祁彪佳(1603—1645)《遠山堂曲品》將戲文傳奇劇作分爲妙、雅、逸、豔、能、具六品,其具品《桃園》條曾説:

> 《三國傳》中曲,首《桃園》,《古城》次之,《草廬》又次之;雖出自俗吻,猶能窺音律一二。[12]

因題材相近,祁彪佳在《桃園記》中品評、排比三劇優劣。祁氏對三劇評價雖不高,但也提出能略窺音律的優點。在同列具品的《草廬》條中則説:

> 此記以卧龍三顧始,以西川稱帝終,與《桃園》一記,首尾可續,似出一人手。内《黄鶴樓》二折,本之《碧蓮會》劇。[13]

可見在祁彪佳的時代,《桃園記》和《草廬記》作者已不詳,但因二劇情節有接續性關係,祁彪佳懷疑二劇作者可能相同。此外,祁氏也注意到《草廬記》與其他三國戲的關係,認爲《黄鶴樓》二折(即《草廬記》第四十五、四十六折)是由《碧蓮會》雜劇演變而來。[14]　換言之,明代曲論家已直指《草廬記》與其他三國戲齣目相摻雜。

　　《曲海總目提要》在考論本事後,[15]認爲此劇多“演義無稽之談”,[16]作者“未深考正史”,[17]以“塵雜”評之。而郭英德《明清傳奇綜録》則認爲:《草廬記》“實本《三國志平話》及《三國志通俗演義》,並以元明間諸多同題材雜劇爲

12　祁彪佳:《遠山堂曲品》,中國戲曲研究院編:《中國古典戲曲論著集成》,冊6,頁85。

13　同上,頁84。

14　莊一拂《古典戲曲存目彙考》將《碧蓮會》列在中編雜劇四,屬“元明闕名作品”,冊中,頁644。

15　黄文暘:《曲海總目提要》(天津:天津古籍書店,1992年),卷34,冊下,頁1502—1509。

16　同上,頁1503。

17　同上。

藍本。"[18]並列舉元闕名雜劇《兩軍師隔江鬪智》、明《劉玄德私出東吳國》,及明長嘯山人《試劍記》傳奇的可能關聯。

若與《草廬記》原劇比對,《萬壑清音》題爲《草廬記》的兩選齣,没有標題腳色行當的《姜維救駕》,劇情約當《草廬記》第四十五折,只是主場救駕人物不同,在《草廬記》原劇中,泛舟救劉備的是"孫乾",而《萬壑清音》選齣改以"姜維"主戲,成爲救主英雄,並題爲齣目名稱。而《萬壑清音》的丑行折子《怒奔范陽》,雖題爲《草廬記》,但在富春堂刊本的《草廬記》原劇中,找不到任何對應折目,更不見於祁彪佳與《草廬記》並提的《古城記》。[19]

在《萬壑清音》的《怒奔范陽》中,張飛對諸葛亮任軍師強烈不滿,認爲諸葛亮對他有敵意,屢屢要殺,盛怒下單騎離營,打算回故鄉范陽,最終劉、關、趙將之追回。在《草廬記》中也有張飛對諸葛亮不滿的情節,如第十一折劉備邀張飛三訪諸葛亮,爲其拒絶,當關羽勸他不要氣惱,張飛不滿地唱【泣顏回】:[20]

> 他是瑣瑣一田農,與樵夫牧覽相同,他矜驕傲慢,要思量作伊尹周公?俺大哥是王室帝宗,看標姿、真箇如龍鳳,殷勤去兩度徵求,緣何不肯相從?[21]

他認爲劉備不應如此敬重三顧,在他眼裏諸葛亮不過是個傲慢無禮的農夫。第三次訪諸葛,當劉、關都問不出行蹤時,張飛怒喝道童,才逼得道童向師父求援,諸葛出見,暢談天下。第十三、十六折都有劉備授與諸葛亮點將行軍令的印劍後,行令約束部伍,下令斬張飛,在其帶罪立功時又故意不用,張飛賭頭争印,經劉備勸解重歸和好等情節,但《草廬記》原劇並無《怒奔范陽》的齣目與情節。

18　郭英德:《明清傳奇綜録》,頁116。

19　蘇州崑劇傳習所編:《崑劇傳世演出珍本全編》(上海:上海人民出版社,2018年)尚收《古城記》的《古城》《擋曹》《挑袍》三齣,册10,頁335—366。

20　【泣顏回】爲南中呂過曲,若依吳梅《南北詞簡譜》整理,此曲之句數、字數律應爲:"九句:五。。六。。四。六。四。三、五。。(合)七。。七。。"引文係依此譜爲引文別正襯,並重標句讀。見氏著:《南北詞簡譜》(臺北:學海出版社,1997年),頁369—370。

21　參見《草廬記》,《古本戲曲叢刊》編輯委員會編:《古本戲曲叢刊》初集,册10,頁168。

　　《三國志》對武將關羽、張飛與諸葛亮的關係，在卷三十五《蜀書・諸葛亮傳第五》劉備第三次拜訪草廬，諸葛亮與之談論天下大勢後，有一小段極爲簡單的叙述：

> 於是與亮情好日密。關羽、張飛等不悦，先主解之曰：“孤之有孔明，猶魚之有水也。願諸君勿復言。”羽、飛乃止。[22]

當諸葛亮初入劉備陣營，與劉備原已結義的關羽、張飛究竟有甚麼矛盾，《三國志》没有明言，但“願諸君勿復言”，可見劉備直言制止關羽、張飛對諸葛亮的批評。

　　歷來文武衝突、將相不和，本就是極好發揮的戲劇題材，祁彪佳《遠山堂劇品》曾著録的明代雜劇《氣伏張飛》，[23]《今樂考證》《也是園書目》《曲録》也都著録明闕名雜劇《諸葛亮掛印氣張飛》，[24]與諸葛亮初入蜀陣營的將相矛盾有關。今查《群音類選》收有題爲《氣張飛雜劇》的《張飛走范陽》，[25]雖没有賓白、腳色行當，但其曲文與《大明天下春》的《翼德逃歸》相近。二選集都輯成於萬曆年間，其曲套比晚出的選集繁複。《群音類選》的《氣張飛雜劇・張飛走范陽》由雙調【新水令】、【駐馬聽】、【喬木查】、【步步嬌】、【折桂令】、【攪箏琶】、【鴈兒落】、【慶宣和】、【甜水令】、【么篇】、【得勝令】、【絡絲娘煞尾】等十二曲組成。若與《大明天下春》的《翼德逃歸》相較，曲套極相近，《群音類選》只少第一首【菊花新】。若以曲套類型論，《大明天下春》的《翼德逃歸》是南北合腔，而《群音類選》的《張飛走范陽》是標準的北套，合於祁彪佳《遠山堂劇品》著録

22　陳壽撰，裴松之注：《三國志》（臺北：洪氏出版社，1984 年），册 2，頁 913。

23　祁彪佳《遠山堂劇品》著録之《氣伏張飛》未題作者，劇名下注“北四折”，評曰：“有數語近元人之致，惜有遺訛。”中國戲曲研究院編：《中國古典戲曲論著集成》（北京：中國戲劇出版社，1959 年），册 6，頁 182。

24　莊一拂著録《諸葛亮掛印氣張飛》時提及：“《寶文堂書目》著録簡名《氣張飛》，又復出《三氣張飛》。未悉此劇與《博望燒屯》情節是否相同。遠山堂《劇品》著録有《氣伏張飛》北曲四折，疑即此本。事出《三國志平話》，亦見演義。佚。”見氏著：《古典戲曲存目彙考》，册中，頁 653。

25　胡文焕：《群音類選》（臺北：臺灣學生書局，1987 年），册 7，頁 2493—2497。

《氣伏張飛》爲"北四折"之注。它應是這一系列齣目中較原始的選齣,因《大明天下春·翼德逃歸》已有滾調化現象。若以《萬壑清音·怒奔范陽》與《群音類選·張飛走范陽》、《大明天下春·翼德逃歸》相較,曲套明顯縮減,有改作痕跡,因此,《萬壑清音》的《怒奔范陽》應出自明代闕名雜劇《諸葛亮掛印氣張飛》,而非《草廬記》。

(二)《怒奔范陽》張飛行當在明清戲曲選集中的異變

檢視今存明代嘉靖到萬曆間的戲曲選集,留有兩類與《萬壑清音·怒奔范陽》情節相似的散齣,第一類有三種選集:一是《大明天下春》卷六下層題爲《三國志》的《翼德逃歸》;[26]二是《樂府萬象新》卷三上層題爲《三國記》的《張飛私奔范陽》;[27]三是《群音類選》題爲《氣張飛雜劇》的《張飛走范陽》。

前兩齣戲有滾白補述事件的前因後果,有很濃厚的民間演出特質,這兩種選齣的情節雖大抵一致,但組套繁略不同。《大明天下春》的《翼德逃歸》曲套由【菊花新】、【新水令】、【駐馬聽】、【喬木查】、【步步嬌】、【折桂令】、【攪箏琶】、【雁兒落】、【慶宣和】、【甜水令】、【么篇】、【得勝令】、【絡絲娘煞尾】等十三曲組成,與《群音類選》所選的《張飛走范陽》曲套相近。《樂府萬象新》的《張飛私奔范陽》由【菊花心】、[28]【新水令】、【駐馬聽】、【喬木查】、【甜水令】、【么篇】、【得勝令】、【絡絲娘煞尾】等八曲組成,刪掉《大明天下春》【步步嬌】以後的五支曲牌,巧妙地將【慶宣和】的末四句銜接到【喬木查】,取代其末句,省略了劉、關的五段勸說。雖然《大明天下春》只留下第五到第八卷的殘集,但李平在《流落歐洲的三種晚明戲劇散齣選集的發現》一文中,透過劇名版刻習慣、所收俗曲、滾調數量和內容比對,認爲此散齣選集早於《樂府玉樹英》,[29]並推測此書

26　李福清、李平編:《海外孤本晚明戲劇集三種》(上海:上海古籍出版社,1993 年),頁441—447。

27　同上,頁 240—248。

28　案:《樂府萬象新》的【菊花心】曲文內容與《大明天下春》的【菊花新】相同。

29　黃文華選輯:《樂府玉樹英》有"玄明壯夫"的序,文末題:"皇明萬曆己亥歲季秋穀旦上浣之吉書於青雲館",則此書之編當在萬曆 27 年(1599)或同時不遠。參見李平:《流落歐洲的三種晚明戲劇散齣選集的發現》,李福清、李平編:《海外孤本晚明戲劇集三種》,頁 11。

編輯者是"江西籍的平民戲曲家"，[30]版式是"嘉靖到萬曆中期戲曲選集的過渡表現"。[31] 比對三種選齣曲套後，可發現《樂府萬象新》由《大明天下春》、《群音類選》簡化而成。有賓白腳色行當的《大明天下春》、《樂府萬象新》選齣，張飛都由"淨"扮，而非丑。

　　第二類是張飛丑扮的選齣。明代在《萬壑清音》前有萬曆刻本《徵歌集》的《草廬記・怒奔范陽》，[32]其曲套、內容與《萬壑清音》選齣幾乎一樣。《徵歌集》選齣兩首【耍孩兒】前都標"南"字，強調此曲非【點絳唇】開頭的北套曲牌。反倒是後出的《萬壑清音》在選輯時，刪掉【耍孩兒】的"南"字。

　　在《萬壑清音》之後，又有清石渠主人編《續綴白裘》第四卷《崑腔拾錦》月集收有題爲《草廬記》的《私奔范陽》，[33]張飛由丑腳扮飾主唱。比對《續綴白裘》和《萬壑清音》選齣名稱、曲牌雖略有差異，[34]但二選齣情節內容大致相同，可見崑腔演出的《怒奔范陽》張飛都是丑扮，齣目出處都題爲《草廬記》，《徵歌集》已將劇名繫於《草廬記》，《萬壑清音》又將變異人物的《姜維救駕》輯入，兩齣共混爲《草廬記》選齣，[35]更加難以辨明，一直誤用至清代的《續綴白裘》。而不同於《大明天下春》《樂府萬象新》帶"滾"的淨扮選齣，則以《三國志》或《三

30　李福清、李平編：《海外孤本晚明戲劇集三種》，頁 17。

31　同上，頁 14。

32　佚名輯：《徵歌集》，陳志勇編：《明清孤本戲曲選本叢刊》（北京：國家圖書館出版社，2017 年），第一輯，冊 1，頁 42—49。

33　石渠主人編：《續綴白裘》，陳志勇編：《明清孤本戲曲選本叢刊》（北京：國家圖書館出版社，2017 年），第一輯，冊 17、18。此書分爲《萬花美景》風集、《萬花合錦》花集、《崑腔拾錦》雪集、《崑腔拾錦》月集四卷。目錄題作《怒走范陽》在冊 17，頁 378。正文齣目名稱作《私奔范陽》，在冊 18，頁 189—196，正文標題下有劇本名稱刻作《草廬記》。

34　《續綴白裘》的《私奔范陽》所用曲牌爲：【菊花心】、【耍孩兒】、【點絳唇】、【混江龍】、【醋葫蘆】、【耍孩兒】、【滾繡毬】等七曲所組成，比《萬壑清音》少【後庭花】和【尾聲】二曲。見石渠主人編：《續綴白裘》，陳志勇編：《明清孤本戲曲選本叢刊》，第一輯，冊 18，頁 189—196。

35　在明清戲曲選集中，選收《草廬記》尚有：《樂府紅珊》卷 11 "宴會類"選《劉先生赴碧蓮會（劉玄德赴碧蓮會）》。見秦淮墨客：《樂府紅珊》（臺北：臺灣學生書局，1984 年），冊 2，頁 531—542。《群音類選》卷 12 收《草廬記》的《甘麋遊宮》《舌戰群儒》《黃鶴樓宴》《玄德合卺》等四齣。見胡文煥編輯：《群音類選》，冊 2，頁 560—568。《八能奏錦》卷 4 雖曾收《草廬記》的《議請孔明》《踏雲空回》，但如今只剩齣名，無內容。見黃文華：《八能奏錦》（臺北：臺灣學生書局，1984 年），頁 6。

國記》爲劇名。

　　《萬壑清音·怒奔范陽》由南【菊花新】、【耍孩兒】、【點絳唇】、【混江龍】、【醋葫蘆】、【後庭花】、【耍孩兒】、【滾繡毬】、【尾聲】等九曲組成。《萬壑清音》所收劇本，不論是抄本或刻本，三種選集曲套一致，也都沒有標寫曲牌宮調。從【點絳唇】開始爲北仙呂宮套，此齣開頭的【菊花新】是南中呂宮的引子，而兩支【耍孩兒】是南般涉調過曲，是一套以北曲爲主的南北合腔套數。若比對兩系統劇本選齣內容，兩南【耍孩兒】都是增作，不曾出現在《大明天下春》系列的淨扮本，其他曲牌名稱雖差異很大，但曲文內容相近，大多是轉調的微幅調整。

　　在這兩類選集中，淨扮選齣對故事有更詳細演繹，如《大明天下春》的《翼德逃歸》在上場曲後即說：

> 桃園結義弟兄情，勝如管鮑與雷陳。當初誓願同生死，只爲村夫抱不平。俺老張是也。我兄弟三人三顧茅廬，請那諸葛村夫來此，指望扶助我大哥，成其大事。誰想那村夫好不知進退，鎮日間談天論地，講長道短。今日也操兵，明日也練將。惹得操賊兵起，使趙雲出兵，輸則見功，勝則見罪。待老張與他講理，闖入轅門殺張飛，擅離信地殺張飛，隊伍不整殺張飛，違悞軍令殺張飛。俺張飛那計許多頭？想將起來，和這村夫合不著。俺老張豈是殺得的！不如且走回范陽，又作區處。正是蓋世英雄漢，反爲逃難人。[36]

從戲曲選集賓白觀察，文字通俗流暢，更接近舞臺語言，可推知萬曆年間此齣在民間應已盛行，若核對曲文，可知此齣是出自《氣張飛雜劇》的散齣，卻冒《草廬記》之名，描寫張飛在諸葛亮爲軍師後想逃回范陽的挫敗，散齣折子集中筆力，描寫張飛在將相衝突中受氣、受挫的情感，或淨扮或丑扮，在各自的腔系中獨立發展。

36　無名氏：《大明天下春》，李福清、李平編：《海外孤本晚明戲劇集三種》，頁241—242。

（三）《萬壑清音·怒奔范陽》丑扮張飛的人物特點

《萬壑清音·怒奔范陽》以【點絳唇】爲首曲的六曲牌是主套，全由丑扮張飛主唱，遵循元代北曲雜劇一人獨唱的傳統，演叙出逃心境。南北合腔套中的南曲是上場者的曲唱。張飛上場以【菊花新】爲引，兩支南【耍孩兒】，第一支是劉備、關羽上場共唱，第二支則是趙雲追趕上場的獨唱，作爲人物出場與段落轉換的調劑。歌唱原理清晰，次序井然。

《萬壑清音·怒奔范陽》丑扮的張飛在逃回涿州范陽的奔馳中，雖不捨結義情，但氣憤難消。此時劉備（生）、關羽（外）追上，以昔日白馬祭天，烏牛祭地之情挽留，共論結拜情義，張飛仍堅持歸隱。而後趙雲（末）帶五百名攢箭手趕上，傳軍師令，三將軍若回去，萬事罷論；不然，萬箭射死。張飛與趙雲情誼深厚，在其勸説中以曲唱回溯統兵使老將陶謙三讓徐州的戰功，文武不相容，武將在戰場上殺伐拚生死，文臣只會耙地犂田耍嘴皮。劉、關不斷以桃園結義之情挽留，最終張飛開出三條件：

> （劉關）三弟，念桃園結義之情，還要轉去。（張）要我轉去不打緊，要依我三件事，方纔轉去。（劉關）可要依那三件？（張）頭一件，不到村夫那里伏罪。（劉關）這箇依得。（張）第二件要行就行，要殺就殺，不到村夫那裏請令。（劉關）這箇也依得。（張）第三件要緊。只許我管他，不許他管我。（劉關）這還是他管你。[37]

這一小段賓白充滿戲劇性，張飛在應允回營前爭取到不向諸葛伏罪，及在軍中不受諸葛亮拘束，無須請令的自由。劉、關雖然保留了第三項要求，但整個準備收場的戲劇氣氛已帶入詼諧幽默的圓滿。張飛表現不服輸的戰將傲氣，因怒單騎離營，卻又重返，本該擔憂兵士笑話，但履踐桃園結義盟約勝過此慮，最後決定爲弟兄恩義暫低頭，唱出心中的各種轉折。這三條件是丑扮本折子的特

37　止雲居士：《萬壑清音》，王秋桂編：《善本戲曲叢刊》，第四輯，冊1，頁106—107。

色,不會出現在淨扮的選本。

　　《大明天下春・翼德逃歸》和《樂府萬象新・張飛私奔范陽》的淨扮張飛没有不伏罪的三條件,而是直接面對趙雲傳達的軍令,不歸即射殺,張飛硬生生在軍令前低頭,英雄有苦難言,表現淨服從軍令的強抑委屈。《徵歌集》《萬壑清音》《續綴白裘》一系的崑腔選本,丑扮張飛與劉備對戲較多,展現更多劉、關、張三結義的情誼,張飛的屈服主要來自兄長好友的關懷勸説,諸葛亮的軍令只是劉、關挽留三弟的助力。其演述的情感是更接近平民百姓所認知的爲兄長屈服軍令的情義。丑扮張飛有脱韁奔逸的勇武莽撞,也有詼諧尷尬莽憨調笑的效果,與淨扮戲的強押硬扭結尾不同。在《草廬記》原劇中,張飛、劉備、關羽、趙雲都只有人物名,無腳色行當配置。但在《萬壑清音》的《怒奔范陽》中,四人物全分派腳色行當,雖然生、外、末、丑同場,而真正主唱者卻是丑扮張飛。主戲之丑,在舞臺上需有武行的表演功力,表現勇武莽憨的性格特徵,最後屈服前的耍賴則有喜劇性詼諧趣味。成爲折子抽離原劇後,此齣可在腳色行當化中爲丑行藝術創造表演磨練技藝的機會。

　　此齣主戲之丑是三國故事中的英雄,也是有政治、軍事地位的正面人物,以丑扮之,在凸顯張飛個性上憨直火爆易怒的缺點,以及由個性缺點所激蕩的耍賴趣味。在文本流傳中,止雲居士《萬壑清音》爲明末天啓年間民間傳演的崑劇丑行折子戲保留散齣。它承繼萬曆間的《徵歌集》輯,而清代《續綴白裘》又承接輯入,在崑劇史中留下散齣發展承上啓下的觀察線索,意義特殊。

三、軍情潛探——《計就追獲》對《紅拂記》的改動

　　《萬壑清音》中另一明題丑行演出的折子是《紅拂記》的《計就追獲》,此齣的主唱人物是爲虬髯客報戰訊的探子。以下就《萬壑清音》與《紅拂記》《女丈夫》的關係,以及《萬壑清音》所收《紅拂記》之齣目名稱、腳色行當的變異探討。

(一)《紅拂記》的著録、品評、改寫

　　紅拂、李靖、虬髯客的故事在明代戲曲中是受歡迎的題材,有雜劇、傳奇,又

有同名異作劇本、評點本和改寫本等異本。呂天成《曲品》在"新傳奇品"，有兩則"紅拂"條，張鳳翼的《紅拂記》列爲"上中品"，評曰：

> 此伯起年少時筆也。俠氣辟易，作法撇脱，不粘滯。第私奔處未免激昂，吾友槲園生補北詞一套，遂無憾。樂昌一段，尚覺牽合。娘子軍亦奇，何不插入？[38]

另一"紅拂"條繫於"張屏山所著傳奇一本"後，呂天成將張太和的《紅拂記》列爲"中中品"，評曰：

> 伯起以簡勝，此以繁勝，尚有一本未見。此記境界描寫甚透，但未盡脱俗耳。湯海若極賞其【梁州序】中句。記序云："《紅拂》已經三演：在近齋外翰者，鄙俚而不典；在冷然居士者，短簡而不舒；今屏山不襲二家之格，能兼雜劇之長。"[39]

可見明代以《紅拂記》爲名的劇作，除了張鳳翼、張太和二傳奇外，還有號爲"近齋外翰"的同名劇作。莊一拂在《古典戲曲存目彙考》雖爲"近齋外翰"別立資料，但因"未見著録"，又是已佚之劇，莊氏所述主要引呂天成《曲品》的湯海若之評。[40] 以唐代小説《虬髯客傳》改寫爲《紅拂記》的作者不少，傳奇至少有三種，另有北套雜劇。諸作中以張鳳翼的《紅拂記》流傳最廣，除了六十種曲選收版本外，還有評點本，如湯若士評本、陳繼儒批評本。[41]

---

38 呂天成：《曲品》，中國戲曲研究院編：《中國古典戲曲論著集成》（北京：中國戲劇出版社，1959 年），冊 6，頁 231。

39 同上，頁 240。

40 參見莊一拂：《古典戲曲存目彙考》，冊中，頁 1096。

41 比如，林侑蒔主編：《全明傳奇》（臺北：天一出版社，1983 年，冊 28）所收之《重校紅拂記》，爲湯若士評本，有眉欄眉批，前附《虬髯客傳》，亦有眉批。次如，朱傳譽主編：《全明傳奇續編》（臺北：天一出版社，1996 年，冊 9）所收之《紅拂記》，有眉欄眉批，但未提評點者。又如，朱傳譽主編：《暖紅室彙刻傳奇》所收之《紅拂記》（揚州：江蘇廣陵古籍刻印社，1990 年），開頭有陳繼儒紅拂序，是陳繼儒批評本，每一頁都是雙眉欄，兩欄 （轉下頁）

　　呂天成《曲品》所提"娘子軍亦奇"的故事,後來馮夢龍以張鳳翼《紅拂記》改寫的《女丈夫》將之增入。《女丈夫》刪除樂昌公主與駙馬破鏡重圓的情節線,只簡略帶過,大增紅拂散家產招兵買馬,投靠李淵妹(八王爺夫人)所領娘子軍麾下,為大唐建立軍功。至於北曲雜劇則有凌濛初的《北紅拂》[42]流傳。由呂天成《曲品》論當時與紅拂故事相關的傳奇、雜劇,以及改寫本、散齣選本的流行,可見明代紅拂女私奔李靖的故事,以《紅拂記》之名,盛行於劇場,受創作者與觀眾喜愛。

　　張鳳翼《紅拂記》原作寫李靖圖謀天下,在拜見楊素時,巧遇紅拂女。楊素雖權重一時,但無心用賢。紅拂慧眼識英雄,自擇歸宿,目成私奔。二人為躲避楊素追緝,逃至靈右,於投宿旅店時,結識本欲一統中原的虬髯客張仲堅。虬髯之道兄徐洪客,善望氣,李靖與之共見李世民,徐洪客與李世民對弈,知中原王氣在李。虬髯客雖失落,但立即與李靖夫婦相約於京師再聚,虬髯在送道兄歸隱後,先返京等候。李靖夫婦依約到訪,虬髯盡贈家財,自往他方另創帝業,與李靖夫婦約定他日功成,遙拜為賀。在李靖助唐取天下後,虬髯客也成為扶餘國王,助李靖攻高麗,為李唐立奇功。在劇作中,樂昌公主原與紅拂為伴,共侍楊素,後得楊素之助,與駙馬徐德言破鏡重圓。又於逃難時與紅拂重逢,紅拂激勵駙馬求功名,並託執紅拂尋李靖,投李靖麾下共助李唐成大業。

　　綜觀張鳳翼《紅拂記》的情節結構,情節主線是李靖與紅拂女的愛情,奇逢豪俠虬髯客捨財,助李唐取天下。情節副線有二,一是張仲堅因徐洪客對隋末天下大勢的預言,捨棄中原,在扶餘國為王;二是樂昌公主夫婦破鏡重圓,駙馬投李靖麾下建功。一劇主題既展現李靖與紅拂,樂昌公主與駙馬,兩對佳人的奇逢、愛情,更強調亂世中慧眼識英雄的心意相通、心氣相連,奇遇知惜的真摯情義,如紅拂與樂昌在楊素府所建立的女性友誼,虬髯客張仲堅與道隱者徐洪客亂世中的信任,虬髯客的豪贈,紅拂夫婦之得贈履義,在時移世遷裏屢踐

(接上頁)分題為上眉批、下眉批。另有作家劇本集,張鳳翼著,隋樹森、秦學人、侯作卿校點:《張鳳翼戲曲集》(北京:中華書局,1994年)。

42　參見凌濛初:《識英雄紅拂莽擇配》,魏同賢、安平秋主編:《凌濛初全集》(南京:鳳凰出版社,2010年),冊4,頁1—21。

誓言。

　　馮夢龍的改寫本《女丈夫》，刪掉樂昌公主夫婦破鏡重圓情節，增加李唐八王爺夫婦，強化紅拂女的俠義性格，在激勵李靖離家投軍後，於動亂中散家財，招幕兵士，投靠八王爺夫人，共成娘子軍，在戰亂中獻策、指揮作戰，與丈夫李靖各建奇功。馮夢龍將紅拂塑造爲亂世中的女豪傑，比張鳳翼《紅拂記》原劇巧遇樂昌公主，兩人相伴，等待丈夫功成名就的傳統柔弱女性更具獨立性格。

　　除了重塑紅拂女，馮夢龍也增入神異情節，凸顯天命與求道修行，塑造李靖、虬髯客、徐洪客的不凡際遇與英雄性格。李靖用兵之能在於天命與天助，發跡前，因夜宿誤闖龍宮，適逢法力特殊的徐洪客爲亂世荒旱求雨，天宮應其祈，命龍王太子行雨，而龍王太子不在家，爲免責罰，龍母託李靖閉目騎龍代子行雨。李靖行雨將畢時，心念忽動，以爲稍違叮囑，睜眼一望無妨，但當看到百姓受乾旱之苦，一時憐憫，多滴了幾滴瓶水，人間因雨成災，不可收拾，害龍王太子因而被罰。龍母雖氣，念其有代子行雨之恩，在告別時，仍報答李靖，讓他在兩位使者中擇選一人隨身護祐。選擇後，便注定其一生止於武將，不能爲君，也無法出將入相。《女丈夫》增添齣目強化徐洪客的法力，在助虬髯客取得扶餘國後離塵修道，凸顯頂天立地之丈夫，除了爲王爲將，捨棄權勢物慾，功成身退，一塵不染，入道養性，返樸歸真，更是丈夫實踐生命意義的另一境界。而虬髯客在助李靖、紅拂攻打高麗後，各成所願，三俠重聚。

（二）《萬壑清音·計就追獲》腳色行當的改動——以丑取代小旦主唱

　　就情節發展而言，在張鳳翼《紅拂記》原作中，第三十一齣《扶餘換主》本是重要關目，因爲這是第十八齣《擲家圖國》虬髯客張仲堅將所有家產贈予李靖夫婦，相約十年後必於天涯海角建立功業誓言的實現，也是虬髯客與李靖夫婦重逢的前引，因此，《扶餘換主》是結尾前劇情高潮的轉折關鍵。寫虬髯客在扶餘國得天下，自幸昔日遠走天涯，另圖王國的正確抉擇。李靖雖不知扶餘國王即虬髯客，但已發文書約各國共伐高麗，虬髯有心再助。此齣是扶餘國王和探子的對手戲，是探子回報戰況的關目，轉述李靖征高麗，與其王對決的英勇。扶餘國王了解戰況後，確定高麗王逃亡路線，定計命人假扮漁樵，雙線誘捕高麗王。第三十二齣《計就擒王》,以【步蟾宮】、【錦上花】三支等四曲組一短套,寫第三十一齣計畫的實踐;第三十三齣《天涯知己》寫李靖與虬髯客重逢,也交代發信會合諸國共捕高麗王是李靖的作戰策略。

《萬壑清音》卷七所收《紅拂記》的《計就追獲》,是張鳳翼原作第三十一齣《扶餘換主》和第三十二齣《計就擒王》的重整。《萬壑清音》選齣寫虬髯客張仲堅聽説李靖攻打高麗,派人打探戰況,演受命探子回報戰況的情節。《萬壑清音》的《計就追獲》由丑扮探子,主唱越調【鬭鵪鶉】北套;但在張鳳翼原劇中,此套由小旦扮探子主唱。

在張鳳翼創作的時代是崑劇發展初期,崑腔音樂與新傳奇的關係還處於梁辰魚爲崑腔創作專屬劇本的階段,此時南戲與傳奇的體製規律仍相互糾葛,崑劇發展也還不穩定,腳色行當的分工考量不如明末天啓時期,"探子"由小旦改扮,有其時代環境因素,北套是曲牌接連的長段歌唱,任務繁重,在表演中需凸顯主唱者的唱作功力,而歌唱是生旦的當行技藝。"探子"在古代應是男性的工作,不會是展現女性特質的旦行,因此,張鳳翼以"改扮"標注,凸顯的正是非本行應工的用意,與此齣的長段歌唱有關。由陸萼庭《崑劇腳色的演變與定型》之論可知明代崑劇發展至天啓年間,演員行當分工漸細,腳色行當也已漸趨專門化,朝減少改扮的方向發展。《萬壑清音》所收《計就追獲》的"探子",反映出明末天啓年間單齣折子演出的實際情況已由丑行直接扮飾,不但主要擔綱的腳色行當更易爲丑行,齣目名稱也更改,將第三十二齣《計就擒王》情節意涵併入,使此齣齣名更具情節獨立性的意義。

《萬壑清音·計就追獲》一齣之中除了外扮張仲堅上場唱【出陣子】外,其餘越調【鬭鵪鶉】、【紫花兒序】、【柳營曲】二支、【小沙門】、【聖藥王】、【尾聲】等七曲組成的北套,皆由丑扮探子主唱。在張鳳翼原劇張仲堅上場所唱爲以詞牌爲引曲的【破陣子】上片,《萬壑清音》的《計就追獲》曲文內容全同,只是將牌調改爲【出陣子】。不論原劇,或《萬壑清音·計就追獲》的選齣,都是以北曲爲主的南北合腔套數。北曲依然遵循元劇北曲一人獨唱的傳統。

《萬壑清音》的《計就追獲》雖然大部分的內容相當於張鳳翼《紅拂記》第三十一齣《扶餘換主》,但將齣目名稱改爲《計就追獲》,合併張鳳翼原劇第三十二齣《計就擒王》的成功情節。創造計定功成,英雄兩相輝映的留白遐想。

　　《萬壑清音・計就追獲》的內容絕大部分依循《紅拂記》原作,最大的改動在探子由丑扮主唱越調【顓鵪鶉】七曲北套。此套絕大部分是戰況摩寫、勝負較量,以及李靖之英武,以探子所唱兩首【柳營曲】爲例:

《萬壑清音》選齣	張鳳翼《紅拂記》原作
【柳營曲】(丑)鼓振的那山岳摧,喊聲也似鬼神悲。蕩征塵翻滾滾天日晦。領雄兵迎敵,廝殺相持。出馬呵則聽得高叫一聲似春雷。〔外〕他兩下怎生披掛? 使甚器械? 你喘息定,慢慢的再說。	【柳營曲】(丑)鼓振的那山岳摧,喊聲也似鬼神悲。蕩征塵番滾滾天日晦。領雄兵迎敵,廝殺相持。出馬來則聽得高叫一聲似春雷。〔外〕他兩下怎生披掛? 使甚器械? 你喘息定,慢慢再說。
【么篇】(丑)垓心裏耀武揚威,陣面上摑鼓奪旗。李將軍他冠簪着金獬豸,甲披着錦唐猊,坐下馬勝似赤狻猊。高麗國那將軍又不曾言名諱,不使甚別兵器。他使一條方天畫戟,身穿白袍白甲,戴着素銀盔。猛見了則是個西方神下世。這一個合扇刀望着腦蓋上劈,那一個拿方天戟不離了輭脇裏刺;這一個恨不得扯碎了黃旗,那一個恨不得扢支支頓斷了豹尾。〔外〕他兩下畢竟誰弱誰強,又誰輸誰贏? 喘息定,慢慢再說。43	【么篇】(丑)垓心裏耀武揚威,陣面上摑鼓奪旗。李將軍他冠簪着金獬豸,甲掛着錦唐猊,坐下馬勝似赤狻猊。高麗國那將軍又不曾言名諱,不使甚別兵器。他使一條方天畫戟,身穿白袍白甲,頭戴着素銀盔。猛見了則是個西方神下世。這一個合扇刀望着腦蓋上劈,那一個拿方天戟不離了輭脇裏刺;這一個恨不得扯碎了黃旗,那一個恨不得扢支支頓斷了金錢豹尾。〔外〕他兩下畢竟誰弱誰強,誰輸誰贏?44

　　由上表可見《萬壑清音》選齣和張鳳翼《紅拂記》原作若不計異體字問題,二者文字差異不大。但若仔細誦讀,可發現《萬壑清音》應是演員用於舞臺表演的版本,語言表達更近於口語,其語言、情感的聯繫性比張鳳翼《紅拂記》原作更貼近生活,最後所添增的"喘息定,慢慢再說",雖然只是重複第一首【柳營曲】結束後對談的用語,是王者虬髯客對探子的關心,探子急欲一口氣稟報的興奮,奔波的喘息,溢於言表,既表現王者對下屬關心的體貼,也有小人物急切切覆命、傳述見聞的鮮活靈動。而這樣的內容,由丑來擔綱主唱,不論男性人物與行當主要性別象徵都相吻合,就軍中低下小人物性情行爲的行當技藝表演

43　止雲居士:《萬壑清音》,王秋桂編:《善本戲曲叢刊》,第四輯,冊2,頁541—542。
44　張鳳翼:《繡刻紅拂記定本》,毛晉:《六十種曲》(臺北:臺灣開明出版社,1988年),頁65—66。

而言,丑行擔綱確實比小旦改扮有更大的揮灑空間,描述英雄時口沫橫飛,急於誇講戰況,或在舞台上模擬英雄,都更適合用可演真切、活潑、詼諧、逗趣之情的丑行來充任。

　　此齣以探子出關目敘寫情節,鋪陳戰況的方式,當馮夢龍將《紅拂記》改寫爲《女丈夫》時,已全然不用,大幅改動此段劇情。扶餘國王得知李靖軍情,定計助攻的情節,因爲紅拂與李靖一起出征作戰,而改動甚大。紅拂得新軍情,知扶餘國易主,猜測此應是虬髯客海外舉事功成,建議李靖請虬髯客助攻,她以紅拂爲信物,修書提請(第三十折《女俠修書》)。第三十一折《海外稱王》雖與《紅拂記》第三十一齣《扶餘換主》情節分量相當,但《女丈夫》中主要展現虬髯客爲王氣象,以及收到昔日所認一妹的紅拂與信件後,不忘昔日承諾,情義相挺,定計相助,彰顯英雄的豪傑性格。馮夢龍在《海外稱王》折目之下自注:

　　　虬髯客海外稱王一段氣象,也須敷演一場,豈可抹煞? 演此折須文武宮
　　　監極其整齊,不可草率,涉寒酸氣。[45]

可見在此段情節中,馮夢龍所要突顯的是虬髯客海外成事的帝王氣象,一套北雙調【新水令】全由淨扮的虬髯客所唱,已經不存在探子唱曲報軍情的關目了。

　　若分析馮夢龍之改本《女丈夫》,不論是《紅拂記》小旦主唱的《扶餘換主》,或是《萬壑清音》所收,天啓四年崑劇舞臺已易名獨立演出的丑唱折子《計就追獲》,"探子"這一人物在《女丈夫》中都已不存在,呈信者是扶餘國的"官",而非"探子"。可見"探子"是一個只要敘事觀點改變,就可以不存在,或被取代的極邊沿人物。就張鳳翼《紅拂記》的流傳而言,《萬壑清音》輯選《計就追獲》,不但保留原劇改易後丑行主唱折子的表演系統,更具有由原劇跳脫,主戲改換腳色行當的折子戲特點,就演員訓練而言,《萬壑清音》的《計就追獲》凸顯了天啓間劇團爲丑行增加專屬折子的實例,別有爲丑行鍛鍊舞臺演技的意義。

45　馮夢龍著,俞爲民點校:《墨憨齋重定女丈夫傳奇》,魏同賢主編:《馮夢龍全集》(南京:
　　江蘇古籍出版社,1993 年),冊 12,頁 267。

　　除了《萬壑清音》外,《紅拂記》的曲套或隻曲歌詞收於明清戲曲選集的,計有《珊珊集》《樂府紅珊》《堯天樂》《大明春》《八能奏錦》《詞林一枝》《南音三籟》《怡春錦》《詞林逸響》《月露音》《歌林拾翠》《群音類選》《樂府南音》《賽徵歌集》《玄雪譜》《新編千家合錦》《新編萬家合錦》《續綴白裘》《新刻精選南北時尚崑弋雅調》《來鳳館精選古今傳奇》《選古今南北劇》《萬錦清音》《方來館合選古今傳奇萬錦清音》《新鐫歌林拾翠》《曲選》《新鐫樂府爭奇》等二十六種。明清戲曲選集選收《紅拂記》齣目達八十七齣次之多,[46]其中收錄最多的要屬《群音類選》卷六,共收《紅拂記》二十種齣目;[47]其次,《歌林拾翠》收十三種齣目。[48] 曲譜則有清葉堂《納書楹曲譜續集》卷四收有《紅拂記》的《靖渡》。[49]

　　在這麼多的戲曲選集和選齣中,只有《歌林拾翠》所選的《探報軍情》與《萬壑清音》的《計就追獲》相似,但《歌林拾翠》的《探報軍情》主唱者為"旦",應是從張鳳翼《紅拂記》第三十一齣《扶餘換主》的"小旦"簡化而來,兩者都沒有脫離旦行的歌唱系統。只有《萬壑清音》的《計就追獲》以"丑"應工主唱,由此更可見《萬壑清音》選輯轉換主唱腳色行當之折子的特殊性。

四、瘋魔化奸——從《萬壑清音》散齣到崑劇《掃秦》丑唱

　　《萬壑清音》所輯選的《瘋魔化奸》,演秦檜到靈隱寺燒香祈福,地藏菩薩應化為靈隱寺瘋和尚,在寺壁題詩:"縛虎容易縱虎難,無言終日倚欄杆。男兒兩

46　若將《萬壑清音》的《計就追獲》計入,應為八十八種齣目。每一種選集的齣目名稱多各自標新立異,極少與張鳳翼原劇作完全相同。

47　胡文煥:《群音類選》共收《李靖渡江》《紅拂幽叙》《逆旅寄跡》《請謁侯門》《登高望氣》《紅拂私奔》《文靖先聲》《英雄投合》《某辨真人》《虯髯心折》《樂昌訴舊》《虯髯贈別》《樂昌鏡合》《破鏡重圓》《虯髯退步》《勉夫求名》《紅拂寄訊》《計獲高麗》《重會虯髯》《紅拂胥慶》等齣目,見冊1,頁53—84。

48　無名氏:《歌林拾翠》(臺北:臺灣學生書局,1984年)共收《仗劍渡江》《問神良佐》《見生心許》《李郎神馳》《俠女私奔》《同調相怜》《賣鏡巧遇》《徐生重合》《捐家航海》《覓封送別》《避難奇逢》《花園拜月》《探報軍情》等十三種齣目,見冊1,頁355—413。

49　葉堂:《納書楹曲譜》(臺北:臺灣學生書局,1987年),冊3,頁1143—1146。

眼英雄淚，滴入襟懷透膽寒。"50 隱指秦檜東窗謀劃害死岳飛事將敗露，劇情由此詩展開。《萬壑清音》將《瘋魔化奸》題作《精忠記》，但詳細比對《精忠記》第廿八齣《誅心》，套數不合，反倒與元代雜劇《東窗事犯》第二折的關係更密切。以下即就文本出處和腳色行當問題，分別探討。

（一）《瘋魔化奸》文本出處

由戲曲著錄來看，岳飛故事在元、明戲劇裏流行甚廣。以戲曲劇本而言，除了元代的孔文卿《東窗事犯》雜劇外，比較完整流傳至今的南戲有《東窗記》51 和《精忠記》，二劇作情節大抵相似，康保成曾考訂二劇的關係，認爲《精忠記》是以《東窗記》爲底本進一步修訂的後出之作。52《精忠記》因收入《六十種曲》，而流傳更廣。明清時期的戲曲選集中，兩種劇作都有選齣。

《精忠記》爲明代成化年間在世的姚茂良所著，共卅五齣。莊一拂《古典戲曲存目彙考》將之歸爲明初戲文，《精忠記》條著錄：

> 《南詞叙録》、呂天成《曲品·舊傳奇》均著録。明萬曆間金陵富春堂刊本，明末汲古閣原刊本，《古本戲曲叢刊初集》本據汲古閣原刊本影印。《叙録》題《岳飛東窗事犯》，用禮重編。用禮或即周禮誤。宋、元戲文，元雜劇均有《秦太師東窗事犯》。此戲當屬於同一系統，似經改編者。青霞仙客有《陰抉記》傳奇，則又據此稍加改竄，見後文。遠山堂《曲品》云："《金牌宣召》一折，大得作法，惜閒譚過繁。末以冥鬼結局，前既枝蔓，後遂寂寥。"53

按：徐渭《南詞叙録》著録南戲，其"宋元舊編"有《秦檜東窗事犯》之名。54 呂

50　止雲居士：《萬壑清音》，王秋桂編：《善本戲曲叢刊》，第四輯，冊 2，頁 459—460。

51　周禮：《東窗記》，全名《新刊出像音注岳飛破虜東窗記》，一名《東窗事犯》，二卷四十折。參見郭英德：《明清傳奇綜録》，冊上，頁 11—14。

52　參見康保成：《從〈東窗事犯〉到〈東窗記〉〈精忠記〉》，《藝術百家》1990 年第 1 期，頁 75—80。

53　莊一拂：《古典戲曲存目彙考》，冊上，頁 98。

54　參見徐渭：《南詞叙録》，中國戲曲研究院編：《中國古典戲曲論著集成》（北京：中國戲劇出版社，1959 年），冊 3，頁 251。

天成《曲品》卷下"舊傳奇"以"詞簡净"評《精忠》,列之於第三等"能品"。[55] 莊一拂在《精忠記》著録之末提及《遠山堂曲品》爲《精忠記》所寫評語。祁氏將《精忠記》列爲第五等"能品",開頭即説:"雖庸筆,亦不失音韻。"[56]《精忠記》雖然留存至今,但它在明代文士眼中,並非佳作。

青霞仙客《陰抉記》傳奇是《精忠記》的改寫本,此劇雖佚,[57] 但明末祁彪佳猶見其存,《遠山堂曲品》"陰抉"條著録:"前半與《精忠》同。後半稍加改竄,便削原本之色。不識音律者,誤人一至於此。"[58]將青霞仙客的《陰抉記》列爲六等"具品"。

《精忠記》另一存世改寫本是《精忠旗》,共卅七折,分上下兩卷。馮夢龍《墨憨齋新訂精忠旗傳奇》[59]題爲"西陵李梅實草創,東吳龍子猶詳定",[60] 其《叙》曰:

> 舊有《精忠記》,俚而失實,識者恨之。從正史本傳,參以湯陰廟記事實,編爲新劇,名曰《精忠旗》。精忠旗者,高宗所賜也。涅背誓師,岳侯慷慨大節所在。他如張憲之殉主,岳雲、銀瓶之殉父,蘄王諸君之殉友,施全、隗順之殉義,生死或殊,其激於精忠則一耳。編中長舌私情,及森羅殿勘問事,微有粧點。然夫婦同席,及東窗事發等事,史傳與別記俱有可據,非杜撰不根者比。方之舊本,不逕庭乎?[61]

《精忠記》雖流傳至今,但《墨憨齋新訂精忠旗傳奇》之《叙》"俚而失實"之論,正與祁彪佳《遠山堂曲品》視之爲"庸筆"之評相似,可見明代文士對《精忠記》

55　吕天成:《曲品》,中國戲曲研究院編:《中國古典戲曲論著集成》,册 6,頁 227。
56　祁彪佳:《遠山堂曲品》,中國戲曲研究院編:《中國古典戲曲論著集成》,册 6,頁 26。
57　參見莊一拂:《古典戲曲存目彙考》,册中,頁 1103。
58　祁彪佳:《遠山堂曲品》,中國戲曲研究院編:《中國古典戲曲論著集成》,册 6,頁 91。
59　參見馮夢龍著,俞爲民校點:《墨憨齋新定本傳奇》,魏同賢主編:《馮夢龍全集》(南京:江蘇古籍出版社,1993 年),册 12,頁 365—476。
60　同上,頁 371。
61　同上,頁 367。

一直不很滿意，[62]因此，除了有李梅實的《精忠旗》，[63]還有馮夢龍改定的《墨憨齋新訂精忠旗傳奇》。《萬壑清音》所收《瘋魔化奸》的情節雖與《精忠記·誅心》一齣相似，但在後來馮夢龍的改寫本中，因爲整體情節變異，此段內容已經完全刪除，無法在馮夢龍的《墨憨齋新訂精忠旗傳奇》中找到可與《萬壑清音·瘋魔化奸》相比對的關係。

　《萬壑清音》所輯選的《瘋魔化奸》，是元雜劇《東窗事犯》第二折與《精忠記》第二十八齣《誅心》調整融合後的新齣目。其中影響尤深爲《東窗事犯》曲套形式的挪用。

　《東窗事犯》作者問題複雜，[64]雜劇體製規律特殊，四折之外，有兩楔子、一散場，不同於元劇四折一楔子。兩楔子，位於開頭及二、三折之間。第四折正宮【端正好】套的【尾聲】之後，又有仙呂【後庭花】和【柳葉兒】二曲作爲散場。在第四折用真文韻之後，散場二曲轉叶皆來韻。此劇爲末本，正末在第一楔子和第一折扮岳飛主唱，第一楔子演岳飛鎮守朱仙鎮，與大金四太子交戰，等待起軍再次擊金之令時，不意等到一日十三次聖旨金牌的召回令，只得暫將軍務交由岳雲、張憲統領，自返朝廷了解生變原因。第一折演述岳飛回到朝中即被帶到大理寺問罪，岳飛辯駁，以曲套唱出被誣陷的無奈，此折結束時岳飛與岳雲、張憲父子三人被斬。第二折將戲劇空間轉到靈隱寺。正末扮地藏神應化的呆行者。他在秦檜行香時，揭露秦檜夫婦東窗密謀害岳飛之事。第二楔子正末再改扮虞候何宗立，奉秦檜之命到西山靈隱寺勾捉呆行者，但呆行者已離開，只留下八句詩，何宗立覆命後，因詩之末有"家住東南第一山"句，秦檜命之再往捉拿呆行者，途遇賣卦者，因買卦而得指引，見地藏王。第三折正末扮岳飛鬼

62　姚茂良：《繡刻精忠記定本》（臺北：臺灣開明書店，1970 年）確實有很多奇怪而庸俗的齣目，如第五齣《爭裁》、第十四齣《說偈》，雖與岳飛出征、遇難有關，但這兩齣徒有科諢和預警，無法凸顯人物性格，卻讓岳府、岳飛顯得庸俗。

63　莊一拂於李梅實條作："佚其名，浙江杭州人。生平無考。"見氏著：《古典戲曲存目彙考》，冊中，頁 973。又在《精忠旗》條著錄："《今樂考證》著錄。明墨憨齋刊本，《墨憨齋新曲十種》乾隆刊本，《古本戲曲叢刊二集》本據墨憨齋刊本影印。《曲考》《曲海目》《曲錄》並見著錄，列入無名氏。《考證》列馮氏名下。"同上。

64　嚴敦易對此問題探討甚深，提出孔文卿、楊駒兒、金仁傑三者的關係，並分析《東窗事犯》的各種著錄，詳參氏著：《元劇斠疑》（北京：中華書局，1962 年），冊下，頁 487—508。

魂,領東岳聖帝之令到太上皇高宗夢中訴冤。第四折正末又扮何宗立,演述奉命到東南山捉拿呆行者葉守一不得,陷在酆都,當返回故里已過二十年,向皇帝講述捉拿葉守一,見秦檜因陷害忠良在陰曹地府受罪,代其傳訊給秦夫人的經過。散場二曲雖沒有寫主唱人物,但由其唱詞判斷,此場應由岳飛的鬼魂主唱。

　　在《東窗事犯》雜劇,正末共扮演了岳飛、呆行者和何宗立三個人物,其中岳飛由正末扮飾,主唱楔子、第一折、第三折、散場等四部分。但從元雜劇中抽離出來單獨流傳的,卻是正末扮呆行者的第二折。元刊雜劇三十種系統中的《東窗事犯》,[65]不論是鄭騫《校訂元雜劇三十種》,或《元曲選外編》所收,都不是全賓白的本子,除了主唱人物的簡單賓白或帶白外,延展劇情的賓白和舞臺動作,主唱以外的演員提示,大多省略。曲套雖完整,但劇本的情節細節無法完整呈現。

　　《東窗事犯》第二折爲中呂【粉蝶兒】轉般涉【耍孩兒】的借宮套。由中呂【粉蝶兒】、【醉春風】、【迎仙客】、【石榴花】、【鬪鵪鶉】、【紅繡鞋】、【十二月】、【堯民歌】、【滿庭芳】、【快活三】、【鮑老兒】,般涉調【耍孩兒】、【三煞】、【二煞】、【收尾】等十五首曲牌組成長套。主套中呂宮【粉蝶兒】開啓後用十一首曲牌,才轉入般涉調【耍孩兒】的曲段。主套結束後以八句詩作結:

> 久聞丞相理乾坤,占斷官中第一人。都領群臣朝帝闕,堂中欽伏老勳臣。有謀解使蠻夷退,塞閉奸邪禁衛寧。賢相一心忠報國,路上行人説太平。[66]

這首詩表面讚揚秦檜,但接下來所唱的般涉調【耍孩兒】曲段,便完全是預示警告之曲。【耍孩兒】描寫靈隱寺的秀麗風光,進入兩支煞曲後,預警天理,明告秦檜:岳飛護國之功已定,秦檜反朝廷、害忠良,報應遲早到來,狠逆天理,神明

65　寧希元校點:《元刊雜劇三十種新校》(蘭州:蘭州大學出版社,1988 年),冊下,頁82—97。

66　參見鄭騫:《校訂元雜劇三十種》(臺北:世界書局,1962 年),頁 294。

已知,警示秦檜死限將至,待到陰司必難逃審判,再悔恨已不及做結。整體而言,元雜劇《東窗事犯》第二折的内容因爲推衍情節的賓白未能完整收入,除了正末所扮呆行者的曲文,無法看出其他對戲者的應答、表演。《萬壑清音・瘋魔化奸》的曲套雖與《東窗事犯》第二折相近,[67] 但是許多情節賓白卻也與《精忠記》第二十八齣《誅心》近似。《誅心》由仙呂過曲【光光乍】、黃鍾過曲【出隊子】、雙調過曲【忒忒令】、【園林好】、【嘉慶子】、【尹令】、【品令】、【豆葉黃】、【月上海棠】、越調過曲【五韻美】、雙調過曲【六么令】、【玉交枝】、【江兒水】、【川撥棹】等十四支南曲組成。這是以雙調過曲爲主的套數。前二首仙呂過曲【光光乍】、黃鍾過曲【出隊子】可視爲前引情節,是丑扮靈隱寺長老與淨扮秦檜的上場曲。從【忒忒令】開始才是地藏菩薩應化的瘋和尚葉守一主唱,一共十支南曲曲牌,全由瘋和尚一人歌唱,淨扮秦檜只有賓白應答,可視爲一人獨唱的曲段。這在南曲套中極爲少見,不是慣用人物對唱、輪唱、重唱的南套配唱規律。這顯然是受元雜劇影響,甚至是自雜劇曲文移植,套入南曲音樂的特殊配唱方式。

　　《萬壑清音・瘋魔化奸》將《誅心》南套的前兩曲,即長老與秦檜的上場曲仙呂過曲【光光乍】、黃鍾過曲【出隊子】完全刪除,賓白保留,成爲北套由賓白開啓的元雜劇傳統,而葉守一所唱曲牌全數再改回北曲聯套,只是略爲更動曲牌組織,有些内容甚至更接近《精忠記》。如第一段賓白凸顯寫於香積廚壁上的題詩:"縛虎容易縱虎難,無言終日倚闌干;男兒兩眼英雄淚,流入胸襟透膽寒。"秦檜因見此詩而召見瘋行者。這段情節便來自《精忠記》,不見於元雜劇存本。

　　若論《萬壑清音・瘋魔化奸》的人物塑造,則主要承繼《東窗事犯》。《東窗事犯》的呆行者持火筒上場,而《精忠記》的《誅心》是持苕箒。《萬壑清音・瘋魔化奸》多因著《東窗事犯》曲文而變化,以砌末發展人物對話與戲劇情節。如

67　《萬壑清音・瘋魔化奸》的套數爲: 中呂【粉蝶兒】、【醉春風】、【迎仙客】、【石榴花】、【鬥鵪鶉】、【紅繡鞋】、【十二月】、【堯民歌】、【快活三】、【朝天子】、般涉調【耍孩兒】、【尾聲】等 12 首組成。此套將元劇中呂【堯民歌】後的【滿庭芳】抽掉,【快活三】後的【鮑老兒】改換爲【朝天子】;又將【耍孩兒】後的【三煞】、【二煞】刪除。見止雲居士:《萬壑清音》,王秋桂編:《善本戲曲叢刊》,第四輯,冊 2,頁 460—473。

《東窗事犯》的中呂【粉蝶兒】作：

> 休笑我垢面風癡，恁參不透我本心主意，子爲世人愚不解禪機。鬅鬙著
> 短頭髮，跨著個破執袋，就裏敢包羅天地。我將這吹火筒卻離了香積，
> 〔唱〕我泄天機故臨凡世。[68]

而《萬壑清音·瘋魔化奸》的中呂【粉蝶兒】作：

> 你休笑我垢面風癡，你可也參不透本心的主意，則爲你世人癡，不解我
> 的禪機。（僧）這和尚髮鬅鬙。（風）你休笑我髮鬅鬙。（僧）掛這個破執袋怎麼？
> （風）掛著個破執袋，我這裏面到包藏著個天地。（僧）拿着個火筒怎麼？（風）
> 拿著個吹火筒恰離了香積，他那裏知道我是地藏王也，我今日故泄漏在這污
> 臨凡世。[69]

由上列引文可見《萬壑清音》的選齣就著《東窗事犯》的曲文內容發展出瘋和尚
的造型，髮鬅鬙，掛著一個破執袋，手拿著吹火筒，這兩樣砌末可以在舞臺上與
身段動作結合，發揮多種做功。曲文和賓白雖然沒有出現《精忠記》裏的苕箒，
但《明清孤本戲曲選本叢刊》第一輯所收的《萬壑清音》刻本卷六有一幅兩頁的
版刻插畫，[70]圖中有四人物，右側畫面爲靈隱寺長老和瘋和尚葉守一，左頁是秦
檜和一持棍侍衛。瘋和尚赤足，有些略見散亂的頭髮，與長老剃度出家人的形
象不同，右手持苕箒，左手指出比著一個方向，並無《瘋魔化奸》曲文賓白中破
執袋、吹火筒。這幅圖實與《精忠記·誅心》瘋和尚葉守一以苕箒歌詠的形象
相近。《誅心》以苕箒爲戲，寫了一段掃除奸臣的對話：

68　鄭騫：《校訂元雜劇三十種》，頁292。另見隋樹森：《元曲選外編》（臺北：宏業書局，1982
　　年），頁408。兩版本文字略有些微差異。
69　止雲居士：《萬壑清音》，王秋桂編：《善本戲曲叢刊》，第四輯，冊2，頁460—461。
70　止雲居士：《萬壑清音》，陳志勇編：《明清孤本戲曲選本叢刊》，第一輯，冊10，頁212—
　　213。

〔淨〕果是風疾的和尚。壁間的詩,是何人寫的?〔風〕這詩麼,是你做的,是我寫的。〔淨〕爲何這膽字寫得這樣小。〔風〕秦檜,你的膽大,做出事來。我的膽小,不做出事來。〔眾喝介淨〕咄,胡説! 你手中拿的是什麼東西?〔風〕是一把苕帚。〔淨〕這苕帚要他何用?〔風〕我有用處,要掃殿上這些奸臣。〔淨〕怎麼不去放了?〔風〕放他不得。〔淨〕爲何?〔風〕放了他就要弄權。〔淨喝介風〕秦檜,待我把這苕帚從頭至尾,説與你聽着。[71]

圖一　《萬壑清音》刻本卷六版刻插畫

《瘋魔化奸》的引場雖取《誅心》的部分內容,但這段以手拿苕帚,點出奸臣弄權的問答,並未採入。而是以忙著燒火,忙著念經爲科諢。

　　《萬壑清音・瘋魔化奸》也因著《東窗事犯》的曲文,增加靈隱寺長老與瘋和尚的賓白對話,不論曲文或賓白,都有更口語化,更貼近日常語言的舞臺性

71　參見姚茂良:《繡刻精忠記定本》,頁 70—71。

特點。尤其是作爲折子戲,情節脱離原始劇本,這瘋和尚是誰? 必須交代。而《瘋魔化奸》中一句簡單的"他那裏知道我是地藏王也",就將此劇的情節關鍵説清楚,即使一齣單獨演出,觀衆也很清楚情節要點。

(二)《瘋魔化奸》是雜劇正末、南戲之"外"轉爲崑劇《掃秦》之丑的關鍵

《精忠記》第二十七齣《應真》地藏菩薩的本真以行者形象出現,所配脚色爲"外"。[72] 在第二十八齣《誅心》中,地藏菩薩應化的瘋和尚没有配置脚色,只標寫"風",依明傳奇慣例相鄰齣目外扮的行當不變,可以不提,只以地藏菩薩應化後外表瘋癲的人物特徵作爲標記,與地藏菩薩本真行者形象有別。《萬壑清音·瘋魔化奸》瘋魔和尚從一上場到結尾都只題"風",所有内容没有地藏菩薩或葉守一之名,這種只標"風"的方式,完全不同於《元曲選外編》之《東窗事犯》第二折起首題"正末扮呆行者拿火筒上",[73]起句念:"吾乃地藏神,化爲呆行者。在靈隱寺中,洩漏秦太師東窗事犯。"[74]不論"正末"之脚色行當,"火筒"之砌末、舞臺動作提示,或賓白裏的身分轉變,在此處之後不再有任何人物脚色行當説明,稱秦檜不論是曲文賓白都作"太師",全折只有一處舞臺提示作:"等太師云了"。[75] 綜觀三種劇本,《萬壑清音·瘋魔化奸》的舞臺提示顯現著沿承《精忠記》人物題標模式,與《東窗事犯》差距甚大。此外,《精忠記》的《誅心》丑扮靈隱寺長老與净扮秦檜,形成净、丑對演的關係,而地藏菩薩應化後的瘋和尚是由"外"扮主唱的勸化嘲諷惡行者。在《萬壑清音·瘋魔化奸》中,有曲文或賓白的,只有瘋魔和尚、秦檜和靈隱寺長老三人,唯有長老題有扮飾行當,一開頭作"丑扮僧上",第二段賓白之後皆作"僧";而秦檜第一次上場標寫全名,第二次之後都簡標爲"秦",没有任何脚色行當提示。長老開頭沿承《精忠記》,其後不再標記脚色,三個人物未安脚色的模糊感,給了劇團重新思考配置脚色的編創空間。《精忠記·誅心》這一齣精采内容,在後來馮夢龍的改寫本

72　參見姚茂良:《繡刻精忠記定本》,頁 68—69。
73　見隋樹森:《元曲選外編》,頁 407。
74　同上。
75　同上。

《精忠旗》中,因爲情節的變異改動,已經刪除。《萬壑清音》雖將《瘋魔化奸》出處題爲《精忠記》,但這可視爲另一種改寫本,而且是存演於明代天啓四年以前的崑劇舞臺演出本。

在戲曲散齣選本中,《群音類選》諸腔類卷二收《東窗記》兩齣,其中第一齣題爲《風和尚罵秦檜》[76]是南曲套數,出自《東窗記》第三十一折,内容、曲套都與《精忠記》相類,[77]但開頭處不同,由末扮五戒開場,丑扮長老,外扮瘋和尚葉守一,秦檜以人名出現,没有標題腳色行當,或只作“秦”。這是萬曆年間從《東窗記》完整摘録的散齣。而更早的選齣,刊刻於嘉靖癸丑(1553)的《風月錦囊》,在十三卷《全家錦囊續編》下層收《東窗記》,[78]内容也是此段情節,但此本將末扮五戒的賓白開場刪除,由丑扮長老直接上場唱【光光乍】,“生”扮秦檜,而瘋和尚葉守一卻由“淨”扮,形成生與淨對演的戲。在《東窗記》原劇中秦檜皆以名或“秦”標寫,只有第廿二折作“淨”,但卻從没有以“生”扮的。在所有版本中,這也是唯一以“淨”扮瘋和尚的折子戲。從兩主戲人物的腳色行當變異,可見嘉靖年間已有舞臺演出背離劇本的情形,當然,這也可能是傳奇發展尚未完全穩定的混亂現象。[79]但由這兩種選本可看到在明嘉靖和萬曆年間的選齣,瘋和尚罵秦檜的戲仍是以《東窗記》南套爲主的散齣折子。南戲系統的《東窗記》《精忠記》劇本裏的瘋和尚皆爲“外”扮,而在散齣選本中已有改爲“淨”扮的折子。

清雍正刻本,清石渠閣主人輯的《續綴白裘四卷》本所收《掃秦》,[80]爲選自《精忠記》的南套,由末扮長老,風和尚也只作“風”,没有標寫腳色行當。但在清嘉慶十五年(1810)五柳居刻本,清錢德蒼編選的《綴白裘新集合編》十二集

76　參見胡文煥:《群音類選》,冊5,頁1596—1603。

77　二者曲套所用曲牌中間差異較大,在《東窗記》中,【嘉慶子】後的【尹令】、【品令】、【豆葉黃】曲文存在,但由【三臺令】曲牌名取代。【玉交枝】後的【江兒水】曲牌雖然消失,但曲文内容存在,依然繫於【玉交枝】牌調之下。同上。

78　徐文昭:《風月錦囊》(臺北:臺灣學生書局,1987年),頁529—532。

79　《東窗記》腳色行當的安排本就具不穩定性,同一人物會出現不同腳色演出的情形,參見康保成:《從〈東窗事犯〉到〈東窗記〉〈精忠記〉》,《藝術百家》1990年第1期(1990年3月),頁78。

80　石渠閣主人編:《續綴白裘》,陳志勇編:《明清孤本戲曲選本叢刊》,第一輯,冊17,頁397—408。

四十八卷所收《掃秦》，[81] 卻是北套，風和尚明題爲“丑”，[82] 住持爲末扮。另有明代的《新鐫南北時尚青崑合選樂府歌舞臺》，在其原刻“雪集”目錄中，題有《掃奸》，下標《精忠》，[83] 可惜此齣內容沒有留存。

　　從《東窗記》《精忠記》演變到現在的崑劇《掃秦》折子，《萬壑清音》的單齣輯選顯得特別重要。比對元雜劇、南戲傳奇劇本，這種結合《精忠記》與《東窗事犯》雜劇的舞臺演出修訂，在《萬壑清音・瘋魔化奸》中極多，幾乎隨處可見。其中的關鍵變化是從南套重回北套的改訂。從雜劇到南戲主唱腳色曾有“正末”到“外”的游移，在元雜劇中“外”本是“末”的小類，都是較能擔綱大量曲唱的腳色。而《萬壑清音》散齣未標腳色，讓腳色安排産生彈性空間，從《風月錦囊》的南套選齣看到獨立的折子在劇團舞臺演繹中轉變爲“淨”，而到了《綴白裘新集合編》則蛻變爲“丑”。《瘋魔化奸》情節精采緊湊，足以發揮人物性格與戲劇張力，到了清代折子戲高度發展的時代，《萬壑清音》所改作的北套長段曲文變成嘉慶《綴白裘新集合編・掃秦》崑劇丑行磨鍊、展現演唱藝術的基底，丑行本有豐富的舞臺動作，以及與淨扮秦檜的精采對戲，都提供丑腳行當發展表演技藝的空間，在歷來名家傳演的藝術加工精練中，《掃秦》是崑丑表演藝術的重要折子戲，至今仍存於崑劇曲譜、本戲書冊與崑劇舞臺。今存散齣的崑劇曲譜，齣名多作《掃秦》，但各種曲譜所題劇名出處不同，如清葉堂《納書楹曲譜》正集卷二將此齣題爲《東窗事犯》；[84] 清王錫純所輯《遏雲閣曲譜》則題爲《精忠記》；[85]《振飛曲譜》題《東窗事犯》，[86]《蓬瀛曲集》題《東窗犯》。[87] 而《元雜劇樂譜研究與輯譯》轉譯自《九宮大成》卷十五西樂譜，作者題爲孔學詩，劇名題爲

81　錢德蒼編選：《綴白裘新集合編》，陳志勇編：《明清孤本戲曲選本叢刊》，第一輯，冊 40，頁 321—335。此本卷前題“校訂時調崑腔綴白裘五編清集”。亦見玩花主人選編，錢德蒼續選：《綴白裘五編》，王秋桂編《善本戲曲叢刊》（臺北：臺灣學生書局，1987 年），第五輯，冊 6，頁 1983—1997。

82　錢德蒼編選：《綴白裘新集合編》，陳志勇編：《明清孤本戲曲選本叢刊》，第一輯，冊 40，頁 323。

83　無名氏：《樂府歌舞台》（臺北：臺灣學生書局，1987 年），頁 4。

84　葉堂：《納書楹曲譜》，冊 1，頁 313—321。

85　王錫純輯：《遏雲閣曲譜》（臺北：文光圖書，1965 年），冊 4，頁 1353—1377。

86　俞振飛編著：《振飛曲譜》（上海：上海文藝出版社，1982 年），頁 51—63。

87　中華學術院崑曲研究所編：《蓬瀛曲集》（臺北：臺灣中華書局，1972 年），頁 137—152。

《東窗事犯》第二折。[88]《掃秦》散齣尚有最近兩年出版，題爲《東窗事犯》的《北方昆曲珍本典故注釋曲譜》，[89]附有演員馬寶旺所飾瘋僧的演出照片，演出時左手持掃把，右手拿吹火筒兩種砌末。[90]

圖二　《東窗事犯‧掃秦》演出照片

屬於隻曲選收的曲譜則有《寸心書屋曲譜》，其"甲編"將《掃秦》出處題爲《東窗事犯》，僅收【迎仙客】、【石榴花】二支曲牌的工尺譜。[91] 若小全本則有昆劇手抄曲本編輯委員會依據張鍾來家藏崑曲演出本整理的《精忠傳》，[92] 共收《交印》《刺字》《草地》《翠樓》《敗金》《秦本》《掃秦》等七齣，曲文、賓白、脚色行當俱全。在《崑劇傳世演出珍本全編》的折子戲演出曲本中，有《東窗事犯》，收《掃秦》一齣。[93]

現今的崑劇曲本扮瘋和尚之丑沿承《萬壑清音‧瘋魔化奸》的北套歌唱，瘋和尚與靈隱寺長老兩人物脚色互換，如《精忠傳》的《掃秦》，丑扮主唱的瘋和尚，而靈隱寺長老改由"外"扮。若比較《精忠傳‧掃秦》與《瘋魔化奸》、《誅心》部分賓白，可見其以《瘋魔化奸》爲基底，再採入《精忠記‧誅心》部分表演。瘋和尚的砌末除了織袋、火筒，還手拿苕箒，正是將《誅心》表演設計用入。此外，也將《誅心》淨唱的黃鍾過曲【出隊子】重新採入，作爲秦檜的上場曲，使北

88　劉崇德：《元雜劇樂譜研究與輯譯》（石家莊：河北教育出版社，2003 年），頁 335—342。
89　王城保編著：《北方昆曲珍本典故注釋曲譜》（北京：中國戲劇出版社，2017 年），頁 63—76。
90　圖二爲王城保編著：《北方昆曲珍本典故注釋曲譜》所附馬寶旺演出照片，頁 63。
91　周秦主編：《寸心書屋曲譜（甲編）》（蘇州：蘇州大學出版社，1993 年），頁 9—11。
92　中國昆曲博物館編（昆劇手抄曲本編輯委員會）：《昆劇手抄曲本‧精忠傳》（揚州：廣陵書社，2009 年），冊 40。
93　蘇州崑劇傳習所編：《崑劇傳世演出珍本全編》，冊 9，頁 703—722。

套變爲以北曲爲主的南北合腔，又將《瘋魔化奸》已減化的般涉調曲段僅存的【耍孩兒】再刪除，並把【尾聲】改爲【煞尾】。原來只是賓白的"波羅蜜波羅蜜，一口沙糖一口蜜……"，[94]改爲瘋和尚上場之乾唱引曲，没有曲牌名稱，以"干"作爲歌唱提示，並以曲牌字體書寫。現今崑劇舞臺的演出本雖又從《瘋魔化奸》中再修整，但透過劇本比對，我們可以了解《萬壑清音》對後來崑劇《掃秦》崑丑折子戲的流傳，有奠基的重要影響。一齣折子戲的成功，除了在崑劇中發揚光大，也會影響其他劇種，正如郭英德《明清傳奇綜録》所説："京劇、川劇、蘇劇、漢劇、徽劇、秦腔、同州梆子、河北梆子等，皆有《瘋僧掃秦》，桂劇有《罵秦檜》。"[95]由此可見流行之廣，《萬壑清音・瘋魔化奸》整合元雜劇《東窗事犯》北套樂曲與《精忠記》賓白表演，在戲曲發展史上具有重要地位與價值。

五、結　論

　　丑行在折子戲長期腳色行當藝術的開創、發展、積累中，有其特殊的戲曲表演藝術地位和價值。《萬壑清音》散齣的研究映現明代天啓年間，丑腳由演次要人物發展爲獨立性折子戲主戲腳色的變化過程。《萬壑清音》散齣只有《草廬記・怒奔范陽》和《紅拂記・計就追獲》明確題爲丑行主唱，而《精忠記・瘋魔化奸》之主唱雖没有腳色行當標記，但卻是至今仍流傳於崑劇舞臺的重要崑丑折子戲。本文以《萬壑清音》三散齣展開的研究論述，約可歸納以下三要點。

（一）丑行散齣、折子劇名之誤題、變異

　　《萬壑清音》之《怒奔范陽》雖與《姜維救駕》共題爲《草廬記》，但現存《草廬記》並無《怒奔范陽》的情節齣目。透過《群音類選》之《氣張飛雜劇・張飛走范陽》曲套比對，可確定《萬壑清音・怒奔范陽》是由已佚明代關名雜劇《諸葛亮掛印氣張飛》"北四折"中抽離出來。此齣在戲曲選集的發展中，有北套和

94　中國昆曲博物館編（昆劇手抄曲本編輯委員會）：《昆劇手抄曲本・精忠傳》，册 40，頁 34—35。

95　郭英德：《明清傳奇綜録》，頁 14。

南北合腔之異；在六種選本中，有《張飛走范陽》《翼德逃歸》《張飛私奔范陽》《私奔范陽》等異名。

《萬壑清音》所收之《紅拂記‧計就追獲》，是張鳳翼原劇第三十一《扶餘換主》、三十二《計就擒王》合併重整的散齣。在眾多戲曲選集中，只有《歌林拾翠》所選《探報軍情》與《計就追獲》相似。

《萬壑清音》之《瘋魔化奸》，雖題爲《精忠記》，卻是元雜劇《東窗事犯》第二折與《精忠記》第二十八齣《誅心》重整融合的新齣目。以元雜劇《東窗事犯》第二折的北套曲爲基底，剔除《誅心》的南套，元雜劇賓白不完整的缺憾，由南戲《精忠記‧誅心》之情節、對話填補，最終發展爲《掃秦》，演化成崑劇丑行的經典名齣。此齣與《怒奔范陽》都顯現丑行折子發展過程中，雜揉元明雜劇與南戲傳奇的現象。

（二）丑行之曲唱由正末、外、小旦變異吸收

《怒奔范陽》在萬曆年間已有淨、丑兩種行當的折子系統分別流傳。帶滾的曲本系統爲淨扮張飛，崑腔則是丑扮。保留北套音樂的《群音類選》因無行當，無法辨別已佚《氣張飛雜劇》中張飛的原始腳色編配，但淨扮張飛重在表現生死抉擇，及不得不服從諸葛軍令的硬漢挫折與氣惱。而承自明代《徵歌集》，影響清代《續綴白裘》之《萬壑清音》崑腔丑行散齣，丑行特別能凸顯在戰場上叱吒風雲的張飛，遇到挫折時的洩氣、逃離，大將軍比平凡小人物更挫敗的難堪，最後外加不認錯的三條件，由張飛彰顯桃園結義之柔性情感。讓有政治、軍事地位的正面人物，以丑扮之，除了凸顯張飛個性憨直火爆易怒的缺點，也由個性缺點激蕩出要強耍賴的喜劇性趣味。

從《東窗事犯》、《精忠記》到崑劇《掃秦》，《萬壑清音》的《瘋魔化奸》是明代從南戲南套齣目重回雜劇北套的轉折觀察點，崑劇“丑”行五毒戲《掃秦》瘋和尚之曲唱，由元雜劇的正末、南戲之“外”漸次轉變而來，地藏菩薩化身的尊貴地位，在折子戲發展中隱匿轉化爲“丑”對直揭奸邪的瘋癲演繹。《風月錦囊》所收《東窗記》雖也改易行當，但淨扮葉守一主唱南套是另一系統的散齣。《瘋魔化奸》的留存讓我們詳辨崑劇折子揉合元劇與南戲傳奇的軌跡。

若以《萬壑清音・計就追獲》與《紅拂記》原作以小旦改扮之齣相比，《計就追獲》丑扮主唱“探子”急切覆命，傳述見聞，丑行更能表現其鮮活靈動，演繹軍中士卒打探報訊真切、活潑、詼諧、逗趣的性情。《歌林拾翠》所選《探報軍情》由旦主唱，没有跳脱張鳳翼“小旦”改扮的旦行歌唱系統，更見《萬壑清音》選輯《計就追獲》轉換主唱腳色行當爲丑行的特殊性。

（三）丑行折子獨立發展的崑劇史意義

由《萬壑清音》發展而來的丑行戲多是在改寫中可能被犧牲的情節，如與《氣張飛》相關的《草廬記》没有《怒奔范陽》的情節；《紅拂記》的《計就追獲》在馮夢龍《女丈夫》改寫本中完全消失。《計就追獲》主戲的“探子”是只要叙事觀點改變，就不存在、被取代的極邊沿小人物。此外，《瘋魔化奸》也不見於馮夢龍《墨憨齋新訂精忠旗傳奇》的改寫本，若非《萬壑清音》散齣記録、傳承折子戲的舞臺生命，就難以窺探崑劇精采的丑行五毒戲《掃秦》由南套演變爲北套的特殊發展歷程。由元劇、南戲，再變化爲演之於崑劇舞臺的流暢通俗語言，成爲情節精采，人物性格與戲劇張力飽滿，思想内涵深厚的散齣。北套長段曲文提供不以唱爲主要表演技藝的丑行磨鍊、展現演唱藝術，而原本就豐富的丑行舞臺動作，瘋和尚與秦檜間丑、净對手的詼諧趣味，讓丑腳的表演有更寬廣的發展空間，歷來名家傳演，不斷豐富精練藝術内涵，展現明末以來民間藝人爲岳飛伸張正義的崑丑藝術。

由崑劇發展史觀論之，《萬壑清音》丑行散齣有保留明代北曲亡佚劇目散齣的價值，也記録明天啓四年（1624）以前民間折子戲的某些樣貌。如已佚明雜劇《諸葛亮掛印氣張飛》因《萬壑清音》選收而保留散齣，《計就追獲》留存丑行主戲的折子表演系統，透過《萬壑清音》散齣輯選與原劇、改寫本、各種散齣選本分析，更見折子戲抽離原劇母體，腳色行當變異、發展，及戲劇小人物轉爲散齣主角，爲丑行增加鍛鍊舞臺演技折子的發展。

《萬壑清音》的選輯年代遠早於崑劇折子戲的乾嘉典範，從上述各種與丑行折子戲相關的跡象觀察，明天啓四年以前的折子戲，要比乾嘉之後的折子戲多而豐富，《掃秦》至今仍是傳演折子，但是《怒奔范陽》《計就追獲》已無傳演本。從《萬壑清音》丑行選齣的研究，可了解此期透過腳色行當改易，爲明末到清之間崑劇折子戲的腳色行當化、藝術化典型樹立，提供有利於發展的具體實例。也可觀察到天啓年間遺落齣目多於現今崑劇舞臺流傳齣目的現象，更見崑劇折子戲發展過程中齣目豐富，及其汰擇快速的遺憾。

（作者：東吳大學中國文學系教授）

引 用 書 目

一、中文

（一）專書

止雲居士：《萬壑清音》，王秋桂編：《善本戲曲叢刊》，第四輯。臺北：臺灣學生書局，1987 年。

止雲居士：《萬壑清音》，陳志勇編：《明清孤本戲曲選本叢刊》，第一輯，冊 9—10。北京：國家圖書館出版社，2017 年。

止雲居士選輯，李將將、李淑清、黃俊、肖田田校注：《萬壑清音校注》。成都：四川大學出版社，2016 年。

王錫純輯：《遏雲閣曲譜》。臺北：文光圖書，1965 年。

王城保編著：《北方昆曲珍本典故注釋曲譜》。北京：中國戲劇出版社，2017 年。

中華學術院崑曲研究所編：《蓬瀛曲集》。臺北：臺灣中華書局，1972 年。

中國昆曲博物館編（昆劇手抄曲本編輯委員會）：《昆劇手抄曲本・精忠傳》，冊 40。揚州：廣陵書社，2009 年。

石渠主人編：《續綴白裘》，陳志勇編：《明清孤本戲曲選本叢刊》，第一輯，冊 17、18。北京：國家圖書館出版社，2017 年。

呂天成：《曲品》，中國戲曲研究院編：《中國古典戲曲論著集成》，冊 6。北京：中國戲劇出版社，1959 年。

祁彪佳：《遠山堂曲品》，中國戲曲研究院編：《中國古典戲曲論著集成》，冊 6。北京：中國戲劇出版社，1959 年。

祁彪佳：《遠山堂劇品》，中國戲曲研究院編：《中國古典戲曲論著集成》，冊 6。北京：中國戲劇出版社，1959 年。

佚名輯：《徵歌集》，陳志勇編：《明清孤本戲曲選本叢刊》，第一輯，冊 1。北京：國家圖書館出版社，2017 年。

吳梅：《南北詞簡譜》。臺北：學海出版社，1997 年。

無名氏：《大明天下春》，李福清、李平編：《海外孤本晚明戲劇集三種》。上海：上海古籍出版社，1993 年。

玩花主人編選，錢德蒼續選：《綴白裘五編》。臺北：臺灣學生書局，1987 年。

周秦主編：《寸心書屋曲譜（甲編）》。蘇州：蘇州大學出版社，1993 年。

胡文煥：《群音類選》。臺北：臺灣學生書局，1987 年。

姚茂良：《繡刻精忠記定本》。臺北：臺灣開明書店，1970 年。

俞振飛編著：《振飛曲譜》。上海：上海文藝出版社，1982 年。

徐渭：《南詞叙録》，中國戲曲研究院編：《中國古典戲曲論著集成》，冊 3。北京：中國戲劇出版社，1959 年。

徐文昭：《風月錦囊》。臺北：臺灣學生書局，1987 年。

凌濛初：《識英雄紅拂莽擇配》，魏同賢、安平秋主編：《凌濛初全集》，冊 4。南京：鳳凰出版社，2010 年。

秦淮墨客：《樂府紅珊》。臺北：臺灣學生書局，1984 年。

莊一拂：《古典戲曲存目彙考》。上海：上海古籍出版社，1982 年。

隋樹森：《元曲選外編》。臺北：宏業書局，1982 年。

郭英德：《明清傳奇綜録》。石家莊：河北教育出版社，1997 年。

陸萼庭：《清代戲曲與崑劇》。北京：中華書局，2014 年。

張鳳翼：《重校紅拂記》，林侑蒔主編：《全明傳奇》，中國戲劇研究資料第一輯，冊 28。臺北：天一出版社，1983 年。

張鳳翼：《繡刻紅拂記定本》，毛晉：《六十種曲》。臺北：臺灣開明出版社，1988 年。

張鳳翼著，隋樹森、秦學人、侯作卿校點：《張鳳翼戲曲集》。北京：中華書局，1994 年。

馮夢龍著，俞爲民點校：《墨憨齋重定女丈夫傳奇》，魏同賢主編：《馮夢龍全集》，冊 12。南京：江蘇古籍出版社，1993 年。

馮夢龍：《墨憨齋新訂精忠旗傳奇》，魏同賢主編：《馮夢龍全集》，冊 12。南京：江蘇古籍出版社，1993 年。

黃文華：《八能奏錦》。臺北：臺灣學生書局，1984 年。

黃文暘：《曲海總目提要》。天津：天津古籍書店，1992 年。

陳壽撰，裴松之注：《三國志》。臺北：洪氏出版社，1984 年。

葉堂：《納書楹曲譜》。臺北：臺灣學生書局，1987 年。

無名氏：《草廬記》，林侑蒔主編：《全明傳奇》，冊 175。臺北：天一出版社，1983 年。

無名氏：《草廬記》，《古本戲曲叢刊》編輯委員會編：《古本戲曲叢刊》，初集，冊 10。北京：國家圖書館出版社，2016 年。

無名氏：《歌林拾翠》。臺北：臺灣學生書局，1984 年。

無名氏:《樂府歌舞台》。臺北:臺灣學生書局,1987 年。

劉崇德:《元雜劇樂譜研究與輯譯》。石家莊:河北教育出版社,2003 年。

寧希元校點:《元刊雜劇三十種新校》。蘭州:蘭州大學出版社,1988 年。

鄭騫:《校訂元雜劇三十種》。臺北:世界書局,1962 年。

錢德蒼編選:《綴白裘新集合編》,陳志勇編:《明清孤本戲曲選本叢刊》,第一輯,冊 40。北
　京:國家圖書館出版社,2017 年。

嚴敦易:《元劇斟疑》。北京:中華書局,1962 年。

蘇州崑劇傳習所編:《崑劇傳世演出珍本全編》。上海:上海人民出版社,2018 年。

(二) 論文

王安祈:《折子戲的學術價值與劇場意義》,洪惟助主編:《崑曲辭典》。宜蘭:傳藝中心,2002
　年,冊上,頁 194。

李平:《流落歐洲的三種晚明戲劇散齣選集的發現》,李福清、李平編:《海外孤本晚明戲劇集
　三種》。上海:上海古籍出版社,1993 年,頁 9—30。

李惠綿:《從隱藏的秩序論述崑劇〈下山〉〈掃秦〉》,《戲劇研究》第 3 期(2009 年 5 月),頁
　75—124。

陸萼庭:《崑劇腳色的演變與定型》,《民俗曲藝》第 139 期(2003 年 3 月),頁 5—28。

康保成:《從〈東窗事犯〉到〈東窗記〉〈精忠記〉》,《藝術百家》1990 年第 1 期(1990 年 3 月),
　頁 75—80。

曾永義:《再探戲文與傳奇的分野及其質變問題》,《臺大中文學報》第 20 期(2004 年 6 月),頁
　87—134。

曾永義:《論說"折子戲"》,《戲曲之雅俗、折子、流派》。臺北:2009 年,頁 340、442。

On the Excerpted Acts and Variation of the Clown Character in *Clear Voices from Ten Thousand Straths*

Hou, Shu-Chuan

(Professor, Department of Chinese Literature, Soochow University)

Abstract

Clear Voices from Ten Thousand Straths (*Wanhuo qingyin*) is an anthology of Ming-dynasty Northern *Kunju* drama compiled by Zhiyun jushi in the late Ming. It collects 37 *zaju* and *chuanqi* drama scripts of the Yuan-Ming times and lists 68 play titles. This book anthologizes two sets of excerpted (*zhezi*) acts led by the clown (*chou*) character, namely, "Angrily Heading for Fanyang" from *The Hatched Cottage* (AHF) and "Capture as Planned" from *Red Dust* (CP). On the other hand, "Becoming Cunning Spirits" from *The Loyalist* (BCS) has been adapted and become one of the Five Poisonous Creatures Plays, *Wiping out Qin Kuai* (WQK), although it is not marked as a *chou* play. The three *chou* plays reveal a change in the main singers, which took place in their circulation. AHF is a play about Zhang Fei leaving the military camp due to his discord with Zhuge Liang, which does not correspond with the play title, *The Hatched Cottage*. This play appears in two anthologies, one with the *jing* (comic) as the main character singing in the *guan* tune and the other one being a *chou* play. The latter is derived from the anthologies of plays in the tradition of Kunshan singing. CP is a set of excerpted acts combining the 31st scene, "The Change of the Lord for Fuyu," and the 32nd scene, "Plans for Catching the Leader." In CP, the *chou* character plays the role of a detective, who reports the battling progress of Goryeo to Li Jing. As such, the arrangement of the *xiaodan* (little female) character as the main singer is changed. In BCS, the *chou* character acts as a crazy monk in Lingyin Monastery, the incarnation of Ksitigarbha Bodhisattva, uncovering Qin Kuai's conspiracy of framing the loyal subjects. In the southern drama and *zaju* of the Yuan, the characters of *zhengmo* (main male) and *wai* (extra) could play other roles, but in the Wanli reign-period (1573－1620) the *jing* character did it. In the Qing, the *Kun* play WQK, which is dated after *Continued Making a White Fur Coat*, was a set of *chou* excerpted acts. These arias were all derived from the northern suites in *Clear Voices from Ten Thousand Straths*. This phenomenon illustrates the importance of drama anthology for the development of *chou* excerpted acts in the Qing.

Keyword：*Clear Voices from Ten Thousand Straths*, the *chou* (clown) character, excerpted acts, Ming *chuanqi* plays, drama anthologies

世變、歷史與記憶

——湯貽汾《如此江山圖》與鴉片戰爭時期詩詞中的鎮江之戰

柯秉芳

提　要

　　道光二十二年(1842)，英軍發動揚子江戰役，攻陷鎮江，隨後直抵江寧，迫使清廷簽下不平等的《南京條約》。戰前，黃爵滋以嚴禁鴉片名重當時；戰後，黃爵滋以失察銀庫遭到彈劾。名畫家湯貽汾爲其作《如此江山圖》，描繪戰後焦山風景，陳方海題記拈出圖中隱寄"風景不殊"的感慨，或與鎮江之戰有著緊密的關聯。本文以《如此江山圖》爲開展，試圖透過圖畫題詠及當代時人詩詞中對鎮江之戰的描寫，探究士人如何憑藉圖畫、詩、詞的不同特質，互文參照，形成共同的歷史記憶。除了從題詠中探掘圖畫的創作旨趣，亦從中發掘題詠者有意識地自圖畫延伸出的畫外之意；在"詩史"義理精神的闡發下，建構對陳化成以及兩江總督牛鑑、副督統海齡的褒貶形象；並藉由抒寫鎮江興亡與效仿蘇、辛體的詞作，管窺詞體創作中對"京口三山"一脈相承的書寫傳統。

關鍵詞： 鴉片戰争　鎮江　歷史　記憶　湯貽汾　黃爵滋

一、前　言

　　道光二十二年（1842），第一次鴉片戰爭戰敗，中英簽訂《南京條約》。黃爵
滋與林則徐皆爲禁煙名臣，戰爭期間，林則徐（1785—1850）受誣陷遭貶戍新
疆；戰後，黃爵滋（1793—1853）亦遭彈劾落職。黃爵滋返回江西之後，道光二
十四年（1844），與黃文涵等人同遊焦山，賦詩而返，並囑託名畫家湯貽汾
（1778—1853）作《如此江山圖》，描繪戰後焦山風景。陳方海《如此江山圖
記》云：

> 時當英夷兵閧之後，故詩外之旨，含蓄彌多。……是時海上初警，京口濱
> 鄰，豫宜籌略，故探公憂國之意具述於篇。既而醜虜磐牙，驀突江境，陷
> 京口，踞三山，久之乃去。夫北固帶城，巖險金焦，湧江壁立，眺重溟於閫
> 外，鬱形勝之奧區。在昔孫盧劇賊乘亂來窺，劉宋驅之若犬羊耳。今天
> 子有道，八表承風，西荒異類，何敢跳梁而至？始爲疥癬而卒瘭疽也。孰
> 使之然哉？公今重來，故宜屢眷，風景不殊，慨其歎矣。[1]

文中回溯戰爭當時，英軍侵入長江，隨後攻陷鎮江的史事，並强調京口位居"天
塹"的重要意義。英軍爲迫使清廷妥協，以軍艦控扼長江及大運河，既可封鎖
經運河前往北京的通道，亦可封鎖經揚子江通往南京的航道，徹底切斷清朝的
漕運命脈。陳氏題記補充湯貽汾圖畫與黃爵滋詩中"含蓄彌多"的意外之旨，
以眼前山河景象，比喻如王導等過江名士感嘆"風景不殊"的心情，[2] 乃有異代
共鳴的哀緒。
　　焦山位於江蘇鎮江的長江之中，與金山、北固山並稱"京口三山"。京口即

1　陳任暘：《焦山續志》，《故宮珍本叢刊》（海口：海南出版社，2001 年），冊 247，卷 6，頁 2
　　上一下。
2　劉義慶著，劉孝標注，余嘉錫箋疏：《世説新語箋疏·言語》（北京：中華書局，2007 年），
　　冊上，卷上之上，頁 109。

鎮江古名。道光二十二年（1842），英軍發動揚子江戰役，攻陷鎮江，遭到城中軍民強烈抵抗，英軍死傷慘重，是第一次鴉片戰爭中傷亡最慘烈的一場戰役，也是最終決定戰爭成敗的關鍵之戰。湯貽汾《如此江山圖》以焦山爲背景，除了可將其視爲投射鎮江之戰的地理空間，另一方面，焦山亦承載了歷代兵家戰爭的興亡歷史，因此更得以彰顯焦山的觀看意義。同治五年（1866），黃文涵再次爲《如此江山圖》題詩時，寄託他在太平天國戰爭期間從焦山放舟前往雨花臺大營的事蹟；楊葆光的題詠，則寄託咸豐年間英人欲建領事館於自然庵而爲定峰勸退的史事。由此可見，時至晚清焦山始終扮演著重要的軍政位置。目前，筆者根據《儻屏書屋初集年記》《焦山續志》及清人別集，約可得 54 人 117 篇《如此江山圖》題詠。而其時雖有《大雪防警圖》《焦山望海圖》等投映鴉片戰爭的畫作，然而卻未有如湯貽汾《如此江山圖》般寄寓黃爵滋等人從戰前力主禁煙到戰敗遭貶的生命跌宕與愛國情志，亦未能形成像湯貽汾《如此江山圖》般淵遠流長的跨時代閱讀。湯貽汾繼承了中國文人畫的寫意精神，借描繪山水寄託"風景不殊"的感慨，體現出隱喻畫意之中的歷史價值。

目前，阿英《鴉片戰爭文學集》已彙整了大量與鴉片戰爭相關的詩、小説、戲曲、散文，以及爲數不多的幾首詞，可見人們已開始透過不同的文學形式，表現首次面臨外敵入侵的衝擊與感觸。王飆《鴉片戰爭前後的"志士之詩"及其詩風新變》、[3] 武衛華《從鴉片戰爭詩歌的新變看中國第一批近代詩人的心態變異》、[4] 寧夏江《鴉片戰爭時期愛國詩潮中經世派的詩歌》[5] 等，皆以詩史發展視角作爲切入點，強調時代對詩歌的影響，視鴉片戰爭爲清詩變化的轉捩點，從而可見晚清愛國詩歌、志士之詩、經世派詩歌興起的軌跡。在詞學領域，張宏生《常州派詞學理論的現實呼應——鴉片戰爭前後的愛國詞與詞境的新拓展》以詞史視角作爲切入，除了梳理詞中反映英國販賣鴉片、清廷喪權辱國、歌頌

3　王飆：《鴉片戰爭前後的"志士之詩"及其詩風新變》，《文學遺產》第 2 期（1984 年），頁 81—92。

4　武衛華：《從鴉片戰爭詩歌的新變看中國第一批近代詩人的心態變異》，《齊魯學刊》第 2 期（1991 年），頁 20—25。

5　寧夏江：《鴉片戰爭時期愛國詩潮中經世派的詩歌》，《韶關學院學報》第 28 卷第 5 期（2007 年 5 月），頁 75—78。

愛國志士等詞作面向，更探討鴉片戰爭前後詩歌的轉變，以及常州詞派興起及其對當時詞體的影響。[6]　這些研究指出：晚清"詩史""詞史"說的深化對於詩詞風格轉變的影響，實與鴉片戰爭爆發有著密不可分的關聯。

自孟啓稱杜甫詩歌爲"詩史"以來，"以詩存史"便隨著時間日漸深化至人們的心中，作者跨越唯有史書記載歷史的可能，自覺地透過詩歌的形式，肩負起記憶歷史的責任。西方史學誕生之初，"就把歷史學視爲記憶的一種形式，是爲了抵抗時間之流的磨蝕，以書寫的方式幫助人們把值得記住的事情保留下來"。[7]　第一次鴉片戰爭打破清朝承平百年的現況，成爲清朝盛世後的第一場對外戰爭，不但重創滿清國祚，也在人們心中留下難以抹滅的歷史傷痕。本文以湯貽汾《如此江山圖》與黄爵滋等人的題詠作爲開展，探討第一次鴉片戰爭中的最後之戰——鎮江之戰發生的史事，並試圖藉由時人的詩詞創作，透過"圖中焦山"與"詩中鎮江"互文參照，重塑詩歌中對鎮江之戰的記憶。諸士題詠大旨圍繞對於黄爵滋落職與戰爭失敗作爲抒發，而針對京口一地涵涉鎮江之戰的描寫雖有所見，然數量不多，因此本文並不著意僅針對圖畫題詠作爲探討，而是試圖透過與時人詩詞互文對話，建構詩歌中關於鎮江之戰的書寫面貌。

二、以畫爲史：圖中本事

湯貽汾《如此江山圖》的創作背景，與鴉片戰爭爆發前黄爵滋提倡禁煙，乃至戰後黄爵滋被彈劾落職有關。湯貽汾以多年好友身分爲黄氏作畫，既反映二人深厚的情誼，亦顯現湯貽汾對黄爵滋禁煙運動的認同與支持。湯貽汾《如此江山圖》秉承中國文人畫的寫意傳統，寓國家興亡於畫意之中，具有重要的"畫史"價值。

6　張宏生：《常州派詞學理論的現實呼應——鴉片戰爭前後的愛國詞與詞境的新拓展》，《江海學刊》第 2 期（1995 年），頁 175—181。

7　彭剛：《歷史記憶與歷史書寫——史學理論視野下的"記憶的轉向"》，《史學史研究》第 2 期（2014 年），頁 4。

（一）黃爵滋與林則徐的禁煙運動

自嘉慶五年（1800）至道光十八年（1838），鴉片輸入量由 4 570 箱增加到 40 200 箱，[8] 為英國帶來了高額的利潤，但卻為中國帶來嚴重的禍害。道光十六年（1836），太常寺少卿許乃濟提出"弛禁"主張，實則保障了販食者的利益。兩年後，鴻臚寺卿黃爵滋奏請"嚴禁"主張，其《嚴塞漏卮以培國本摺》云：

> 自十四年（1834）至今，漸漏至三千萬兩之多。……夫耗銀之多，由於販煙之盛，販煙之盛，由於食煙之眾。無吸食自無興販，則外夷之煙自不來矣。今欲加重罪名，必先重治吸食。臣請皇上嚴降諭旨，自今年某月日起，至明年某月日止，准給一年期限戒煙。[9]

疏中痛陳鴉片弊端，揭示危害國本的兩大重點：一是鴉片造成大量白銀外流；二是吸食鴉片者遍布社會各階層，以致生產力萎縮，社會遭到嚴重破壞。黃爵滋認為"無吸食自無興販"，因此主張重治吸食者。道光詔下封疆大臣各具其議，朝中官員大多反對黃爵滋的主張，然而卻得林則徐大力支持，並上疏《查嚴禁鴉片章程摺》擬具章程六條，響應黃爵滋的禁煙政策，因此也加強了道光嚴禁鴉片的決心。

道光十八年（1838），林則徐受命欽差大臣，前往廣州查禁鴉片。隔年，將二萬餘箱鴉片當眾銷毀。[10] 道光二十年（1840），英軍發動戰爭，攻破定海。定海失守後，道光以"此皆林則徐等辦理不善之所致"，將林則徐、鄧廷楨革職，改派琦善署理兩廣總督。[11] 然琦善唯議和之心，而無戰鬥之意，雙方和談未果，道

8　莊國土：《茶葉、白銀和鴉片：1750—1840 年中西貿易結構》，《中國經濟史研究》第 3 期（1995 年），頁 72—76。

9　文慶等編，齊思和等整理：《籌辦夷務始末（道光朝）》（北京：中華書局，2014 年），冊 1，卷 2，頁 32—34。

10　同上，卷 6，頁 158—160、卷 7，頁 184—187、195—196。

11　中國第一歷史檔案館編：《鴉片戰爭檔案史料》（天津：天津古籍出版社，1992 年），冊 2，頁 428。

光二十一年（1841）2月，英軍再攻虎門，提督關天培陣亡，虎門失陷。琦善因私自與義律草擬《穿鼻草約》，以香港畀夷，被革職拿問，道光改以奕山爲靖逆將軍，督師廣州。5月，奕山計議夜襲英軍，卻遭英軍反攻，廣州城外砲臺盡失，只好向英軍求和，簽訂《廣州和約》。[12]

英國方面，則以否認《穿鼻草約》召回義律，改派濮鼎查（Henry Pottinger）來華擴大戰爭。自8月至10月，濮鼎查迅速攻陷廈門、定海，在鎮海之戰中，兩江總督裕謙力不能守，自盡身亡，而提督余步雲敗逃，至英軍轉戰寧波，不戰而勝。道光聞訊，旋以奕經爲揚威將軍，督師往剿。然奕經尤昧兵略，道光二十二年（1842）3月，在反攻戰役中，節節敗退。隨後，英軍又向大寶山清軍反撲，副將朱貴力戰竟日，孤立無援，全軍盡滅。繼之，乍浦失守，6月侵入長江，陷吳淞寶山，牛鑑遁逃而去，提督陳化成獨立難支，砲傷淹死。[13] 隨後，上海、鎮江先後失守。8月，英軍直抵江寧，耆英速往議和，幾經談判，最終簽訂中國近代史上第一個不平等的《南京條約》。

張儀祖《讀史有感》：“議戰議和紛不定，岳韓忠勇竟何成。”[14] 認爲戰爭失利的主因在於道光戰和不定，以犧牲主戰派謀求妥協。戰爭期間，林則徐積極布防，建設砲臺，籌造戰船。然而，嚴禁鴉片嚴重損害了穆彰阿等朝中大臣的利益。因此定海失陷後，林則徐先是受到琦善誣陷而遭革職查辦，[15] 其後，琦善被逮，林則徐以四品卿銜，赴浙江鎮海協助海防；至奕山戰敗，道光又以“廢弛營務”革其卿銜，遣戍伊犁。[16] 而黃爵滋作爲“嚴禁派”的代表人物，其主張嚴禁鴉片、籌議海防的見地，與林則徐不謀而合。道光二十年（1840），黃爵滋授刑部左侍郎，前往福建、浙江等地清查鴉片，同時視察海防。幾經調查後，他發現沿海防務廢弛，因此上奏海防緊要，宜加强防備。定海失陷後，林則徐遭革職查

12　郭廷以：《近代中國史事日誌》（臺北：“中研院”近代史研究所，1963年），冊1，頁107。

13　劉長華記，馮雄校：《鴉片戰爭史料》，楊家駱主編：《鴉片戰爭文獻彙編》（臺北：鼎文書局，1973年），冊3，頁156。

14　阿英編：《鴉片戰爭文學集》（北京：古籍出版社，1957年），冊上，卷1，頁20。

15　文慶等編，齊思和等整理：《籌辦夷務始末（道光朝）》，冊1，卷14，頁459—465。

16　中國第一歷史檔案館編：《鴉片戰爭檔案史料》，冊3，頁516。

辦,黃爵滋仍力主抗戰,認爲民心可用,奏請"應令民間,力行團練",[17]並向朝廷進獻《海防圖》。道光二十二年(1842)戰爭結束後,黃爵滋以丁父憂去官,其雖未立即受到嚴懲,然而時至隔年,朝廷追論銀庫虧空,即以"御史任內失察銀庫"奪其官職。[18]

　　落職之後,黃爵滋回到江西。道光二十四年(1844)春天,與參軍黃文涵(1812—1869)、場使閻德林(?—1875)、知事馬書城(生卒年不詳)遊賞焦山,賦詩而返。四人各以四首五言組詩相唱和,由馬書城作詩於前,黃爵滋、黃文涵、閻德林和韻在後。京口三山以風景幽絕、山石險峻聞名於世,吸引不少文人雅士慕名而來。馬書城、黃爵滋、閻德林的詩作,起筆皆以"圖畫江山勝"爲書寫脈絡,並透過"鐵甕""瓜步""北固"之地景描寫,以孫權在京口築鐵甕城、南朝劉宋與北魏的瓜步之戰,以及北固樓之"作鎮作固,誠有其緒",寫出京口軍事地位的重要性。就整體而言,三人詩作採取借古傷今之曲筆,抒發歷史興亡的千古感慨。而黃文涵之詩,除了寓含借古傷今之意,更有以古諷今之喻,其詩云:

> 公瑾談兵處,餘皇十萬師。海門操地利,天塹絕人知。不信飛能渡,誰教險若夷。籌邊空有策,何以拜丹墀。(其一)
> 風撼前山雨,潮聲竟日聽。憑將詩紀別,不覺涕先零。歸夢隨江棹,飛花滿驛庭。由來征戰地,愁絕短長亭。(其四)[19]

第一首前四句寫此地形勢險要,後四句暗諷鴉片戰爭中清軍主將空有策論,卻迂腐無知的事實。第四首"風撼前山雨,潮聲竟日聽",借外在的"風"和"雨",寫出現實局勢的危迫與不安。末句"由來征戰地,愁絕短長亭",以自古征戰

17　《清史列傳‧黃爵滋傳》,楊家駱主編:《鴉片戰爭文獻彙編》,冊6,頁334—335。

18　黃爵滋:《僊屏書屋初集年記》,《中華文史叢書》(臺北:華文書局,1968年),6輯冊50,卷28,頁1上。趙爾巽等著:《清史稿》(北京:中華書局,1977年),冊38,卷378,頁11590。

19　黃文涵:《憶琴書屋存藁》,紀寶成主編:《清代詩文集彙編》(上海:上海古籍出版社,2010年),冊649,卷1,頁21下—22上。

地，抒發即將臨別的感傷。詩句表面似寫離愁，實則隱含兩層涵義。"愁絕短長亭"引自庾信《哀江南賦》："水毒秦涇，山高趙陘。十里五里，長亭短亭。"[20]言江陵百姓被擄之時，途經秦人投毒的涇河，穿越趙國井陘的高山，五里一短亭，十里一長亭，長途跋涉，萬般艱苦，寫出了戰爭的殘酷和身爲俘虜不得不告別家園的感傷。相較於馬書城、黃爵滋、閻德林的詩作，黃文涵詩作更直接投射了對現時戰爭的批判，也流露出當時普遍士人對於戰爭失敗後的感傷心理。

（二）湯貽汾《如此江山圖》的寫意寄託

道光二十四年（1844），黃爵滋與黃文涵、閻德林、馬書城自焦山賦詩而歸後，囑託湯貽汾繪《如此江山圖》。[21] 圖畫命名，取自自然庵壁間洪亮吉所書"如此江山"四字。[22] 嘉慶四年（1799），洪亮吉曾上書談論時弊，觸怒嘉慶，遭流放新疆，百日後赦還。[23] 十年（1805），洪亮吉書"如此江山"，適值川楚白蓮教之亂結束之後，故當有其所託。"如此江山"四字，既可趨近讚美，亦可趨向感慨。黃爵滋《題如此江山圖》："如此江山勝，誰從覓導師。"汪世昭："江山如此好，風月自然秋。"[24]皆流露出對美好江山的讚嘆；但同時，美好江山亦時常予人"江山依舊，人事已非"的百代興亡之感，蘇軾《念奴嬌·赤壁懷古》："江山如畫，一時多少豪傑。"寫出時移世易、英雄消歇的感慨。又王鵬運和東坡韻作《念奴嬌·題如此江山圖》："問訊江山，無恙否，目斷巖巖蒼壁。"[25]乃至梁啓超集辛棄疾和姜夔詞句："燕子來時，更能消幾番風雨；夕陽無語，最可惜一片江山。"[26]皆顯見晚清士人心中強烈的"江山"意識。

20　庾信著，倪璠注，許逸民校點：《庾子山集注》（北京：中華書局，1980 年），冊 1，卷 2，頁 162。
21　圖有湯貽汾款識："樹齋司寇以同人焦山唱和作見示，屬爲補圖，時道光甲辰（1844）秋日，貽汾。"姚水、魏麗萍、朱曼華編輯：《2017 書畫拍賣大典》（臺北：典藏藝術家庭，2017 年），頁 162。
22　黃爵滋：《仙屏書屋初集文錄》，紀寶成主編：《清代詩文集彙編》，冊 580，卷 9，頁 12 上—下。
23　趙爾巽等著：《清史稿》，冊 37，卷 356，頁 11307—11315。
24　陳任暘：《焦山續志》，卷 7，頁 1 下。
25　同上，卷 8，頁 16 上。
26　梁啓超：《梁啓超全集》（北京：北京出版社，1999 年），冊 9，卷 18，頁 5410。

《如此江山圖》又名《焦山圖》。[27]　圖中描繪焦山四面環水，中有小舟航行其間，畫面平遠開闊，爲典型的文人山水畫。湯貽汾，字雨生，號琴隱道人，江蘇武進人。其祖父、父親皆死於林爽文案。嘉慶八年（1803），湯氏世襲雲騎尉，任三江營守備，仕至浙江樂清協副將。道光十二年（1832），引疾去官，隱居江寧琴隱園。二十二年（1842），鎮江失陷，江寧危急，湯貽汾雖已辭官歸隱，但仍與在籍紳士周開麒、蔡世松守禦白門，防範英夷進犯。[28]　十年後，太平軍攻克金陵，湯貽汾作絕命詞，投池殉節。由此可見，湯貽汾以文人而爲武將，一生親歷多起重要戰爭，他與黃爵滋、林則徐皆相交甚契，他們不僅是多年朋友，更同樣都是愛國志士，因此湯貽汾也成爲繪作《如此江山圖》的不二人選。

湯貽汾不僅以詩人、武將身分名世，更以常州畫派畫家享負盛名。湯貽汾承繼正統畫派，早年受董邦達影響，有“婁東派”風致。其後，學習石濤，以乾筆皴擦，略施淡墨，呈現枯中見潤的韻味。[29]　就整體而言，湯氏山水筆墨渲淡，清微淡遠，境界平實。《清史稿》評云：“湯貽汾畫負盛名，與熙相匹。亦殉江寧之難，同以忠義顯，世稱戴、湯云。”[30]是謂湯貽汾、戴熙山水畫齊名，並皆殉難於太平天國戰爭，展現出文人畫家才華與人品兼備的特質。

倘若將湯貽汾《如此江山圖》（圖一）與英國插畫家托馬斯‧阿羅姆（Thomas Allom，1804—1872）“英軍攻佔鎮江西門圖”（圖二）、“西門激戰圖”

27　按王瑞珠《奉題淨因室女史如此江山繡卷呈樹齋先生》詩注：“倩湯雨生將軍作畫，而以洪書裝卷，首付自然菴僧藏焉。此卷則別有底本也，曉閣在先生家居處。”可見此圖不只一幅。2007 年，北京永樂國際公司曾拍賣湯貽汾《焦山圖》，此圖與 2016 年香港蘇富比公司拍賣湯貽汾《如此江山圖》實爲同圖。黃爵滋：《戊申粵遊草》附錄，紀寶成主編：《清代詩文集彙編》，冊 580，頁 9 下。游宜潔、張均億編輯：《2008 書畫拍賣大典》（臺北：典藏藝術家庭，2008 年），頁 308。姚水、魏麗萍、朱曼華編輯：《2017 書畫拍賣大典》，頁 162。

28　湯貽汾：《琴隱園詩集》，紀寶成主編：《清代詩文集彙編》，冊 526，卷 27，頁 6 上—下。

29　“婁東派”又稱“太倉派”，係以王時敏、王鑑、王原祁爲核心，爲清代興盛的畫派之一。王伯敏：《中國繪畫通史》（臺北：東大圖書股份有限公司，1997 年），冊下，頁 879—880、951—953。

30　趙爾巽等著：《清史稿》，冊 39，卷 399，頁 11818。

圖一　湯貽汾繪《如此江山圖》(見《2017 書畫拍賣大典》)

圖二　Thomas Allom 繪 "英軍攻佔鎮江西門圖" (見《大清帝國城市印象：19 世紀英國銅版畫》)

圖三　Thomas Allom 繪 "西門激戰圖" (見《大清帝國城市印象：19 世紀英國銅版畫》)

(圖三) [31] 互文參看，即可見二者之間的明顯差異。焦山與金山、北固山夾江對峙，金、焦二山崛起江中，因此有 "江中浮玉" 之稱。湯貽汾《如此江山圖》採取橫幅形製，描繪長江江面開闊，金、焦二山坐落其間。畫面左方爲焦山，右下爲金山，右上微露小洲，在遼闊的長江中，唯二艘帆船向焦山方向航行，宛如輕舟在波濤裏飄搖。全圖重點落在左方焦山，描繪其四面環水，凸出江心，呈現 "鎮江之石" 的磅礡氣勢；畫家依山勢皴擦，層層點苔，形塑蒼茫幽深的山景，又山間雲煙縱橫，山寺掩映，展現焦山 "山裏寺" 的特色，與右下方金山 "寺裏山" 相映成趣。然而，湯氏此圖有別於一般勝景圖的繁華壯麗，其承繼中國文人畫的寫意傳統，以水墨及留白體現道家美學的精神，在淡遠迷離的筆調中，營造出

31　李天綱：《前言》，(英) 托馬斯・阿羅姆 (Thomas Allom) 繪，李天綱編：《大清帝國城市印象：19 世紀英國銅版畫》(上海：上海古籍出版社，2002 年)，頁 114—115。

一種縹緲、動蕩的意象,並藉由描繪金山一角,隱喻戰爭結束後國家岌岌可危及殘山剩水的山河樣貌,正如蔣予檢《題如此江山圖》云:"多少愁難説,傳摹賴畫師。生涯孤櫂穩,心事一人知。山色自今古,波流化險夷。江湖廊廟志,無夢不丹墀。""兩點金焦峙,中流繫楫來。丹心隨日湧,青眼爲山開。鶴老尋前夢,松高隱舊裁。一罇桑落酒,相對幾徘徊。"[32]寫出湯貽汾畫中對國事蜩螗的寄託,以及金、焦二山夾江對峙的地景。相對而言,托馬斯・阿羅姆的圖畫則是以直觀筆法描繪戰爭當下的情景,強調客觀紀時的作用。其"英軍攻佔鎮江西門圖"、"西門激戰圖"分別描繪英軍進攻鎮江、與鎮江軍民交戰的情形。道光二十二年(1842)七月,英國軍隊沿長江而上,駛小艇進入運河,由西門清暉橋登岸,進攻鎮江。如圖畫所見,京杭大運河與長江在鎮江境內交彙,大運河由鎮江城下流過,河上建有拱橋可通往西門。英國海軍在對岸以火槍作爲掩護,陸軍則從運河及橋上進發,向西門進攻。在這場戰役中,英軍遭到清軍強力抗擊,因此破城後,大肆屠殺鎮江居民,西門橋至銀山門,無日不火,遭到嚴重的破壞。

湯貽汾以中國畫家的身分描繪戰後風景不殊的樣貌,相較托馬斯・阿羅姆以英國畫家身分紀録中國歷史,更投注了一層對國家局勢的憂心,一種意味深長的無聲嘆息。從中國文人畫的發展上來説,湯貽汾《如此江山圖》雖無記録戰爭的重要場面,然圖畫以第一次鴉片戰爭作爲背景,透過傳統山水寫意的筆法,寄託黃爵滋力主禁煙,以及晚清面臨強敵入侵的第一場對外戰爭,甚至引發後來同治年間彭玉麟復請廖筠繪作《如此江山圖第二圖》的追隨腳步,[33]是以可見,湯貽汾《如此江山圖》在晚清文人繪畫史上有著不容小覷的重要意義。

三、以詩記史:時寓褒貶

鴉片戰爭時期的詩人,在面臨國家危難與"常州學派"經世致用風氣的影響下,自覺地潛隱詩歌抒寫個人的自我意識,而將視野投向對國家與社會的關

32　黃爵滋:《僊屏書屋初集年記》,卷31,頁9下。

33　陳任暘:《焦山續志》,卷6,頁3下—4下。

懷,並在"詩史"強化紀實的敘事功能中,寓託詩歌深度的愛國思想與諷諭之旨。而鎮江之戰作爲鴉片戰爭的最終之戰,其詩歌之中,即反映了以"詩史"作爲基礎的褒貶面向。

（一）寄寓報國情懷的言志詩

歷來爲湯貽汾《如此江山圖》題詠的作品主要有兩個面向。一是歌讚焦山自然風光、人文風情與文物古蹟。焦山因東漢學士焦光隱居山中而得名,山中除了有三詔洞（焦公洞）,還有許多禪寺精舍、亭臺樓閣,並藏有珍貴的摩崖石刻與碑林墨寶,因此自古以來,焦山便一直是文人雅士追尋心靈休憩時喜愛造訪的勝地。汪世昭《題如此江山圖》云:"乍訪焦仙宅,白雲古洞幽。江山如此好,風月自然秋。墨妙營丘筆,圖開海嶽舟。剔鐙話深夜,清磬佛香樓。"何栻云:"江山如畫好,造物本無師。浩劫灰難問,奇蹤石盡知。桑田開鹿矔,竹浪鼓鷗夷。豈意團焦地,莊嚴涌玉墀。"[34] 詩中讚揚焦山美好勝景的同時,也借圖畫題詠表露對湯貽汾畫藝的肯定,可見題詠中仍保留題畫本身所寓含的溢美與酬酢性質。

二是以焦山爲軍事要地作爲切入視角。黃文涵《題如此江山圖》云:"公瑾談兵處,餘皇十萬師。海門操地利,天塹絶人知。"彭玉麟云:"金焦劫歷幾紅羊,浮玉東巖樹尚蒼。如此江山詩客老,無邊風月酒人狂。城開鐵甕雄天塹,鼓冷銅鼉靖海洋。我向將軍圖畫裏,一重翰墨結緣香。"[35] 表明了金、焦控扼長江、位居天塹的重要地位。鴉片戰爭期間,清廷更在焦山建造炮臺,試圖與圖山、象山、江都炮臺形成犄角之勢,增強長江海防。因此,焦山不僅以防務成爲戰時重要的據點,攻略地位更顯得尤其重要。而也正因爲如此,詩人讚嘆焦山風景如畫、浩瀚奇絶,亦自然而然地與此軍事要地作爲聯想,並流露對現時危局的擔憂。沈衍慶云:

匡時重經濟,儒雅亦吾師。獨抱關山感,能酬天地知。壯懷悲庾信,醒眼

34　何栻:《悔餘菴詩稿》,紀寶成主編:《清代詩文集彙編》,冊 664,卷 11,頁 13 下—14 上。

35　陳任暘:《焦山續志》,卷 7,頁 6 下。

問希夷。莫戀江湖臥，承恩上玉墀。

忽憶滄桑事，妖氛海上來。樓船衝浪駛，礮火撥雲開。塹有長江險，營誰細柳栽。金焦餘兩點，憑眺幾徘徊。

報國文章在，孤忠發至情。空聞天漏補，猶見海波清。伏櫪非無驥，遷喬尚有鶯。中宵還起舞，豪氣暮雲平。

此日高軒至，清談洗百聽。畫圖尋汗漫，劍珮接鏗零。躑屐餘鴻跡，傳衣在鯉庭。感懷原有淚，不灑別離亭。[36]

四詩乃和黃爵滋等人之韻。詩中首先讚揚黃爵滋以一介儒士，匡正吸食鴉片風氣，挽救時局。次寫戰時情景，猶可感到海氛危急，炮火沖天，戰況慘烈。戰爭最後雖以失敗告終，然詩人仍肯定黃爵滋的"孤忠至情"，儘管落職伏櫪，但非"無驥"而失意喪志，相反的，更期待來日再受重用。此中亦有詩人自我期許的投射。沈衍慶爲道光十五年（1835）進士，以知縣發江西。二十五年（1845），調鄱陽縣，以保甲法剿滅盜賊，撫卹賑災。咸豐二年（1852），太平軍攻陷武昌，沈氏請兵守康山，控制鄱陽門戶。翌年，太平軍陷鄱陽，沈衍慶與李仁元戮力同戰，城破而死。[37]　是以，由沈氏日後一連串的報國行動觀之，此詩借題畫歌詠黃爵滋，並寄託自我，可視爲其追隨黃氏、"傳衣在鯉庭"的志向表白。

　　與沈衍慶不同的是，如皋知縣范仕義在戰爭期間曾協助辦理團練，以實際行動參與戰爭。其四詩同樣是和黃爵滋等人之詩，[38]第一首由展卷覽畫帶出此地形勢險要；第二、三首"久抱匡時略"、"憂時頻看劍，何以報承平"，寫其志在報國的理想。道光二十一年（1841），范仕義任如皋知縣，兩江總督以英夷滋事，"飭知縣范仕義團練各港防堵"。[39] 詩中"烽煙驅海去，樓閣倚天開"，指亂事過後，勝地重開之意，或可暗喻企盼驅逐英夷、恢復承平的志向。而其辦理"團練"、"防堵"之軍事行動，正可與黃爵滋主張招募兵勇，嚴加設防相輔相成，

36　黃爵滋：《僊屏書屋初集年記》，卷31，頁10上。
37　趙爾巽等著：《清史稿》，冊44，卷491，頁13569—13570。
38　黃爵滋：《僊屏書屋初集年記》，卷29，頁2下—3上。
39　周際霖等修，周頊等纂：《江蘇省如皋縣續志（一）》，《中國方志叢書》（臺北：成文出版社，1970年），第46號，卷4，頁1下。

顯見二人共同的政治理想。然而戰爭之敗,亦重創主張禁煙的官員,鄧廷楨、林則徐、黃爵滋皆遭到貶謫褫職,故詩云:"丈夫多感喟,吾道豈飄零",暗喻了當時有識之士有志於國卻壯志難酬的情懷,與沈詩同樣流露出對於黃爵滋獨矢孤忠的惋惜。

　　此外,諸士亦透過不同的書寫視角,藉由題畫寫出對戰爭的痛恨、百姓的憐憫與自我的期許,如:

> 往事重回首,之江仗劍來。鼓鼙軍氣肅,烽火陣雲開。柳記陽關折,桃從道觀栽。幸無蠻語誚,帆席自低佪。(倪府東)[40]
> 數載東山臥,蒼生側耳聽。扁舟泊岸處,老淚對江零。客倚雲平檻,僧分月半庭。家園難獨樂,漫築灌花亭。(蔣予檢)[41]
> 樓臺十二路三千,憂樂茫茫到眼前。如此江山勞亦逸,蘇公笠屐祖生鞭。(馮詢)[42]
> 經世雄心未易降,蹉跎怕點鬢絲霜。壯遊千里吟情劇,楚粵山川入錦囊。(彭蘊章)[43]

倪詩回憶戰爭當時,鼙鼓軍聲,烽火連天;蔣詩透過對蒼生側聽戰鼓的行動描寫,暗示百姓內心的惶惶不安,道出戰禍連結帶來的城破家亡,以寄予沉痛的哀憫。而馮詩藉由"祖逖先鞭"的典故自勉進取,[44]提醒自己居安思危,樂不忘憂;彭詩以"經世雄心未易降",傳達戮力效國的志向。鴉片戰爭爆發時,彭蘊章言前人所不敢言,獻策直接購買軍艦,認爲"較之造船尤省時日"。太平天國事件爆發,他籌措軍費,解決通貨膨脹的問題。爾後,英法聯軍入侵事件爆發,

---

40　黃爵滋:《僊屏書屋初集年紀》,卷31,頁5上。

41　同上,頁9下—10上。

42　馮詢:《子良詩存》,顧廷龍主編:《續修四庫全書》(上海:上海古籍出版社,2002年),冊1526,卷8,頁19上。

43　陳任暘:《焦山續志》,卷7,頁4下。

44　劉義慶著,劉孝標注,余嘉錫箋疏:《世説新語箋疏》,冊中,卷中之下,頁527—528。

咸豐皇帝欲棄北京至熱河，彭提出反對，主張讓勝保帶兵赴前線作戰。[45] 由此觀之，彭詩借題畫寄託經世之心，可視爲其日後效國行動的一種寓示。

綜觀諸詩不僅歌讚黃爵滋拳拳報國的精神，諸士亦借彼喻己，投映自我經世報國的理想。儘管當時他們多爲地方小官，但在面對英國侵略者的挑釁，卻堅持不屈服妥協。另一方面，從鴉片戰爭時期的詩作中，亦可見陳連陞、葛雲飛、朱貴、陳化成等愛國將領，浴血奮戰，堅守不退，方使大清王朝得以維持最後一絲的尊嚴，而他們的英勇事蹟亦如史詩般爲人頌揚，閃耀史冊。如何仁山《陳都督父子輓詩》：“腹背奈不支，烟焰迸忠魄。洪濤沸羹熱，骨肉同一擲。雖無職可守，死孝乃其責。”[46]徐榮《十九日大寶山弔金華副將朱將軍貴》：“此軍沉沉氣深墨，誓滅天狼乃朝食，列缺豐隆天半飛，鬼蜮沙蟲肉狼藉。諸侯高從壁上觀，起辰達未援兵慳，已報輪船添散坂，又聞節度潰潼關。”[47]陸嵩《悲吳淞爲陳將軍化成作》：“東臺空，賊蟻登，將軍所擁惟親兵。雖然養士素有恩，衆寡勢異難力爭，將軍不死和議不得成。嗚呼將軍非不明，以身迎砲賊亦驚，誓死報國不與懦帥俱偷生。”[48]諸詩以哀弔詩融合頌讚詩，分別傷悼三江協副將陳連陞、浙江金華協副將朱貴、江南提督陳化成爲國捐軀，亦歌頌他們英勇作戰與誓死報國的高尚志節，兼具緬懷人物與記憶歷史的雙重意義；而在詩作中，也暗諷了余步雲、牛鑑等貪生怕死官員，隔嶺作壁上觀、不肯助戰的卑懦行爲。

此外，甚至還有歌詠陳連陞之馬與葛雲飛之妾闡發忠義精神者。據傳，陳連陞戰死，坐下馬爲賊所得，飼之不食，悲鳴而死。歐陽錯作《義馬行》：“有馬有馬，公忠馬忠。公心唯國，馬心唯公。公殲群醜，馬助公鬥。群醜傷公，馬馱公走。馬悲馬悲，公死安歸。公死無歸，馬守公屍。賊牽馬怒，賊飼馬吐，賊騎馬拒，賊棄馬舞。公死留鈞，馬死留髁。”[49]又，英軍陷定海，葛雲飛率師禦敵，力戰三日而死。將軍有妾，聞其死耗，集侍妾、殘卒數百人，夜入英壘，奪將軍尸

45　戴琛：《彭蘊章》，羅明、徐徹主編：《清代人物傳稿》（瀋陽：遼寧人民出版社，1993 年），下編第 7 卷，頁 15—17。

46　阿英編：《鴉片戰爭文學集》，冊下，補遺，頁 930。

47　同上，冊上，卷 1，頁 195—196。

48　同上，冊上，卷 1，頁 141。

49　同上，冊下，補遺，頁 969—970。

歸，是以汪美生作《葛將軍妾歌》："馬蹄濕盡胭脂血，戰苦綠沉槍欲折，歸元先
軫面如生，討賊張妻心似鐵。一從巾幗戰場行，雌霓翻成貫日明，不負將軍能報
國，居然女子也知兵。歸來哭痛軍門柳，心如孤臣同不朽。"[50]二詩分別讚揚了
陳連陞之馬堅貞不屈的忠志，以及葛雲飛之妾巾幗不讓鬚眉、堪比忠臣的愛國
精神，不僅重現了陳連陞與葛雲飛的英勇事蹟，並擴及對其義馬、忠妾之歌詠，
從而發揚陳、葛家族"一門忠烈"的精神。

（二）針砭統兵主將的諷諭詩

黃爵滋以嚴倡禁煙名重當時，爲時人讚揚，然而戰爭失敗後，黃爵滋也成
爲主和派攻訐的對象，廓道人《題如此江山圖》云：

> 突兀宜黃老，憂讒豈世情。夢迴雙闕迴，心向一江清。塵海看浮鷗，諸天
> 喚早鶯。煙嵐真變滅，惆悵此生平。[51]

詩中直指黃爵滋受讒言所害而遭奪職的事實。在黃氏擔任御史時，嘗稽察户
部銀庫，上疏庫丁輕收虧帑之弊，[52]然而當時並未受到道光皇帝的重視，直到二
十三年（1843）銀庫虧空案爆發，道光才下令嚴查歷任銀庫官吏，而黃爵滋遂以
銀庫失察罪而落職。故此，詩中也爲黃爵滋忠心愛國而落此下場抱不平之鳴。

不過，相較於黃爵滋、林則徐的竭力禁煙，以及關天培、葛雲飛、陳化成等人
的英勇善戰，在現存描寫鎮江之戰的詩歌中，多是針對各級官員與將領的畏敵
怯戰而表現出批評的態度。如無名氏《聞警紀實》十四首[53]採取大型組詩、長
篇敘事的手法呈現整體事件的全面性，透過詩注互補，以詩記史，詳細記載鎮
江之戰發生的過程，並在敘事脈絡中，揭示各級官員的多面形象。詩由道光二
十二年（1842）英夷"入圖山"爲起，次寫英夷"入瓜州"，封鎖由閘關，火燒老虎

50　同上，冊上，卷 1，頁 199—200。
51　陳任暘：《焦山續志》，卷 7，頁 2 下。
52　趙爾巽等著：《清史稿》，冊 38，卷 378，頁 11590。
53　阿英編：《鴉片戰爭文學集》，冊上，卷 1，頁 210—212。

頸青山頭,隨後"進取真州",最後進軍鎮江,"連轟鐵甕城",火燒鎮江城內外,三日三夜不熄。詩中除了哀憐百姓深陷水火,流離逃亡,"沿途遭寇劫","夫妻父子各西東"的悲慘處境,也諷刺常鎮道聞風而逃、兩江總督牛鑑退守金陵、儀徵縣令遍插紅旗投降英人、相國阮元棄民先去、京口副督統海齡戕殺良民,以及商人顏崇禮等,"饋禮輸銀"[54]的無恥行徑。另一方面,詩中"劉平屢著平夷績,獨木難支大廈傾",也歌頌提督劉允孝與英人悍戰,屢敗英人,以致英人甚畏的英勇事蹟。最後更以江都彭明府堵塞三汊河,宵衣旰食,作爲好官模範,勖勉效國之志。整體而言,詩中涉及人物面向廣泛,諷刺多於褒揚。

　　而其當中,又以兩江總督牛鑑、京口副督統海齡最值得注意,他們是描寫鎮江之戰的詩歌裏最常提及且受批評的兩個人物。鍾琦《癸卯(道光二十三年,1843)孟春,英夷撤師分守香港,追憶諸大帥辦理海疆軍務,再誌其大略》云:

> 肯拚頸血濺鷹袍,(陳化成見某大員私逃,無兵策應,自知援絶勢窮,遣敗卒帶印奔鎮江,自刎而死。)且逐殘軍敗卒逃。(某大員擁兵不守鎮江,退奔金陵,以至鎮江淪陷,而天寶山大營亦成風聲鶴唳。)唳鶴有聲驚草木,枯魚入肆泣波濤。嬰城無守功難抵,項玉徒圍命不牢。太息赫連窮塞上,掀髯含笑握鞶刀。(今春擬罪某大員,僅流新疆。)[55]

無名氏《京口夷亂竹枝詞》云:

> 牛鑑固山個個強,腰駝背曲鬢如霜。長槍權當過頭仗,扶住將軍逃下鄉。
> 千載孤忠陳化成,單身獨立拒夷人。若非牛鑑先溜走,夷鬼焉能進海門。
> 禍根牛鑑任封疆,盡被生靈罵萬場。到此內河來領路,私通夷寇到京江。[56]

54　隱園居士:《京口僨城錄》,楊家駱主編:《鴉片戰爭文獻彙編》,冊3,頁72。
55　阿英編:《鴉片戰爭文學集》,冊下,補遺,頁874。
56　同上,冊上,卷1,頁223。

據史料記載,道光二十一年(1841)兩江總督裕謙殉於寧波,隨後,清廷命牛鑑
為兩江總督,偕提督陳化成治防。[57] 隔年,英軍陷吳淞寶山,牛鑑見賊勢凶猛,
遽退遁逃,英軍遂入吳巷喬内,陳化成腹背受敵,血戰而死。[58] 鍾琦注云:陳化
成"遣敗卒帶印奔鎮江,自刎而死",顯然對這段歷史有著記憶失真(memory
distortion)的現象。吳淞失陷後,牛鑑又先後逃往嘉定、崑山;至英軍越圖山關,
再退往江寧。綜觀詩作,主要從三個層面描寫牛鑑:其一,以"敗卒逃"、"逃下
鄉"、"先溜走"強調牛鑑的逃官形象,並與陳化成"肯拚頸血"、"千載孤忠"的
忠臣形象作對比,寓託諷刺之意。其二,牛鑑屢走屢失城池,至鎮江陷落,英軍
直抵江寧,人皆認為牛鑑"私通夷寇",作英人之嚮導,[59]才使英軍得以"到京
江"。其三,和議成,牛鑑為京官所彈劾,本以"貽誤封疆罪,褫職逮問,讞大
辟",然於道光二十四年(1844)釋之。[60] 詩云:"太息赫連窮塞上,掀髯含笑握
鞾刀。"言牛鑑僅流放新疆(據《清史稿》記載,實命河南中牟河工效力),是對於
朝廷輕判牛鑑的暗諷。

　　牛鑑原受命與陳化成同駐上海,分別駐守寶山與吳淞,形成犄角之勢。初
聞捷訊,牛鑑自出督戰,後見勢不利,隨即轉向支持議和。當英軍進抵鎮江後,
不僅耆英、伊里布"饋送英夷牛羊",[61]牛鑑亦檄常鎮道周頊"釀金十二萬犒英
師",[62]欲求議和。朱葵之《自題焚香祝國圖一百韻》[63]著力諷刺穆彰阿與牛鑑
的賣國行徑。穆彰阿深受道光器重,出任尚書,入值軍機處,門生遍布朝野。[64]
鴉片戰爭爆發後,以穆彰阿為首的主和派逐漸凝聚成一股反戰勢力,號曰"穆
黨"。[65] 朱詩採取反諷筆法,以"唯阿有相臣"看似讚許唯有穆彰阿"力可旋坤
乾",實則暗諷其賣國求榮,避戰求和。接著,諷刺穆彰阿與牛鑑沆瀣一氣,開

57　趙爾巽等著:《清史稿》,冊38,卷371,頁11520。
58　貝青喬:《咄咄吟》,楊家駱主編:《鴉片戰爭文獻彙編》,冊3,頁214。
59　阿英編:《鴉片戰爭文學集》,冊上,卷1,頁226。
60　趙爾巽等著:《清史稿》,冊38,卷371,頁11521。
61　貝青喬:《咄咄吟》,頁216。
62　陳慶年:《道光英艦破鎮江記》,楊家駱主編:《鴉片戰爭文獻彙編》,冊4,頁695。
63　阿英編:《鴉片戰爭文學集》,冊上,卷1,頁171。
64　唐屹軒:《鴉片戰爭的和戰人物品藻與士人網絡》,《政治大學歷史學報》第45期(2016年
　　5月),頁79—82。
65　劉海峰:《"穆黨"對道光朝晚期吏治的影響》,《史學月刊》第3期(2007年),頁46—50。

門揖盜，不僅餽金贈繒，納賄英夷，亦任憑奸民爲英人所用。道光二十二年（1842）八月，牛鑑與耆英、伊里布，詣夷船與英夷共立和約。[66] 議和既成，除了割地賠款、開放五口通商，亦准允英夷寄居。大清國威，至此掃地。

時人嘗以宋遼"澶淵之盟"比喻第一次鴉片戰爭，朱騰《有感》："檜樹孫枝終誤國，番禺錯認是澶淵。"[67]朱庭珍《感懷》："和戎豈但唐回紇，納幣遙同宋契丹。"[68]徐宗亮《憶昨》："獯鬻有詞邀歲幣，澶淵無策備軍儲。"[69]宋真宗咸平二年（999），遼國率軍南下，深入宋境，真宗畏戰，意圖南逃，爲宰相寇準勸阻。是時，遼將與宋臣暗中媾和，真宗無心戰爭，主張議和，遂與遼訂立盟約，約爲兄弟之國，每年贈遼銀十萬兩、絹二十萬匹。[70] 從歷史借鏡中可見，一味議和往往導致君臣忘戰去兵，武備廢弛，一旦戰爭發生，便只能求和投降，割地賠款。諸士以"澶淵之盟"爲喻，暗諷中英永訂和好，猶宋遼約爲兄弟之國；又清朝賠銀二千一百萬元，猶宋朝每年贈遼銀十萬兩、絹二十萬匹。除了意在諷刺，更深的是流露對國家存亡的憂心。

對比牛鑑的臨陣脫逃與卑屈求和，海齡最終堅守鎮江，迎敵奮戰，與城爲殉，但他爲何也成爲最廣受批評、歷史評價最具爭議的人物？據周沐潤《京口》云：

> 將軍原不爲蒼生，一令倉皇忽閉城。天塹枉分南北險，府兵空藉古今名。風驅怒舶山無色，月墮荒江鬼有聲。我本釣鼇滄海客，要將無義餌群鯨。[71]

許棫《哀京江》云：

66　郭廷以：《近代中國史事日誌》，冊1，頁122。
67　阿英編：《鴉片戰爭文學集》，冊上，卷1，頁130。
68　同上，冊下，補遺，頁964。
69　同上，冊下，補遺，頁965。
70　陳邦瞻：《宋史紀事本末》（北京：中華書局，1977年），冊1，卷21，頁135—146。
71　阿英編：《鴉片戰爭文學集》，冊上，卷1，頁86—87。

毒烟噴江斷南北,將軍閉城日殺賊。將軍殺賊欲殺民,賊來爲民殺將軍。
將軍不生或不死,不生不死邀皇恩。[72]

無名氏《京口夷亂竹枝詞》云:

都統差人捉漢奸,各家閉戶膽俱寒。誤設羅網冤難解,小教場中血未乾。
夷人聽得反驚魂,説是黎民没處奔。不若聽從和尚語,連將砲打十三門。
雲梯一搭上城頭,火箭平空射不休。若問何人能死戰,最憐兵苦是青州。
殺人都統已傳名,處處驚聞共不平。枉食皇家多少禄,忍心如此害
蒼生。[73]

諸詩橫貫鎮江之戰的不同面向,主要可從三層面作詮解。其一,戰爭期間,漢奸
勾結英軍,被朝廷視爲"乃真我心腹疾也"的最大隱患。[74] 故此,海齡以失事各
城,皆爲漢奸內應,因堵四門,禁民出城,日捕誅城中漢奸。按劉長華《鴉片戰
争史料》云:"漢奸曷名乎? 名漢土之奸民也。……假夷人形狀,助夷人聲勢,
攻破城池,刮掠財貨,又爲夷人探消息,作奸細,愈引愈多。"[75]而海齡以爲漢奸
乃對滿洲、蒙古言,因此但凡他邑人在城中面稍生者,即令殺之。[76] 海齡閉城禁
民逃難,以致城陷遭蹂躪,周沐潤認爲此乃"原不爲蒼生"的自私行爲;又"閉城
日殺賊",不僅引起百姓恐慌,更加深滿漢之間的矛盾,漸失民心,因此無名氏
云:"忍心如此害蒼生",乃對其濫殺無辜而言。

　　其二,許棫諷云:"將軍殺賊欲殺民,賊來爲民殺將軍",實有可據。據楊棨
《出圍城記》記載:青州兵移住城樓時,大觀樓有一僧欲他徙,隊長挽留之。忽
一日呼僧,曰海都統每日殺人,皆目爲漢奸,故勸速急去。僧語北固山僧,爲山

72　阿英編:《鴉片戰爭文學集》,冊下,補遺,頁919。
73　阿英編:《鴉片戰爭文學集》,冊上,卷1,頁222—223。
74　中國第一歷史檔案館編:《鴉片戰爭檔案史料》,冊5,頁62。
75　劉長華記,馮雄校:《鴉片戰爭史料》,頁154。
76　甦菴道人:《出圍城記》,楊家駱主編:《鴉片戰爭文獻彙編》,冊3,頁42。

下夷船通使所聞，遂轉告夷目，以不速破城，反害百姓。[77]　楊棨爲鎮江人，戰時因海齡閉城，困坐城中，故其説具一定可信度。對應無名氏："夷人聽得反驚魂，説是黎民没處奔。不若聽從和尚語，連將砲打十三門。"是謂海齡禁閉百姓不許出城，招致英夷攻城，破城乃"爲民殺將軍"，以救受困城中之居民，而實非夷人之本意，強調海齡實乃造成鎮城破碎的元兇。

其三，鎮江守軍原來僅有千人，防禦力量薄弱，道光令參贊大臣齊慎、湖北提督劉允孝，帶兵赴鎮江協守，[78]然而"參贊齊慎、提督劉允孝，以兵至，海齡拒不延入，但使禦賊城外"，[79]唯留一千二百名城防軍與四百名青州兵防守。寇氛漸逼，海齡乃令分守四門，以致北城空堡無兵，英軍遂由十三門而入。是時，東、西、北三城樓俱被焚燒，英軍踰城而入，獨青州兵奮勇殺賊，至血積刀柄，尚大喊殺賊。[80]　英軍至南門，青州兵欲率旗兵與之巷戰，然旗兵先走，不肯稍助兵勢。[81]　是以，青州兵被劫殺之慘，亦甚他郡。無名氏云："若問何人能死戰，最憐兵苦是青州。"是謂旗兵棄走而青州兵英勇殺敵深深感喟。

由此可見，士人對於海齡的評價，大多圍繞對其閉城殺賊、禁民逃跑的指摘，然而清方則不以爲然。據《清史稿》記載：戰爭期間，海齡以"妄殺良民"引發衆怒，因此周頊謂海齡之死乃"爲衆所戕"，然經耆英查證，海齡與城同殉，自縊而死。海齡死因攸關死後名節與賜卹與否的問題。當時，兩江總督牛鑑、常鎮道周頊，皆因棄城逃跑而獲罪，故此也成爲清廷肯定海齡"闔門死難，大節無虧"而予以褒揚的原因。[82]　不過，曾入奕經幕下參加東征的詩人貝青喬《軍中雜誄詩》則評云："海門慘淡結寃雲，故壘何堪問戰勳。認取征袍餘燼在，終能勉死謝三軍！"[83]王驤認爲貝氏此詩"在衆説紛紜中獨持異議，不失爲持平之

77　甡菴道人：《出圍城記》，頁47—48。

78　中國第一歷史檔案館編：《鴉片戰爭檔案史料》，冊5，頁349—350、454、589。

79　梁廷枏：《夷氛聞記》，楊家駱主編：《鴉片戰爭文獻彙編》，冊6，卷4，頁73。

80　崔光笏：《江蘇鎮江府建立青州駐防忠烈祠碑》，青州市博物館編著：《青州市博物館》（北京：文物出版社，2007年），頁88—89。

81　朱士雲：《草間日記》，楊家駱主編：《鴉片戰爭文獻彙編》，冊3，頁81。

82　趙爾巽等著：《清史稿》，冊38，卷372，頁11531。

83　阿英編：《鴉片戰爭文學集》，冊上，卷1，頁186。

論”，是對海齡的正面肯定，[84] 然筆者認爲，貝詩乃借比興反諷筆法，以頌爲刺，諷諭清廷將勉勵將領爲國而死作爲肯定節操的依據。

　　戰爭結束後的隔年，楊棨借中元節超度亡魂的日子再度回顧這場戰爭，作《盂蘭盆歌癸卯（道光二十三年，1843）六月十四日，鎮江廣建水陸道場，蓋是日，去年城破之日也，感而作歌》，[85] 詩中巧妙運用“衆鬼”（亡者）、“白鬼”（英人）與“黑鬼”（漢奸）作爲對比，充滿强烈地憤恨與批判意味，不僅對於漢奸“開門揖盜”、海齡“閉城”，以及賣國官員與英人往聲通氣，周旋議和，加以撻伐，更對於枉死之人深表莫大的悲痛。其所謂“我輩枉死”者，乃針對上位者最終決意與英人議和，而使愛國之士及無辜百姓枉送生命所作出的控訴與批判。楊棨作爲鎮江之戰的目擊者與倖存者，他以親身經歷寫下《出圍城記》《盂蘭盆歌》等詩文著作，搭起“書寫的歷史”（history as written）與“經歷的歷史”（history as lived）的橋樑，並在不同的時空背景下不斷重構，將當下意識與過去現實連結，紀錄這段沉痛的歷史；[86] 而這些詩歌也在揭露真相本質的立意之下，不斷警醒著世人否定官方將殉節視爲肯定大節與否的論斷價值。

四、以詞傳史：古今同悲

　　鴉片戰爭爆發時，也正是常州詞派“詞史”説發展的時期。然而，詞壇尚未從浙西詞派的影響中抽離，因此相較詩體而言，以詞寫鴉片戰爭的作品仍相對較少。阿英《鴉片戰爭文學集》亦僅收趙起、許楗、曹驤三人的五首詞。題材方面，涉及的内容也没有詩體來得廣泛。整體來説，“鴉片戰爭時期的詞，就認識價值來説，總體上不如詩更具史的特色，但一些際身於風暴漩流中心的詞人仍留下了彌足珍貴的吟章”。[87]

84　王驤：《鴉片戰争詩歌中的“青州兵”與京口副都統海齡》，《破與立》第 4 期（1978 年），頁 61。

85　阿英編：《鴉片戰争文學集》，册上，卷 1，頁 99。

86　（英）傑弗里・丘比特著，王晨鳳譯：《歷史與記憶》（南京：譯林出版社，2021 年），頁 29—32。

87　嚴迪昌：《清詞史》（南京：江蘇古籍出版社，2001 年），頁 500。

（一）借古喻今、抒發興亡的紀史詞

在鴉片戰爭時期的詞體創作中，值得注意的是鄧廷楨、林則徐的詞作。道光十九年（1839），鄧廷楨以兩廣總督隨同林則徐查禁鴉片，隔年，定海失陷，鄧、林皆被削職。二十一年（1841）奕山戰敗後，又與林則徐一同被遣戍伊犁。鄧廷楨曾作《高陽臺》（鴉度冥冥）抒發鴉片帶給國家及人民的危害，而林則徐亦以《高陽臺·和嶰筠前輩》相唱和，傳達他們一同查禁、銷毀鴉片，打擊英人氣焰的喜悅。只是，他們的抗英行動沒能持續到最後，便在中途被硬生生地腰斬。

道光二十年（1840）鄧廷楨落職後，曾登臨江蘇揚州大觀亭，作《水龍吟·雪中登大觀亭》云：

> 關河凍合梨雲，衝寒猶試連錢騎。思量舊夢，黃梅聽雨，危闌倦倚。披氅重來，不分明處，可憐煙水。算夔巫萬里，金焦兩點，誰說與，蒼茫意。卻憶蛟臺往事，耀弓刀、舳艫天際。而今賸了，低迷魚艇，模黏雁字。我輩登臨，殘山送暝，遠江延醉。折梅花去也，城西炬火，照瓊瑤碎。[88]

詞中寫其此番登臨重遊，望著長江中游的夔門、巫峽，長江下游的金山、焦山，內心感到無比擔憂。回憶"蛟臺往事"的虎門之役，猶可感到當時我軍"耀弓刀、舳艫天際"的凌雲氣勢，與"而今賸了，低迷魚艇，模黏雁字"形成強烈對比，由是感喟自己如今已遭革職，只能目送殘山勝水，借酒澆愁，寄託無法為國效力的無奈。全詞流露對於清廷任用主和派打壓主戰派，以及自我遭逢誣陷落職的憂憤與不平。

當然，鄧廷楨寫此詞之時，鎮江還未失守，其眼中所見"金焦兩點"，只是對於此地歷史記憶的一種想象與延伸。自古以來，詞人對京口三山的描寫，除了多描繪形勢險要、奇麗雄峻的景色外，亦多圍繞對古今人物、歷史戰爭作抒發，

---

[88]　鄧廷楨：《雙硯齋詞鈔》，1922 年刻本，卷上，頁 25 下—26 上。

如陸游《水調歌頭・多景樓》：“鼓角臨風悲壯，烽火連空明滅，往事憶孫劉。千里曜戈甲，萬竈宿貔貅。”辛棄疾《永遇樂・京口北固亭懷古》：“千古江山，英雄無覓，孫仲謀處。”二詞同樣都借用孫權在京口建立霸業的典故，寓千古興亡，寄託今昔感慨。換言之，這些詞作中保留了京口特定印象的傳遞，並以此作爲媒介塑造當下的意識。而鄧廷楨借金焦之景，抒發時事之感，實即延續了昔人對鎮江興亡的歷史記憶，並藉此反映對當下英軍侵略中國的憂心。

道光二十二年（1842）7 月，鎮江陷落，有識之士群情激憤。江開作《渡江雲・題董嘯菴孝廉焦山望海圖，時英夷犯順，鎮江失守》，[89] 透過鎮江形勢與六朝歷史，寫出此地優越的環境。鎮江位於江海的交界處，歷史上，焦山以“中流砥柱”之勢，如同哨兵般守衛著大海的門戶，因此鎮江又有“海門”之稱。詞中“關鎖六朝秋”借昔時六朝定都南京的歷史，強調鎮江作爲守護門戶的重要意義。然而，今日英軍“竟揚帆直走”，橫行江面，“雲頹鈸甕”，鎮江淪陷，門戶失守。詞人感嘆“當年瘞鶴今如在，恐仙禽、哀唳難收”，是借焦山殘石《瘞鶴銘》記葬鶴之仙事，寓託江山危夕的悲哀；並以“東望去，高歌與子同仇”，表現出對侵略者極大的仇恨。

鎮江淪陷後，英軍切斷了京杭大運河的漕運，隨後，八月又進抵江寧江面，29 日中英簽訂《南京條約》，英船由鎮江、江陰、靖江、狼山港口而出。[90] 徐廷華感而作《揚州慢・壬寅（道光二十二年，1842）八月下旬，赴安慶，時金陵初解嚴，夷船退泊圖山，舟出京口作》：

> 天際帆檣，望中煙樹，淒然暮色遙生。倚舵樓凝眺，海水挾心驚。賸幾處、頹垣斷瓦，西風野堠，落日荒營。自窺江去後，滿城臕氣猶腥。　君門萬里，問何人、許請長纓。溯二百年中，承平無事，人厭談兵。坐令竹王自大，笑譚處、樓艣風輕。忽夜中驚起，燭天烽火霞明。[91]

89　江開：《浩然堂詞稿》，紀寶成主編：《清代詩文集彙編》，冊 608，卷 1，頁 2 下—3 上。

90　劉長華記，馮雄校：《鴉片戰爭史料》，頁 170。

91　徐廷華：《一規八棱硯齋詞鈔》，紀寶成主編：《清代詩文集彙編》，冊 719，頁 8 上—下。

"自窺江去後，滿城蜃氣猶腥"奪胎自姜夔《揚州慢》："自胡馬、窺江去後，廢池喬木，猶厭言兵。"[92]加深對戰後腥氛未滅、城市殘敗的描寫。詞人以"問何人、許請長纓"之疑問句，暗諷清廷排拒主戰派，傷時無英雄；接著以"溯二百年中，承平無事，人厭談兵"，諷刺清朝承平日久，厭談兵事，揭示朝中官員畏戰的心理。並借夜郎竹王自大的典故，[93]比喻英軍武力強大，談笑間，便能輕易將滿清擊敗。詞中不僅抒發戰敗城毀的感傷，也針對清朝戰敗的根本原因作了反思與批判，是詞人對當下時事的忠實記錄。

　　戰爭結束的兩年後，黃爵滋登臨焦山，抒發遭到褫職與國家興亡的感觸，這年，薛時雨也嘗舟行焦山，作《滿江紅‧舟泊焦山》。[94] 上闋起句與江開詞同樣強調此地形勢險要的優越位置，並以"目空今古"一句，貫通今昔，興發對古今英雄、易代興亡的感觸。"十載烽烟潮怒吼，八蠻舟楫輪飛渡"，喻指英艦入侵長江，掀起一陣烽煙怒火，城垣傾阤。而焦山藏有豐富碑林，堪稱江南第一，詞中"問何人、功業鎮山河，銘銅柱"，乃借歷代碑銘記功，寓託對英雄救世的期待。下闋呼應上闋"十載烽烟潮怒吼"，描寫戰亂過後，瓜洲、南徐籠罩一片黯淡雲霧，蕭條頹敗的景象。"孤鶴魂歸人入夢，潛蛟夜起巖飛雨"，前者借丁令威仙化鶴歸的典故，[95]寫物是人非的感慨；後者呼應上闋"問何人、功業鎮山河"，借潛蛟夜起，寄託報國的志向。相傳東漢末年天下大亂，焦光見政治腐敗，隱居山中，帝聞其名，嘗三度聘請任官，皆為焦光所拒。他在山上煉丹救人，因此後人改樵山為焦山，而焦光即焦山之神仙。[96] 詞末："向寒流、釃酒酹焦仙，靈呵護。"即寓借餟祭焦光仙靈，傳達天下太平的祝願。

　　值得注意的是，鴉片戰爭時期的女性也自覺地藉由詩歌記錄歷史，在描述戰亂的悲劇中，投注對國家時事的關心，透視人類生存本質的真諦。沈善寶《滿江紅‧渡揚子江》二首云：

92　姜夔著，陳書良箋注：《姜白石詞箋注》（北京：中華書局，2013 年），卷 1，頁 1。

93　司馬遷著，裴駰集解，司馬貞索隱，張守節正義：《史記‧西南夷列傳》（北京：中華書局，2014 年），冊 9，卷 116，頁 3625—3630。

94　薛時雨：《藤香館詞》，顧廷龍主編：《續修四庫全書》，冊 1727，頁 5 下—6 上。

95　陶潛著，汪紹楹校注：《搜神後記》（北京：中華書局，1981 年），卷 1，頁 1。

96　葛洪著，胡守為校釋：《神仙傳校釋》（北京：中華書局，2010 年），卷 6，頁 235。

滾滾銀濤，瀉不盡、心頭熱血。想當年、山頭擂鼓，是何事業。肘後難懸
蘇季印，囊中賸有文通筆。數古來、巾幗幾英雄，愁難説。　望北固，秋
烟碧。指浮玉，秋陽赤。把蓬窗倚遍，唾壺擊缺。游子征衫攪淚雨，高堂
短鬢飛霜雪。問蒼蒼、生我欲何爲，空磨折。

撲面江風，捲不盡、怒濤如雪。憑眺處、琉璃萬頃，水天一色。釃酒又添
豪傑淚，然犀漫照蛟龍窟。一星星、蟹嶼與漁汀，凝寒碧。　千載夢，風
花滅。六代事，漁樵説。只江流長往，銷磨今昔。錦纜牙檣空爛漫，暮蟬
衰柳猶鳴咽。笑兒家、幾度學乘查，悲歌發。[97]

詞約作於道光二十二年（1842），英艦駛入長江，而林則徐已遭遣戍新疆。第一
首以江濤爲起興，借宋時梁紅玉擂鼓破金兵的典故，傳達內心渴望報效國家的
滿腔熱血，無奈自古女子報國無門，未能如蘇季投身政治，配六國相印。[98]“唾壺
擊缺”、“游子征衫”皆以男性詩歌中經常用來抒述漂泊、壯志難酬的典故，投映
自我空有才華卻無法效國的憤慨與不平，呼應了上闋“數古來、巾幗幾英雄，愁
難説”的旨要。第二首同樣以景起興，並借“釃酒”、“燃犀”典故[99]與奇女子梁
紅玉的隱隱對比，寫出英雄失意的感慨。“千載夢”、“六代事”，撫今思昔，唯有
感嘆“暮蟬衰柳”，國步危艱。相較於薛時雨“釃酒酹焦仙，靈呵護”的冀盼，沈
詞雖有寄託用世的期盼，但更深刻寄託了國祚難復的傷悲。

（二）效仿蘇、辛體的疊加時事之作

從諸士的詞作中可見，大多詞作以憑弔鎮江名勝，六朝風流，發思古之幽
情，貫通古今興亡之感。這種寓借古人古事、江山風物以喻今事的創作手法，實
是延續了歷來鎮江懷古詞的書寫脈絡，目的在洞悉歷史之興衰，抒發世道日衰
的悲嘆。而在歷代懷古詞中，最值得注意的是蘇軾《念奴嬌·赤壁懷古》與辛

97　沈善寶：《鴻雪樓外集》，紀寶成主編：《清代詩文集彙編》，冊 628，頁 5 下—6 上。

98　司馬遷著，裴駰集解，司馬貞索隱，張守節正義：《史記·蘇秦傳》，冊 7，卷 69，頁 2723—
　　2747。

99　劉敬叔著，范寧校點：《異苑》（北京：中華書局，1996 年），卷 7，頁 69。

棄疾《永遇樂・京口北固亭懷古》，二詞不僅是千古傳誦的名篇，在各代效仿和作的情形亦不勝枚舉，如辛棄疾、薩都剌、陳步墀、姜夔、陳維崧、董元愷等，皆有和詞。

《念奴嬌・赤壁懷古》作於蘇軾因"烏臺詩案"諷刺新法弊端而被貶黃州期間，詞中藉由憑弔孫吳陣營之青年將領周瑜雄姿英發、大敗曹軍的往事，抒發自己中年仕途失意，年華老去，壯懷難酬的感慨。辛棄疾《永遇樂・京口北固亭懷古》爲其任職鎮江知府所作，詞中借孫權建立霸業、劉裕率軍北伐、劉義隆倉促出兵的典故，抒發自己冀欲抗金報國的志向，並對南宋偏安與韓侂冑輕敵冒進感到擔憂。蘇、辛詞皆以景起興，借千古江山，追懷歷史人物的英雄事蹟，寄託對國家政治的擔憂。而蘇、辛詞之所以能引發後人追隨的腳步，乃在歷史的沉思中，觸發人們對生命的感悟，特別是對於遭逢坎壈的士人而言，那種緣於生命本質"千古同悲"的情感，更能觸動人心，引發讀者深切的共鳴。再者，蘇、辛二詞已然超越個人小我本身，而投注對國家政治的關懷，因此堪稱爲懷古詞之典範。

湯貽汾《如此江山圖》完成後的隔年，馬書城裝成《如此江山圖卷》，並歸藏自然庵。此後，歷經定峰、鶴山、六瀞、溯源四位庵主，每逢文人雅士登臨此地，即示圖徵題，漸積成帙。而《如此江山圖》題詠亦隨著歲月更遷，在歷史的層累與後人的觀看中，疊加圖畫本身以外的史事寄託。在諸士的題詠之中，尤其值得注意的是王鵬運、周岸登、潘曾瑋、冒廣生對於蘇、辛詞的和作與效仿。王鵬運《念奴嬌・題如此江山圖》云：

> 雲埋浪打，想髯翁、當日吟邊風物。問訊江山無恙否？目斷巖巖蒼壁。載酒游清，籠紗句苦，欲撼濤頭雪。焦仙醒未，爲余試數英傑。　最是根觸愁心，禪天梵放，隔岸悲笳發。撲地蒼煙，飛不起、海氛浮空明滅。秋色西來，中原北望，天遠青如髮。伴人依舊，多情祇有圓月。[100]

100　陳任暘：《焦山續志》，卷 8，頁 16 上。

周岸登《念奴嬌‧焦山和半塘題如此江山圖，東坡原韻》云：

> 一拳危石，鎖江流、閱盡前朝英物。誰試摩天疏鑿手，點破頑苔昏壁。水
> 灔岷艖，詩從玉局，浪捲蓬婆雪。狂瀾須挽，我來翹佇時傑。　曾訪海上
> 成連，移情玄賞，舒嘯潮音發，島嶼微茫，琴思遠、回首山河明滅。九域蟲
> 沙，同舟風雨，痛癢連膚髮。江神安在，掃雲呼起江月。[101]

王、周詞皆用蘇軾《念奴嬌‧赤壁懷古》韻，並延續東坡詞境，以滾滾江流與歷
史人物相聯繫，藉由大江壯闊氣勢，照見人物卓然風流之氣概。王鵬運詞作於
光緒二十八年（1902）其南歸之後，是詞人甫經庚子事變後的真實心聲。庚子
事變爆發前，王鵬運與朱祖謀皆以亂民不可用，反對清廷借義和團消滅列強；
至八國聯軍攻入北京，王鵬運與朱祖謀、劉福姚困坐危城，傷痛世運凌夷，日夕
以詞相唱和；戰爭結束後，聯軍請誅禍首，王鵬運、朱祖謀亦奏請斬首禍魁。[102]
王氏親身見證事變發生的過程，也深感清廷用人失當，誤國尤甚，因此借隱士
焦光寄託賢才救世的冀盼。王詞在《如此江山圖》寄託鴉片戰爭失敗的憂國本
意上，復次疊加對庚子事變爆發後的悲時傷感，使詞得以貫通蘇軾、湯貽汾之
精神，從而凸顯其感時傷國的時代意義。同樣的，周岸登也是如此。周詞約莫
作於 1931 年，應是投映當時日軍侵佔東北的傷時之感。其詞在王詞和東坡原
韻的基礎上，寄託對“時傑”用世的期盼，只是周詞不似蘇、王詞中寄懷周瑜、焦
光有一個明確的寄託對象，而是期待集結愛國志士的共同力量對抗外敵。

潘曾瑋《永遇樂‧登焦山題如此江山圖用辛稼軒體》云：

> 如此江山，今來古往，依舊風月。名士風流，英雄氣概，不信都磨滅。銀
> 濤滾滾，朝朝暮暮，新恨舊愁千疊。笑登臨、書生老矣，壯懷到此銷歇。
> 戎衣事了，知封侯無骨，贏得頭顱似雪。莫問浮名，放歌長嘯，逍遣杯中

101　周岸登：《蜀雅》（北京：國家圖書館出版社，2016 年），冊 10，卷 12，頁 11 下—12 上。

102　李希聖：《庚子國變記》，楊家駱主編：《義和團文獻彙編》（臺北：鼎文書局，1973 年），冊
　　 1，頁 15、31。

物。那堪憑弔，枕江樓閣，一片斜陽紅徹。還誰惜、仙禽羽化，但餘斷碣。謂《瘞鶴銘》。[103]

冒廣生《永遇樂‧題黃樹齋如此江山圖，圖為湯雨生畫，藏焦山自然庵》云：

> 如此江山，行人空說，劉寄奴處。草草興亡，半篙春水，斷送前朝去。梅花一樹，自然庵裏，詞客英靈曾住。想登臨、當歌慷慨，停盃氣狎龍虎。
>
> 驚心胡馬，窺邊去後，又報紅巾北顧。七十多年，丹青重認，劫火南徐路。孤城鐵甕，怒潮夜打，猶似當時戰鼓。憑誰弔、將軍碧血，年來化否？[104]

潘詞借稼軒體同樣寫出對歷史英雄人物的想象，不同的是，辛詞雖有寄託“雨打風吹去”、英雄消歇的歷史感傷，但仍期盼自己能效力疆場，抗金殺敵；但潘詞在面對千古江山時，體悟到的是人壽有盡、生命短促的無窮感慨，因此產生一種“壯懷到此銷歇”、“莫問浮名”的消極思想。潘詞作於第二次鴉片戰爭以後，或可顯現其無力挽救局勢的無奈。冒詞和稼軒詞韻，並化用稼軒詞中典故，借“劉寄奴處”暗喻劉裕崛起鄉野，建立北伐功業之事蹟，以及劉義隆輕率出兵，“草草興亡”，斷送國祚，比喻滿清滅亡。詞作於 1920 年，自道光二十二年（1842）鴉片戰爭結束，已經過七十多個年頭，中間歷經一連串的內憂外患，最終辛亥革命爆發，清朝被推翻。詞人撫今思昔，疊加辛詞對宋室的擔憂、湯氏畫中對清朝的憂心，道出今日淪為遺民的感傷。

　　王、周、潘、冒借蘇、辛作為效仿的對象，顯示了晚清民初對於蘇、辛二詞廣泛接受的情形；另一方面，蘇、辛詞中援引周瑜、孫權、劉裕、劉義隆事蹟的描寫，皆能緊密扣合京口一地的史事背景，作為支撐詞人題詠的立論基礎。再者，蘇、辛詞以廣闊悠遠的時空作為背景，相應於湯貽汾《如此江山圖》以橫幅形製所構成的無限綿延的時空結構，能夠引領讀者超越時空，俯瞰古今；詞人與畫家以宏遠的視角，透視歷史的規律，感知物是人非、盛衰興亡的必然，並在國家面

103　潘曾瑋：《詠花詞》，紀寶成主編：《清代詩文集彙編》，冊 675，頁 17 下。
104　冒廣生：《小三吾亭詞》，清光緒至民國間如皋冒氏刊本，卷 3，頁 11 上—下。

臨危機四伏、岌岌可危的處境中,預見最終走向衰亡的結局。王、周、潘、冒追隨蘇、辛的腳步,延續了二人對古代英雄的追緬,在繼承蘇、辛詞境的基礎上,疊加歷史的記憶,譜寫内心激昂沉潛的悲憤,記録屬於他們時代的一曲悲歌。

結　　論

　　湯貽汾爲黄爵滋作《如此江山圖》,借描繪焦山風景,寄託黄爵滋遭遇落職的心境,同時也寄寓自我戰時禦守白門的愛國情懷。從時人的詩作中可見,詩人受"詩史"説重視義理精神、强調史家褒貶與詩人美刺的作用中,尤其凸顯陳化成、牛鑑、海齡等人物的褒貶形象。清廷以海齡殉節,肯定其大節無虧,然周沐潤、楊棨等人卻以海齡閉城殺漢奸、禁民逃跑而大肆撻伐。同樣的人或事,在官方與民間不同的立場中被塑造成不同的形象,也呈現出不同的意義。詞作方面,開始受常州詞派"詞史"説的影響,鄧廷楨、江開、徐廷華、薛時雨等人,分別投映出鎮江之戰發生前後的心境變化。而在《如此江山圖》的題詠中,同樣可見諸士借鑑前人對京口三山的記憶與書寫,從而延伸對此地歷史的想象與重構。王鵬運、周岸登、潘曾瑋、冒廣生甚至效仿蘇、辛《念奴嬌》與《永遇樂》,分別寄託庚子事變、日軍侵佔東北、第二次鴉片戰争爆發,以及滿清滅亡的感傷。藉由圖畫、題詠與時人詩詞的互文與參照,得以管窺鎮江之戰發生的歷史、不斷變化中的生命階段,以及士人與各級官員的情志與面向,從而彰顯詩詞及圖畫的旨趣。

(作者: 東吴大學中國文學系助理教授)

引 用 書 目

一、專書

王伯敏：《中國繪畫通史》。臺北：東大圖書股份有限公司，1997 年。

中國第一歷史檔案館編：《鴉片戰爭檔案史料》。天津：天津古籍出版社，1992 年。

文慶等編，齊思和等整理：《籌辦夷務始末（道光朝）》。北京：中華書局，2014 年。

司馬遷著，裴駰集解，司馬貞索隱，張守節正義：《史記》。北京：中華書局，2014 年。

江開：《浩然堂詞稿》，紀寶成主編：《清代詩文集彙編》，冊 608。上海：上海古籍出版社，
　　2010 年。

沈善寶：《鴻雪樓外集》，紀寶成主編：《清代詩文集彙編》，冊 628。上海：上海古籍出版社，
　　2010 年。

何栻：《悔餘菴詩稿》，紀寶成主編：《清代詩文集彙編》，冊 664。上海：上海古籍出版社，
　　2010 年。

青州市博物館編著：《青州市博物館》。北京：文物出版社，2007 年。

阿英編：《鴉片戰爭文學集》。北京：古籍出版社，1957 年。

周岸登：《蜀雅》，曹辛華主編：《民國詞集叢刊》，冊 10。北京：國家圖書館出版社，2016 年。

周際霖等修，周頊等纂：《江蘇省如皋縣續志（一）》，《中國方志叢書》，第 46 號。臺北：成文出
　　版社，1970 年。

冒廣生：《小三吾亭詞》，清光緒至民國間如皋冒氏刊本。

姜夔著，陳書良箋注：《姜白石詞箋注》。北京：中華書局，2013 年。

姚水、魏麗萍、朱曼華編輯：《2017 書畫拍賣大典》。臺北：典藏藝術家庭，2017 年。

徐廷華：《一規八棱硯齋詞鈔》，紀寶成主編：《清代詩文集彙編》，冊 719。上海：上海古籍出
　　版社，2010 年。

陳任暘：《焦山續志》。海口：海南出版社，2001 年。

陳邦瞻：《宋史紀事本末》。北京：中華書局，1977 年。

陶潛著，汪紹楹校注：《搜神後記》。北京：中華書局，1981 年。

郭廷以：《近代中國史事日誌》。臺北："中研院"近代史研究所，1963 年。

庾信著,倪璠注,許逸民校點:《庾子山集注》。北京:中華書局,1980 年。

梁啓超:《梁啓超全集》。北京:北京出版社,1999 年。

黃文涵:《憶琴書屋存蘩》,紀寶成主編:《清代詩文集彙編》,冊 649。上海:上海古籍出版社,
　2010 年。

黃爵滋:《僊屏書屋初集年記》,《中華文史叢書》,第 6 輯冊 50。臺北:華文書局,1968 年。

黃爵滋:《仙屏書屋初集文録》《戊申粵遊草》,紀寶成主編:《清代詩文集彙編》,第 580 冊。上
　海:上海古籍出版社,2010 年。

湯貽汾:《琴隱園詩集》,紀寶成主編:《清代詩文集彙編》,冊 526。上海:上海古籍出版社,
　2010 年。

馮詢:《子良詩存》,顧廷龍主編:《續修四庫全書》,冊 1526。上海:上海古籍出版社,2002 年。

游宜潔、張均億編輯:《2008 書畫拍賣大典》。臺北:典藏藝術家庭,2008 年。

葛洪著,胡守爲校釋:《神仙傳校釋》。北京:中華書局,2010 年。

楊家駱主編:《鴉片戰爭文獻彙編》。臺北:鼎文書局,1973 年。

楊家駱主編:《義和團文獻彙編》。臺北:鼎文書局,1973 年。

趙爾巽等著:《清史稿》。北京:中華書局,1977 年。

鄧廷楨:《雙硯齋詞鈔》。1922 年刻本。

劉敬叔著,范寧校點:《異苑》。北京:中華書局,1996 年。

劉義慶著,劉孝標注,余嘉錫箋疏:《世説新語箋疏》。北京:中華書局,2007 年。

潘曾瑋:《詠花詞》,紀寶成主編:《清代詩文集彙編》,冊 675。上海:上海古籍出版社,
　2010 年。

薛時雨:《藤香館詞》,顧廷龍主編:《續修四庫全書》,冊 1727。上海:上海古籍出版社,
　2002 年。

羅明、徐徹主編:《清代人物傳稿》。瀋陽:遼寧人民出版社,1993 年。

嚴迪昌:《清詞史》。南京:江蘇古籍出版社,2001 年。

(英)傑弗里·丘比特著,王晨鳳譯:《歷史與記憶》。南京:譯林出版社,2021 年。

(英)托馬斯·阿羅姆繪,李天綱編:《大清帝國城市印象:19 世紀英國銅版畫》。上海:上海
　古籍出版社,2002 年。

二、論文

王飆:《鴉片戰爭前後的"志士之詩"及其詩風新變》,《文學遺產》第 2 期(1984 年),頁
　81—92。

王驤:《鴉片戰争詩歌中的"青州兵"與京口副都統海齡》,《破與立》第 4 期(1978 年),頁
　60—61。

武衛華:《從鴉片戰争詩歌的新變看中國第一批近代詩人的心態變異》,《齊魯學刊》第 2 期
　(1991 年),頁 20—25。

唐屹軒:《鴉片戰争的和戰人物品藻與士人網絡》,《政治大學歷史學報》第 45 期(2016 年 5
　月),頁 61—108。

張宏生:《常州派詞學理論的現實呼應——鴉片戰争前後的愛國詞與詞境的新拓展》,《江海
　學刊》第 2 期(1995 年),頁 175—181。

莊國土:《茶葉、白銀和鴉片:1750—1840 年中西貿易結構》,《中國經濟史研究》第 3 期(1995
　年),頁 64—76。

彭剛:《歷史記憶與歷史書寫——史學理論視野下的"記憶的轉向"》,《史學史研究》第 2 期
　(2014 年),頁 1—12。

寧夏江:《鴉片戰争時期愛國詩潮中經世派的詩歌》,《韶關學院學報》第 28 卷第 5 期(2007 年
　5 月),頁 75—78。

劉海峰:《"穆黨"對道光朝晚期吏治的影響》,《史學月刊》第 3 期(2007 年),頁 46—50。

Vicissitudes, History and Memories: Tang Yifen's *Painting of a Declining Country* and the Battle of Zhenjiang in the Poetry during the First Opium War

Ke Bingfang

（Assistant Professor, Department of Chinese Literature, Soochow University）

Abstract

In the 22nd year of the Daoguang reign（1842）, the British Armed Forces waged the Battle of Yangzi River, captured Zhenjiang, and reached Jiangning, compelling the Qing court to sign the Treaty of Nanjing, the first unequal treaty between China and foreign powers. Before the First Opium War, Huang Juezi was known for his strict policy of prohibiting opium. After the war, Huang was impeached for mismanaging the state treasury. He then commissioned renowned painter Tang Yifen to create *Painting of a Declining Country*, a work closely linked to the Battle of Zhenjiang, and Tang also embedded his lamentation over the perished landscape in this work. Treating this painting as the point of departure and by reference to the descriptions of the Battle of Zhenjiang in poetry, this article seeks to investigate how scholars documented the war with paintings and poems that in turn shaped the collective memories of this piece of history. Inspired by the poets' profound reflection on the significance of historic events, this article tries to review scholars' accolades for patriotic military officers and examine the praise and censure of the contentious figure Hailing. This article also aims to take a glimpse of the literary tradition of depicting the "Three Mountains of Jingkou" in Ci poetry through the lens of the Ci works that emulated the styles of Su Shi and Xin

Qiji to chronicle the rise and fall of Zhenjiang.

Keywords: The First Opium War, Zhenjiang, history, memory, Tang Yifen, Huang Juezi

戲劇社會教育之功效與藝術本質之思辨

——民國初年劇作家韓補庵的戲劇觀及其編劇理論*[1]

吳宛怡

提　要

　　清末民初的戲劇改良運動，強調戲劇本身的教化功能，主要希冀透過戲劇而達到開啓民智、移風易俗的效果。而後紛紛出現各種組織進行相關活動，然而均未能長久持續，以致改良並未呈現具體的成效。民國以後，政府逐一規劃管理戲劇行業與政策相關部門，將其納入社會教育・通俗教育機構，同時嘗試將戲劇改良的理念轉爲政策透過教育機構執行。天津地區在 1915 年成立社會教育辦事處，此爲統括並監督通俗教育的機關，其下有藝曲改良社及藝劇研究社，屬於推行戲劇改良的組織。民國初年劇作家韓補庵（1877—1947）曾任藝曲改良社的社長，亦擔任社會教育辦事處的機關報《社會教育星期報》的主編，其身分與經歷，促使他將戲劇視爲落實社會教育的方法之一，專注於實踐。曾創作多齣新編戲劇，1921 年出版的編劇理論專文《編戲贅言》，1924 年出版了戲劇學專書《補庵談戲》。補庵是民初少見理論與創作並行的劇作家，他的時代正好歷經新興戲劇表演形式的盛衰發展及五四新文化運動。不放棄舊有的

---

* 本文爲香港"大學教育資助委員會"提供優配研究金（GRF）之部分研究成果，計畫編號：15610219。

1. 承蒙兩位審查人悉心指正，惠賜寶貴意見與修改建議，使得本文更臻完善，謹此致上誠摯的謝意。

戲劇形式,努力思索如何對傳統戲劇藝術進行改革,採取"半新半舊派"的演出形式,並提出明確的戲劇觀及務實的編劇理論,這一嘗試歷程,別具時代意義。

關鍵詞: 韓補庵　戲劇改良　半新半舊派　編劇理論　《編戲贅言》

一、前　言

　　清末民初的戲劇改良運動,強調戲劇本身的教化功能,主要希冀透過戲劇而達到開啓民智、移風易俗的效果。於是自清末起即有 1905 年成立的四川的戲曲改良公會,[2] 1907 年在天津成立移風樂會[3] 等爲首的一系列組織進行編演新戲等活動。[4]

　　民國以後,政府逐一規劃管理戲劇行業與政策相關部門,將其納入社會教育・通俗教育機構之內。1912 年 5 月教育部首先設立了學校教育司、社會教育司及歷象司三司,社會教育司之內分了宗教科、美術科及編輯科等三科。[5] 6 月將社會教育司之三科修改爲第一科宗教、禮俗,第二科科學、美術,第三科通俗教育,[6] 可知社會教育司之下包含了通俗教育的業務。8 月頒令修正案,社會教育司執掌九項業務,與通俗教育有關之項目爲第七項"關於通俗教育及講演會是項"及第九項"關於通俗教育之編輯調查規劃等事項";此外,第五項"關

2　戲曲改良公會成立的歷史請參照傅謹:《20 世紀中國戲劇史》(北京:中國社會科學出版社,2016—2017 年),冊上,頁 58—65。

3　移風樂會成立的歷史,請參照中國戲曲志編輯委員會編:《中國戲曲志・天津卷》(北京:文化藝術出版社,1990 年),頁 312。

4　關於清末戲劇改良的言説與活動,請參照李孝悌:《清末的下層社會啓蒙運動:1901—1911》(石家莊:河北教育出版社,2001 年),頁 168—185;傅謹:《20 世紀中國戲劇史》,冊上,頁 58—110。

5　教育部之下的分司與分科,參見《學事一束——教育部内部之組織》,《教育雜誌》第 3 卷第 11 期(1912 年),頁 79。

6　參見《學事一束——教育部之執掌》,《教育雜誌》第 4 卷第 4 期(1912 年),頁 25。

於文藝音樂演劇等事項"直接出現與戲劇演出事務有的職責。[7]　在社會教育司之下,通俗教育與文藝音樂演劇二者之間看似爲並行之項目。1915 年,教育部設立通俗教育研究會,以"研究通俗教育事項,改良社會爲宗旨",設有小説、戲曲、講演三股。[8]　戲曲股執掌了"關於新舊戲曲之調查及排演改良之事項"爲首等五項項目。[9]　戲曲股的成立,顯示政府正視戲劇的教育面,試圖將戲劇改良的相關政策納入官方的行政體系。

　　教育部在北京成立通俗教育研究會之後,各地紛紛仿效,[10]天津地區亦在1915 年成立社會教育辦事處,由直隸省巡按使朱家寶(1860—1923)提案,設立於天津西北角,並任命身爲巡按使公署社會教育顧問的林兆翰(字墨青,1862—1933)爲總董,此爲天津統括並監督社會教育·通俗教育之機關,雖爲公家機關,然而營運多由民間人士負責。[11]　社會教育辦事處開幕之際,旗下立有十項機關,其中與戲劇相關者即爲藝劇研究社,此爲編制具有改良要素新劇本的團體,[12]而後又加入藝曲改良社。藝曲改良社成立宗旨爲"藉以改良詞曲,即編制新詞曲,以輔助社會教育之改進"。[13]　社會教育辦事處管轄的藝劇研究

7　參見《參議院議決修正教育部官制》,《教育雜誌》第 4 卷第 6 期(1912 年),頁 4。
8　參見《教育部擬設通俗教育研究會繕具章程懇予撥款開辦請均鑑文並批令》,《京師教育報》第 19 期(1915 年),頁 1—6。
9　另外四項爲"關於市售詞曲唱本之調查蒐集事項"、"關於戲曲及評書等之審核事項"、"關於研究戲曲書籍之選擇事項"、"關於活動影片幻燈片留聲機片之調查事項"。
10　根據 1918 年教育部調查統計,全國各地通俗教育總計有 232 個團體,足見其發展迅速。參見《教育部公布全國各省通俗教育會概況》,中國第二歷史檔案館編:《中華民國檔案資料匯編》,第 3 輯第 15 編:教育(南京:江蘇古籍出版社,1991 年),頁 566—567。
11　天津社會教育辦事處成立過程,可參見戶部健:《中華民國北京政府時期における通俗教育會——天津社會教育辦事處の活動を中心に》,《史學雜誌》第 113 卷第 2 號(2004 年 2 月),頁 194。
12　佚名:《報告》,《社會教育星期報》第 1 期(1915 年 8 月 1 日),頁 7—8。關於藝劇研究社的活動內容,《劇藝談:〈新茶花〉新詞(説白一段)》提及其活動爲編輯戲文曲詞,此外,林兆瀚是藝劇研究社的草創人之一。佚名:《劇藝談:〈新茶花〉新詞(説白一段)》,《社會教育星期報》第 3 期(1915 年 8 月 1 日),頁 11。
13　《設在廣智館內的藝曲改良社:津市聞人發起組織,全市藝人多爲社員》提及藝曲改良社成立於 1913 年,文中簡介了組織構成,成立宗旨與社務等細項,亦提及韓補庵曾擔任社長。銳之:《設在廣智館內的藝曲改良社》,《益世報》1935 年 8 月 23 日,第 12 版。

社與藝曲改良社的職掌項目爲傳承、教導各種詞曲及編寫劇本，[14]其職能類似通俗教育研究會的戲曲股，具備針對戲曲的改良與排演、編寫等執行事項。

　　伴隨社會教育辦事處成立，同時亦發行機關報《社會教育星期報》（1929 年改爲《天津廣智館星期報》），[15]從這份報刊中可以發現藝劇研究社與藝曲改良社的工作內容，其中有一項《藝劇談》的專欄，主要發表新編曲藝文本及新編劇本的部分詞曲內容。初刊收錄名爲《勸自強》的大鼓書詞，編著者爲“直隸省公署教育科科長・社會教育辦事處藝劇研究社社員”李琴湘，[16]從此可觀察到公家行政人員與藝劇研究社的關聯性。此外，亦刊登多部劇本，有天津文人尹澂甫（名湉，1851—1921）《因禍得福》，[17]韓補庵（名梯雲，字補青，別號補庵，1877—1947）[18]《幾希》（又名《荆花淚》）[19]等劇作，而後更以天津社會教育辦事處的名義，發行多部劇本。[20]　在些刊登的劇作當中，劇作家韓補庵爲最多產者。

14　1927 年 2 月 20 日《社會教育星期報》所刊登《報告》提及藝劇研究社與藝曲改良社的工作爲傳習、教導各式改良詞曲與編寫劇本等事項。可知，其職掌項目與戲劇改良活動有所關聯。本項資料筆者未見，轉引自戶部健：《中華民國北京政府時期における通俗教育會——天津社會教育辦事處の活動を中心に》，《史學雜誌》第 113 卷第 2 號（2004 年 2 月），頁 196。

15　《本報易名之經過》，《天津廣智館星期報》第 689 期（期數承續《社會教育星期報》，1929 年 1 月），頁 1—2。

16　李琴湘：《藝劇談：〈勸自强〉（大鼓書詞）》，《社會教育星期報》第 1 期（1915 年 8 月 1 日），頁 9—12。

17　筆者所見之《社會教育星期報》不全，僅查得《因禍得福》部分劇本刊於 1915 年第 10 期，第 11 期。尹澂甫：《藝劇談：〈因禍得福〉》，《社會教育星期報》第 10 期（1915 年 10 月 3 日），頁 10—11；第 11 期（1915 年 10 月 10 日），頁 9。

18　韓補庵的個人生平介紹，請參照孫冬虎：《戲劇家韓補庵的生平足跡與文化貢獻》，北京市社會科學院歷史研究所編：《北京史學論叢（2016）》（北京：中國社會科學出版社，2017），頁 25—74。

19　筆者所見之《社會教育星期報》不全，僅查得《幾希》（又名《荆花淚》）從第 421 期刊載至第 433 期，第 432 期未登，全劇未完。韓補庵：《幾希》（又名《荆花淚》），《社會教育星期報》第 421 期（1923 年 10 月 14 日），頁 9—11；422 期（1923 年 10 月 21 日），頁 9—11；第 423 期（1923 年 10 月 28 日），頁 9—11；第 424 期（1923 年 11 月 4 日），頁 9—11；第 425 期（1923 年 11 月 11 日），頁 9—11；第 426 期（1923 年 11 月 18 日），頁 9—11；第 427 期（1923 年 11 月 25 日），頁 9—11；第 428 期（1923 年 12 月 2 日），頁 9—11；第 429 期（1923 年 12 月 9 日），頁 9—11；第 430 期（1923 年 12 月 16 日），頁 9—11；第 431 期（1923 年 12 月 23 日），頁 10—11；第 433 期（1924 年 1 月 6 日），頁 10—11。

20　現查找中國國家圖書館藏書系統得知，天津社會教育辦事處出版的作品現有梁濟（1858—1918）《庚娘傳》，尹澂甫（1853—1921）《珊瑚傳》，韓補庵《丐俠記》（又 （轉下頁）

　　補庵爲 1903 年鄉試舉人，早年擔任清末直隸學務公所社會科科長，兼任圖書科的課員，[21] 曾在《直隸教育雜誌》發表多篇談論教育政策之文章，[22] 也曾執行直隸省"查學"制度，至各地審視辦學實際狀況。[23] 後擔任藝曲改良社的社長，[24] 以及《社會教育星期報》主編，[25] 可以説民國時期的韓補庵，融合過往參與教育事務經歷，以一位劇作家的身分，秉持戲劇擔任社會教育的工具之理念，致力於戲劇改良活動。親自創作新編戲劇，其作品有《幾希》（又名《荊花淚》），《丐俠記》（又名《黃金與麵包》），《洞庭秋》，《麟簫緣》（原名《玉簫緣》、又名《雍門淚》），《一封書》，《雙魚珮》等劇作，[26] 1921 年出版的編劇理論專文《編戲贅言》，1924 年出版了劇學專書《補庵談戲》。《編戲贅言》整合自身在劇場上的心得，揭示了以教育大眾爲前提、同時不失藝術精神的戲劇創作理論。

（接上頁）名《黃金與麵包》）、《麟簫緣》（原名《玉簫緣》、又名《雍門淚》）、《幾希》（又名《荊花淚》）、《一封書》、《洞庭秋》。劇作均未注明出版日期，推定於 1920 年代。

21　孫冬虎：《戲劇家韓補庵的生平足跡與文化貢獻》，北京市社會科學院歷史研究所編：《北京史學論叢（2016）》，頁 27。

22　《直隸教育雜誌》，原名《教育雜誌》，1905 年創刊，1906 年改名。1909 年又改爲《直隸教育官報》，1911 年停刊。補庵以韓梯雲，圖書課員韓梯雲，補青等名義在 1906 年至 1909 年間發表多篇文章。《教育雜誌》，https：//www. cnbksy. com /literature /literature / 559bc3a45db4591025b9d00d2d3eca32，2023 年 1 月 26 日訪問。《直隸教育雜誌》，https：// www.cnbksy.com /literature /literature /053f9b85cb60bb51469bcb3347604e76，2023 年 1 月 26 日訪問。

23　《直隸教育雜誌》曾刊登《順德府查學韓梯雲爲通飭順屬自費稟》一篇公文，可知補庵曾擔任查學人員。韓梯雲：《順德府查學韓梯雲爲通飭順屬自費稟》，《直隸教育雜誌》第 8 期（1906 年），頁 9—10。直隸省的查學制度，參見汪婉：《晚清直隸的查學與視學制度—兼與日本比較》，《近代史研究》2010 年第 4 期，頁 34—51。

24　補庵曾擔任藝曲研究社的社長。鋭之：《設在廣智館内的藝曲改良社》，《益世報》1935 年 8 月 23 日，第 12 版。

25　許杏林提及林兆瀚擔任社會教育辦事處總董後，同時發行《社會教育星期報》，由韓補庵擔任主編。許杏林：《興辦新式教育與社會教育的林墨青》，《天津政協》2015 年第 335 期，頁 44。

26　韓補庵提及目前已寫成 6 部劇作。見氏著：《補庵談戲》，學苑出版社編：《民國京崑史料叢書》（北京：學苑出版社，2013 年），第 14 輯，頁 8。實際上，直至 1934 年，補庵仍持續進行創作的工作，故而作品應該至少在 6 部以上。見韓補庵：《爲奎德社製劇本既成有感》，《天津廣智館星期報》第 262 號（1934 年 3 月 11 日），頁 9。此外，孫冬虎一文裏指出補庵在 1914 年曾改編過《繡襄記》，以及參與奎德社楊韻譜《一元錢》《一念差》等劇的改編工作。然而，由於《繡襄記》《一元錢》《一念差》這三部劇作相關資訊不足，韓補庵參與程度多寡，仍待商榷。孫冬虎：《戲劇家韓補庵的生平足跡與文化貢獻》，《北京史學論叢（2016）》，頁 46—47。

《補庵談戲》則對於戲劇美學,中西戲劇比較,表演論等方面的獨具見地的觀點。補庵是民初少見理論與創作並行的劇作家,他的時代正好歷經新興戲劇表演形式的盛衰發展及五四新文化運動;不放棄舊有的戲劇形式,反卻努力思索如何對傳統戲劇藝術進行改革,在題材、內容與結構方面進行調整,嘗試創建出符合一般民眾的欣賞風習,同時具備教育要素的戲劇形式,顯示其獨樹一幟的眼界。

　　目前學界對於民國初年從事戲劇改良的人物及團體活動進行個別分析等方面,已有一定的成果,[27] 但仍有擴展補充的空間。1919 年新文化運動前後,論及戲劇創作理論並投身戲劇改良知識份子,主要有齊如山,歐陽予倩等人,韓補庵並未受到研究者重視。[28] 現今韓補庵的研究成果,主以孫冬虎《戲劇家韓補庵的生平足跡與文化貢獻》[29]爲代表,本論詳細地爬梳考證韓補庵的個人生平資料,並綜述其人參與戲劇改良活動之大要、創作之劇作與《補庵談戲》之內容。第三章重點評述《補庵談戲》所收錄的各章節中對於劇戲的論點,相當

27　李孝悌分析了上海改良京劇的發展史、改良戲劇在上海的演出狀況,此外亦分析易俗社以秦腔爲主的戲劇改良活動。Hsiao-T'i Li, *Opera, Society and Politics in Modern China* (Cambridge:Harvard University Asia Center, 2019), p.126－219.張福海論述了 1902 至 1919 年間戲劇改良思潮的歷史及主要理論派別,其中關於 1912 年以後戲劇改良思潮下的戲劇創作及實績,論及了西安易俗社,梅蘭芳的改良新戲,成兆才所創之警世戲社的劇作等等。本書曾簡述韓補庵的編劇宗旨,由於討論上限至 1919 年,並未編劇理論與劇目進行詳細的分析。見氏著:《中國近代戲劇改良運動研究(1902—1919)》(上海:上海古籍出版社,2015 年),頁 181—362。傅謹論及從事戲劇改良活動的易俗社,南通伶工學社等劇團的發展,並提及上海改良京劇與梅蘭芳的新戲創作,以及河北梆子劇團奎德社的新戲創作。見氏著:《20 世紀中國戲劇史》,冊上,頁 115—311。

28　以《20 世紀中國戲劇理論批評史》爲例,第二章《戲曲的現代化:"五四"戲曲論爭與現代戲曲觀念的確立》論及五四時期提出戲曲創作論的知識分子,首先分析傳奇創作論爲主的吳梅,許之衡,而後是齊如山針對京劇爲主的編劇理論,最後論及歐陽予倩的戲曲創作論。由於吳梅與許之衡並非戲劇改良的積極推動者,本文不予列入。參見周寧主編:《20 世紀中國戲劇理論批評史》(濟南:山東教育出版社,2013 年),上卷,頁 153—169。現今韓補庵的研究成果,另有孟昕《韓補庵"戲學"思想評述》,本文使用主客體的切入角度,解析補庵對於"戲學"之定義。孟昕:《韓補庵"戲學"思想評述》,《早稻田大學總合人文科學研究センター研究誌》2020 年第 8 期,頁 249—259。

29　孫冬虎:《戲劇家韓補庵的生平足跡與文化貢獻》,北京市社會科學院歷史研究所編:《北京史學論叢(2016)》,頁 25—74。

值得參考;本章第七節評述《編戲贅言》內容,整理出八項補庵提及的"戲劇觀點",[30]未深入分析,亦未與前節的內文參照討論。另有孟昕《韓補庵"戲學"思想評述》,本文擴大使用主客體的切入角度,解析補庵"戲學"概念,著重戲劇學之建構,未深論戲劇及通俗教育之關聯,以及相關編劇理論。[31]

由於《編戲贅言》較《談戲》系列之文提早三年完成,補庵在《編戲贅言》的戲劇觀、以及從此觀點延伸出的創作理論,也可以説是奠定了《談戲零拾》系列的基礎,[32]若兩方參照,相信能擴充前人研究,具更多論述空間。於此,筆者將聚焦在補庵作爲理論與創作並行的劇作家的身分,探討他如何將戲劇做爲"通俗教育"之有效手段,[33]爲何採取"半新半舊派"的戲劇形態進行演出,[34]還有提出以教育爲中心、同時也不忽視藝術本質的戲劇觀及編劇理論之歷程。

二、通俗教育利器──半新半舊派的戲劇形態

韓補庵出身河北宣化地區,因自身人生經歷,促使他對傳統戲劇抱著極大的熱情與喜愛。曾自言,小時學習古文,老師喜愛京劇,課餘之暇,常談京劇故事,此爲"戲癮"之始;後居天津十年,多相識津伶,得以習知"戲文",1917 年至北京,寓居七年之間,花費一千五百小時以上消磨於戲園,終領會"戲趣"。此外,亦與南崑老教師學過崑曲。[35]

對於傳統戲劇擁有相當程度的理解,明瞭其中的優缺點,亦是促使他從事戲劇改良的活動的原因。認爲戲劇的歷史悠久,若天下公認可以無戲,則應革

30　孫冬虎:《戲劇家韓補庵的生平足跡與文化貢獻》,北京市社會科學院歷史研究所編:《北京史學論叢(2016)》,頁 71。

31　孟昕:《韓補庵"戲學"思想評述》,《早稻田大学総合人文科学研究センター研究誌》2020年第 8 期,頁 249—259。

32　補庵《編戲贅言》説:"這'贅言'按體例説,還是件一色到底的作品。好,不好,不管他;且把他印上。而且,有可以和談戲參照的地方"。見氏著:《補庵談戲》,學苑出版社編:《民國京崑史料叢書》,第 14 輯,頁 193。

33　韓補庵:《緒論》,同上,頁 23。

34　韓補庵:《例言》,同上,頁 13。

35　韓補庵:《談戲零拾一》,同上,頁 36—37。

禁，使其不復存在。當前戲猶在，顯示人世公認其可存，只因缺乏世人重視，任其污垢荒穢。故而，主張戲劇有存在的必要性，他不同意當前世間將其本質視爲“玩物喪志者”；反之，社會既然無法一日無戲，又不能禁止，則須改進始之爲良。改良需多人參與，從文學、藝術、教育、娛樂等不拘一格的角度，改革而刷新之。[36]

韓補庵對於戲劇的觀念爲：“吾視戲爲通俗教育最普遍、最鋒利之工具，每欲利用之以達通俗教育之所欲設施。次之則亦認爲藝術化之一怪物，最下亦高尚之娛樂品”。[37] 雖稱爲“通俗教育”，原則上可將其規劃於“社會教育”範疇。[38] 若是參照補庵所編輯的《社會教育星期報》，以及劇本出版元訊息爲社會教育辦事處，處處顯示視戲劇作爲相對於家庭教育，學校教育以外的教育活動，就施教的對象而言，是全體社會成員。本節的名稱保留補庵原文，然而在命題上爲避免混淆，本文題名改爲“社會教育”稱之。

既然戲劇擁有教育之功能，此外更具備藝術特質，亦可視其爲高尚娛樂品，但因：“千百年表現於社會之所謂戲，其質已腐，其體極穢濁，閒有不可磨滅殘餘未盡之精華亦荒蕪而不可理。其主體既頹廢，社會對之遂生厭惡，方正之士則視爲敗德墮行避之惟恐不遠。”[39]由於這千百年以來發展的舊戲劇已經頹腐，但上述的功能及特質不應被否定，故而，以補庵的立場而言，則需從其質與其體，進行改革。理解新派戲劇人士因厭惡舊戲，堅決棄之的心態，但不贊同全盤推翻：

36　韓補庵：《談戲零拾一》，頁 17—18。

37　同上，頁 23。

38　筆者於 2022 年 2 月 3 日查找《全國報刊索引資料庫》(https://www.cnbksy.com/)，以報刊文章主題進行精確搜尋，“通俗教育”一詞出現於 1907 年，1910 至 1929 年間詞彙出現頻率達到最高，有 479 筆資料，1930 年到 1941 年以後大幅度減少，只剩 14 筆資料。1942 年以後消失。相對而言，“社會教育”一詞則是出現於 1903 年，在 1930—1939 年達到最高，有 2 708 筆資料，直到 1951 年仍有詞條出現。故而，補庵使用通俗教育一詞，可能因所處時代爲 20 年代前期，當時通俗教育與社會教育的概念類似，並未統一稱呼。在 30 年代以後，很明顯地“通俗教育”已經被“社會教育”取代。1939 年教育部社會教育司編印《中國社會教育概況》已把戲劇教育列入，足見戲劇已確實被視爲社會教育的一個項目。見教育部社會教育司編印：《中國社會教育概況》（北京：教育部社會教育司，1939），頁 17—18。

39　韓補庵：《緒論》，《補庵談戲》，學苑出版社編：《民國京崑史料叢書》，第 14 輯，頁 23。

有人焉知戲之不可爲而可爲，而又惡夫舊戲之不可與一朝居也，則思自
樹一幟，强起而奪舊戲之席。於其本義，吾無間然，若其步法，則吾於今
日尚不能表十分之同情。吾亦思欲奪舊戲之席而代之者，非自立異、各
行其是，步法不同，非有所不足。今之新派疑我者多，故略言之。[40]

跟新派大方向一致，意圖上均欲以新的戲劇形態取代舊戲，然而，其"步法"與
之是不同的。他理解舊戲對觀衆的吸引力，希望改革原有缺失，逐步創造出適
合大衆的表現形式。上文所言"新派"，是相對於"舊戲"而言，意指歐化、俄化
的各式新戲，學校的新劇團所演的戲劇形態也屬於此派別。[41] 從上文可知，補
庵所從事的戲劇實踐，雖有類似的理念，但因作法與新派人士作有異，招致不
少質疑。如此，他又是什麼派別呢？ 爲何不選擇新派？

　　補庵將戲劇表演中所蘊含的新舊成分，將戲劇形態分類爲半新半舊派、新
派及舊派，[42]本人在林墨青以及清末民初參與戲劇改良運動、亦是知名文士梁
濟（1858—1918）影響及鼓勵之下，致力於實踐半新半舊派。[43] 對於新派，觀賞
過不少北方演出的新派戲劇，無論是對劇本内容，或是表演方式都有獨到之心
得。例如，在新明戲院看過名爲問題劇的《潑婦》一劇，因其劇名與内容表現不
相符合，指出新派劇本有曲高和寡的傾向："余對新派本，以爲多數新式文人之
娛樂品，如舊日之崑高，亦非民衆藝術也"。[44] 亦曾見過北京高師與天津南開劇
團的演出，稱讚有好劇本，但是學生演員的演技較爲青澀，藝術表現不盡完全：
"北京高師天津南開各本，則頗有良戲本三字之自，惟學生演之藝術上當然生
疏，伶人又不能演劇"。[45] 學生演技生疏，伶人又無法演出之主因爲，熟悉舊戲

40　韓補庵：《緒論》，《補庵談戲》，學苑出版社編：《民國京崑史料叢書》，第14輯，頁24。

41　韓補庵：《談戲零拾五》，同上，頁144—145。此外，單純從劇本類型分類而言，與舊劇劇
　　本不同，兼歐化，俄化與日本化的劇本，又另稱之爲新化派。參見韓補庵：《談戲零拾三》，
　　同上，頁81—104。

42　韓補庵：《談戲零拾五》，同上，頁138。

43　同上，頁142—143。

44　同條項目之下，亦提及歐陽予倩的劇本《社會鏡》，指出本劇寫社會之罪惡，逼人爲惡，思
　　路佳，材料豐富，但劇中一脚色的言詞與劇作家的原義相左，需斟酌調整。足見其對於劇
　　本内容的是否符合主題之重視。韓補庵：《談戲零拾三》，同上，頁87。

45　同上，頁105。

的伶人可以透過器械或是既定程式來表演,但新派並無程式,較舊戲尤難,如
哭泣,在藝術層次上即有分爲"何種之哭",且需"表演如真",這些均是具備相
當藝術修煉的高手足以呈現,非人人可隨便登臺。此外,傳統訓練出身的伶人
自然也無法理解新派表演法。[46] 由此,新派即使出現適合民衆觀看的良好劇
本,但表演藝術整體發展並不成熟,仍須努力,對於補庵而言,不適合作爲推動
通俗教育的載體。

　　另一方面,關於舊派,雖需改良,[47] 卻保持諸多長處,補庵充分肯定傳統戲
劇程式化與虛擬化的藝術高度,稱讚知名票友紅豆館主 (生卒年不詳) 演出《戰
宛城》的馬驚一場是"真有龍騰虎躍之勢傑作也"。[48] 亦認爲需重視程式規範,
曾對於現今演出不講究表演特定的程式表達遺憾。[49] 從劇種來看,分別言及崑
曲,秦腔 (非山陝之秦腔,爲京津之秦派),是否與自身戲劇實踐有所助益。對
於崑曲,言及爲專門的學問,有說:"吾意以爲崑曲當置之音樂專門或美術專門
中,[50] 非通俗戲劇",[51] 可知,崑曲離一般民衆有一段距離。其次,指出秦腔爲田
間產物,腔調較皮黃簡單,適用於鄉曲,板眼特色爲"爽利痛快",受到鄉人喜
愛。[52] 此外,從內容來看,多描述"戲之淺近易解,深合鄉民的生活之分際",劇
目十之七八屬於"平民戲劇"。[53] 平民,亦是鄉民,即是通俗教育裏的目標對
象,他們所觀賞的戲劇,對補庵而言是更爲貼近理念,值得關注。[54] 如此,親近

46　韓補庵:《談戲零拾五》,同上,頁 144—145。

47　補庵有言,直接在舊劇的基礎上進行改良並不容易:"從前有幾位同志,在改正舊戲上去
　　下功夫,結果是很失敗;因爲舊戲是不容易改的"。韓補庵:《編戲贅言》,同上,頁 168。

48　韓補庵:《談戲零拾五》,同上,頁 146。

49　同上。

50　補庵將戲劇所包含的內容,分爲文學、史學、美術學、藝術話、藝術史、文化史、風俗史、教育
　　學、技擊、音樂、社會學等 11 部分。韓補庵:《談戲零拾四》,同上,頁 121。

51　韓補庵:《談戲零拾五》,同上,頁 148—149。

52　同上,頁 151—152。

53　同上,頁 153。

54　有意思的是"平民戲劇"一詞,目前查找信息可知,補庵可能是最早採用此一專有名詞之
　　人。這一詞不僅指演述的內容是民衆生活事務,劇種型態亦是他們所熟悉者。宋春舫
　　(1892—1938)《戲曲上"德模克拉西"之傾向》指出西方戲曲從十九世紀出現對針砭社會
　　惡習,並提倡人道主義爲解決人生問題的作家及作品,宋稱爲"平民戲曲"。雖然,宋的
　　"平民戲曲"指的是國外劇作,非中國傳統戲劇。然而,從宋文可推知,與"平民"有關的
　　"戲劇"概念及言說已經開始在文化圈發酵,補庵更是很早就有意識地關注著。(轉下頁)

鄉民的秦腔較適合作爲教育載體，但本質上仍有缺陷：“秦腔可存者甚少，然而
大體極適用爲通俗教育，計非亟亟焉改良秦腔不可”，故而傳統秦腔仍需
改良。[55]

　　從此可知，新派舊派雖各有利弊，補庵對兩者採取開放的態度：“吾之對戲
觀念，於所謂派別上，毫無成見，舊可也，新可也，半新半舊亦可也”，[56]身爲劇作
家，他更強調劇本的内容：“然而不論何派，皆渴望有良好之戲本”，[57]並提及各
派別絕無所謂：“能以一人一言使萬類不持異議之精神統一”[58]之標準。

　　基於如此包容又務實的態度，補庵選擇的半新半舊派又是什麽樣的戲劇
型態？如何發揮通俗教育的效果？從他的説明可知，當前劇壇所流行的半新半
舊派分爲三種，第一種爲新戲舊作派，以王鐘聲（1884？—1911）爲代表，其戲
以布景寫真爲主，形式爲：“不用唱，而舉動念白仍屬舊式戲”。[59]第二種爲舊
戲參新派，以天津女演員金月梅（生卒年不詳）爲代表，形式爲：“完全爲舊戲之
精神，而參以新戲之方式”，[60]又言金曾參照王鐘聲的演出形式，另行改編新戲
作品，雖然她的思想知識與王相去甚遠，但以一女子之力能在舞台嶄露頭角，
蔚爲風氣，仍是採取讚許態度。[61]第三爲新戲加唱派，以楊韻譜（清末民初人）
及其所帶領之奎德社爲代表，形式爲：“演出全用新戲之精神，加上舊派之
唱”。[62]由於奎德社這種新戲加唱派的形式，符合作品所欲表現的精神，故而補

（接上頁）見氏著：《戲曲上“德模克拉西”之傾向》，《宋春舫論劇》，（上海：中華書局，1923
　　年），頁 229。1929 年熊佛西明確使用“平民戲劇”一詞，並與“平民教育”連結，提及最民
　　衆的藝術就是戲劇，戲劇是全民生活的反映，戲劇是教育寓於娛樂的藝術等等，多數論點
　　與將於後文梳理之補庵的主張重合。雖然熊文中的戲劇主要指的是話劇，但更間接地顯
　　示補庵堅持的半新半舊派實踐、改良理論及延伸而出的戲劇觀是走在現代前端。熊佛西：
　　《平民戲劇與平民教育》，《戲劇與文藝》1929 年第 1 卷第 2 期，頁 7—9。

55　韓補庵：《談戲零拾五》，《補庵談戲》，學苑出版社編：《民國京崑史料叢書》，第 14 輯，頁
　　153。

56　韓補庵：《談戲零拾三》，同上，頁 105。

57　同上。

58　同上。

59　韓補庵：《談戲零拾五》，《補庵談戲》，學苑出版社編：《民國京崑史料叢書》，第 14 輯，頁
　　139。

60　同上，頁 139。

61　同上，頁 140。

62　同上，頁 139。

庵聲明他所認定的"半新半舊派"屬於奎德社的戲劇型態。

爲何選擇奎德社作爲範例？其社所編製的劇本及演出長處如下：

> 有新戲之所應有，而無舊戲之所應無。如迷信、猥褻、荒謬種種舊戲上最
> 受詬病之處則屛除之。而新戲所不滿於普通觀衆之點如直率、無唱、演
> 說式、教訓式則極力避免之。[63]

從前後文意來看，奎德社的戲劇形式，應爲刪去舊戲中內容有問題之處，
如迷信，猥褻等等內容。同時，盡力避開當時新戲常有的問題如直率（指舞台
動作無規範，無程式），沒有唱段以及劇中加入演說等等無法滿足一般習於觀
賞傳統戲劇觀衆的部分。

此外，此派在表演形式上符合戲劇概念的特色有三項。其一，在念白方面，
皆是使用普通語體，沒有崑曲文言，亦沒有秦腔的俚俗，也沒有皮黃中的專用
語，有如："家常談話，婦孺皆曉，而又帶有戲之念白，有頓挫，有抑陽"可知，[64]
念白是婦人小兒揭曉的語體，但仍是蘊含傳統戲劇念白的格律。其二，在唱曲
的部分，有加入唱，但與舊戲不同，唱與白兼重："舊戲往往以唱代白，不解唱則
戲情全失，此派唱自獨立，可有可無"；[65]此處非指唱曲的部分與劇情無關，而是
即使除去唱曲的部分，亦不妨礙觀衆理解劇情。[66] 其三，在作派方面，並非選擇
寫實路線，仍保留傳統戲劇風格："此派作法皆脫胎舊戲，處處皆含有舊戲藝術
上之所謂美"。[67]

半新半舊派改良念白，保留唱曲，表演動作仍維持程式化元素。這些特色
對於一般大衆、以至於婦孺，均爲淺顯易懂又便於觀賞。補庵身爲社會教育辦
事處一員，曾任藝曲改良社社長，以他的立場而言，半新半舊派刪除舊戲缺陷，

63　韓補庵：《談戲零拾五》，《補庵談戲》，學苑出版社編：《民國京崑史料叢書》，第 14 輯，頁
　　142。
64　同上，頁 143。
65　同上，頁 144。
66　同上。
67　同上。

同時加入改良新戲的優點，此種戲劇型態，極適於搭配促進時人反思的內容，發揮教育效果，故而選擇此派作爲實踐的方向。另一方面，對於近代戲劇研究者而言，補庵留下半新半舊派的信息是相當珍貴的表演史紀錄，揭示改良戲劇的多層次的表演形態。

三、編劇理念——實寫生活，引領觀者觀照自身

　　補庵在 1917 年以前居住於天津時，即參加戲曲改良活動，[68]無法確認何時開始以個人名義創作劇本。《補庵談戲》曾提及《編戲贅言》於何時撰寫："《編戲贅言》者乃三年前編戲本所草"，[69]由於本書完書於 1924 年年初，[70]故而，保守推定最晚自 1921 年起已經從事編創活動。其劇作獲得近代教育家同時也是南開大學的創始人嚴修（字範孫，1860—1928）的讚賞，曾評點劇作《荊花淚》（《幾希》）："吾觀劇而落淚有之矣，觀劇本而落淚視爲第一次。"評《丐俠記》："補庵之文一氣呵成，欲改竄之無著手處。以墨公[71]之鉤心鬥角，易數字猶嫌扞格。以後即編、即排、即演，不必於字間挑剔也"。[72]　從這兩項評語可知，作品已臻至成熟，不用刻意刪減，適宜即刻登場演出。

　　累積參與戲劇改良的經驗，補庵在 1921 年寫下《編戲贅言》，自言："《贅言》乃專爲編戲而作"，[73]闡述自身的理念。從戲劇史的角度來看，《編戲贅言》

68　韓補庵：《緒論》，《補庵談戲》，學苑出版社編：《民國京崑史料叢書》，第 14 輯，頁 24。

69　韓補庵：《談戲零拾三》，同上，頁 113。

70　韓補庵《自序》寫於癸亥年祀竈日（農曆 12 月 23，24 日，換算成陽曆爲 1924 年 1 月 28 日，29 日），此時書稿已完成。同上，頁 8。

71　此處墨公應是指林墨青（即林兆翰），《補庵談戲》裏指出文詞刪正多受益於林墨青。韓補庵：《例言》，同上，頁 13。斗瞻提及林墨青早年即負文名，擔任社會教育辦事處的總董之際，推行諸多社會教育活動，其中亦包括改良戲劇活動，津京地區的藝員多受其感化；故而可知林氏不僅在文才上知名，也有相當戲劇改良活動的經驗。斗瞻：《記天津林墨青先生》，《大公報》1946 年 9 月 17 日，第 6 版。補庵相當重視林墨青的修改意見，曾在《洞庭秋》後記中叮囑楊韻譜若要修飾文詞，請優先與"墨公"討論。見氏著：《洞庭秋》（天津：天津社會教育辦事處，1920 年代），頁 27。

72　兩個劇本之評論引自韓補庵《談戲拾零三》，見氏著：《補庵談戲》，學苑出版社編：《民國京崑史料叢書》，第 14 輯，頁 77。

73　同上，頁 114。

具有重要的指標意義。這是一篇最早從戲劇改良視域延伸而出、具體闡述戲
劇創作的理論文章之一。在其之前，專文論及編劇的文章居指可數。就筆者管
見，僅有 1915 年《編劇之方針》，[74] 1917 年《編劇淺説》，[75] 以及 1919—1920 年分
三回發表的《編劇新説》。[76]《編劇之方針》及《編劇新説》主要是針對新劇分
析。[77] 前者内容簡短，主提及新劇界人士所編之新劇不應只注重離奇内容，需
思考是否能發揚勸善逞惡之旨，以激起人進取之志；後者參照西方戲劇學説探
討新劇的編劇理論，主引用外國理論説明。《編劇淺説》論述多元，分爲“論編戲
道德主義與美術主義並重”、“論編戲需分高下各種”、“論排戲宜細研究”、“論
舊戲之烘托法”、“新舊劇難易之比較”等項目去討論，仍屬零散論述，缺乏系統
性，且未針對創作的内容及思想方面進行深入討論。[78] 上述文章，各自闡述編
寫舊劇及新劇的理念言説，並未思考如何從改良舊劇的基礎，編演新式演劇的
可能性。故而，此時更顯示了《編戲贅言》的獨特之處，本文提出了一種新的戲
劇發展可能性。

補庵雖致力於半新半舊派的戲劇型態，並不反對當下各式戲劇派別，認爲
只要有良好的劇本，各派都能達到教育效果。[79] 然而，從前章可知，深知傳統戲
劇對於民衆的吸引力，在當下各種條件未整合的狀況下，新劇無法獲得大衆支
持。故而，希望透過舊戲形態，編創符合時代及社會需求的故事。他也指出，純

74　遏雲：《編劇之方針》，《劇場月報》第 1 卷第 3 期，1915 年 2 月 20 日，頁 15—17。

75　齊如山：《編劇淺説》，齊如山著，苗懷明整理：《齊如山國劇論叢》（北京：商務印書館，
　　2017 年），頁 41—54。

76　洪深、沈誥：《編劇新説》，分成三回刊登於《留美學生季報》第 6 卷第 1 期，1919 年，頁
　　38—46；第 6 卷第 2 期（1919 年），頁 34—42；第 7 卷第 1 期（1920 年），頁 113—123。

77　由於“新劇”一詞在 1900—1920 年代並非固定概念，遏雲《編劇之方針》一文並未明寫所
　　言“新劇”爲何種形式，從文意來看，文中論及鄭正秋（1889—1935）及汪優游（1888—
　　1937）所屬之新民社，可推知文中所言新劇應爲“新潮演劇”或“早期話劇”，其相關定義及
　　歷史可以參閱湯逸佩：《新潮演劇與中國早期話劇的演劇觀念》，《戲劇藝術》2018 年第
　　203 期，頁 22—31。

78　後期的齊如山在撰寫《現階段平劇創作方法》、《編劇回憶》等文時，已經累積了極爲豐富
　　的編演經驗，此時他的戲劇創作論才具體系統化。參見梁燕：《齊如山劇學研究》（北京：
　　學苑出版社，2008 年），頁 73—84。

79　韓補庵：《談戲零拾三》，《補庵談戲》，學苑出版社編：《民國京崑史料叢書》，第 14 輯，頁
　　105—106。

粹說白的新戲當下正在發展階段,從缺乏人才、資金及新式劇場等三方面來看,成熟需要十年以上的時間。[80]

　　補庵的觀點是極有遠見的,實際上到了 1940 年,話劇仍未完全地進入普羅大衆的生活。[81] 也因此,在編劇理論上,更加關照折衷與實踐,改良舊劇的缺陷,同時引入新式的觀念,期待一般觀衆在觀看戲劇之後於日常生活中獲得感動而覺悟。作爲劇作家,他嚴肅地將編劇視爲專門的事業,認爲不應墨守成規,須編出符合時代的作品:

> 一個時代,有一個時代的需要,社會上需要甚麼,編戲家應當供給什麼。
> 絕沒有抱住幾百年陳腐老戲的情節,永遠不變的理。[82]

如此,劇作家首先須掌握戲劇的本質,確立編劇的目標。

　　其次,戲劇的本質能夠反射人類的生活。對於"生活"的解釋爲:"人間世,種種萬有的現象……簡括說來,只有一件事,就是生活。不但人類是生活,種種萬有的現象,不過是大家是大家生活狀態的變動。再往大裏說,不但一切有情是生活,一切無情亦是生活,天地亦是日在生活之中,沒有生活,便不會知道有天地(此生活不專指生計而言)"。[83] 故而,透過戲劇,有如一面正照的鏡子,人類生活得以呈現:

> 戲劇是人類生活的"反光鏡"人類社會種種生活狀態,自己不容易看清
> 自己,就是看別人,亦是片面的,段節的,惟有戲劇,是能夠把全部分的狀

80　韓補庵:《編戲贅言》,頁 175—176。

81　到了 1940 年代,一般民衆仍是喜愛傳統戲劇勝過話劇。例如,周揚曾指出屬於舊形式的民間文藝形式之一的地方戲仍深深地立足於農村甚至是大都市,全國各大都市沒有一處話劇場,舊戲院則不勝其數。周揚:《對舊形式利用在文學上的一個看法》,北京大學·北京師範大學·北京師範學院·中文系中國現代文學教研室主編:《文學運動史料選》(上海:上海教育出版社,1979 年),冊 4,頁 413—424。

82　韓補庵:《編戲贅言》,《補庵談戲》,學苑出版社編:《民國京崑史料叢書》,第 14 輯,頁 170。

83　同上,頁 171—172。

態，從正面，從背面，都一一反射出來，教自己看。我們編戲的大主腦，便是要實寫社會生活的現狀，教大家都完完全全的看了，各自領受一種反觀的覺悟。[84]

將戲劇視作反光鏡，期待透過這面鏡子讓觀眾全面地看到自己的生活狀態，促使其內省。

從"實寫社會生活"的主張，亦能窺見其中的現代概念。"實寫"一詞，不得不讓我們想到與清末民初傳入中國的"寫實主義"。"寫實"爲外來用語，最早可稽考者，出自於 1902 年梁啓超《論小說與群治之關係》，文中將小說分類爲"寫實派"小說與"理想派"小說，作者主爲宣揚小說的社會功能，未對於"寫實派"小說之概念進行明確解說。[85] 文藝概念上將"寫實"與"主義"一詞結合者，則可以參考 1915 年陳獨秀《現代歐洲文藝史譚》及回答讀者張永言來信的中對於寫實主義的見解："吾國文藝猶在古典主義理想主義時代，今後當趨向寫實主義，文章以紀實爲重，繪畫以寫生爲風"。[86] 戲劇方面提及"寫實主義"者，則是胡適（1891—1962）於 1918 年發表的《易卜生主義》，文中論述易卜生的文學及人生觀是一個"寫實主義"，使用較爲明確的解說爲："把家庭社會種種腐敗齷齪的實在情形寫出來叫人看了動心，叫人看了覺得我們的家庭社會原來是

84　韓補庵：《編戲贅言》，《補庵談戲》，學苑出版社編：《民國京崑史料叢書》，第 14 輯，頁171。

85　梁啓超援用日本文學理論批評家坪内逍遙（1859—1935）的說法，將小說類別分爲"寫實派小說"與"理想派小說"。梁啓超定義這兩類小說爲："小說者常導人游於他境界而變換其常觸常受之空氣者也。此其一人之恒情與其所懷抱之想象，所經閲之境界往往有行之不知習矣。……常若知其，不知其所以然，欲摹情狀而心不能自喻，口不能自宣，草不能自傳。有人焉和盤托出徹底發露之責拍案叫絶日善哉善哉如是。如是所謂'夫子言之於我心有戚戚焉'"，即是小說爲能讓人的經驗與想象都能完整描摹表達獲得共感與移情者。梁啓超：《論小說與群治之關係》，《新小説》第 1 卷第 1 期（1902 年 10 月 15 日），頁2—3。

86　陳獨秀在《現代歐洲文藝史譚》提及"寫實主義"一詞，但未説明其意。而後在《答張永炎的信》提及自身對於寫實主義的概念。陳獨秀：《現代歐洲文藝史譚》，《青年雜誌》，第 1卷第 3 期（1915 年 11 月 15 日），頁41。《答張永炎的信》，《青年雜誌》，第 1 卷第 4 期（1915年 12 月 15 日），頁98。

如此黑暗腐敗,叫人看了覺得家庭社會真正不得不維新革命"。[87] 陳獨秀與胡適等人將"寫實主義"做爲現代文學概念介紹給大衆。[88] 從兩人文章可知,含有紀述事實、寫出家庭社會問題實情,令觀者產生共感進而促使其反省等意涵。

　　補庵閱讀過相當數量的外國翻譯劇劇本以及改編自翻譯小説的劇作,亦知悉外國文學。長年擔任報刊編輯,歷經新文化運動,"寫實主義"的論述,對他而言定不陌生。《補庵談戲》提及看過俄國戲劇、電影亦讀過托爾斯泰等作家俄國劇本,指出在俄國獲得好評的作品,不一定全然適合中國劇場,需考量觀衆的文化背景與觀劇習慣。[89] 同時指出易卜生、蕭伯納的作品持論太高,社會上不普遍,平民較不易理解。[90] 由上可知,使用"實寫"一詞,很有可能是意圖與托爾斯泰、易卜生等外國作家爲代表的"寫實主義"概念做出區隔。何謂"實寫"? 此語同樣屬於新詞彙,參照極少數用例,可知主要使用在分類小説或文學內容,如"社會實寫小説","戰事實寫小説"等等,多意指爲講述現代社會中所發生的故事,而非過去的事件。[91] 補庵所"實寫社會生活",也加入現代時間

87　胡適:《易卜生主義》,《新青年》第 4 卷第 6 期(1918 年 6 月 15 日),頁 502。

88　"寫實主義"取自譯文之詞彙,同時期西方對寫實主義概念亦出現不同的理解,故而五四知識人對此多少帶著模稜兩可的認識,或產生有意無意誤讀的現象。本文舉出陳獨秀與胡適爲例,主要基於他們是最早使用本詞彙者,具有指標性。參見馬森:《從寫實主義到現實主義:擬寫實主義與革命文學——〈中國現代文學的兩度西潮〉(第十九章)》,《新地文學》第 25 期(2013 年 9 月),頁 87—99。

89　韓補庵:《談戲零拾三》,《補庵談戲》,學苑出版社編:《民國京崑史料叢書》,第 14 輯,頁 94—95。又,韓補庵相當欣賞托爾斯泰的劇作《黑暗之勢力》,推崇其文學上的造詣,但也誠實指出,本劇如果在中國劇場演出,觀衆十之八九無法理解內容而昏睡於劇場中。韓補庵:《編戲贅言》,同上,頁 187。

90　韓補庵:《編戲贅言》,《補庵談戲》,學苑出版社編:《民國京崑史料叢書》,第 14 輯,頁 192—193。

91　目前筆者在 1930 年以前僅找到三項用例。其一爲 1911 年在《華安》雜誌曾刊登一篇標目爲"社會實寫小説"之作品《弱女救災記、一名歲寒松》,這是一篇描述民初家族因投保壽險而度過家族危機的故事。天涯芳草:《弱女救災記、一名歲寒松》,《華安》,第 11 期(1911 年),頁 45—56。其二爲 1919 年在《晨報》刊登之標目爲"戰事實寫小説"之作品《吾血沸已》,這是一篇翻譯小説,作者不詳,分成五回刊登,主要講述英國人主人翁參加歐戰的個人經驗。鐵崖譯:《吾血沸已》,《晨報》1920 年 4 月 20—24 日,第 7 版。其三爲 1920 年《晨報》刊登的一篇記事《實寫災情的劇本將出演》,提及北京高師範中爲震災而演出人藝社所編《是人嗎》的劇本。本劇爲賑災募款之用,內容爲描述災民苦境。《實寫災情的劇本將出演》,《晨報》1920 年 9 月 30 日,第 6 版。

概念,爲相對於舊戲的説法:

> 舊戲是描寫"特殊階級過去生活"的,我們的戲是要實寫"平民社會眼前
> 生活"的;
> 　舊戲是教觀衆看別人,我們的戲是教觀衆看自己。[92]

使用"描寫"與過去連結,"實寫"與眼前當下連結,即可觀察其間的差異。此外,在劇作《洞庭秋》裏,第一幕描寫平民小説社社長徵求出版"實寫社會現狀的民衆小説",女主角秦毓萩帶著"寫湖南人民戰争流離的現狀"的小説稿與小説社商談賣價,最後社長買下了這部實寫小説。[93] 以這段劇情對照以上例文,亦能補充説明其"實寫"概念,除了包含時間要素,隨後連結的名詞,不管是戲劇作品還是小説,叙述内容更須與平民的社會現狀有關。

　　主張戲劇需實寫社會生活並爲觀衆帶來感動並促使反思,補庵也以舊戲的主題類型及劇目内容爲實例,説明自己的劇作與其根本不同之處。舊戲雖也有描寫生活的戲,如《賣胭脂》《打櫻桃》,但情節思想惡劣,而即使有較好的劇目,卻也是要不得:"便因爲他都是描寫特殊階級過去的生活,和當下看戲的人,毫不發生關係"。這些戲雖擁有情感上的感染力,以歷史戲裏描述方孝孺忠臣故事的《草詔》爲例,觀者雖然看了難過,但卻無法産生與現代生活共振的感動。而喜劇類型的劇目《打槓子》《雙搖會》,以及悲劇如《對銀杯》《鐵蓮花》等劇均都能牽引觀者的情緒,但無法獲得感動,非作品。能看見平民社會眼前生活的只有社會戲:"至於社會戲,更可用兩句話包括他,其結果不是升官發財,便是男女苟合。看戲可以看見平民社會眼前生活的,只有這兩件事,多年大家天天要看的戲,只是這個樣子。所以這編戲,真是不得已的事啊。"[94]舊戲確實無法滿足他的編劇理念,足見重新編寫新劇有其迫切性與重要性。

92　韓補庵:《編戲贅言》,《補庵談戲》,學苑出版社編:《民國京崑史料叢書》,第 14 輯,頁 173。

93　韓補庵:《洞庭秋》,頁 1—2。

94　韓補庵:《編戲贅言》,《補庵談戲》,學苑出版社編:《民國京崑史料叢書》,第 14 輯,頁 174—175。

　　編寫的戲是給平民看的,既要貼合民衆生活亦要達到教育效果,在主題類型上鼓勵多編寫家庭戲與社會戲,在人物創作上注重形塑不容易看見的人: "我們編戲,是打算給一般普通人看的;陳義不必太高。要多編'家庭戲'與'社會戲',[95]借地灌輸一般人的常識。我們在社會上不容易看見的人,教他能夠出現在戲臺上,大家看了,亦算慰情勝無。"[96]一部劇作的主題類型與劇中人物有直接的關聯性,作者的創作理念即牽引人物的定位與類型。那麼,"不容易看見的人"是那些人呢:

> 不容易看見的人不必一定要寫那空前絶後的奇人,怪傑,只是多寫幾個端人,正士,慈父,孝子,良妻,賢母,友兄,悌弟,便是現在不容易看見的人。常有這類人,教大家心目中受些感化,社會一定不會壞了。[97]

此處可看到,對於當前社會狀況,作爲改良戲劇的劇作家,他有自己的評斷標準,因而主張在戲劇中塑造正向的人物來達到感化人心的效果。然而,這並不表示劇中不能有反派人物,而是强調故事重心轉移至正向人物身上,多描繪其善良高尚之處。他深深相信戲劇對人們的影響力,意圖創造新興的典範人物取代過去舊有的符合當代的戲劇人物:

> 試問中國普通人心中的人譜一定是李逵,黄天霸,王寶釧這些人勢力最大。説孟母,不見得都知道……何以如此? 不能不説戲的力量。戲劇有這麼大的力量,所以編戲絶不是毫無關係的事。我們能夠給大家另造一種模範人物的新人譜,把那李逵,黄天霸的勢力完全推翻,編戲家亦

95　補庵的作品以社會戲居多,但部分劇作仍會寫到劇中人物與家庭之間的糾葛紛争。得見之五部劇作當中,《丐俠記》《一封書》《蕭麟緣》是以講述社會情狀爲主的社會戲。《幾希》(《荊花淚》)與《洞庭秋》則是社會與家庭戲兼容。

96　韓補庵:《編戲贅言》,《補庵談戲》,學苑出版社編:《民國京崑史料叢書》,第 14 輯,頁 166。

97　同上,頁 166—167。上述兩段關於選擇創作戲劇型態與人物類型的文字也出現在《一封書》最後的跋文當中。足見補庵對此主張之重視。韓補庵:《一封書》(天津: 社會教育辦事處,1920 年代),頁 27。

　　　　可以自慰了。[98]

李逵出自《水滸傳》，黃天霸出自《施公案》，這兩位人物不僅出現在小説裏，諸
多劇種裏都有其相關劇目及身影，其勇猛爆烈的綠林草莽形象深植人心。這
些人物雖然爲一般民衆熟知，然而，他們卻無法對應現代社會的需求，成爲醒
悟提升的楷模。補庵有意推翻過去風行的人物形象，將劇中主要腳色設定爲
社會上的普通人，這些人物在遇到困境波瀾時，均努力展現人性善良與光輝的
一面。如《丐俠記》一劇裏面的重要腳色劉若士。故事背景爲正值戰亂且民窮
困厄的時代，擔任新聞記者及工廠工作的劉若士夫妻，以微薄薪水維持奉養母
親，因貧寒以致數月無法付出房租，在惡房東數度催租之下，劉預支薪水欲暫
渡難關，回家巧於路上遭遇因冤獄無錢買通官吏救兒的老漢，竟將努力工作的
薪水全數予之救急，並對其人言：“説來慚愧得很，我以爲世上數我艱難，誰想
還有比我更苦的人”，老人離開後，想到没錢付給房東，便自我安慰：“這金錢的
效力真是不可思議，不但可以還房租還可以救人命……但是房東又來囉嗦怎
麼辦，只好回家再想法子”，[99]劉對金錢没有執念，願將心比心協助比自己更爲
弱勢的人，面臨付不出房租的窘迫，卻大度地淡然以對。又在因緣際會下收留
逃難離家的女主角趙湘曉，協助她與父親相會。劇終更主動爲對抗敵軍英勇
犧牲的無名英雄發起追悼會。劉若士富有同情心又熱心助人形象，刻劃入微。
　　《洞庭秋》裏塑造出一位平凡獨立的女主角秦毓棻。書香世家出身，父親
去世後遭繼母欺凌，家産盡失，爲照顧年幼弟妹，只能變賣友人卞懷玖創作的
小説《洞庭秋》餬口。第一場《鬻稿》描寫秦至出版社賣稿。劇作家以簡潔的對
白與動作指示，表現秦的愧疚之心。被社長問到姓名時，她躊躇地説“姓賈”，
舞臺注解爲：“賈不是真姓，稿子亦不是自傳，要表現出忸怩不安神氣”，[100]離開

98　韓補庵：《編戲贅言》，《補庵談戲》，學苑出版社編：《民國京崑史料叢書》，第 14 輯，頁
　　167—168。
99　韓補庵：《丐俠記》（天津：天津社會教育辦事處，1920 年代），頁 6。
100　韓補庵：《洞庭秋》，頁 2。

出版社後又言："恒飢稚子淒涼甚,今日真成竊盜行,哎呀,慚愧呵"。[101] 然而,
本性非重利忘義之人,一日撿拾到提包交給警察,物歸原主後,亦堅拒謝禮金。
另一日見義勇爲,協助富家小姐俊姑擺脫惡霸的騷擾,此一契機,讓俊姑介紹
她到表妹家擔任教師,不再愁困營生。劇終,秦與卞再次相聚,小説作者也獲得
正名。秦懂世間禮法,然卻未死守教條,明知冒名販賣他人作品違反道義,即使
内疚,急迫之下首先考量保護家人。她正如同一般人,擁有弱點,不完美,但終
始秉持良善行事;相較傳統劇作,這一類型的女性形象並不常見,值得注目。

　　劇作家也關注時事環境,創作了新興的留學生脚色,在《一封書》[102]裏安排
一位留法學生王志宏,因學費不足而參加勤工儉學會半工半讀、預計學成歸國
發展工業的情節。王是配角,個性沉穩良善,因年齡尚輕,遭遇挫折也會一時頹
喪,整體而言,在劇作家的設定下仍是保持著正面形象。[103] 當他聽到擔任新化
縣捐局局長的父親王其本爲不想丟官聽命總局打算在對商家強行加稅之際,
盡力爲民窮財盡的鄉人講話,希望説服父親能順應民情免除稅捐。王其本不
願聽建言,斷絕父子關係,並趕他出家門。此時,他雖一時感到喪志迷茫,在妻
子的鼓勵下,打起精神,兩人相伴至法國留學。後因自己的學費不足,參與勤工
儉會,至工廠打工,手長水泡,卻也甘之如飴:"我去年花的錢太多,恐怕接濟不
來,所以入了這勤工儉學會,現因爲作的工不好,還是個學徒,下半年就可升爲
工人,每天還有十幾個法郎的工資,辛苦可怕什麼"。[104] 王志宏的出場次數不
多,即使是學習工業製造,形象上仍是讀書文人類型,藉由數次外部事件打擊,
逐漸讓他從單純的家世良好的理想青年到成熟負擔起人生,其中的層次轉折,
可觀察出劇作家的巧思。

101　韓補庵:《洞庭秋》,頁 3。
102　《一封書》情節分成兩條線路發展,主線是鄭士民的媳婦周敏因錯誤解讀至美國進行實業
　　考察的丈夫寄來一封英文信,決定離家自立,最終誤會解除,兩人團圓。副線爲新化縣政
　　府對商家增加稅捐,但因世道不佳,擔任商會總董鄭士民受到商家委託與捐局局長王其
　　本商議是否能免除捐稅,兩人雖爲親家但立場不同,彼此產生嫌隙,終因全體商民反抗,最
　　後王丟官看清官場現實,另於上海開工廠,營業成功。
103　補庵在劇本注明王志宏與其妻子的形象要"皆從正面描寫,演時要恰恰身分",可見劇作
　　家對於留學生的新式人物形象要如何表現極度重視的。韓補庵:《一封書》,頁 2。
104　同上,頁 19。

劇作中亦有行俠仗義之腳色,與過往具名英雄故事相異,轉化爲無名人物。在《丐俠記》裏的重要腳色爲一無名的丐俠,行義不求回報,最終在革命戰場上爲救善人而犧牲性命。俠士自始自尾自稱"狗兒",不願透漏真實姓名,雖然真正的身分在各幕細節中已透漏線索,從頭至尾擁有全視角觀看整個故事的觀衆已可推知此人是誰,然而,劇中腳色並不知曉。如此設計,不僅讓出場次數有限的狗兒人物形象更爲傳神立體,同時刺激觀衆參與劇情演進,強化共感效果。終幕,當衆人猜測俠士的真名之際,劉若士有言:"大家稱他爲無名之英雄,就是一位無名之英雄罷了,何必定要名姓",後以"無名之英雄"的名義,獲得衆人的悼念。[105] 此處的情節安排,正呼應補庵的創作主張,打破過去戲劇小說中的英雄人物傳統,不須具名,也不須具備高強武藝;狗兒正如同劇中其他腳色,在需要作決斷的時刻能作出符合道德勇氣的選擇,人人都是獨一無二的英雄。當然,作者亦以此善導觀衆,社會上的一般人,生活中能擇善固執,即是一位英雄。

四、戲劇宗旨——教育功能與藝術本質的思辯

從編劇理念的闡述,明確看出補庵作爲戲劇改良運動的推行者,透過戲劇教育觀衆是個人使命。然而,對於如何發揮教育的本質功能,如何確實讓觀衆從觀戲中激發真實情感而感悟,擁有實際劇場經驗的他,具備超越前人的觀點,提出獨有的藝術審美思維。

戲劇具備輔助風化的社會功能自元代以來即受到知識分子的關注。[106] 晚清以來,歷經國家社會環境的巨大變化,促使有志之士再次注目於戲劇的教化功能,陳獨秀(1879—1942)以三愛爲筆名在 1904 年發表的《論戲曲》爲例,內文提及戲劇與教育的關聯性:"戲園者,實普天下之大學堂也;優伶者,實普天

---

105 韓補庵:《丐俠記》,頁 28。

106 元人周德清(1277—1365)有言:"自關、鄭、白、馬一新製作,韻共守自然之音,字能通天下之語,字暢語俊,韻促音調;觀其所序,曰忠,曰孝,有補於世""有補於世"即指出了戲劇的社會風教功能。周德清:《序》,《中原音韻》,中國戲曲研究院編:《中國古典戲曲論著集成》(北京:中國戲劇出版社,1982 年),冊 1,頁 175。

下之大教師也"，[107]主張以劇場爲教育場地，以藝人爲教師，透過改良戲曲，啓蒙一般民衆智識。陳獨秀之後，民國初年支持戲劇改良的戲劇理論家亦秉持著類似的看法，如周劍雲《戲劇改良論》提及："戲曲一道，關乎一國之政教風俗至深且巨，質之古今中外，無有否認者也"，[108]肯定戲劇的教育與教化功能。然而，這些理論家往往過於重視戲劇的功能，忽視戲劇原有的藝術本質、審美考量以及觀衆的觀賞習慣。戲劇的價值在於能具備教育功能，然而，什麼樣的形式的戲劇，才能確實發揮教育效果？換言之，編製什麼樣形式的戲劇能達到感化人心的目的？則是理論家們輕忽的重點，他們將戲劇的風化價值等同於戲劇藝術的本質。

　　韓補庵認知到此一問題，於是提出個人的藝術體認。首先，對於戲劇創作的主旨，他反對無視戲劇的藝術本質，以教育的目的進行創作：

> 只把觀衆看成受術者、受教者，可就失了戲劇的本分。觀衆不是來受教，如何能用教育的態度？說戲劇可以算教育的一種方法還可，要用教育的宗旨，做戲劇的宗旨，根本上是不行的。[109]

可知，以上對下的說教立場來編寫教條化的戲劇無法獲得觀衆的感動與認同。如此，劇作家要用什麼樣的方針來執行創作並引起觀衆的審美感動呢？

　　戲劇作爲教育的一種方法，傳統戲劇多以"勸善懲惡"爲達到教化目的。劇情採取因果業報的信仰，或是藉由有權力的清官懲罰惡人洗清善人冤屈等等作爲勸懲方法，這些情節在當代看來不盡情理，說服力不強。補庵雖然認同勸善懲惡的創作方針，卻更爲進階，指出故事需跳脫舊有的說教式框架：

> 我們的宗旨，固然亦不外乎勸善懲惡，但善等著勸纔知道勉，惡等著纔

107　三愛：《論戲曲》，《安徽俗話報》，第 11 期（1904 年），頁 1—6。
108　周劍雲編：《菊部叢刊》（上海：交通圖書館，1918 年），頁 117。
109　韓補庵：《編戲贅言》，《補庵談戲》，學苑出版社編：《民國京崑史料叢書》，第 14 輯，頁 179。

　　知道怕；已落入第二乘。假若他不怕懲，不受勸，該怎麼樣？ 我們編戲的
　　宗旨，只把這一層的障眼，用推牆倒壁的力量打開，赤條條，從人類同情
　　上，實寫一種生活裏面濃郁的活力，和觀者的同情融成一片，教他點頭
　　覺悟。[110]

戲劇創作的內涵雖不離端正善良風俗，但若宗旨內容僅是依據道德規範而設
置，那麼創作出來的作品是倫理訓示的產物，缺乏感動人心的力量，亦無法刺
激觀眾主動選擇自省。補庵從更高的藝術審美角度考量戲劇的價值，推翻過
去創作的教育取向導致道德教條化的框架，轉化爲激發人類情感的需求入手。
戲劇必須表現情感內涵，要有人與人之間可以會通心性的本質，也就是“同
情”，才能建立表現的基礎，也才能讓觀眾產生共鳴，發揮藝術特有的感染力。
此外，“同情”是從現實生活裏“實寫”而來，與一般人日常生活息息相關，充滿
真實人物的鮮活生命力。他更指出不論創作任何故事、情節與人物腳色，劇作
家須重視的是情感的傳達與共鳴：

　　每一本戲，不論寫家庭，寫社會，寫政治，寫法律，寫好人，寫壞人，寫歡
　　樂，寫困苦，以及宇宙萬有現象，只是教大家看了，便教他感受濃郁的同
　　情，心裏自然好過，或是難過。[111]

當觀眾情感融入劇情中與劇中人物共振，就有機會自我反思走向善道。而這
個覺悟是主動的心理運作過程，也是戲劇創作追尋的最終理想目標：

　　教觀眾看了，吸引起他那自己尋思，自己了解，自己安慰，自己省悟，自己
　　尋那生活向上之路。[112]

110　韓補庵：《編戲贅言》，《補庵談戲》，學苑出版社編：《民國京崑史料叢書》，第 14 輯，頁
　　179。
111　同上，頁 179—180。
112　同上，頁 179。

補庵論述戲劇創作主旨的過程當中，同時也呈現對於藝術本質的體認。戲劇雖蘊含教化的效能，但不能忽視其獨立的藝術價值。以如同課堂施教般的方法進行創作，把觀衆當成受教者的作法，實際上是未清楚理解"戲劇"的藝術形式與定位。從事戲劇改良運動多年的補庵認知到此項盲點，從創作論的角度，澄清戲劇藝術的特質。劇作家必須有意識地考量如何在創作過程當中，從形式上的創意激起觀衆的審美感動與相應情感反應，才能寫出引領觀衆向上覺悟的理想作品。

補庵的創作論並非空泛的理論，前文提及嚴範孫閱讀《幾希》[113]而落淚的狀況可知，落實藝術本質與獲得教育效果方面，在實踐上，已經掌握一定程度的體認。

五、編劇方法論

申論戲劇創作宗旨之後，補庵更從取材，修詞，佈局等三方面進一步詳細説明編劇作法。

（一）取材

補庵身處新舊轉換的時代，亦是"過渡時代"。[114] 他以改良的立場，輔以半新半舊派的實踐，探索編劇作法。故而，傳統戲劇不是對立方，而是參照比較對象，有助於提出新的調整及修正。由此，當我們以俯瞰的視野從戲劇理論史及戲劇發展史的背景基礎檢視論述，更可體悟其重要性與時代上的象徵意義。補庵提出劇本創作概念上的"取材"，可説是具有嘗試建立典範的意圖。若是回顧歷代的曲論及劇論，理論家們較少系統性地論述劇作與題材之間的連結，

113　《幾希》的故事主線講述官場事業飛黄騰達的荊仲簾，對遭遇荒年自鄉下投奔而來的兄長荊伯壎夫妻與母親，棄之不顧，伯勳生病，妻子出打工幫傭於旅店遇到同鄉商人謝鴻秋夫妻，謝不恥仲簾之舉，利用仲簾過生日請戲班演戲作壽的名義，讓荊母及伯勳扮成演員出場唱戲，仲簾見三人大驚，悲泣悔悟自己的過失，最終母子兄弟和好。

114　最早提出"過渡時代"一詞及概念者，應爲梁啓超（1973—1929）。參見梁啓超：《過渡時代論》，《清議報》（1901 年 5 月 11 日），頁 1—4。

以及如何選擇創作題材等問題。王驥德 (1540—1623) 應是最早觸及如何選擇題材者,在《曲律》中《雜論》有言:"余考索甚勤,而舉筆甚懶。每欲取古今一佳事,作一傳奇,尺寸古法,兼用新韻,勒成一家言,倥傯不果"。[115] 創作起點是奠基於"考索"後的成果,題材取自"古今一家事",雖亦考量到"今"之所發生之事件,但從現存劇作《題紅記》與《男王后》可知,主題本事仍是取自固有的詩歌或小説傳統。而後,李漁(1611—1680) 雖未細論如何選擇題材,但特意提出情節需創新內容,《閒情偶寄・詞曲部・結構第一・脱窠臼》有言:"欲爲此劇,先問古今院本中曾有此等情節與否,如其未有,則急急傳之,否則枉費辛勤,徒作效顰之婦","吾謂填詞之難,莫難於洗滌窠臼,而填詞之陋,亦莫陋於盜襲窠臼"。[116] 情節與題材彼此互向影響,若欲創作新情節,沿襲舊題材則難以有佳作,從此可知,針對題材擁有更爲明確的觀點。傳奇作品也依循理論,偏好自創題材,《十種曲》中腳色或題材明確有所本者,只有《蜃中樓》《意中緣》《玉搔頭》等劇。然而,清代乾隆以降進入地方戲繁盛發展的時代,表演藝術逐漸轉爲以演員爲中心,戲劇題材往往因襲傳承而不需獨創,多數作品題材回歸取自歷史、小説、民間傳説等傳統。[117] 如此狀況持續延伸至清中後期。

　　清末民初之際出現了值得注目的轉換期,取材自生活的戲劇作品逐日增加。周貽白在《中國戲劇本事取材之沿襲》提及中國戲劇故事的取材多取自歷史故事的範圍,即使到近代,仍是踏襲過去的風氣,較少從現實生活取材的作品。[118] 正如同周氏所言,相較前代,近代關於現實生活的作品數量確實較爲缺乏,然而,伴隨著戲劇改良運動的發展,逐漸地出現選材自新聞時事或是當代社會生活的新編作品,如晚清的演述杭州惠興女士爲辦學缺乏經費迫於自盡

115　王驥德著,陳多、葉長海注釋:《曲律注釋》(上海: 上海古籍出版社,2012 年),頁 369。

116　李漁:《閒情偶寄》(昆明: 雲南人民出版社,2016 年),頁 16。

117　王安祈指出,清代花部勃興,一則因劇本文學性不足,二則因綜合性的表演藝術提升,演員成爲表演藝術的中心,戲劇題材往往因襲傳承無須獨創,白蛇、昭君、孟姜、三國、水滸、楊家將等故事遍見於元明清以至民國的各劇種。王安祈:《中國傳統戲曲的藝術精神》,見氏著:《傳統戲曲的現代表現》(臺北: 里仁書局,1996 年),頁 194—195。

118　周貽白:《中國戲劇本事取材之沿襲》,《中國戲劇史長編》(上海: 上海書店書版社,2004 年),頁 614—641。

的《惠興女士》,[119]講述富家子吸食鴉片導致家破人亡悲劇《黑籍冤魂》,[120]民國初年的講述北京惡棍開設妓院營棍誘賣少女進妓院惡行之《孽海波瀾》,[121]等劇作。1915 年以後,演出梆子劇爲主的女劇團志德社更是編演多齣新編作品,導演兼編劇者楊韻譜編寫取材自時事講述天津二姊妹受到當地惡霸與官員迫害選擇自盡以示司法不公的悲劇故事《二烈女》,[122]講述青年男女戀愛私奔因遭受奸人所騙而引致悲劇的《自由寶鑑》[123]等劇。1918 年志德社改名爲奎德社之後,除了楊韻譜自己編寫的劇本之外,也演出韓補庵與其他文人作家的作品,其中多有演繹民眾生活的劇目。[124]

　　至 1920 年代,北京地區以現實生活爲題材的新編作品已經累積一定的數量,[125]均能夠上演,非案頭之作,觀眾亦對於特定劇作展現共感力。例如,演出《二烈女》時,劇情演進至二姊妹思考選擇結束生命一幕,觀眾紛紛表演出:"滿座皆寂,嘆息者有之,垂淚者有之,敬慕者有之"。[126] 除了演員的演技過人之外,

---

119　《惠興女士》初演於 1906 年,劇情大要可參照中國戲曲志編輯委員會:《中國戲曲志・北京卷》(北京:中國 ISBN 出版中心,1999 年),頁 320—321。此外,內容相關論述亦可參照游富凱:《以當時人演當時事——論晚清改良新戲〈惠興女士傳〉的戲劇構思與演出史》,《戲劇學刊》第 28 期(2018 年 7 月),頁 81—109。

120　《黑籍冤魂》初演於清末民初之際,劇情大要可參照山西・陝西・河南・河北・山東藝術研究所編:《中國梆子戲劇目大辭典》(太原:山西人民出版社,1991 年),頁 716。

121　《孽海波瀾》初演約於 1913 年,劇情大要可參照中國戲曲志編輯委員會:《中國戲曲志・北京卷》,頁 340。

122　《二烈女》初演於 1917 年,劇情大要可參照武夫:《評廣德樓演〈二烈女〉》,《順天時報》1917 年 9 月 30 日,第 5 版。

123　《自由寶鑑》初演於 1917 年,劇情大要可參照山西・陝西・河南・河北・山東藝術研究所編:《中國梆子戲劇目大辭典》,頁 708。

124　補庵曾言奎德社演出天津文人尹澂甫(生卒年不詳)《珊瑚傳》。韓補庵:《談戲零拾五》,《補庵談戲》,學苑出版社編:《民國京崑史料叢書》,第 14 輯,頁 142。《珊瑚傳》初演於 1924 年,設定的時代爲二十世紀初期,描寫侍婆婆至孝的媳陳珊瑚之間的家庭恩怨情仇。劇情大要可參照山西・陝西・河南・河北・山東藝術研究所編:《中國梆子戲劇目大辭典》,頁 712。

125　若以劇團志德社・奎德社導演兼編劇家楊韻譜爲例,甄光俊指出 1914 至 1936 年間,即編演了約一百多部表現現代生活的時裝戲。參見甄光俊:《河北梆子在天津史述》(呼和浩特:遠方出版社,1999),頁 116。1920 年代前後是演出巔峰時期,1930 年代以後社會狀況不穩,演出逐漸減少,故而由此可以粗略推知 1920 年代,現代生活的劇目應不是只有單數的數量。

126　武夫:《評廣德樓演〈二烈女〉》,《順天時報》1917 年 9 月 30 日,第 5 版。

劇情直接打動了觀衆的內心，舞台上發生的司法不公議題、地方惡勢力與官員勾結等等情節，仿佛就是觀者日常生活中的事件之凝縮再現，不得不令人動容。從這些劇作以及引起相對應的反響，可以説表現當代生活的劇作逐漸地成熟，此時，正急需基礎的理論建構築出框架，建立標準。於是，補庵以劇作家的敏感度與觀察力，拋磚引玉，率先提出個人論點。

前已指出舊戲是"描寫特殊階級過去生活"，"教觀衆看別人"。新編劇則要"實寫平民社會眼前生活"，"教觀衆看自己"。將新與舊各自畫出不同的內容區隔，如此一來，抉擇故事主題方面，需與觀衆當下切身環境相關，領導觀衆成爲一個觀看主體並與故事建立共感連結。此處清楚地表達了對於時代的敏感度及欲創建當代劇作主題的企圖心，戲劇作品不再是延續傳統既有故事，劇作家成爲主導者，取材自日常，主動地開創新故事，講述平民生活。

取材是編劇最要重要的功夫，視爲落實創作的首要作法。補庵提出多項解説，有三項論點，值得細觀。其一，取材首需具備開眼與細心。選擇主題，須以親身理解的經驗爲基礎進行創作，不能任意編造。不管大局或是小事的情節都需開眼，並以《紅樓夢》爲例，指出紅樓夢長處不只在寫大貴族的勢派，而是能寫"極齷齪的人，教他維妙維肖，這不是想象能得的，非真開過眼不可"。[127]除了開眼之外，更要細心，專注於情節人物等相關細項，不應犯下傳統戲劇裏只重視修飾詞藻的失誤："只顧在詞藻上下功夫，卻不細心體察人事，往往是驢脣不對馬嘴……至於亂彈戲，更不成話了"。[128] 補庵對待編劇是嚴肅的，編戲並非遊藝小道，取材重視劇作家自身的藝術涵養與生活經驗，細節處更格需費心。實踐上，《幾希》前言中提及故事所寫的題材是貼合個人經驗而來："作者窶人也，惟能寫甕牖繩樞閒事，若寫富貴家事，則所聞者止此，不能曲爲掩飾也"。[129]

其二，取材需適應社會需要。戲劇是社會教育的載體，即當反應社會現況，

127　韓補庵：《編戲贅言》，《補庵談戲》，學苑出版社編：《民國京崑史料叢書》，第 14 輯，頁 181。

128　同上，頁 181—182。

129　韓補庵：《幾希》，頁 1。

也可加入增益知識的元素：

> 取材要適應社會需要……通俗戲本，和日報一樣，社會上現時需要什
> 麼，説什麼。不必一定都是傳世之作。社會涼薄，便多編厚道的戲……
> 這是關乎道德的。至於知識方面，如同世界大勢，文化潮流……都可酌
> 量情形，編在戲裏。[130]

補庵在《麟簫緣》提及一路以來選擇創作題材都考量如何反應社會的需要：
"《一封書》寫夫婦，《洞庭秋》寫報施，《幾希》寫兄弟，《丐俠記》寫恩怨，此本寫
朋友。……每從社會人心，各寫一種正義，使數千年未墜之緒猶得見歌場之
上。"。[131] 社會有各式需求，藉由講述各種人情事故，將社會所需的"正義"表現
於劇作中。此外，補庵亦在劇作中有意識地加入零散的知識訊息，《一封書》裏
勤工儉學的活動即是一例。

其三，取材要切中現時社會的利害。戲劇需點出社會的問題，編戲應從一
般人情寫起，達到勸善之意：

> 取材要切中現實社會的利害。戲劇感人，最好是當下見效。因爲戲劇本
> 不是説大經，講大法，傳之百世的東西。對於現在社會切要的利害，隨時
> 從正面，反面，略加勸懲，總要言者無罪，聞者足戒，越是普通人最容易犯
> 的小毛病，越要注意。[132]

故事題材應與"當下"有關，關注社會問題，積極創作，以正反面的寫作手法，將
問題意識織入故事當中，促使觀眾省思。

《麟簫緣》裏使用了類似手法。主要腳色的濟南實業家谷之仁，個性良善，

130　韓補庵：《編戲贅言》，《補庵談戲》，學苑出版社編：《民國京崑史料叢書》，第 14 輯，頁
　　　183。
131　韓補庵：《麟簫緣》，頁 2。
132　韓補庵：《編戲贅言》，《補庵談戲》，學苑出版社編：《民國京崑史料叢書》，第 14 輯，頁
　　　184。

遇事細心,巧於鐵公祠結識吹簫賣藝的音樂家秦雲墀,兩人只有一面之緣,某日正巧遭遇雲墀瘋病發作,即使不熟識,仍主動地將其人送至醫院治療。而後在第十六幕《冰釋》,友人尤瑜南想結識雲墀,於是向之仁探聽消息,谷卻回説:"我看他是個可憐的少年,並到那個樣子,所以代他醫治,卻不知他究竟是什麼人。"[133] 這一句話,揭示其人行善不求回報的性格。補庵自注設計此一情節之因:"現在是條件世界,凡事都講交換,條件猶不足,還要幾條條件附,社會敦厚之氣剝削已盡,所餘者皆是機事心機,此人類相食之先聲","我編各戲多在此等處用暗筆,必有人肯無所爲而替別人出力。竊謂不如此,必非人類社會,然而,法律家必目笑之"。[134] 社會現實,重視個人利益,有損敦厚之風,於是寫出谷之仁無償助人之舉,作爲正向人物的範本,勸導人們選擇向善。

(二)修詞

補庵雖具備充分的古文素養,因致力於通俗教育工作之故,刊載在報刊的論述多採取白話形式,《編戲贅言》及《補庵談戲》當中均是使用易懂淺顯的文字。[135] 故而,戲劇中要使用怎樣的文詞作法,亦是其關注論點。主張"雅俗共賞"修詞法。何謂雅俗共賞?補庵先以汪笑儂(1858—1918)《朱買臣》的一句唱詞爲例説明,同時再言及傳奇與地方戲在詞語上的不理想之處。[136] 更指出,雅俗共賞不僅單純運用於修詞,更涵蓋言語內容,如何拿捏其間的分際是劇作家的課題:

> 戲劇的修詞,不是文章的修詞,是言語的修詞(言語亦是文學)。寫到腳本上是文字,演到戲場上,便是説話。假如想説的道理,一般人都不懂,

---

133　韓補庵:《麟簫緣》,頁 24。

134　同上。

135　補庵對於文言與白話採取開放兼容的立場,後曾言:"我不反對白話,亦不願有人專門攻擊文言。研究白話,想著叫白話進步。研究文言,想著教文言進步。各自努力,不必一味在排斥異己上下功夫"。補庵:《白話與語體文》,《社會教育星期報》第 439 期(1924 年 2 月 24 日),頁 3。

136　韓補庵:《編戲贅言》,《補庵談戲》,學苑出版社編:《民國京崑史料叢書》,第 14 輯,頁 186。

或是和一般人感觸，不發生深切的關係。你以爲可哭，他看了反笑起來。任憑如何在詞語上求淺近求通俗，都不能適意。可見雅俗共賞四字，是很不容易作到的。[137]

補庵提出了戲劇的修詞非文章修詞一點，凸顯出劇作家的意識。故而，編戲應當配合一般人的理解度來編寫詞句，待觀衆程度提升，即能提高藝術層次：

我對於編戲的詞句，以爲大體要通俗的。只是把談話的程度，漸漸增高；或是於特別情景的地方，略帶一些文學的臭味。在現代過渡時代，只好如此。果能以後把大家聽戲的眼光變過來，這修詞自然是沒有問題的。[138]

修詞理論是針對整體文本而言，其中包含唱詞與説白。在《丐俠記》裏的前言提及本劇的特色："唱詞説白各有深意"。[139] 由此可推知，關於修詞的大原則是兩者一同論之。針對説白，另有補充論述。此處稱爲"説白"不稱爲"賓白"，或是"念白"。主因是補庵不因循傳奇作品或是地方戲的窠臼，欲創作給現代一般觀衆觀看的實寫生活的作品。然而，此處並非反對編寫唱詞，[140]他曾經肯定"唱爲一宗美術"，[141]全部的劇作當中均有唱詞以貼合情節。《洞庭秋》第五幕《和唱》裏安排孟俊姑與舅舅孟大成對唱的長篇唱段，本幕描寫俊姑搭大成的賣菜小船至鄉下找尋親戚，兩人對話透過唱詞描述鄉下人簡樸刻苦的生活。[142] 另有《丐俠記》第十七幕《同歡》劉若士之妻王筠素上場即透過唱詞描述

137　韓補庵：《編戲贅言》，《補庵談戲》，學苑出版社編：《民國京崑史料叢書》，第 14 輯，頁 188。

138　同上。

139　韓補庵：《丐俠記》，頁 2。

140　補庵主張："編戲家不必一定要排斥歌唱。我們能夠編些良好的唱詞，假如把那'孤王酒醉'、'先帝爺'種種唱詞的領土奪過來，亦何嘗不好？"

141　韓補庵：《談戲零拾五》，《補庵談戲》，學苑出版社編：《民國京崑史料叢書》，第 14 輯，頁 144。

142　韓補庵：《洞庭秋》，頁 8—9。

武漢當地遭受戰火波及的慘狀,劇作家在本段唱詞結束後自注:"此段唱梆子相宜,容易聽真"。[143] 由此可知,設計唱詞同時也重視腔調是否能適切地表達内容以及情感的渲染力。唱詞原本是傳統戲劇中重要的成分,補庵創作的是半新半舊型態的戲劇作品,兼顧唱詞以外,舊戲中的説白也是極欲改良的重點。故而也特別提出舊戲重唱卻不重視説白的問題:"舊戲往往以唱代白,不解唱則戲情全失"。[144] 此處是考量到新編劇作當中説白的重要性,特意進行討論,論及説白的困難之處:"欲編劇本,必須在尋常談話上處處用心,極容易説的話,往往寫不來;極通達的白話文,寫到劇本上,便不成話。此中甘苦,煞費尋思"[145]由此可知編寫説白的挑戰性。

此外,他非常重視對於演員在説白上的表現,劇作中多次加入自注,提示演出方式。《幾希》第十四幕《識荆》有一段荆唐華勸説丈夫荆伯壎原諒弟弟荆仲簋所爲之場面。因爲説白較長,且具説教内容,補庵不希望流於背書般死板,便自注:"此處頗帶有演説氣,但使演時無背書式,亦可將就下去"。[146]

此外,説白按照角色人物的特色,也會表現出不同的特點。以丑角爲例,舊劇裏丑角好用地方土話取悅觀衆,並不理想,在雅俗共賞的理念下,編寫需多琢磨:"曼倩詼諧,自有精意,不是説幾句土話,騙觀衆無意識開心。撒野打諢,便是下乘。"[147]強調言語的精練性,如何讓丑角人物的説白風趣幽默但又不流於下流,其間言語藝術的平衡之處更是劇作家關注的要點。由於所提出的理論主要從個人編劇心得所來,劇作中亦展現出色的成績。

《丐俠記》創造了一位以丑角扮演乞丐後成爲英雄的劇中人物狗兒。補庵重塑丑角形象,爲此,説白更經過精心設計。最初狗兒出場時雖是乞丐身分,所用的説白詼諧卻不輕薄,反有一番瀟灑之氣:"乞丐乞丐,無依無賴,麻包作衣,

---

143　韓補庵:《丐俠記》,頁25。
144　韓補庵:《談戲零拾五》,《補庵談戲》,學苑出版社編:《民國京崑史料叢書》,第14輯,頁144。
145　韓補庵:《編戲贅言》,同上,頁163。
146　韓補庵:《一封書》,頁22。
147　韓補庵:《編戲贅言》,《補庵談戲》,學苑出版社編:《民國京崑史料叢書》,第14輯,頁190。

草繩作帶。見了那男子們叫一聲爺爺,見了那婦女們叫一聲太太。乞得些冷炙殘羹,吃飽了逍遙自在。古廟裏隨處安身,不怕他房東討債。"[148]後自報家門言:"我狗兒,報仇殺人埋名隱姓,江湖亡命縱酒佯狂,不得已自隱於乞丐。因爲世界上最有天良的莫過於狗,他心裏頭卻還存著一點天理良心,所以我就自名爲狗兒,每日在這漢口鎮上低頭討飯,冷眼觀人。"[149]隱身於世爲仇家,最有良心者竟爲"狗",悲傷經歷伴隨令人發噱之語,不僅文字雅俗共賞,帶來的戲劇效果亦是上乘。

(三) 布局

關於布局的討論,補庵主要是基於日前新舊兩派存在對於如何處理布局的爭論,提出自身的觀點。議論之中,支持舊劇者,基本上認同既有的"首尾完結"布局法,通常都會採用團圓式的結局。[150] 此法獲得一般大衆的支持,因長期以來觀戲的習慣已適應有頭有尾的結局,從觀衆的角度而言,此法理解前因後果,不用猜疑。反對者則提出,編戲只是描寫各種生活現象,要讓觀衆看了自己審思,若是完全寫明的話,就索然無味。[151]

新舊兩派的爭論,補庵認爲都有合理之處,配合其教育的理念以及考量改良新戲日後發展,認爲現時布局採取敘述前後因果之法較爲適宜:

> 爲中國的社會說法,爲現在中國人多數的觀衆說法,只是覺得首尾完結
> 的布局法還好些。因爲大家看了,還可以明白這本戲是簡什麼意思。要
> 是教他打悶葫蘆,一則,狃於習慣,先得簡多數不歡迎的批評;他說:這

148　韓補庵:《丐俠記》,頁 4。

149　同上。

150　傳統的編劇理論當中視首尾交代完善結束爲常態,重視團圓式結局。然而,要如何撰寫讓人印象深刻的結局,則是依靠劇作家的才華與技巧。李漁《詞曲部・格局第六・大收煞》有言:"全本收場,名爲'大收煞'。此折之難,在無包括之痕,而有團圓之趣。如一部之內,要緊腳色共有五人,其先東西南北各自分開,到此必須會合。此理誰不知之?但其會合之故,需要自然而然,水到渠成,非由車戽"。李漁:《閒情偶寄》,頁 77。

151　韓補庵:《編戲贅言》,《補庵談戲》,學苑出版社編:《民國京崑史料叢書》,第 14 輯,頁 191。

種戲游騎無歸。阻礙新戲的發展。二則,一般人的思想,還不能説都有哲學大家的程度。假如把悶葫蘆打錯了,所生流弊,便不是編戲的時候意料所及。[152]

編劇既然負有"説法"任務,首需獲得大衆認同,若是陳意過高,採取"打悶葫蘆"式的布局,則有損其日後發展,對於戲劇發展的愛護之心由此可見。

補庵所編寫的作品當中均屬於接近首尾完結的半團圓式結局,雖然招致十多位友人評價爲"文法腐敗",但本人並不爲此多辯解,主因:"惟吾編戲本,非以自賞,爲通俗"。[153] 戲劇關乎通俗教育,創作是爲了一般人而寫,是否能確實傳達内容是劇作家考量的首先要件。[154]

隨後更指出,世事無萬古不變的法則,一切學問是根據"現在"及"最近的將來"而論,編劇亦是如此,日後待一般觀衆的理解力提升,自然可變更爲更具思辨挑戰性的布局。[155] 最後,爲鼓勵更多有心人士投入編寫新戲,如此總結:

> 只要教多數觀衆看了,比較的能夠得一點良好感觸,便是有世道的事業。不必説一定可以勸善懲惡。便是能夠教一般生在極悲慘環境的觀衆,看了戲。得箇三分鐘愉快,亦算是有益於人。[156]

不用刻意編寫高深的作品,若能帶給人們一點點正向的能量,忘卻現實煩憂,如此,劇作家即達成目的而無憾了。

152　韓補庵:《編戲贅言》,頁191—192。

153　韓補庵:《談戲零拾三》,頁88。

154　《麟簫緣》的《跋文》也説明爲何選擇團圓式結局,主是重視觀衆看戲後的感悟及内容的傳播效果:"作者極不願意以悲慘之筆,騙人眼淚,故所編各劇均爲團圓式,好在本不謀與世界新劇家蕭伯納、易卜生諸名流争一席座。飽飯無事,筆墨遊戲,樂得自寫自樂,並爲觀者謀一解頤之樂,場終歸去,猶有笑容,燈下述與家中人共聽之,一場歡喜都從戲中得來,不亦可告無罪乎"。韓補庵:《麟簫緣》,頁29—30。

155　韓補庵:《編戲贅言》,《補庵談戲》,學苑出版社編:《民國京崑史料叢書》,第14輯,頁192。

156　同上。

六、結　論

　　此時此刻，當下的時間意識對於韓補庵而言是異常重要的。出生於清末，歷經民國成立及五四新文化運動，處在多變的時代氛圍當中，從事戲劇改良運動多年的補庵，長時間摸索新舊轉換的歷程。他撰寫《編戲贅言》以及《補庵談戲》的時機，正是處在一個再次重新審視"戲劇"本質的時間點。戲劇改良論爭正在報刊討論新舊劇是否存廢之際，補庵以一位從事社會教育並進行戲劇改良推行者及劇作家的身分，提出了當代編劇理論，論述戲劇理念，創作戲劇作品，並且落實於舞台演出，其努力及嘗試，值得重新審思。繼承前任戲劇改良論者的戲劇功能論，亦從未忽視戲劇的藝術本質，務實地思考改良戲劇如何面對當代平民觀眾，從而試圖在"新"與"舊"，"雅"與"俗"之間找出平衡折衷之處，使得他的眼光與角度，獨具一格。

　　補庵熱愛戲劇，對於戲劇藝術發展向上的可能性抱持著理想，《〈補庵談戲〉跋》有言："中國一切現象，唯有'戲'還是可以樂觀的"。[157] 深知從事改良戲劇事業並不容易，從不諱言失敗的可能性，直言"失敗亦是義務"，[158]即便如此，仍相信戲劇的力量而以一己之力摸索努力著。1933 年《京報》在《論"戲"爲專學非小道》的專題之下，刊登了《補庵談戲》一書中的《緒論》，編者言之，補庵論戲劇的觀點爲"今日劇界之暮鼓晨鐘也"，足見其主張仍然餘波蕩漾、具有影響力。[159] 到了 1942 年，補庵已淡出劇壇，半新半舊的表演形式尚未推廣成功，[160]依然不改初心，在爲《三六九畫報》第三百號時撰寫的紀念文章《老贊禮的喝喜》：

　　　　於戲劇，無處不是外行。可是愛護戲劇的熱烈，則多少年如一日。自己

157　韓補庵：《跋》，《補庵談戲》，學苑出版社編：《民國京崑史料叢書》，第 14 輯，頁 195。

158　韓補庵：《續論》，同上，頁 24。

159　《論"戲"爲專學非小道》，《京報》1933 年 1 月 22 日，第 10 版。

160　實踐演出補庵劇作的"半新半舊派"劇團奎德社，已在 1930 年代解散。奎德社的發展歷史，請參閱筆者小論，吳宛怡：《啓蒙與娛樂之間：民國初期北京女劇團志德社的改良戲劇實踐》，《中國文化研究所學報》第 71 期（2020 年 7 月），頁 173—177。

既不會唱。吹打拉彈,更是一竅不響。這個並不阻害我愛好的興趣。這一點興趣,便寄託在盼望中國戲劇,能夠有一天走上戲劇的正路。[161]

發表這篇文章之時正是處在抗戰時期,回顧過去,展望未來,有感慨,同時也抱懷著不滅的理想。補庵這段冀望中國戲劇於未來完善發展的文字,若是從清末民初以來傳統戲劇發展至今的歷史脈絡連結,更顯深刻。

傳統戲劇從清末民初的戲劇改良運動以來,正是重新建立自身的藝術價值及主體性的過程。這一過程是一個動態進行的多元狀態,其中綻放各式各樣的大小火花,韓補庵的貢獻,正是一場不應被忽視的燦亮演出。

(作者:香港理工大學中國文化學系助理教授)

161　韓補庵:《老讚禮的喝喜》,《三六九畫報》,第 300 號 (1942 年 8 月 29 日),頁 20。

引 用 書 目

一、中文

（一）專書

山西、陝西、河南、河北、山東藝術研究所編：《中國梆子戲劇目大辭典》。太原：山西人民出版社，1991 年。

中國戲曲志編輯委員會編：《中國戲曲志・天津卷》。北京：文化藝術書版社，1990 年。

中國戲曲志編輯委員會編：《中國戲曲志・北京卷》上。北京：中國 ISBN 出版中心，1999 年。

王驥德著，陳多、葉長海注釋：《曲律注釋》。上海：上海古籍出版社，2012 年。

北京市社會科學院歷史研究所編：《北京史學論叢（2016）》。北京：中國社會科學出版社，2017。

李孝悌：《清末的下層社會啓蒙運動：1901—1911》。石家莊：河北教育出版社，2001 年。

李漁：《閒情偶寄》。昆明：雲南人民出版社，2016 年。

周寧編：《20 世紀中國戲劇理論批評史》。濟南：山東教育出版社，2013 年。

周德清：《中原音韻》，中國戲曲研究院編：《中國古典戲曲論著集成》，冊 1。北京：中國戲劇出版社，1982 年。

周劍雲：《戲劇改良論》，周劍雲編：《菊部叢刊》。上海：交通圖書館出版，1918 年。

教育部社會教育司編：《中國社會教育概況》。北京：教育部社會教育司，1939 年。

張福海：《中國近代戲劇改良運動研究（1902—1919）》。上海：上海古籍出版社，2015 年。

梁燕：《齊如山劇學研究》。北京：學苑出版社，2008 年。

傅謹：《20 世紀中國戲劇史》。北京：社會科學出版社，2016 年。

甄光俊：《河北梆子在天津史述》。呼和浩特：遠方出版社，1999 年。

韓補庵：《一封書》。天津：天津社會教育辦事處，1920 年代。

韓補庵：《洞庭秋》。天津：天津社會教育辦事處，1920 年代。

韓補庵：《丐俠記》。天津：天津社會教育辦事處，1920 年代。

韓補庵：《幾希》。天津：天津社會教育辦事處，1920 年代。

韓補庵：《麟簫緣》。天津：天津社會教育辦事處，1920 年代。

韓補庵：《補庵談戲》。天津：社會教育辦事處，1924 年。收入學苑出版社編：《民國京崑史料叢書》，第 14 輯。北京：學苑出版社，2013 年。

《教育部公布全國全國各省通俗教育會概況》，收入中國第二歷史檔案館編：《中華民國檔案資料匯編》，第 3 輯第 15 編：教育。南京：江蘇古籍出版社，1991 年。

（二）論文

王安祈：《中國傳統戲曲的藝術精神》，《傳統戲曲的現代表現》。臺北：里仁書局，1996 年，頁 185—198。

李孝悌：《民初的戲劇改良論》，《"中研院"近代史研究所集刊》第 22 期（1993 年 6 月），頁 281—307。

宋春舫：《戲曲上"德模克拉西"之傾向》，《宋春舫論劇》（上海：中華書局，1923 年年），頁 229。

汪婉：《晚清直隸的查學與視學制度—兼與日本比較》，《近代史研究》，2010 年第 4 期，頁 34—51。

周貽白：《中國戲劇本事取材之沿襲》，《中國戲劇史長編》。上海：上海書店書版社，2004 年，頁 614—641。

吳宛怡：《啓蒙與娛樂之間：民國初期北京女劇團志德社的改良戲劇實踐》，《中國文化研究所學報》第 71 期（2020 年 7 月），頁 173—177。

孟昕：《韓補庵"戲學"思想評述》，《早稻田大學総合人文科学研究センター研究：誌》，第 8 期（2020 年 10 月），頁 249—259。

馬森：《從寫實主義到現實主義：擬寫實主義與革命文學——〈中國現代文學的兩度西潮〉（第十九章）》，《新地文學》第 25 期（2013 年 9 月），頁 87—99。

許杏林：《興辦新式教育與社會教育的林墨青》，《天津政協》，2015 年第 335 期，頁 44。

孫冬虎：《戲劇家韓補庵的生平足跡與文化貢獻》，北京市社會科學院歷史研究所編：《北京史學論叢（2016）》。北京：中國社會科學出版社，2017 年，頁 25—74。

湯逸佩：《新潮演劇與中國早期話劇的演劇觀念》，《戲劇藝術》，第 203 期（2018 年 6 月），頁 22—31。

游富凱：《以當時人演當時事——論晚清改良新戲〈惠興女士傳〉的戲劇構思與演出史》，《戲劇學刊》第 28 期（2018 年 7 月），頁 81—109。

齊如山：《編劇淺說》，齊如山著，苗懷明整理：《齊如山國劇論叢》。北京：商務印書館，2017 年，頁 41—54。

（三）報刊

《學事一束——教育部內部之組織》，《教育雜誌》第 3 卷第 11 期（1912 年），頁 79。

《學事一束——教育部之執掌》,《教育雜誌》第 4 卷第 4 期(1912 年),頁 25。

《參議院議決修正教育部官制》,《教育雜誌》第 4 卷第 6 期(1912 年),頁 4。

《教育部擬設通俗教育研究會繕具章程懇予撥款開辦請均鑑文並批令》,《京師教育報》第 19 期(1915 年),頁 1—6。

《報告》,《社會教育星期報》第 1 期(1915 年 8 月 1 日),頁 7—8。

《劇藝談:〈新茶花〉新詞(說白一段)》,《社會教育星期報》第 3 期(1915 年 8 月 1 日),頁 11。

《實寫災情的劇本將出演》,《晨報》第 6 版,1920 年 9 月 30 日。

《民衆戲劇社宣言》,《戲劇》第 1 卷第 1 期(1921 年)。

《本報易名之經過》,《天津廣智館星期報》第 689 期(期數承續《社會教育星期報》,1929 年 1 月),頁 1—2。

《論"戲"爲專學非小道》,《京報》第 10 版,1933 年 1 月 22 日。

佚名著,鐵崖譯:《吾血沸已》,《晨報》第 7 版,1920 年 4 月 20—24 日。

三愛:《論戲曲》,《安徽俗話報》第 11 期(1904 年),頁 1—6。

天涯芳草:《弱女救災記、一名歲寒松》,《華安》第 11 期(1911 年),頁 45—56。

尹澂甫:《藝劇談:〈因禍得福〉》,《社會教育星期報》第 10 期(1915 年 10 月 3 日),頁 10—11;第 11 期(1915 年 10 月 10 日),頁 9。

斗瞻:《記天津林墨青先生》,《大公報》第 6 版,1946 年 9 月 17 日。

李琴湘:《藝劇談:〈勸自强〉(大鼓書詞)》,《社會教育星期報》第 1 期(1915 年 8 月 1 日),頁 9—12。

武夫:《評廣德樓演〈二烈女〉》,《順天時報》1917 年 9 月 30 日,第 5 版。

周揚:《對舊形式利用在文學上的一個看法》,《中國文化》創刊號(1940 年 2 月 15 日),北京大學、北京師範大學、北京師範學院中文系中國現代文學教研室編:《文學運動史料選》,冊 4。上海:上海教育出版社,1979 年。

胡適:《易卜生主義》,《新青年》第 4 卷第 6 號(1918 年 6 月 15 日),頁 502。

洪深、沈誥:《編劇新說》,《留美學生季報》第 6 卷第 1 期(1919 年),頁 38—46;第 6 卷第 2 期(1919 年),頁 34—42;第 7 卷第 1 期(1920 年),頁 113—123。

陳獨秀:《現代歐洲文藝史譚》,《青年雜誌》第 1 卷第 3 期(1915 年 11 月 15 日),頁 41。

陳獨秀:《答張永炎的信》,《青年雜誌》第 1 卷第 4 期(1915 年 12 月 15 日),頁 98。

梁啓超:《過渡時代論》,《清議報》(1901 年 5 月 11 日),頁 1—4。

梁啓超:《論小說與群治之關係》,《新小說》第 1 卷第 1 期(1902 年 10 月 15 日),頁 1—8。

遏雲:《編劇之方針》,《劇場月報》第 1 卷第 3 期(1915 年 2 月 20 日),頁 15—17。

銳之：《設在廣智館内的藝曲改良社》，《益世報》第 6932 號第 12 版（1935 年 8 月 23 日）。

熊佛西：《平民戲劇與平民教育》，《戲劇與文藝》1929 年第 1 卷第 2 期，頁 7—9。

韓梯雲：《順德府查學韓梯雲爲通飭順屬自費稟》，《直隸教育雜誌》第 8 期（1906 年），頁 9—10。

韓補庵：《幾希》（又名《荊花淚》），《社會教育星期報》第 421 期（1923 年 10 月 14 日），頁 9—11；第 422 期（1923 年 10 月 21 日），頁 9—11；第 423 期（1923 年 10 月 28 日），頁 9—11；第 424 期（1923 年 11 月 4 日），頁 9—11；第 425 期（1923 年 11 月 11 日），頁 9—11；第 426 期（1923 年 11 月 18 日），頁 9—11；第 427 期（1923 年 11 月 25 日），頁 9—11；第 428 期（1923 年 12 月 2 日），頁 9—11；第 429 期（1923 年 12 月 9 日），頁 9—11；第 430 期（1923 年 12 月 16 日），頁 9—11；第 431 期（1923 年 12 月 23 日），頁 10—11；第 433 期（1924 年 1 月 6 日），頁 10—11。

韓補庵：《白話與語體文》，《社會教育星期報》第 439 期（1924 年 2 月 24 日），頁 3。

韓補庵：《爲奎德社製劇本既成有感》，《天津廣智館星期報》第 262 號（1934 年 3 月 11 日）。

韓補庵：《老讚禮的喝喜》，《三六九畫報》第 300 號（1942 年 8 月 29 日），頁 20。

《教育雜誌》，https：//www.cnbksy.com/literature/literature/559bc3a45db4591025b9d00d2d3eca32，2023 年 1 月 26 日訪問。《直隸教育雜誌》，https：//www.cnbksy.com/literature/literature/053f9b85cb60bb51469bcb3347604e76，2023 年 1 月 26 日訪問。

上海圖書館：《全國報刊索引資料庫》，https：//www.cnbksy.com/，2022 年 2 月 3 日訪問。

二、外文

Li，Hsiao-T'i. *Opera*，*Society and Politics in Modern China*. Cambridge：Harvard University Asia Center，2019.

戶部健：《中華民國北京政府時期における通俗教育會——天津社會教育辦事處の活動を中心に》，《史學雜誌》第 113 卷第 2 號（2004 年 2 月），頁 190—213。

Reflections on the Effect of Drama on Social Education and the Essence of Art: the View of Drama and the Script Writing Theory of Han Bu'an, a Drama Reformer of the Early Republican Era

Wu Wan-yi

(Assistant Professor, Department of Chinese Culture, Hong Kong Polytechnic University)

Abstract

The drama reform movement in the late Qing and early Republican era laid emphasis on the didactic function of drama, aiming to enlighten people's minds and transform social customs. Subsequently, various organizations emerged with related activities even though none lasted long. As a result, the reform movement did not achieve any substantial outcome. After the establishment of the Republic, the government set up offices one by one and established regulations to manage and monitor the drama profession to incorporate it in organizations of social education and popular education, attempting to turn the ideas of drama reform into policies to be implemented by educational organizations. The Drama Reform Society and Opera Research Society were organizations that promoted drama reform. Han Bu'an (1877 – 1947), a dramatist of the early Republican years, was the director of the Drama Reform Society. He also served as the editor-in-chief of Social Education Weekly, the official publication of the Office of Social Education. His status and experience allowed him to see drama as a way of putting social education in practical implementation. Han authored many new opera scripts. In 1921, he wrote the theoretical treatise "Superfluous Remarks on Opera

Writing"; and in 1924, he published a monograph entitled Bu'an on Drama. He was one of the few dramatists in early Republican years who combined theoretic discussion and creation. His active years saw the intersection between the rise and fall of the new drama forms and the May Fourth New Cultural Movement. Without giving up the traditional drama forms, he dedicated himself to exploring how to reform the traditional art of drama by adopting a hybrid performing style of "half new and half old," and by putting forward a clear view of drama and practical script-writing theory. His efforts hold particular historical significance.

Keywords: Han Bu'an, Drama Reform, The School of Half Old and Half New, Script Writing Theory, Superfluous Remarks on Opera Writing

論《繫年》的性質與規範化：
以戰爭與弭兵書寫爲例[*]

李隆獻

提　　要

本文以《繫年》的“性質”與“規範化”爲論述焦點，並以“戰爭”與“弭兵”爲例，比較《繫年》《春秋》《左傳》《國語》等書的書寫體式與書寫目的之異同，説明《繫年》的價值與侷限。全文計分八節：一、指出《繫年》的五個問題，並説明本文所欲探討的焦點。二、《繫年》內容述略。三、《繫年》研究述略。四、《繫年》性質述論：以《春秋》《左傳》《國語》爲參照。五、《繫年》與《左傳》性質的異同：以戰爭書寫爲例。六、《繫年》與《左傳》兩次弭兵書寫的異同。七、論《繫年》的規範化。八、結論。

關鍵詞：《繫年》　《左傳》　《國語》　規範化　戰爭　弭兵

一、前　　言

《繫年》“本輯説明”有云：

---

* 本文初稿曾於“東亞寫本文獻之規範化國際學術研討會”，（漢堡大學寫本文化研究中心、臺灣大學中國文學系合辦。漢堡，2022 年 8 月 17—19 日）宣讀，修訂稿惠蒙《人文中國學報》二位不具名審查委員謬賞，並惠賜針砭，得以有所修訂，謹誌謝忱。

（《繫年》）是一種前所未見的史書，原簡没有篇題，因其史事多有紀年，擬題爲《繫年》。《繫年》共二十三章，體例和一些内容近於西晉時汲冢發現的《竹書紀年》，叙述了周初到戰國前期的史事，有十分重要的學術價值。[1]

編輯説明定名爲《繫年》，學者因之。李學勤先生是第一位概述《繫年》相關問題的學者，除了介紹《繫年》的性質，並認爲《繫年》可與《竹書紀年》《史記》等傳世文獻參校。又認爲《繫年》每章自爲起訖，以楚國文字寫成，體裁編年，且針對各諸侯國各以其君主紀年。全篇多見楚國相關記載，但可能因當時楚國强大，在國際局勢上有舉足輕重的地位，故著墨較多，因而雖以楚文字書寫，但也不宜直接判定作者即爲楚人；即便作者爲楚人，但篇中並不爲楚國掩飾，有頗爲嚴厲的指責之詞，作者的眼光注重國際，並未受侷限。又説《繫年》的記載時代起於周初，直至約莫戰國中期，但關於西周史跡的内容僅在前四章，主要内容仍在周室東遷之後。前四章的重點實在於周王室何以衰落，諸侯國何以代興，意圖提供讀者了解當前時事的歷史背景，起到以史爲鑑的作用。並推測《繫年》的寫成年代，約在楚肅王、楚宣王之世，即戰國中期。[2]

李文全面述論了《繫年》的相關問題，計有：

一、“體裁編年”：容易被理解爲“編年體”，不過李先生並未明白指陳。此關乎《繫年》之性質，乃《繫年》的最大爭議，本文另立《四》專節述論之。

二、内容：西周至戰國中期，但前四章並非全文重點。

三、作者及其國別：可能是楚人，但不必然是楚人。

四、作時：約在戰國中期，楚肅王（前 381—370 在位）、楚宣王（前 369—340 位）時。

五、著作目的：以史爲鑑。

李説簡明扼要，堪稱通達，學者之研究大抵即以此爲討論基礎。本文亦植

1　李學勤主編：《清華大學藏戰國竹簡（貳）》（上海：中西書局，2011 年），頁 1。

2　李學勤：《清華簡〈繫年〉及有關古史問題》，《三代文明研究》（北京：商務印書館，2011 年），頁 196—203。

基於此，並參考近十年來學者之相關研究，野人獻曝，提出一得之愚，敬祈海内外賢達不吝賜正，是所盼禱。

二、《繫年》内容述略

《繫年》共有二十三個短章，以楚國文字寫成，每章自爲起訖，各章之間大抵具歷時性編排，但時序偶有跳躍。全書主要以晉、楚二國君主紀年，但並非每章皆有明確紀年。時代起自西周，終於戰國前期。兹先簡述各章内容，以便討論。

首章記周武王克殷，設籍田禮，厲王暴虐遭流放於彘，共伯和立。十有四年厲王生宣王，共伯和歸宗，宣王即位，不籍千畝，宣王三十九年於千畝敗績於姜氏之戎，周紀年。次章記西周滅亡始末，以及西周東遷與晉、鄭、齊、楚等諸侯始大事，周紀年。第三章記武王克殷至平王東遷、秦國始大事，無紀年，其中述成王"殺三監"事與傳世文獻有異。第四章記周初遷殷遺民而封衛，春秋初年衛受戎狄侵伐而遷都，並及齊桓公救衛事，周紀年。第五章記楚文王滅蔡、滅息，強娶息嬀，生堵敖、成王事，以楚爲叙事重心，唯並無楚紀年。文中載蔡哀侯人物語言兩次、息侯人物語言一次，爲《繫年》少見。第六章記晉驪姬之亂與秦穆公立晉惠公、秦晉韓之戰、重耳流亡及秦穆公立重耳爲文公事，晉紀年。第七章記城濮之戰與踐土之盟，晉紀年。第八章記秦晉崤之戰，並及秦爲制衡晉而與楚爲好，晉紀年。第九章晉紀年，記趙盾立靈公事，有晉大夫與晉襄公夫人之人物語言近五十字，爲《繫年》少見。第十章晉紀年，記秦晉河曲之戰。第十一章楚紀年，記楚穆王、莊王與宋交惡，執華元爲質事。第十二章楚紀年，記楚莊王伐鄭，晉成公率諸侯救鄭事。第十三章記楚莊王圍鄭，荀林父率師救鄭，楚敗晉於邲。本章雖無明顯紀年，但章前殘缺七、八字，推測當爲楚紀年。第十四章晉紀年，記晉齊斷道之會、鞌之戰，文中載晉景公人物語言一次、郤克人物語言兩次，爲《繫年》少見。第十五章楚紀年，記楚莊王滅陳、申公巫臣等人爭夏徵舒妻少孔事，並及巫臣教吳叛楚，又載楚靈、平、昭諸王事，述及吳入郢、昭王歸楚事，歷時甚長，篇幅亦爲《繫年》少見（僅次於二十三章）。第十六章夾用楚、晉紀年,述楚晉首次弭兵之會,中有"弭天下之甲兵"盟辭,又記晉楚鄢陵之戰,晉厲公雖勝楚,終"見禍以死,亡後"。第十七章晉紀年,記晉齊溴梁之會、晉"欒氏之滅"、齊"崔杼弒莊公"等事。第十八章並用晉、楚紀年,先記二次弭兵事,次及楚康王即世後,楚靈王、晉平公事。[3] 第十九章無明顯紀年,唯文末有楚惠王紀年,記楚靈王、楚惠王、晉平公時晉、楚、吳、蔡等諸侯事。第二十章晉紀年,記晉楚吳越爭霸、黃池之會等事。第二十一章楚紀年,記楚簡王(前 431—408)與宋、三晉事。第二十二章楚紀年,記楚聲王(前 407—402 在位)利用三晉正與越聯兵功齊之機發展勢力,及與諸侯功伐事。第二十三章楚紀年,記楚悼(哲)王初期與鄭、晉的大戰,為《繫年》篇幅最長的一章。全書以晉紀年者計八章,以楚紀年者七章,[4] 兼用晉、楚紀年者二章,晉、楚紀年次數相當,若以"紀年"之多寡衡之,《繫年》對晉、楚二國並無明顯偏重。

總結以上簡述,可見《繫年》各章大致為獨立的敘事單元。其中前四章之重點實在周王室之所以衰落,諸侯之所以代興,蓋意在提供讀者了解春秋戰國的歷史背景。[5] 末三章記戰國時楚簡、聲二王與中原諸侯事。記春秋時代者共計十六章,謂《繫年》以春秋時代為記述重心,洵不為過。

三、《繫年》研究述略

《繫年》的內容與《左傳》《國語》《史記》所記頗有重出,雖較三書遠為簡略,但可提供參校,乃王國維"二重證據法"所稱之"二重證據",出土十餘年來廣受重視,研究者不少。不過相關研究大致不出《前言》歸類的五項,其中"內

3　較為特別的是第十八章記楚莊王滅陳、申公巫臣等人爭少盉事。傳世文獻夏姬(少盉)為陳大夫夏徵舒之母,《繫年》則載為夏徵舒之妻。其詳可參拙作:《先秦兩漢傳世/出土文獻中的"夏姬形象"》,《歷史敘事與經典文獻隅論》(臺北:萬卷樓圖書股份有限公司,2020 年),頁 121—157。

4　若採計第十三章為楚紀年,則亦為八章。

5　《國語·周語上》始自祭公謀父勸諫周穆王勿征犬戎,穆王不聽而終征之,導致"自是荒服者不至"的結果;接以厲王暴虐、專利,終遭流放、再以宣王不籍千畝,遂敗績於姜氏之戎與宣王"料民"及幽王時三川皆震,西周滅亡,周乃東遷,後乃敘及《春秋》事,與《繫年》呈現的"資鑑"意識相當類似。見韋昭注,上海師範大學古籍整理研究所點校:《國語》(上海:上海古籍出版社,1998 年),卷 1,頁 1—27。

容”已見本文《一》，“作時”並無太多異見，爭議較多的端在“性質”，本文將於《三》專節述論。本節先論其餘兩項。

（一）作者及其國別

李學勤先生由書寫文字與内容及楚國國勢推斷《繫年》作者可能是楚人，但不必然是楚人。此説最爲通達，但學界仍多爭議，陳偉舉三個理由，推論《繫年》的作者爲楚人：一、二十二、二十三章記載楚國國君，甚至封君的諡稱甚詳；二、楚國的世次交替通常言“即位”“即世”，但晉國國君只稱“卒”；[6] 三、《繫年》論某國事時便用那國紀年，但在二十二章卻在記載晉國事前用楚國紀年，可見有楚國本位。[7]

蔡瑩瑩藉由比較《左傳》與《繫年》的部分楚史記載，認爲《繫年》載述時可能採取對楚國較有利的史料，或經作者有意改寫；《繫年》對楚國人物的評價也與《左傳》貶抑楚人的態度大不相同，推斷《繫年》在諸多細節上呈現傾向楚人的立場。[8]

巫雪如由語法特點入手，分析“及/與”、“于/於”、“焉”、“使”等字的用法，分析傳世文獻與出土文獻的用例，認爲《繫年》在文本構成的過程中，雖有保留他國材料的用字習慣，但也有部分融入楚地方言，推斷其編纂過程採取不同時代或不同地域的史料，但作者大抵可以確定爲楚人或與楚國關係密切之人。[9]

黄儒宣則異於其他學者，主張《繫年》叙事偏重晉國，且刻意描繪楚軍的兵敗與潰逃，第十八章的紀年方式更有重晉輕楚的傾向，[10]所述大多爲楚國事，卻在開頭記“晉莊平公立十又二年”，推斷作者非楚人。又認爲《繫年》個別文字有三晉特徵，文本形成應與三晉地區有關，並由《左傳》入楚的傳播歷程，找到

6　“即世”/“卒”之體例，《繫年》之規範化尚未完全嚴整，説詳本文第七節之（一）之 2。

7　陳偉：《清華大學藏竹書〈繫年〉的文獻學考察》，《史林》2013 年第 1 期，頁 43—48。

8　蔡瑩瑩：《〈清華簡·繫年〉楚國紀年五章的叙事特色管窺》，《成大中文學報》第 55 期（2016 年 12 月），頁 51—94。

9　巫雪如：《從若干字詞用法談清華簡〈繫年〉的作者及文本構成》，《清華學報》新 49 卷第 2 期（2019 年 6 月），頁 187—227。

10　第十八章之紀年確實重晉輕楚，内容卻未必如此，文末更重貶晉國，説詳本文第六節之（三）之 2。

了吳起、吳期父子，理由有三：一、《繫年》特在第四章記衛國早期簡史，但戰國時期衛早已衰亡，之所以如此應出於情感因素，而吳起正是衛人。二、第三章專記秦國建立簡史，吳起曾預言西河之地將遭秦掠奪，《繫年》別具眼光地重述秦國的早期發展，事實證明秦在將來益趨強大。三、《繫年》的形成與三晉地區有關，而吳起確曾仕魏，又是《左傳》傳播入楚的重要人物，對於史料的攜帶與認知當有重要關係，所以《繫年》的作者很有可能是吳氏父子，只不過推算成書年代約在楚肅王時，吳起已歿，故可能成書於吳期之手。[11]

段雅麗分《繫年》作者的立場爲三：一、楚國立場，"持這一觀點的學者大多從《繫年》對國君去世稱謂的記載、用楚標記晉國之事、不記齊國史事等角度來看問題"。二、晉國立場，"持這一觀點的學者大多從晉楚戰爭勝敗描寫的差異來看問題"。三、晉、楚之外的第三方立場。段氏認爲，從《繫年》對晉三家的稱謂，《繫年》作者對吳起變法和州西之戰的忽視，以及《繫年》與傳世文獻對鄢陵之戰的不同記載三項分析，《繫年》作者偏向晉國的立場明顯。[12]　黃儒宣與段雅麗之說形成有趣的對比。段說恰足以反駁黃氏吳起父子所作之說。

考察《繫年》內容，除前四章不涉及晉、楚外，其餘十九章對晉、楚互有偏袒，亦互有貶抑，難以個別篇章論定其立場。學者或以爲《繫年》作者爲業餘史官，或傅、相之流，唯皆難以確論。

（二）著作目的與立場

李學勤先生已指出《繫年》有"以史爲鑑"的著作目的，較早對此回應的是許兆昌、齊丹丹，二氏認爲《繫年》作爲史書，是有謀篇布局的：第一部分爲首章，講述西周王朝的治亂簡史；第二部分則是二至五章，講述西周末幽王立儲之亂，[13]開啓春秋戰國亂世。此四章內容也大致提及後來歷史舞臺常見的大小諸侯國簡史，核心在點出王綱失常，遂有諸侯爭霸。最後六至二十三章則爲眞

11　黃儒宣：《清華簡〈繫年〉成書背景及相關問題考察》，《史學月刊》2016 年第 8 期，頁 21—29。

12　段雅麗：《清華簡〈繫年〉作者立場問題探討》，《四川職業技術學院學報》2019 年第 1 期，頁 50—56。

13　第五章專記楚文王事，與幽王立儲事無涉。

正主體，聚焦於晉、楚爭霸的過程，此二國幾乎佔據春秋歷史的舞台。《繫年》便是一部以"紀事本末"爲體例，關注成敗興亡的諸侯霸業史。[14]

陳民鎮認爲《繫年》並非編年史體，各章以事件爲中心叙述，已經可見謀篇之意圖，類似紀事本末。不過也認爲《繫年》難以與目前傳世文獻的體式完全對應，既不似編年體一類的《春秋》《竹書紀年》，也未如後世所認知的紀事本末成熟。因此推測《繫年》很有可能是《國語・楚語上》申叔時所言的"教之故志，使知廢興者而戒懼焉"，[15]其意義正在提供後世歷史成敗的教訓，達到以史爲鑑的目的，很有可能便是"志"類文獻，但"使知廢興者而戒懼"的"志"與"爲之聳善而抑惡"的"春秋"並不能説毫無交集，"志"在某種程度上也屬於廣義的春秋，都是爲了教導之用。[16]

許兆昌認爲《繫年》的史觀有三大特點：一是"材料甄別盡棄神話"，二是"歷史叙述皆取人事"，三是"歷史評述不涉天命"。與《左傳》《國語》等史書比較，脱去了宗教式的思惟，象徵朝向人文史觀發展，使得後人對於春秋戰國此一軸心突破時代有不同角度的了解。[17]

羅運環則認爲《繫年》應是所見第一部"以楚國外交資治爲目的"的"紀事本末體雛形"史書。全書寫楚國的章節頗多，主要聚焦在楚國的對外關係，不專門寫內政，即使寫至內政也是爲了帶出外交的内容。[18]

李守奎從楚人教育方面著眼，認爲清華簡內容豐富，涵蓋多方領域，可能墓主身分爲師或太師，與楚國王室教育關係密切，且傳世文獻中關於楚國教育的段落亦不少，可見楚國極重視教育，並進一步認爲其確與抄撮予楚王閱覽的《鐸氏微》《虞氏春秋》有相同特點，是爲了讓王觀歷史成敗，以起警惕之心。且

14　許兆昌、齊丹丹：《試論清華簡〈繫年〉的編纂特點》，《古代文明》2012 年第 2 期，頁60—66。

15　韋昭注，上海師範大學古籍整理研究所點校：《國語》，卷 17，頁 528。

16　陳民鎮：《〈繫年〉"故志"説——清華簡〈繫年〉性質及撰作背景芻議》，《邯鄲學院學報》2012 年第 2 期（2012 年 6 月），頁 49—57、100。

17　許兆昌：《試論清華簡〈繫年〉的人文史觀》，《吉林師範大學學報》2014 年第 6 期，頁28—34。

18　羅運環：《清華簡〈繫年〉體裁及相關問題新探》，《湖北社會科學》2015 年第 3 期，頁193—198。

這些書的成書年代相近,確實不無可能是太師教育楚王室所用的教本。[19]

尤銳(Yuri Pines)則由四點思考《繫年》的資料來源:一、《繫年》取材多元,大抵有來自於周、晉、楚等地的史官作品,有《春秋》般的特色,也有敘事體及口傳故事。而《左傳》的史料來源亦豐富,可能共同反映了春秋末戰國初的史官風格。二、《繫年》雖有紀事本末的特色,但並不從《左傳》抄撮,可能有引用共同資料,但《繫年》部分史料與《左傳》不同,也較不重視歷史褒貶。三、雖二書之間存在差異,但對春秋戰國史的認知大抵相符,《繫年》對於當今學者疑古的立場提供有利反駁。四、《繫年》與戰國歷史的相關材料幾乎不同,全不具備"逸事體"風格。不注重歷史的評價而重視事實,使後人對於先秦史學風格的瞭解更趨多元。[20]

以上學者皆具卓識,但亦有未盡之處,《繫年》確實不是"編年體",也還稱不上是嚴謹的"紀事本末體",下節將有較詳細的討論。

四、《繫年》性質述論:以《春秋》 《左傳》《國語》爲參照

由於目前出土的竹簡,大部分屬楚系文字,是故近年來學界研究楚國歷史、君王世系、制度等明顯增多。[21] 關於晉、楚二國在《繫年》的關係,胡凱、陳民鎮、魏慈德等人已有大致的梳理與統整;[22]其他學者也多注意到《繫年》載述春秋史事的紀年方式有晉紀、楚紀雜用的現象,而有不同的推測與討論。

---

19 李守奎:《楚文獻中的教育與清華簡〈繫年〉性質初探》,《出土文獻與古文字研究》第 6 輯(上海:上海古籍出版社,2015 年 2 月),頁 291—302。

20 尤銳(Yuri Pines):《從〈繫年〉虛詞的用法重審其文本的可靠性——兼初探〈繫年〉原始資料的來源》,李守奎主編:《清華簡〈繫年〉與古史新探》(上海:中西書局,2016 年),頁 236—254。

21 除各大簡帛網大量針對楚簡進行梳理、分析、釋讀的論文外,尚可參考劉玉堂主編:《世紀楚學》叢書(武漢:湖北教育出版社,2012 年);李守奎主編:《清華簡〈繫年〉與古史新探研究》叢書(上海:中西書局,2015 年)。

22 胡凱、陳民鎮:《從清華簡〈繫年〉看晉國的邦交——以晉楚、晉秦關係爲中心》,《邯鄲學院學報》2012 年第 2 期,頁 58—66。魏慈德:《〈清華簡・繫年〉與〈左傳〉中的楚史異同》,《東華漢學》第 17 期(2013 年 6 月),頁 1—48。

　　《清華簡》釋文者將其定名爲“繫年”，此一名義涉及學者對該書撰寫體式與性質之認識，較早提出《繫年》性質與編纂特點的是許兆昌、齊丹丹。二人提出五項理由，認爲《繫年》應看作是“因事成篇”、“紀事本末”的史體：一、《繫年》不具逐年而編、世代相次的文本現象；二、編年體重視事件叙述的時間要素，全文二十三章僅十二次有在叙事之首標出年代，不標年代者多達十次；三、編年體爲序年需要，故重視起始之年，但《繫年》標明元年者僅有兩次，其餘十次也只是爲叙事需要；四、編年史年代統一，只使用某國年代體系，《繫年》卻混用周、晉、楚三國的紀年；五、編年體必須遵守年代先後順序，《繫年》卻出現不按照時代排列章序的現象。可見《繫年》雖記有年代，但並無編年叙事的意圖，且《繫年》所載史實都圍繞著相關歷史事件展開，各章所述事件集中，主題統一，因事成篇的成分較大，推斷《繫年》主要爲紀事本末體。[23]

　　學長朱曉海在《繫年》出土之初即指出其不符編年史書體例者凡六：一、各國世系錯雜，與一般認定的編年史體例不同。二、國君即位世次闕漏，又無季名、月份；三、無特定立場，從未以某國立場稱“我”，不知以何國爲本；四、載各種言辭，非記事之體；五、不載天象災異；六、不符/不多史官書法。遂認爲《繫年》並非出自史官的編年國史，其性質應屬於春秋政軍梗概的基礎教本，易名爲《春秋抄略》或較切當。[24]

　　陳偉也提出類似之説：《繫年》出土時因形式類似《紀年》而得名，但卻不似真正編年體。其因有四：一、其不同章節的記述，出現重複的時間點，這在順叙的編年體史書不會發生。二、《繫年》幾乎不曾出現月、日記載，不重視時間的絶對刻度。三、《春秋》《紀年》單純記事而不記言，《繫年》卻言事相兼，可見《繫年》的歷史書寫更爲複雜，大抵介於《春秋》《紀年》與《左傳》《國語》之間。四、《繫年》不如《春秋》與《紀年》有明顯本國口吻，可見《繫年》不與《紀年》同類。[25]

23　許兆昌、齊丹丹：《試論清華簡〈繫年〉的編纂特點》，《古代文明》2012 年第 2 期，頁60—66。

24　朱曉海：《論清華簡所謂〈繫年〉的書籍性質》，《中正漢學研究》第 20 期（2012 年 12 月），頁 13—44。

25　陳偉：《清華大學藏竹書〈繫年〉的文獻學考察》，《史林》2013 年第 1 期，頁 43—48。

　　劉全志也否定《繫年》是按年編纂的編年體史書，也不是從《左傳》摘編而來，而類似出土的汲冢國語或《春秋事語》。[26]

　　蔡瑩瑩則指出：一、《繫年》少有對話與評論，人物形象描繪亦不鮮明，只講求簡明扼要、因果明確的春秋局勢變化，而不注重道德教化。二、在楚國紀年的五章中不專主中原立場，也能接受楚國的敘事立場，可能暗示讀者對春秋諸侯歷史只要求"大事紀"一般的程度，但可藉此快速獲取知識。三、《繫年》針對的讀者，對歷史知識採"實用"態度，而非欣賞文辭或褒貶人物。四、文體的形式分析固然重要，但無論是何種形式、文體表現嚴謹與否，背後必有其所欲傳達的目的，若能將"內容"與"敘事立場"置於文體之上進行考慮，或可對《繫年》的性質有更深一層的認識。[27]

　　楊博則在前人的基礎上作出總結性説明，首先指出《繫年》可大致看作紀事本末體，但仍與當代認知有些許差距，理由有二：一、《繫年》還未有意列出命篇標題，且具體敘事也未真正"詳敘始終"；二、當代所見紀事本末史書都有一原本的"抄撮"對象，《繫年》則未能明確指出其抄撮自何書。不過《繫年》仍有明顯的取材與書寫標準，注重國家發展的重要線索，可視作編纂目的明確、且以紀事本末形式撰寫的史書。其次，《繫年》的史料來源爲諸國史記，又可分爲"春秋"與"世系"二者，前者的影響來自記事時不免抄入某國紀年，後者則可見記述國君與臣屬的世系大抵清楚完備。所採用的史料，又以晉、楚二國爲大宗，鄭、齊、秦、衛、吳爲次。再次，《繫年》的編纂目的與特徵，有強烈的"通鑑觀念"、"理性觀念（不記災異與神怪）"與"盛衰觀念"，都指向《繫年》的編纂有強烈的歷史教育功能。若將《繫年》放回戰國時代背景，可以看出此時期的史學突破：敘事跳出時間的絕對限制，產生了紀事本末的書寫模式，也更重視晉、楚二國個別與重要人物。《繫年》也反映了戰國編纂史學的歷史定位，承接了以歷史説人事道理的史學意識，但又不同於"語"類文獻，更注重將事件貫串，以達

26　劉全志：《論清華簡〈繫年〉的性質》，《中原文物》2013 年第 6 期，頁 43—50。
27　蔡瑩瑩：《清華簡〈繫年〉楚國紀年五章的敘事特色管窺》，《成大中文學報》第 55 期（2016 年 12 月），頁 51—94。

現實資政的功效。[28]

　　羅姝鷗指出《繫年》有三個特色：一、多樣的先秦歷史書寫；二、兼顧叙事的完整與時序的順承；三、額外著墨於歷史轉關之處。並提出"衍生型文本"的概念，即將原始材料與史料整合後所産生的新文本常帶入作者本身的編纂意圖，《繫年》可能便屬此類。且《繫年》文脈時或不協調，或許正呈現了早期文本生成的過程與複雜性，基本上《繫年》仍可作爲一獨立且有作者意圖的史籍，豐富了後世對先秦史籍的認識。[29]

　　張雨絲、林志鵬由抄撮的角度切入，認爲抄撮類史書，其來源不全抄自《左傳》，而應著眼於更廣義範圍的春秋文獻（諸國史事文獻）。且抄撮類史書主要是按照一個或多個主題分章鈔録與編輯史事，當具有以史爲鑑的貴族教材特色。進而由抄撮的角度指出《繫年》的四個特色：一、分章著録史事，且各章篇幅較短小。二、主題爲大國形勢與和戰之事，當是富於戰略性的、爲外交資治的歷史教本，其編者亦應爲諸如鐸椒、虞卿這樣的傅或相。三、文辭簡省而脈絡通貫，應爲成於一人的獨立著作，所抄撮的文本應爲分國而具、紀年並不完整的楚地流傳的材料。四、《繫年》的抄撮當與左氏學的傳授系統有極大的關係，可視作《左傳》發展傳流之一。[30]

　　劉全志基於《繫年》叙事中有若干錯誤，認爲：一、與較爲專業的史官書寫相比，《繫年》的書寫顯得業餘、隨意，這些現象正折射出《繫年》的作者應爲戰國士人，而非專業史官。二、反駁作者爲吳起後人之説："如果真出於吳起後人之手，《繫年》至少會記載至吳起被楚悼王重任之時，即展現吳起變法的重要性，因爲書寫者既然生活在楚肅王或楚宣王時期，那麼他一定經歷或聽聞吳起變法的輝煌，然而《繫年》並非以此結尾，從竹簡的形制來看《繫年》也並非殘篇。所以，將書寫者推斷爲吳起後人或吳起弟子是欠周嚴的，至少值得商榷。"三、由《繫年》的價值理念與表述方式觀之，應成書於墨家學者之手，與墨家的

28　楊博：《裁繁御簡：〈繫年〉所見戰國史書的編纂》，《歷史研究》2017 年第 3 期，頁 4—22。

29　羅姝鷗：《試論清華簡〈繫年〉的書寫背景及其特點》，《荆楚學刊》2019 年第 6 期，頁5—9。

30　張雨絲、林志鵬：《從清華簡〈繫年〉看楚地出土鈔撮類史書源流》，《中國經學》第 27 輯（桂林：廣西師範大學出版社，2020 年 12 月），頁 155—174。

知識結構符應。[31]

筆者也運用《繫年》資料，撰寫多篇論文論《繫年》與《左傳》《國語》記事的異同，多兼及《繫年》的性質。[32]

上述學者皆睿智的指出《繫年》的某些特殊性質，筆者大致贊同許兆昌、齊丹丹、朱曉海、陳偉、尤銳等人之說，唯朱、陳二先生所提出之判準，乃後世認定的"正統"史書"體例"。誠如朱先生之論析，釋讀者題爲"繫年"固不盡當，但種種不合"體例"之處或許正可印證先秦時期各類叙史文獻，未必皆以"正統史書"自居，若然，則固不必皆須步趨"史法"，其不符"體例"或屬自然。更值得注意的是，若各類叙史性質之文獻，未必依循《春秋》《左傳》的"編年記事"體例，則該如何看待《繫年》的性質與著作目的？

讓我們尋根溯源，由傳統史書體例，重新省視《繫年》究屬何種史體及其可能的著作意圖。唐代劉知幾《史通·二體》認爲傳統史書可分爲二類：

> 三、五之代，書有典、墳，悠哉邈矣，不可得而詳。自唐、虞以下迄於周，是爲《古文尚書》。然世猶淳質，文從簡略，求諸備體，固已闕如。既而丘明傳《春秋》，子長著《史記》，載筆之體，於斯備矣。後來繼作，相與因循，假有改張，變其名目，區域有限，孰能踰此！[33]

浦起龍以《左傳》爲"編年之祖"，《史記》爲"紀傳之祖"，確實合乎劉子玄本意。[34] 如以"體例"爲分類標準，則中國史書大致可分爲三體：一、紀傳體，

31　劉全志：《清華簡〈繫年〉的成書與墨家學派性質》，《浙江學刊》2021 年第 2 期，頁 200—207。

32　拙作《先秦叙史文獻"叙事"與"體式"隅論：以晉"欒氏之滅"爲例》《〈左傳〉與〈繫年〉"戰爭叙事"隅論——以邲之戰、鄢陵之戰爲例》，《先秦兩漢歷史叙事隅論》（臺北：臺大出版中心，2017 年），頁 297—343、193—241；《先秦兩漢傳世／出土文獻中的"夏姬形象"》《先秦漢初文獻中的"夏姬叙事"與國際局勢》《"晉悼復霸"説芻論》，《歷史叙事與經典文獻隅論》，頁 121—157、159—180、181—241；《再論首次弭兵：由宋國地位與華元形象談起》，《臺大中文學報》第 73 期（2021 年 6 月），頁 1—54。

33　劉知幾撰，浦起龍釋：《史通通釋》（臺北：里仁書局，1980 年），頁 27。

34　同上。

二、編年體，三、紀事本末體。紀傳體與本文無涉，姑置不論。

　　"繫年"之名稱與性質，實關涉傳統史書的"編年記事"之體，與《春秋》更息息相關，杜預《春秋經傳集解序》開篇即云：

> 《春秋》者，魯史記之名也。記事者，以事繫日，以日繫月，以月繫時，以時繫年，所以紀遠近，別同異也。故史之所記，必表年以首事；年有四時，故錯舉以爲所記之名也。[35]

"編年體"以"時間"爲主，將歷史事件按年、月次序排列。所謂"以事繫日，以日繫月，以月繫時，以時繫年"、"必表年以首事"者，正是《春秋》，乃至後世"編年記事體"史書的重要特色。《清華簡》題名爲"繫年"，蓋亦本乎此。劉知幾《史通・二體》論"編年體"的優缺點説：

> 夫《春秋》者，繫日月而爲次，列時歲以相續，中國外夷，同年共世，莫不備載其事，形於目前；理盡一言，語無重出：此其所長也。至於賢士貞女，高才儁德，事當衝要者，必盱衡而備言；迹在沈冥者，不枉道而詳説。如絳縣之老、杞梁之妻，[36]或以酬晉卿而獲記，或以對齊君而見録。其有賢如柳惠，仁若顏回，終不得彰其名氏，顯其言行。故論其細也，則纖芥無遺；語其粗也，則丘山是棄：此其所以爲短也。[37]

文中所説的《春秋》，兼指《左傳》。《春秋》編年紀事，重在記録各國大事，並以其獨特的"史法"表達對各事件的褒貶，而多未詳細描繪人物、鋪陳情節。《左傳》除大體依循《春秋》，"以史傳經"外，亦在無法繫年月，或其事起源甚早，而在某年事跡始明顯者，或其事仍有後續發展者，採追述或附述後事的方式，插叙在相關事件前後。《國語》則以記言爲主，對事件之叙述較爲簡略，亦不強調

35　杜預注，孔穎達等疏：《左傳正義》（臺北：藝文印書館，1976年），卷1，頁6—7。
36　絳縣老人，事見襄三十年《左傳》；杞梁之妻，事見襄二十三年。
37　劉知幾撰，浦起龍釋：《史通通釋》，頁27—28。

編年次序。若由嚴格的"編年體"標準衡量，《繫年》自然稱不上編年體史書，也與《左傳》《國語》等叙史文獻不完全相同，但仍可供吾人跳脱既有的思惟框架，由更廣闊的視角省視先秦時期叙史文獻的多樣性與特色。

　　"紀事本末體"以"事件"爲中心，分類排纂，每篇叙述一件史事，其優點爲窮源竟委，前後分明，易於通曉。章學誠《文史通義・書教下》論此體之優點云：

> 本末之爲體也，因事命篇，不爲常格，非深知古今大體，天下經綸，不能網羅隱括，無遺無濫。文省於紀傳，事豁於編年，決斷去取，體圓用神，斯真《尚書》之遺也。[38]

《尚書》堪稱紀事本末體濫觴，《左傳》雖屬編年體，但已有頗多"紀事本末體"篇章，隱公元年的"鄭伯克段于鄢"、僖公二十三、四年的"晉公子重耳之亡"即其顯例；尤鋭所稱的"逸事體"，《左傳》更是隨處可見，不煩縷舉。

　　《繫年》的叙事常有省略情節——注重事件的後果而省略事件發展的詳細環節——的傾向，此一特點其實與《國語》頗爲類似，只不過《國語》以"言辭"爲主體，對事件的叙述較爲簡略。《繫年》亦多見此種"大事紀"式的型態，茲舉二例説明之，《繫年》首章載：

> 昔周武王監觀商王之不恭上帝，禋祀不寅，乃作帝籍，以登祀上帝天神，名之曰【簡1】"千畝"，以克反商邑，敷政天下。
> 至於厲王。厲王大虐于周，卿士、諸正、萬民弗忍于厥心【簡2】，乃歸厲王于彘。
> 共伯和立。十又四年，厲王生宣王。宣王即位，共伯和歸于宗。宣【簡3】王是始棄帝籍弗畋，立三十又九年，戎乃大敗周師于千畝【簡4】。[39]

38　章學誠著，葉瑛校注：《文史通義校注》（北京：中華書局，2000年），頁51—52。
39　李學勤主編：《清華大學藏戰國竹簡（貳）》，頁136。釋文者爲李守奎，簡文採寬式棣定。

此章重點在"宣王不籍千畝"，但《繫年》先追述周武王克殷並立千畝之制，接著略過成、康、昭、穆、共、懿、孝、夷諸王，直轉而叙厲王流彘、共伯和立，宣王不籍千畝，而後"戎乃大敗周師于千畝"的結果。此段叙述"繫年"者僅有二處——"（共伯和）十又四年，厲王生宣王"、"（宣王）三十又九年，戎乃大敗周師于千畝"，可知此章之叙述重點在千畝之制與不籍千畝之後果。《國語·周語上》"宣王即位不籍千畝"章載：

宣王即位，不籍千畝。虢文公諫曰："不可……。"
三十九年，戰于千畝，王師敗績于姜氏之戎。[40]

《國語》所記，若除去虢文公勸諫的長篇言辭，單論對事件之簡略叙述，實與《繫年》差異不大，均屬簡要的"大事紀"型態，而非"編年記事"之體。

《繫年》若不屬"編年記事體"，則其"叙事體式"是否類似後世的"紀事本末體"？若就重視"事件"言，《繫年》"記事"的特徵頗爲明顯；然而，"紀事本末體"，既須清楚、詳明呈現事件之原委，也不能忽略其年代順序。"本末"既明，則事件之原委、影響、意義亦明，此方爲紀事本末"文省於紀傳，事豁於編年"之效益所在。就"時序清晰"與"叙述詳明"二要件言，《繫年》恐皆未達標準。如第七章對堪稱春秋前期最重要的史事"晉楚城濮之戰"的載述：

晉文公立四年，楚成王率諸侯以圍宋、伐齊，戍穀，居鍭。
晉文公思齊及宋之【簡41】德，乃及秦師圍曹及五鹿，伐衛以脫齊之戍及宋之圍。楚王舍圍歸，居方城【簡42】。令尹子玉遂率鄭、衛、陳、蔡及群蠻夷之師以交文公。文公率秦、齊、宋及群戎【簡43】之師以敗楚師於城濮，遂朝周襄王于衡雍，獻楚俘馘，盟諸侯於踐土【簡44】。[41]

《繫年》此章明顯具有濃縮事件的傾向，據《左傳》《史記·晉世家》，"晉文公思

40　韋昭注，上海師範大學古籍整理研究所點校：《國語》，卷1，頁15、22。
41　李學勤主編：《清華大學藏戰國竹簡（貳）》，頁153。

齊及宋之德"以下,時序已在晉文五年;又如"圍曹及五鹿,伐衛以脫齊之戍及宋之圍"諸事,《左傳》先有晉文與謀臣的討論,復載述侵曹、伐衛的詳細情節,篇幅幾近千言;[42]《繫年》則僅以短短十六字帶過,蓋欲呈現略況而已。文末述晉文公敗楚師於城濮、朝王於衡雍、盟諸侯於踐土諸事亦皆如此。《繫年》此段敘述尚略去兩件重大史事:"溫之會"與"天王狩於河陽"。城濮之戰,無論在《春秋》或《左傳》載述中,均屬晉文定霸的關鍵戰役;溫之會,"晉侯召王,以諸侯見,且使王狩"更是《春秋》褒貶的重心所在。[43] 此二大事,《繫年》皆隻字未及。吾人若承認對歷史事件之記述,必蘊涵作者的史觀與價值觀,則可以推定《繫年》對"城濮之戰"的認識,僅屬晉、楚間之一大戰耳,並未有進一步的價值論斷,似乎無意完整呈現事件的原委、影響與意義所在,[44]此實與《左傳》大相逕庭。

綜觀目前所見的各種傳本、簡本文獻,《春秋》堪稱現存最正規的編年體史書;《左傳》則在大致遵循《春秋》編年記事的架構下,以富贍的敘事補充了更多內涵,甚至在解經之餘,也有許多獨到的關懷與詮釋。《國語》以國為別,各卷也大致依年代編排,但各語、各章未必有緊密、連續的"繫年"關係,而以"言辭"為最大重點,至於國君、執政對此等言辭是否聽勸及其所導致的後果與相關事件,則大都較為簡略。《繫年》之編排,在年月日之記錄與事件之敘述兩方面,較傳世文獻簡省約略,而其撰作目的／意圖,可能在概要呈現春秋時期的重大事件與國際關係,在如此編纂標準下,其"敘事體式"既不是"以事繫日,以日繫月,以月繫時,以時繫年"的"編年記事體",亦非"文省於紀傳,事豁於編年"的"紀事本末體"。《繫年》之撰述體式,似欲突顯撰寫／編纂者所認為重要的事件,

---

42　詳僖廿七、廿八年《左傳》,文長不錄;可參拙作:《晉文公復國定霸考》(臺北:臺灣大學文學院文史叢刊之 78,1988 年),頁 252—266。

43　僖廿年《春秋》:"天王狩于河陽。壬申,公朝于王所",《左傳》:"是會也,晉侯召王,以諸侯見,且使王狩。仲尼曰:'以臣召君,不可以訓。故書曰"天王狩于河陽",言非其地,也且明德也。'"(杜預注,孔穎達等疏:《左傳正義》,卷 16,頁 269、276—277) 關於《左傳》引"仲尼曰"以見其褒貶,可參拙作:《〈左傳〉"仲尼曰叙事"芻論》,《先秦兩漢歷史叙事隅論》,頁 425—503。

44　關於城濮之戰的意義與重大影響,可參拙作:《晉文公復國定霸考》,頁 265—266;《中國叙事文學的不遷之祧——淺析〈左傳〉的叙事技巧》,《先秦兩漢歷史叙事隅論》,頁 508—535。

如國際關係、戰爭、弭兵等主題,故由書寫"性質"言,《繫年》可説是介乎"編年記事"與"紀事本末"二體之間的"大事紀",呈現了另一種戰國時代的史籍特色。《史記·十二諸侯年表·序》有言:

> 孔子⋯⋯西觀周室,論史記、舊聞,興於魯而次《春秋》,上記隱,下至哀之獲麟,約其辭文,去其煩重,以制義法。⋯⋯魯君子左丘明⋯⋯因孔子、史記,具論其語,成《左氏春秋》。鐸椒爲楚威王傅,爲王不能盡觀春秋,采取成敗,卒四十章爲《鐸氏微》。趙孝成王時,其相虞卿上采春秋,下觀近世,亦著八篇,爲《虞氏春秋》。吕不韋者,秦莊襄王相,亦上觀尚古,删拾春秋,集六國時事,⋯⋯爲《吕氏春秋》。及如荀卿、孟子、公孫固、韓非之徒,各往往捃摭春秋之文以著書,不可勝紀。[45]

文中所稱諸"春秋",蓋泛指史書或《左氏春秋》,而所謂"上觀尚古,删拾春秋""捃摭春秋之文以著書"者,乃史公所見先秦時期——《春秋》《左傳》之外——叙史文獻之特色與體式,此一特色、體式確與《繫年》之叙事特質若合符節。雖《鐸氏微》《虞氏春秋》二書早已佚而不存,無法提供實際之文本對照,但史公既曾參考此類史書,進而撰成各諸侯世家,而透過比較,亦可見《史記》與《繫年》確實相當類似,則吾人或可大膽推測《繫年》可能也屬於先秦時期"捃摭春秋之文"、"删拾春秋"一類的叙史文獻;至其撰作目的,則亦可能因應"爲王不能盡觀春秋",故採取節略、大事紀之方式,以求簡要呈現春秋時期之重大史事,以利爲政者觀覽、資鑑。

五、《繫年》與《左傳》性質的差異:
以"戰争"書寫爲例

本節擬以《左傳》與《繫年》都載述的邲之戰與鄢陵之戰爲例,比較、説明二

45　瀧川資言:《史記會注考證》(東京:東方文化學院東京研究所,1932 年),卷 14,頁 6—8。

書性質的差異。《繫年》第十三章記"邲之戰"云：

> （莊）王圍鄭三月，鄭人爲成。晉中林父率師救鄭，莊王遂北【簡 63】……
> （楚）人盟。趙旃不欲成，弗召，席于楚軍之門，楚人【簡 64】被駕以追
> 之，遂敗晉師于河。……【簡 65】[46]

本章《繫年》雖有部分殘損，依然可見其叙事簡略，情節欠詳的一貫特色，而略有貶抑晉國之意。"鄢陵之戰"發生在首次弭兵之次年，第十六章：

> 景公卒，属公即位。共王使王【簡 87】子辰聘於晉，又修成，王又使宋右
> 師華孫元行晉、楚之成。
> 明歲，楚王子罷會晉文【簡 88】子燮及諸侯之大夫，盟於宋，曰："弭天下
> 之甲兵。"
> 明歲，属公先起兵，率師會諸侯以伐【簡 89】秦，至于涇。共王亦率師圍
> 鄭，属公救鄭，敗楚師於鄢。属公亦見禍以死，亡後【簡 90】。[47]

長期以來，學者對《左傳》所記春秋諸大戰，往往著重其蘊含的人文教化或道德褒貶，如城濮之戰對晉文霸業，予以"一戰而霸，文之教也"的論斷，對其武力並不特別重視，而強調其"大蒐以示之禮，作執秩以正其官。民聽不惑，而後用之"的教化之功。[48] 然而，對"霸主"的追尋與"尊王攘夷"的期待，或許終究只能反映春秋時期的某一面向。隨著時移事往，春秋中期以後，晉國霸業逐漸難以爲繼。此時，晉與戎狄關係密切，而與秦、楚、齊等強國均發生過大戰，與中原諸國，如鄭、衛、魯，乃至周王室也時生齟齬，所謂"尊王"與"攘夷"，似乎都已不再能貼切形容此一時期的中原國際關係。這不禁令我們思索：春秋中期以後，

---

46 李學勤主編：《清華大學藏戰國竹簡（貳）》，頁 165。
47 同上，頁 174。
48 詳廿七、廿八年《左傳》，其詳可參拙作：《晉文公復國定霸考》，頁 247—316；《中國叙事文學的不遷之祧——淺析〈左傳〉的叙事技巧》第二節，《先秦兩漢歷史叙事隅論》，頁 508—535。

晉國是否尚能視爲中原的"核心"——不論就價值觀或實際國力言——而《左傳》透過幾場晉、楚大戰，呈現出"核心"與"邊陲"之定位、拉拒與辯證的複雜關係。《繫年》的出土，無疑提供了另種一視角的春秋史。

　　爬梳《左傳》晉、楚邲與鄢陵兩次戰爭的評論，即可見學者對晉的評價並不一致。[49] 茲先略舉較具代表性的論點，再述論《繫年》《左傳》參稽比較下的戰爭意涵。

　　邲之戰，大勝的楚莊王獲得《左傳》的正面描繪與肯定。評論者通常敏銳地注意到《左傳》記述此戰時，對楚的叙事與晉不相上下，以此顯現楚莊的正面評價，清儒馬驌（1621—1673）即對楚莊相當肯定：

> 彼楚莊誠一世之雄也，晉方多難，奚堪與抗耶？楚欲效桓、文之事，故强爲仁義之言。其於陳也，既縣而復封之，則曰"不貪其富"，於是乎釋陳而得陳矣；其於鄭也，既入而復和之，則曰"其君下人"，於是乎釋鄭而得鄭矣；其於宋也，既困而復盟之，則曰"爾無我虞"，於是乎釋宋而得宋矣。
>
> 邲戰不競，晉國震驚，清丘弗信，衛人渝盟。莊王至此，豈猶有顧中國者乎？知三國之不可取而不取，以德爲威，諸夏盡得。故申叔不賀而獻蹊田之諭，子反在師而受登床之盟。君臣之間，有成謀焉，爲操爲舍，總以收中國之霸權也。善哉晉人之料楚也，欒武子曰："楚自克庸以來，其君不驕。"隨武子曰："民不罷勞，君無怨讟。"夫莊之爲莊，晉固已明知之矣；知之而猶與戰，其罪宵止在先縠子哉！[50]

文中歷數楚莊對待宋、陳、鄭三國，知其"不可取而不取"的策略，反而"以德爲威"，遂能"諸夏盡得"、"收中國之霸權"；相較之下，晉國諸卿徒能料楚，卻無以抗衡，其間差別，判若雲泥。毛奇齡（1623—1716）即深責晉國君臣：

49　其詳可參拙作：《〈左傳〉與〈繫年〉"戰爭叙事"隅論——以邲之戰、鄢陵之戰爲例》，《先秦兩漢歷史叙事隅論》，頁 193—241。

50　馬驌著，徐連城點校：《左傳事緯》（濟南：齊魯書社，1992 年），卷 4，《楚莊爭霸》，頁 164。

晉自文七年後，趙氏忽主盟中夏，而荀、郤繼之，日與楚爭宋、鄭、陳三國，
而楚莊當興霸之際，晉徒肆忿虐，必不能勝，以致三國受禍，東凌西創者
歷二十餘年。究之，厄運將裂，使楚得大肆其威，今年入陳、明年入鄭、又
明年入宋，三國殘傷，幾乎滅盡。即晉自號能霸，六卿三帥亦將舉而並喪
之邲之一戰，夫然後憤戾稍息。……然則晉君臣之庸惡不道，徒禍人國
爲何如矣！若夫楚之無禮，徒知討賊而不知孔儀之當正法，《左氏》稱
善，固不必然，亦何足責焉？[51]

毛西河雖不全然肯定楚莊，但明確指責晉國君臣庸惡無道，累及宋、鄭、陳，全未
善盡霸主之職，邲之敗戰，實理所當然。

　　針對邲之戰晉國大敗的詮釋，諸家幾乎皆傾向以楚莊之勵精圖治，對照晉
之君臣無能。此一詮釋脈絡，不脱“有德者獲勝、無道者失敗”的“義戰”、“文
教”邏輯。但由上述論析，可知學者對楚莊能否稱爲“霸主”，似乎尚有討論空
間，如馬驌雖稱楚莊“欲效桓、文之事”，但仍認定其出於譎詐，乃“强爲仁義”、
“以德爲威”；毛奇齡雖言“楚莊當興霸”，唯亦指責其“無禮”。事實上，晉文在
城濮之役，有“執曹伯，分曹、衛之田以畀宋人”的戰略，藉此激怒楚國，[52]與邲
之戰楚莊的作爲，實無太大差別。

　　上述各種評論，或許並非有意，但仍不免呈現對楚的敵意或抗拒，這不禁
讓我們反思，難道在“中原核心”的思惟脈絡下，晉國所爲，縱有權謀也可稱爲
“文教”；而楚國所爲，只要有其策略即屬譎詐？實際檢視《左傳》之叙事，對晉、
楚兩造，原則上是持平的，尤其對楚莊之行事，邲之戰並無明褒暗諷的傾向，則
馬驌所謂“以德爲威”之説，或不免過度詮釋之嫌。

　　相較於邲之戰，學者對鄢陵之戰的詮釋則呈現相當有趣的分歧：邲之戰，
晉國大敗，學者縱或不能完全盛讚楚莊，但整體而言幾乎一面倒指責晉之無道
而肯定楚之圖治；鄢陵之戰則否，此役由首次弭兵破裂而起，晉國雖則戰勝，旋
即發生内亂，晉厲遭弒，則“有德者勝”的邏輯不再適用。學者的評價分爲二大

51　毛奇齡：《春秋毛氏傳》，卷21，《清經解》（臺北：復興書局，1972年），册2，頁1477。
52　其詳可參拙作：《晉文公復國定霸考》，頁252—262。

類型：其一認定此役晉國戰勝仍屬正面，乃中原諸國之幸，霸業復興之徵，可惜晉厲無德，故旋即遭禍，如元儒汪克寬（1304—1372）即云：

> 春秋二百四十二年，中國勝楚者，惟城濮、鄢陵而已。自宋襄泓之敗，楚顧衡行諸夏，至城濮而沮其志；自荀林父邲之敗，楚之凌駕尤甚，嬰齊盟蜀，諸侯之大夫從之者十有一國，至鄢陵而挫其鋒。前此未有中國諸侯助楚以戰中國者，惟鄢陵之役，鄭伯佐楚共以敵晉，使無呂錡射月之勝，則楚將倚鄭爲援，長驅中原，其害可勝言耶？所可惜者，厲公始無制勝之大計，不能堅忍持重，從欒書固壘之謀以困楚；終乏持勝之實德，不能修政於內，而徒務求逞於外，是以三假王命以伐鄭，而鄭終不服。聽讒諂之言而刀鋸日弊，卒及於難。迹其所爲，去楚虔無幾耳。由是論之，鄢陵之戰，固不可不勝，而厲公無取勝之道，所以不遂霸也。[53]

馬驌亦謂：

> 晉厲公在位八年，……<u>交剛以敗狄，麻隧以勝秦，鄢陵以破楚，挫諸彊敵，功烈庶乎文、襄矣</u>。未幾，內難忽作，身死無後，是何亡之暴與？
> 曰：成功易，居功難也。且鄢陵之勝，倖勝也。……昔城濮勝而晉霸，邲戰敗而晉衰，<u>此一舉也，遠紹文烈，近洗景恥，是桓、文之業，非厲公所能堪也</u>。[54]

汪、馬二氏皆認爲晉厲鄢陵勝楚，乃遠紹晉文霸業、近雪中原之恥的大功績。汪克寬責備晉厲“無取勝之道”，馬驌則以“非厲公所能堪”解釋何以勝戰後即生內亂。此類觀點中，持論最切者莫若顧棟高（1679—1759）：

53　汪克寬：《春秋胡傳附錄纂疏》，卷20，《景印文淵閣四庫全書》（臺北：臺灣商務印書館，1984年），冊165，頁520。
54　馬驌著，王利器點校：《繹史》（北京：中華書局，2002年），卷61，《晉楚鄢陵之戰》，頁1401。

自成十二年華元爲晉、楚之成，未三年而楚即背之。賴明年厲公即赫然
發憤，勝之鄢陵，射其君中目，中國之威得以復振，則楚不可信，兵不可
去，已有明驗矣。……

議者惑于范文子之言，謂晉厲以勝而致亡，此乃《左氏》以成敗論人，從
厲公被弑之後假託文子此言耳。厲公之侈，不緣戰勝。若謂釋楚爲外
懼，則頃、定之時，諸侯皆叛矣，其能得逞者有幾？吾見其媮惰苟安以至
于盡耳，此皆儒者迂闊之論也。[55]

顧氏堅決反對弭兵，强烈主張以戰爭阻擋楚國、恢復霸業，故對鄢陵之戰極度
肯定，甚至謂《左氏》假託范文子之言，責其乃“儒者迂闊之論”。

相反的觀點則認爲鄢陵之戰正代表晉霸之衰落無以復振，如高士奇
（1645—1704）即曰：

晉伯至景、厲而愈微矣。……

景公既卒，厲公嗣立。追鍾儀之凤約，合華元之好成。西門之壇未掃，南
寇之詛益甚。及至鄢陵幸勝，志盈氣驕，外患寧而内憂作。諸侯離叛，曾
莫能訓定。首止、汝上之間，紛紛多故，然後知范文子“釋楚外懼”之言，
炳如龜著也。厲之侈虐，百不如共。有一范文子而不能用，此伯業所以
中微也歟！[56]

高氏認爲鄢陵之戰晉乃“幸勝”，而晉厲“志盈氣驕”，不能聽忠臣諫言，霸業遂
中衰而不返。有趣的是，高氏文末依然强調“（晉）厲之侈虐，百不如（楚）共”，
雖承認晉霸已衰，對楚共卻也未表認同。

透過上述對各家評論的簡單梳理，可以進而思索幾個問題：何以同一場鄢陵

55　顧棟高：《春秋大事表・晉楚交兵表》（臺北：廣學社印書館，1975 年），卷 32，頁 2523—
　　2525。
56　高士奇：《晉景楚莊争霸・厲公鄢陵之戰附・總論》，《左傳紀事本末》（臺北：里仁書局，
　　1980 年），卷 27，頁 378—379。

之戰，對某些學者而言是"遠紹文烈"的復霸之象，對另些學者則爲霸業極衰之
徵？何以晉國邲之敗戰，後世解讀没有太大爭議，鄢陵戰勝，卻有如此兩極論評？
又何以學者對楚國通常採排斥否定態度，而罔顧《左傳》對楚國的正面載述？

　　上述詮釋、解讀傾向，固然可能帶有學者各自的關懷，但也反映了《左傳》
對"戰爭"的叙事觀點，特別是對"戰爭"與"道德"關係的特殊觀點，張端穗《左
傳對春秋時期戰爭的看法及其意義》有極爲精闢的論述：

> 《左傳》的叙述大部分著重在戰爭發生的原因（遠因及近因）的分析。在
> 這些分析中，《左傳》記載了許多時人的對話與預言，這些預言充滿了道
> 德上的色彩。它們共同的特色是行爲合乎德、禮的一定獲勝，行爲違反
> 德、禮，或唯力、利是尚的一定失敗。……因此，我們可以認定《左傳》把
> 戰爭前雙方道德品質上的對比當作是決定這些戰爭的關鍵了。……歷
> 史的發展真如《左傳》所叙述的那麼有規則麼？事實恐怕未必如此，我
> 們只能説《左傳》的詮釋如此。……
> 《左傳》作者期望以<u>德福一致</u>的歷史史實來曉諭世人：歷史的發展並非
> 一團混亂。即令在戰爭頻仍，禮崩樂壞的世紀中，道德因果律固然貫穿
> 整個時代。……<u>但歷史史實也顯示德、福不一定一致</u>，《左傳》彌縫的結
> 果，不免沾染了"以成敗論英雄"的功利色彩。[57]

張氏所論重點有二：一、整體而言，《左傳》的戰爭叙事，傾向以道德之高下詮
解勝負之原因，亦即所謂"道德因果律"、"德（道德）福（戰勝）一致論"。
二、此一叙事立場，不免出現"彌縫"、"以成敗論英雄"的疑慮，亦即當"德福不
一致"時，《左氏》便面臨叙事與詮釋上的兩難。

　　就筆者之粗略省察，張氏所謂《左傳》"德福一致"的戰爭，其典範案例多在
春秋早期，如秦晉韓之戰、晉楚城濮之戰、秦晉殽之戰等，皆强調晉文之"文
教"，而晉惠、秦穆之戰敗，亦皆與其人之德行產生連結。春秋中期以後，"德福

57　張端穗：《左傳思想探微》（臺北：學海出版社，1987年），頁251—252、259。

不一致”的戰爭明顯增多，如晉齊鞌之戰便很難説《左傳》完全認同、肯定戰勝的晉國；邲與鄢陵之戰更是如此，《左傳》給予楚國詳盡的篇幅與深刻的描述，對楚莊、楚共也没有惡劣的評價；戰爭過程中對晉國的描寫幾乎完全落在六卿而少提及晉侯。此類戰爭叙事，至少有兩個重要意義：一方面呈現春秋前期以“霸主”個人德業爲詮釋主軸的叙事模式已不再適用，叙事者的目光轉向各國的權卿與謀臣，此其一；另也暗示春秋中後期，楚國乃至吴、越等南方“邊陲”勢力逐漸興起、壯大，中原霸主則日趨衰頹，叙事者已漸無法完全以中原的視角詮釋史事，此其二。簡言之，歷代學者對鄢陵之戰的兩極評價，正展現了每一個無形中接受《左傳》“德福一致”模式的讀者，在發現此一叙事傾向遭到歷史現實挑戰時的“讀者反應”；而論者通常對楚國多少心存抗拒，不肯承認其霸主之勢，正是受到上述意識形態的影響。

　　認知此一背景，再省察《繫年》的戰爭叙事，儘管有過度簡化、内容錯漏之弊，但至少有幾個特色，呈現出另一種值得重視的叙事模式：一、簡寫戰爭之前因後果，不涉及特定人物的性格或褒貶，亦不論道德教化之有無，僅著重局勢變化與戰爭成敗；二、部分載述略有以楚國角度叙事的傾向，顯示叙事者可能脱離“中原核心”視角；三、對晉、楚二國，皆以其國君爲情節推進之主軸，不同於《左傳》對晉之叙述著重六卿，對楚則主要寫其君主。在這些戰爭叙事特色下，遂無所謂“德福不一致”的矛盾，因爲《繫年》顯然不重視道德議題，而戰爭之成敗也僅取決於兩國之政策或國際局勢。四、對事件的詮釋方式不同於《左傳》，如較重視弭兵失敗與戰爭之關聯，忽略宋、陳、鄭等弱勢國家在戰爭中的作用，而晉屬遭禍的原因與戰爭連結而非個人德行。不論讀者是否認同此種叙事模式與價值觀，《繫年》確實展現出另一種看待、解讀春秋中後期歷史的詮釋觀點。

六、《繫年》與《左傳》兩次弭兵的異同

（一）首次弭兵

　　《繫年》與《左傳》《國語》皆載録兩次“弭兵”，筆者已有文章論述三書之異

同,[58]茲不重複繁引《左傳》《國語》原文,而以《繫年》爲主,先述論其兩次弭兵的異同,再藉此探討其規範化趨勢。《繫年》第十六章記首次弭兵云：

> 楚共王立七年,令尹子重伐鄭,爲泭(氾)之師。晉景公會諸侯以救鄭,鄭人止鄅公儀,獻【簡85】諸景公,景公以歸。一年,景公欲與楚人爲好,乃敓[59]鄅公,使歸求成。共王使鄅公聘於【簡86】晉,且許成。[60]

此即成六、七年《左傳》所載"子重伐鄭"事：

> 楚子重伐鄭,鄭從晉故也。……
> 晉欒書救鄭,與楚師遇於繞角。楚師還。[61]
> 楚子重伐鄭,師于氾。諸侯救鄭。鄭共仲、侯羽軍楚師,囚鄅公鍾儀,獻諸晉。八月,同盟于馬陵,尋蟲牢之盟,且莒服故也。晉人以鍾儀歸,囚諸軍府。[62]

由上比照,楚兩次伐鄭,《繫年》可能合併或籠統叙述,整體而言情節差異不大。值得注意的是,就《繫年》的叙事言,其逕以"令尹子重伐鄭"開端,並未解釋楚爲何伐鄭,而將重點落在伐鄭後,晉率諸侯救鄭,因而導致鄅公鍾儀被俘,似乎意在交代鄅公鍾儀之後作爲使者歸而求成的原因,並凸顯晉、楚的敵對立場。相對的,《左傳》除明言"鄭從晉故也"外,在鄅公鍾儀被俘、入晉之間,特別插入了"同盟于馬陵,尋蟲牢之盟",説明楚伐鄭乃因魯成五年"同盟于蟲牢,鄭服

58　參拙作：《再論首次弭兵：由宋國地位與華元形象談起》,《臺大中文學報》第73期(2021年6月),頁1—54。

59　"敓",《左傳》相似段落作"使税之",杜注："税,解也。"見杜預注,孔穎達等疏：《左傳正義》,卷26,頁448。另有著述,讀"敓"爲"脱",亦通。見蘇建洲、吳雯雯、賴怡璇：《清華二〈繫年〉集解》(臺北：萬卷樓圖書股份有限公司,2013年),頁646—647。

60　李學勤主編：《清華大學藏戰國竹簡(貳)》,頁174。

61　成六年。杜預注,孔穎達等疏：《左傳正義》,卷26,頁442。

62　成七年。同上,頁443。

（晉）也”。[63]　換言之，《繫年》偏重呈現弭兵前晉、楚的敵對關係，以及郎公鍾儀成爲晉使的由來，對鄭前附於楚、後從於晉的反覆作爲較爲省略。《繫年》繼續載述弭兵的過程與結果：

> 景公使糴之筏聘於楚，且修成，未還，景公卒，厲公即位。共王使王【簡87】子辰聘於晉，又修成，王又使宋右師華孫元行晉、楚之成。
>
> 明歲，楚王子罷會晉文【簡88】子燮及諸侯之大夫，盟於宋，曰：“弭天下之甲兵。”
>
> 明歲，厲公先起兵，率師會諸侯以伐【簡89】秦，至于涇。共王亦率師圍鄭，厲公救鄭，敗楚師於鄢。厲公亦見禍以死，亡後【簡90】。[64]

《繫年》此段叙事與《左傳》最大的不同在“厲公先起兵”，提供了另一種觀點與解釋。《左傳》的叙事立場本略有將弭兵失敗歸咎楚國的傾向，《繫年》則似乎將弭兵失敗歸因於晉“先”渝盟起兵“伐秦”，始引出“共王亦率師圍鄭”的鄢陵之戰；又以“厲公亦見禍以死，亡後”總結此事，似乎暗示晉厲因渝盟在先，故雖戰勝，而終究“見禍以死”，不得善終。且如前述，《繫年》載弭兵盟辭的内容乃是“弭天下之甲兵”，以此而言，任何戰爭——不論中原或邊陲——都可視爲破壞天下的和平狀態，故而晉伐秦自可詮釋爲渝盟。是故《繫年》雖也叙述了“共王亦率師圍鄭”，但顯然傾向認爲弭兵的破壞乃因晉厲先有伐秦之舉，方有楚共圍鄭之事，兩者對弭兵失敗都有責任，也都遭受一定程度的惡果：在楚，是兵敗鄢陵；在晉，是厲公見弑。

（二）二次弭兵

《繫年》有關二次弭兵的記載相當簡略，其第十八章對此次會盟，扣除紀録年份的語句，僅有二十餘字：

63　成五年。杜預注，孔穎達等疏：《左傳正義》，卷26，頁440。
64　李學勤主編：《清華大學藏戰國竹簡（貳）》，頁174。

晉莊平公立十又二年，楚康王立十又四年，令尹子木會趙文子武及諸侯之大夫，盟【簡96】于宋，曰："弭天下之甲兵。"[65]

相較於《左傳》詳記各種會盟細節、人物往來、言語應對等，《繫年》記事一貫簡略欠詳。不過《繫年》紀錄會盟國之大夫次序爲"令尹子木會趙文子武及諸侯之大夫"，與襄廿七年《春秋》所載不同：

> 夏，叔孫豹會晉趙武、楚屈建、蔡公孫歸生、衛石惡、陳孔奐、鄭良霄、許人、楚人于宋。
> 秋，七月辛巳，豹及諸侯之大夫盟于宋。[66]

《春秋》之順序爲"魯叔孫豹、晉趙武、楚屈建"，《繫年》則爲"楚令尹子木會趙文子武及諸侯之大夫"，晉、楚二國大夫次序互易，值得注意。實際進行盟誓儀式時，晉、楚又有"爭先"之舉，《左傳》詳載其爭執過程：

> 晉、楚爭先。晉人曰："晉固爲諸侯盟主，未有先晉者也。"楚人曰："子言晉、楚匹也，若晉常先，是楚弱也。且晉、楚狎主諸侯之盟也久矣，豈專在晉？"叔向謂趙孟曰："諸侯歸晉之德只，非歸其尸盟也。子務德，無爭先。且諸侯盟，小國固必有尸盟者，楚爲晉細，不亦可乎？"乃先楚人。書先晉，晉有信也。[67]

"爭先"之事，《繫年》未見一詞提及。一般而言，"先"者即爲盟主，《左傳》文中的五個"先"字，須隨上下文解讀："未有先晉者"意爲"未有先於晉者"，"若晉常先"則指"若晉常爲先盟者"。至於最具爭議的"乃先楚人"，究應解作"晉先於楚"抑"楚先於晉"。筆者以爲後說較合實情：一方面呼應叔向"無爭先"的

65　李學勤主編：《清華大學藏戰國竹簡（貳）》，頁180。
66　杜預注，孔穎達等疏：《左傳正義》，卷38，頁642。
67　同上，頁646—647。

勸説,方有"乃先楚人"的承轉之語;再者,下文《左傳》刻意詮釋《春秋》"書先晉"的用意,呈現實際情形可能與《春秋》所記不同,方有解釋之必要。以此觀之,此次盟誓在雙方盟書的次序可能以"楚"爲"先",但中原諸侯不願承認,故《春秋》仍"書先晉",即上引《春秋》"叔孫豹會晉趙武、楚屈建"的順序。《繫年》之記事,向有楚國立場,此處以"令尹子木"居前,應是紀錄本國臣子參與會盟的文例,合乎《左傳》"乃先楚人,書先晉,晉有信也"的歷史事實與歷史詮釋。

（三）兩次弭兵的"規範化"書寫

《繫年》的弭兵叙述有一項極爲有趣的特點:即將兩次"弭兵"等量齊觀,採相似的用語與叙事模式,如:

1. 並記晉、楚國君世次:

第十六章載首次弭兵云:

> （晉）景公使糴之筏聘於楚,且修成,未還,景公卒,厲公即位。（楚）共王使王【簡 87】子辰聘於晉,又修成。[68]

第十八章載二次弭兵云:

> 晉莊平公立十又二年,楚康王立十又四年,令尹子木會趙文子武及諸侯之大夫,盟【簡 96】于宋。[69]

2. 記會盟者與盟約内容:

第十六章云:

> 楚王子罷會晉文【簡 88】子燮及諸侯之大夫,盟於宋,曰:"弭天下之

68　李學勤主編:《清華大學藏戰國竹簡（貳）》,頁 174。

69　同上,頁 180。

甲兵。"[70]

第十八章云：

> 令尹子木會趙文子武及諸侯之大夫，盟【簡96】于宋，曰："弭天下之
> 甲兵。"[71]

3. 記晉、楚"先起兵"、"會諸侯"、"見禍"：

第十六章云：

> 明歲，（晉）厲公先起兵，率師會諸侯以伐【簡89】秦，至于涇。共王亦率
> 師圍鄭，厲公救鄭，敗楚師於鄢。厲公亦見禍以死，亡後【簡90】。[72]

第十八章云：

> （楚）孺子王即世，靈王即位。靈王先起兵，會諸侯于申，執徐公，遂以伐
> 徐，克賴、朱方，伐吳【簡98】，爲南懷之行，縣陳、蔡，殺蔡靈侯。靈王見禍，
> 景平王即位。……景平王即世，昭王即位，許人亂，許公佗出奔晉，晉人羅
> 城汝陽，居【簡100】許公佗於容城。晉與吳會爲一，以伐楚，門方城。遂
> 盟諸侯於召陵，伐中山。晉師大疫【簡101】且飢，食人。楚昭王侵伊、洛
> 以復方城之師。晉人且有范氏與中行氏之禍，七歲不解甲【簡102】。諸
> 侯同盟于鹹泉以反晉，至今齊人以不服于晉，晉公以弱【簡103】。[73]

由上述對照，可見《繫年》作者似乎有意識的使用相似的語彙載錄兩次弭兵的

70　李學勤主編：《清華大學藏戰國竹簡（貳）》，頁174。
71　同上，頁180。
72　同上，頁174。
73　同上，頁180。

過程與結果；並列晉、楚國君的在位情形，表明兩次弭兵皆由晉楚共同協商盟約；敘述與會人員、過程以及盟誓內容的格式皆高度相似，表現出《繫年》認知的兩次弭兵似乎性質相近，重要性亦相同，不似傳世文獻偏重二次弭兵而忽略首次弭兵；[74]也可能呈現《繫年》作者／編者對發動戰爭者的某種批判，這可能是戰國時代士人對時局混亂、戰爭頻繁的反思所呈現的歷史記憶。至於所謂"先起兵"者，推測當是《繫年》作者有意指出造成弭兵之約失效的一方，前一次爲晉厲公，後一次爲楚靈王，也都同樣使用了"會諸侯"、"厲公見禍"、"靈王見禍"等類似用語，則可説《繫年》所理解的兩次弭兵均失敗，而各有不同的責任歸屬，這應是《繫年》敘事"規範化"的結果。

　　實際上魯襄廿七年之後，晉並非完全停止發動戰事，只是其攻伐對象不再是楚國，而轉向鮮虞、陸渾等；其他中原同盟，也有魯伐莒、齊伐北燕及徐、宋伐邾諸事，凡此都有損害弭兵盟約的疑慮。[75] 猶有甚者，吳、楚戰爭頻仍，楚屢次"率諸侯"伐吳，顯屬大型戰爭。若然，或許可説，以"中原中心"或"晉楚對抗"的觀點觀之，魯襄廿七年後，晉楚之間——或者擴大而言，"中原"與"南方"之間——確實長期並無戰事，則所謂"晉楚"之間的弭兵仍屬有效；但若由"吳楚爭霸"或其他"邊陲／小國"的角度言，則"天下"的戰爭並未止息，只是由"晉楚對峙"轉爲"吳楚相爭"，更有自大國之抗衡轉爲大國掠奪小國的趨勢，是以《繫年》所謂"靈王先起兵"而使弭兵更早遭到破壞的觀點，可説傳達了部分事實，這也再次説明了歷史的書寫、解讀與詮釋，會因撰作者的視角而產生不同的趨向，形成看似迥異的敘述，實則在不同的詮釋立場下，又各自合理的歷史記憶。

74　筆者對歷代學者忽視／漠視首次弭兵有詳細的舉證與論述，可參拙作：《再論首次弭兵：由宋國地位與華元形象談起》，《臺大中文學報》第 73 期（2021 年 6 月），頁 1—54。

75　尤其魯伐莒一事，在昭元年晉、楚尋盟時，遭楚大做文章，導致魯使叔孫豹差點被殺，端賴趙武費盡心力始得逃過一劫。事見昭元年《左傳》："季武子伐莒，取鄆。莒人告於會。楚告於晉曰：'尋盟未退，而魯伐莒，瀆齊盟，請戮其使。'……趙孟聞之……乃請諸楚曰：'魯雖有罪，其執事不辟難，畏威而敬命矣。子若免之，以勸左右，可也。……魯叔孫豹可謂能矣，請免之，以靖能者。……'固請諸楚，楚人許之，乃免叔孫。"（杜預注，孔穎達等疏：《左傳正義》，卷 41，頁 699—700）

七、論《繫年》的規範化

上節之(三)已略論《繫年》兩次弭兵的"規範化"書寫，兹再由四方面論《繫年》的"規範化"現象。

（一）由某些用詞論《繫年》的規範化

1. "即立"（即位）

《繫年》之"即立"，即《春秋》《左傳》常見之"即位"，此乃編年體史書之常例，其慣例爲"元年，春，王正月，公即位"。《春秋》於十二公雖有四位"不書即位"，《左傳》都提出解釋；[76]《繫年》卻非每位國君都書即位，而且有在元年書即位者，僅第十七章記"晉莊平公即位元年"、第二十二章記"楚聲桓王即位元年"兩次而已，[77]可見《繫年》之"即位"體例尚欠嚴謹，或作者/編者不在意此一體例。

2. 即世/卒

陳偉認爲《繫年》凡楚君逝世皆用"即世"，而晉君皆用"卒"。《繫年》於楚君之卒確實皆用"即世"；[78]但晉君則不盡然用"卒"，如第十八章記晉平公之逝亦不稱"卒"而稱"即世"；稱諸侯國君之逝爲"卒"者有第四章稱衛戴公"卒"；且不獨楚君之逝稱"即世"，諸侯之君稱"即世"者，計有第二章稱鄭武公、鄭莊公，第四章稱衛文公，第二十章稱闔閭皆曰"即世"而不稱"卒"，可見此一體例之規範亦尚欠嚴整。

3. 先起兵、會諸侯、見禍

《繫年》記述兩次弭兵之渝盟情況，十六章爲：

76　計有隱、莊、閔、僖四公，《春秋》皆作"元年，春，王正月"，隱公元年《左傳》釋之云："元年春，王周正月，不書即位，攝也。"（杜預注，孔穎達等疏：《左傳正義》，卷1，頁34）莊公元年《左傳》釋之云："元年春，不稱即位，文姜出故也。"（杜預注，孔穎達等疏：《左傳正義》，卷8，頁137）閔公元年《左傳》釋之云："元年春，不書即位，亂故也。"（杜預注，孔穎達等疏：《左傳正義》，卷11，頁187）僖公元年《左傳》釋之云："元年春，不稱即位，公出故也。"（杜預注，孔穎達等疏：《左傳正義》，卷12，頁198）

77　分見李學勤主編：《清華大學藏戰國竹簡（貳）》，頁177、192。

78　不得好死者用"見禍"，説詳下。

　　厲公先起兵，率師會諸侯以伐秦，至于涇。共王亦率師圍鄭，厲公救鄭，
　　敗楚師於鄢。厲公亦見禍以死，亡後。[79]

第十八章爲：

　　孺子王即世，靈王即位。靈王先起兵，會諸侯于申，執徐公，遂以伐徐，克
　　賴、朱方，伐吳，爲南懷之行，縣陳、蔡，殺蔡靈侯。靈王見禍。[80]

明顯可見其相似程度：皆有"先起兵"、"會諸侯以伐"云云。又，《繫年》凡稱
"見禍"皆指内亂，國君被殺，有貶意。第十六章叙"厲公亦見禍以死"，第十八
章叙"靈王見禍"，皆有貶意，由此可見《繫年》確有部分規範化現象。

4. "弭天下之甲兵"

　　《左傳》記録許多"盟會"，大都會詳載盟辭内容，盟辭中亦多載渝盟者將遭
致神明降禍等詛咒語。[81] 比較特別的是，《左傳》叙述兩次弭兵雖然各方面都
相當詳盡，卻未紀録具體盟誓内容，《國語》亦然；《繫年》兩次弭兵的盟辭則都
是"弭天下之甲兵"，全然相同，一字不差，卻未有一言半語提及渝盟將遭致什
麼後果。"弭天下之甲兵"一語，究係真正的弭兵盟辭，抑僅是《繫年》對兩次弭
兵大旨的概括綜述，尚待更多的證據與考察，不過《繫年》與傳世文獻在上述細
節的差異，仍明白顯示其具有獨特的叙事立場與歷史觀念，亦明顯有"規範化"
的傾向。

79　李學勤主編：《清華大學藏戰國竹簡（貳）》，頁174。
80　同上，頁180。
81　如僖二十八年《左傳》："癸亥，王子虎盟諸侯于王庭，要言曰：'皆獎王室，無相害也。有渝
　　此盟，明神殛之，俾隊其師，無克祚國，及而玄孫，無有老幼。'"杜預注，孔穎達等疏：《左
　　傳正義》，卷16，頁274。襄十一年《左傳》："四月，諸侯伐鄭。……秋七月，同盟于亳。范
　　宣子曰：'不慎，必失諸侯。諸侯道敝而無成，能無貳乎？'乃盟。載書曰：'凡我同盟，毋蘊
　　年，毋壅利，毋保姦，毋留慝，救災患，恤禍亂，同好惡，獎王室。或間兹命，司慎、司盟，名
　　山、名川，群神、群祀，先王、先公，七姓十二國之祖，明神殛之，俾失其民，隊命亡氏，踣其國
　　家。'"杜預注，孔穎達等疏：《左傳正義》，卷31，頁545—546。

（二）由批判弭兵失敗論《繫年》的規範化

　　整體而言，《繫年》對兩次弭兵皆持肯定立場，而批判破壞弭兵者：第十六章叙述首次弭兵及其失敗時，對"先起兵"的晉厲公，似乎有意連結"破壞弭兵"與"見禍以死，亡後"的關係，隱約傳達批判之意，亦即：晉厲率先起兵，使得戰火又起，鄢陵之役雖大敗楚師，最終卻也遭欒書、荀偃弑殺，乃至無後，暗示背盟者不得善終。此種"先起兵"與"見禍死"的連結，可説即"對外戰争"與"國内動亂"的因果連結。[82] 至於二次弭兵謂"靈王先起兵"一事，《繫年》的態度則頗堪玩味。楚靈伐吳與縣陳、蔡諸事，《繫年》亦詳加記述，第十五、十九章亦皆提及，蔡瑩瑩曾指出《繫年》的叙事略有"隱約暗示靈王縣陳蔡之舉不當"而爲其隱晦的態度，[83]可能因楚靈風評本即欠佳，《繫年》立場雖一向偏袒楚國，但也僅能隱晦其辭而不敢公然違背史實，謬加稱揚。考察其叙述孺子王、靈王、平王世次即可見端倪：

> 孺子王即世，靈王即位。
> 靈王見禍，景平王即位。晉莊平公即世，昭公、頃公皆【簡 99】早世，簡公即位。
> 景平王即世，昭王即位。[84]

孺子王實遭靈王弑殺，此處卻未如實記其"見禍"，當是有所隱諱。而本章記"靈王見禍，景平王即位"後，並未繫連任何具體事件，僅羅列晉國國君世次，乍看之下有如流水賬，令人費解，但也可理解爲《繫年》其實本來也不必特書"靈王見禍"，之所以如此載述，很可能便是爲了呼應"先起兵"而歸結於"見禍"，隱晦批判楚靈。

82　説可參拙作：《再論首次弭兵：由宋國地位與華元形象談起》，《臺大中文學報》第 73 期（2021 年 6 月），頁 1—54。

83　蔡瑩瑩：《〈清華簡·繫年〉楚國紀年五章的叙事特色管窺》，《成大中文學報》第 55 期（2016 年 12 月），頁 79。

84　李學勤主編：《清華大學藏戰國竹簡（貳）》，頁 180。

（三）由僅有"人物語言"而無"對話"與無"逸事體"論《繫年》的規範化

　　"對話"乃歷史叙事的基本要素，編年體的《春秋》全書無對話，《竹書紀年》當亦無對話。[85] 紀傳體的代表作《史記》富有充足而具體的對話，編年體的《左傳》也已具有"紀事本末體"與"逸事體"的特色，文中亦透過"對話"以呈現人物的心理，並推動情節，使叙事多元、情節飽滿靈動、人物形象鮮活。相對的，《繫年》全書未見"對話"，情節貧乏而欠多元、人物面目模糊，全書僅有十二次"人物語言"，分別爲：

> 息嬀將歸于息，過蔡，蔡哀侯命止之，曰："以同姓之故，必入。"……息侯弗順，乃使人于楚文王曰："君來伐我，我將求救於蔡，君焉敗之。"……蔡侯知息侯之誘己也，亦告文王曰："息侯之妻甚美，君必命見之。"……[86]
>
> 秦穆公乃内惠公于晉，惠公賂秦公曰："我後果入，使君涉河，至于梁城。"[87]
>
> 秦之戍人使人歸告曰："我既得鄭之門管也，來襲之。"[88]
>
> 晉襄公卒，靈公高幼，大夫聚謀曰："君幼，未可奉承也，毋乃不能邦？歃求強君。"……襄夫人聞之，乃抱靈公以號于廷曰："死人何罪？生人何辜？舍其君之子弗立，而召人于外，焉將寘此子也？"大夫閔，乃皆背之曰："我莫命招之。"乃立靈公，焉葬襄公。[89]
>
> 晉景公立八年，隨會率師，會諸侯于斷道，公命駒之克先聘于齊，且召高之固曰："今舊其會諸侯，子其與臨之。"……駒之克將受齊侯幣，女子笑于房中，駒之克降堂而誓曰："所不復詢於齊，毋能涉白水！"……明歲，齊頃公朝于晉景公，駒之克走援齊侯之帶，獻之景公，曰："齊侯之來也，

85　其詳可參林春溥、朱右曾、王國維等：《竹書紀年八種》（臺北：世界書局，1977 年）一書。

86　《繫年》第五章。李學勤主編：《清華大學藏戰國竹簡（貳）》，頁 147。

87　《繫年》第六章。同上，頁 150。

88　《繫年》第八章。同上，頁 155。

89　《繫年》第九章。同上，頁 157。

老夫之力也。"[90]

司馬子反與申公争少盌,申公曰:"是余受妻也。"取以爲妻。[91]

由上引諸文,可見《繫年》之"人物語言"未必皆爲情節與人物之關鍵,對事件之完整性雖略有幫助,但尚不足以完整呈現人物的性格與叙事主題,與《左傳》、《國語》頗爲不同,呈現《繫年》的獨特記事方式:不重視人物的互動,也不太具體刻劃人物,故雖重視人物在歷史的地位,但並不重視人物的道德,也不太褒貶人物。又,《左傳》載録許多"逸事體"史實,且多有褒貶、借鑑之意涵,"晉獻公滅虞虢"即其顯例;《繫年》則全然未見"逸事體"式的記事,由此亦可見《繫年》在叙事、記言的規範化皆尚欠嚴整。

(四)由可能誤記或有意修改史實論《繫年》的規範化

《繫年》在"昭王即位"之後,提及了一般認爲正式代表弭兵結束的"召陵之盟"。不過其叙述與傳世文獻頗爲不同:

> 景平王即世,昭王即位。許人亂,許公㐌出奔晉,晉人羅城汝陽,居【簡100】許公㐌於容城。
> 晉與吴會爲一以伐楚,門方城。遂盟諸侯於召陵,伐中山。晉師大疫【簡101】且飢,食人。楚昭王侵伊、洛以復方城之師。
> 晉人且有范氏與中行氏之禍,七歲不解甲【簡102】。諸侯同盟于鹹泉以反晉,至今齊人以不服于晉,晉公以弱【簡103】。[92]

除了時間細節如許公出奔晉、召集會盟者記載欠清之外,内容上《繫年》有兩個重要的"可能誤記",值得深究。一爲"晉與吴會爲一……遂盟諸侯於召陵,伐

90　《繫年》第十四章。李學勤主編:《清華大學藏戰國竹簡(貳)》,頁167。

91　《繫年》第十五章。同上,頁170。

92　《繫年》第十八章。同上,頁167。

中山"云云,與《左傳》所記頗有差異。[93] 定四年《左傳》載:

> 伍員爲吳行人以謀楚。楚之殺郤宛也,伯氏之族出。伯州犁之孫嚭爲吳
> 大宰以謀楚。<u>楚自昭王即位,無歲不有吳師</u>,蔡侯因之,以其子乾與其大
> 夫之子爲質於吳。冬,蔡侯、吳子、唐侯伐楚。舍舟于淮汭,自豫章與楚
> 夾漢。[94]

據《左傳》所述,晉與吳確實在某種程度上有共同牽制楚的默契,但根據《春秋》
與《左傳》,吳國並未參與召陵之盟,[95]《繫年》稱"晉與吳會爲一",而後轉入"遂
盟諸侯於召陵",容易令人聯想爲晉、吳聯盟,"遂"有召陵之會,屬表述上的混
淆,甚至有誤記之嫌。二爲《繫年》稱召陵會盟的結果是"伐中山",並叙述晉接
連大疫且飢,乃至食人,以致出師不利,中原諸侯叛晉,楚則趁機反擊晉、吳聯
盟,"復方城之師"。不論《春秋》或《左傳》,召陵之盟的目的皆在伐楚,此由定
四年《春秋經》可知:

> 春三月,公會劉子、晉侯、宋公、蔡侯、衛侯、陳子、鄭伯、許男、曹伯、莒子、
> 邾子、頓子、胡子、滕子、薛伯、杞伯、小邾子、齊國夏于召陵,<u>侵楚</u>。[96]

《春秋》明言此盟意在"侵楚",《左傳》簡潔詮釋"召陵之盟"乃爲了"謀伐楚":

> 三月,劉文公<u>合諸侯于召陵,謀伐楚也</u>。[97]

93　關於《繫年》"召陵之盟"的載述,已有學者敏銳的提出看法,如李守奎:《清華簡〈繫年〉與
　　吳人入郢新探》,《中國社會科學報》2011 年 11 月 24 日,第 7 版;孫飛燕:《清華簡〈繫年〉
　　初探》(上海:中西書局,2015 年),頁 150—153,但都難成定論。
94　杜預注,孔穎達等疏:《左傳正義》,卷 54,頁 950。
95　限於篇幅,對召陵會盟的前因後果無法詳述。定四年《春秋》詳記與會諸國,共有周、魯、
　　劉、晉、宋、蔡、衛、陳、鄭、許、曹、莒、邾、頓、胡、滕、薛、杞、小邾、齊(文見下引)。連邾、頓、
　　胡、滕等小國均列名其中,若吳國參與,不太可能不紀錄。
96　杜預注,孔穎達等疏:《左傳正義》,卷 54,頁 944。
97　同上,頁 945。

《繫年》所謂召陵會盟"伐中山"，當爲定四年秋"晉士鞅、衛孔圉帥師伐鮮虞"
事，亦見定四年《左傳》：

> 春三月，劉文公合諸侯于召陵，謀伐楚也。
>
> 晉荀寅求貨於蔡侯，弗得，言於范獻子曰："國家方危，諸侯方貳，將以襲
> 敵，不亦難乎！水潦方降，疾瘧方起，中山不服，棄盟取怨，無損於楚，而失
> 中山，不如辭蔡侯。吾自方城以來，楚未可以得志，祗取勤焉。"乃辭蔡侯。[98]

晉伐鮮虞中山國雖叙在"劉文公合諸侯于召陵，謀伐楚"之後，但由《春秋》《左
傳》觀之，此事與召陵之盟並無關係，也不見晉師嚴重傷亡；而晉與鮮虞一向小
型戰爭不斷，各有勝負，但並無進一步的侵伐或大型戰事，不可能召集十數諸
侯大舉會盟以伐。此事當屬《繫年》的錯誤歷史記憶，或有意修改有以致之。
《繫年》有關召陵會盟與"伐中山"的錯誤連結，筆者以爲，一方面乃是爲了隱去
諸侯聯盟伐楚等對楚不利的叙述，而代以楚昭"復方城之師"等看似於楚有利
的事件；[99]另一方面則藉由轉移焦點，指出縱然楚靈早已"先起兵"，但晉"伐中
山"亦對弭兵有所破壞，並帶出"大疫且飢"等惡果，其後又續述晉之"范氏與中
行氏之禍"的內亂，再次建構"破壞弭兵"與"國內有禍"的因果連結。換言之，
《繫年》可能爲了隱晦對楚不利的叙述——晉召諸侯結盟伐楚，同時又有吳國
威脅——只好將焦點轉爲晉的軍事行動"破壞弭兵"，形成上述"遂盟諸侯於召
陵，伐中山"的不正確因果陳述。凡此都可見《繫年》的弭兵叙事已有相當程度
的規範化。

八、結　論

透過上文的述論與省察，可得以下幾點結論：

98　杜預注，孔穎達等疏：《左傳正義》，卷54，頁945—946。
99　同年尚有著名的"柏舉之戰"，吳師攻入楚國都城，昭王倉惶奔隨，幾乎喪命，幸得申包胥
　　如秦乞師，始得轉危爲安。見杜預注，孔穎達等疏：《左傳正義》，卷54，頁951—953。此
　　乃楚之國恥，《繫年》此章於此未見隻字片語，似亦可推知其隱晦其辭的叙事意向。

　　首先，由傳統經史學、西方敘事學、後設史學，以及歷史記憶理論等角度言，任何歷史書寫，均有其立場或觀點、企圖與目的，僅在"顯隱"、"多少"有別爾。由此一觀點言，《繫年》必然有其編纂／抄撮的動機與目的，只是《繫年》作者難以碻論，正如部分學者已指出《繫年》作者可能是業餘史官，或傅、相之流，這些人雖然也一定有其著作意識與目的，但或因其不諳史法，或不拘史法，而導致《繫年》有體例不夠統一、規範化尚欠嚴謹的現象。也可能因其性質並非嚴格的史書，出自抄撮或編纂，未必有明確的"體例"，其資治目的因此不是十分明確，但仍可見其具有一定的歷史關懷。

　　其次，就性質／體例言：《春秋》編年紀事，以列國大事——如盟會、戰爭以及自然災害／災異，如日蝕、流星、洪水等——爲記錄重點與選擇標準，本身既有史書成法之規範、標準表達對事件之褒貶，又以周觀列國之視角書寫，詳記盟會列國次序，而未詳細描繪人物、鋪陳情節。《左傳》則大抵依《春秋》記載，"以史傳經"，而在無法繫年月，或其事起源甚早，而在某年事跡始明顯者，或其事仍有後續發展者，採用追述法或附述後事的方式，插敘在相關事件前後。《繫年》並非每章皆有明確紀年，也非統一採用某國紀年，且全書沒有"逸事體"篇章，並未完全依循"編年記事"或"紀事本末"二體記事，而是介於二體之間的"大事紀"體式，但仍可供吾人跳脫既有之思惟框架，由更廣闊之視角省視先秦時期敘史文獻的多樣性與特色。

　　再次，就規範化言：《繫年》只有記載幾次人物語言，完全沒有"對話"，可見其規範化尚欠嚴謹，但由其兩次"弭兵"的載述觀之，《繫年》似乎有意識的使用相似的語彙載錄兩次弭兵的過程與結果：並列晉、楚國君的在位情形，表明兩次弭兵皆由晉、楚共同協商盟約；敘述與會人員、過程以及盟誓內容的格式皆高度相似，表現出《繫年》認知的兩次弭兵似乎性質相近，重要性亦相同，不似傳世文獻偏重、凸顯二次弭兵，而忽略首次弭兵；至於所謂"先起兵"者，推測當是《繫年》作者有意指出造成弭兵之約失效的一方，前一次爲晉厲公，後一次爲楚靈王，也都同樣使用了"先起兵"、"會諸侯"、"厲公見禍"、"靈王見禍"等類似用語，可說《繫年》所理解的兩次弭兵均失敗，而各有不同的責任歸屬，又重複使用"即位"、"即世"、"會諸侯"、"見禍"、"弭天下之甲兵"等詞語，以及弭兵書寫的某些共同特色等，具體可見《繫年》仍有其規範化趨勢。

復次，就傳世文獻與出土文獻之叙事異同言：即使載録相同事件，《繫年》與《左傳》在體例、内容、立場，乃至可能的撰作目的，都差異頗大。《左傳》鋪叙詳明，重視刻畫人物性格，也善於布局情節，廣泛觀照各國局勢，並以禮、道德爲其核心關懷；《繫年》則所叙事件雖與《左傳》多有重合，但其立場或叙事意圖卻迥異《左傳》，主要體現在幾個方面：一、叙事風格偏向簡明陳述因果而不乏小錯誤；二、目光聚焦在晉、楚二大强權而對周邊諸國不甚留意；三、關懷或目的主要乃在透過戰争，陳述二大霸權之勝敗興衰與勢力消長。就此差異而言，嫻熟《左傳》者，或許覺得《繫年》簡陋無文，甚或重勢輕德；但《繫年》確實展示了一種傳世文獻所少見的叙事體例，此種體例既然出現乃至編列成篇，必有其目的與意圖服務的對象，只是其確切背景與文本語境，今日尚難知悉。可説《繫年》一方面揭示戰國時人對春秋史事的關心，一方面也保留了一種獨特的記事體例，值得吾人以更開放的心態省察其特色與價值。

又次，就“戰争叙事”之意義言：《左傳》之叙戰，不論叙事技巧、立場態度、道德意涵，都是後世學者理解、詮釋春秋各大戰役的重要根據。但若以《左傳》爲唯一詮釋，容易造成忘記“凡歷史書寫，必經詮釋”的法則。《左傳》在撰寫之時，或許也只是當時戰争的一種詮釋方式而已，雖然後世廣泛接受，且幾乎已成爲不可動搖的經典，但並不表示必須排斥不同的詮釋方式。《繫年》的出現，雖對今日所認識的春秋史没有太多的補充——其載録大體並未超出《左傳》——但確實可提醒、甚或改變吾人閲讀、思索歷史的心態。《左傳》傾向“德福一致”的“戰争叙事”邏輯，實際上並無法每次都完美無瑕詮釋真實的歷史，也造成後世評論家、學者的諸多争議；《繫年》無疑提供了另一種反思、詮釋的可能。《繫年》簡寫戰争之前因後果，不涉及特定人物的性格或褒貶，僅著重局勢變化與戰争成敗的觀點，擺落道德因果律的詮釋原則，遂無所謂“德福不一致”的矛盾。

最後，就《繫年》反映的思想言：論者或以爲《繫年》不載天象、災異，又有材料揀擇盡棄神話、歷史叙述皆取人事、歷史評述不涉天命等現象，與《左傳》《國語》等史書比較，脱去宗教式的思惟，象徵朝向人文史觀發展。但不載天象、災異、神話，不涉天命，並不表示即脱去宗教思惟。如《左傳》《國語》多載天象、災異、鬼神，也並不表示其即爲迷信，而可能藉著因迷信這些現象而導致災禍以警惕讀者，達到勸善懲惡的教化目的。[100]《繫年》不記載天象、災異、鬼神，只能説可能其作者／編者不由這一角度看待歷史，而純由現實立論，不必然能成爲其朝向人文史觀發展的印證。

（作者：臺灣大學中國文學系特聘教授）

100　其詳可參拙作：《由〈左傳〉的"神怪叙事"論其人文精神》，《先秦兩漢歷史叙事隅論》，頁 385—424。

引 用 書 目

一、專書

毛奇齡：《春秋毛氏傳》,《清經解》,冊 2。臺北：復興書局,1972 年。

竹添光鴻：《左氏會箋》。臺北：古亭書屋,1969 年。

李守奎主編：《清華簡〈繫年〉與古史新探研究》叢書。上海：中西書局,2015 年。

李隆獻：《先秦兩漢歷史叙事隅論》。臺北：臺大出版中心,2017 年。

李隆獻：《晉文公復國定霸考》。臺北：臺灣大學文學院文史叢刊之 78,1988 年。

李隆獻：《歷史叙事與經典文獻隅論》。臺北：萬卷樓圖書股份有限公司,2020 年。

李學勤主編：《清華大學藏戰國竹簡(貳)》。上海：中西書局,2011 年。

杜預注,孔穎達等疏：《左傳正義》。臺北：藝文印書館,1976 年。

汪克寬：《春秋胡傳附録纂疏》,《景印文淵閣四庫全書》,冊 165。臺北：臺灣商務印書館,
　　1984 年。

林春溥、朱右曾、王國維等：《竹書紀年八種》。臺北：世界書局,1977 年。

韋昭注,上海師範大學古籍整理研究所校點：《國語》。上海：上海古籍出版社,1998 年。

馬驌著,王利器點校：《繹史》。北京：中華書局,2002 年。

馬驌著,徐連城點校：《左傳事緯》。濟南：齊魯書社,1992 年。

高士奇：《左傳紀事本末》。臺北：里仁書局,1980 年。

張端穗：《左傳思想探微》。臺北：學海出版社,1987 年。

章學誠著,葉瑛校注：《文史通義校注》。北京：中華書局,2000 年。

劉玉堂主編：《世紀楚學》叢書。武漢：湖北教育出版社,2012 年。

劉知幾撰,浦起龍釋：《史通通釋》。臺北：里仁書局,1980 年。

瀧川資言：《史記會注考證》。東京：東方文化學院東京研究所,1932 年。

蘇建洲、吳雯雯、賴怡璇合著：《清華二〈繫年〉集解》。臺北：萬卷樓圖書股份有限公司,
　　2013 年。

顧棟高：《春秋大事表》。臺北：廣學社印書館,1975 年。

二、論文

尤鋭（Yuri Pines）：《從〈繫年〉虛詞的用法重審其文本的可靠性——兼初探〈繫年〉原始資料的來源》，李守奎主編：《清華簡〈繫年〉與古史新探》。上海：中西書局，2016 年，頁236—254。

朱曉海：《論清華簡所謂〈繫年〉的書籍性質》，《中正漢學研究》第 20 期（2012 年 12 月），頁13—44。

巫雪如：《從若干字詞用法談清華簡〈繫年〉的作者及文本構成》，《清華學報》新 49 卷第 2 期（2019 年 6 月），頁 187—227。

李守奎：《清華簡〈繫年〉與吳人入郢新探》，《中國社會科學報》2011 年 11 月 24 日，第 7 版。

李守奎：《楚文獻中的教育與清華簡〈繫年〉性質初探》，《出土文獻與古文字研究》第 6 輯。上海：上海古籍出版社，2015 年 2 月，頁 291—302。

李隆獻：《"晉悼復霸"說芻論》，《歷史敘事與經典文獻隅論》。臺北：萬卷樓圖書股份有限公司，2020 年，頁 181—241。

李隆獻：《〈左傳〉"仲尼曰敘事"芻論》，《先秦兩漢歷史敘事隅論》。臺北：臺大出版中心，2017 年，頁 425—503。

李隆獻：《〈左傳〉與〈繫年〉"戰爭敘事"隅論——以邲之戰、鄢陵之戰爲例》，《先秦兩漢歷史敘事隅論》。臺北：臺大出版中心，2017 年，頁 193—241。

李隆獻：《中國敘事文學的不遷之祧——淺析〈左傳〉的敘事技巧》，《先秦兩漢歷史敘事隅論》。臺北：臺大出版中心，2017 年，頁 505—543。

李隆獻：《由〈左傳〉的"神怪敘事"論其人文精神》，《先秦兩漢歷史敘事隅論》。臺北：臺大出版中心，2017 年，頁 385—424。

李隆獻：《先秦兩漢傳世/出土文獻中的"夏姬形象"》，《歷史敘事與經典文獻隅論》。臺北：萬卷樓圖書股份有限公司，2020 年，頁 121—157。

李隆獻：《先秦敘史文獻"敘事"與"體式"隅論：以晉"欒氏之滅"爲例》，《先秦兩漢歷史敘事隅論》。臺北：臺大出版中心，2017 年，頁 243—295。

李隆獻：《先秦漢初文獻中的"夏姬敘事"與國際局勢》，《歷史敘事與經典文獻隅論》。臺北：萬卷樓圖書股份有限公司，2020 年，頁 159—180。

李隆獻：《再論首次弭兵：由宋國地位與華元形象談起》，《臺大中文學報》第 73 期（2021 年 6 月），頁 1—54。

李學勤：《清華簡〈繫年〉及有關古史問題》，《三代文明研究》。北京：商務印書館，2011 年，頁196—203。

段雅麗：《清華簡〈繫年〉作者立場問題探討》,《四川職業技術學院學報》2019 年第 1 期,頁
　　50—56。

胡凱、陳民鎮：《從清華簡〈繫年〉看晉國的邦交——以晉楚、晉秦關係爲中心》,《邯鄲學院學
　　報》2012 年第 2 期,頁 58—66。

孫飛燕：《清華簡〈繫年〉初探》,上海：中西書局,2015 年。

張雨絲、林志鵬：《從清華簡〈繫年〉看楚地出土鈔撮類史書源流》,《中國經學》第 27 輯。桂
　　林：廣西師範大學出版社,2020 年 12 月,頁 155—174。

許兆昌、齊丹丹：《試論清華簡〈繫年〉的編纂特點》,《古代文明》2012 年第 2 期,頁 60—66。

許兆昌：《試論清華簡〈繫年〉的人文史觀》,《吉林師範大學學報》2014 年第 6 期,頁 28—34。

陳民鎮：《〈繫年〉"故志"説——清華簡〈繫年〉性質及撰作背景芻議》,《邯鄲學院學報》2012
　　年第 2 期,頁 49—57、100。

陳偉：《清華大學藏竹書〈繫年〉的文獻學考察》,《史林》2013 年第 1 期,頁 43—48。

黃儒宣：《清華簡〈繫年〉成書背景及相關問題考察》,《史學月刊》2016 年第 8 期,頁 21—29。

楊博：《裁繁御簡：〈繫年〉所見戰國史書的編纂》,《歷史研究》2017 年第 3 期,頁 4—22。

劉全志：《清華簡〈繫年〉的成書與墨家學派性質》,《浙江學刊》2021 年第 2 期,頁 200—207。

劉全志：《論清華簡〈繫年〉的性質》,《中原文物》2013 年第 6 期,頁 43—50。

蔡瑩瑩：《清華簡〈繫年〉楚國紀年五章的叙事特色管窺》,《成大中文學報》第 55 期（2016 年
　　12 月）,頁 51—94。

魏慈德：《〈清華簡·繫年〉與〈左傳〉中的楚史異同》,《東華漢學》第 17 期（2013 年 6 月）,頁
　　1—47。

羅姝鷗：《試論清華簡〈繫年〉的書寫背景及其特點》,《荆楚學刊》2019 年第 6 期,頁 5—9。

羅運環：《清華簡〈繫年〉體裁及相關問題新探》,《湖北社會科學》2015 年第 3 期,頁
　　193—198。

The Nature of the *Chronology* and its Standardization: The Writing about Battles and Ceasefire Treaties as Examples

Lee Long-Shien

(Distinguished Professor, Department of Chinese Literature, National Taiwan University)

Abstract

Focusing on the "nature" of the *Chronology* (*Xinian*) and its "standardization," and utilizing its writing about battles and ceasefire treaties as examples, this article is a comparative analysis of the recording practices and aims of the *Chronology*, *Spring and Autumn Annals*, *Zuo Tradition*, and *Guoyu*, etc., to evaluate the value and limitations of the *Chronology*. The article is comprised of eight sections, as follows: 1) Introduction; 2) The contents of the *Chronology*; 3) Existing research on the *Chronology*; 4) The nature of the *Chronology*, as compared with that of the *Spring and Autumn Annals*, *Zuo Tradition*, and *Guoyu*; 5) The similarities and differences in writing about battles between the *Chronology* and *Zuo Tradition*; 6) A comparison of the ways in which the *Chronology* and the *Zuo Tradition* record the ceasefires between the states of Jin and Chu, which took place in 579 BCE and 564 BCE; 7) Standardizations in the *Chronology*; and 8) Conclusion.

Keywords: *The Chronology*, *Zuo Tradition*, *Guoyu*, Standardization, Battles, Ceasefire

宋人不言慶曆"新政"
"新法""變法"考
——基於觀念史的個案研究*

馮志弘

提　要

　　宋人雖常以"新法""變法""新政"賅括熙豐政事,但未曾以這些詞彙歸納慶曆之政;當代文史著作常言"慶曆新政",這説法卻不見於清代以前文獻,原因何在? 本文考析宋人慶曆書寫,指出: (1) 熙豐變法時期宋人從未直接比較范、王改革主張,也不曾認爲慶曆、熙寧更革是可比的對象,這些聯繫待朱熹而後始。今人或曰熙豐變法之時,慶曆革新派趨於保守,這固屬當代觀點,卻非宋人認識;(2) 范仲淹故後,對其顯有貶評者只有梅堯臣、宋神宗、王安石三例,後二者對范的批評,反映熙豐變法主事者並不完全認同慶曆改革;(3) 歐陽修等慶曆當事人認爲范仲淹改革失敗皆因"群言營營,卒壞於成",可是徽宗朝以後卻出現"慶曆之治"説法,其内涵又被簡化爲仁宗能"開納直言,善御群臣,賢必進,邪必退"。這説法無法揭示慶曆之政真正特色,又故意忽略慶曆改革主事者因"衆訾成波,擠落在外"的事實,卻有利於范仲淹作爲忠義第一人形象的建立;(4) 宋人從不曾認爲慶曆之政有違祖宗之法,這是宋人不言慶曆"新"政的根本原因。南宋以後論者以范仲淹爲"守我宋之家法者",進一步確立這觀點。

關鍵詞: 范仲淹　慶曆新政　熙寧變法　王安石　觀念史

---

*　本文爲香港"大學教育資助委員會"全額資助項目:"典範與世變:慶曆至熙豐年間的頌詩、誥令和禮書——以北宋詩文革新人物爲中心"(項目編號:18603320)階段研究成果。蒙《人文中國學報》兩位匿名評審專家賜教,謹此致謝。

一、前　言

　　當代文史學者常言"慶曆新政"，以之賅括慶曆三年（1043）九月至五年（1045）正月，范仲淹（989—1052）主導之更革，並與熙寧變法相比較[1]——這是今人的認識。但本文考證宋人從不説慶曆（或范仲淹）新政/新法/變法；"范仲淹變法"之説首見於明代，"慶曆新政"概念之使用不及一百年。問題包括：

（1）今存宋代文獻中，"熙寧新法""王安石變法"等概念俯拾皆是，亦偶見"熙寧新政"説，則宋代語彙並非無"新政"等用語；那麽，宋人不言慶曆新政的現象，反映了宋代與後世對慶曆政事之認識的何種差異？

（2）熙、豐變法至元祐更張時期宋人，包括慶曆當事人富弼（1004—1083）、歐陽修（1007—1072）、韓琦（1008—1075）對王安石（1021—1086）變法多有貶評，卻從未直接比較范、王新政之異同，原因何在？宋神宗及王安石對慶曆新政及范仲淹之評價究竟如何？

（3）慶曆改革主事者幾乎一致認爲慶曆之政因"群言營營，卒壞于成"，[2]可是徽宗朝以後卻出現"慶曆之治"説；[3]然則未竟全功的"新政"，如何一變而爲"治世"之楷模？由此塑造了慶曆以後宋人筆下范仲淹的何種形象？

1　如范文瀾認爲王安石實踐並發展了范、歐的主張，見氏著：《中國通史簡編》（北京：生活・讀書・新知上海聯合發行所，1949年），頁378；余英時認爲慶曆與熙寧變法始於仁宗時回向三代運動，見氏著：《朱熹的歷史世界——宋代士大夫政治文化的研究》（臺北：允晨文化實業股份有限公司，2003年），上編，頁269。

2　歐陽修：《資政殿學士戶部侍郎文正范公神道碑銘》，歐陽修著，李逸安點校：《歐陽修全集》（北京：中華書局，2001年），卷21，頁336。

3　陳師錫：《上徽宗論任賢去邪在于果斷奏》："擢用杜衍、范仲淹、富弼、韓琦，以至慶曆、嘉祐之治。"趙汝愚編，北京大學中國中古史研究中心校點整理：《宋朝諸臣奏議》（上海：上海古籍出版社，1999年），卷17，頁160。曹家齊指出宋人或兼論"慶曆、嘉祐之治"或"至和、嘉祐之治"，但認爲宋人將嘉祐與慶曆並稱主要就用人而言；就政局言之則慶曆最是動蕩，遠不能與嘉祐相比。曹家齊：《"嘉祐之治"問題探論》，《學術月刊》2004年第9期，頁62—63。

本文針對上述問題,通過詞彙及觀念史視角,[4] 回到歷史現場,以了解宋人——尤其是慶曆至熙豐、元祐時人對慶曆之政的認識;這切入點也有助回答當代論者提出: 何以熙豐變法時期,慶曆革新派趨於保守的問題。

二、幾個關鍵詞:"新政""新法""變法""更張"

北宋時人對本文論題所涉詞彙之用法,與當代學界有何異同?《全宋文》、《全宋筆記》、中國基本古籍庫等完全找不到"慶曆(或范仲淹/文正/文正公)新政(或新法/更革/更變)"之例,"范仲淹變法"説首見於明‧鄒智(1466—1491),曰:"范仲淹變法於慶曆,百世以爲宜;王安石變法於熙寧,百世以爲病",[5] 此説不認爲"變法"必不可取,其宜病,端視主事者之別;惟鄒智文章未提及范、王變法具體内涵。"古籍庫"中"范仲淹變法"只此 1 例,反映宋代以後直至清朝,極少採用這概念。1940 年錢穆《國史大綱》第 32 章爲"士大夫的自覺與政治革新運動‧慶曆熙寧之變法",是共和國成立前採"慶曆變法"概念最權威著作;[6] 蒙文通寫於 1954—1958 年間的《北宋變法論稿》稍提及"慶曆改革",該文主要討論熙寧變法,未云"慶曆變法"。[7] 臺、港及歐、美華裔學者受錢穆影響,如余英時沿襲師説,亦曰慶曆變法、范仲淹變法。[8] 使用"慶曆變法"的當代大陸學者如霍松林,[9] 香港學者馮志弘兼用慶曆新政、慶曆變法。[10]

4　關於觀念、思想、哲學概念之別參馮志弘:《導論》,《想象的世界: 唐宋觀念與思想》(香港: 香港城市大學出版社,2022 年),頁 1—9。

5　鄒智:《書江西陳大參贈其從子詩後》,《立齋遺文》(明天啓刻本),卷 2,頁 25。

6　錢穆:《國史大綱》(上海: 國立編譯館,1940 年),頁 396—413。

7　蒙文通:《北宋變法論稿》,見氏著:《古史甄微》(成都: 巴蜀書社,1999 年),頁 457。

8　余英時:《朱熹的歷史世界——宋代士大夫政治文化的研究》,上編,頁 264、266;劉子健:《梅堯臣〈碧雲騢〉與慶曆政爭中的士風》,見氏著:《兩宋史研究彙編》(臺北: 聯經出版事業公司,1987 年),頁 104。

9　霍松林編選:《歷代好詩詮評》,霍松林編選:《霍松林選集》(西安: 陝西師範大學出版社,2010 年),冊 10,頁 375。

10　馮志弘:《北宋古文運動的形成》(上海: 上海古籍出版社,2009 年),頁 12、78。

筆者找到較早使用"慶曆新政"概念者爲高欣(1959 年)、[11] 翦伯贊(1963
年),[12] 距今僅 60 多年,雖然如此,20 世紀 60 年代後以"新政"一詞賅括慶曆政
事,幾成内地學者共識;内地使用"慶曆新政"語例的數量,也壓倒性多於"慶曆
變法",[13] 並影響日本學界。[14]　英語漢學著作,以劉子健爲代表,多用"Reform"
描述范仲淹主導的慶曆之政,"Reform"一詞同樣用來描述王安石變法或熙豐
變法;[15] 即就英文而言,慶曆、熙豐之改革並無中文"新政"(New Policies)和
"變法"(Reform)的語義之别。一言蔽之,"慶曆新政"雖是内地學者習以爲常
説法,但不見於清代之前文獻,亦非宋人提出的概念。

那麽,慶曆改革主事者如何理解及使用本文論題詞彙?　今本范仲淹全集
未見"新政""新法"用語,云"變法"者只 1 例,即引李士衡(959—1032)語:"財
力俱屈,後復變法,人將安信?"此指"借民力轉粟以備塞,復轉鹽于邊"[16]事,引
句中的"變法"指個别政策之變,即"變法"一詞在范仲淹筆下不一定指大規模
改革。前引 1959 年高欣文章已指出,范仲淹多次引《周易》"窮則變,變則通,
通則久"作爲變革根據,[17]但須留意范説的是"變通之道",而非"變法",故其

11　高欣:《北宋變法的開端——慶曆新政》,《史學月刊》1959 年第 5 期,頁 14—17。

12　翦伯贊主編:《中國史綱要》(北京:人民出版社,1963 年),册中,頁 40。

13　檢索主要收録大陸著作的讀秀學術搜索平臺:"慶曆變法"凡 170 例,"慶曆新政"凡 13 465
例;後者是前者的 79.21 倍。2022 年 12 月 4 日訪問。

14　熊本崇,国方久史均兼用"慶曆新政"及"慶曆改革",熊本崇:《宋仁宗立太子前後——慶
曆"改革"前史》,《集刊東洋學》1998 年第 79 期,頁 44;国方久史:《范仲淹の慶曆改革に
ついて》,《吉備国際大学社会学部研究紀要》2001 年第 11 期,頁 68。

15　James T. C. Liu, *Reform in Sung China: Wang An-shih* (*1021–1086*) *and his New Policies*
(Cambridge, Massachusetts: Harvard University Press, 1959), p. 25. Peter K. Bol, *This
Culture of Ours: Intellectual Transitions in T'ang and Sung China* (Redwood City: Stanford
University Press, 1992), p. 166, 213. Paul Jakov Smith, "A Crisis in the Literati State: The
Sino-Tangut War and the Qingli-era Reforms of Fan Zhongyan, 1040–1045", *Journal of
Song-Yuan Studies*, 45 (2015), pp. 59–137.

16　范仲淹:《宋故同州觀察使李公神道碑銘》,范仲淹著,李勇先、劉琳、王蓉貴點校:《范仲
淹全集》(北京:中華書局,2020 年),卷 13,頁 265。

17　高欣:《北宋變法的開端——慶曆新政》,《史學月刊》1959 年第 5 期,頁 16。"窮則變"引
句見范仲淹:《奏上時務書》(天聖三年 1025 年)、《上執政書》(天聖五年 1027 年)、《答手
詔條陳十事》(慶曆三年 1043 年),分見范仲淹著,李勇先、劉琳、王蓉貴點校:《范仲淹全
集》,卷 9,頁 170;卷 9,180;《范文正公政府奏議》,卷上,頁 461。

《十事疏》緊接《易經》引句後云："此言天下之理有所窮塞,則思'變通之道'。既能變通,則成長久之業。"[18]"變通"的目的是暢順窮塞之理,使之復通,即復於天下之常理、常道。此外范仲淹更多以"更張"指涉慶曆之政,如"儻更張之際,不失推恩,又何損於仁乎"、[19]"綱紀制度,日削月侵……不可不更張以救之";[20]在其《遺表》中寫的仍是"事久弊則人憚於更張,功未驗則俗稱於迂闊"。[21] 何謂"更張"?《漢書・禮樂志》："辟之琴瑟不調,甚者必解而更張之,乃可鼓也。爲政而不行,甚者必變而更化之,乃可理也。"[22]這段話以正琴瑟不調之音,必須改變現狀(解→更張之),方可恢復琴瑟原來諧協的音色(不調→可鼓),比喻更化政事之道,即"更張"以復常、復正爲目的。

　　歐陽修亦以"更張"指涉慶曆之政,其《外制集序》(1045)云"天子方慨然勸農桑,興學校,破去前例以不次用人……(余)盡聞天子所以更張庶事"。[23]歐陽修筆下"更張""變法"之語意孰褒孰貶,端視前文後理而定,如《胡宿墓誌銘》(1067)記嘉祐年間群臣"多更張庶事以革弊",胡宿(995或996—1067)曰:"變法,古人之難;不務守祖宗成法,而徒紛紛無益於治也",[24]歐陽修以爲胡宿能"顧惜大體",即以"多更張"爲矯枉過正,失大體。《論逐路取人劄子》(1064)引《尚書・蔡仲之命》"無作聰明亂舊章"及《商君書》杜摯(秦孝公時人)"利不百者不變法"之言,否定逐路取士。[25] 但歐陽修筆下"變法"不一定是貶義,如慶曆四年(1044)《論更改貢舉事件劄子》歐"請借二千人爲率,以明變法之便"。[26] 總之,范、歐言"更張""變法",或指革弊復常,或指變改個別政策,但未曾稱慶曆政事或政策爲"新政",更從沒指出慶曆改革政策有何"創新"。

18　范仲淹:《答手詔條陳十事》,《范文正公政府奏議》,卷上,范仲淹著,李勇先、劉琳、王蓉貴點校:《范仲淹全集》,頁461。

19　范仲淹:《上執政書》,同上,卷9,頁181。

20　范仲淹:《答手詔條陳十事》,《范文正公政府奏議》,卷上,同上,頁461—462。

21　范仲淹:《遺表》,同上,卷18,頁374。

22　班固:《漢書・禮樂志》(北京:中華書局,1964年),卷22,頁1032。

23　歐陽修:《外制集序》,歐陽修著,李逸安點校:《歐陽修全集》,卷41,頁596。

24　歐陽修:《贈太子太傅胡公墓誌銘》,同上,卷35,頁517。

25　歐陽修:《論逐路取人劄子》,同上,卷113,頁1716。

26　歐陽修:《論更改貢舉事件劄子》,同上,卷104,頁1590。

　　"新法"一詞見歐陽修《論茶法奏》（1060）曰："茶之新法既行……舊納茶稅，今變租錢"，歐以爲"茶之新法"得利者一，而爲害者五，故宜"除去前令，許人獻説，亟加詳定，精求其當，庶幾不失祖宗之舊制"[27]——此句以新法作爲祖宗舊制的對立面。歐集中"新政"一詞凡二例，均見於治平四年（1067）神宗登極之時，云"當萬機之新政，收厚賞於無功""四海共忻於新政"，[28]這 2 例的"新政"與政策更張變改無關，則此處的"新政"並不意味有違祖宗之法，而可視爲新帝即位，或年號更迭後之政事。

　　總之，和范仲淹一樣，歐陽修認爲慶曆之政爲"更張"，未曾以新政、新法、變法指向慶曆改革。當歐陽修使用"新法"一詞表示改變祖宗法度時，顯具貶義；當"新政"表示新帝即位，未涉政制政策改變，可屬褒義。由於慶曆時既非天子即位，歐陽修亦不認爲慶曆更張從根本性改革祖宗法度——這是他不以"新政"二字描述慶曆變革的主因。

　　皇祐二年（1050），章望之（大中祥符五年 1012 進士）云"慶曆癸未（1043）甲申，用事之臣改革百度"，[29]首以"改革"二字歸納范仲淹主導的慶曆之政。皇祐四年（1052）范仲淹卒，富弼謂其在慶曆之時"別上法度之説甚多"，[30]蘇頌（1020—1101）謂其"修明百度，更張四維"，[31]熙寧六年（1073）吳充（1031—1080）《歐陽修行狀》謂慶曆之政"多所更革"；[32]配合慶曆當事人范、歐用語，反映北宋中葉時人視慶曆之政爲更革、更張，偶爾稱慶曆個別政策爲變法，但不云慶曆之政爲新政、新法。

27　歐陽修：《論茶法奏》，同上，卷 112，頁 1701—1702。

28　歐陽修：《辭覃恩轉左丞表》《乞罷政事第三表》，同上，卷 92，頁 1369；卷 93，頁 1373。

29　章望之：《州學記》，林表民：《赤誠集》（明弘治十年謝鐸刻本），卷 5，頁 5。

30　富弼：《范文正公仲淹墓誌銘》，杜大珪編：《新刊名臣碑傳琬琰之集》（北京：中國國家圖書館藏，宋刻元明遞修本），中集卷 12，頁 4。

31　蘇頌：《代杜丞相祭范資政》，蘇頌著，王同策等點校：《蘇魏公文集》（北京：中華書局，1988 年），卷 70，頁 1062。

32　吳充：《歐陽公行狀》，歐陽修著，李逸安點校：《歐陽修全集·附錄》，卷 3，頁 2694。

宋神宗《言財利可采録施行者甄賞詔》（熙寧二年 1069）亦以“更張”指涉熙寧理財之法，[33]同年侍御史劉琦等諫曰：“先朝所立制度，乃陛下家法……乃欲事事‘更張’，廢而不用，良可惜也。”[34]這是以“更張”作貶義詞，以批評熙寧改革的罕見例子。惟神宗朝時人——尤其是反對改革者——更多以“新法”“變法”指稱王安石主導的熙寧之政。如熙寧三年（1070）劉攽（1023—1089）引“商鞅爲秦變法，其後夷滅。張湯爲漢變法，後亦自殺”故事，批評王安石變法不得人心，恐不得善終（“未有保終吉者”）；[35]同年孫覺（1028—1090）稱青苗法爲“新法”。[36] 熙寧四年（1071），楊繪（1027—1088）主張兼聽支持及反對變法之言，並“聽難于變法者，俾慮其終之害而防之”；[37]同年蘇軾（1037—1101）《上神宗皇帝書》云“臣非敢歷詆新政”——篇中“新政”一詞非如歐陽修泛指神宗登極之政，而是專指“制置三司條例”有違“祖宗以來，治財用者不過三司使副判官”[38]等的政策。《涑水記聞》載熙寧六年（1073）神宗嘗云：“聞民間亦頗苦新法”，[39]若司馬光（1019—1186）記載神宗原話無誤，則神宗本人亦以“新法”二字賅括熙寧之政。此後如熙寧七年（1074）詔：“聞淮南路推行新法，多有背戾”，[40]元豐八年（1085）呂公著（1018—1089）批評王安石“變易舊法”；[41]哲宗繼位，司馬光云王安石“變亂舊章”，請哲宗“悉更張”之；[42]元祐元年（1086）畢

33　宋神宗：《言財利可採録施行者甄賞詔》，佚名編：《宋朝大詔令集》，卷 184，《續修四庫全書》（上海：上海古籍出版社，1995 年），册 456，頁 590。

34　劉琦等：《上神宗論王安石專權謀利及引薛向領均輸非便》，趙汝愚編，北京大學中國中古史研究中心校點整理：《宋朝諸臣奏議》，卷 109，頁 1188。

35　劉攽：《與王介甫書》，《彭城集》，卷 27，《景印文淵閣四庫全書》（上海：上海古籍出版社，1987 年），册 1096，頁 272—273。

36　孫覺：《上神宗論條例司畫一申明青苗事》，趙汝愚編，北京大學中國中古史研究中心校點整理：《宋朝諸臣奏議》，卷 112，頁 1225。

37　楊繪：《上神宗論舊臣多求退》，同上，卷 74，頁 808。

38　蘇軾：《上神宗皇帝書》，蘇軾著，孔凡禮點校：《蘇軾文集》（北京：中華書局，1996 年），卷 25，頁 730、741。

39　司馬光，鄧廣銘、張希清點校：《涑水記聞》（北京：中華書局，1989 年），卷 16，頁 314。

40　李燾編著，上海師範大學古籍整理研究所、華東師範大學古籍整理研究所點校：《續資治通鑑長編》（北京：中華書局，2004 年），卷 252，頁 6179。

41　呂公著：《上哲宗論更張新法當須有術》，趙汝愚編，北京大學中國中古史研究中心校點整理：《宋朝諸臣奏議》，卷 117，頁 1285。

42　司馬光：《請更張新法札子》，司馬光著，李文澤、霞紹暉校點：《司馬光集》（成都：四川大學出版社，2014 年），卷 47，頁 1007。

仲游（1047—1121）謂“新法之行，幾二十年矣”。[43]　大觀元年（1107）《宗室俸錢御筆》云“熙寧變法，皆循中制；而元祐紛更，務從裁削，失敦宗之道”[44]——篇中肯定熙寧變法合於中道，意味元祐諸臣雖猛烈批評“變法”，卻無妨徽宗朝文誥以熙寧變法——廣義來説，以“變法”爲可歌頌之事。和“變法”在元祐以後不一定是貶義一樣，“更張”也不一定是褒義，如朱熹（1130—1200）説“元祐諸賢……蓋矯熙、豐更張之失”，[45]這裏的“熙豐更張”顯爲朱熹所否定。

　　總之，“更張”“變法”概念均爲慶曆、熙豐當事人用語，其褒貶義非不辨自明，須視語境而定。學界已指出在北宋語境下，反對王安石變法者以爲其所變之法是祖宗之法，反對元祐變法者則以爲其所變之法是神宗之法；[46]這切合熙豐至元祐時人認識，但無法概括慶曆之政當事人對“變法”觀念的理解。通過分析范、歐使用本文論題關鍵詞的全部用例可見，范、歐以“更張”二字描述慶曆之政，是因他們視“更張”爲手段，更張的原因是“天下之理有所窮塞”，更張的目的是革弊復常，使“綱紀再振”。[47]

　　有別於今存文獻宋人未曾指慶曆改革爲“新法”，以及不以慶曆之政有違祖宗法度；[48]熙豐政策反對者多以“新法”爲“祖宗之法”的對立面，如元祐八年（1093）范祖禹（1041—1098）云“先太皇太后……罷王安石、呂惠卿等所造新法，而行祖宗舊政”，[49]致使“新法”一詞在元祐以後常含貶義。當然元祐之時不可批評先帝（神宗）太甚，故蘇轍（1039—1112）否定熙豐新法時説：“先帝晚

43　畢仲游：《上門下侍郎司馬温公書》，《西臺集》（北京：中華書局，1985年），卷7，頁92。

44　宋徽宗：《宗室俸錢御筆》，佚名編：《宋朝大詔令集》，卷178，《續修四庫全書》，冊456，頁573。

45　朱熹：《朱子語類》，卷130，朱熹著，朱傑人、嚴佐之、劉永翔主編：《朱子全書》（上海：上海古籍出版社，合肥：安徽教育出版社，2010年），冊18，頁4045。

46　參張呈忠：《變法·更化·變質——試論北宋晚期歷史敘事三部曲的形成》，《歷史教學問題》2019年第5期，頁53。該文尚未討論慶曆改革及與之相關的更張、新政等用語。

47　范仲淹：《答手詔條陳十事》，《范文正公政府奏議》，卷上，范仲淹著，李勇先、劉琳、王蓉貴點校：《范仲淹全集》，頁461—462。

48　曹家齊謂慶曆政事主政及反對者均未就“祖宗家法”正面展開衝突，《趙宋當朝盛世説之造就及其影響——宋朝“祖宗家法”與“嘉祐之治”新論》，《中國史研究》2007年第4期，頁74。

49　范祖禹：《聽政箚子·第二箚子》，《范太史集》，卷25，《景印文淵閣四庫全書》（上海：上海古籍出版社，1987年），冊1100，頁298。

年,寢疾彌留,照知前事之失,親發德音,將洗心自新,以合天意";[50]即認爲神宗
晚年已覺今是昨非,有意撥亂反正,以此作爲元祐更張的理據。反之,紹聖年間
批評司馬光者,則以神宗之政爲祖宗家法,故言"(司馬)光唱(蔡)京和,首變先
帝之法"。[51] 受蘇軾等慣以"新法""新政"指向熙豐變法的影響,元祐以後"新
政"一詞若作褒義用,常須論證其如何符合祖宗之法,如建中靖國元年(1101)
鄧忠臣(熙寧三年1070進士)謂范仲淹之子范純仁(1027—1101)"適訪落之初
年,講圖舊之新政"——[52]藉此强調元祐"新政"的目的是"圖舊",即復祖宗家
法。這種"如何詮釋新政使之符合祖宗家法"的話題,從不見於慶曆之政時人
的論述,反映北宋時人以爲慶曆之政與熙豐政事,性質有別,前者從没被視爲
有違祖宗之法的"新政"。

三、"慶曆新政"失敗,或"慶曆之治"?

"慶曆新政"與"慶曆之治"兩種説法十分弔詭——前者結果未竟全功,[53]
後者卻指向仁宗盛世;則范仲淹改革失敗,何以竟成慶曆致治之由?

當代學者如漆俠、方健均以范仲淹《十事疏》爲"新政"的綱領,標誌其開
始,[54]此認識和范、歐等論"慶曆更張"的内涵大同小異,惟後者更强調慶曆改
革之於揚善去惡、經國濟世的意義,如富弼云:"(范)以十策上之……又先時別
上法度之説甚多,皆所以抑邪佞,振綱紀,扶道經世",[55]或用《十事疏》原話,即

50　蘇轍:《潁濱遺老傳上》,蘇轍著,陳宏天、高秀芳點校:《蘇轍集·欒城後集》(北京:中華
　　書局,1999年),卷12,頁1017。

51　董敦逸:《劾蔡京附司馬光變易神宗之法奏》,李燾編著,上海師範大學古籍整理研究所、
　　華東師範大學古籍整理研究所點校:《續資治通鑑長編》,卷367,頁8836。

52　鄧忠臣:《范忠宣公謚議》,呂祖謙詮次:《皇朝文鑑》(北京:北京大學圖書館藏,宋麻沙
　　劉將仕宅刻本),卷135,頁103。

53　朱瑞熙指出慶曆新政部分政策延續至慶曆五年後,《范仲淹"慶曆新政"行廢考實》,《學術
　　月刊》1990年第2期,頁50—55。

54　漆俠:《范仲淹集團與慶曆新政——讀歐陽修〈朋黨論〉書後》,《歷史研究》1992年第3
　　期,頁133。方健:《前言》,范仲淹著,李勇先、劉琳、王蓉貴點校:《范仲淹全集》,頁10。

55　富弼:《范文正公仲淹墓誌銘》,杜大珪編:《新刊名臣碑傳琬琰之集》,中集卷12,頁4。

"更張以救之……欲正其末，必端其本；欲清其流，必澄其源"。[56] 這種申明慶曆之政端本澄源、扶道經世的評價，復被高度概括爲"修明百度，更張四維"[57] 八字。《十事疏》全文逾 6 400 字，"新"字凡 4 例，無一指向政制法令之"創新"。[58] 皇祐四年，歐陽修撰范仲淹神道碑，歸納慶曆改革內涵爲"天下興學，取士先德行不專文辭，革磨勘例遷以別能否，減任子之數而除濫官，用農桑、考課、守宰等事"；在逾 2 000 字的碑文中，"新"字只有"新失大將"1 例，[59] 與慶曆改革無關；富弼撰范仲淹墓誌銘逾 3 600 字，"新"字 2 例爲"王師新敗"及"斂無新衣"；[60]《宋史·范仲淹傳》逾 4 000 字，"新"字 2 例爲"新莽"及"新罷大寇"。[61] 總之，范、富、歐、《宋史》釋論慶曆之政內涵——甚至綜述范仲淹一生功業時，雖羅列了慶曆期間政策之更變，但均未曾提及慶曆政事爲"新政"，也未云范仲淹政策爲"革新"。

　　宋人（尤其是熙寧、元豐、元祐時人）固有指斥王安石任用小人，同時也討論熙豐政策具體之失，特別是青苗、保甲、免役、市易、茶鹽之法之弊。[62] 與此不同，今存文獻無論是慶曆改革主事或反對者，均罕言慶曆更張具體政策有何錯失。他們互相指斥對方是朋黨與小人，即以儒家傳統的"君子—小人"之論（道德原則），作爲判斷慶曆更革的是非對錯。

56　范仲淹：《答手詔條陳十事》，《范文正公政府奏議》，卷上，范仲淹著，李勇先、劉琳、王蓉貴點校：《范仲淹全集》，頁 462。

57　蘇頌：《代杜丞相祭范資政》，蘇頌著，王同策等點校：《蘇魏公文集》，卷 70，頁 1062。

58　4 例爲"新及第人"、"付新授知州"、"新招者"、"新舊循環，非鰥寡孤獨，不能無役"，范仲淹：《答手詔條陳十事》，《范文正公政府奏議》，卷上，范仲淹著，李勇先、劉琳、王蓉貴點校：《范仲淹全集》，頁 468、471—473。

59　歐陽修：《資政殿學士戶部侍郎文正范公神道碑銘》，歐陽修著，李逸安點校：《歐陽修全集》，卷 21，頁 334。

60　富弼：《范文正公仲淹墓誌銘》，杜大珪編：《新刊名臣碑傳琬琰之集》，中集卷 12，頁 5。

61　脫脫等：《宋史》（北京：中華書局，1977 年），卷 314，頁 10267、10275。

62　如熙寧三年（1070）歐陽修：《言青苗錢第一箚子》，歐陽修著，李逸安點校：《歐陽修全集》，卷 114，頁 1730—1732；熙寧九年（1076）蘇轍：《自齊州回論時事書》，蘇轍著，陳宏天、高秀芳點校：《蘇轍集·欒城集》，卷 35，頁 616—618；元豐八年（1085）呂公著：《上哲宗論更張新法當須有術》，趙汝愚編，北京大學中國中古史研究中心校點整理：《宋朝諸臣奏議》，卷 117，頁 1285。

　　景祐三年（1036），高若訥（997—1055）謂范仲淹"自結朋黨，妄自薦引"，[63]
同年仁宗《責范仲淹敕牓朝堂》論范仲淹"行己之道，挾私立黨者必懲"，[64]這是
慶曆四、五年間"朋黨"論爭的伏線，如慶曆四年藍元震（？—1077）謂范等"以
國家爵禄爲私惠，膠固朋黨"，[65]翌年錢明逸（1015—1071）首劾范、富，謂其"凡
所推薦，多挾朋黨，乞早罷免，使姦詐不敢效尤，忠實得以自立"，[66]皆孳乳自景
祐三年既有觀點。另一方面，慶曆改革當事人確以"抑邪佞，振綱紀，扶道經
世"者自居，由此引伸爲擢用范、富與否，意味善惡執政之別、正邪之爭的認識：

　　其一，慶曆三年仁宗手詔曰"韓琦、范仲淹、富弼，皆中外人望"，[67]以天子
權威肯定韓、范、富執政爲天下所望。慶曆更張主事者採"公議"説，如富弼以
爲朝廷晉用韓、范，應"只從公論，不聽讒毀"；[68]同年歐陽修以爲擢用韓、范"萬
口歡呼，皆謂陛下得人"。[69] 皇祐四年，非慶曆之政主事人張方平（1007—
1091），在祭范仲淹文中亦説慶曆五年范"時望去朝，識者曰咎"；[70]嘉祐元年蘇
洵（1009—1066）回憶慶曆之時范、富、歐、余靖（1000—1064）、蔡襄（1012—
1067）同心執政，蘇洵以"幸其道之將成"和"不幸道未成"，[71]來形容慶曆改革
的開展與失敗。以上呈現的是若干論者認爲韓、范主持慶曆政事，意味眾望所
歸的"君子"執政。

63　田況、儲玲玲整理：《儒林公議》，朱易安等主編：《全宋筆記》第 1 編（鄭州：大象出版社，
　　2003 年），冊 5，頁 128。

64　宋仁宗：《責范仲淹敕牓朝堂》，佚名編：《宋朝大詔令集》，卷 192，《續修四庫全書》，冊
　　456，頁 619。

65　藍元震：《論范仲淹等結黨奏》，李燾編著，上海師範大學古籍整理研究所、華東師範大學
　　古籍整理研究所點校：《續資治通鑑長編》，卷 148，頁 10347。

66　脱脱等：《宋史·錢明逸傳》，卷 317，頁 10347。

67　范仲淹：《答手詔條陳十事》，《范文正公政府奏議》，卷上，范仲淹著，李勇先、劉琳、王蓉
　　貴點校：《范仲淹全集》，頁 461。

68　富弼：《上仁宗乞令韓琦范仲淹更任内外事》，趙汝愚編，北京大學中國中古史研究中心校
　　點整理：《宋朝諸臣奏議》，卷 13，頁 111。

69　歐陽修：《論王舉正范仲淹等箚子》，歐陽修著，李逸安點校：《歐陽修全集》，卷 98，頁
　　1510。

70　張方平：《祭資政范侍郎文》，張方平著，鄭涵點校：《張方平集》（鄭州：中州古籍出版社，
　　2000 年），卷 35，頁 573。

71　蘇洵：《上歐陽内翰第一書》，蘇洵著，曾棗莊箋注：《嘉祐集箋注》（上海：上海古籍出版
　　社，2001 年），卷 11，頁 327。

　　其二，慶曆之政主事者論改革失敗，幾衆口一詞認爲皆因“磨勘、任子之法，僥倖之人皆不便”（歐陽修語），[72] 慕私利者“廣陷良善……指爲朋黨……誣以專權”（歐陽修語），[73] 於是“讒間得行”（富弼語），[74] 慶曆改革者因“衆訾成波，擠落在外”（蔡襄語）。[75]　此外韓琦論慶曆之政未竟全力，亦因“經遠而責近，識大而合寡，故其（范仲淹）言格而未行，或行而復沮者幾十四五”，但韓琦始終認爲慶曆之政“大則恢永圖，小則革衆弊”，若朝廷貫徹執行，則“興起太平，如指掌之易耳。”[76]

　　前述無論慶曆之政主事或反對者，均罕言慶曆更張具體有哪項政策不可行，哪個主張有誤——倒是慶曆四年石介（1005—1045）作《慶曆聖德詩》，范仲淹語韓琦曰：“爲此怪鬼輩壞了也。”韓曰：“天下事不可如此，如此必壞。”朱熹《三朝名臣言行録》認爲《聖德詩》之失在“忠邪太明白”，[77] 學界對此已有詳論，惟須注意以君子、小人之別比類慶曆執政者之更替，確是歐陽修等的認識，如慶曆三年，歐曰：“陛下罷去吕夷簡（979—1044）、夏竦（985—1051）之後，進用韓琦、范仲淹以來，天下欣然，皆賀聖德。君子既蒙進用，小人自恐道消，故共喧然，務騰讒口，以惑君聽”，以爲慶曆之世“堯臣必須大有更張”，[78] 即以韓、范爲堯臣，與其對立者爲小人。蔡襄《乞用韓琦范仲淹奏》云“衆邪并退而衆賢并

72　歐陽修：《資政殿學士戶部侍郎文正范公神道碑銘》，歐陽修著，李逸安點校：《歐陽修全集》，卷 21，頁 335。

73　歐陽修：《論杜衍范仲淹等罷政事狀》，同上，卷 107，頁 1626。

74　富弼：《祭范文正公文》，范仲淹著，李勇先、劉琳、王蓉貴點校：《范仲淹全集》，頁 1092。

75　蔡襄：《祭范侍郎文》，蔡襄著，吳以寧點校：《蔡襄集》（上海：上海古籍出版社，1996年），卷 36，頁 660。

76　韓琦：《文正范公奏議集序》，韓琦著，李之亮、徐正英箋注：《安陽集編年箋注》（成都：巴蜀書社，2000 年），卷 22，頁 724—725。

77　范、韓之對話及“忠邪太明白”之論均見朱熹：《三朝名臣言行録》，卷 1，朱熹著，朱傑人、嚴佐之、劉永翔主編：《朱子全書》，册 12，頁 380。按：范仲淹謂石介爲“怪鬼輩”乃批評其行事方式異常，非以石介爲小人。如歐陽修《與石推官第一書》雖謂石介“自許太高，詆時太過，其論若未深究其源者”，但未視石介爲小人。參見歐陽修著，李逸安點校：《歐陽修全集》，卷 68，頁 991。

78　歐陽修：《論禁止無名子傷毀近臣狀》，歐陽修著，李逸安點校：《歐陽修全集》，卷 106，頁 1619。

進,而天下不泰者無有也";⁷⁹皇祐四年歐陽修《祭資政范公文》,仍以"善不勝惡"⁸⁰作爲慶曆之政未竟全功的主因。

歐陽修、蔡襄以君子進用,小人道消形容范、富等執政,與"慶曆之治"觀念的出現有何關係? 這認識如雙面刃:一方面把慶曆改革諸臣與異見者對立起來,當代學者如方健認爲范、富等終因有違仁宗崇奉的"異論相攪"祖傳統治心術,被"擠落在外"。⁸¹ 另一方面,富、歐、石介等的確塑造了改革諸臣擇善固執、忠梗剛直的形象。慶曆變革失敗後,其主事者忠而被謗的形象更突出,如秦觀(1049—1100)謂慶曆之時"小人不勝其憤,遂以朋黨之議陷之。琦、弼、仲淹等果皆罷去。是時天下義士,扼腕切齒,髮上衝冠",⁸²相關論調在范仲淹身故的皇祐四年尤其多見,諸如"論者漸齟齬不合,作謗害事。公知之如不聞,持之愈堅"(富弼語)、⁸³"至死流離,惟道是賴"(蔡襄語)、⁸⁴"忠臣惓惓,遠不忘國"(蘇頌代杜衍 978—1057)⁸⁵等,這些評論與《楚辭》傳統中"苟余心其端直兮,雖僻遠之何傷"⁸⁶一樣,即通過不如意的仕宦遭遇及未竟全功之改革,反襯慶曆君子不同流合污,持志堅貞,九死未悔的形象。嘉祐以後,韓、富、歐居朝廷要津,標志著仁宗始終肯定慶曆改革者爲賢臣,由此進一步推動了北宋中葉時人對"慶曆更張"即君子之政的想象。這可從以下論述得見。

治平二年(1065)程頤(1033—1107)曰:"如真廟擢种放(955?—1015),先朝用范仲淹……設非君心篤信,寧免疑惑,反自以爲過。"⁸⁷程頤謂仁宗"篤信"范仲淹,不合事實,是其對先朝君賢臣忠、君臣相契的美好想象。治平中,范純

79　蔡襄:《乞用韓琦范仲淹》,蔡襄著,吳以寧點校:《蔡襄集》,卷 18,頁 334。

80　歐陽修:《祭資政范公文》,歐陽修著,李逸安點校:《歐陽修全集》,卷 50,頁 697。

81　方健:《范仲淹評傳》(南京:南京大學出版社,2001 年),頁 277、283—286。

82　秦觀:《朋黨》,秦觀著,周義敢、程自信、周雷編注:《秦觀集編年校注》(北京:人民文學出版社,2001 年),卷 17,頁 367。

83　富弼:《范文正公仲淹墓誌銘》,杜大珪編:《新刊名臣碑傳琬琰之集》,中集卷 12,頁 4。

84　蔡襄:《祭范侍郎文》,蔡襄著,吳以寧點校:《蔡襄集》,卷 36,頁 660。

85　蘇頌:《代杜丞相祭范資政》,蘇頌著,王同策等點校:《蘇魏公文集》,卷 70,頁 1062。

86　屈原:《涉江》,洪興祖撰,白化文等點校:《楚辭補注》(北京:中華書局,1983 年),頁 130。

87　程頤:《爲家君應詔上英宗皇帝書》,程顥、程頤著,王孝魚點校:《二程集·河南程氏文集》(北京:中華書局,2004 年),卷 5,頁 526。

仁曰："竊以昔在治隆之世，多求諫爭之臣……仁皇嘗行此道以致太平"，[88]文中緊接此句舉"先臣"（即范仲淹）爲例，意指仁宗擢用如其父的諫諍之臣，仁宗致治之道在於親賢。元祐元年（1086）蘇轍云："仁宗皇帝仁厚淵嘿，不自可否……孔道輔（986—1039）、范仲淹、歐陽修、余靖之流以言事相高。此風既行，士恥以鉗口失職。"[89]這泛指慶曆前後諸臣敢於進諫。學界已指出熙豐變法與宋仁宗形象提升的關係，[90]就上述材料可見，塑造仁宗爲任賢納諫之明君形象，已見於英宗朝。

　　美化慶曆改革爲"慶曆之治"的另一方式，是把慶曆改革倡議與仁宗之德政等同起來——善政勛業則歸功天子，這固沿襲先秦儒家傳統，[91]但以《十事疏》內容爲人臣（范、富等）或人君（仁宗）之政策，仍大不相同：分別當然在於熙寧以後，宋代執政者可以批評前代官員，但幾不可能批評先帝，所以視"十事"爲仁宗主見，意味慶曆改革必然正確。最具代表性也最權威的是元豐六年（1083）關於仁宗徽號的討論：王珪（1019—1085）等請上仁宗徽號，論慶曆之時仁宗"發德音，下明詔，興學校，勸農桑，修廢官，舉逸民。破拘攣之例以薦進人才，革因循之法以旌別能否。"文中"拘攣""因循"爲貶義詞，予人"更張"理所當然的印象，餘像興學校、勸農桑等都是必然正確的。同年七月王珪撰《仁宗皇帝加上徽號冊文》，又云慶曆之時"方朝廷之久安，迺大革因循，而聖政又新。"[92]句中用了"革""新"二字描述慶曆更張，這個"新"字兼指慶曆之時朝廷氣象一新及政策之更變；王珪在元豐年間謳歌慶曆改革，與當時神宗親自主持變法，王珪投其所好有關，這和慶曆更張當事人未曾以"革新"指涉慶曆政事大不相同，但這説法絕不見於反對熙豐變法者。慶曆之政最爲人稱頌的，是州縣立學，這同樣被視爲仁宗和慶曆改革者的共同主張：即宋人如歌頌范仲淹時，

88　范純仁：《安州通判到任表》，《范忠宣公文集》（上海：上海圖書館藏，元刻明修本），卷6，頁1。

89　蘇轍：《論臺諫封事留中不行狀》，蘇轍著，陳宏天、高秀芳點校：《蘇轍集・欒城集》，卷36，頁623。

90　張林：《熙豐變法與宋仁宗形象的提升》，《史學集刊》2015年第3期，頁4—10。

91　左丘明傳，杜預注，孔穎達疏：《春秋左傳正義》："齊桓修霸業，卒平宋亂，宋人服從，欲歸功天子。"李學勤主編：《十三經注疏》（北京：北京大學出版社，2000年），卷9，頁285。

92　徐松輯，劉琳等校點：《宋會要輯稿》（上海：上海古籍出版社，2014年），頁2032—2033。

會説仁宗"詔天下州縣皆立學……參知政事范公仲淹請也";[93]或當更强調仁宗之德時説"仁宗皇帝欲以人文陶一世,乃下書俾郡邑立學"(熙寧元年)、[94]"慶曆中,仁宗皇帝鋭意圖治,以庠序爲教化之本,于是興崇太學,首善天下"。(紹聖元年1094)[95]這當然符合以庠序之教爲治國育才之本——這不容置疑的儒家準則,使"興學"與"任賢"一樣,爲"慶曆之治"概念的兩個最重要内涵。

綜上所述,英宗朝以後論慶曆之政,更聚焦仁宗用諫諍之臣,及慶曆興學的意義,加上把改革者主張視爲仁宗主見,在"追憶"先朝盛世的想象下,終於形成"慶曆之治"概念。元符三年(1100)陳師錫(1053—1121)云仁宗"擢用杜衍、范仲淹、富弼、韓琦,以至慶曆、嘉祐之治,爲本朝甚盛之時,遠過漢、唐,幾有三代之風",[96]首見"慶曆之治"説,引文中所舉四人均參與慶曆更張,即北宋後期已有慶曆之治足可媲美三代之見解。秦檜(1091—1155)説"復慶曆、嘉祐之治,乃國家福也";[97]陳俊卿(1113—1186)曰"本朝之治惟仁宗爲最盛",勸勉孝宗"專以仁宗爲法,而立政任人之際,必稽成憲而行,則慶曆、嘉祐之治不難致";[98]蔡杭(1193—1259)曰:"我朝慶曆之初,仁祖鋭意求治,登用諸賢,而韓琦、富弼、范仲淹亦皆同心體國,上前争事而下殿不失和氣……故卒至慶曆之治";[99]吕中(淳祐七年1247進士)曰"仁宗慶曆之治,至今景仰以爲甚盛"[100]——

93　陳垓:《高郵軍興化縣重建縣學記》,范仲淹著,李勇先、劉琳、王蓉貴點校:《范仲淹全集》,附録七,頁1043。

94　鄭獬:《安州重修學記》,《鄖溪集》,卷15,《景印文淵閣四庫全書》(上海:上海古籍出版社,1987年),册1097,頁253。

95　朱長文:《春秋通志序》,《樂圃餘藁》,卷7,《景印文淵閣四庫全書》(上海:上海古籍出版社,1987年),册1119,頁36。

96　陳師錫:《上徽宗論任賢去邪在于果斷奏》,趙汝愚編,北京大學中國中古史研究中心校點整理:《宋朝諸臣奏議》,卷17,頁160。

97　李心傳:《建炎以來繫年要録》,卷152,《景印文淵閣四庫全書》(上海:上海古籍出版社,1987年),册327,頁121。

98　朱熹:《少師觀文殿大學士致仕魏國公贈大師諡正獻陳公行狀》,《晦庵先生朱文公文集》,卷96,朱熹著,朱傑人、嚴佐之、劉永翔主編:《朱子全書》,册25,頁4457。

99　蔡杭:《上殿輪對劄》,《久軒公集》,蔡有鶤輯,蔡重增輯:《蔡氏九儒書》,卷8,《四庫全書存目叢書》(臺南:莊嚴文化事業有限公司,1997年),册346,頁823—824。

100　吕中:《國勢論》,《宋大事記講義》,卷1,《景印文淵閣四庫全書》(上海:上海古籍出版社,1987年),册686,頁195。

在上述從陳師錫開始的幾條材料中，"慶曆之治"未曾讓宋人不辯自明地想到改革、新法、變法等含義，如陳師錫等説"慶曆、嘉祐之治"，嘉祐時並無變法。此外，上述材料無一關注慶曆改革的具體内容，只把慶曆之治歸因於仁宗任賢、納諫，以及忠臣同心輔政；於是"慶曆之治"的内涵，被簡化或提升爲諸如"開納直言，善御群臣，賢必進，邪必退"[101]等必然正確的論調。紹興間，李綱（1083—1140）曰：

> 嘉祐間，韓琦、范仲淹、富弼之流用於朝廷，其所薦引，類多君子，小人不悦，指爲朋黨，欲盡斥去。賴仁宗皇帝有以察之，故小人之言不用，而韓琦、范仲淹、富弼之德業得以光明於時，此宗社無疆之福也。[102]

先不管范仲淹非執政於嘉祐——李綱完全無視慶曆主事者確因"衆訾成波，擠落在外"，慶曆改革未竟全功的事實，又以韓、范等的"德業"爲仁宗察小人之言的結果——若非李綱對本朝歷史認識極貧乏（這很不可能），即他應是故意建構並美化"慶曆（嘉祐）之治"，以之作爲當朝天子（高宗）的榜樣。這種重塑先朝之政的策略，顯然無法揭示慶曆改革真正的内涵和特色，卻創造了仁宗、范仲淹等君臣相契的慶曆理想世界。

四、關於范仲淹故後宋人對其評價問題

學界已指出慶曆時黨同伐異，非如後世想象般和而不同。[103] 范仲淹在世時所受批判很多，其"一代名世之臣"的形象確立於北宋末期，[104]後愈趨理想化，

101　陳師錫：《上徽宗論任賢去邪在于果斷奏》，趙汝愚編，北京大學中國中古史研究中心校點整理：《宋朝諸臣奏議》，卷 17，頁 160。

102　李綱：《論朋黨箚子》，李綱著，王瑞明點校：《李綱全集》（長沙：岳麓書社，2004 年），卷 81，頁 822。

103　宮崎市定：《宋代の士風》，見氏著：《宮崎市定全集》（東京：岩波書店，1999 年），册 11，頁 339—375。

104　遠藤隆俊：《宋代蘇州范文正公祠》，范敬中主編：《中國范仲淹研究文集》（北京：群言出版社，2009 年），頁 325。

成爲"士大夫精神世界的聖人"(王瑞來語)。[105] 朱熹曰"本朝忠義之風,却是自范文正公作成起來"。[106] 這觀點幾成南宋對范仲淹的定評。[107] 那在此之前,即范仲淹故後至北宋末年這段關鍵時間,北宋時人——尤其是熙豐變法主事者宋神宗、王安石對范仲淹有何評價?

今存皇祐至靖康年間文獻,有別於范仲淹忠義、賢德以外形象的記載不多,如熙寧中釋文瑩(仁宗至神宗朝時人)引范仲淹嘗謂人曰:"子野居常病羸不勝衣,及其論忠義,則龍驤虎賁之氣生焉"云云,以爲范"極端方,而笑謔有味"[108]——這是極少數論范仲淹説話風格的文字。神宗朝,強至(1022—1076)引韓琦語,云范仲淹任司諫時當面語丞相王曾(977—1038)曰:"宰相當顯拔人物,爲朝廷用",范據此批評王曾自"當國……門下未見一人";王曾回應説:"司諫不思耶?若恩盡歸己,怨將誰歸?",范"怳若自失,退語公(韓琦)曰:'真宰相器。'"[109]——這段文字記范仲淹偶思慮不周,不明白王曾用心良苦,但總的來説始終呈現范期望宰相任賢、范明白王曾所想後對其敬重有嘉的正面形象。元符年間蘇轍記范仲淹"早歲排呂許公(呂夷簡),勇於立事,其徒因之,矯厲過直,公亦不喜也",慶曆之政失敗後范再遇呂,"知事之難,惟有過悔之語,於是許公欣然相與語終日",[110]這和歐陽修撰范仲淹神道碑謂慶曆以後"二公(呂、范)歡然相約戮力平賊"[111]的晚年關係脗合,與范純仁謂"吾翁未

105 王瑞來:《配享功臣:蓋棺未必論定——略説宋朝官方的歷史人物評價操作》,《史學集刊》2011 年第 5 期,頁 38。

106 朱熹:《朱子語類》,卷 17,朱熹著,朱傑人、嚴佐之、劉永翔主編:《朱子全書》,冊 18,頁 1636。

107 劉子健指出朱熹曾 15 次稱頌范仲淹,James T. C. Liu,"An Early Sung Reformer:Fan ChungYen", in John K. Fairbank, ed., *Chinese Thought and Institutions*(Chicago:The University of Chicago Press, 1957), pp. 111.

108 釋文瑩著,鄭世剛整理:《續湘山野錄》,朱易安等主編:《全宋筆記》第 1 編(鄭州:大象出版社,2003 年),冊 6,頁 72。

109 強至著,黃純艷整理:《韓忠獻公遺事》,朱易安等主編:《全宋筆記》第 1 編(鄭州:大象出版社,2003 年),冊 8,頁 19。

110 蘇轍著,孔凡禮整理:《龍川別志》,卷上,朱易安等主編:《全宋筆記》第 1 編(鄭州:大象出版社,2003 年),冊 9,頁 327。

111 歐陽修:《資政殿學士戶部侍郎文正范公神道碑銘》,歐陽修著,李逸安點校:《歐陽修全集》,卷 21,頁 335。

嘗與呂公平也"[112]有別。[113] 蘇轍的記載寫慶曆改革後，范對政治體會更深，對景祐時抨擊呂夷簡太甚有悔意。饒有意思的是：即使歐陽修堅持呂、范和好屬實，元祐以後宋人其實已甚少關注范仲淹罷參知政事後的想法——他們更常按"君子—小人"二元對立的思維定勢，塑造范仲淹在慶曆期間及被貶後"持之愈堅"（前引富弼語）的"第一品人"（黃庭堅 1045—1105）[114]形象，使得范仲淹的形象趨於扁平。

皇祐至元豐期間對范仲淹顯有貶評的材料極罕見，只有幾下幾項：署名梅堯臣（1002—1060）著《碧雲騢》及梅詩——宋人或以《碧雲騢》爲魏泰（神宗至徽宗年間）僞作，劉子健、孫雲清已駁此説。[115] 劉、孫及朱東潤均同意梅堯臣《靈烏後賦》批評范仲淹執政措置不當，"既不我德，又反我怒"；[116]但劉、孫對《碧雲騢》作者是否梅堯臣所著觀點各異：劉認爲范、梅雖於慶曆年間決裂，乃因梅一時氣憤，其内心還是承認范不失爲偉人；[117]孫雲清反對此説，認爲《碧雲騢》中范仲淹形象，與范、梅二人關係變化，以及梅詩中對范的不滿脗合，没理由認爲《碧雲騢》不是梅的著作。[118] 方健亦認爲如梅堯臣《諭鳥》《日蝕》《次韻答黃介夫七十韻》等明顯反映梅對范強烈不滿，《碧雲騢》爲梅撰無疑。[119] 按：《次韻答黃介夫七十韻》寫於嘉祐三年（1058），距范卒年已六年，距梅卒年只兩

112　葉夢得著，徐時儀整理：《避暑録話》，卷上，朱易安等主編：《全宋筆記》第 2 編（鄭州：大象出版社，2006 年），册 10，頁 260。

113　關於呂、范關係的研究參王瑞來：《范呂解仇公案再探討》，《歷史研究》2013 年第 1 期，頁 54—67。

114　黃庭堅：《跋范文正公詩》，黃庭堅著，劉琳、李勇先、王蓉貴校點：《黃庭堅全集》（成都：四川大學出版社，2001 年），正集卷 26，頁 689。

115　劉子健：《梅堯臣〈碧雲騢〉與慶曆政爭中的士風》，見氏著：《兩宋史研究彙編》，頁 103—116；孫雲清：《〈碧雲騢〉新考》，徐規主編：《宋史研究集刊》（杭州：浙江古籍出版社，1986 年），頁 341—367。

116　劉、孫觀點出處同上，並參梅堯臣著，朱東潤編年校注：《梅堯臣集編年校注》（上海：上海古籍出版社，2006 年），卷 15，頁 323。

117　劉子健：《梅堯臣〈碧雲騢〉與慶曆政爭中的士風》，見氏著：《兩宋史研究彙編》，頁 103—116。

118　孫雲清：《〈碧雲騢〉新考》，徐規主編：《宋史研究集刊》（杭州：浙江古籍出版社，1986 年），頁 341—367。

119　方健：《范仲淹評傳》，頁 86—97。梅堯臣：《諭鳥》《日蝕》《次韻答黃介夫七十韻》，梅堯臣著，朱東潤編年校注：《梅堯臣集編年校注》，卷 15，頁 291、305；卷 28，頁 1018。

年,反映慶曆以後梅對范的憤恨未因范亡故淡化,梅很可能至死未能釋懷,並非"一時氣憤"。本文採孫雲清、方健觀點認爲《碧》當爲梅作。

　　就本文關注點而言,則無論梅詩或《碧雲騢》,均未具體批評慶曆改革綱領和內涵——梅刺范的詩歌篇幅不長,難像評論文章般詳論慶曆政策,但即使是筆記體的《碧雲騢》,寫的也是"范仲淹收群小,鼓扇聲勢,又籠有名者爲羽翼,故虛譽日馳,而至參知政事""妝群小,籠名士"等人格批評,並譏諷范仲淹微時攀附范仲尹(景祐時任中書省吏),"曩大有貲蓄,已爲仲淹取給盡矣",後"仲尹貧,范仲淹略不撫其家";或謂慶曆三年仁宗"自即位,視群臣多矣,知仲淹無所有……密試以策,觀其所蘊","策進,果無所有。上笑曰:'老生常談耳'……因不復用",[120]以刻劃范仲淹無能,爲仁宗所棄的負面形象。這段話把仁宗與慶曆改革之臣(范仲淹)分別開來,則慶曆改革失敗,反而是仁宗不任碌碌無能之臣(范仲淹)的結果。文中對范的政見只以"果無所有""老生常談"一筆帶過,仁宗譏笑范"無能"等顯屬虛構。總之,以上反映:一、梅對范的貶評始於二人交惡,在梅詩中以鳥意象書寫其怨懟之情,在筆記體文字更進一步虛構故事,醜化范爲謀私結黨、無能、吝嗇之人;二、梅批評的是范本人,而不是慶曆改革;三、梅否定范的方式,仍是塑造范爲小人(收群小、攀附權貴、吝嗇、不感恩圖報),這一準則和慶曆四年藍元震批評范、歐等以"國家爵祿爲私惠,膠固朋黨……挾恨報仇,何施不可"[121]並無不同。

　　除梅堯臣外,景祐至元豐非因個人關係對范仲淹顯有貶評者,只有宋神宗及王安石——這對解釋他們何以從不認爲"熙豐變法繼承慶曆改革"的問題,非常重要。學界對慶曆時王安石由衷肯定並期盼范等能致太平之業、皇祐元年范、王交往,以及皇祐四年王祭范文稱其爲"一生之師,由初迄終,名節無

120　梅堯臣著,儲玲玲整理:《碧雲騢》,朱易安等主編:《全宋筆記》第 1 編(鄭州:大象出版社,2003 年),冊 5,頁 79。

121　藍元震:《論范仲淹等結黨奏》,李燾編著,上海師範大學古籍整理研究所、華東師範大學古籍整理研究所點校:《續資治通鑑長編》,卷 148,頁 3582。

疵"[122]已有詳論。[123] 王在范卒年,謂慶曆之政"扶賢贊傑,亂冗除荒",嗟歎范"卒屏于外,身屯道塞",設想"肆其經綸,功孰與計?"[124]這和前引慶曆改革主事者的認識相同。高克勤認爲王繼承和發展了慶曆新政的改革精神,[125]這從當代觀點而言足可成立,但問題是:何以在熙豐變法時期,王安石從没這樣説?漆俠認爲王既非"范仲淹集團"也非范的反對派,另劉子健、漆俠均注意到熙寧九年王批評范"廣名譽,結游士,以爲黨助,甚壞風俗",[126]揭示王對范的態度,絶非僅如其祭范文中所言"一世之師"般美好。但學界罕言王安石這段對范的批評,是承接神宗對范的貶評而説的,須進一步討論。

嘉祐三年,王安石《上仁宗皇帝言事書》云:"朝廷異時欲有所施爲'變革',其始計利害未嘗熟也,顧一有流俗僥倖之人不悦而非之,則遂止而不敢爲",[127]此指慶曆之政,即王安石視慶曆之政爲變革。"僥倖之人不悦"和慶曆主事者説法相同,"始計利害未嘗熟"的主語是朝廷,這裏的"朝廷……遂止而不敢爲"曲指范、富思慮慶曆改革尚有不周,未克其終。當然實際上范等罷政是朋黨論、進奏院事件、僞造石介書信等的結果,尚不可視爲王批評范的確據,但可見王在嘉祐之時已指出慶曆變革考慮欠周詳。

熙寧五年,神宗語王安石曰:"人謂今日朝廷邊事勝慶曆中,此甚不然",原因是"方仲淹爲帥時,元昊已困";王認同神宗之言,引伸説:"范仲淹非有過人

122　王安石:《祭范潁州文》,《臨川先生文集》,卷 85,王安石著,王水照主編:《王安石全集》
　　　（上海:復旦大學出版社,2016—2017 年）,册 7,頁 1493。

123　高克勤:《道宗當世,名重本朝——簡論范仲淹與王安石》,見氏著:《王安石與北宋文學
　　　研究》（上海:復旦大學出版社,2006 年）,頁 131—142。

124　王安石:《祭范潁州文》,《臨川先生文集》,卷 85,王安石著,王水照主編:《王安石全集》,
　　　册 7,頁 1493—1494。

125　高克勤:《道宗當世,名重本朝——簡論范仲淹與王安石》,見氏著:《王安石與北宋文學
　　　研究》,頁 138。

126　李燾編著,上海師範大學古籍整理研究所、華東師範大學古籍整理研究所點校:《續資治
　　　通鑑長編》,卷 275,頁 6732。劉子健:《梅堯臣〈碧雲騢〉與慶曆政爭中的士風》,見氏著:
　　　《兩宋史研究彙編》,頁 104;漆俠:《范仲淹集團與慶曆新政——讀歐陽修〈朋黨論〉書
　　　後》,《歷史研究》1992 年第 3 期,頁 127。

127　王安石:《上仁宗皇帝言事書》,《臨川先生文集》,卷 39,王安石著,王水照主編:《王安石
　　　全集》,册 6,頁 767。

智略,粗知訓練持守,元昊已不能侵犯",[128]句中描述范軍事能力平平,非有過人之處,這和北宋中葉後宋人常歌頌范仲淹才兼文武大不相同。[129]在王安石説出以上觀點前,神宗尚未提及范仲淹——認爲范軍士智略並不過人的觀點是王主動提出來的,接續王補上一句:"當是時惟仲淹爲見稱述,即仲淹亦粗勝一時人。仲淹爲帥,元昊所以不能犯者,爲主客勢異,仲淹務自守故也。""粗勝"即"稍勝",比"一時人"好一些,但非傑出人物。再接續,神宗謂"歐陽修議狀極無理趣",王附和神宗論水洛城事,謂尹洙(1001或1002—1047)"實不曉事,妄作向背而有時名……如此等人最害世事","(韓)琦尤嚴重洙",神宗認同王對尹、韓的批評("上以爲然")。[130]以上可見,熙寧間神宗、王安石在同一段對話中,包含了對范、韓、歐、尹四個慶曆改革主事人或支持者的批評,絕非巧合。二人對慶曆主事者的貶評互相發揮,也彼此認同;並且,二人都未曾以"君子—小人"的二元對立模式,簡單地賅括慶曆改革者爲賢臣。

《熙寧奏對日録》中,王安石對每一位慶曆改革主事者幾乎都有批評,如説"如(歐陽)修輩,尤惡綱紀立,風俗變"、"鯀以方命殛,共工以象恭流。富弼兼此二罪";神宗謂"韓琦用心可知,天時荐饑,乃其所願也",王回應説:"若與之(韓琦)計國事,此所謂啓寵納侮";[131]再一次,神宗、王安石對韓琦的貶評一唱一和。[132]以上批評的力度甚强烈,有悖時人多以慶曆改革者爲君子、賢臣的成見。這是熙寧九年,即王安石説范"非有過人智略"四年後,神宗與王安石再次批評范的背景。熙寧九年神宗、王安石論范仲淹,這段話非常重要,全録如下:

128　李燾編著,上海師範大學古籍整理研究所、華東師範大學古籍整理研究所點校:《續資治通鑑長編》,卷234,頁5673。

129　如黃庭堅《跋范文正公手書道服贊》謂"范文正公當時文武第一人",黃庭堅著,劉琳、李勇先、王蓉貴校點:《黃庭堅全集》,補遺卷9,頁2308。

130　李燾編著,上海師範大學古籍整理研究所、華東師範大學古籍整理研究所點校:《續資治通鑑長編》,卷234,頁5673。

131　王安石:《熙寧奏對日録》,王安石著,王水照主編:《王安石全集》,冊4,頁135、116。

132　按:王安石在《忠獻韓公挽辭二首》之二中歌頌韓"英姿爽氣歸圖畫,茂德元勛在鼎彝",這和《日録》所載對韓的評價明顯不同。同上,冊5,頁691。語録及私人著作,通常較公文及頌篇更反映作者真實觀點。前述《碧雲騢》對范的批評顯較梅詩激烈,情況類似。

上又論范仲淹欲修學校貢舉法，乃教人以唐人賦體《動静交相養賦》爲法，假使作得《動静交相養賦》，不知何用？且法既不善，即不獲施行，復何所憾！仲淹無學術，故措置止如此而已。

安石曰：“仲淹天資明爽，但多暇日，故出人不遠。其好廣名譽，結游士，以爲黨助，甚壞風俗。”

上曰：“所以好名譽，止爲識見無以勝流俗爾。如唐太宗亦英主也，乃學庾信（513—581）爲文，此亦識見無以勝俗故也。無以勝俗則反畏俗，俗共稱一事爲是，而己無以揆知其爲非，則自然須從衆，若有以揆其爲非，則衆不能奪其所見矣。”[133]

　　以上對話八成（第一、三段）都是神宗觀點，可見：一、在這次神宗、王安石批評范的論述中，神宗是主導角色，王附和神宗對范的貶評，並作發揮。二、神宗先直接否定貢舉法内容，再泛論范仲淹“無學術”，則神宗否定的不止是慶曆改革個別政策，而是全面否定范的識見、能力。三、王大致同意神宗對范“學術”的批評——“多暇日”句指范不專心治學，這是王認爲范雖天資聰敏卻始終“出人不遠”的原因。四、王接續批評范結黨、好名，“甚壞風俗”的評語與前引富弼云慶曆之時范仲淹“振綱紀”南轅北轍。五、神宗同意王的觀點，再舉唐太宗事爲例，論證范“好名譽”正因識見非異於世俗，故隨波逐流，爭名結黨。

　　學界過去多聚焦熙寧九年王對范的批評，忽視對話中神宗才是主導角色。以上可見在熙寧間對慶曆改革主事者（范、韓、富、歐）的貶評，既是王安石的觀點，更是神宗的認識——在二人上述對話中，神宗較王對慶曆改革主事者的抨擊更廣泛、直接。今存文獻未見熙寧五年前神宗對范的批評，這或因文獻佚失，也可能是靖康以後范被視爲忠義代表，王被視爲小人，致使熙豐年間的對范的批評難以流傳——但按常情而論，神宗對范的貶評不會突如其來，較可能是他

<hr>

133　李燾編著，上海師範大學古籍整理研究所、華東師範大學古籍整理研究所點校：《續資治通鑑長編》，卷 275，頁 6732。

成年後已有的成見。從熙豐年間,連一篇扣連慶曆更張及熙豐變法關係的詔令都没有的事實可推測:神宗根本不認爲慶曆改革值得取法,王附和其説,在他和神宗的認識中,慶曆之政並非典範,過失頗多。熙寧時,范已非王安石充分肯定的名臣。這當然主導了熙豐時期,朝廷對慶曆改革的評價。

另一方面,熙豐年間神宗、王安石對范的貶評,未曾影響反對王安石變法者歌頌范仲淹人格及肯定慶曆之治的判斷。神宗朝後,元祐元年(1086)蘇轍説"慶曆之盛,朝多偉人。維范與富,才業名位,實相先後,海内稱誦。見於聲詩,比之夔、契。"[134]"惟仲淹、弼,一夔一契"本是石介《慶曆聖德詩》名句,田況《儒林公議》舉出《聖德詩》此句後云"氣類不同者惡之(石介)若仇"[135]——然而在石介身故(也是范仲淹罷參知政事)42年後,蘇轍再一次以范、富比夔、契,反映蘇轍堅持范、富足可比肩帝禹之賢臣的認識。同年,王巖叟(1043—1093)曰:"石介作爲《聖德頌》以詠仁宗之美,天下流傳,至今稱爲盛事。"[136]類似説法見於元祐二年蘇軾曰:"石介作《慶曆聖德詩》,歷頌群臣,皆得其實。曰:'維仲淹、弼,一夔一契。'天下不以爲過。"[137]以蘇軾的博學及其與歐陽修的關係,肯定知道《聖德詩》對慶曆改革的負面影響,這意味:在慶曆之政事過境遷後——就算連慶曆當事人(范、韓)也曾認爲《聖德詩》忠邪太分明——蘇軾(以及王巖叟)還是認同石介指出了慶曆之治最關鍵的理由:即仁宗任賢。按此,石介曾經的污名幾完全洗刷。

元祐以後,對范爲忠賢之臣的判斷,進一步成爲朝野共識。元祐三年以哲宗名義予范純仁的批答云:"吾聞之乃烈考曰:'君子先天下之憂而憂,後天下之樂而樂。'雖聖人復起,不易斯言。"[138]這段句以天子權威,肯定范仲淹名言契合聖人之道;元祐四年,蘇軾謂范"於仁義禮樂,忠信孝弟,蓋如飢渴之於飲

134　蘇轍:《富弼贈太師》,蘇轍著,陳宏天、高秀芳點校:《蘇轍集·欒城集》,卷32,頁557。
135　田況、儲玲玲整理:《儒林公議》,朱易安等主編:《全宋筆記》第1編,册5,頁88。
136　王巖叟:《上哲宗再論安燾除命》,趙汝愚編,北京大學中國中古史研究中心校點整理:《宋朝諸臣奏議》,卷57,頁629。
137　蘇軾:《富鄭公神道碑》,蘇軾著,孔凡禮點校:《蘇軾文集》,卷18,頁531。
138　蘇軾:《賜新除守尚書右僕射兼中書侍郎范純仁上第一表辭免恩命不允批答》之二,同上,卷43,頁1252。

食……蓋其天性有不得不然者”，[139]以天性論演繹范仲淹好仁樂義，出於本心；即使是同年梁燾（1034—1097）《劾范純仁第二疏》謂其“妄自比其父之敢爲，可謂不忠矣”，[140]或紹聖四年（1097）葉濤（熙寧六年1073進士）《范純粹落職居住制》謂其“傾邪險詖，出於天資。反覆導諛，忘其父志”[141]——兩篇文章猛烈抨擊范仲淹之子狗尾續貂，但始終肯定范仲淹“敢爲”及其“志”；故范純仁、純禮（1031—1106）、純粹（1046—1117）兄弟雖名列元祐黨人碑，卻絲毫不曾動搖哲、徽宗年間范仲淹的正面形象。王得臣（1036—1116）《麈史》記寇準（961—1123）、范仲淹同爲善政，“邦人神明之”，肯定二人“生澤其民，歿列於神，可謂盛德矣”；[142]側寫范之功德爲上天肯定，這是神化范仲淹較早期的記載。靖康元年（1126）追封范仲淹爲魏國公，誥令曰：“危言警世，高誼薄乎天地；直道立朝，勁氣貫乎金石。入議大政，有功斯人”，[143]至是，宋人對范的忠義形象再無異議。

　　總之，梅堯臣對范的批評出於個人恩怨。與此不同，認爲慶曆改革計慮不深、范、韓、富等識見不足，好名結黨是神宗、王安石的共同立場——他們對范的批評有時候先由神宗提出（熙寧九年），有時候先由王安石提出（熙寧五年），二人互相發揮、彼此支持。當然這並不意味慶曆至皇祐間王對范的仰慕不是出於真心，但正如熙寧間王對歐陽修態度已遠不如他曾在《上歐陽永叔書》的謙恭一樣，[144]隨著王的歷練、對變法之方針愈有個人判斷，他已敢於在天子面前批評他曾稱爲“名節無疵”的范仲淹好名譽、甚壞風俗。熙寧元年後，王已不再提及他認同慶曆改革，可視爲他對范的評價已有改變的佐證。雖然如此，景祐以後像梅堯臣、神宗、王安石對范的貶評畢竟甚罕見，未成風尚，尤其不被反對熙豐變法者認同。

139　蘇軾：《范文正公文集敍》，卷10，頁312。

140　梁燾：《劾范純仁第二疏》，李燾編著，上海師範大學古籍整理研究所、華東師範大學古籍整理研究所點校：《續資治通鑑長編》，卷428，頁10349。

141　葉濤：《范純粹落職居住制》，佚名編：《宋朝大詔令集》，卷208，《續修四庫全書》，冊456，頁676。

142　王得臣著，俞宗憲點校：《麈史》（上海：上海古籍山版社，1986年），卷中，頁25。

143　汪藻：《范仲淹追封魏國公誥》，汪藻著，王智勇箋注：《靖康要録箋注》（成都：四川大學出版社，2008年），卷3，頁428。

144　王安石：《上歐陽永叔書》之二：“懼終不能以上副也。輒勉強所乏，以酬盛德之貺”，王安石：《臨川先生文集》，卷74，王安石著，王水照主編：《王安石全集》，冊6，頁1323。並參顧永新：《歐陽修和王安石的交誼》，《文學遺產》2001年第5期，頁128—130。

　　此外還可見一個趨勢，景祐以後直至南宋，即使是褒揚范仲淹者，也愈來愈少提及他在慶曆時期的政見，卻更強調其作爲名臣、剛梗之士的形象。舉樓鑰(1137—1213)《范文正公年譜》爲例，《年譜》雖在慶曆三、四年條簡述《十事疏》內容，可是作爲范仲淹一生行事書冊提綱挈領的《年譜·序》，序文遍述范家世、童年、舉進士、出仕、建義莊、個性、好施予、名言、德政、官至參知政事、謚號、著作、妻兒——而隻字不提慶曆改革。[145] 一言蔽之：樓鑰並不認爲慶曆改革之於賅括及評價范仲淹一生，有重要意義。這反映在南宋之時論者雖偶爾比較范、王改革之別，卻明顯更強調范仲淹正人君子的形象，而非其改革家身分。

五、范、王之比較——兼論"熙豐時期慶曆革新派趨於保守"説

　　當代評論或曰熙豐時期，慶曆革新派趨於保守，這在當代話語中屬貶評，卻非宋人的理解。然則宋人以爲慶曆改革與熙豐變法有何不同？南宋以後關於范、王之比較有何特色？

　　熙寧六年，韓琦在《歐陽修墓誌銘》謂慶曆時范、歐等舉綱紀、絕僥倖，以助天子"整齊衆治，以完太平"；又記熙寧時歐反對青苗法，歐曰："時多喜新奇，而臣思守拙；衆方興功利，而臣欲循常"，[146]引文中"守拙"爲褒義詞，如陶潛(365—427)詩"守拙歸園田"[147]指以拙自安，"守拙"與"新奇"相對，"循常"與"功利"對立，歐以常道爲人臣執政之圭臬，故反對標新立異求功利。韓認爲這是歐在慶曆、熙寧年間始終如一的立場。

　　熙寧八年，李清臣(1032—1102)在韓琦行狀回顧慶曆及熙寧時韓琦政治主張，寫法與韓撰歐墓誌大同小異。《行狀》載：慶曆時仁宗詔臣以當世急務，韓琦前後獻十六事以上；熙寧推行常平法，韓亦"條上數千言"論常平法之失——

145　樓鑰：《范文正公年譜》，范仲淹著，李勇先、劉琳、王蓉貴點校：《范仲淹全集》，頁759—761。

146　韓琦：《故觀文殿學士太子少師致仕贈太子太師歐陽公墓誌銘》，韓琦著，李之亮、徐正英箋注：《安陽集編年箋注》，卷50，頁1537、1551。

147　陶潛著，袁行霈箋注：《陶淵明集箋注》(北京：中華書局，2003年)，卷2，頁76。

李清臣在同一篇行狀兼論慶曆、熙寧時韓琦事君盡心，以呈現韓"寧以言得罪，猶愈於老疾瀕死之年以不言負天下責"[148]的忠臣形象。李清臣褒揚韓的準則，不是韓支持更革與否，而是人臣能否不計算個人得失，或直言，或強諫，是是非非；李認爲這是韓在北宋兩次改革時一以貫之的立場。上述歐陽修墓志銘及韓琦行狀可見：熙寧時期追述慶曆改革諸臣一生功業，均以慶曆改革爲是，以熙寧變法爲非；以"循常守拙"爲是，以"新奇功利"爲非——韓、歐按這一準則，反對熙寧變法。以上兩篇墓銘、行狀在熙寧變法如火如荼時，刻意突出韓、歐反對新法立場，尤彰顯二人能不隨波逐流、擇善固執。

　　上述解釋也符合熙寧間反對新法者對"改革"的看法：熙寧二年程顥（1032—1085）曰："雖二帝、三王不無隨時因革，踵事增損之制"，以爲適時因革並無不可，但須注意程顥在緊接此句後説："然至乎爲治之大原，牧民之要道，則前聖後聖，豈不同條共貫哉？"[149]程顥認爲"因革"必須符合前後聖之道。潛台詞是：若改革偏離"治之大原"則不可。熙寧三年司馬光致王安石書以爲改革"當舉其大而略其細，存其善而革其弊"，不當"盡變舊法以爲新奇"，司馬光之言是針對熙寧時"日相與變法而講利"[150]説的。文中以新法爲新奇、講利之政，與歐陽修觀點相同。鄧小南注意到范《十事疏》自稱其主張"約前代帝王之道，求今朝祖宗之烈"，[151]按此説法，慶曆之政是遵祖宗之法"變而復常"，而非後人認爲的"新政"。問題是：這綱領式——必然正確的原則性表述，有多少程度反映慶曆改革政策的具體内涵？例如説：元豐三年，曾鞏（1019—1083）論神宗改革同樣是"慨然以上追唐虞三代荒絶之跡，修列先王法度之政"，[152]這標準和《十事疏》"約前代帝王之道"並無不同，即使是王安石也説："正爲經術以理

148　李清臣：《韓忠獻公琦行狀》，杜大珪編：《新刊名臣碑傳琬琰之集》，中集卷 48，頁 4、10。

149　程顥：《論十事箚子》，程顥、程頤著，王孝魚點校：《二程集・河南程氏文集》，卷 1，頁 452。

150　司馬光：《與王介甫第三書》，司馬光著，李文澤、霞紹暉校點：《司馬光集》，卷 60，頁 1265。

151　鄧小南：《祖宗之法：北宋前期政治述略》（北京：生活・讀書・新知三聯書店，2006 年），頁 431—432。

152　曾鞏：《移滄州過闕上殿箚子》，曾鞏著，陳杏珍、晁繼周點校：《曾鞏集》（北京：中華書局，1998 年），卷 30，頁 442。

財爲先,故爲之(熙寧變法)。若不合經術,必不出此";[153]王當然也會説"祖宗成憲"、[154]或代擬神宗詔云"朕初嗣服,於祖宗之制未有所改"[155]之類的話,但無論是熙豐時人或當代學者,都認爲慶曆、熙寧改革大不相同——換言之:純粹從曾否提出"法先王之政"口號判斷范、王改革之別,無法圓滿解釋何以宋人對慶曆、熙寧之政評價的巨大差異。

建中靖國元年(1101),即元符三年首見慶曆之治概念的翌年,曾肇(1047—1107)撰《范純仁墓誌銘》,爲解釋上述問題提供了重要線索:銘曰:"公(范純仁)憂國愛君,不以利害得喪二其心。刻意名節,難進易退,雖屢黜廢,志氣彌勵,人以爲有文正公之風",和前文論皇祐四年後宋人更強調范仲淹氣節人格,而非其改革方略一樣,曾肇歸納"文正公之風"的内涵爲重名節、不計利害進退、志氣剛毅。前文云慶曆更張未竟成功,促成了范仲淹持志堅貞,不與小人同群、九死未悔的形象;那麼若"有文正公之風"的范純仁——而非王安石執政於熙豐,情況會如何? 曾肇接續説:"世謂使其言行于熙寧、元豐時,後必不至紛更;盡申於元祐中,必無紹聖大臣讎復之禍。"[156]再一次,曾肇和皇祐以後論者一樣,以爲只要以文正公之風(而非文正公的方略)執政,則可免綱紀紛亂、黨同伐異。嘉祐六年,蘇軾已提出"天下之所以不大治者,失在於任人,而非法制之罪也",[157]曾肇則進一步把這標準套在"文正公之風"與"王安石及紹述諸臣"的對比上,這是以執政者的人格,斷定施政之善惡成敗。

南宋以後宋人對范、王的比較更趨概念化,如韓元吉(1118—1187)乾道年間以爲寇準、范仲淹"皆以參預而行大政。當是之時,人主不疑,同列不忌,終于共濟國事",以之比對王安石、呂惠卿爭權,曰:"如安石、惠卿之爲參預則不可,如萊公、文正之爲參預,則亦何所不可哉?"[158]范執政時"人主不疑同列不

153　王安石:《熙寧奏對日録》,王安石著,王水照主編:《王安石全集》,册4,頁128。
154　王安石:《乞解機務箚子》其一,同上,册6,頁828。
155　王安石:《賜宰相曾公亮已下辭南郊賜賚不允詔》,同上,册6,頁882。
156　曾肇:《范忠宣墓誌銘》,《曲阜集》,卷3,《景印文淵閣四庫全書》(上海:上海古籍出版社,1987年),册1101,頁380。
157　蘇軾:《策畧三》,蘇軾著,孔凡禮點校:《蘇軾文集》,卷8,頁232。
158　韓元吉:《上賀參政書》,《南澗甲乙稿》(北京:中華書局,1985年),卷13,頁248。

忌"絕非事實，韓元吉故意淡化慶曆政事之波譎雲詭，以范的正人君子形象比對王、呂爲小人，促成了他對慶曆之治的想象。

對范、王及慶曆、熙寧改革的直接比較始於朱熹。《朱子語類》多次提及"熙寧變法"、"王介甫秉政造新法"等概念，謂王安石變法"便是慶曆范文正公諸人要做事底規模。然范文正公等行得尊重，其人才亦忠厚。荊公所用之人，一切相反"，[159]又曰："慶曆之初，杜、范、韓、富諸公變之不遂，而論者至今以爲恨。"[160]又曰："（熙寧）新法之行，諸公實共謀之，雖明道先生（程顥）不以爲不是，蓋那時也是合變時節。"朱熹逕認爲變法切合北宋中葉政局，肯定慶曆改革，以其未竟全功爲恨。朱熹回答黃樵仲（1178 進士）問"塗人皆知其（王安石新法）有害，何故明道不以爲非"時說："自是王氏行得來有害。若使明道爲之，必不至恁地狼狽。"[161]朱熹以爲熙變時期變法並無不妥，其失誤在於用人不善，故"變之不得其中"，[162]若由君子（程顥）爲之，則可變之而得其中。朱熹同樣未曾討論慶曆、熙寧變法具體政策是否得當，只以執政者之道德，論斷變法之得失。

朱熹以後，宋人大致沿襲其評價慶曆、熙寧更革的準則。如徐自明（？—1220 年後）《宰輔編年錄序》謂"觀慶曆之盛，則杜、富、韓、范之事業在所勉；觀熙、豐之事，則荊舒之學在所懲。"[163]潛說友（1216—1277）說"天章一疏，實將振起我宋一代之治。若使盡見施行，則後來者無所用其紛更，而國家蒙福莫之與京矣"，[164]呂中（1247 進士）說："范文正之於慶曆，亦猶王安石之於熙寧……使慶曆之法盡行，則熙、豐、元祐之法不變；使仲淹之言得用，則安石之口可塞。"[165]

159　朱熹：《朱子語類》，朱熹著，朱傑人、嚴佐之、劉永翔主編：《朱子全書》，卷 128，頁 4001；卷 134，頁 4177；卷 71，頁 2401。

160　朱熹：《讀兩陳諫議遺墨》，《晦庵先生朱文公文集》，卷 70，朱熹著，朱傑人、嚴佐之、劉永翔主編：《朱子全書》，冊 23，頁 3381。

161　朱熹：《朱子語類》，卷 130，朱熹著，朱傑人、嚴佐之、劉永翔主編：《朱子全書》，冊 18，頁 4035。

162　同上，卷 128，頁 4001。

163　徐自明：《宋宰輔編年錄序》，《宋宰輔編年錄》，《景印文淵閣四庫全書》（上海：上海古籍出版社，1987 年），冊 596，頁 6。

164　潛說友：《吳郡新建范文正公專祠奉安日太守潛公講義》，錢穀編：《吳都文粹續集》，卷 12，《景印文淵閣四庫全書》（上海：上海古籍出版社，1987 年），冊 1385，頁 323。

165　呂中：《治體論》，呂中：《宋大事記講義》，卷 1，頁 190。

潛説友和吕中之言,與曾肇設想若范純仁執政於熙豐,必不至於紛更、紹述之禍如出一轍,即强調君子執政,才是革弊復常的關鍵,其内在邏輯是:一、更張的目的是救弊使復天下之理;二、復天下之理的方法是"約前代帝王之道,求今朝祖宗之烈",思變通之道;三、能以變通之道復先王祖宗之政者,只有大公無私的君子(范仲淹),因爲只有文質彬彬的君子,才能行仁政;反之,小人(王安石)是君子的對立面,無論其政策如何,必然有悖於先王、祖宗之道。

換句話説:范仲淹因被視爲開有宋忠義之風的君子,他主持慶曆改革,象徵賢人執政,撥亂反正,故爲慶曆之治;王安石變法不是因爲未曾提出"法先王"而被抨擊,而是因爲他擯斥元老、講圖利之政,已被視爲小人,熙寧變法——無論其内容政策如何——也必然被否定。范被視爲君子是因,由此促成慶曆之治的想象是果;王被視爲小人是因,由小人主持的熙寧變法必然被視爲有違先王之道、祖宗之法是果。

以上也有助解釋何以皇祐以後,宋人甚少討論慶曆改革的具體内容,卻同時猛烈抨擊王安石的人格及熙寧新法政策。原因是成就范"第一品人"形象的,根本不是他的方略如何出色,而是他先憂後樂、寧鳴而死,不默而生的人格追求。與此不同,對王的批評,除了如《辨姦論》般謂其不近人情(人格批評)外,[166]指出熙寧變法如何圖利(政策批評),也是塑造王安石小人形象的重要論據,故宋人(尤其是南宋後)多兼論王安石人格及政策之失。南宋若干論者如王十朋(1112—1171),直接説仁宗時杜、韓、范、富等乃"相與守我宋之家法者也",[167]進一步確立了慶曆之治與趙宋祖宗之法水乳交融的觀點。[168] 宋代以後,常見如蔡世遠(1682—1733)曰"范公所立法,皆爲天下人心風俗起見,養才黜姦,心事如白日青天。荆公所立法,多爲謀利富國起見,褊迫而用小人附己者。

166　蘇洵:《辨姦論》,蘇洵著,曾棗莊箋注:《嘉祐集箋注》,卷 9,頁 272。

167　王十朋:《廷試策》,梅溪集重刊委員會編、王十朋紀念館修訂:《王十朋全集》(上海:上海古籍出版社,2012 年),文集卷 1,頁 578。

168　前述方健認爲慶曆改革因有違"異論相攪"祖傳心術致敗,"慶曆之治與趙宋祖宗之法水乳交融"或不符合事實;但這個認識,卻常見於南宋時人對仁宗朝政事的追述與想象。

此其所以大不同也"[169]之説，這等論調，均孳乳自南宋以來，以范、王人品論其政事得失的評價準則。

　　上述討論也有助回答"熙豐時期慶曆革新派是否趨於保守"的問題——其一，若以"保守"爲"因循"，答案是否定的，范、歐並不認爲自己及慶曆主事者墨守成規，他們堅持的不是"因循"，而是"循常"，即循常道，按"天下之理"而變通；歐陽修反對的不是變，而是有違聖王之道、祖宗之法的以奇爲變、功利之變。其二，若以"保守"爲"保守祖宗之法"，則韓、富、歐自慶曆執政以迄熙寧，這立場從無改變。他們一直都保守，講圖舊之新政，以復先王之道，所以没有在熙豐時變得更守舊。其三，若以"保守"爲不敢直言强諫，這更不合事實，觀乎熙豐時韓、富、歐在垂暮之年堅持論斷時政之失，即使在熙寧二年因反對變法求退的富弼，仍持續抨擊新法（如熙寧九年《論時政疏》），未曾明哲保身。總之，"熙豐時期慶曆革新派趨於保守"雖爲當代説法，但非宋人主流意見，更非慶曆當事人自我認知。

六、結　語

　　宋人爲甚麼從不説慶曆新政、慶曆新法、慶曆變法？或者説：何以用這些概念賅括慶曆改革，對絶大多數慶曆以後宋人來説是不貼切的？簡言之：無論是慶曆之政主事或反對者，均從未認爲慶曆改革悖於先王之道、祖宗之法；范仲淹按其對《易》變通之道的理解，以"適道者與權"[170]爲原則，藉權變更張，以救日削月侵的綱紀制度和道德人心——這個理念，其正確性毋庸置疑。正因如此，即使是欲一網打盡慶曆改革主事者的夏竦、王拱臣（1012—1085），也只能以結黨之罪名及謡言，逼使范、富等避嫌去職。不難想象，若慶曆改革予人有絲毫或違祖宗之法的把柄，反對慶曆改革者不可能不作猛烈抨擊。

　　熙豐年間，神宗、王安石認爲范識見不足，慶曆更張不足取法，是他們不曾

169　蔡世遠書王安石《祭范潁州文》後，蔡世遠：《古文雅正》，卷 11，《景印文淵閣四庫全書》（上海：上海古籍出版社，1987 年），册 1476，頁 199。

170　范仲淹：《明堂賦》，范仲淹著，李勇先、劉琳、王蓉貴點校：《范仲淹全集》，卷 1，頁 5。

聯繫慶曆、熙豐改革相承關係的理由；至於像韓、歐、富、司馬光、范純仁、二蘇等，則認爲熙寧變法以新奇爲尚、謀功利之事，與慶曆改革"約前代帝王之道，求今朝祖宗之烈"的方針背道而馳，亦罕言二者有何聯繫。北宋後期，隨着"新法""變法""新政"每使人聯想到王安石改革，宋人更不會以這些概念，指向象徵君子之政的慶曆之治。南宋以後，關於范、王的比較，多聚焦二人正邪之別，雖偶爾提及二人均主持改革，但除興學一項外，已鮮少提及慶曆更張的具體內容——原因是如何改革並非宋人想象慶曆之治的重點。

從觀念史言之，則還可看到：即使從當代視角顯而易見北宋兩次變法頗具可比性，然而在宋代語境，慶曆之治（象徵君臣相契、賢人執政）與熙寧變法（小人禍國、與民爭利之政策）卻非同一層面的概念。惟有逾越"賢臣即善政"的思維定勢，才可能在人格批評的準則以外，對慶曆改革提出新見。這卻需待數百年後，王夫之（1619—1692）《宋論》而後始，曰："若其（范仲淹）執國柄以總庶務，則好善惡惡之性，不能以纖芥容，而亟議更張……乃使百年安静之天下，人挾懷來以求試，熙、豐、紹聖之紛紜，皆自此而啓，曾不如行邊静鎮之賴以安也……希文之過，不可辭矣。"[171]這段話肯定范仲淹好善惡惡，卻以爲慶曆更張變改北宋中葉風氣。"希文之過"不是由於范的道德有何缺失，只因他的改革下啓北宋中後期紛擾之政局，已罪不可辭。

1908 年，梁啓超（1873—1926）以其改革家身分著《王荆公》以爲仁宗時"能知治體有改絃更張之志者，惟一范仲淹，論其志暑，尚下荆公數等"，[172]這仿如神宗、王安石之論調，再次從識見評價范、王高下。1940 年，錢穆《國史大綱》首立"慶曆熙寧之變法"分節，自始關於北宋兩次變法的比較如雨後春筍，20 世紀 50 年代慶曆新政概念出現後，學界更關注討論兩次變法的新猷，"慶曆新政"旋即成爲學界（尤其是大陸學界）常用語，"慶曆之治"説則湮没無聞。

總之，今人以"新政""新法"指涉慶曆更張，確可迅速指向慶曆年間范仲淹等主導的改革，本文認爲毋須也不應强求學者改用范、歐等當事人用語。惟須注意視慶曆改革爲"新政"，非宋人觀點。當然更重要的，是通過本文論題詞彙

171 王夫之著，舒士彥點校：《宋論》（北京：中華書局，1964 年），卷 4，頁 96、99。
172 梁啓超：《王荆公》（上海：廣智書局，1908 年），頁 18—19。

切入，能引伸關於宋人對"更張"與"新政"、"新法"觀念的理解，這對於深化宋代政治話語、政制變革、祖宗之法等關係的討論都有助益。[173]

（作者：香港教育大學文學及文化學系副教授）

---

[173] 限於篇幅，關於元祐以後宋人對慶曆之政的詮釋如何影響宋代思想政制發展，將另文再述。

引 用 書 目

一、中文

（一）專書

方健：《范仲淹評傳》。南京：南京大學出版社，2001 年。

王十朋著，梅溪集重刊委員會編，王十朋紀念館修訂：《王十朋全集》。上海：上海古籍出版社，2012 年。

王夫之著，舒士彥點校：《宋論》。北京：中華書局，1964 年。

王安石：《熙寧奏對日録》，王安石著，王水照主編：《王安石全集》，冊 4。上海：復旦大學出版社，2016—2017 年。

王安石：《臨川先生文集》，王安石著，王水照主編：《王安石全集》，冊 5—7。上海：復旦大學出版社，2016—2017 年。

王得臣著，俞宗憲點校：《麈史》。上海：上海古籍山版社，1986 年。

司馬光著，李文澤、霞紹暉校點：《司馬光集》。成都：四川大學出版社，2014 年。

司馬光著，鄧廣銘、張希清點校：《涑水記聞》。北京：中華書局，1989 年。

左丘明傳，杜預注，孔穎達疏：《春秋左傳正義》，李學勤主編：《十三經注疏》。北京：北京大學出版社，2000 年。

田況著，儲玲玲整理：《儒林公議》，朱易安等主編：《全宋筆記》第 1 編，冊 5。鄭州：大象出版社，2003 年。

朱長文：《樂圃餘藁》，《景印文淵閣四庫全書》，冊 1119。上海：上海古籍出版社，1987 年。

朱熹：《三朝名臣言行録》，朱傑人、嚴佐之、劉永翔主編：《朱子全書》，冊 12。上海：上海古籍出版社，合肥：安徽教育出版社，2010 年。

朱熹：《朱子語類》，朱傑人、嚴佐之、劉永翔主編：《朱子全書》，冊 14—18。上海：上海古籍出版社，合肥：安徽教育出版社，2010 年。

朱熹：《晦庵先生朱文公文集》，朱傑人、嚴佐之、劉永翔主編：《朱子全書》，冊 20—25。上海：上海古籍出版社，合肥：安徽教育出版社，2010 年。

余英時：《朱熹的歷史世界——宋代士大夫政治文化的研究》。臺北：允晨文化實業股份有限公司,2003 年。

佚名編:《宋朝大詔令集》,《續修四庫全書》,冊 456。上海: 上海古籍出版社,1995 年。

呂中:《宋大事記講義》,《景印文淵閣四庫全書》,冊 686。上海: 上海古籍出版社,1987 年。

呂祖謙編:《皇朝文鑑》。北京: 北京大學圖書館藏,宋麻沙劉將仕宅刻本。

杜大珪編:《新刊名臣碑傳琬琰之集》。北京: 中國國家圖書館藏,宋刻元明遞修本。

林表民:《赤誠集》,明弘治十年謝鐸刻本。

李心傳:《建炎以來繫年要錄》,《景印文淵閣四庫全書》,冊 325—327。上海: 上海古籍出版
　　社,1987 年。

李建英:《宋代士人心態與文學》。北京: 國家行政學院出版社,2019 年。

李綱著,王瑞明點校:《李綱全集》。長沙: 岳麓書社,2004 年。

李燾編著,上海師範大學古籍整理研究所、華東師範大學古籍整理研究所點校:《續資治通鑑
　　長編》。北京: 中華書局,2004 年。

汪藻著,王智勇箋注:《靖康要錄箋注》。成都: 四川大學出版社,2008 年。

洪興祖撰,白化文等點校:《楚辭補注》。北京: 中華書局,1983 年。

范文瀾:《中國通史簡編》。北京: 生活・讀書・新知上海聯合發行所,1949 年。

范仲淹著,李勇先、劉琳、王蓉貴點校:《范仲淹全集》。北京: 中華書局,2020 年。

范祖禹:《范太史集》,《景印文淵閣四庫全書》,冊 1100。上海: 上海古籍出版社,1987 年。

范純仁:《范忠宣公文集》。上海: 上海圖書館藏,元刻明修本。

徐自明:《宋宰輔編年錄》,《景印文淵閣四庫全書》,冊 596。上海: 上海古籍出版社,1987 年。

徐松輯,劉琳等校點:《宋會要輯稿》。上海: 上海古籍出版社,2014 年。

班固:《漢書》。北京: 中華書局,1964 年。

秦觀著,周義敢、程自信、周雷編注:《秦觀集編年校注》。北京: 人民文學出版社,2001 年。

高克勤:《王安石與北宋文學研究》。上海: 復旦大學出版社,2006 年。

張方平著,鄭涵點校:《張方平集》。鄭州: 中州古籍出版社,2000 年。

梁啓超:《王荊公》。上海: 廣智書局,1908 年。

梅堯臣著,朱東潤編年校注:《梅堯臣集編年校注》。上海: 上海古籍出版社,1980 年。

梅堯臣著,儲玲玲整理:《碧雲騢》,朱易安等主編:《全宋筆記》第 1 編,冊 5。鄭州: 大象出版
　　社,2003 年。

畢仲游:《西臺集》。北京: 中華書局,1985 年。

脫脫等:《宋史》。北京: 中華書局,1977 年。

陶潛著,袁行霈箋注:《陶淵明集箋注》。北京: 中華書局,2003 年。

強至著，黃純艷整理：《韓忠獻公遺事》，朱易安等主編：《全宋筆記》第 1 編，冊 8。鄭州：大象出版社，2003 年。

曾肇：《曲阜集》，《景印文淵閣四庫全書》，冊 1101。上海：上海古籍出版社，1987 年。

曾鞏著，陳杏珍、晁繼周點校：《曾鞏集》。北京：中華書局，1998 年。

程顥、程頤著，王孝魚點校：《二程集》。北京：中華書局，2004 年。

馮志弘：《北宋古文運動的形成》。上海：上海古籍出版社，2009 年。

馮志弘：《想象的世界：唐宋觀念與思想》。香港：香港城市大學出版社，2022 年。

黃庭堅著，劉琳、李勇先、王蓉貴校點：《黃庭堅全集》。成都：四川大學出版社，2001 年。

葉夢得著，徐時儀整理：《避暑錄話》，朱易安等主編：《全宋筆記》第 2 編，冊 10。鄭州：大象出版社，2006 年。

鄒智：《立齋遺文》，明天啓刻本。

趙汝愚編，北京大學中國中古史研究中心校點整理：《宋朝諸臣奏議》。上海：上海古籍出版社，1999 年。

劉攽，《彭城集》，《景印文淵閣四庫全書》，冊 1096。上海：上海古籍出版社，1987 年。

歐陽修著，李逸安點校：《歐陽修全集》。北京：中華書局，2001 年。

翦伯贊主編：《中國史綱要》。北京：人民出版社，1963 年。

蔡世遠：《古文雅正》，《景印文淵閣四庫全書》，冊 1476。上海：上海古籍出版社，1987 年。

蔡杭：《久軒公集》，蔡有鵾輯，蔡重增輯：《蔡氏九儒書》，《四庫全書存目叢書》，冊 346。臺南：莊嚴文化事業有限公司，1997 年。

蔡襄著，吳以寧點校：《蔡襄集》。上海：上海古籍出版社，1996 年。

鄧小南：《祖宗之法：北宋前期政治述略》。北京：生活·讀書·新知三聯書店，2006 年。

鄭獬：《郎溪集》，《景印文淵閣四庫全書》，冊 1097。上海：上海古籍出版社，1987 年。

錢穀編：《吳都文粹續集》，《景印文淵閣四庫全書》，冊 1385—1386。上海：上海古籍出版社，1987 年。

錢穆：《國史大綱》。上海：國立編譯館，1940 年。

霍松林：《歷代好詩詮評》，霍松林編選：《霍松林選集》，冊 10。西安：陝西師範大學出版社，2010 年。

韓元吉：《南澗甲乙稿》。北京：中華書局，1985 年。

韓琦著，李之亮、徐正英箋注：《安陽集編年箋注》。成都：巴蜀書社，2000 年。

蘇洵著，曾棗莊箋注：《嘉祐集箋注》。上海：上海古籍出版社，2001 年。

蘇軾著，孔凡禮點校：《蘇軾文集》。北京：中華書局，1996 年。

蘇頌著，王同策等點校：《蘇魏公文集》。北京：中華書局，1988 年。

蘇轍著，孔凡禮整理：《龍川別志》，朱易安等主編：《全宋筆記》第 1 編，冊 9。鄭州：大象出版社，2003 年。

蘇轍著，陳宏天、高秀芳點校：《蘇轍集》。北京：中華書局，1999 年。

釋文瑩著，鄭世剛整理：《續湘山野錄》，朱易安等主編：《全宋筆記》第 1 編，冊 6。鄭州：大象出版社，2003 年。

（二）論文

王瑞來：《范呂解仇公案再探討》，《歷史研究》2013 年第 1 期，頁 54—67。

王瑞來：《配享功臣：蓋棺未必論定——略說宋朝官方的歷史人物評價操作》，《史學集刊》2011 年第 5 期，頁 31—41。

朱瑞熙：《范仲淹"慶曆新政"行廢考實》，《學術月刊》1990 年第 2 期，頁 50—55。

孫雲清：《〈碧雲騢〉新考》，徐規主編：《宋史研究集刊》。杭州：浙江古籍出版社，1986 年，頁 341—367。

高欣：《北宋變法的開端——慶曆新政》，《史學月刊》1959 年第 5 期，頁 14—17。

張呈忠：《變法・更化・變質——試論北宋晚期歷史敘事三部曲的形成》，《歷史教學問題》2019 年第 5 期，頁 49—57。

張林：《熙豐變法與宋仁宗形象的提升》，《史學集刊》2015 年第 3 期，頁 4—10。

曹家齊：《"嘉祐之治"問題探論》，《學術月刊》2004 年第 9 期，頁 60—66。

曹家齊：《趙宋當朝盛世說之造就及其影響——宋朝"祖宗家法"與"嘉祐之治"新論》，《中國史研究》2007 年第 4 期，頁 69—89。

漆俠：《范仲淹集團與慶曆新政——讀歐陽修〈朋黨論〉書後》，《歷史研究》1992 年第 3 期，頁 126—140。

蒙文通：《北宋變法論稿》，《古史甄微》。成都：巴蜀書社，1999 年，頁 402—473。

遠藤隆俊：《宋代蘇州范文正公祠》，范敬中主編：《中國范仲淹研究文集》。北京：群言出版社，2009 年，頁 323—332。

劉子健：《梅堯臣〈碧雲騢〉與慶曆政爭中的士風》，《兩宋史研究彙編》。臺北：聯經出版事業公司，1987 年，頁 103—116。

顧永新：《歐陽修和王安石的交誼》，《文學遺產》2001 年第 5 期，頁 128—130。

二、日文

論文

國方久史：《范仲淹の慶曆改革について》，《吉備国際大学社会学部研究紀要》2001 年第 11

期,頁67—76。

宮崎市定:《宋代の士風》,《宮崎市定全集》,冊11。東京: 岩波書店,1999年,頁339—375。

熊本崇:《宋仁宗立太子前後——慶曆"改革"前史》,《集刊東洋學》1998年第79期,頁44—69。

三、英文

（一）專書

James T. C. Liu, *Reform in Sung China: Wang An-shih（1021‐1086）and his New Policies.* Cambridge, Massachusetts: Harvard University Press, 1959.

Peter K. Bol, *This Culture of Ours: Intellectual Transitions in T'ang and Sung China.* Redwood City: Stanford University Press, 1992.

（二）論文

James T. C. Liu, "An Early Sung Reformer: Fan ChungYen, in John K. Fairbank", ed., *Chinese Thought and Institutions.* Chicago: The University of Chicago Press, 1957, pp. 105‐131.

Paul Jakov Smith, "A Crisis in the Literati State: The Sino-Tangut War and the Qingli-era Reforms of Fan Zhongyan, 1040‐1045", *Journal of Song-Yuan Studies*, 45（2015）, pp. 59‐137.

An Examination of Why Song People Never Spoke of the "New Policy," "New Laws," and "Reform of Laws" of the Qingli Era: A Case Study of History of Ideas

Fung Chi Wang

(Associate Professor, Department of Literature and Cultural Studies,

The Education University of Hong Kong)

Abstract

When Song-Dynasty people summarized the political situation of the Xining (1068 – 1077) and Yuanfeng (1078 – 1085) eras, they used the terms "new laws," "reform of laws," and "new policies," but the Qingli era (1041 – 1048) was never treated in the same way. The term "New Policies of the Qingli era" is commonly used in contemporary scholarship of Chinese history, but this term was not in existence in the literature before the Qing Dynasty. What is the reason for these phenomena? The present study analyzes Song people's writing on Qingli and makes the following arguments:

(1) During the Xining – Yuanfeng reform, Song people had never directly compared the reformist advocacy of Fan Zhongyan (989 – 1052) and that of Wang Anshi (1021 – 1086), nor had they ever considered the Qingli and Xining – Yuanfeng reforms comparable, until Zhu Xi (1130 – 1200) made such a comparison. Today's view that the Qingli reform advocacy was deemed conservative during the Xining – Yuanfeng reform movement was never so perceived by Song people. (2) After Fan's death, he was explicitly criticized by Mei Yaochen (1002 – 1060), Emperor Shenzong of the Song (r. 1067 – 1085), and Wang Anshi only. The criticisms by the latter two indicate that the Xining –

Yuanfeng reform leaders did not completely agree with the Qingli reform. (3) Ouyang Xiu (1007 – 1072) and the other leaders of the Qingli reform held that Fan's failure was due to the extensive wave of criticisms the reform had triggered. However, during the reign of Emperor Huizong (r. 1100 – 1126), a positive view emerged, coming with it inarguable narratives that describe the reform as a sign of Emperor Renzong's (r. 1022 – 1063) willingness to accept advice. Unable to reveal the Qingli reform's true features, this opinion deliberately ignores the historical fact that the Qingli advocates were lambasted and thus demoted, but helps construct Fan's personal image as a most loyal person. (4) Song people had never considered that the Qingli reform violated the ancestral custom of the Song Dynasty, and this is the very reason why they had never referred to it as "new policies." This argument was further supported by the opinion of Southern Song critics, who viewed Fan as a protector of the traditional norms laid down by the ancestors of the Song Dynasty's royal house.

Keywords: Fan Zhongyan, Qingli New Polices, Xining Reform, Wang Anshi, History of Ideas

程公説《春秋分記》的體例、經解與史鑑[*]

程公説《春秋分記》的體例、經解與史鑑 *

康凱淋

提　　要

　　宋代出現許多以新史體改編《春秋》經傳體例的著作，其中以程公説《春秋分記》的卷數最多，主題也最豐富，是一部完整的綜合性撰述，但學界較少關注體例改編的總體趨勢和學術意義，故本文嘗試開拓這類型的研究課題，聚焦程公説《春秋分記》的編纂體例、經解義法和史鑑寄寓。本文認爲《春秋分記》以史體“紀傳體”多元地反映春秋歷史的面貌，足以作爲研究《左傳》重要的參考依據。程公説雖以胡安國《春秋傳》爲經解旨歸，但透過史體綰合深刻的經解義理，高度依附《左傳》，將麟經詮釋導向務實客觀的路線，與南宋捨傳從經的解經路徑有所不同。又能上承《春秋》“懲惡勸善”的史鑑精神，從其史事制度的沿革與變總結出歷史經驗，寓託不少垂訓警惕的史鑑觀點，形成一套獨有的內在理路與學術特色。

關鍵詞：《春秋》　《左傳》　程公説　紀傳體　史學

---

*　感謝審查教授惠賜寶貴意見，以及編輯人員細心校訂，使本文臻於完備。

一、前　言

　　目前關於兩宋《春秋》學的整體發展，北宋演變較受學界注意，也陸續有相關研究成果，已勾勒其中梗概，[1] 相形之下，南宋《春秋》學的進展面向較未得到學界重視。[2]　而且在宋代《春秋》經傳的著作中，以注解經文、分析義理的形式居於主流，其他“專門化研究”的論著更是少見學者看重。趙伯雄《春秋學史》就認爲宋代《春秋》學主流的著作是以探討和闡發經義爲主，並提出專門化研究的性質和特點：

> 作者並非著眼於經義，而是對《春秋》經傳本身的一些專門性的問題進行探討，例如《春秋》中的地理問題，《春秋》中各國的世系年代問題，《春秋》經傳涉及的禮制問題，《春秋》災異問題，《春秋》經傳中所見占卜問題、人物稱名爵謚問題等等。還有一些學者對《春秋》經傳做史的改造，例如仿紀傳體史書諸體裁編撰《春秋》經傳的紀、傳、志、表，或者對《春秋》經傳中的紀事按類按事件重編等等，這類著作也屬於專門化的研究。這種研究學術性往往比較強，沒有什麼明顯的政治目的，只是對讀懂《春秋》、了解《春秋》深有裨益。[3]

1　例如侯步雲《北宋〈春秋〉學研究》提到北宋《春秋》學的幾項特點：《春秋》始終處於北宋學人的研究視野、有强烈的致用性、《春秋》與理學的互動關係經歷了由相對主動到相對被動的過程、理學家沒有完整的《春秋》類著作等，或是姜義泰《北宋〈春秋〉學的詮釋進路》從經典詮釋的角度，將此時期在詮釋方法上的進展劃分“沉潛期”、“變革期”、“多元探究期”三個階段。參見侯步雲：《北宋〈春秋〉學研究》（西安：西北大學歷史系博士論文，2009 年），頁 1—163。姜義泰：《北宋〈春秋〉學的詮釋進路》（臺北：臺灣大學中國文學所博士論文，2013 年），頁 1—485。

2　張尚英將宋代《春秋》學專著成書時間劃分爲四個階段，其中第四階段就是整個南宋（1127—1279）時期：“第四階段一百五十二年，共三百五十四部著作，二百四十六名作者，年均著作 2.34 部，年均作者 1.63 人，著作與作者數都有大幅度的增長，《春秋》學在這一時期獲得了長足發展。”南宋著作數量雖多於北宋，但與學界研究的重視程度卻未成相同比例。見張尚英：《試論宋代〈春秋〉學的地域性與階段性》，《宋代文化研究》第 22 輯（成都：四川大學出版社，2016 年 7 月），頁 194—203。

3　趙伯雄：《春秋學史》（濟南：山東教育出版社，2004 年），頁 563。

對於這類著作有無明顯的政治目的,抑或貢獻是否只協助讀懂《春秋》,文中觀點可再商榷。但不爭的事實是,即使它們屬於宋代《春秋》學的支流,也仍然與主流交集,相互漫衍盤錯,形成樹狀共生的學術流域。

檢閱宋代《春秋》學"專門化研究",其中以經傳體例改編的著作最多。李建軍《宋代〈春秋〉學與宋型文化》設立"《春秋》經傳體例的史學改編"一小節,列出改編爲紀傳體、紀事本末體、國別體、圖譜表、類書體五個主題的著作,[4] 其中以程公説《春秋分記》的卷帙最爲浩繁。程公説,字伯剛,號克齋,南宋眉州丹稜人,居於叙之宣化,一生重要的教學活動或著述研究都在蜀地,曾習張栻(1133—1180)講論性理之説。[5] 據其弟程公許《春秋分記序》所記:"先兄伯剛自童丱至强仕,殫思于《春秋》一書,不自覺其心力之耗。……每見其窮晝夜,廢食寢節,玩索探討,鈎纂竄易,前後積藁如山。"[6] 可見積學苦志、窮研《春秋》的一面。著作也都與《春秋》相關:《春秋分記》九十卷、《左氏始終》三十六卷、《通例》二十卷、《比事》十卷,又取諸儒講解,鈎纂成編,名爲《精義》,[7] 但因庸醫誤治而死,享年三十七,[8] 書未及成,今僅存《春秋分記》一書(以下簡稱《分記》)。

目前學界多站在讀者立場或研究效益肯定《分記》的價值,比方金生楊説:"《春秋分紀》(該書書名一作《春秋分紀》)一書條理分明,叙述典贍,不僅利於初學者檢索,而且對研究者探討《春秋》提供了不少方便。"[9] 趙伯雄也是從讀者能藉此通盤地研究文獻,將它視爲重要的中介資源。[10] 這些觀點確實符合程

4　李建軍:《宋代〈春秋〉學與宋型文化》(北京:中國社會科學出版社,2008 年),頁 362—372。
5　程公許《春秋分記序》曰:"兄之學,於《春秋》爲專門。……宇文公正父從南軒最久,以學行著西南。兄事之期年,得南軒講論理性之説,益以兹事自任。"見程公説:《春秋分記》,《景印文淵閣四庫全書》(臺北:臺灣商務印書館,1986 年),冊 154,頁 5—6。
6　同上,頁 5。
7　劉光祖:《程伯剛墓誌銘》,程公説:《春秋分記》,《景印文淵閣四庫全書》,冊 154,頁 7。
8　嘉定元年(1208)十月,劉光祖《程伯剛墓誌銘》載:"賊平,而伯剛以積憂傷,且方奔避時失食飲節,忽忽病。醫誤投之藥,汗不止,遂死,開禧三年三月二十二日也,年三十有七。"同上,頁 6。
9　金生楊:《理學與宋代巴蜀〈春秋〉學》,《四川師範大學學報》2006 年第 5 期,頁 136。
10　趙伯雄:《春秋學史》,頁 565。

公説《分記》的特色，畢竟它涉及的主題甚廣，勢必能提供讀者多元的參考素材。也由於《分記》一書的體例和性質，被歸類的主題單元較爲特別，如在李建軍《宋代〈春秋〉學與宋型文化》是隸屬“宋代《春秋》經傳的史學詮釋”一章，趙伯雄《春秋學史》另立“《春秋》經傳的專門化研究”討論是書，張厚齊《〈春秋〉義法模式考述》則歸列在“《春秋》義法之緯史模式”之下的“圖表譜曆類”。可惜的是，《分記》在《春秋》學史或相關論文中皆非核心論述，大多搭配其他單元並附於文末集中説明或簡單敘説，迄今尚未有專文深入研究。有鑑於此，本文選擇程公説《春秋分記》爲研究對象，嘗試開拓《春秋》經傳體例改編的研究課題。但因《春秋分記》賅括多面，難以在單篇論文的架構盡述每則篇章、主題，故本文先聚焦於是書的編纂體例，再分析箇中的經解義法和史鑑寄寓，適時點出較具代表的内容，呈現相關的知識型態與學術取向。[11]

二、程公説《春秋分記》的編纂體例

南宋淳祐三年（1243）四月，游似《春秋分記序》點出程公説《春秋分記》和司馬遷《史記》的關係：“司馬子長始爲紀、傳、表、書，革《左氏》編年之舊，踵爲史者，咸祖述焉。近歲程君伯剛又取《左》書，釐而記之，一用司馬氏法。”[12]近現代學者皆循游似意見，謂《分記》採“紀傳體”的編輯體例，[13]但《春秋分記》並非按《史記》本紀、世家、表、書、列傳的分類，而是採年表、世譜／名譜、書、世本

11　據楊果霖考證，程公説《春秋分記》現存版本有清陽湖孫氏平津館鈔本、清南海孔氏嶽雪樓鈔本、文淵閣《四庫全書》本和各種清抄本、鈔本。雖然清陽湖孫氏平津館鈔本、清南海孔氏嶽雪樓鈔本卷帙完整，但部分字句模糊闕漏；而其他清抄本則卷數不齊，或有以文淵閣《四庫全書》本爲底本者，故本文援引程公説《春秋分記》統一以文淵閣《四庫全書》本爲主。見楊果霖：《〈經義考〉著録“春秋類”典籍校訂與補正》（臺北：臺灣學生書局，2013 年），頁 1057—1066。

12　程公説：《春秋分記》，《景印文淵閣四庫全書》，冊 154，頁 3。

13　例如戴維説：“《春秋分記》在體例上依司馬遷《史記》，將《春秋左氏傳》改編成傳記體。……這也是繼承北宋改編《春秋》體例的路徑。”戴維：《春秋學史》（長沙：湖南教育出版社，2004 年），頁 359。沈玉成、劉寧亦言：“程氏把《左傳》打散改編整理成爲《史記》式的紀傳體，爲閱讀《左傳》提供了很大的方便。”見沈玉成、劉寧：《春秋左傳學史稿》（南京：江蘇古籍出版社，1992 年），頁 243。

四類分法,篇目主題也涉及曆法、疆域、五行、禮樂、征伐、政制、王事、諸侯等,隸屬一部綜合性撰述。宋代《春秋》學雖也有幾部與《分記》同爲紀傳體,採用史遷之法的論著,但都已散失亡佚,[14]如此更能顯見程公説《分記》的重要性。以下先針對表、譜、書、世本四類,選擇代表篇章,分析每類的編纂形式,試圖展現程公説抄録、彙集、裒輯《左傳》文本的不同面貌。

(一) 表

唐代之前較少以《春秋》爲表,到了兩宋才逐漸出現年表、國表、人表或地表等著作。[15]《分記》中的"表"共九卷,包含《周天王內魯外諸侯年表》《王后年表》《內夫人年表》《內妾母年表》《王姬年表》《內女年表》《魯卿年表》《晉卿年表》《宋卿年表》《鄭卿年表》。雖以"年表"爲名,但從其篇名如王后、王姬、魯卿、晉卿、宋卿等,也可見其兼及"人表"的內容。

對於紀傳體史書來説,"表"是獨立體裁,能彌補本紀、志、列傳的不足;但單就史表自身的特點而言,它能以圖表經緯的方式重新載録編年相屬的事迹,行文樣式與規模就已不同,因此讀者開卷易於明晰人事。《分記》首篇《周天王內魯外諸侯年表》就以年表繩貫春秋華夷的動向,具備這類史表特色:

從下述年表來看,僖公四年以諸侯侵蔡、伐楚、侵陳爲主,夷狄動向是楚國

14　例如唐閱《左史傳》一書,《紹興府志》就記載:"唐閱,字進道,山陰人,舉進士,歷都官員外郎,乾道間爲浙東檢察,嘗以《左氏春秋》倣遷、固史例,以周爲紀,列國爲傳,又爲表、志、贊,合五十一卷,號《左史傳》行於世。"沈括(1029—1093)也作《春秋左氏紀傳》,李燾(1115—1184)即評:"取丘明所著二書,用司馬遷《史記》法,君臣各爲紀傳,凡欲觀某國之治亂,某人之臧否,其行事本末畢陳於前,不復錯見旁出,可省繙閲之勤。"以上引文分見朱彝尊撰,林慶彰等主編:《經義考新校》(上海:上海古籍出版社,2011 年),卷 188,頁 3438;卷 183,頁 3361。此外,據馬端臨《文獻通考・經籍考》引黃庭堅語:"沈存中博極群書,至於《左氏春秋傳》、班固《漢書》,取之之左右逢其原,真篤學之士也。"見馬端臨撰,上海師範大學古籍研究所、華東師範大學古籍研究所點校:《文獻通考》(北京:中華書局,2011 年),卷 236,頁 6439。可見沈括亦精於《左傳》與史學,可惜是書亦佚。

15　目前就《經義考》所録,可查見兩宋仍有楊蘊《春秋年表》(存)、佚名《春秋十二國年曆》(佚)、楊彥齡《春秋左氏年表》(佚)、環中《左氏二十國年表》(佚)、韓璜《春秋人表》(佚)、環中《春秋列國臣子表》(佚)、張洽《春秋歷代郡縣地理沿革表》(佚),涵蓋年表、國表、人表或地表等主題。見朱彝尊撰,林慶彰等主編:《經義考新校》,卷 177,頁 3255;卷 178,頁 3281;卷 180,頁 3317;卷 186,頁 3406;卷 189,頁 3453。

著雍執徐（僖公七年）	強圉單閼（僖公六年）	柔兆攝提格（僖公五年）	旃蒙赤奮若（僖公四年）
四十二	三十二　許鄭會救伐	二十二　首會止于子	一十二
七　小邾　子邾來朝　公會盟胥　子母如齊友	六　許鄭會救伐	五　首會姬杞止盟來伯	四　陳會侵伐江陳黃　楚蔡會及侯
四十二　梁吾奔	三十二　梁吾奔	二十二　公執虞	一十二　齊喪奔虞　重耳臨申
三十三　宋會伐鄭　陳會盟母公來子喜甯友	二十三　救城圍伐許遠新鄭　衛宋會魯陳魯	一十三　逃齊侯止于世子許家及伯盟諸子王曹鄭晉晉	一十三　陳蔡會侵伐楚晉晉陳蔡
九十二（二十九）　甯母會盟	八十二（二十八）　許鄭會救伐	七十二（二十七）　首止會盟	六十二（二十六）　陳楚蔡會侵伐侯
七	六　許鄭會救伐	五　首止會盟	四　陳楚蔡會侵伐侯
二十二	一十二	十二	九十（十九）　我來諸侯濟侵侯
十四　甯母會盟	九十三（三十九）　許鄭會救伐	八十三（三十八）　盟歸止會不逃音	七十三（三十七）　來諸侯江恩大敗楚會侵侯伐黃及夫敗齊侯
十二　母盟伐齊會來	九十（十九）　來諸侯伐	八十　首止會盟	七十（十七）　陳楚蔡會侵伐侯
九　立卒子　昭公七月	八　許鄭會救伐	七	六　陳楚蔡會侵伐侯
五	四	三	二
七	六	五	四
九十（十九）	八十　許圍	七十　弦滅	六十（十六）　陵于受庚諸齊召盟伐侯以

圖一　程公説《春秋分記》《周天王內魯外諸侯年表》[16]

與諸侯盟于召陵。僖公五年大事是齊桓公主持的首止之會,僖公六年延續五年首止之會鄭文公逃歸不盟,故此年諸侯共伐鄭,另外是楚國圍許,諸侯救許。僖公七年大事則是甯母之盟。透過立表列事可以將華夷升降或王道離散列於尺幅之間,使春秋大勢達到彙分區別的功效。必須説明的是,《周天王內魯外諸侯年表》雖然是將《春秋》經文按年歲國別依序記注於表格,但不是列入所有經文,例如《春秋》僖公四年"公至自伐楚"、五年"晉侯殺其世子申生"就未見於年表。某些表格也會扼要補充《左傳》《史記》,如上表晉獻公二十一年、二十三年兩處就分別節録《左傳》晉國太子申生自縊、公子重耳與夷吾奔逃之事,少

16　程公説:《春秋分記》,《景印文淵閣四庫全書》,冊 154,頁 22—23。

部分事迹還會交代世變關鍵，[17]點明春秋局勢的變化。

　　《周天王內魯外諸侯年表》屬於以時繫事，而《王后年表》《內夫人年表》《內妾母年表》《王姬年表》《內女年表》《魯卿年表》《晉卿年表》《宋卿年表》《鄭卿年表》則是以人繫事，同樣可將參伍懸遠的人事統匯於圖表，經緯縱橫，有倫有脊。尤其是《魯卿年表》《晉卿年表》《宋卿年表》《鄭卿年表》詳載四國執政大夫的變化。《魯卿年表》與《鄭卿年表》按照諸卿名氏排列，《晉卿年表》與《宋卿年表》則以官制職位序列，因此諸卿權勢的分合狀況，抑或官制的更替變化都能鉅細靡遺。以《魯卿年表》文公前期的表格爲例：

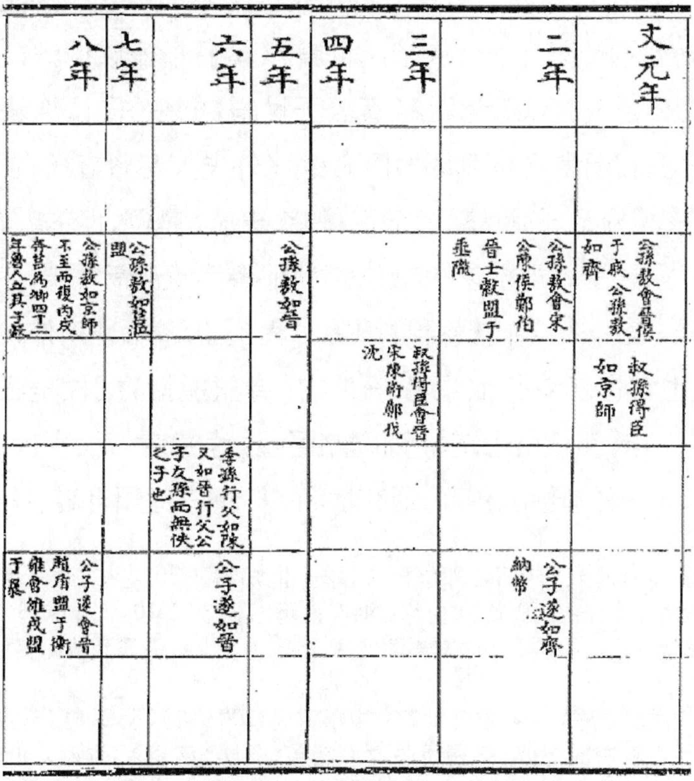

文元年	二年	三年	四年	五年	六年	七年	八年
公孫敖會晉侯于戚　公孫敖如齊　叔孫得臣如京師	公孫敖會宋公　公孫敖如齊　叔孫得臣如京師　公子遂如齊納幣	晉士穀盟于垂隴　取須句臧文仲會晉　宋陳衛鄭伐沈		公孫敖如晉	季孫行父如陳　又如晉行父公子友孫而無疾乎孫也　公子遂如晉	公孫敖如莒	公孫敖如京師不至而復内戚齊昔為娵内娶二年齊人殺卬其子朱　公子遂會晉趙盾盟于衡雍會雒戎盟于暴

圖二　程公説《春秋分記》《魯卿年表》[18]

17　例如《春秋》襄公二十七年宋之盟，《分記》於晉平公十二年的表格中注明："晉、楚自此平。大夫盟。"或是周敬王八年一欄，晉頃公十四年之表格除了繫上"六月庚辰，頃公卒，子立"一事，另外標注"六卿自是大矣"。見程公説：《春秋分記》，《景印文淵閣四庫全書》，冊154，頁38、42。

18　同上，頁55—56。

宋儒已點出魯僖公在位公子遂專政的情況，[19]而程公説除了表列公子遂如齊、如晉，也依序附上公孫敖、叔孫得臣、季孫行父與諸侯盟會，以及出使各國的内容，讀者可端見公子遂和其他大夫擅專、魯文公不能制臣之情勢，正如高閌所言：“文公三年之間，書公子遂、公孫敖、叔孫得臣累見于盟會，則知魯之政刑盡在諸臣矣。”[20]

（二）譜

程公説《分記》“譜”包含世譜七卷、名譜二卷，共有《王子王族諸氏世譜》《内魯公子公族諸氏世譜》《晉公子公族諸氏世譜》《齊公子公族諸氏世譜》《宋公子公族諸氏世譜》《衛公子公族諸氏世譜》《蔡公子公族世譜》《陳公族公子諸氏世譜》《鄭公子公族諸氏世譜》《曹公子世譜》《楚公子公族諸氏世譜》《吳公子世譜》《世譜叙篇考異》《列國君臣名譜》《外夫人妾名譜》《古人物名譜》。

雖然程公説《分記》的世譜、名譜不屬於《史記》體例，但“譜”的起源甚早，周代以前有帝系譜諜，司馬遷《史記》説到他參考《五帝繫牒》完成《三代世表》，改“譜”爲“表”。[21]宋代《春秋》學除了程公説《分記》以外，沈括《春秋左氏紀傳》似乎也有世譜或其他類名，[22]他的《春秋機括》同樣是譜牒類型的專著。[23]鄧名世亦作《春秋公子譜》《列國諸臣圖》等圖譜，而《春秋四譜》同屬譜系之作，不只有一般的國別、年祚，還有地名、人名，[24]這類世譜名譜的編纂正與

19　例如胡安國《春秋傳》曰：“僖公即位日久，季氏世卿，公子遂專權，政在大夫。”見胡安國撰，錢偉彊點校：《春秋胡氏傳》（杭州：浙江古籍出版社，2010 年），卷 13，頁 199。

20　高閌：《春秋集注》，卷 17，《景印文淵閣四庫全書》（臺北：臺灣商務印書館，1986 年），冊 151，頁 394。

21　司馬遷：《三代世表序》，《史記》（北京：中華書局，2003 年），冊 2，卷 13，頁 488。

22　李燾評沈括《春秋左氏紀傳》：“獨所序世族譜系，既與《釋例》不同，又非史遷所記，質諸《世本》亦不合也，疑撰者別據他書，今姑仍其舊，以竢考求。”見朱彝尊撰，林慶彰等主編：《經義考新校》，卷 183，頁 3361。

23　晁公武《郡齋讀書志》曰：“《春秋》譜也。”見晁公武撰，孫猛校證：《郡齋讀書志校證》（上海：上海古籍出版社，2011 年），卷 3，頁 123。王應麟《玉海》詳載：“元豐中，沈括撰《春秋機括》三卷。上卷以魯公甲子紀周及十二國年譜，中卷載周及十二國譜系世次，下卷記列國公子諸臣名氏，其無異名者不録。”見王應麟輯：《玉海》（揚州：廣陵書社，2003 年），卷 40，頁 759。不過是書已佚，無法與《分記》比較譜系世次的異同，知其得失。

24　王應麟《玉海》記載：“名世以經、傳、《國語》參合援據，爲《國譜》《年譜》《地譜》《人譜》。”參見王應麟輯：《玉海》，卷 40，頁 761。

宋代私家修譜的復興有關。[25]　至於程公説《分記》將"譜"列於紀傳體,也曾作《程氏大宗譜》十二卷,[26]編纂形式應有受到歐陽修的啓發。

歐陽修(1007—1072)奉朝廷命編修《新唐書》,其中《宰相世系表》以唐代出任的宰相爲主,羅列各姓世系,以十二世爲斷限,依序標注人名、謚號或官爵。《宗室世系表》則是先按照李唐宗室分房,再表列世系,同樣以十二世爲起訖。歐陽修首創"引譜入史"的方法,這在宋代以前的史書是不曾有過的,[27]所以程公説《分記》紀傳體設置"世譜"、"名譜"已有歐陽修嘗試在前,此其一。

第二,文天祥(1236—1283)言:"族譜昉於歐陽修,繼之者不一而足",[28]歐陽修創編《歐陽氏譜圖》,梳理了歐陽氏的源流,開啓譜學之風,影響後代編修,使譜法有所依循。他在《歐陽氏譜圖序》説明製譜的構想、原則、形式與功能,主要的創建是"九世圖式"的譜法:"斷自可見之世,即爲高祖,下至五世玄孫,而別自爲世。"[29]玄孫除了上承其祖,下又自系子孫,讀者"推而上下之則知源流之所自,旁行而列之則見子孫之多少"。[30]　歐陽修將世譜設"表"的形式也落實在程公説《分記》一書。例如《齊公子公族諸氏世譜》編列九世、《内魯公子公族諸氏世譜》列以十二世,《晉公子公族諸氏世譜》《宋公子公族諸氏世譜》則序列十四世,各篇世譜所序不等,使讀者"使推而上下之則知源流之所自,旁行而列之則見子孫之多少。經其世,緯其人,雖衆而不亂",[31]井然銓次,厥有條理。

25　錢大昕(1728—1804)説:"五季之亂,譜牒散失,至宋而私譜盛行。"見錢大昕著,陳文和、孫顯軍校點:《郡望》,《十駕齋養新録》(南京:江蘇古籍出版社,2000 年),卷 12,頁 246。譜學雖於唐末五代開始散落,但至宋代卻又重新復興。學界已從時代背景、經濟條件和學術環境等因素,考察宋代譜學復興之因,如王鶴鳴羅列了幾項因素:宋代官方政府的支持倡導、社會經濟的發展與都市繁榮、圖書印刷事業空前發達,以及家族興辦塾學義學等都是促進族譜興起的原因。見王鶴鳴:《中國家譜通論》(上海:上海古籍出版社,2010 年),頁 107—112。此外,根據多賀秋五郎的統計,以族譜序跋來説,北宋有九篇,南宋則有四十三篇,南宋私譜更爲盛行,這股風氣似乎推動程公説《分記》十二篇世譜、三篇名譜的出現。見氏著:《中國宗譜の研究》(東京:日本學術振興會,1981 年),頁 79。

26　劉光祖:《程伯剛墓誌銘》,程公説:《春秋分記》,《景印文淵閣四庫全書》,冊 154,頁 7。

27　倉修良:《譜牒學通論》(上海:華東師範大學出版社,2017 年),頁 175。

28　文天祥:《跋李氏譜》,《文文山全集》(臺北:河洛圖書出版社,1975 年),卷 10,頁 250。

29　歐陽修著,李逸安點校:《歐陽修全集》(北京:中華書局,2001 年),卷 74,頁 1076。

30　同上,頁 1079。

31　程公説:《春秋分記》,《景印文淵閣四庫全書》,冊 154,頁 127。

　　不過，由於春秋時期諸侯衆多，《左傳》性質也不是專門記載春秋世族的源流續衍，因此程公説《分記》即使參考杜預、《世系》、《史記》編纂，但某些内容仍有訛舛，尤其以公族的序列錯誤最多。例如《宋公子公族諸氏世譜》華氏一族：

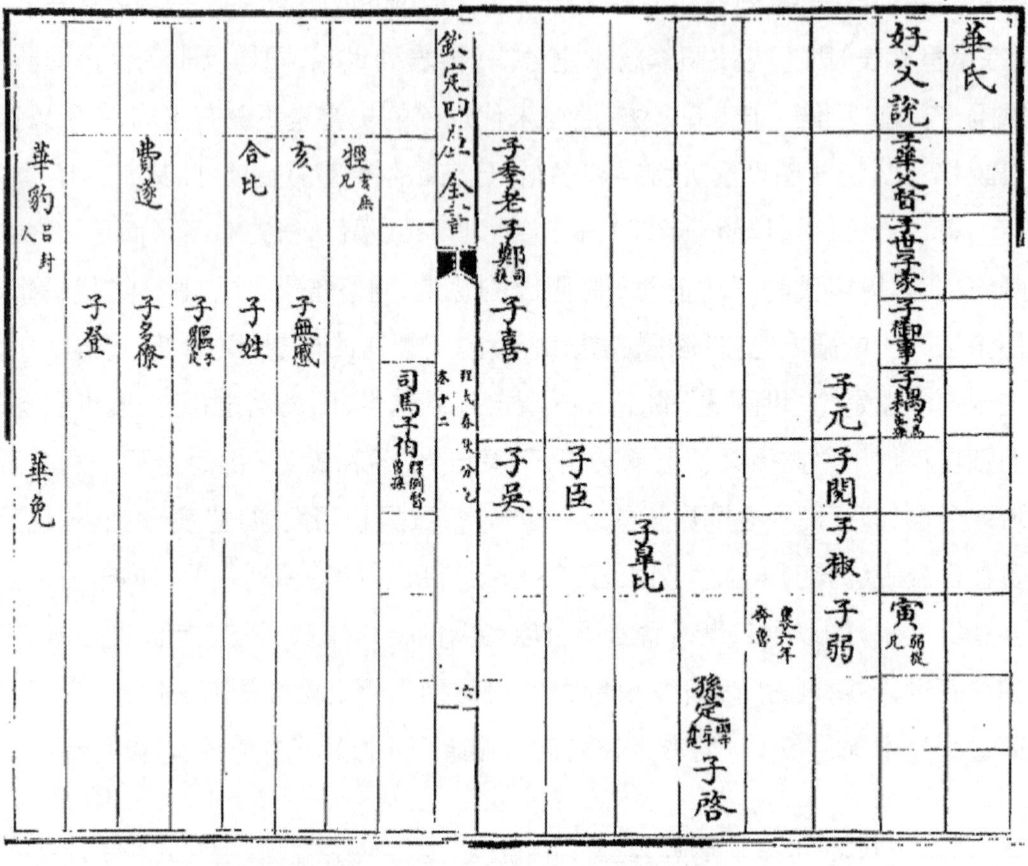

圖三　程公説《春秋分記》《宋公子公族諸氏世譜》[32]

表中尚待商榷之處有二：第一，部分大夫世系未詳，但程氏卻已清楚載録。例如“華椒”，顧棟高《春秋列國卿大夫世系表》已曰：“華氏如椒、合比、費遂，注疏不詳其所出。”[33]陳厚耀（1648—1722）《春秋世族譜》亦將“華椒”置于空格之下，[34]以示上無所承，唯程公説將“華椒”置于“華閲”之後，不知所據爲何？第二，某些人物之關係文獻有所記載，而程氏所記不同卻未説明原因。

32　程公説：《春秋分記》，《景印文淵閣四庫全書》，冊154，頁108。

33　顧棟高輯，吳樹平、李解民點校：《春秋大事表》（北京：中華書局，1993年），卷12，頁1308。

34　陳厚耀：《春秋世族譜》，《叢書集成續編》（臺北：新文豐出版公司，1988年），冊246，頁46。

比方《左傳》昭公二十一年載：“宋華費遂生華貙、華多僚、華登。”[35]此表“華貙”則爲“華合比”之子。又如杜預認爲“華弱”是“華椒”孫，[36]陳厚耀、顧棟高亦作此編列，但程公説反而將“華弱”視爲“華椒”之子，其他世譜的公族中都有類似的錯誤，讀者利用這些資料時得再斟酌。

當然可能因經傳資料有限，或是記載分歧疏略，因此難以詳考所有諸臣世次，不免產生掛一漏萬之失，但此瑕疵無法掩蓋《分記》世譜的學術貢獻。況且這編纂形式仍具備本支聯屬、連宗合族的功用，程公説也藉此凸顯公子公族强盛削弱的發展形勢。例如《內魯公子公族諸氏世譜》譜前小序：“世爲卿大夫，凡舉氏者，皆專命之氏，其極至於有其民出其君而莫之禁。職此其故，余於是作《魯公族譜》而別氏者，又爲《公族譜》以盡譜之變。合則族，別則氏。考其世，觀之成敗得失可睹矣。”[37]《內魯公子公族諸氏世譜》的公子四世有仲孫慶父、叔公子牙、成季友，程公説標明三者：後爲孟孫氏、叔孫氏、季孫氏。若檢閱公族可看到此三族的子孫人數廣嗣，遠較魯國其他氏族强盛，[38]循此亦可理解昭公乾侯之禍有其開端和徵兆。

（三）書

司馬遷《史記》設置八書之後，歷來對八書是否爲太史公首創有不同持論，但有關八書的界定卻相當一致。司馬貞視之爲“國家大體”，[39]馬端臨以其爲“典章經制”，[40]近現代學者也都定義爲分門別類的制度沿革。[41]《史記》八書之名爲《禮書》《樂書》《律書》《曆書》《天官書》《封禪書》《河渠書》《平準書》，而

35　杜預注，孔穎達疏：《春秋左傳正義》，《十三經注疏》（臺北：藝文印書館，1982 年），卷 50，頁 868。
36　同上，卷 30，頁 516。
37　程公説：《春秋分記》，《景印文淵閣四庫全書》，冊 154，頁 90。
38　同上，頁 91—92。
39　司馬遷：《史記》，冊 4，卷 23，頁 1157。
40　馬端臨著，上海師範大學古籍研究所、華東師範大學古籍研究所點校：《自序》，《文獻通考》，頁 1。
41　柴德賡説：“這是一種系統記述典章制度的體裁，也可以説是分類史。”見柴德賡：《史籍舉要》（北京：北京出版社，2001 年），頁 7。

程公說《春秋分記》計有《曆書》《天文書》《五行書》《疆理書》《禮樂書》《征伐書》《職官書》等七篇二十六卷，主題編排和《史記》有些微不同，但在歷代史體的發展上，八書內容自司馬遷《史記》以降即不斷地重構與擴展，[42]因此《春秋分記》也是演變中的一環，配合《春秋》經傳以序列主題。

關於《分記》七書中，亟須注意的是《疆理書》，因爲篇幅最鉅，多達十一卷，[43]包含邦域、山川、河渠三類，邦域又分爲王畿、魯、晉、齊、宋、衛、蔡、陳、鄭、曹、燕、秦、楚、吳、次國、小國等。邦域各區地理釋名大量參考杜預《釋例》，適時補充或指正箇中錯誤，而山川與河渠二類除了援引《釋例》之語，還參考《尚書·禹貢》、史書《地理志》與《水經注》等。主要特色有三：

第一，《疆理書》附有指掌輿圖。以《春秋》經傳研究者來說，南宋之前雖有謝莊《春秋圖》、楊湜《春秋地譜》都與地理相關，但皆已佚，如楊守敬提到：“《隋書·經籍志》梁有《春秋古今盟會地圖》一卷，亡。《新舊唐·志》及宋人著錄所載《春秋圖》無慮十餘家，而皆不傳。”[44]因此程公說《疆理書》各篇附列指掌之圖就具備學術價值。而且歷來研究者討論杜預地理考證多直接跨到對清儒的啓發，鮮少關注程公說地理釋名也受到杜預影響，所以《分記·疆理書》可填補歷來研究《春秋》地理僅注意杜預至清儒縱向聯繫間的斷層。

第二，近人考證地理的方法、材料或文獻遠較古代便利，部分《左傳》地名學界也已有清楚論述，許多觀察角度則先見於程公說《疆理書》。例如楚國“豫章”一地，顧棟高已言此地諸說紛然，但斷言豫章並非江西南昌。[45]　今人程發軔

42　徐日輝從橫向的門類序列和縱向的門類擴展分析八書變化：“自《史記》而下，對八書的重構與擴展大體上集中在新構建的序列組合與新增加的門類發展兩大方面。具體而言，從《漢書》十志起，史官們將八書的內容和名目，依據當時政治形勢和社會需要的限制，予以重新構建變化爲新的序列組合；在重新組合的同時，又不斷地將八書未曾涉及的內容廣爲擴展，成爲一部部各領風騷的新書志。”見徐日輝：《史記八書與中國文化研究》（西安：陝西人民教育出版社，2000年），頁57。

43　各書卷數如下：《曆書》四卷、《天文書》一卷、《五行書》一卷、《疆理書》十一卷、《禮樂書》三卷、《征伐書》二卷、《職官書》四卷。此節先聚焦《疆理書》，其他內容則置於後文討論。見程公說：《春秋分記》，《景印文淵閣四庫全書》，冊154，卷19—44，頁164—490。

44　楊守敬：《春秋列國圖自序》，周康燮主編，存萃學社編集：《楊守敬研究彙編》（香港：崇文書店，1974年），頁8。

45　顧棟高輯，吳樹平、李解民點校：《春秋大事表》，卷7，頁853—855。

《春秋左氏傳地名圖考》更具體辨析《左傳》六見"豫章",除了昭公二十四年所記乃位於江西餘干的鄱陽湖濱,其他五處皆位於安徽壽縣。[46] 上溯程公說《疆理書》,其先援引杜預語,另補充曰:"春秋豫章蓋在江北,而今豫章隆興府非春秋之豫章也。《漢‧地理志》豫章郡:高帝置第,年代闊遠,文字殘闕,無從考見所徙年月耳。按宋武帝討劉毅,遣王鎮惡先襲至豫章口。豫章口去江陵城二十里,信知春秋豫章去江陵甚近,今隆興蓋不相干。"[47]南宋隆興府本於洪州(今江西省南昌市),[48]程公說認爲春秋豫章應屬江北與淮南間(今安徽省),並非位屬江南隆興府,與江西南昌無關,觀點能呼應顧棟高、程發軔。[49]

　　第三,《疆理書》不只考證疆域、辨析地名,每篇總說還將地理形勢結合政治歷史,並非單純考辨地名沿革而已。例如總說齊地封域:"東至于海,西至于河,南至于穆陵,北至于無棣。阻渤澥之險,憑河濟之固,後據千乘,前倚兗濮。擅利魚鹽,形勢十二。故太公用之而富,桓公資之以霸,自桓公後雖不復霸矣,然憑藉地利,猶得以雄彊於諸侯。"[50]齊國地理有良好的自然經濟,具備先天優勢,因此在春秋列強中佔有一席之地,觀察視角如同評論宋國地勢平坦,四通八達,沒有名山大川或鴻溝巨塹作爲險阻,導致宋襄公無法與諸侯匹敵抗衡,[51]符合"因以求并吞侵削之迹,而考彊弱得失之鑑"的著述動機。[52] 此外也從不同的地理條件注意到相異的人文民風,比方以曹國封域在雷夏荷澤之野,堯、

46　程發軔:《春秋左氏傳地名圖考》(臺北:廣文書局,1969 年),頁 91。

47　程公說:《春秋分記》,《景印文淵閣四庫全書》,冊 154,頁 321。

48　脫脫等撰:《地理志》,《宋史》(臺北:洪氏出版社,1975 年),卷 88,頁 2189。

49　又如《左傳》哀公二十六年:"公游于空澤,辛巳,卒于連中。大尹興空澤之士千甲,奉公自空桐入如沃宮。"見杜預:《春秋釋例》(臺北:臺灣中華書局,1970 年),卷 5,頁 15。文中有"空澤""空桐"二地,杜預謂"空澤"爲宋邑,而"空桐"是"梁國虞縣東南,有地名空桐,有桐亭",看似分屬二地,但程公說引《水經注》"空桐澤在虞城東南",判斷"空澤"與"空桐"當爲一也。見程公說:《春秋分記》,《景印文淵閣四庫全書》,冊 154,頁 293。對照程發軔《春秋左氏傳地名圖考》引《嘉慶重修一統志》《郡國志》《太平寰宇記》之文獻,"空澤"即是"空桐澤",位於河南虞城五里縣南,上有"空桐亭"。見程發軔:《春秋左氏傳地名圖考》,頁 270。由此可知,程公說判斷無誤。

50　程公說:《春秋分記》,《景印文淵閣四庫全書》,冊 154,頁 283。

51　同上,頁 290。

52　同上,頁 258。

舜曾活動於此,故"民俗化其遺風,重厚多君子。務稼穡,薄衣食,以致蓄積";[53]以秦地"土曠而腴、民義而健";[54]以荆楚"陽盛物堅、其俗急悍",[55]呈現各地區政教風俗,有歷史人文地理的研究色彩。

　　另外,柳詒徵《國史要義》提出"史聯"觀點:"史之所紀,則若干時間,若干地域,若干人物,皆有聯帶關係,非具有區分聯貫之妙用,不足以臚舉全國之多方面,而又各顯其特質。……史之為義,人必有聯,事必有聯,空間有聯,時間有聯。紀傳表志之體之善,在於人事時空在在可以表著其聯絡。"[56]所謂"聯散者,紀傳體所獨擅",[57]柳詒徵分析紀傳體能將不同的特質分著於所屬篇體,帶有賓主、輕重、本末、繁簡之別,複筆略筆之間相得益彰。按照《分記》對表、譜、書、世本的體例設置,我們可發現這四類分法就有柳詒徵所提出的特色。如《職官書》中記載魯三卿、晉六卿、宋右師、鄭世卿等官,但因為已有《魯卿年表》《晉卿年表》《宋卿年表》《鄭卿年表》,故所記較略,各有側重。抑或《禮樂書》和《鄭世本》皆討論到鄭國禮制,但前者主要扣緊子產個人如何以禮相鄭,後者則將子產以禮自固一事,提高到鄭國如何自處於晉、楚爭強,兩篇駢列之事明顯有不同的廣狹深淺。換言之,《分記》七書雖以典章制度為主,但可結合表、譜、世本參看,方能將錯綜離合之人事襯托互著。

（四）世本

　　司馬遷《太史公自序》提到撰寫世家的用意:"二十八宿環北辰,三十輻共一轂,運行無窮,輔拂股肱之臣配焉,忠信行道,以奉主上,作三十世家。"[58]天子在國家政治有其中心地位,衆臣輔弼股肱如同拱辰共轂、百川歸海,君臣由上至下,由內而外地屏藩社稷,典守邦土,形成一休戚共榮的治體倫理。程公説《分記》不言"世家"而稱"世本",取自最早的譜諜著作《世本》之名。據司馬貞

53　程公説:《春秋分記》,《景印文淵閣四庫全書》,冊154,頁309。

54　同上,頁312。

55　同上,頁314。

56　柳詒徵:《國史要義》(上海:華東師範大學出版社,2000年),頁102、113。

57　同上,頁269。

58　司馬遷:《太史公自序》,《史記》,冊10,頁13319。

《索隱》引劉向語:"《世本》,古史官明於古事者之所記也。録黄帝已來帝王諸侯及卿大夫系謚名號,凡十五篇也。"[59]《世本》載録五帝三王、三十三國諸侯、四十五家卿大夫的譜系、姓氏、謚名,梳理上古世代承傳之源流。《春秋分記》承其名義,先序世周室,後列"諸侯本系"之事,[60]呈現藩侯世代升降的狀況。

　　《分記》全書總計九十卷,"世本"就佔了後四十六卷,篇幅最多,包括《周天王》《内魯》《晉世本》《齊世本》《宋世本》《衛世本》《蔡世本》《陳世本》《鄭世本》《曹世本》《燕世本》《秦世本》《楚世本》《吳世本》《次國》《小國》《四夷附録》。每篇體例先説明諸侯國於春秋之前的源流,再以各國諸侯嗣世爲序,逐次收録與《春秋》《左傳》相關的經傳内容。如《齊世本》開篇即交代國姓、封地、尊祖,續按僖公、襄公、桓公、孝公、昭公、懿公、惠公、頃公、靈公、莊公、景公、安孺子、悼公、簡公、平公等,羅列經傳材料;若無傳文則會在經文底下另外標注"無傳",而且有可能同一傳文述及的國家衆多,所以也另標明附於何處,比方齊襄公:

　　桓公經十有五年夏四月己巳葬齊僖公。無傳　五月公會齊侯于艾。傳見許
　　經十有七年春正月丙辰公會齊侯紀侯盟于黄。夏五月丙午及齊師戰于奚。
　　傳十七年春盟于黄平齊紀。夏及齊師戰于奚疆事也。爭疆界
　　經十有八年春王正月公會齊侯于濼。公與夫人姜氏遂如齊。夏四月丙
　　子公薨于齊。丁酉公之喪至自齊。傳見内魯
　　莊公經元年春王正月夫人孫于齊。夏單伯逆王姬。秋築王姬之館于外。
　　冬王姬歸于齊。齊師遷紀郱鄑郚。經二年秋七月齊王姬卒。無傳　冬
　　十有二月夫人姜氏會齊侯于禚。
　　經三年秋紀季以酅入于齊。爲附庸傳見紀　經四年春王二月夫人姜氏享
　　齊侯于祝丘。夏齊侯陳侯鄭伯遇于垂。無傳　冬公及齊人狩于禚。
　　經七年春夫人姜氏會齊侯于防。冬夫人姜氏會齊侯于穀。無傳　[61]

59　司馬遷:《太史公自序》,《史記》,册10,頁2。
60　同上,册5,頁1445。
61　程公説:《春秋分記》,《景印文淵閣四庫全書》,册154,頁710—711。

視其主客輕重，編置於適合的篇目底下，省去全部附列於各個世本，衍生冗贅沓雜的缺失。部分諸侯會有得失評述，以齊襄公來説，程公説就批評他"絶滅天常、縱肆人欲""蕭墻之不謹而動干戈於外""内淫而外暴，將及于亡而不自知甚矣"。[62] 不過最重要的在於每篇文後皆附"論曰"，統括諸侯始終强弱的歷程，揭櫫興亡世變之由，以作爲昭示鑑戒。必須提及，《左傳》雖然載録許多國家，但畢竟以大國事跡爲詳，小國所記相對疏略，程公説編輯"世本"特別注意始終先後，適時參考其他典籍補備闕遺，如《燕世本》就明言："余因摭《世本》《外紀》《古史》等文參校異同，緝其始終春秋傳國之序以補燕闕文云。"[63]

也由於"世本"大量載記《左傳》資料，所以出現不少程公説點出《左傳》錯誤之處，或是援引前人如趙匡、劉敞糾舉《左傳》的觀點，這在"表""譜""書"中較爲少見。如同《宋世本》中，詳列《左傳》宣公十五年，宋國糧盡援絶，華元夜入楚師，登子反之床，與其盟誓，欲其退兵。程公説依據《史記》《宋世本》，認爲是子反將宋國"析骨易子"一事轉告楚莊王，所以楚莊王決定罷兵，非如《左傳》所言華元、子反二人私盟，並評斷："其事大同小異，以理推之，則馬遷爲得，而左氏幾近於誣！"[64]反對《左傳》此處記事。又如《内魯》收録《左傳》襄公五年肯定季文子之語："君子是以知季文子之忠於公室也：'相三君矣，而無私積，可不謂忠乎？'"程公説就直接批評：

> 魯公室失政自宣公始，季氏專魯自文子始，《春秋》傷焉。如曰"自大夫出，五世希不失矣"，言自宣失政，至成、襄、昭、定而魯訖不振，左氏乃以爲"季文子相三君而無私積，可不謂忠乎？"三君者指宣、成、襄也。魯國之政，季氏專之；魯國之民，季氏有之，而曾謂其家無私積哉！蓋左氏之嗜誣斯人也已，吾無取乎爾也。[65]

62　程公説：《春秋分記》，《景印文淵閣四庫全書》，冊 154，頁 777—712。
63　同上，頁 895。
64　同上，頁 761—762。
65　同上，頁 558。

文末"蓋左氏之嗜誣斯人也已,吾無取乎爾也"是取自柳宗元《非國語》一語,同樣直斥左氏妄言虛語。而"自大夫出,五世希不失矣"乃《論語》《季氏》記載孔子評論天下失道,大夫僭越諸侯的狀況。程公説援引其言,印證季孫行父專權亂階、驕悖無君,否定《左傳》以季孫行父忠於魯君的評價。

三、程公説《春秋分記》的解經義法

《春秋》經的原型是魯史《春秋》,既爲後代史書之濫觴,還發展成經學注疏的體系。《分記》雖是體現《春秋》史學的性質,但"《春秋》所重者,固在其義",[66] 以"新史體"作爲詮釋的論著仍脱離不了麟經大義的詮釋系統,吾人必須關注程公説如何用不同的經解體式衍釋增益、尋繹發明。

(一) 以胡安國《春秋傳》經説爲旨歸

《分記》《叙傳授》提到《分記》之作:"論述大綱本孟子,而微詞多取程氏胡氏之論",[67] 這已向讀者明示其學術取向。自《孟子》《離婁下》引孔子語,述及《春秋》有其義,歷來儒者無不聚焦於麟經大義,程公説《分記》也依循這條脈絡。不過《分記》並非以建構大義的内容爲主,而是延續著程頤、胡安國所扶發的經義,從《述綱領》首列胡安國之説,並附上胡安國《春秋傳序》,可見胡安國對程公説的影響,若再按《分記》所載,更能顯現其書以胡安國經説爲旨歸。

比方胡安國《春秋傳》的攘夷色彩極其鮮明,《分記》會依循胡《傳》說法闡發攘夷大義。如《分記·蔡世本》從蔡國面對楚國威脅,延伸至攘夷之道:"終春秋世從楚而受楚禍,聖人蓋傷之也。天下莫大於理,莫强於仁義,循天理、崇信義以自守其國家,荆楚雖大,何畏焉? ……觀諸侯會盟離合之迹,而夷夏盛衰之由可考矣;觀《春秋》進退予奪抑揚之旨,而知安中夏討四夷之道矣。"[68] 這是參照胡安國安内即可攘外之説:"天下莫大於理,莫强於信義,循天理,惇信義,

---

66　陳澧:《東塾讀書記》(臺北: 臺灣商務印書館,1997 年),卷 10,頁 161。

67　程公説:《春秋分記》,《景印文淵閣四庫全書》,册 154,頁 13。

68　同上,頁 819。

以自守其國家,荊楚雖大,何懼焉?"[69]確立夫婦、父子、君臣等社會秩序,自然可應對邊境夷狄的滋擾,遏人欲、正大倫、存天理爲有國之急務。

其他像胡《傳》謂魯隱公即位不正,"内不承國於先君,上不禀命於天子,諸大夫扳己以立而遂立焉,是與爭亂造端,而簒弒所由起也。《春秋》首絀隱公,以明大法,父子君臣之倫正矣",[70]程公説《分記》節録胡氏説法,於世本《内魯》循此發義:"蓋自隱公乖於大義,亂天下繼立之分,啓桓公簒奪之禍,自桓公簒奪而三桓之兆成。……然則《春秋》自元年,首絀隱公即位以明王法,足以貫二百四十二年行事,謂非聖人莫能修之,渠不信夫!"[71]同樣直指周平王末年正值隱公一世,魯隱公是魯國爭亂簒弒之肇端,因此隱公元年不書即位,《春秋》絀隱,以明王法。

又如《春秋》哀公八年:"宋公入曹,以曹伯陽歸。"我們可將胡安國與程公説的詮解並列如下:

胡安國《春秋傳》	程公説《春秋分記》
此滅曹也,曷爲不言"滅"?滅者,亡國之善詞,上下之同力也。曹伯陽好田弋,鄙人公孫彊獲白鴈獻之,且言田弋之説,因訪政事,大説之。彊言霸説於曹伯,因背晉而奸宋,宋人伐之,晉人不救。書"宋公入曹,以曹伯陽歸",而削其見滅之實,猶虞之亡書"晉人執虞公",而不言滅也。《春秋》輕重之權衡,故書法若此。有國者,妄聽辯言以亂舊政,自取滅亡之禍,可以鑑矣。[72]	論曰:《春秋》志用兵,輕重淺深各有不同,而其甚莫極於滅。滅者,亡國之重辭,曰上下同力也。宋景公入曹,以曹伯陽歸。《春秋》止書入而《左氏》傳其事,謂曹伯陽好田弋,曹之鄙人公孫彊因進田弋之説,陽好之,彊因言霸説陽,乃背晉而奸宋,宋伐之,晉不救而遂滅。且曹實滅矣,而書入者,言其自滅也,故削其見滅之迹,猶虞之亡書"晉人執虞公"而不言滅也,是罪在曹伯陽,而惡不在宋也。《春秋》筆削之法,輕重抑揚,厥有深旨。後之有國有家者,聽辯言以亂舊政,好游田以廢民事,將自取滅亡而不之悟。觀《春秋》書曹伯陽之事,可以鑑矣。[73]

兩人同舉《左傳》記載曹伯陽喜田弋,寵任好弋者公孫彊,並聽信其稱霸策略,背晉奸宋,導致宋人伐曹、滅曹。《春秋》書"宋公入曹,以曹伯陽歸",不書

69　胡安國撰,錢偉彊點校:《春秋胡氏傳》,卷4,頁48。
70　同上,卷1,頁3。
71　程公説:《春秋分記》,《景印文淵閣四庫全書》,册154,頁607。
72　胡安國撰,錢偉彊點校:《春秋胡氏傳》,卷30,頁493。
73　程公説:《春秋分記》,《景印文淵閣四庫全書》,册154,頁891。

"滅"意味自取滅亡,未符合《公羊》書"滅"乃國家上下同力,亡國重辭之義,曹伯陽才是國家見滅的主因,而後代治國者亦可從曹伯陽之行事汲取歷史經驗,以資世教,程公説明顯參考胡《傳》發義,亦如沈玉成、劉寧《春秋左傳學史稿》的觀察:"全書大旨,則仍以胡安國之説爲指導思想。"[74]

(二)"史體"綰合"經義"

宋鼎宗《春秋宋學發微》約舉《分記》之要旨爲尊王攘夷:"《分紀》一書,雖以考核舊文,杜虛辨之口舌爲有功,然亦時時以尊王攘夷爲大義也明矣。"[75]南宋初渡,胡安國《春秋傳》亦基於《公》《穀》隱諱之辭大張"尊王室"、"正王法"的精神。相對於"紀傳體"的《分記》而言,胡安國《春秋傳》屬於"解義體",[76]直從聖人書法建構尊王義旨,也就是將經文的遣詞造句、筆削去取、記事詳略等作爲中介,推演麟經的尊王之道,因此經文書"天王""王",或是盟會序列等形式皆有寓義。但《分記》並非解義體,全書又多由表譜構成,因此程公説該如何發明"尊王"之體用就顯得相當重要。

《分記》首篇是《周天王內魯外諸侯年表》,表前小序説明製表體例:

> 余今表周、魯以及外諸侯,旁行斜上,年經國緯,以統其時。尊周天王而內魯次之,齊、晉主盟中夏,其事莫詳焉,故得列於魯之後。而齊之後於晉,則以晉於周、魯爲親,且其霸視齊爲長也。凡諸侯同德尚爵,同爵尚親,自齊而下,宋、衛、蔡、陳,地醜德齊,莫能相尚,而宋以公爵列于三國之首。衛、蔡、陳,爵皆侯也,鄭、曹、燕、秦,皆伯也,而陳、秦獨後焉,則異姓爲後之義也。若楚、吳、越皆以僭號抑于《春秋》,則附下方,由是言之而年表之作可得而觀矣。[77]

74　沈玉成、劉寧:《春秋左傳學史稿》,頁243。
75　宋鼎宗:《春秋宋學發微》(臺北:文史哲出版社,1986年),頁90—91。
76　吳國武認爲這種體式的特點是:"側重在據經以分析義理。在形式上和注釋相似,一般都會先載原文,然後作解義,只是不重前人注疏。"見吳國武:《經術與性理:北宋儒學轉型考論》(北京:學苑出版社,2009年3月),頁121。
77　程公説:《春秋分記》,《景印文淵閣四庫全書》,冊154,頁13。

體裁形式上冠周爲經，列國爲緯，效法孔子以周正紀《春秋》，採“以一統萬、以同會異”之法，[78]再依序排列魯、晉、齊、宋、衛、蔡、陳、鄭、曹、燕、秦、楚、吳、越等諸侯國，揭櫫《春秋》“尊王”經旨。

歷代以《春秋》經傳爲主題的年表或紀國類著作，並非皆冠周於前。據《皇宋中興兩朝聖政》記載：“紹興四年六月，秘書丞環中知臨江軍中，嘗進《春秋年表》，沈與求奏不當先魯而後周，上曰：‘士大夫著述，謬舛容有之，中爲人臣，乃不知尊王之義，豈可置之三館？’”[79]南宋環中作《左氏二十國年表》就選擇先魯後周的排列，被當朝斥爲不知尊王。又如元代齊履謙（1279—1321）作《春秋諸國統紀》，《目錄》曰：“今之《春秋》一經，聖人以同會異，以一統萬之書也。始魯終吳，合十二國史記而爲之也。”[80]對孔子作《春秋》採“以同會異，以一統萬”的方法與程公説相同，但紀國卻是先魯後周，次及宋、齊、晉、衛、蔡等諸侯。可見《周天王内魯外諸侯年表》冠周寓有强烈的尊王精神，如同他將周王序於世本之首：“《春秋》所書皆傷周之微，而尊王以見志也。《左氏》傳經，間紀其事。今余分系列國，推明尊王，著周爲冠。”[81]同樣具備維繫周統的用意。

“尊王”或“攘夷”經旨又可體現在《分記·世譜》。程公説《世譜叙篇考異上》説明編纂世譜的原因有三：第一，杜預《世族譜》世次闕如、重複牴牾。第二，《左傳》稱號紛亂，漫無所據。第三，近世纂圖，前後錯出，尚多疎誤。因此有意重新補正，取材以《春秋》經傳爲本，再參取杜預、《世系》、《史記》等書。[82]杜預《世族譜》是目前最早可看到與《春秋》人物有關的譜表，排序以魯爲首，次爲周室，接續乃邾、鄭、宋、紀、衛、虢、莒、齊、陳、杞、蔡、郕、晉、薛、許等諸國，大抵以見於《春秋》經傳之先後爲序。[83]但程公説《分記》“世譜”則首列王子王族

78　程公説：《春秋分記》，《景印文淵閣四庫全書》，冊 154，頁 13。
79　朱彝尊撰，林慶彰等主編：《經義考新校》，卷 186，頁 3406。
80　齊履謙：《春秋諸國統紀目錄》，《春秋諸國統紀》，《景印文淵閣四庫全書》（臺北：臺灣商務印書館，1986 年），冊 159，頁 868。
81　程公説：《春秋分記》，《景印文淵閣四庫全書》，冊 154，頁 491。
82　同上，頁 127。
83　程發軔：《春秋人譜》（臺北：臺灣商務印書館，1990 年），頁 1。

表示"尊王"之義,次置魯、晉、齊、宋、衛、蔡、陳、鄭、曹、楚、吳,先夏後夷以明"華夷之辨"。"名譜"有《列國君臣名譜》一篇,附杞、滕、薛、莒、邾、小邾、越人、許、虞、虢、畢、祭、州、隨、邢、唐、息等八十個小國,前有大國世譜,後有小國名譜,亦印合《春秋》"詳內略外"之法。[84] 而"夫婦之道,教之本也",[85] "譜"的末尾安排《外夫人妾名譜》,用意如同《周天王內魯外諸侯年表》之後設立《王后年表》《內夫人年表》《內妾母年表》《王姬年表》《內女年表》,慎"男女之配",如胡安國所言:"凡男女之際,詳書于策,所以正人倫之本也,其旨微矣。"[86] 由此可見,程公説《分記》經解旨歸雖主從胡安國,但卻另由"史體"的體例絪合"經義",成爲其書的學術特色。

(三)褒貶之法:高度依附《左傳》記事

清代四庫館臣提到:"蓋不信三《傳》之説,創于啖助、趙匡,其後析爲三派:孫復《尊王發微》以下,棄《傳》而不駁《傳》者也;劉敞《春秋權衡》以下,駁三《傳》之義例者也;葉夢得《春秋讞》以下,駁三《傳》之典故者也。"[87] 宋儒研治《春秋》逐漸形成棄《傳》、駁《傳》的學風,像南宋趙鵬飛《春秋經筌》就強烈批評《左傳》,謂其"辭費義寡"、"以傳聞之説附會以解經",指責左丘明"淺陋不學"、"採野人之語而亂《春秋》者多矣",[88] 反對學者治經依循《左傳》,而程公説的成書動機正與學者捨傳從經的研究路線有關。

《分記·自序》曰:"學者高則束傳而談經,下則徇文而違理,常竊病之,輒推《春秋》旨義,即《左氏傳》分而記焉。"[89] 礙於時空距離,掌握經典內涵本身就有一定的難度,但當代不良的學風卻加速人們疏遠經典,開放的學術思潮反而封閉了聖人的思想,因此程公説有意端正學風,選擇高度依附經傳文本。

84　程公説:《春秋分記》,《景印文淵閣四庫全書》,冊154,頁156。

85　同上,頁51。

86　胡安國撰,錢偉彊點校:《春秋胡氏傳》,卷18,頁290。

87　紀昀、陸錫熊、孫士毅等:《欽定四庫全書總目》(北京:中華書局,1997年),卷28,頁357。

88　趙鵬飛:《春秋經筌》,《通志堂經解》(臺北:漢京文化事業公司,1985年),冊20,卷7,頁11687;卷8,頁11739;卷8,頁11740;卷12,頁11850。

89　程公説:《自序》,《春秋分記》,《景印文淵閣四庫全書》,冊154,頁4。

　　例如《春秋》記載滕國諸侯唯桓公二年“滕子來朝”、僖公十九年“宋人執滕子嬰齊”較受爭議，因爲隱公經文滕宣公來朝仍書“滕侯”，至桓公來朝卻書“滕子”，之後到魯哀公經文亦皆以“滕子”書。主張捨傳從經如趙鵬飛採取“原情”，推測行事者的内在動機，[90]強調滕子爲了不被大國侵犯，遂自降爵號以求無患，故桓公二年滕子來朝降爵稱“子”。[91]　至於僖公十九年“宋人執滕子嬰齊”之經文，趙鵬飛將此與莊公十年“齊師滅譚，譚子奔莒”相較，謂聖人贊同齊桓滅譚而示威於楚，譚子不名乃譚子無罪見滅；宋襄執小國之君以肆其虐，聖人罪其非霸，滕子書名是滕子雖有罪亦不應見執。[92]

　　而程公説《分記》則在“世本”編列了《次國》，當中收録滕宣公、滕昭公、滕文公、滕成公、滕悼公、滕頃公、滕隱公，總共二十則經文、十則《左傳》傳文，循此本末始終定調“滕之降爵，固以見其日就卑替，然稽其始降，則昉乎宣公爲之也”，[93]抨擊滕宣公來朝篡弑亂賊魯桓公，影響滕國於《春秋》中的定位；又結合《左傳》記載齊桓公舉行衣裳之會，滕宣公皆未參與，故僖公十九年“宋人執滕子嬰齊”乃“《春秋》書名以惡之”。[94]　程公説此處雖然採名爵褒貶，但不是由相同句法語式的經文找出正、變例以發明經旨，和傳統從規範化後的類例討論義法的路徑有別，也與趙鵬飛緣於個人揣摩臆解的角度不一。[95]　他選擇直從《左傳》見其行事，高度依附文本，大量排比《春秋》《左傳》相關事迹後取得結論，所以褒貶是集中在與當事人有關的數則經文，儼然變成一串褒貶群組，並非聚焦

90　康凱淋分析趙鵬飛採原情、達權的解經方法，原情是指行事者的動機、意圖、念頭，而達權則指外在的環境、現象或狀態，見康凱淋：《原情達權：趙鵬飛〈春秋經筌〉的解經方法》，《臺大文史哲學報》第 95 期（2021 年 5 月），頁 1—37。

91　趙鵬飛：《春秋經筌》，《通志堂經解》，卷 2，頁 11581。

92　同上，卷 7，頁 11682—11683。

93　程公説：《春秋分記》，《景印文淵閣四庫全書》，冊 154，頁 985。

94　同上。

95　家鉉翁就否定趙鵬飛詮解桓公二年“滕子來朝”之觀點：“木訥謂諸侯自貶損其爵以事大國，不欲與大國抗禮也，審如是，《春秋》何不爲之正名乎？此説尤不然！”更多次批評《春秋經筌》“駕空立説”“好揣摩傳會以爲之説”“好以揣摩議古”。見家鉉翁：《春秋集傳詳説》，《通志堂經解》（臺北：漢京文化事業公司，1985 年），冊 24，卷 3，頁 13564；卷 6，頁 13605；卷 7，頁 13621；卷 21，頁 13792。

於單一經文的字詞而已,方法平實,不易流於主觀武斷之弊。[96]

上述的滕宣公就已將《春秋》隱公十一年"滕侯、薛侯來朝"、桓公二年"滕子來朝"、僖公十九年"宋人執滕子嬰齊"結合為一體,其他像《宋世本》中,程公説同樣排比了與宋襄公有關的十七則經文、十五則傳文以評斷其行:

> 桓公既没,襄公於是乎欲繼齊之伯,一盟曹南,諸侯寖寖從之,乃不能内自省德,急於合諸侯。執滕子嬰齊,非伯討不足以示威;盟曹而復圍之,非同志不足以示信,甚則與楚盟會,豈攘夷狄、尊王室之義乎?《春秋》人宋公於鹿上之盟、盂之會直書其事而不隱,于泓之敗詞繁不殺,所以深貶之也。[97]

"不能内自省德"是宋襄公在位的行事評價,而《春秋》僖公二十一年"宋人、齊人、楚人盟于鹿上"、"宋公、楚子、陳侯、蔡侯、鄭伯、許男、曹伯會于盂"、二十二年"宋公及楚人戰于泓,宋師敗績"三則經文,一書"宋人",一直書其事,一詞繁不殺,雖各有不同的筆法,但卻連結為一套經文群組,共同貶斥宋襄公,帶出《春秋》攘夷狄、尊王室之大義。

因此,統合上述,程公説雖然依循胡《傳》的經解大義,但不步武胡《傳》"類例"的經解方法,而是高度依附《左傳》記事,總結出聖人褒貶的意向,符合戴維所言,它是調和程胡之説與蜀學重《左傳》的特色,[98]彼此的"義"、"法"之間互有異同。至於依附《左傳》記事的價值就如同清代四庫館臣的評價:"獨能考核舊文,使本末源流,犁然具見,以杜虛辨之口舌,于《春秋》可謂有功矣",[99]跳脱當代異説蜂起、破碎大道的氛圍,為經典詮釋導向務實的發揮空間。

96　勞思光評價程公説《春秋分記》:"資料甚豐,議論亦罕有武斷之處,與一般宋人喜説己見者不同。應屬平實之作。"見勞思光:《儒學辭典詞條》,香港中文大學哲學系:《勞思光先生存稿整編》,http://phil.arts.cuhk.edu.hk/project/LSK_mss/?p=1131,2022年3月21日訪問。

97　程公説:《春秋分記》,《景印文淵閣四庫全書》,冊154,頁780。

98　戴維《春秋學史》説:"程公説本身屬蜀學派,極重《左氏》,但他又以程頤、胡安國為旨歸,故其書具有調和程胡之説與蜀學重《左氏》的特色。"見戴維:《春秋學史》,頁359。

99　紀昀、陸錫熊、孫士毅等:《欽定四庫全書總目》,卷29,頁349。

四、程公説《春秋分記》的史鑑寄寓

　　"以史爲鑑"向來是中國傳統重要的政治思維，人們將歷史的理亂榮枯作爲治世資鑑的指導原則。《左傳》成公十四年君子曰："《春秋》之稱，微而顯，志而晦，婉而成章，盡而不汙，懲惡而勸善，非聖人，誰能修之？"[100]昭公三十一年亦有類似説法："《春秋》之稱微而顯，婉而辨。上之人能使昭明，善人勸焉，淫人懼焉，是以君子貴之。"[101]這《春秋》五例可分爲載筆之體、用，[102]其中載筆之用"懲惡勸善"更成爲後代修史資鑑精神之濫觴。[103] 司馬遷《史記》"考其行事，稽其成敗興壞之理"乃徵諸歷史，[104]總結古今盛衰的規律，以施國政。司馬光（1019—1086）也承自《左傳》《史記》，將前行的善惡得失作爲價值判斷："臣今所述，止欲敘國家之興衰，著生民之休戚，使觀者自擇其善惡得失，以爲勸戒。"[105]

　　程公説《分記》取材於《左傳》，體例仿於《史記》，自然也寓託史鑑思想。《周天王世本》曰："夫事未有不成於善而敗於惡，治未有不生於明而亂於昏，故雖一人而始終不同，況異世哉！系其世而別之跡，昭明廢昏，以探《春秋》聳善抑惡之意，蓋所以訓也。有天下國家者，其鑒於茲。"[106]明白揭示《分記》與《春秋》"聳善抑惡"的相承關係。

100　杜預注，孔穎達疏：《春秋左傳正義》，《十三經注疏》，卷 27，頁 465。
101　同上，卷 53，頁 930。
102　錢鍾書：《管錐編》（北京：中華書局，1999 年），頁 162。
103　陽平南認爲以史資鑑的歷史意識雖由來已久，但《左傳》是開始明白揭示懲惡勸善之資鑑精神者，並舉出兩項論證："一、《左傳》兩度明確表述懲勸資鑑之修史原則，以'春秋五例'懸鵠，並創下有組織、有系統地結合以事傳經、以義傳經的先例；二、從《左傳》開始，明白地定位史官角色，史官自覺其負有資鑑之責，由此可印證：這種自覺就是身爲史官的左氏之自我期許。"見陽平南：《〈左傳〉敘戰的資鑑精神》（臺北：文津出版社，2001 年），頁 43—44。
104　班固撰，顏師古注：《司馬遷傳》，《新校本漢書集注》（臺北：鼎文書局，1997 年），卷 62，頁 2735。
105　司馬光編著，胡三省音注：《魏紀一》，《資治通鑑》（北京：中華書局，1956 年），卷 69，頁 2187。
106　程公説：《春秋分記》，《景印文淵閣四庫全書》，冊 154，頁 491。

以《分記》中的"書"來説,箇中載録的典章制度最終仍落實到人事治革,無不具備史鑑思想的闡發基礎。例如《征伐書》述及"兵刑一道與寓兵於農之意同,藏用不示,習武不覿,要使民閑於教而無鬪狠,上藉其力,下安於義",主以"禮義"興行,故兵刑可措置不用。逮周衰入於春秋,"先王經世遺制,日以廢壞",轉向以"兵刑"爲恃,"所謂寢兵措刑,寓兵於農之深意,掃滅無遺",最終導向戰國七雄之爭、商鞅阡陌之變,因此作《征伐書》以爲永鑑,揭櫫"德治"的重要。[107] 又如《禮樂書》,程公説曰:"周公相成王也,制禮作樂,頒度量而天下服,其於謹於禮矣。禮之有天子諸侯之別,由古以來未之有改也。"[108]高舉"禮治"的重要,而從其收録的禮樂制度,屢見春秋王室諸侯"非禮"、"僭禮",[109]顯見周室既失典刑,王綱頽倒,故諸侯上僭悖禮。如魯國"以僭自怗"、"僭佚漸啓",[110]程公説採取"於序事中寓論斷"之法,[111]《禮樂書》附《論魯車服之失》《論魯饗禮之失》《論魯禮之變》《論魯僭樂之失》等文,呈現魯公無王之甚。其他像是鄭國"偪於晉楚,而禮樂之僭尚多有之":將周厲王之王宮設於邦國"非禮";鄭簡公賞賜子展先路、三命車服與八座城邑,賞賜子產次路、再命之服與六座城邑,車服乃出於周天子,鄭簡公卻自賜其臣,亦是"非禮";鄭厲公設享禮招待周惠王,備齊六代之樂更是"僭也"。整個春秋時期,"王室弱,伯權盛,諸侯莫有事君以禮者矣",[112]讀者可從《禮樂書》釐清禮樂制度對春秋諸侯興亡盛衰的重要性,總結歷史經驗與教訓,以爲鑑戒。

司馬遷製作八書時就已強調"承敝通變"的功用,[113]"書"並非只詮次文獻、魚

107　程公説:《春秋分記》,《景印文淵閣四庫全書》,冊154,頁413—414。

108　同上,頁387。

109　例如:"來求者三:春秋邦國貢賦不入,雖喪紀之具、車服之用、帑金之費不能自給,反求乎下,著非禮矣"、"歸賵賻三:車馬曰賵,珠玉曰含。賵賻之禮以親兄弟之國,禮也。平王賵妾母於前,襄王加賜妾母於後,敬王不待助祭而歸賻,非禮也"、"來錫命者三:桓公篡立,生而王不能討,死又加寵。文公居喪未終,成公未嘗入覲而錫之命,著非禮也"。同上,頁389。

110　同上,頁386、387。

111　顧炎武:《史記於序事中寓論斷》,顧炎武著,黄汝成集釋,欒保群、吕宗力校點:《日知録集釋》(上海:上海古籍出版社,2006年),卷26,頁1429。

112　程公説:《春秋分記》,《景印文淵閣四庫全書》,冊154,頁389。

113　司馬遷:《太史公自序》,《史記》,冊10,卷130,頁3319。

貫典制，止於史料文獻的記事功能，而是透過沿革興變考察垂法式規之宗旨。程公説《分記》亦不例外，序文已言：“得失盛衰之變，亦備論其故”，[114]“書”除了追溯典制源流，又於序文將春秋政制之因革與古代聖王相比，參稽價值判斷，作爲有國者立政之綱紀。所以如《職官書》序文先上溯黃帝、顓頊、堯、舜、禹如何命官分職，用於百事，沿至“周衰侯度不謹，官失常守而百職亂，迄于春秋，周公所作之法度亂其常矣，所建之官制廢其守矣”，[115]所列官制可見春秋變古亂常、負成周法度。

以魯國官制而言，《職官書》內魯“大宰”條目下引《左傳》隱公十一年：“羽父請殺桓公，將以求太宰。”孔穎達《正義》説明：“天子六卿，天官爲大宰，諸侯則并六爲三而兼職焉。昭四年《傳》稱季孫爲司徒，叔孫爲司馬，孟孫爲司空，則魯之三卿無大宰。”[116]因此魯國不得設“太宰”之官，程公説謂公子翬求之爲僭：“侯國冢宰之事，司徒兼之，其下當置小宰。大夫曰大宰，僭也。雖於時不果命翬，必魯嘗置此官而後翬求爲之也。”[117]更質疑魯國曾置“太宰”，故公子翬遂求此官。魯國除了僭位立“太宰”一職，還設置“宗伯”、“司寇”：

> 文二年《傳》：躋僖公，逆祀也。於是夏父弗忌爲宗伯，君子以爲失禮。弗忌，宗人夏父展之後，當是世爲禮官，至弗忌爲宗伯則古卿官也。……宗伯爲卿，而宗人特有司之事，則魯專命宗伯，非以司馬兼之，僭矣。

> 襄二十一年《傳》：魯多盜，季孫謂臧武仲曰：“子盍詰盜？子爲司寇，將盜是務去。”……侯國司寇之事，司空兼之，其下當置小司寇，今但曰司寇，且臧氏世卿，必非小司寇，大夫之職亦僭矣。[118]

諸侯不應有宗伯，宗伯由司馬兼之；亦不應有司寇，司寇則由司空兼之，但魯國卻專命夏父弗忌爲宗伯、臧武仲爲司寇，二者皆是僭制增置之官。

114　程公説：《春秋分記》，《景印文淵閣四庫全書》，冊154，頁5。
115　同上，頁438。
116　杜預注，孔穎達疏：《春秋左傳正義》，《十三經注疏》，卷4，頁82。
117　程公説：《春秋分記》，《景印文淵閣四庫全書》，冊154，頁446。
118　同上，頁446—447。

中唐史家杜佑（735—812）《通典》曰："夫行教化在乎設職官，設職官在乎審官才，審官才在乎精選舉，制禮以端其俗，立樂以和其心，此先哲王致治之大方也。"[119]制典規模不僅環環相扣，也皆與國政興廢有關，而職官建置涉及"名實"，是維護邦國秩序最基礎的環節。除了魯國官制多有僭越，晉國官制更是"僭禮敗度，尤不可訓"。[120]《職官書》晉國"大師大傅"條目下引《左傳》文公六年："趙盾將中軍，始爲國政，既成，以授太傅陽子與大師賈佗，使行諸晉國以爲常法。"程公説曰：

> 按《周官》三公：太師、大傅、大保，論道經邦。三孤：少師、少傅、少保，貳公弘化，貳言副之。晉，侯國不應有孤卿，又稱大師大傅，則公而非孤矣。……大抵晉建官置軍，僭佚爲多，卿無常員，復僭天子三公之名而假曰孤卿。[121]

晉國不應有孤卿之名，如顧棟高所言："晉置孤卿已僭，而有二孤，尤非禮也"，[122]更何況還僭擬三公之名，刻意逾越周制常法。其他像侯國基本的司徒、司馬、司空三卿，晉國既廢司徒，改爲中軍；司馬、司空也聽命於諸卿軍將，職務已非傳統王官的舊制內容，[123]職官名實明顯僭竊妄改。

同理，《分記》的"年表"以諸卿爲緯可以明白昭穆少長、世族起訖、職位易代等狀況，更能借諸卿年表考世繹事、推本得失。程公説曰："嗚呼！余觀春秋邦國列官分職皆僭王制。……魯諸卿季氏莫彊，政權歸焉；晉之命卿以戎事，則政出於中軍；宋之命卿主百官，則政出於右師。名號雖殊，所以爲政一也。"[124]列國諸卿擅權僭制，《魯卿年表》《晉卿年表》《宋卿年表》《鄭卿年表》皆表列呈現四國僭上之勢。或發明魯國重文物而以禮樂爲僭，晉國重伯權而以軍制爲僭；[125]或直斥魯

119　杜佑著，顏品忠等校點：《通典》（長沙：岳麓書社，1995 年），上冊，頁 1。
120　程公説：《春秋分記》，《景印文淵閣四庫全書》，冊 154，頁 438。
121　同上，頁 452。
122　顧棟高輯，吳樹平、李解民點校：《春秋大事表》，卷 10，頁 1060。
123　程公説：《春秋分記》，《景印文淵閣四庫全書》，冊 154，頁 453—454。
124　同上，頁 79。
125　程公説：《春秋分記》，《景印文淵閣四庫全書》，冊 154，頁 62。

隱公用公子翬帥師終啓亂階,[126]晉文公因軍制而僭命卿爲始作俑者;[127]或從魯國諸卿任事印證孔子言:"天下有道,則禮樂征伐自天子出;天下無道,則禮樂征伐自諸侯出。自諸侯出,蓋十世希不失矣;自大夫出,五世希不失矣;陪臣執國命,三世希不失矣",[128]從宋國官制典章呼應孔子語:"殷禮,吾能言之,宋不足徵也"之嘆;[129]或循鄭國所任世卿之賢否,扣緊與國家興替的關係。四篇諸卿年表皆由世嗣宦族之本末總攬政制張弛之因由,原始察終,窮厥事理,不流於形式的表名列文而已。

　　試舉《晉卿年表》爲例。其中細列軍制職位,逐次填上人名,讀者可全面觀察每位軍將身分與任職起訖,了解任免興替背後的史鑑思維。以下節錄文公初期的内容:

文元年	二年 彭衙之戰	三年	四年	五年	六年 八月乙亥襄公	七年 晉靈公元年令狐之役後 卒	八年	九年	十年	十一年	十二年	河曲之戰
先且居				且居卒	狐射姑 又易以趙盾 傳曰宣子於是指為國政	趙盾		趙盾			趙盾	
趙衰 代郤溱自新軍帥而佐中軍				襄年	趙盾又易以狐射姑 射姑	先克	射姑 代狐射姑				荀林父 杜注代先克	先克
						箕鄭	鄭居守 郤以上鄭父作軍居守 亂				郤缺 代箕鄭	
						荀林父	投大夫其 鄭				史駢 代林父	
			救卒			先蔑					欒盾 代先蔑	
		晉臣卒				先都	殺大夫先都				胥甲 代先都	

圖四　程公説《春秋分記》《晉卿年表》[130]

126　程公説:《春秋分記》,《景印文淵閣四庫全書》, 冊 154, 頁 53。
127　同上, 頁 62。
128　同上, 頁 52。
129　同上, 頁 70。
130　同上, 頁 63。

表格文公五年到七年之間,"中軍"本爲先且居,待五年先且居卒,六年又換成狐射姑,同年又變成趙盾,狐射姑改調爲"中軍佐",七年先克又取代狐射姑的位置,箇中變化非常清楚。程公説補充《左傳》"宣子於是始爲國政"之語,提點讀者文公六年是一樞紐。每位將領就任或卸職也清楚標注,如文公五年先且居卒、趙衰卒、欒枝卒、胥臣卒,接任者直接標人名,反之則標示"代某某"(多因大型戰役而更調將領)。某些事件若必須交代因果得失,《分記》則會在表格後附上案語或前人觀點。像文公六年末就援引孔穎達語,述及晉國三易中軍導致箕鄭之徒作亂,之後又發生趙盾弒靈公、中行偃弒厲公,開端肇始於晉襄公任命元帥郤頃刻改易,其所由來漸矣。[131] 讀者檢視表格再配合孔氏語,正可理解文公五年到七年"中軍"異動的影響,並連結至文公八年到九年箕鄭父作亂殺害先克等人的原因。

再者,《晉卿年表》以晉文公因軍制而僭命卿,爲六卿分晉的始作俑者;之後晉襄公任命元帥郤頃刻改易,"晉之亡形,實成於襄公"。[132]《晉卿年表》側重"諸侯命卿"與國政的關係,而《征伐書》則著眼"軍制變化"與國政的統合:晉悼公時期,"凡六官之長皆民譽也,舉不失職,官不易方,爵不踰德,師不陵正,旅不偪師,民無謗言,所以復霸";晉平公則車戰寢廢,"自是霸業既衰,戎馬不駕,卿無軍行,公乘無人,卒列無長";至晉昭公縱有甲車四千乘,僅爲一時之強,"文、悼之法亡,六卿專晉之形成矣"。[133] 最後在《晉世本》亦可看到程公説總結:

晉自曲沃伯初命以一軍爲晉侯,至獻公作二軍,文公蒐于被廬遂作三軍,將佐皆卿官,合而爲六,清原之蒐增爲五軍,至景公僭天子六軍之制,卿官十有二,原其始僭,自文公始。是以晉國,天下莫彊,世爲盟主。馴自平公,政在大夫,溴梁之會,大夫司盟,君若贅斿。然繼以昭公,六卿

131　程公説:《春秋分記》,《景印文淵閣四庫全書》,冊 154,頁 63。
132　同上。
133　同上,頁 422—423。

彊、公室卑，逮其末也，析爲韓、魏、趙而晉亡矣。[134]

一樣從軍制角度剖析晉國君權旁落之因，謂晉文公作三軍，卿官擔任將佐，導致日後君若贅旒，提舉諸侯之度“法莫詳於軍制”的鑑戒，呼應《晉卿年表》晉國重伯權而以軍制爲僭的整體觀察。

五、結　語

當學者採取某一體例篩選、序列史事，很有可能在編纂之際就設立既定標準，不同的編纂方法也非單純地將史料素材重新串接，而是間接體現出他對文本的理解方式和學術視域。程公説《分記》採取“紀傳體”改易《春秋》《左傳》之“編年體”，透過“表”“譜”“書”“世本”，多元地反映春秋歷史的面貌，包含曆法、疆域、五行、禮樂、軍制、兵法、國政、王事、諸侯等内容，主題豐富，可謂“條理分明，叙述典贍”，[135]足以作爲研究《左傳》的參考依據。

《分記》形式上藉由“年表”、“人表”經緯縱横地載録編年相屬的事迹，將參伍懸遠的人事統彙其中，不僅能繩貫春秋華夷動向，又可明白世族起訖、官制更迭、諸卿興替等各種分合張弛的變化。“世譜”、“名譜”整理春秋世族的源流續衍，梳理公子公族世系的本末強弱，井然銓次，衆而不亂。“書”則排比大量史料文獻，溯源春秋各個諸侯國的典章制度，呈顯治道的沿革興變。“世本”取自譜諜著作《世本》之名，載録周天王與諸侯世代承傳與升降的狀況。規模龐大，自成理路，不僅擴展出自我的學術體系，也爲傳統《春秋》學研究别創新格。

再者，程公説以胡安國《春秋傳》的經説爲旨歸，同樣聚焦尊王、攘夷等大義，並以史體綰合深刻的經解義理。如《周天王内魯外諸侯年表》效法孔子以周正紀《春秋》，冠周爲經，列國爲緯，或是將《周天王》序於“世本”之首，列王子王族於“世譜”之先，皆具備維繫周統，發明尊王之義。“世譜”“名譜”亦寓有

134　程公説：《春秋分記》，《景印文淵閣四庫全書》，册 154，頁 708。
135　同上，頁 2。

《春秋》明華夷之辨、詳內略外之法、慎男女之配等經旨,不流於形式的表名列文而已。這亦可顯現程公説高度依附《左傳》,大量綴比《春秋》《左傳》事迹,將麟經詮釋導向務實客觀的路線,有別於南宋捨傳從經漸盛的風氣。也因《分記》取材於《左傳》,體例仿於《史記》,自然上承《春秋》"聳善抑惡"的史鑑精神,寓託不少垂訓警惕的觀點。如諸卿年表以列國諸卿擅權僭制爲鑑戒、《征伐書》揭櫫德治與《禮樂書》高舉禮治的重要、《職官書》則強調建置職官需名實相符,這都是總結歷史經驗,成爲治世資鑑的指導方針。

　　王明珂在《反思史學與史學反思》曾有學術主流和傾聽蛙鳴的比喻,謂荷塘裏存在著此起彼落的蛙鳴聲,我們容易被較爲響亮的聲音所吸引,甚至只選擇傾聽其中一種蛙鳴聲,導致忽略整個荷塘的生態。[136] 南宋《春秋》學就是整個荷塘生態,但我們多注意如"解義體"的主流鳴聲,無意間忽視其他像是以新史體改編經傳的著作。程公説《春秋分記》利用"紀傳體"特點展現《春秋》經旨,與當代學風思潮對話,形成一套獨有的内在理路,並建構自我的學術體系,即使部分頻率與其他論著相符,但仍保持獨特一貫的節奏,在"説《春秋》者莫夥於兩宋"的學林中爭高競敏,[137]創造出成一家之言的學術意義。

（作者：臺灣中興大學中國文學系助理教授）

136　王明珂:《反思史學與史學反思》(上海:上海人民出版社,2016 年),頁 45、48。
137　紀昀、陸錫熊、孫士毅等:《欽定四庫全書總目》,卷 29,頁 368。

引 用 書 目

一、專書

王應麟:《玉海》。揚州: 廣陵書社,2003 年。

王鶴鳴:《中國家譜通論》。上海: 上海古籍出版社,2010 年。

王明珂:《反思史學與史學反思》。上海: 上海人民出版社,2016 年。

文天祥:《文文山全集》。臺北: 河洛圖書出版社,1975 年。

司馬遷:《史記》。北京: 中華書局,2003 年。

司馬光編著,胡三省音注:《資治通鑑》。北京: 中華書局,1956 年。

朱彝尊撰,林慶彰等主編:《經義考新校》。上海: 上海古籍出版社,2011 年。

多賀秋五郎:《中國宗譜の研究》。東京: 日本學術振興會,1981 年。

宋鼎宗:《春秋宋學發微》。臺北: 文史哲出版社,1986 年。

沈玉成、劉寧:《春秋左傳學史稿》。南京: 江蘇古籍出版社,1992 年。

吳國武:《經術與性理: 北宋儒學轉型考論》。北京: 學苑出版社,2009 年。

李建軍:《宋代〈春秋〉學與宋型文化》。北京: 中國社會科學出版社,2008 年。

杜預注,孔穎達疏:《春秋左傳正義》。臺北: 藝文印書館,1982 年,《十三經注疏》。

杜預:《春秋釋例》。臺北: 臺灣中華書局,1970 年。

杜佑著,顏品忠等校點:《通典》。長沙: 岳麓書社,1995 年。

柳詒徵:《國史要義》。上海: 華東師範大學出版社,2000 年。

胡安國撰,錢偉彊點校:《春秋胡氏傳》。杭州: 浙江古籍出版社,2010 年。

周康燮主編,存萃學社編集:《楊守敬研究彙編》。香港: 崇文書店,1974 年。

紀昀、陸錫熊、孫士毅等:《欽定四庫全書總目》。北京: 中華書局,1997 年。

侯步雲:《北宋〈春秋〉學研究》。西安: 西北大學歷史系博士論文,2009 年。

姜義泰:《北宋〈春秋〉學的詮釋進路》。臺北: 臺灣大學中國文學所博士論文,2013 年。

高閌:《春秋集注》,《景印文淵閣四庫全書》,冊 151。臺北: 臺灣商務印書館,1986 年。

晁公武撰,孫猛校證:《郡齋讀書志校證》。上海: 上海古籍出版社,2011 年。

徐日輝:《史記八書與中國文化研究》。西安: 陝西人民教育出版社,2000 年。

倉修良：《譜諜學通論》。上海：華東師範大學出版社，2017 年。

柴德賡：《史籍舉要》。北京：北京出版社，2001 年。

馬端臨著，上海師範大學古籍研究所、華東師範大學古籍研究所點校：《文獻通考》。北京：中
　　華書局，2011 年。

班固撰，顏師古注：《新校本漢書集注》。臺北：鼎文書局，1997 年。

家鉉翁：《春秋集傳詳説》，《通志堂經解》，冊 24。臺北：漢京文化事業公司，1985 年。

陳厚耀：《春秋世族譜》，《叢書集成續編》，冊 246。臺北：新文豐出版公司，1988 年。

陳澧：《東塾讀書記》。臺北：臺灣商務印書館，1997 年。

脱脱等撰：《宋史》。臺北：洪氏出版社，1975 年。

程公説：《春秋分記》，《景印文淵閣四庫全書》，冊 154。臺北：臺灣商務印書館，1986 年。

程發軔：《春秋左氏傳地名圖考》。臺北：廣文書局，1969 年。

程發軔：《春秋人譜》。臺北：臺灣商務印書館，1990 年。

楊果霖：《〈經義考〉著録"春秋類"典籍校訂與補正》。臺北：臺灣學生書局，2013 年。

陽平南：《〈左傳〉叙戰的資鑑精神》。臺北：文津出版社，2001 年。

齊履謙：《春秋諸國統紀》，《景印文淵閣四庫全書》，冊 159。臺北：臺灣商務印書館，1986 年。

趙鵬飛：《春秋經筌》，《通志堂經解》，冊 20。臺北：漢京文化事業公司，1985 年。

趙伯雄：《春秋學史》。濟南：山東教育出版社，2004 年。

歐陽修著，李逸安點校：《歐陽修全集》。北京：中華書局，2001 年。

歐陽修著，洪本健校箋：《歐陽修詩文集校箋》。上海：上海古籍出版社，2009 年。

錢大昕著，陳文和、孫顯軍校點：《十駕齋養新録》。南京：江蘇古籍出版社，2000 年。

錢鍾書：《管錐編》。北京：中華書局，1999 年。

戴維：《春秋學史》。長沙：湖南教育出版社，2004 年。

顧炎武著，黃汝成集釋，欒保群、吕宗力校點：《日知録集釋》。上海：上海古籍出版社，
　　2006 年。

顧棟高輯，吴樹平、李解民點校：《春秋大事表》。北京：中華書局，1993 年。

二、論文

金生楊：《理學與宋代巴蜀〈春秋〉學》，《四川師範大學學報》2006 年第 5 期，頁 133—137。

張尚英：《試論宋代〈春秋〉學的地域性與階段性》，《宋代文化研究》第 22 輯（成都：四川大學
　　出版社，2016 年 7 月），頁 194—203。

康凱淋：《原情達權：趙鵬飛〈春秋經筌〉的解經方法》，《臺大文史哲學報》第 95 期（2021 年 5

月），頁 1—37。

勞思光：《儒學辭典詞條》，香港中文大學哲學系：《勞思光先生存稿整編》，http：／／phil.arts.
　　cuhk.edu.hk／project／LSK_mss／？ p＝1131，2022 年 3 月 21 日訪問。

The Academic Orientation of Cheng Gongdui's
Notes to Spring and Autumn Period

Kang, Kai-lin

（Assistant Professor, Department of Chinese Literature, Chung Hsing University）

Abstract

In the Song Dynasty, there were many works written in the new historiographic style adapted from the *Spring and Autumn Annals*. Among these works, the most complete and comprehensive compilation is Cheng Gongdui's *Notes to Spring and Autumn Period* because it contains the largest number of fascicles and the most abundant topics. However, insufficient attention has been given to the general trend and academic significance of rubric adaptation. Therefore, this paper is intended to be the first to investigate Cheng's book with a focus on its compilation rules, commentaries, and the education function of history. This paper takes the Theories of Emperor Respect in *The Spring and Autumn Annals* as an example to verify that *Notes to Spring and Autumn Period* not only reflects the people and events in *The Zuo Commentary* and plays a role in the annals of history, but also extends the interpretation and enhances it by adopting a variety of commentaries and styles, as well as seeks to enlighten the sages' purposes. The paper concludes that *Notes to Spring and Autumn Period* inherited the interpretation system of *The Spring and Autumn Annals* but forms a unique internal theory closely related to other commentaries and constructs a tree-shaped and symbiotic academic domain.

Keywords: *The Spring and Autumn Annals*, *Zuo Commentary*, Cheng Gongdui, biographic style, historiography

漢宋調和的矛盾

——丁晏《左傳杜解集正》的方法與意義

陳顥哲

提　　要

　　漢宋調和論是介於乾嘉漢學與晚清今文學兩大思潮的中介,支持者多以兼采漢宋學所長爲説。然而落實在經典詮釋中,仍往往執此御彼,各有所偏。丁晏雖標榜"以漢學通宋學"的學術方法,但其《左傳杜解集正》的詮釋方針,實質上卻是"以宋學正漢學",形成"主觀考據"的學術模式。雖然背離了百年以來的漢學傳統,卻給晚清今文經學在方法論上的啓示。

關鍵詞：丁晏　考據學　漢宋調和　經學方法論

一、前　　言

　　丁晏(1794—1875),字儉卿,號柘堂(唐),江蘇山陽縣人。據《清史稿》所述,丁晏就學於麗正書院時,值阮元至書院觀風,曾以"漢易十五家"爲題試麗正書院諸生,丁晏即以萬餘言對,"精奥爲當世冠",[1] 阮元激賞之下,贈以《經籍纂詁》《詁經精舍文集》。時江藩任書院主講,亦許以"摭群籍之精,闡六書之

奧。當今之世，如足下之好學深思者，有幾人哉”[2] 之嘉言。

　　丁晏雖頭角嶄然，仕途卻頗不順，然一生致力於學，成果亦爲當世所重。如《清史稿》特舉《尚書餘論》，言丁晏斷僞《古文》爲王肅所造，此論一出，歆動一時，學者從之者眾，如清儒皮錫瑞便云：“至丁晏《尚書餘論》據《家語後序》定爲王肅僞作……可謂搜得真贓實證矣。”[3] 其餘諸如《毛鄭詩釋》、三《禮》譯注，也深得學林稱許。[4]

　　從丁晏就學於麗正書院，及受阮元、江藩稱善的學術經歷來説，丁晏確實是深受乾嘉漢學影響；就其著作性質來看，也足以判斷丁晏治學，是以賈馬服鄭爲圭臬的漢學體系；加以其心之所嚮，又在鄭學，[5] 可見乾嘉漢學的印記，是深刻銘記於丁晏其身。然而在後人談及丁晏學術譜系上，卻認爲丁晏是漢宋調和論者，即《清史稿》所謂的“治經學不掊擊宋儒”，因其“嘗謂漢學、宋學之分，門戶之見也”，因此主張二者不能偏廢。又如《清儒學案・柘唐學案》中，言其學思：

> 柘唐覃精研思，諸經皆有撰述。晚年治《易》，尤嗜程《傳》。爲《述傳》一書，於治亂消長，獨見徵兆，而不雜以空疏無當之辭，最得漢經師遺意。論者爲道咸以來，惟柘唐能以漢學通宋學焉。[6]

無論是《清史稿》或《清儒學案》的表述，都同樣代表後人對丁晏學思的當代判斷，所謂“以漢學通宋學”，即是指丁晏以熟稔的乾嘉漢學爲起點，溯通宋學義理之途。而其所宣稱的方法，則是“漢儒正其詁，詁正而義顯；宋儒析其理，理

2　趙爾巽等撰，啓功等點校：《清史稿・丁晏傳》（北京：中華書局，2015 年），頁 13276。
3　皮錫瑞撰，吳仰湘點校：《書經・論僞孔經傳前人辨之已明，閻若璩、毛奇齡兩家之書互有得失，當分別觀之》，《經學通論》（北京：中華書局，2018 年），頁 116。
4　張之洞撰《書目答問》，慣例不錄當時人之姓名，即如俞樾、陳澧等名儒，亦不錄名姓，獨丁晏得署名，此亦可窺見丁晏之聲名。詳參張之洞撰，范希曾補正：《增訂書目答問補正》（北京：中華書局，2011 年）。
5　《清史稿・丁晏傳》有云：“輯《鄭康成年譜》，署其堂曰‘六藝’，取康成《六藝論》，以深仰止之思。”趙爾巽等撰，啓功等點校：《清史稿・丁晏傳》，頁 13278。
6　徐世昌等編纂：《柘唐學案》，《清儒學案》（北京：中華書局，2008 年），卷 160，頁 6205。

明而詁以精"，[7]顯然是各取所長，使二者相得益彰。然而這種漢宋調和的學術方法，並不是如同自助取餐似的，合則來不合則去。"以漢學通宋學"，相對容易理解，以漢學文字聲音訓詁的手段，清晰判讀文獻，從而追求正確理解經典大義；然而訓詁的手段，是否通向正確的義理？ 或若義理炳然，卻又與訓詁之義相鑿枘時，該如何去取？ 這是丁晏等漢宋兼採者不得不面對的問題。

二、作爲方法論的漢學與宋學

在進行討論之前，還是得先行界定"漢學"與"宋學"這兩個在經學史視野下的定義。在經學意義下的漢宋學，更多的時候是指涉兩種經典詮釋的不同方式：漢學著眼於訓詁考證，宋學則著重於義理詮釋。

講究文字詁訂訓釋的學術方法，自然也不是僅出現於漢代或自我標榜復漢注古義的清代，在經籍流傳的過程中，對文字的訓釋、字義理解乃至於典章制度的推究，本就是不能省略的讀經方法。所以就現實的情況來說，漢宋儒者進行經典詮釋時，皆不可能捨棄考據，僅是方法有精粗、目的手段有別，並非斷然對立。是以作爲清代漢學不祧之祖的顧炎武，在大力提倡考文知音的學術模式時，也没有極爲强烈的要與宋儒爲難的意味，其針對的對象是更明確指向明儒、王學末流。但顧炎武將考經定詁、窮通典章制度的學術方式，作爲理解聖人之道的正確路徑時，便已暗含了屏棄宋明儒者以義理爲先的價值評判。兼以宋明學者的經學模式有極大的延續性，因此抨擊明代以來心學末流風氣時，往往也將心性理氣之學視爲同一整體而加以批評。這才逐漸使宋明以來所謂理學式、義理式的經典闡釋，在清儒眼中僅是空言性與天道的務虛之學。[8] 從此處來説，"宋學"實是在清儒眼中藉以進行自我定位的學術稱謂。本文所討論之"宋學"，亦是於此語境中申述。

7　趙爾巽等撰，啓功等點校：《清史稿·丁晏傳》，頁 13276。

8　顧炎武於《與施愚山書》謂："今之所謂理學，禪學也，不取之五經，而但資之語録，校諸帖括之文而尤易也。"其鄙夷理學更甚於場屋之文。見顧炎武撰，華忱之點校：《亭林詩文集》（北京：中華書局，1983 年），卷 3，頁 59。

　　讀經的終極目的在於通曉聖人大義,這是傳統經學預設的根本前提,是以當時乾嘉學者至少在理想層面上,並未完全放棄對義理的追求,惟不可否認的是,在其表現上,已經有"科學"的意味,且此一趨向是日益顯著。當時學者在進行訓詁考據之後,往往不會將其結果延伸至整體的義理詮釋,只是進行名物制度的清晰定義;這儼然已是近現代學術發現問題、解決問題的研究範式。如梁啓超在《清代學術概論》中盛讚清代漢學,尤以戴、段、二王等人的學術成果爲頂峰;在梁啓超看來,這些漢學家能"用科學的研究法",並歸納其治學有"注意""虛己""立説""蒐證""斷案""推論"等方式,是具備科學家求真求是的精神,一如其所強調的,漢學家極講求證據,務求不摻雜主觀,"無證據而以臆度者,所在必擯"。[9] 雖然梁啓超並未特別強調治漢學者,始終沒有在主觀上放棄義理的追求,但在方法上近似科學的實證精神,成爲確保義理正確性的論證根源。

　　在漢學家看來,惟有確保字句的確解,方可保證義理的正確性。而此一正確性的擔保,則在於考索諸籍,且不可依附陳説,亦不可心存成見。被視爲清代漢學巔峰的戴震即明確標榜:

　　　　治經先考字義,次通文理,志存聞道,必空所依傍。[10]

這個"空所依傍"的態度,可以説是漢學的重要法則,即便是被梁啓超嘲爲"凡漢皆真,凡古皆好"的惠棟等吳派學人,即便客觀上有佞古的傾向,但在其主觀意志上,仍然強調讀書不可度以己意,阿從曲附。如吳派學人錢大昕即云:

　　　　斟酌古今,不專主一家言,義有可取,雖邇言必察;若與經文違戾,雖儒先訓詁,亦不曲爲附和。[11]

9　梁啓超:《清代學術概論》,《中國近三百年學術史》(臺北:里仁書局,2002 年),頁39—43。

10　戴震著、湯志鈞點校:《與某書》,《戴震集》(北京:中華書局,2015 年),卷 9,頁 187。

11　錢大昕撰,呂友仁點校:《虞東學詩序》,《潛研堂集》(上海:上海古籍出版社,2009 年),卷 24,頁 384—385。

也就是説，作爲研究方法的漢學，姑且不論落實程度爲何，其中最爲講求的態度即是絕不盲從、亦不臆斷，也無怪乎日後如胡適等人，欲以杜威的思維術和清代的考據學做"嫁接"，以漢學考據爲"科學實證""整理國故"的理論武器。

　　相較於被後世冠以科學桂冠的漢學方法論，另一取向的宋學及其方法論就便黯淡許多。於清代漢學來説，擁有官方力量支持、以程朱爲代表的宋學，時刻皆縈繞於心，幾以宿敵視之，無論先後，漢學群體對宋學的攻擊皆未曾稍歇。

　　如同漢學一般，宋學也相對難以進行清晰的界定，[12] 然而作爲經學方法論的宋學，確實存在著相當清晰的特徵。早在程頤時期，即指出清晰的學術路徑："古之學者，先由經以識義理。……後之學者，卻先須識義理，方始看得經。"[13] 用更直白的話來説，伊川之説即"先立乎其大者"，學者需先挺立義理，並依此義理進行經典閱讀。誠然，這種方式確實頗涉及主觀，無論是宋儒高倡所謂性理、明儒拈出良知，都是以哲理化的眼光俯瞰諸經。宋明儒者據此讀經，無怪乎清儒以"六經爲我注腳"[14]爲訕笑。在清儒，尤以漢學爲尚的學者眼中，宋人所指陳的讀經法，不是流於空談，就是落於自專。所以錢大昕批評道：

　　歐陽氏、二蘇氏、王氏、二程氏，各出新意解經，蘄以矯學究專已守殘之陋，而先生(孫明復)實倡之。……元明以來，學者空談名理，不復從事訓詁、制度、象數，張口茫如，則反以能習注疏者爲通儒矣。[15]

類似的言論，在清儒著作中絕不罕見。不過必須申明，這類批評的言論，多數都是抨擊宋明儒者，亦即是抨擊"口言性理、束書不觀"，而不是直接反對"六經注

12　即以姜廣輝所述，若要定義所謂"宋學"，至少需將"宋明理學""宋明經學"以至於"理學化經學"之理路釐清，然此非本文要務，是以不於此進行論述。詳參氏著：《"宋學"、"理學"與"理學化經學"》，《義理與考據—思想史研究中的價值關懷與實證方法》(北京：中華書局，2010 年)，頁 456—494。

13　程頤：《河南程氏遺書·伊川先生語一》，程顥、程頤著，王孝魚點校：《二程集》(北京：中華書局，2018 年)，卷 15，頁 164。類似的論述亦散見於程頤點評讀諸經，如讀《春秋》，其云："先識箇義理，方可看《春秋》"同上，頁 165。

14　陸九淵著，鍾哲點校：《語錄》，《陸九淵集》(北京：中華書局，2010 年)，卷 34，頁 395。

15　錢大昕撰，呂友仁點校：《重刻孫明復小集序》，《潛研堂集》，卷 24，頁 430。

我”的詮釋方式；涉及到反思宋學方法論的意見，還是戴震《與是仲明論學書》中的言論最爲典要：

> 經之至者道也，所以明道者其詞也，所以成詞者字也。由字以通其詞，由詞以通其道，必有漸。……凡經之難明右若干事，儒者不宜忽置不講。僕欲究其本始，爲之又十年，漸於有所會通，然後知聖人之道，如懸繩樹藝，毫釐不可有差。……而謂大道可以徑至者，如宋之陸，明之陳、王，廢講習討論之學，假所謂“尊德性”以美其名，然舍夫“道問學”，則惡可命之“尊德性”乎？未得爲中正可知。[16]

戴震的論述強調，宋明儒者所談的孔孟大義，其實無法在經典中尋得確切的根據，原因在於過往學者並沒有進行漢學考據的辦法。即便是號稱德性爲要、義理爲先，自鳴掌握了真理，亦僅是凌空蹈虛之論。

乾嘉漢學既然主張要讓道德與義理回歸經典，在典籍中尋得根據，那也從反面襯托出宋學在方法論上的弱勢之處，即是清儒所批評的“空虛”；所謂微言大義，往往是人言言殊，雖動輒云“天理良知”，然而認真評判下，其實誰都沒資格宣稱自己掌握得是絕對正確的來源。宋學義理先行的學術方法，沒有漢學堅實的考據成果作爲支撐，自然難以跟清代漢學相頡抗。

在漢學獨擅勝場的局面下，對宋學的辯護自然也相對微弱；今日所見，左祖宋學的言論，多是在漢宋調和、兼采的立場上，試圖標舉宋學的價值。其著眼之處，即在於強調宋學首重義理，對匡扶世道人心的功用，尤有補漢學拘宥之功。乾隆時期狀元姚文田，便撰《宋諸儒論》爲宋學申説：

> 三代以上，其道皆本堯舜，得孔孟氏而明。三代以下，其道皆本孔孟，得宋諸儒而傳。……天下一日而不昏亂，即宋儒之功無一日不在於天壤。至其著述之書，豈得遂無一誤？然文字小差，漢唐先儒亦多有之，未足以

16　戴震著，湯志鈞點校：《與是仲明論學書》，《戴震集》，卷9，頁182—184。

爲詬病。今之學者，粗識訓詁，自以爲多，輒毅然非毀之而不顧。[17]

姚氏言下之意，在於辯護宋儒明道救世之功，在此厥偉功績下，釋經即有小疵，實無須過份放大。易言之，姚氏所論宋學，其旨在於"求善"，而"求真"則是第二順位。不過從清代漢學方法論的立場來看，姚氏的説法仍可斷定爲絕不可取，畢竟連文字解釋皆有舛誤，那無論後續是建構多麼宏大的義理思想，皆是無根之空談；況且，此類所謂大義還不見得能找到確鑿證據來支持。在漢學支持者眼中，"求真"才是絕對不可動搖的第一義，唯有真實性得到確認之後，才有可能進一步求索"善"的可能。

　　當然，其後也不是没有捍衛宋學的學者，如錢穆、徐復觀二位就是極具代表性的人物。錢先生雖爲史學家，但對以朱子爲代表的宋學體系則抱以極高的敬意。其對宋學辯護的方式，主要是採取"宋學亦不輕忽考據訓詁"，舉宋儒的考據實績爲據，強調宋學與漢學有一致的方法論，論證漢宋學在學術方法上相通，漢學不是不言義理，宋學也不是不談考據。而徐先生則採取釜底抽薪的方式，直言宋學爲學的目的與梁啓超所謂"正統派"、胡適強調有"科學精神"的漢學不同。在徐復觀《清代漢學論衡》一文中，曾設以"清代漢學家在完全不了解宋學中排斥宋學"一節，力言漢宋學在治學目的上的一大區隔：

　　漢宋儒讀經的目的，用現時流行的話語説，都是爲了"古爲今用"，即是爲了解決現前的人生、社會、政治的現實問題，不過漢儒偏重在政治方面，而宋儒則偏重在躬行實踐的人生方面。清代漢學家的研求古典，則完全没有"今用"的要求，而只是爲了知識的興趣與個人的名譽地位。[18]

徐先生對清儒向來無甚嘉許，但其對宋學透過義理、研讀經典，以求個人道德

17　姚文田：《邃雅堂集・宋諸儒論》，卷1，《續修四庫全書》（上海：上海古籍出版社，1995年），冊1482，頁1。

18　徐復觀：《清代漢學論衡》，《中國思想史論集續篇》（上海：上海書店出版社，2004年），頁370。

提昇及社會實踐的特性，則是説明得十分清晰。

所以單從方法論的角度來看，漢宋學型態的調和，落實在操作上，必然會出現幾個問題：如果義理是好的，但內容考據起來是有疑義時，該不該捨棄義理？典型的案例，即是"人心惟危，道心惟微"的十六字心傳。相反的，如果考據結果是傾向可信，但在義理詮釋上卻出現難以圓説的情況時，又該當如何處置？

今日所見主漢宋調和論者，如丁晏、陳澧、朱次琦等學者，似都未能詳盡處理此類矛盾。多數論者都是採取折衷之説，先是承認漢學考據的必不可忘，卻又反覆申説宋學重談義理的目標決不可棄。這類的言論中，陳澧的看法當是相當具有代表性：

> 微言大義，必從讀書考古而得。《學思錄》説微言大義，恐啓後來不讀書、不考據之弊，不可不慎。必須句句説微言大義，句句讀書考據，勿使稍墮一偏也。[19]

理想的狀況是，在爲學的態度上，義理、考據都不可偏廢。讀書必須考究大義，而此大義又從考據中得。不過事實上，漢學、宋學所標榜的掌握真理進程，在根本上就有不可調和處。宋學所主張義理，不可否認的確實帶有相當程度的主觀性，然而漢學的考據，卻是建立在"空所依傍"的態度上。是以在強調漢宋兼采的操作上，即如陳澧這種以調和論名世的學者，其功夫落實起來也仍然是"訓詁明而後義理明"的漢學路數：

> 漢儒之書，有微言大義，而世人不知也。唐疏亦頗有之，世人更不知也。真所謂微言絶，大義乖矣。宋儒所説，皆近於微言大義，而又或無所考據，但自謂不傳之學。夫得不傳，即無考據耳，無師承耳。國初諸儒，救明儒之病；中葉以來，拾漢儒之遺，於微言大義未有明之者也。故予作

19　陳澧撰，鍾旭元等點校：《東塾讀書論學札記》，《東塾讀書記》（上海：上海古籍出版社，2012 年），頁 350。

《學思録》,求微言大義於漢儒、宋儒,必有考據,庶幾可示後世者。

這種言論,仍然是主張宋學所云義理,仍然需要考據爲根源;故其所謂"漢宋兼采",實際上也只是補苴漢學末流的弊端,"惟以發明詁訓大義爲經學考釋之範圍耳。"[20]

　　另一位強調不分漢宋的學者朱一新,也同樣是採取以訓詁考據作爲義理可信度來源的"漢宋兼采",其謂:

> 漢宋諸儒大旨,固無不合,其節目不同處亦多,學者知其所以合,又當知其所以分。……宋學以闡發義理爲主,不在引證之繁。義理者,從考據中透進一層,而考證之粗跡,悉融其精義以入之。(自注:非精於考證,則義理恐或不確,故朱子終身從事於此,並非遺棄考證之謂也。)[21]

朱一新"義理者,從考據中透進一層"之類的説法,也是將義理的正確性建立在考據之上,雷同的意見在漢宋調和論支持者中並不罕見。也就是説,漢宋調和在實踐的真實情況之一,是將相對主觀詮釋的義理,搭建在客觀的詮釋結果上。

　　然而,宋學所主張的義理,雖然存在著自洽邏輯,但不見得能符合漢學從考據得來的客觀。因爲所謂"義理",並非只是在書本上展現;前引程頤語"後之學者,卻先須識義理,方始看得經。"就已明確表示"義理"不只是展現在經典之中,而是典籍之外亦有一番光景。換言之,於宋儒眼中的義理,雖然根源於"天理",但在展現於現實世界時,義理可以從生活中、從書本中等多管道得來。讀書,其實是由經外的義理作爲導引,從而理解經中義理,兩相比勘以正其義。而外在的義理(無論是稱爲天理、良知),則是"自家體貼出來",進而透過實踐以檢驗其正確性,此一實踐落實於自身道德修養與人格體現,自然也包含了經典閲讀。體驗來的義理,在面對典籍時,也就往往爲了邏輯自洽而出現六經注

20　此間關於陳澧學術立場實爲反省漢學末流的論述,可參錢穆:《中國近三百年學術史》(北京:商務印書館,2005 年),頁 680—681。

21　朱一新:《無邪堂答問》,《朱一新全集》(上海:上海人民出版社,2017 年),上冊,頁 170。

我式的詮釋。因此，從方法論來看宋學講求之義理，雖有著內在邏輯上的完滿，卻難以保證經典詮釋上的相對客觀。從理想的角度來説，自然是兼採所長，揚其所短。然而，在漢宋之學成果相互衝突時，那漢宋調和論者，又該如何自處呢？

三、漢宋調和理論與《左傳杜解集正》的實踐落差

按照《清史稿》《清儒學案》之説，丁晏治學"以漢學通宋學"，自然也是位漢宋調和論的支持者，似乎同於陳澧、朱一新，追求立足於漢學考據證據以求索義理。然而，情況卻稍有不同。

在陳澧眼中，漢學的詁訂結果是宋學義理可信度的保證，但並沒有將義理作爲驗證訓詁正確的標準。而丁晏則是在漢宋調和的基礎上，試圖讓訓詁、義理二者的關係連結得更加緊密：

> 訓詁者，義理之本根也。義理者，訓詁之標準也。顧義理爲人心之所自具，可以沉潛體驗而得之；而訓詁則非博考不明，非研究不精。[22]

丁晏此處説法，實頗得宋學本色，如前所述，宋學在義理的來源上，並不侷限於書本文字，具有"先驗"性質。所以丁晏以義理爲訓詁之標準，即意味著在考訂經籍之前，已可藉由其他方式獲取義理，否則如何透過心中之義理來決定訓詁是否正確？這也與其強調"義理爲人心之所自具"一語得見。

如果説陳澧、朱一新的"考據透進一層而爲義理"，是由"客觀"來框限"主觀"；那麼丁晏提出的"義理者，訓詁之標準"，就成了讓"主觀"來決定"客觀"。在治漢學者眼中，心性理氣以至於天理良知之説，由於沒有訓詁、文本作爲理據，因此須將其排除出經學之外；然而丁晏的做法，又將義理道德重新納入經學詮釋體系之中：

22　丁晏：《周易解故自序》，徐世昌等編纂：《清儒學案》，卷 160，頁 6239。

> 余謂漢學、宋學之分,門户之見也。漢儒正其詁,詁定而義以顯;宋儒析其理,理定而詁以精。二者不可偏廢,統之曰經學而已。經學莫先於注疏。[23]

無論是"理定而詁以精",抑或是"義理爲訓詁之標準",丁晏都相當强調要以義理進行經典詮釋的準則。此處必須説明,丁晏受學於麗正書院,以漢學作爲學術根柢,是以在漢宋學方法上的不可調和處,似乎也未多加措意,亦時時有漢學氣味之論。據曹天曉《清儒丁晏年譜》所考,丁晏二十九歲時(道光二十一年,1822)所撰《毛詩古學》,[24]其中即有主張先明訓詁而後可談義理之論:

> 學《詩》者於毛公之學,紬繹而有得焉,訓詁通而義理明,義理明而心術正。[25]

不過丁晏的經學詮釋理想畢竟是二者兼採路線,是以多數時候仍是以漢宋、考據義理對舉,以示不偏廢。

再者是,以"義理者,訓詁之標準"的方法來説,完全是宋學式的進學路徑。於涵養中體貼天理良知等義理,爾後以此讀書考據以求徵心中義理,亦藉心中之義理核驗經籍文字;如此進學,則有功於身心,才是開卷有益之事。按照讀經以通聖學的大前提下,這個邏輯是順暢自然。但反過來説,如果自身體貼義理有誤、甚或是品格境界不高時,自身掌握之義理有偏,又以此一偏之理讀經典時,是否會造成認知上的偏差?

在丁晏所纂述的《左傳杜解集正》中,即透過實際的操作回答了這個問題。丁晏於道光十年(1830)執教於鹽城書院時,曾致信與劉寶楠(楚禎):

23　丁晏:《讀經説》,徐世昌等編纂:《清儒學案》,卷 160,頁 6237。
24　曹天曉:《清儒丁晏年譜》(南京: 南京師範大學中國語言文學系碩士論文,2018 年),頁 57。
25　丁晏:《毛詩古學原序》,徐世昌等編纂:《清儒學案》,卷 160,頁 6217。

弟近就鹽城書院之聘，校士餘閒，頗以讀書爲樂。《三禮》略有成書，近且從事於《春秋古傳》。杜預爲篡賊之徒，故《注》中多黨亂之言，大有害人心世道。弟近著《左氏篹注》，已力斥其非。[26]

於彼時，丁晏已經開始從人品高低來衡量注疏中的義理之是非，杜預解《左》雖爲權威，但其人品行不佳，是以書中“多黨亂之言，大有害人心世道”。待到書成，丁晏便使用了“義理者，訓詁之標準”的方法對《左傳》杜注進行全面的批判：

自漢宋之學分，黨同伐異，經學與理學歧而二之，非通儒之學也。漢鄭君經傳，洽孰六藝之宗，匪獨其學重也；粹然純儒品行，卓絶千古，雖宋之理學名臣無以過之。鄭君從張恭祖受《左傳》，劉義慶《世説》稱鄭君注《春秋傳》未成，遇服子慎，盡以己所注與之，遂成《解誼》。服氏之學甚爲當時所重，至晉杜預撰《集解》，備述賈、劉、許、穎之説，獨遺服氏不言。……其後河北學尚服氏，江南學尚杜氏，唐孔氏依杜《解》作《正義》，服注遂微，而杜氏始孤行於世矣。梁崔靈恩、後魏衛冀隆皆申服難杜，隋劉炫規杜過百五十條，今其書皆佚不傳，元趙汸撰《左傳補注》，略辨杜氏之非，未暢其説。我朝經學昌明，顧氏炎武、萬氏充宗、惠氏士奇、惠氏棟、沈氏彤、江氏永、洪氏亮吉、顧氏棟高於杜解多所糾正，然未能抉其隱微，窮其情僞。焦氏循《補疏》，始斥杜氏爲司馬懿之私人，故其注《左》貶死節之忠臣，張亂賊之凶燄，悖禮傷義，忍於短喪，飾非怙惡，邪説肆行，實爲世道人心之害，其論可謂不朽矣。近儒沈氏欽韓《補注》，備言杜氏私衷爲司馬昭飾説，發奸摘伏，駁斥無遺。……夫經學者，聖學之宗。心術傾邪

26　轉引自劉師培：《左盦題跋・跋丁儉卿與劉楚楨書》，《儀徵劉申叔遺書》（揚州：廣陵書社，2014 年），頁 5687。劉師培案語曰：“儉卿先生名晏，山陽人。著書二十餘種，刻有《頤志齋叢書》，而《左氏篹注》一書，竟未刊入，僅有傳鈔之本。”然索查此信所述内容，則知丁晏《左氏篹注》之作，在於呵斥杜注之非，與《左傳杜解集正》内容相契，是以應爲同一書。曹天曉之結論亦同，詳見曹天曉：《清儒丁晏年譜》（南京：南京師範大學中國語言文學系碩士論文，2018 年），頁 82。

而謂能發明經義者，必不然矣。自唐孔氏作疏，阿附杜説，千有餘年，莫之是正，大義晦盲，如入闇室。愚爲杜解集正，匪好爲非毀前儒，蓋欲扶翼正學，昌明世教，必如是而後《左氏》之傳可讀，《春秋》之經可明也。嗚呼！經學之不明，遂爲政教彝倫之害，而儒術因之日歧，其患匪淺。愚正杜氏之失，所冀後之學者正世道以正人心，慎毋歧經學理學而二之，以流爲偏學也。[27]

這段序言，完整説明了丁晏在爲學方面的諸多觀念，貫通全文的核心在"心術傾邪而謂能發明經義者，必不然矣"一語。是故丁晏特拈出鄭玄爲典範，以康成之學博通，其品行又卓爾不群，屬漢學追求博通有據與宋學尋求德範千古的結合典型。而鄭注《左氏》精髓，又由服虔紹成，但杜預在採擇前人注解時，卻刻意隱没服氏之説，顯然等而下之。杜注孤行於世後，鄭、服之學即不顯，大義亦旋隱没。

其後諸儒雖對杜《解》多所指摘，如清儒在考據上對舊注陳説進行糾正，然僅能規杜解之失而"未能抉其隱微，窮其情僞。"顯然只是作到"詁定而義以顯"的部份，但未能檢視杜預所掌握義理與其注解之聯繫。直到焦循、沈欽韓，才注意到杜預有所謂人格低劣處，進而破解杜預包藏禍心的邪説義理與隨之而來的詁訓謬誤。

此處所申述的邏輯，實是"義理者，訓詁之標準"的擴大版本。在丁晏的邏輯看來，第一層次是杜預"心術傾邪"，在掌握義理上自然不會是合乎聖賢之意，那其所訓釋之文字典章，自然也隨之穢蕪不堪；第二層次是，今人須以正大道義破解杜解之曲説，從而糾正詁訓之失。同時這也是"訓詁者，義理之本根也"的反向運用。職是之故，丁晏《左傳杜解集正》於焉而成。《集正》中廣納清儒規杜諸説，顧炎武、惠棟自是不在話下；尤堪注意者，在其大量引用了焦、沈二人的言論。焦、沈二人對杜《注》可謂深惡痛絕，焦循斥：

27　丁晏：《左傳杜解集正・自序》，《續修四庫全書》（上海：上海古籍出版社，1995 年），冊128，頁 179—180。

預撰《集解》之隱衷，則未有摘其奸而發其伏者。賈、服舊注惜不能全見，而近世儒者補左氏注亦徒詳核乎訓故名物而已。余深怪夫預之忘父怨而事仇，悖聖經而欺世，摘其說之大紕繆者，稍疏出之，質諸深於《春秋》者，俾天下後世共知預爲司馬氏之私人、杜恕之不肖子，而我孔子作《春秋》之蟊賊也。[28]

沈欽韓則詆曰：

杜預以罔利之徒，憒不知禮文者，蹶然爲之解，儼然行於世，害人心、滅天理，爲左氏之巨蠹。後生曾不之察，騰杜預之義而播左氏之疵，左氏受焉，亦見其廡中薄植一魏晉之妄人。……注疏之謬，逐條糾駁，各見於卷。則左氏之沈冤稍白，杜預之醜狀悉彰，其么麿蠹類，橫讒左氏，殆不足辨、不悉著。[29]

焦、沈二子以杜預忘父仇而曲附司馬氏爲據，論杜預人品低劣，因此無論是《春秋》大義的闡說，或是《左氏》義理的申解，都必然存在著歪曲；而沈欽韓更是直接點明“注疏之謬”，儼然有以人品高下衡量注疏之是非的作法。丁晏也繼承焦、沈之志，在《集正》中大量援引二人之說，反覆證成杜預人品不堪，致使考據禮制時失實。

如於隱公元年“秋七月，天王使宰咺來歸惠公、仲子之賵”條下：

傳：賵死不及尸，弔生不及哀。豫凶事，非禮也。

杜注：諸侯已上，既葬則衰麻除，無哭位，諒闇終喪。[30]

於此經文所述是周天子贈賵以助魯惠公之葬，然因非時，是以反成非禮之舉，

28　丁晏：《左傳杜解集正・總論》，《續修四庫全書》，冊 128，頁 182。
29　同上，頁 182—183。
30　杜預注，孔穎達正義：《春秋左傳正義》，卷 2，《十三經注疏》（臺北：藝文印書館，2001年），頁 38—39。

三《傳》皆解以非禮故《春秋》書以譏之。而杜預在此處注文則特別强調諸侯以上之喪禮，儀式上的結束時間是死者下葬（既葬除服），續以諒闇之義服心喪。後人則多譏諷杜預創短喪之說，清人在此節也大加撻伐。在《集正》中，丁晏先是引述孔穎達《正義》，以解釋爲何杜預有此"諒闇終喪"之說，孔穎達據《晉書・杜預傳》曰：

> 泰始十年，元皇后崩，依漢魏舊制，既葬，帝及群臣皆除服。疑皇太子亦應除否？詔諸尚書會僕射盧欽論之，唯預以爲古者天子諸侯三年之喪，始服齊斬，既葬除喪服，諒闇以居，心喪終制，不與士庶同禮。於是盧欽、魏舒問預證據，預曰："《春秋》晉侯享諸侯，子產相鄭伯，時簡公未葬，請免喪以聽命。君子謂之得禮，宰咺歸惠公仲子之賵，《傳》曰'弔生不及哀'，此皆既葬除服諒闇之證也。《書傳》之說既多，學者未之思耳。《喪服》諸侯爲天子亦斬衰，豈可謂終服三年也？"[31]

孔穎達認爲杜預之所以有此短喪諒闇之說，一是據古文《尚書》爲證，二則是因爲當時政治上需要，故創獲此說。丁晏特舉《正義》之疏，即是要證成杜預心術不正，爲阿從曲附而不惜扭曲聖賢經傳，故其解禮之內容實不可信。

平心而論，短喪之說，實非杜預獨創。皮錫瑞《經學通論》即撰有《論左氏所謂禮多當時通行之禮，非古禮，杜預短喪之說，實則左氏有以啓之》一文詳加考辨，以爲短喪是春秋時禮，舉《左氏》《儀禮》鄭注爲證。[32] 如此說來，杜預之解反而是信古有據。短喪之說，究竟是否是春秋時禮，姑先置之不論。此處必須强調之處，反而是丁晏的態度。丁晏有深厚的漢學根柢，熟稔漢學的研究方法，但此處對於短喪制度的評判，卻不是先以漢學一空依傍的精神進行考索，而是以誅心的方式將其歸咎於杜預。歸罪於杜預的理由，則是根源於杜預的人品不正，爲媚司馬氏而不惜竄亂義理。

31　杜預注，孔穎達正義：《春秋左傳正義》，卷 2，《十三經注疏》（臺北：藝文印書館，2001年），頁 39。
32　皮錫瑞撰，吳仰湘點校：《經學通論》，頁 428—431。

另一案例，亦可見丁晏"義理者，訓詁之標準"之實踐。此即宣公四年"夏六月乙酉，鄭公子歸生弒其君夷"條：

> 傳：凡弒君稱君，君無道也；稱臣，臣之罪也。
>
> 杜注：稱君，謂唯書君名而稱國以弒，言衆所共絶也；稱臣者，謂書弒者之名以示來世，終爲不義。改殺稱弒，辟其惡名，取有漸也。書弒之義，《釋例》論之備矣。[33]

這句引起巨大爭議的"弒君稱君，君無道也"，附於鄭國公子弒君之事下，《左傳》以《春秋》所録文詞爲判，藉此斷君臣之非；杜預又承此説，並將《春秋》類似案例整理於《春秋釋例》。在古代尊君父的思想中，此類指摘君主的言論，極易被視爲離經叛道之論，在清代自然也不例外。清初如顧炎武、惠棟、沈彤甚而據此質疑《左傳》作者並非孔子所稱道的左丘明。其後如焦循、沈欽韓，亦是一如既往的將杜預遵從《傳》文的作法，連結上杜預爲了替司馬氏開脱篡弒惡名，因而張大此説。至於丁晏，除了同於焦、沈二人之説，斥杜預曲説緣飾之外，先在此條下徵引杜預《春秋釋例》之説解，爾後徵引劉知幾《史通》與明儒陸粲《春秋左氏鑣序》之語。其目的在於證成杜預不只《春秋左氏注》不可信外，連其《春秋釋例》也應在屏棄之列。

《春秋釋例》全書早已亡佚，然賴後人據《永樂大典》及清儒輯佚，尚可見梗概。據《四庫提要》所言，杜預撰《春秋釋例》是"以經之條貫必出於傳，傳之義例總歸於凡。《左傳》稱凡者五十，其別四十有九，皆周公之垂法，史書之舊章，仲尼因而修之，以成一經之通體。"即是承認《釋例》是杜預總結《左傳》之發凡而起例，實非杜預向壁虛造。且四庫館臣據孔穎達所述，亦盡力輯佚《釋例》中之《土地名》《世族譜》《曆數》等篇，雖斷簡殘篇，也可想見杜預於《左氏》用力之深，是以館臣贊爲"預書雖有曲從《左氏》之失，而用心周密，後人無以復加。其例亦皆參考經文，得其體要，非《公》《穀》二家穿鑿月日者"。然而本著杜預

33　杜預注，孔穎達正義：《春秋左傳正義》，卷21，《十三經注疏》，頁369。

人品有隙的前提，連帶著《春秋釋例》也不可信，丁晏謂：

> 《左氏傳》昭二年傳：晉韓宣子來聘，觀書于太史氏，見《易象》與《魯春秋》曰：「周禮盡在魯矣。」杜注《魯春秋》：「史記之策書。《春秋》遵周公之典以序事，故曰'周禮盡在魯矣'。」杜氏依此傳文，遂傅會以五十發凡爲周公禮典，故《集解·序》云：「其發凡以言例，皆周公之垂法，史書之舊章。」隱元年疏引《釋例·終篇》云：「稱凡者五十，其別四十有九。蓋以母弟二凡，其義不異故也。諸凡雖是周公之舊典，丘明撮其體要，約以爲言，非能寫故典之文也。」案：孔《疏》已謂凡例是周公舊制，其來亦無所出，趙氏斥杜之陋，駁正尤確。凡例自是左氏約言，杜氏謂《春秋》原本周公，肒説無據。[34]

杜預雖然強調《釋例》之五十凡爲周公垂法、史書舊章，但丁晏直接明指杜預爲"臆（肒）説"。如果杜預所彙整之各種凡例皆是臆説，那隨著凡例以釋讀的各種《春秋》大義，自然也就如空中樓閣。於此釜底抽薪後，那"弑君稱君，君無道也"的微言大義自然也就無須再行辨駁。在《集正》中，往往可見丁晏博引旁徵以駁斥《長曆》《世族譜》之非，但"五十凡例"這直接歸納自《左傳》文字的條例，卻如同前例般，直以義理之非而否定義例之所立。像是桓公十五年"鄭伯突出奔蔡"、十六年"衛侯朔出奔齊"，同樣都適用《釋例》之"諸侯奔亡，没逐者名，以自奔爲文，責其不能自安自故"。平心考核史事，可知此處之鄭厲公、衛惠公都是聽任權臣而見逐，然丁晏仍是分別據沈、焦之説，將其連結至杜預爲司馬氏篡魏圓説，是以不可信《釋例》之凡例。

　　從義理的角度出發，丁晏否定了杜預對典章制度的闡釋；同樣的，丁晏也以他對杜預人品的掌握，斷定杜預在具體疏解上的粗牾。丁晏以極大的篇幅，統整了杜預攘竊服虔的心血，並批評道：

34　丁晏：《左傳杜解集正》，卷 2，《續修四庫全書》，冊 128，頁 202。

左傳杜氏《集解》序,獨遺服氏之名,實多勦取服氏攘爲已注。……服氏
之學,當時盛行東晉,已置博士,不容遺棄其名。竊嘗反覆考之而確知杜
氏之竊取服説,攘爲已注,故有意没其名氏,其居心之詭秘,深可鄙也。
今服注之僅有存者,其説多與杜同。行同竊賊,已露眞贜。[35]

先不論西晉時人對於學術徵引的方式嚴謹度爲何,杜預所以未標舉服虔之名,
亦有可能是服注爲當時主流,人皆知之,不須煩徵。不過,杜注竊用服説,最少
還是抄襲了有價值的注疏。但若提及杜預所接受的另一批注解,那則是臭不
可聞,原因也很簡單:

杜預《左傳注》阿附王肅,説曰:嘗覽杜預《左傳注》多違賈、服而從王
肅,心竊疑之。……晉武帝,王肅之外孫也。泰始之初定,南北郊祭,一
地一天,用王肅之義。杜君身處晉朝,共遵王説,始悟王肅爲文王皇后之
父。杜氏仕武帝時,阿諛其説,則諂附之小人也。[36]

因爲杜預知曉王肅地位非同人臣,是以注《左氏》時,多曲從王説,頗示媚態。
丁晏對此深表不齒,也逐條標舉杜注中依從王説,其中雖確實不乏杜預阿從之
顯證,但核實而言,也有許多批評是以偏概全。如隱元年"都城過百雉"條,丁
晏注云:

杜注:"一雉之牆,長三丈。"依王肅説"三丈爲雉",不用戴《禮》《韓詩》
"雉長四丈"之説。[37]

又如襄二十七年《傳》"以誣道蔽,諸侯罪莫大焉。"疏云:"服虔作斃、王肅作蔽。

35　丁晏:《左傳杜解集正》,卷1,《續修四庫全書》,册128,頁184。

36　同上,頁196。

37　同上。

當如王爲蔽，掩之也。"[38]一雉究竟長度爲何，或許因時制而有所變，亦有可能所見文獻證據不同而有異説，此尚可不論。但如"以誣道蔽"之"蔽"，孔穎達《疏》解釋服、王二本不同，而杜預從王本做"蔽"，是較合本文之訓釋。丁晏卻以深責杜預無行爲由，貶杜説爲秕繆，寄言"後之學者誠能抉賈、服之微言，黜杜氏之曲學，亦可謂善讀《左氏》者歟。"

如果從漢學的角度來説，丁晏所抨彈處，不外是杜解攘竊他人學術成果、在考據訓詁上未能師從漢説而失真，此本是可供公評之事，如顧炎武、惠棟所駁正，並未上升至人身攻擊的層次。然《集正》所反對的深層理由，往往並非是從客觀證據出發，以誅心的方式對其訓釋提出質疑、乃至全面否定。

以方法論的層次而言，漢學之所以爲後世所稱道，不只是嚴謹縝密的研究方式，而是在"於正統樸學的原旨是誠心做客觀學問，他們既反對主觀意志對學問的干預，也反對學問對社會政治的干預。"[39]這樣客觀理性的態度，實是中國傳統學術極爲特殊的風景。然而宋學之態度、目的，則是致力於義理的追求與掌握，欲以此有功於身心、有益於社稷；兼之在學理上，承認了先驗的道德，遂也發展出帶有主觀意味的知識論，以道德匡範知識，使知識服務於道德，相較於漢學的獨立性知識，宋學更具有傳統經世致用的意味。在二者屬性有如此巨大的差異下，要進行所謂的漢宋調和，確實是不太可能公平的兼採所長，更多的現實情況，往往不是陳澧、朱一新式的成爲漢學思緒的延續，講究"訓詁明而義理明"；就是如丁晏般的"以義理正訓詁"，使宋學的價值觀成爲規範漢學內容或知識的標準。

四、以宋學正漢學的思想史意義

漢宋調和論者，往往有鑑於漢學泛濫訓詁，終究失去人間煙火氣息，因此有思以致用之學救正。隨著時代推移，晚清局勢陵夷，學須致用的呼聲也漸次

38　丁晏：《左傳杜解集正》，卷 1，《續修四庫全書》，冊 128，頁 196。

39　李海生：《樸學思潮》，尹繼佐、周山主編：《中國學術思潮史》（上海：上海社會科學院出版社，2006 年），卷 7，頁 581。

高漲,終轉出晚清今文學高喊通經致用。調和論者,即是介於乾嘉漢學與晚清
今文學兩股思潮的中間轉型產物。[40]

漢宋調和最理想的狀況,是正訂了文字典章的真實意涵,從而完成由字詞
到典籍的義理發揮;而此義理,又能完全貼合字詞的訓釋。

只是無論義理的發揮或實踐,皆是帶有高度的主觀性;而字詞的訓釋,又
必須遵從客觀的要求,兩者在結合上確然有不可調和處,這也難怪調和論者多
是執一以御萬,各有所偏。然而百年來的漢學發展,已讓學術界確立的某種標
準,即不是窮通詁訓且足以証諸經史的學問,則不能服眾。因此漢宋調和論者
無論多麼推崇宋學義理之精微,多麼強調義理有經世濟民之用,仍然必須以漢
學所形塑的學術論述方式進行闡述,否則即不見用於世。在這種強大的學術
慣性驅使下,調和論者也必須使用訓詁考據的方式,進行義理的陳説。可是如
同陳澧所示,考據釋字,定則定矣,很難再義理上有所寸進,是以其慨嘆:

> 訓詁考據有窮,義理無窮,"終風且暴"訓爲"既風且暴",如是止矣!"學
> 而時習之""何必曰利",義理愈紬繹愈深,真無窮矣![41]

客觀的知識要推進至主觀的道德義理、甚至是形而上的解釋,確實有其侷限。
因此丁晏《集正》的作法,便可看作是漢宋調和論者在方法論的實踐擴充。如
果"訓詁明而後義理明",即是"漢學通宋學";那麼丁晏所採用的方式,則可説
是以宋學匡限漢學的方式,只是其表現形式,並非採用宋儒取經傳一二語以爲
論,而是先行拿捏義理,進而進行主觀考據:合於義理者存,不合於義理者則變
換其詁訓。

更重要的是,丁晏對"義理"二字的重建,是回到宋儒所講究的傳統模式,
以義理於讀書窮理可得,亦可於生活中體貼得:

40　詳可參嚴壽澂:《嘉道以降漢學家思想轉變一例——讀丁晏〈頤志齋文集〉》,《近世中國
　　學術思想抉隱》(上海:上海人民出版社,2008 年),頁 244—265。
41　陳澧:《陳蘭甫先生澧遺稿》,《嶺南學報》1931 年第 3 期,頁 185。

聖人憂世之深，不得已假之爻象，以自明其用世之學，故嘗論經之切於
人事者莫如《易》。伊川程子深得此旨，不爲空虛無用之延，其論洞中事
理，明白純粹，使人易曉而亦易行，上自君德治體，下至日用行習之事，莫
不講明而切究之。若其言近指遠，垂戒至深，雖或不與經義相比，然味其
遺說，可以考見義理，有裨實用，即以是爲聖人之心可也。舍其實用而高
語玄虛，與夫侈談象數，庸有當於聖人之心乎？[42]

所謂"不與經義相比，然味其遺說，可以考見義理"，而且這些義理貫串一切，
"上自君德治體，下至日用行習之事"，都可講明切究。延續著如此的思路，丁
晏才順理成章的從品評人物出發，從人格高低來決定其掌握義理之正邪，從而
去取其中的訓詁考據。而杜預就是在丁晏的人品決定論此一預設下，成爲毀
亂聖學的罪魁禍首；而人品有疵，自然也就說明其詁訂不精。是以當丁晏指摘
杜預竊奪服虔之說、阿附王肅之解時，丁晏自然也就可以出手破邪顯正。這是
從藉由重申漢宋調和論的理由，以提昇宋學經典詮釋價值的第一層意義。

　　另一方面，漢學發展之初，爲了與宋學辯駁而大量進行的辨訂真僞，藉由
證明其"僞"，方能引申至義理之"非"。"是非"與"真僞"往往被等量齊觀，此是
中國文獻學上的另一個強大慣性：只要是假的，則其中的義理亦是錯的。《古文
尚書》、十六字心傳的考辨，[43]就是這種價值意識的直接體現。在漢學的方法論
中，要辨識典籍是否真僞，除了多方反覆進行考訂外，不可亦不能有其他的證
明方式，否則即是自棄於客觀理性，違背"一空依傍"的原則。然而，在漢宋兼
采論者的方法視野中，還存在著從品格道德角度出發的驗證方式，一如丁晏評
判杜預《春秋釋例》之不可信。同樣的思路邏輯，在丁晏另一名著《尚書餘論》
中亦可采見：

42　丁晏：《答吳春畦書》，轉引自曹天曉：《清儒丁晏年譜》（南京：南京師範大學中國語言文
　　學系碩士論文，2018 年），頁 66。

43　關於真僞、是非聯繫的思想史意義，可參葛兆光：《是非與真僞之間：關於〈大乘起信論〉
　　爭辯的隨想》，《讀書》1992 年第 1 期，頁 70—77。

鄉先生閻潛丘徵君著《尚書古文疏正》,抑黜僞書,灼然如晦之見明,今與吳澄《書纂言》、梅鷟《尚書考異》,並著録於《四庫》。古文之僞,至我朝而大著於世,晚進後生,皆知古文之爲贋鼎矣。顧徵君每云梅賾作僞,古文雅密,非梅氏所能爲也。愚考之《家語後序》及《釋文》《正義》諸書,而斷其爲王肅僞作。……近世有惠松崖、王西莊、李孝臣諸先生,頗疑僞《書》作於王肅,而未能暢明其旨。愚特著論以申辨之,繼諸先生之後也。……真古文久佚不傳,今所傳漢孔氏《書傳》及《論語注》《孝經傳》,皆王肅依託爲之者也。[44]

丁晏在《自叙》中,總結了清代考證僞《古文尚書》的歷程,承認了前人的功績,但惠棟、王鳴盛、李惇等漢學家,雖然有疑王肅是僞《古文》之作者,但終究未能窮底溯源的證成,丁晏此書的工作即是接手完成這未竟之業。而其超邁先賢的辦法,則是從王肅的人格下手。在《尚書餘論》中,丁晏蒐羅足資證明王肅僞作的資料,並分爲二十三條。其中最重要的一、二條,是論證《家語》《孔叢子》爲王肅僞造,説明王肅已有前科。而第四條則説明《古文尚書》大行於西晉,原因在於王肅爲晉武帝外祖,是王肅藉由皇室姻親的特殊地位,使其僞作得行於世。其餘如三、五、六條,則是透過杜預、皇甫謐之徵引,證明王肅作僞之時間。自七條以後,則是採用漢學的方法進行考據。[45]

　　《餘論》的第一、二、四之三條辨正,是丁晏頗異於前人之處,也是其自信能"發奸摘伏、窮其隱微"的堅實論據。而這背後的思路,仍與其《集正》論證杜預注説不可信是同一邏輯。

　　所以,丁晏雖然在漢宋調和的理想上,是希望漢學考據與宋學義理能夠互爲表裏,相互支撑以登聖賢之堂奧;但落實在經典疏解上,他卻大量採用"義理,爲訓詁之標準"的方式,究其實則是以宋學正漢學,以主觀影響了客觀研究方式,成爲主觀考據的使用者。

44　丁晏:《尚書餘論自叙》,徐世昌等編纂:《清儒學案》,卷160,頁6208—6209。
45　相關叙述可參虞萬里:《以丁晏〈尚書餘論〉爲中心看王肅僞造〈古文尚書傳〉説——從肯定到否定後之思考》,《中國文哲研究集刊》第37期(2010年9月),頁131—152。

站在現在的研究水平來看，丁晏這種以宋學正漢學的方法，實是禁不起檢証。然而其實踐方法，確實是在漢宋調和論者中獨樹一幟。再者，其於清晚期的學術場域中，具有相當程度的影響力，如《尚書餘論》所主張的王肅僞造《古文尚書》説，便喧騰一時。[46] 而透顯於其著作間的學術方法，也很難讓人不聯想到晚清今文學如廖平、康有爲、皮錫瑞。他們與丁晏之間，都同樣有著主觀考據的學術表現，也同樣是具備著某種義理前見進行經典文字訓解，亦因此往往強古人以就我。尤其是康有爲《新學僞經考》，其中力主劉歆僞造古文經以暗助王莽，是以古文經學爲必不可信的邏輯，實極似丁晏攻王肅、杜預之理由；而廖、康、皮對經典之訓釋，亦是先有一套今文家微言大義之説橫亘於胸，而於主觀中行考據之事，亦雷同於丁晏《集正》審杜注孔疏之言。

由此而言，丁晏此種漢宋調和論者所採用的"兼採"，實是乾嘉漢學之於晚清今文學之間重要的方法過渡。其中宋學的組成部分，提供了晚清今文學者在追求微言大義的方法啓示。尤其是義理不只是從書本中取得，也可從他處得到，轉而成爲學者檢驗書中文字的絕對標準這種論調。這雖然頗近心證，但觀今文學者用語，往往是同樣的宋學式發言。如皮錫瑞言之再三的"必以經爲孔子作，始可以言經學；必知孔子作經以教萬世之旨，始可以言經學"。[47] 或是康有爲強言必知古文經爲劉歆僞作、必知孔子有素王之志，方可以讀經云云。皆是強調心中須有義理、有宗旨，爾後乃可以讀經，乃可上求微言大義；這套論辭，實際上也就是"理明而詁以精"，以心中義理繩範經籍。

從釋經方法論的角度出發，漢宋兼采、調和論的出現，實是爲補漢學之失，遂重新回憶起"通經"的根本目的，讀經之旨在於有用於身心，通經可經世濟民，有功於國家社會。那麼就不能以通訓詁、明典章爲止境，還需要去檢驗其中的義理以致其用、以其義理證於經訓。搖身一變，即是晚清今文學通經致用、變法改制等口號。

46　丁晏除"僞《古文尚書》爲王肅僞作"説外，其考辨《孝經》鄭注、《家語》《孔叢子》爲僞作諸説，亦頗流行。康有爲即有取丁晏考《孝經》爲説。見氏著：《新學僞經考》（香港：三聯書店，1998 年），頁 99。

47　皮錫瑞撰，周予同注：《增注經學歷史》（臺北：藝文印書館，2004 年），頁 11。

五、結　語

　　漢宋兼采或調和論的出現,往往徑被視作清代漢學方法的一次反省,甚至是對經學通經致用價值的重新呼籲,但確實罕有學人對這種經學方法深入考察;或僅是從陳澧、朱一新等提倡者的思考進行理論建構。因此忽略了理論建構與實際操作的距離。丁晏就是個極佳的案例,丁晏本人對漢宋調和的理論具有極大自信,但在真實進行《左傳杜解集正》的撰著時,卻不可避免地出現了以先驗主觀去框定客觀知識的行爲。這確實是與其強調"訓詁者,義理之本根;義理者,訓詁之標準"的雙向進程有所落差。

　　此種以此馭彼的學術表現,並不是丁晏有意爲之,而是肇因於漢宋學在詮釋方法建構上的根本差異。漢宋學對知識來源的認知、對知識性質的定位,有著本質上不能調和的屬性;是以無論是兼採或調和的主張,在落實時將必然出現架構於一側的作法。

　　然而,從釋經方法論的層面來說,無論是"以漢學通宋學"或者是"以宋學正漢學",都必須將其置入乾嘉漢學至於晚清今文學的脈絡中觀察,才能清楚說明調和論方法的價值。調和論者舖平了主觀考據的道路,緣飾以"義理者,訓詁之標準"等宣言,將本來近於客觀的考據内容,一變而爲替主觀義理張目的注腳。而在調和理論上的方法實踐,更是建構出特定模式的解經思路。漢學陣營裏,對《古文尚書》等一衆典籍皆多有考辨,但多只是停留在文獻上的證據,架構出相對客觀的經學視角。但調和論者將具備強烈主觀性質的宋學,重新"調和"進經典詮釋後,便如同宣告學者只要具備特定的知識論述模式,便可自由進出於兩套不同的學術價值體系。如丁晏以誅心之論,於《集正》斥杜預;《餘論》則貶王肅,主要都是從人品的角度提出辯難,原心定罪下,即以此數人爲非聖無法、淆亂經籍之罪人;其後康、廖、皮等今文名家,皆是取此路徑,以微言大義爲義理,進行經典的解構與重構。其核心論述在於先攻劉歆爲諛新莽而造古文、再責杜預爲司馬氏飾而亂《春秋》,詆斥古文而爲今文經學張目。此種思路,實可追溯至漢宋調和論所重建的思考邏輯,經典詮釋亦由客觀游離至主觀,爲晚清今文學的主觀論述提供了合理性與典範意義,因此摧發中國學術史迎來另一次巨變的高潮。

（作者：北師港浸大中國語言文化中心助理教授）

引 用 書 目

（一）專書

1. 丁晏：《左傳杜解集正》，《續修四庫全書》，冊128。上海：上海古籍出版社，1995年。

2. 皮錫瑞撰，吳仰湘點校：《經學通論》，北京：中華書局，2018年。

3. 皮錫瑞撰，周予同注：《增注經學歷史》，臺北：藝文印書館，2004年。

4. 朱一新：《朱一新全集》，上海：上海人民出版社，2017年。

5. 李海生：《樸學思潮》，尹繼佐、周山主編：《中國學術思潮史》，卷7。上海：上海社會科學院出版社，2006年。

6. 杜預注，孔穎達正義：《春秋左傳正義》，《十三經注疏》，臺北：藝文印書館，2001年。

7. 阮元：《揅經室集》，北京：中華書局，2006年。

8. 姚文田：《邃雅堂集》，《續修四庫全書》，冊1482。上海：上海古籍出版社，1995年。

9. 徐世昌等編纂：《清儒學案》，北京：中華書局，2008年。

10. 康有爲：《新學僞經考》，香港：三聯書店，1998年。

11. 張之洞撰，范希曾補正：《增訂書目答問補正》，北京：中華書局，2011年。

12. 梁啓超：《清代學術概論‧中國近三百年學術史》，臺北：里仁書局，2002年。

13. 陳澧撰，鍾旭元等點校：《東塾讀書記》，上海：上海古籍出版社，2012年。

14. 陸九淵著，鍾哲點校：《陸九淵集》，北京：中華書局，2010年。

15. 程顥、程頤著，王孝魚點校：《二程集》，北京：中華書局，2018年。

16. 趙爾巽等撰，啓功等點校：《清史稿》，北京：中華書局，2015年。

17. 劉師培：《儀徵劉申叔遺書》，揚州：廣陵書社，2014年。

18. 錢大昕撰，呂友仁點校：《潛研堂集》，上海：上海古籍出版社，2009年。

19. 錢穆：《中國近三百年學術史》，北京：商務印書館，2005年。

20. 戴震，湯志鈞校點：《戴震集》，北京：中華書局，2015年。

21. 顧炎武撰，華忱支點校：《亭林詩文集》，北京：中華書局，1983年。

（二）論文

1. 姜廣輝：《"宋學"、"理學"與"理學化經學"》，《義理與考據——思想史研究中的價值關懷與實證方法》,北京:中華書局,2010 年,頁 456—494。

2. 徐復觀:《清代漢學論衡》,《中國思想史論集續篇》,上海:上海書店出版社,2004 年,頁 336—377。

3. 曹天曉:《清儒丁晏年譜》。南京:南京師範大學中國語言文學系碩士論文,2018 年,頁 57、66、82。

4. 陳澧:《陳蘭甫先生澧遺稿》,《嶺南學報》1931 年第 3 期,頁 174—214。

5. 葛兆光:《是非與真偽之間:關於〈大乘起信論〉爭辯的隨想》,《讀書》1992 年第 1 期,頁 70—77。

6. 虞萬里:《以丁晏〈尚書餘論〉爲中心看王肅僞造〈古文尚書傳〉説——從肯定到否定後之思考》,《中國文哲研究集刊》第 37 期(2010 年 9 月),頁 131—152。

7. 嚴壽澂:《嘉道以降漢學家思想轉變一例——讀丁晏〈頤志齋文集〉》,《近世中國學術思想抉隱》,上海:上海人民出版社,2008 年,頁 244—265。

A Contradiction in the Reconciliation
of the Han Learning and Song Learning:
The Methodology and Significance
of Ding Yan's *Collective Commentaries*
on Du Yu's Exegesis on the Zuo Tradition

Chen Hao Che

(Assistant Professor, Chinese Language and Culture Center,

BNU-HKBU United International College)

Abstract

The theory of reconciling Han Learning and Song Learning debuted as a mediator of the Philologist School of the Qianlong – Jiaqing (1735 – 1820) era and the School of New Text of the late Qing (1840 – 1912) eras. Most of its proponents allegedly adopted the advantages of each school. However, notably in their exegeses of the Confucian classics, these scholars tended to be in favor of only one school. Although Ding Yan (1794 – 1875) declared "understanding Song Learning based on Han Learning," in his *Collective Commentaries on Du Yu's Exegesis on the Zuo Tradition* (*Zuozhuan Dujie jizheng*), for example, he actually realized an academic mode of "subjectively textual" by "correcting the Han Learning based on Song Learning." He went against the century-old tradition of Han Learning, but inspired the dimension of discourse on method for the later New Text Confucianism in Late Qing times.

Keywords: Ding Yan, Textual Criticism, reconciliation of Han Learning and Song Learning, Methodology for the Study of Confucian Classics

在中國思考"本體"：
以熊十力、張東蓀的對話爲線索[*]

蔡岳璋

提　　要

上個世紀三〇年代，中國哲學家張東蓀討論中國是否關心萬物背後有無本質（ultimate stuff）的問題時曾經指出：中國思想上，自始即無所謂"本體"（substance）的觀念，這樣的現象反映在早期漢語上，即查無此一概念之詞。這樣的主張，適與同時代力倡"體用論"的熊十力，形成强烈對比。本文以晚清民初中西文化斡旋之際，現代中國哲學界的兩枝棟梁爲根據，透過熊十力、張東蓀的往復爭辯及各自哲學判斷的差距爲線索，試圖挖掘傳統世界觀在現代知識語言更新的轉譯時期，所激蕩起的豐富的文化體會、理解與想象，顯豁本體之説的合法限度與正當性依據。

關鍵詞：熊十力　張東蓀　體用論　神秘的整體主義　萬有在神論

---

[*] 本文初稿曾發表於"中研院"中國文哲研究所 2021 年 8 月 19、20 日所舉辦的"中國哲學與語言思想"青年學者工作坊，會中承蒙東吳大學哲學系沈享民教授評論並惠賜高見。今得兩位匿名審查專家知常通變的評點與勞心諄諄之建議，促使本文論述更臻完備，在此謹申謝忱。倘有任何疏漏與違失，文責當由作者自負。

一、前　言

在中國，體用之説，淵遠流長。宋以前，體用之言多見於道家、釋氏學説中；歷經宋代理學家之手，體用論更到了泛濫程度；宋以後，隨著三教合一論漸興，體用之説也有了進一步的推展。[1] 到了近代，由於受清末唯識佛學的刺激而再度復興。根據張岱年的説法，體用（本用、質用）概念在中國古典哲學的起源及其從實質到抽象涵義之流衍，大略歷經論語、易傳以迄王陽明、戴震等人之手。[2] 然而，在這一大批體用思想的譜系隊伍中，唯獨不見佛教身影。張氏對於佛教在中國哲學廣泛使用體用觀念的過程所扮演的角色，未置一詞。但事實上在此之前，民國時期的張東蓀便已揭露，體用二字雖見於《易·繫辭》，但作爲對待名詞出現，則始自印度思想傳入中國以後，體用與能所皆爲翻譯佛書而有所創。換言之，它們是中國傳統固有的學術名辭，因爲受佛教的刺激影響，而以一種新身分重新站上思想史的舞臺，盤據一席之地。文化鼎革賡續之際，其真實義自有蟬蜕之別，但也不無蟬聯之處（如傳統即有貴本之論，到了王弼、郭象更踵事增華）。[3] 不唯如此，日本學者島田虔次更直指，佛教的體用論理影響宋學深遠，"體用"作爲成對使用的概念出現，絶非産自中國古代（唐以前）的儒、道傳統典籍——作爲思維範疇的體用，在唐以前的中國文獻幾乎看不到。到了隋唐佛教哲學，體用範疇的頻繁運用則已被操作到熟爛的地步。行至宋元，歷經邵雍、程明道、張載，尤其到了朱子手上，體用之説燦然大備，不可同日而語；並且藉由體用論理，宋學、朱子學完成了它自身（唯朱子嚴格強調體用之別，更勝於體用相即之一側）。理學家們通過"全體大用"、"明體達用"之論理

1　晚近關於體用論（述）範疇的淵源、使用與側重，及箇中轉變的歷史梳理，詳見蔡振豐：《中國哲學中的體用義》，《杭州師範大學學報（社會科學版）》2017 年第 5 期，頁 36—45。

2　張岱年：《中國古典哲學中若干基本概念的起源與演變》，《哲學研究》1957 年第 2 期，頁 67—69。

3　唐君毅也曾指出，本迹、本末、權實、體用等起初是用來解釋佛教經論的概念名辭之用。詳見唐君毅：《智顗在中國佛學史中之地位與其判教之道（上）》，《中國哲學原論·原道篇（全集校訂版）》（臺北：臺灣學生書局，1986 年），頁 137—139。

邏輯,串聯此界與彼岸,一體連帶。[4]　到了近代,發揮體用論理的領銜人物,則非黃岡熊十力莫屬。熊氏不只一次概括近代體用方家王船山的思想旨趣與精神歸趣(尊生、彰有、健動、率性),並以之作爲個人《新唯識論》一書的根本綱要。[5]　無論如何,體用論的發展,其間雖有盛衰之判,卻未嘗有中絶之時。雖然如此,但同代時賢卻有另一種聲音。張東蓀透過分析中國傳統經籍的語言文字發現,早期中國哲學根本没有本體論,而最顯著的理由就是在漢語言文字上,找不到關於此一概念的字。這樣的觀點適與同時代力倡以"體用論"作爲"哲學上的根本問題",作爲宇宙體原、人生體察的大問題看待的熊十力之根本哲學立場,形成强烈對比。在兩人的魚雁往返中,熊十力明確反對其意見。

1936 年 6 月,不到三十歲的青年牟宗三(1909—1995)評騭當時代中國哲學界的發展情况,指稱熊十力(1885—1968)、張東蓀(1886—1973)與金岳霖(1895—1984)三人是"現代中國哲學界的三枝棟梁"。牟氏認爲他們的學問規模,在當時分別代表了三種路向:"熊先生代表了元學、張先生代表了知識論、金先生代表了邏輯。"更説如若没有此三人,"也只好把人羞死而已。有了這三個人,則中國哲學界不只可觀,而且還可以與西洋人抗衡,還可以獨立發展,自造文化。"[6]　其中,熊十力與張東蓀相差一歲。一位是從未出國,卻將儒佛二學

4　關於體用論思想的佛教上游,見島田虔次:《体用の歴史に寄せて》,《仏教史學論集——塚本博士頌寿記念》(京都:塚本博士頌寿記念会,1961 年),頁 416—430,中譯本見鄧紅譯:《論"體用"的歷史》,《中國思想史研究》(上海:上海古籍出版社,2009 年),頁 219—232。至於體用論思想在理學中的展開,參見楠本正繼:《全体大用の思想》,《日本中国学会会報》1952 年第 4 輯,頁 76—96。陳榮捷:《體用》,《宋明理學之概念與歷史》(臺北:"中研院"中國文哲研究所籌備處,1996 年),頁 175—178。

5　熊十力:《讀經示要》,蕭萐父主編:《熊十力全集》(武漢:湖北教育出版社,2001 年),卷 3,頁 916;《重印周易變通解序》,《十力語要》,載前引書,卷 4,頁 140。

6　牟宗三:《一年來之哲學界並論本刊》,《牟宗三先生全集:早期文集(上)》(臺北:聯經出版事業有限公司,2003 年),册 25,頁 546。對於牟宗三的判斷,論者指出:"牟先生在此處,在尚未見及張東蓀《認識論》出版之後之兩篇重要文獻——《多元認識論重述——我的多元認識論與康德之比較》及《多元認識論重述》——的情况下,認定張東蓀乃是代表了中國哲學知識論之'一枝棟梁'是完全客觀的與有遠見的。實際上,在牟先生所説之'三枝棟梁'中,張東蓀是出發最早、目標最爲明確之一位;熊十力先生出發稍晚,且目標不完全是'現代哲學'或'後現代哲學';金岳霖先生出發更晚,在 1936 年之時,思想尚在搖籃中。"張耀南:《張東蓀的"知識學"與"新子學時代"》,張東蓀:《認識論》(北京:商務印書館,2011 年),頁 149。

要義進行獨創性的綜合，成功打造本體論體系的"20世紀中國哲學的傑出人物"，[7]另一位則是未曾踏足西歐，僅在日本接受西學洗禮，返國後從事龐大而專技的跨語際知識生產——西洋哲學名著的翻譯、審定工作，具充分比較哲學能力的知識分子。[8]

目前學界鮮少以熊十力的本體觀與張東蓀的神秘整體論，作爲兩種關於中國文化的根源或究極之判斷。[9]本文擬以晚清民初中西文化斡旋之

7　"Xiong Shili." *Britannica Academic*, Encyclopædia Britannica, 21 Nov. 2008. https：//reurl. cc/zbxyq0. Accessed 14 May. 2021. 1968年5月，年屆85歲的哈米敦（C. H. Hamilton）老博士，爲中國一代學人熊十力寫小傳，並登載於1968年版的《大英百科全書》。該詞條介紹熊氏哲學之大略源流與歸宿所在云："熊氏最初研究印度佛教唯識宗傳統中的形而上的唯心論，繼而轉入儒家傳統，他在易經和理學之唯心派中獲得基本的洞察力。他從西方思想中，則得到分析方法和創化觀念（柏格森）之體會。他從所有這些來源中吸收種種成分而形成他自己的本體論系統。"並説《新唯識論》"表示佛家、儒家與西方三方面要義之獨創性的綜合。"哈米頓（C.H. Hamilton）著，陳文華譯：《熊十力哲學述要》，《中華雜誌》第7卷第10期（1969年10月），頁33。雖然，曾經自道"不能讀西籍"的熊十力，對於西方思想的分析方法與柏格森的創化觀念，究竟吸收、把握到什麼樣的地步，實在難説；至於《新唯識論》，哈氏謂其在儒、佛二家之外更融有西方思想旨趣，此一判斷，同樣不能無疑。熊氏在《讀經示要》曾夫子自道："吾平生之學，窮探大乘，而通之於《易》。尊生而不可溺寂，彰有而不可耽空，健動而不可頹廢，率性而無事絕欲，此《新唯識論》所以有作，而實根祇《大易》以出也。"換言之，强調從剛健與變動以契悟實體、深究體用的熊氏創化論，更直接根本的思想源頭，毋寧是《易經》。熊十力：《論玄學方法》，謝幼偉編著：《現代哲學名著述評》（臺北：新天地書局，1974年），頁272。熊十力：《讀經示要》，蕭萐父主編：《熊十力全集》，卷3，頁916。

8　詳見張汝倫：《中國現代哲學史上的張東蓀》，《現代中國思想研究》（上海：上海人民出版社，2001年），頁481—501、葉其忠：《西化哲學家張東蓀及其折衷論論證析義》，《"中研院"近代史研究所集刊》第69期（2010年9月），頁79—125、拙著：《漢字思維的哲學思考—張東蓀的方法論反思》，《文與哲》第37期（2020年12月），頁193—228。

9　1949年前後熊十力在中國哲學界的評價與海內外佛教界的批評，以及1960、1970年代的港台研究，見郭齊勇：《數十年間海內外熊學研究動態綜述》，《熊十力及其哲學》（北京：中國展望出版社，1985年），附錄一，頁118—145。80年代熊學的研究情況，見景海峰：《近年來國內熊十力哲學研究綜述》，載深圳大學國學研究所主編：《中國文化與中國哲學》（北京：東方出版社，1986年），頁385—397。晚近關於熊十力的思想上游之溯源、本體宇宙論哲學的探究、本體論（境論）與認識論（量論）在熊氏哲學的分疏及熊氏後期哲學的評價等議題，相關成果概述見秦平：《近20年熊十力哲學研究綜述》，《哲學動態》2004年12月期，頁26—29。又，熊十力哲學生前與身後（1930—1980年代）所引發的義理爭辯（如儒佛之爭或唯識華嚴之爭、熊氏的哲學定位爲題），收錄較齊全頗助便覽者，見蕭萐父主編：《熊十力全集》，附卷（上冊）。在研究熊十力思想的學術社群中，郭齊勇的研究面向廣泛，關於熊氏的專門著作包括：《熊十力及其哲學》，書中討論熊十力思想中的關鍵概念："體用不二"、"境不離心"、"翕闢成變"、"冥悟證會"、"天人合一"等；《熊十（轉下頁）

際，[10]熊、張兩位中國哲學家討論中西哲學、宋明理學的性質爲起點，反省並檢討中國的"本體"概念之樣態，藉由兩人的交錯主張與爭辯問難，以豁顯並釐清本體之説的合法限度與正當性依據。只知其一，一無所知，透過"比較"可以顯露差異並發現相似，這也是釐清文化内部的紛雜現象，進一步獲致精當的理解的有效方式之一。甚至它還能産生一種選擇，教過往所得、所見的重層性，立體展開，乃至起到一種思想對決的作用，讓識見、疑情本身得到更好的衡量。合理的正確評價其間所包含或意味的價值原則體系的總體觀念，分析他們對於中國哲學傳統的根本原理的看法，無疑將有助於讀者從對照中，更爲全面的掌握本體/體用論的内涵與面貌。藉由兩位文化背景並非迥異、生存年代一致且彼此有過實際交往與接觸的哲學家，檢視、對照其爭論背後所匡助扶持的根本信念、意象與態度，或可以此確立價值系統間的相對位置，對中國哲學的再理解，適時誘發某種喚醒文化活力的動搖力量，於萎絶中恢復生機的瑰異效果。

（接上頁）力思想研究：新儒学》（天津：天津人民出版社，1993 年）一書涉及熊氏的境論、"量論"、佛學與經學思想、易學觀、道家觀，及熊氏與馮友蘭、金岳霖、賀麟、唐君毅、牟宗三、徐復觀等人的思想交涉，本書後來改名再版印行：《熊十力哲學研究》（北京：人民出版社，2011 年）；另外，《天地間一個讀書人——熊十力傳》（臺北：業强出版社，1994 年）則是熊十力的生命傳記，後增補爲《熊十力傳論》（北京：中國社會科學出版社，2013 年）。臺灣部分，與本研究較密切相關的參考文獻，包括較早的林安梧：《存有・意識與實踐：熊十力體用哲學之詮釋與重建》（臺北：東大圖書股份有限公司，1993 年）、賴賢宗：《熊十力的體用論的基本結構與平章儒佛——熊十力的體用論之"體用不二而有分，分而不二"與平章儒佛》，《鵝湖月刊》第 286 期（1999 年 4 月），頁 14—31、賴錫三：《熊十力體用哲學的存有論詮釋——略論熊十力與牟宗三的哲學系統相之同異》，《中正大學中文學術年刊》2003 年第 5 期，頁 81—120、黄文宏：《西田幾多郎與熊十力》，《清華學報》新 37 卷第 2 期（2007 年 12 月），頁 403—430、林月惠：《一本與一體：儒家一體觀的意涵及其現代意義》，《詮釋與工夫：宋明理學的超越薪向與内在辯證》（臺北："中研院"中國文哲研究所，2008 年），頁 1—31、楊儒賓：《從體用論到相偶論》，《異議的意義——近世東亞的反理學思潮》（臺北：臺灣大學出版中心，2012 年），頁 37—83，及《開出説？銜接説？》，《思想》第 29 期（2015 年 10 月），頁 305—314 等。

10　所謂的文化斡旋，意指處於文化交流語境下的個人參與者，所進行的某種關於意義交換、經驗性脈絡的協商與調解的互動過程；藉由反覆的價值重估的程序（格義與反向格義），轉化文化交流過程所引起的抗頡作用，從而使得理解得以完成，或使意義得以更新與再確立。

二、即本體即“哲學”與對象決定方法

　　1933 年, 49 歲的熊十力移住北平二道橋, 與錢穆、蒙文通、湯用彤及張爾田、張東蓀兄弟、張申府、馮友蘭、張岱年等交游。據錢賓四晚年回憶, “余其時又識張孟劬及東蓀兄弟, 兩人皆在燕大任教, 而其家則住馬大人胡同西口第一宅。時余亦住馬大人胡同, 相距五宅之遙。十力常偕余與彼兄弟相晤, 或在公園中, 或在其家。十力好與東蓀相聚談哲理時事, 余則與孟劬談經史舊學。在公園茶桌旁, 則四人各移椅分坐兩處。在其家, 則余坐孟劬書齋, 而東蓀則邀十力更進至別院東蓀書齋中, 如是以爲常。”[11] 由此可見, 民國時賢日常酬酢的交際往來之一斑, 及熊十力、張東蓀對義理玄思的共同興趣。

　　1935 年 1 月 10 日, 由王新命、何炳松、武堉幹、孫寒冰、黃文山、陶希聖、章益、陳高傭、樊仲雲和薩孟武等十名來自上海各大學教授聯名發表的“中國本位的文化建設宣言”, 刊登於《文化建設》。[12] 同年 4 月 13 日, 中國哲學年會於在北平開幕, 14 日閉幕。會後十天（4 月 23—24 日）, 熊十力在《天津大公報》發表“文化與哲學——爲哲學年會進一言”一文,[13] 回應張申府在年會中發表“我所了解的辯證法”一文所提關於中國本位的文化建設, 及中國需要新哲學的討論。見及熊文, 張東蓀寫了“與熊十力論中西哲學合作問題”去信熊十力, 討論中西學問路向、中西哲學的性質問題。熊十力也回信“答東蓀先生書”、

11　錢穆：《師友雜憶》,《錢賓四先生全集》（臺北：聯經出版事業有限公司, 1998 年）, 冊 51, 頁 185—186。余英時指出, “他們之間的經常聚會象徵著一種與主流派相抗衡的意味”。這裏所謂“主流派”指的是, 以胡適爲首所代表五四以降抨擊中國文化與鼓吹西化的觀點。余氏認爲, 陳寅恪著名的歷史判斷（即“一方面吸收輸入外來之學説, 一方面不忘本來民族之地位。”）, 約略可以代表這些人“最低限度的共同綱領”——意即認同中國文化。但另一方面, 四人習慣性的分坐兩處, 或談經史舊學, 或論哲理時事, 也顯示“非主流派之間雖有最低限度的共同綱領, 仍不能掩蓋內部的分歧。”余英時：《錢穆與新儒家》,《猶記風吹水上鱗：錢穆與現代中國學術》（臺北：三民書局, 1991 年）, 頁 62—63。

12　王新命等：《中國本位的文化建設宣言》,《文化建設》第 1 卷第 4 期（1935 年）, 頁 1—5。

13　該文後來載《十力論學語輯略》一書（該書由 1932 年冬至 1935 年秋近三年的論學語錄、書札匯集而成）, 並於 1935 年的北平鉛印出版, 1944 年編入《十力語要》卷 1。

"再與東蓀先生論哲學書"往復研討。[14]

在"文化與哲學——爲哲學年會進一言"一文中，熊十力認爲，當前最急者唯新哲學的産生一事，主張如無法中西哲學各盡所長，温故以創新，而虛談本位文化建設，則"殆如見卵而求時夜"。新哲學産生的關鍵建立在對傳統學問的把握上，熊氏以自身治學經驗爲例，呼籲當以"晚周儒學即孔、孟哲學，實爲今人所當參究。"[15]

爲何熊十力獨取晚周儒學（尤其孔孟哲學）？原因與儒家的"玄學"[16]（即形而上學）價值，密切相關。熊氏舉出儒家在形而上學上的價值，要點有四：

> 明示自我與宇宙非二，即生命與自然爲一。哲學家向外覓本體，不悟談到本體，豈容物我對峙，内外分别。此其爲真實義者一。

> 本體是流行不息的，是恒時創新的，（《易》曰：'日新之謂盛德。'）[17]是至剛至健的，是其流行也，有物有則，而即流行即主宰的。……如西哲亦有言變動者，卻又不能於流行識主宰。唯儒家所究爲真實義者，此其二。

> 本體的性質，不是物質的，故唯物之論此所不許；卻亦不是精神的，然必於此心之不物於物處，而識本體之流行焉。……本體是無内外可分，不可當作一個物事去推尋，所以非心非物之論，亦此所不許。西洋哲學本

14　張東蓀：《與熊十力論中西哲學合作問題》，《宇宙旬刊》第 3 卷第 4 期（1935 年），頁 9—10；熊十力：《答東蓀先生書》，同刊同卷期，頁 10—14；《再與東蓀先生論哲學書》，同刊，第 3 卷第 5 期，頁 17—18。

15　熊十力：《爲哲學年會進一言》，《十力論學語輯略》，蕭萐父主編：《熊十力全集》，卷 2，頁 300—301。

16　吾妻重二曾指出，熊十力的《新唯識論（文言文本）》出版之時（1932），"哲學"一詞已廣泛流行，成爲常見的中國學術用語，但熊氏"刻意使用'玄學'一詞以强調他的思想有别於一般的'哲學'。"從而反映了當時中國哲學界的一種新思路——透過"體認"（或"證會"、"反求"、"反觀"、"反證"、"自己認識自己"等）的内面的直覺而把握人生實在的實存性哲學。見吾妻重二：《民国期中国における"哲学"と"玄学"——熊十力哲学の射程》，《中国：社会と文化》第 19 號（2004 年 6 月），頁 233—234。

17　引文中的括號（　）爲作者熊氏小字自注，後同。

　　體論上種種戲論，此皆絕無，此其爲真實義者三。

　　理解必待實踐而證實，實踐篤實處，即是理解真切處，實踐不及，但是浮
　　泛知解，無與於真理。此其爲真實義者四。[18]

其中，前三點主要涉及涉及中國哲學與西方哲學對於本體與現象、主宰與流行
看法的根本差異。在西方哲學脈絡中，本體（reality）主要的意義之一，係指與
現象（appearance）相對峙，且存在於現象背後、絕對聳立不動的唯一實在。本
體者，實而不現；現象者，現而不實。[19]　然而，在熊十力的"哲學"論述中，體用
論的本體與現象，並非如同兩者在西方哲學中那樣屬於二元對立的關係，此事
一再爲熊氏所強調與釐清。例如在同一時期別處，熊曰："弟向閱譯籍，細玩西
洋哲學家言。私懷以爲現象與本體，名言自不能不析，而實際則決不可分成。
哲學家於此，總說得欠妥，由其見地模糊故耳。實則現象界即其本體之顯現，猶
言器即道之燦著。苟於器而識道，則即器即道。而道不離器之言，猶有語病，夫
唯即現象即本體，故觸目全真。宗門所謂一葉一如來，孟子所謂形色即天性，皆
此義也。"又如，"若錯解時，便將現象本體打成二片，便成死症。"，或曰"宗教家
説上帝造世界，而以上帝爲超越於世界之上，即能造與所造爲二。哲學家談實

***

18　熊十力：《爲哲學年會進一言》，《十力論學語輯略》，蕭萐父主編：《熊十力全集》，卷 2，頁
　　301—302。

19　自 1928 年起，張東蓀先後爲 ABC 叢書社出版，上海世界書局發行的"ABC 叢書"陸續寫
　　了《人生觀 ABC》（1928.07）、《哲學 ABC》（1929.01）、《精神分析學 ABC》（1929.05）和《西
　　洋哲學史 ABC》（1930—1931）等普及性書籍，透過淺顯、有滋味的方式，提供關於各類學
　　術的門徑、階梯與綱領性的認知，將學術從智識階級解放出來，擴散至社會一般民衆。關
　　於本體與現象之二分，張東蓀在《哲學 ABC》一書揭示泰利斯的主張"萬物的根源是水"
　　的哲學涵義時，首先就以離析"萬物"及其"根源"兩種相對待的概念作爲哲學詮釋的起手
　　勢提到："一個名曰現象（appearance），一個名曰本體（reality）。本體又可名曰實質
　　（substance）。既然萬物都是由別的東西變成的，所以萬物只是現象。……現象二字的意
　　義是説其現於我們之前是如此（it appears to us to be...）。若是其現於他種生物之前或即
　　未必如此。所以現象二字的意義是指'好像是如此'而言。……在現象背後的東西名之
　　曰本體。而以爲現象是依靠我們知覺與外物的關係而成的；至於本體則是自足的，無待於
　　外的。於是我們便有兩個概念：一個是自己存在的本體；一個是倚靠本體而始存在的現
　　象。……於現象以外主張另有本體，這種思想實在人類思想史上的第一個紀元。"張東
　　蓀：《哲學 ABC》（上海：世界書局，1928 年），頁 13—15。

體與現象,往往有説成二界之嫌,其失亦同宗教"等。[20] 批評哲學家將本體作爲外在於心的對象,憑理智以求,在哲學上專講知識論等做法,既是熊十力早年便持有的態度,也是其日後常見之議論。[21] 熊氏認爲,本體與現象名目可析,但實際卻絶不能分爲二界,而是"即現象即本體","觸目全真",主張"體用不二"。熊十力將本體省稱爲"體",作爲萬有總名的"現象"則不以現象稱呼,而名之爲"用"(作用、功用)。之所以言"用"而不言"現象",有其哲學上的内在理由可説,"現象界即是萬有之總名,而所謂萬有,實即依本體現起之作用而假立種種名,(天地人物等名。)故非離作用別用實物可名現象界,是以不言現象而言用也。"[22]且因萬有皆爲大用流行之痕跡,不稱現象而稱"用",主要"言乎本體之流行,狀夫本體之發現。"換言之,以"用"而非"現象"名之,主要作爲描述生生化化之流行不停不已的狀語之故。[23] 而之所以會有體用不二的價值判斷,當然主要與傳統的工夫修證的體驗立場有關,亦即文中第四點所觸及的問題,這一點在接下來的張東蓀回信中,更爲突顯,並成爲區分中西哲學走向的重要判準與價值預設。

閱讀"文化與哲學——爲哲學年會進一言"一文後,張東蓀在給熊十力的信中表示:"我始終覺爲中國人求學的目的在于把學問灌入到週身的血管裏去,不僅僅乎是求知道而已。……東方求學的宗旨始終在于'爲其人以處之'與'布乎四體''以美其身'。至于'入乎耳''著乎心'則不過是必經的階段而已,不是目的所在。"並指出,中國人與西方人的求學動機、態度殊異：面對學

20　熊十力：《答敖均生》,《十力論學語輯略》,蕭萐父主編：《熊十力全集》,卷 2,頁 230。熊十力：《與張君》,《十力論學語輯略》,同書同卷,頁 228;《答某君》,《十力語要》,卷 1,同書卷 4,頁 77。

21　詳見 50 年代的文本,熊十力：《新唯識論(刪定本)》,蕭萐父主編：《熊十力全集》,卷 6,第一章《明宗》,頁 29—30;第三章《唯識下》,頁 66。吾妻重二曾由 30 年代初期所出版的《新唯識論(文言文本)》,推測熊氏口中所謂"哲學家",即指胡適、馮友蘭兩位當時聲譽過人的哲學(史)工作者。見吾妻重二：《民國時期中國的"哲學"與"玄學"——以熊十力爲中心》,載馮天瑜主編：《人文論叢：2006 年卷》(武漢：武漢大學出版社,2007 年),頁 104 注 20。該文日文原著發表三年後,在武漢大學舉辦的第七屆當代新儒學國際學術研討會議中,作者提供的中譯版本裏,史料更爲充沛詳實,故此引中譯文(下同)。

22　熊十力：《答某君》,《十力語要》,卷 1,蕭萐父主編：《熊十力全集》,卷 4,"附記",頁 76。由此亦知,中國哲學所稱本體論與西方哲學的界定,實有差距。如若以"存有論"來理解與定名中國哲學的"本體論",或許更爲妥切,存有包括本體與現象,並超越本體與現象。

23　熊十力：《答某君》,《十力語要》,卷 1,蕭萐父主編：《熊十力全集》,卷 4,頁 76。

問，中國人首重求善、求修養，西方人主要求真、求知識。認爲西方人無論在自然科學或社會科學，一律應用科學方法研究現象，"以求知道'實在'爲目標；不是當作一個價值來看。總之，西方人所求的是'知識'，而東方人所求的是'修養'。換言之，即西方人把學問當作知識而東方人把學問當作修養，這是一個很可注意的異點。"面對不一樣的求學動機，張氏倡言應妥善分別而施以不同的態度，對治兩者的學問。如若求取一致，"以西方的求知識的態度來治中國學問，必定對於中國學問覺得其中甚空虛，因而看得不值一錢。反之，倘使以中國修養的態度來治西方學問，亦必定覺得人生除權利之爭以外毫無安頓處。是以求修養於西學與求知識於中學，必致兩失之。"如果同意上述對於中西求知態度上的分別與判斷，張氏籲請主張因舊慣，針對中、西各自的學問性質，分而治之："即把中學作修養與受用之用，把西學爲求知識與對物之用，不必勉強會合。……關于自身的修養與作人，我們應該盡量用中國固有的態度而去糟粕；至于對于實在的開掘，則應盡量用西方科哲以從事"。[24]

張東蓀此處所説之"修養"，可理解爲傳統所謂"工夫"（或言體驗哲學、體證論、體驗論），意指在精神生命的領域中，求取本來面目（或曰真我、常性）與完全狀態的方法。

幾乎所有的古老文明傳統，關於修養工夫都存在著共同的基本預設：現實性（如氣質之性、人之秉氣及自然屬性）與本來性（如天地之性、本然之性、義理之性）。[25] 所謂"本來性"不是指時間性的本來，而是與深層自我、本來面目有

24　引文分見張東蓀：《與熊十力論中西哲學合作問題》，《宇宙旬刊》，頁 7、9—10。

25　荒木見悟曾將中國思想研究的基本方法論，濃縮在"現實性——本然性"這一對位概念中，以之作爲中國思想的基本思考框架。見荒木見悟著，廖肇亨譯注：《佛教與儒教：中國思想形成之根本（二版）》（臺北：聯經出版事業有限公司，2017 年）一書，序論《"本來性"與"現實性"》，頁 3—8。作爲哲學方法論的"本來性—現實性"，其最終立場是超越心物對立的心物一如、主客一體；在絶對境域中，兩者係非二元對立的密切相互關係。誠如荒木所言，"没有離卻本來性單獨存在的現實，也没有扼殺本來性的現實。"、"'本來性——現實性'固然融爲一體，不分迷悟，不假修證，也不容寸分增減"同前書，頁 5—6。又，關於荒木此一問題意識之形成的時代背景與個人化生命體驗的歷史交織，參見吳震：《作爲哲學方法論的"本來性—現實性"——就荒木見悟〈佛教與儒教〉而談》，《中國哲學史》2020 年第 1 期，頁 86—95。又及，荒木見悟著，張文朝譯：《我的學問觀（附録：著作目録及年譜）》，《中國文哲研究通訊》第 3 卷第 1 期（1993 年 3 月），頁 35—48。

關的人類的存在定位，本來性的外顯即其人格的充分體驗。有了"現實性——本來性"這一對起點，才有如何透過轉化現實身心構造以達到理想目標本體，從實然邁向應然的方法上的問題，或者説如何從氣質之性過渡到本然之性的克服問題，而只要是克服向來與"悟"有關——亦即真實性的展開。中國傳統的修養工夫並不懷疑道德本身的絶對實在性，而是傾全力於如何培養、延續與證成。聖學之成始成終，莫不由工夫而來，無論是張東蓀所引荀子的"入乎耳，著乎心，布乎四體，形乎動静……以美其身"，或傳統上的格致誠正、慎獨、致中和，或朱子的涵養、主敬、主静、静坐，居敬窮理二事互相發明，皆爲工夫領域的一部分。工夫體證既有導引、收斂身心以進行主體修養的目的，也是最終獲得冥契經驗的方法。對於中西方哲學底藴皆有相當程度的把握的張東蓀，在信中分別指認中西治學過程不可貿然化約的差異性，區隔兩種求知態度與起點（一則關注知識的累積，一則著意修養的進程），强調應由對象決定方法，分別而治，毋須一味主張中西合作，不必然要牽强的攜手聯盟而爲新哲學，充分顯示了身處知識轉型、語言重塑的歷史更新時期，具比較哲學能力的傳統知識分子的內在考慮。

　　對於形而上學的根本判斷，主要由其工夫經驗延伸而來，這一點在熊十力同樣殆無疑問。接到張東蓀的意見，熊十力也寫了一封長函"答東蓀先生書"回應。

　　熊十力在回信一開始，即澄清自己强調未來新哲學的産生必須建立在本國哲學與西洋哲學的"共同努力"、"各盡所長"上，並没有使用"合作"一詞。表明自己的主張（治中西哲學者，"彼此熱誠謙虚，各盡所長；互相觀摩，毋相攻代；互相尊重，勿相輕鄙。"），其實與張東蓀的"中西分治"，態度一致。雖然，對於中西學問分治之説，熊氏則進一步的釐清，認爲就社會事業的分工而言，分工而治，完成合作，自有其道理。但對於個人在研治哲學這件事情上，是否應當中西兼治？熊氏認爲就能力與選擇而言，並不是不可能，也不是不需要："如有人焉能盡其誠，以兼治中西之學，而深造自得，以全備於我，則真人生一大快事，更有何種理由，能言此事之不應當耶？"熊氏同意中國儒道諸家、印度佛家等東方各派哲學，的確有其一致的根本的以修身爲要務的學問精神。只要將"此等實踐的精神，即把真理由實踐得到證明。人只要不妄自菲薄，志願向上，則從事此等學問，用一分力，有一分效……誰謂治西洋哲學者對中國哲學，便當舍棄不容兼治耶？"如果説張東蓀主張針對中西學問路向，施以不同的治學方法與態度，而最終節制於知識性質的差異之前（分治而不融合），熊十力則强調毫無保留地力求知識與修養聯鑣並駕，中西兼治，貫通集成："吾儕若於中國學問痛下一番工夫，方見得修養元不必屏除知識，知識亦並不離開修養"。[26]

此外，對於張東蓀推定西學求真，中學求善，分別真、善的概括意旨，熊十力並不滿意。熊氏認爲，雖然西方人以求知實在爲目標（即求真），但實在與真一詞，應當看是運用在何等領域，方能判定其涵義，至於西洋哲學真善分説的主張是否妥當，也得看真字的意義究竟爲何，方可論斷。熊十力剖析，哲學所求之真或實在，與科學所求之真或實在，兩者意思不同。"科學所求者，即日常經驗的宇宙或現象界之真。易言之，即一切事物相互間之法則。……即現象界的實在。科學所求之真即此。但此所謂真，只對吾人分辨事物底知識的錯誤而言。發見事物間必然的或概然的法則，即得事物底真相，没有以己意造作，變亂事物底真相，即没有錯誤，故謂之真。是所謂真底意義，本無所謂善不善。此真既不含有善的意義，故可與善分別而説。"如果從哲學（或説"玄學"）的觀點來看的話，上述的説法便顯得不夠徹底，用佛家口吻來説即是"非了義"（也就是隱蔽究竟真實之理，而僅僅權作方便）。惟因"哲學所求之真，乃即日常經驗的宇宙所以形成的原理，或實相之真（實相，猶言實體）。此所謂真，是絕對的，是無垢的，是從本已來，自性清浄。"顯然地，熊十力在此針對真（或實在），梳理了兩層認識論：一層是相應於日常經驗的宇宙萬象之真理，其中不含善之價值涵義，此中可真善分説；另一層則是相應於日常經驗的宇宙森然現象所以形成的實相之真理、實體的真理。這後一層，也正是歷來儒者念兹在兹的"誠"的境界："儒者或言誠，誠即真善雙彰之詞。或但言善（孟子專言性善）而真在其中矣。絕對的真實故，無有不善，絕對的純善故，無有不真。"換言之，"哲學"思想與科學思想的差異不在於面對、處理的對象與題材之別，而是方法，並且是——以本體爲方法，道德修養臻至真實無妄之"誠"的境地（證得實相），則體會即善即真，即真即善。此中，真與善就像一張紙的兩面，如何能夠分開："真

---

26 引文分見熊十力：《答東蓀先生書》，《宇宙旬刊》第 3 卷第 4 期（1935 年），頁 10、10—11、11。

正見到宇宙人生底實相的哲學家，必不同科學家一般見地，把真和善分作兩片說去。"能有如此見地，正起於工夫修養作爲中國哲學的第一義的重要性之故："中國人在哲學上，是真能證見實相，所以，他總在人倫日用間致力，即由實踐以得到真理的實現。如此，則理性，知能，真理，實相，生命，直是同一物事而異其名。(此中'理性'、'知能'二詞，與時俗所用，不必同義，蓋指固有底而又經過修養的之明智而言)中人在這方面有特別成功。"從而熊十力强調，中西學問的不同，只是發展上各有側重的結果，而非性質上存在著截然二分的差別。面對中西之異，熊氏主張"觀其會通，而不容偏廢。"[27] 值此，面對中西學問發展的差別又如何對治？

　　熊十力的意見其實與張東蓀的看法雷同——應當視對象而決定方法："竊以爲哲學與科學，知識的與非知識的(即修養的)，宜各劃範圍，分其種類，辨其性質，別其方法。吾儕治西洋科學和哲學，儘管用科學的方法，如質測，乃至解析等等。……治中國哲學必須用修養的方法，如誠敬，乃至思惟等等。"熊、張二氏皆承認中西學問有別，但此別在兩人有不同的意義：一位主張中西兩者是性質差異，一位主張兩者不過發展的輕重有別。以是，面對中西學問的纏繞，在作法上兩人也存在著選擇的分歧：一則主張中西分治，一則强調兼融共治，"道並行而不相悖"。針對張東蓀將知識看作與修養非水乳交融，熊十力提醒"修養以立其本，則聞見之知，一皆德性之發用，而知識自非修養以外之事。智周萬物，即物我通爲一體，不於物以爲外誘而絕之，亦不於物以爲外慕而逐之也"、"然若有一個不挾偏見的中國學者，他必定不抹煞西人努力知識的成績，並不反對知識。只須如陽明所謂識得頭腦，即由修養以立大本，則如吾前所云，一切知識，皆德性之發用。正於此見得萬物皆備之實，而何玩物喪志之有。西人知識的學問底流弊，誠有如吾兄所謂權利之爭。要其本身不是罪惡的，此萬不容忽視"。足見熊十力既要天德良知，同時也不棄經驗知識的見聞小知，既尊德性也道問學。雖然，在熊十力，德性修養與聞見之知兩者的重要性，絕非平行等價。德性之知相較於聞見之知仍具有不可共量的優先性，聞見之知是在證見

27　熊十力：《答東蓀先生書》，《宇宙旬刊》第 3 卷第 4 期(1935 年)，頁 11、11、11、11、11、12。

實相、德性之知充分朗現之後才開始獲其價值。熊十力以自己的著作《新唯識論》爲例，表明不反知的立場：“《新論》只把知識另給予一個地位，並不反知。儒家與印土大乘意思，都是如此。弟於《大學》，取朱子格物補傳，亦由此之故也。朱子是注重修養的，也是注重知識的。他底主張，恰適用於今日。”[28]

　　誠然，1942年，熊十力的《新唯識論（語體文本）》（上下兩卷）由北碚勉仁書院哲學組出版（1944年上、中、下三卷於商務印書館出版）。[29] 謝幼偉曾寫書評“熊著新唯識論（書評）”，發表於《思想與時代》第13期；同年，熊十力也接連寫了兩封信函回應書評，並合爲一長文“論玄學方法”，刊登於《思想與時代》第16期；嗣後，謝幼偉以“答熊先生論玄學方法”短文再回應，登載於《思想與時代》第17期。[30] 透過熊氏對此書評（有關性智與量智相互關係的評騭）的回應，亦可一窺德性之知與聞見之知，孰爲優先的本末態度與價值。熊十力指出：“玄學見體，唯是性智，不兼量智。”[31] 主張體證本體的途徑仰賴本心（性智）的自覺自證而見道，而非那種經由日常經驗習慣所集結、累積而來，作爲常識和科學來源的認識能力（量智）。至於雖說玄學方法不恃量智，但見體之後，量智依然不可遮撥。換言之，量智有二：一爲見體前，性智障蔽不顯時之量智，一爲見體後，性智發用之量智，此量智就內容可謂是同一量智，但就主體見道之後所能彰顯的意義而言又不是同一量智。從“根本”來說，熊十力並不反知，惟此“知”有其特殊的定向規定，更重要的關鍵即在此知要於證得本心之後，方才有

28　熊十力：《答東蓀先生書》，《宇宙旬刊》，頁12、13、13、14、14。

29　關於《新唯識論》的成立過程，見坂元ひろ子：《熊十力“新唯識論”哲学の形成——20世紀前半の中国哲学思想世界を通して》，《東洋文化研究所紀要》總104號（1987年11月），頁87—174。至於《新唯識論》的重要旨趣（特別是體用論的弔詭思想），存其思辨大體者，見熊十力：《略談新論要旨（答牟宗三）》，《十力語要初續》，蕭萐父主編：《熊十力全集》，卷5，頁8—16。又，1949年，熊十力曾以黃艮庸名義與印順法師論戰，在《學原》雜誌發表了《新論平章儒佛諸大問題之申述（黃艮傭答子琴）》，後來收入《十力語要初續》出版；1950年熊氏改寫並增補近萬言，概述《新論》旨趣並附錄語要兩則（《與諸生談新唯識論大要》、《爲諸生授新唯識論開講詞》），單獨印行爲《摧惑顯宗記》，見前引書同卷。

30　謝幼偉：《熊著新唯識論（書評）》，《思想與時代》第13期（1942年），頁43—49；熊十力：《論玄學方法》，《思想與時代》第16期（1942年），頁1—4；謝幼偉：《答熊先生論玄學方法》，《思想與時代》第17期（1942年），頁50。熊十力對謝氏書評的回應長文，後以《答謝幼偉》爲名，載《新唯識論（語體文本）》（重慶：商務印書館，1944年）。

31　熊十力：《論玄學方法》，載謝幼偉編著：《現代哲學名著述評》，頁269。

其價值。

　　信末，熊十力談到關於"哲學"一門的看法。熊氏以爲哲學的正宗在本體論，[32]"只有本體論爲其本分内事"；至於其他的哲學分科（如名學、倫理學、美學），則視爲理論科學。相對於"時賢鄙棄本體論"，熊氏自認"終以此爲窮極萬化之原，乃學問之歸墟，學不至是，則瞇而不通，拘而不化，非智者所安也。"[33]認爲在證得實相（見體）一事上，再没有比東方之學更密切者，同時這也是熊氏所以歸心於此的緣故。而恐己意未申，繼前信，熊十力又去函"再與東蓀先生論哲學書"給張東蓀。熊氏透過回應好友林宰平的質疑，再次向張東蓀重申自己對於"哲學"與"形而上學"的定位。

　　有別於追求知識而生的西洋哲學，熊十力稱中國學問爲"哲學"，認爲此一"哲學"裏知識與修養居於同等地位；而學術只宜嚴分科、哲兩領域。[34]此處科學與哲學的劃分，很明顯係以修身踐履相關與否爲判準：科學屬於"知識的學問"，哲學則是"修養的學問"。[35]認爲這樣的分別，不用像張東蓀一樣，試圖在

32　Ontology（本體論，當今學界多譯爲存有論）一詞由希臘文存有者（On）及理念（Logos）二字湊合而成，是形上學分支中的第一部門，研究一切真實存在，探索存有物之所以成爲存有物的特質的學問，在亞里士多德《形上學》第四卷裏被稱爲"第一哲學"。"Ontology." *Britannica Academic*, Encyclopædia Britannica, 25 Nov. 2009. https：//reurl.cc/bz06EE. Accessed 14 May. 2021. 另外，論者指出，"關於 ontology 這個字，在古希臘哲學中有兩種思考的路子。其一是柏拉圖（Plato）的哲學，其所探求的對象主要是真實的存有（ontos on, real being）。……柏拉圖以理想爲真實存有，並且區分'真實'與'虚妄'、'感性'與'理性'等等，於是而有二元論的情形出現。就此而言，ontology 一詞以譯爲'本體論'爲佳。其二是亞里士多德的哲學，他提出就存有物論存有物（to one on, being as being），……亞里士多德主張，只要是有，皆應就其爲存有者來討論，不管是真實的或虚妄的有，都應該正視其存在或呈現在面前的事實。就此而言，ontology 譯爲'存有學'爲佳。所謂'存有學'是就存有者之呈現在面前而討論存有者。"沈清松：《實在及其原理——形上學的幾個基本問題》，載沈清松主編：《哲學概論》（貴陽：貴州人民出版社，2004 年），頁 195。

33　熊十力：《答東蓀先生書》，《宇宙旬刊》，頁 14。

34　有關"哲學"（philosophy）在明治時代日本與中國的首次出現（19 世紀末），及伴隨相關學會、教育組織、學制的設立與刊物、論文、譯書的發行而來的傳播擴散與普及化，以及梁啓超、王國維、蔡元培、嚴復等人對於"哲學"的使用（和反對），相關史料便覽參見吾妻重二：《民國時期中國的"哲學"與"玄學"——以熊十力爲中心》，載馮天瑜主編：《人文論叢：2006 年卷》，頁 100—104 注 1—7。

35　熊曰："科學假定外界獨存，故理在外物；而窮理必用純客觀的方法，故是知識的學問。哲學通宇宙、生命、真理、知能而爲一（知能解見前答兄信），本無内外，故道在反躬（記曰不能反躬，天理滅矣。此義深嚴），非實踐無由證見，是故修養的學問。"熊十力：（轉下頁）

非哲學、非宗教（但同時兼負哲學與宗教性質）的領域中，爲中國學問的特殊性，尋求定位，另立名目。若西洋形而上學屬於知識性的，而與中國的修養學問不相類，又如何通稱爲哲學？在熊十力看來這不是問題，一旦重新劃定"哲學"領域，該學問以本體論爲主要分内事，並以見體爲目的，以修證體驗爲必經過程，即便"中西人對於本體底參究，其方法與工夫，各因境習而有不同。⋯⋯因之，其成就亦各不同"，然"一致而百慮，終無碍於殊途同歸"。一旦"馳求知識者，反己自修，必豁然有悟"，冥契真理，終見"一切知識皆是稱體起用，所謂左右逢源是也。"[36]毫無疑問地，熊十力在此"挪用"（appropriate）"哲學"，它重述並改寫了既定的哲學定義，使其從固有的論述脈絡中游離出來，在文化斡旋的過程，誘發某種離散、分化、顛覆或嘲諷的語言及思想效果，也增額了原本哲學内涵的分外意義。換言之，在熊氏，"哲學"是一個呈現本體的創造性過程，而不是試圖發現什麼或反映事實。就哲學原旨而言，這無異是入室操戈。[37]

已故史學家余英時（1930—2021），在 90 年代分析新儒家的心理構造時曾指出："新儒家的思想風格與中國'狂'的傳統有淵源，這是不足爲異的。特別是新儒家上承陸王譜系，而陸王正是理學中'狂'的一派。"同時進一步指出，"我並不認爲新儒家的風格完全來自中國的舊傳統，其中也有新的成分。"[38]眾所周知，近代西方自然實證科學傳入中國，深刻影響五四前後的科學主義盛行，擬人化的德先生（democracy／德莫克拉西）與賽先生（science／賽因斯）作爲五四新文化運動的綱領性口號，成爲抨擊傳統禮教與封建思想的主要支點。隨著科學主義一起傳入中國的，還有強調與神學相拮抗的杯葛態度與抵制精神的心理集成——知性的傲慢。所謂"新的成分"，指的就是新儒家對於以科

（接上頁）《再與東蓀先生論哲學書》，《宇宙旬刊》，頁 18。又，熊氏屢爲哲學釐清眉目，望其告別科學而具有獨立的精神和面貌，從而每每比較科學與哲學的出發點、研究的對象及領域、使用的工具和方法，見熊十力：《答沈生》，《十力論學語輯略》，蕭萐父主編：《熊十力全集》，卷 2，頁 292。

36　熊十力：《再與東蓀先生論哲學書》，《宇宙旬刊》，頁 18。

37　與熊十力對"哲學"的理解相比，一個簡明精要的規範性對照，即張東蓀面向社會大眾而寫的哲學概論書籍《哲學 ABC》。書中對於哲學的誕生、轉向、分化、定義、分類、方法及知識論、實體論、行爲論上的各種學説與型式等，原原本本地進行了專技化的介紹。

38　余英時：《錢穆與新儒家》，《猶記風吹水上鱗：錢穆與現代中國學術》，頁 93。

學自重的"知性的傲慢"的"反模仿"。余氏自鑄偉詞，稱之爲"良知的傲慢"。[39]

　　雖然，透過前述熊十力與張東蓀的書信對讀，重新理解熊十力講究證悟修持的内在要求，其認識論上的意義或將全然不同。在熊十力，作爲歷史傳統與新興學科的"哲學"，並非既有不易之常規，而是充分仰賴讀者的體證及詮釋。隨著讀者修養工夫的不斷深入與累積，見識也將越發透徹通達，隨之而來對於"哲學"的理解，自然也將更深切精闢，原因無他——它被由工夫高明的讀者讀出乃至體證出深刻的涵義。經由治學者親身體證所解悟的哲理奧義，反身成爲挹注歷史傳統思想的血氣，至此，"哲學"不再僅僅是某種關於本體/現象的定義與解釋，也是熊十力自身經驗與思想的完全説明。以本體爲方法，使得熊十力在表述自身的意見，也就是在解説"哲學"，反之，他也必須不斷透過講述晚周儒家哲學，才能表達他自己。"哲學"之真義仰賴熊十力親證而顯，從此，"哲學"再也不能没有熊十力，而熊十力再也不能没有"哲學"。[40]

三、管括機要與闡究精微

　　1935 年底至 1936 年初，在廣州主持學海書院的張東蓀給人在北平的熊十力寫信，兩人這次針對宋明理學的性質定位及其修養方法問題，一來一往反覆討論，計有四通書信。[41]

　　熊十力接到張東蓀來信指出，宋明儒者取用佛家的修養方法以實行儒家入世之道，在内容上爲孔孟，方法上則是印度。面對向來指責宋明儒學是"陽

39　余氏屢以"良知的傲慢"一措辭，貞定新儒家第一、二代（主要是熊十力、牟宗三）强調"體證本體"、"天道性命貫通"的終極判斷與基本態度。同上，頁 95，97—98。

40　晚清章太炎透過《齊物論釋》在解釋莊子時也有類似情況：調動、疏導傳統以介入現實的同時，最後卻弔詭地使傳統再也離不開詮釋者自身，反之，詮釋者也離不開傳統。見龔鵬程：《傳統與反傳統——論晚清到五四的文化變遷》，《近代思想史散論》（臺北：東大圖書股份有限公司，1991 年），頁 15—59，本段對於熊十力"哲學"之義的再理解與詮釋模式，主要借道於此。

41　這批主題集中的書信，曾集結爲《關於宋明理學之性質》一文，聯名發表於《文哲月刊》第 1 卷第 6 期（1936 年 3 月），頁 1—7。後來，這四封書信析爲兩文，分別以《復張東蓀（並附張東蓀答函）》、《再答張東蓀（並附張東蓀答函）》爲名，收入《十力語要》，卷 2，蕭萐父主編：《熊十力全集》，卷 4，頁 168—174，以下引文以此爲準。

儒陰釋"的批評聲浪,熊十力認爲張東蓀此說,"不謂宋明學全出釋氏,但謂其方法有採於彼,是其持論已較前人爲公而達矣。"但熊十力也同時對此表示,"微有異議",原因在於,"爲學方法與其學問内容,斷無兩相歧異之理。"[42]

　　熊氏認爲,宋明儒學的傳衍雖不免受時代思潮影響,但仍有其本土固有、深造自得的形而上學思想資源與修養工夫的理論根柢(諸如"孔曰'求己',曰'默識';孟曰'反身',曰'思誠',宋明儒方法皆根據於是"),成績斐然而自成體系,並非全然舶來自印度佛教、禪宗輸入。熊十力反駁張東蓀認爲理學修證全採印度方法的說法。認爲充其量只能說宋明儒在"玄學"方法上繼承孔孟,但相較於晚周儒學,宋明儒專注於"反身默識,以充其德性之知"以把握對世界本原或本體的認識,以至於將其他方面的表現(即由耳目等感官與外物相接觸以徵驗事物的聞見之知方面),視爲外馳,而顯偏狹。[43]

　　熊十力其實並不反對東方哲學與西洋科學並行,惟因各有範圍與方法,"並行則不悖,相詆終陷一偏"。熊氏强調,哲學所要窮盡的對象是本體,"而宇宙本體實即吾人所以生之理,斯非反求與内證不爲功。"在知識的踐履上,東方修證工夫之學有其獨立的價值,"終非科學所能打倒"。此說更被用來批評當時科學方法至上的時代風氣:熊十力將自身的修證體驗貫徹到底,從而區隔研究自然科學與研究社會科學在精神方法上,側重之處不同,無法一概而論。社會科學研究實有其精神上的準備之需,以更好的避免由於主觀上的覆蔽,影響對研究材料對象的任意取擇,及由之而來的偏執之論。據此而言,熊氏宣稱:"真考據家亦須有治心一段工夫",知識與修養關係密切。[44]

　　接到熊氏來信,張東蓀在回信中表明同意孔、孟或許有其反身、思誠的方法與體驗,但當時並未形成一套固定的修養方法,得以傳承。直到宋明儒在禪修的刺激下,方才"應用印度傳統之瑜伽方法從事於内省,(由敬與靜而得。)遂得一種境界。"只不過,佛家與宋明儒所證"雖同爲明心見性",但兩者體驗所達致的本地風光與揭櫫的宇宙實相,在表現形式上卻大相逕庭。"佛家所得者爲

42　熊十力:《復張東蓀》,《十力語要》,卷 2,蕭萐父主編:《熊十力全集》,卷 4,頁 168、168。
43　同上,頁 168、169。
44　同上,頁 169、170。

實證真如，而宋明儒家所得者爲當下合理。”若改以西方的術語表達，可説“一爲玄學的，一爲倫理的”。怎麽説呢？一開始的目的已然預告後來的情節。張氏指出，印度佛學與宋明理學在面對現實世界時，雖然都有一套精神修養的要訣與對治的工夫，但印佛潛修之目的，在於“求見宇宙之本體”、“窺破本體”，宋明儒則爲“體合道德之法則”。伴隨著截然不同的修行宗旨與用意，所引發的終極效應，也大相逕庭：印度佛學潛心修練的結果，“得一‘寂’字。一切皆空，而空亦即有。於是事理無礙，事事無礙。”至於宋明儒學修持不輟的結果，“得一‘樂’字。宋明儒者之詩如有云‘萬物静觀皆自得’，與時人不知予心樂者，不可以尋常句子看待也。”張東蓀區辨：“印度之文明始終不離爲宗教的文明，而中國之文明則始終不失爲倫理的文明。”印度文明無論本質如何，總不免有其宗教出世色彩；至於中國倫理的文明，則純粹是入世之物，張東蓀盛讚，“此點可謂宋明儒者在人類思想史上一大發明”，並預告自己“將爲長文以闡明之”。[45]

　　佛教曾不約而同地成爲民國新儒家第一代（梁漱溟、熊十力）與繼之而起的第二代（牟宗三）的思想家，接引、反省西方哲學時的最佳理論工具。“被哲學化了的佛教”一方面被當作超越西方哲學的跳板，三人均爲佛學吸引，成爲日後打造各自思想的重要契機與試金石，但另一方面，卻也在指認其侷限之餘，“令他們離佛教而去”。[46] 熊十力對張東蓀的回應内容（中印工夫論的修練成果的歸屬與分判），自然也不陌生。[47] 然而在回信中，熊氏針對張東蓀將印度佛

45　張東蓀：《復熊十力》，《十力語要》，卷 2，蕭萐父主編：《熊十力全集》，卷 4，頁 170、170、171、171、171、171、171、171。事實上，不唯“等閑識得東風面，萬紫千紅總是春。”可視作朱子學道有入的隱喻，在傳統的工夫論脈絡中，又如“誰識乾坤造化心”、“昨夜江邊春水生”、“不如抛卻去尋春”等皆不能等閑視之，它們也常被視作精進見體的心得自喻，皆與“乾”、“仁”、“天地之大德曰生”的價值，旗鼓相當。春所蘊含活潑生機的運化流露，時常搖身一變而爲宋儒論道禮讚的基本修辭。至於此處張東蓀所説的“長文”，即其後來探討中國思想的特殊性及其與西方的差異，以探尋本土的文化特性與民族的心性的作品：《知識與文化》中的第三編《中國思想之特徵》，見張東蓀：《知識與文化》（長沙：岳麓書社，2011 年），頁 115—163（尤其頁 133—137），文中集中反映張氏的神秘的整體論（詳後）。
46　中島隆博著，森川裕貫、李曉紅譯，喬志航校：《新儒家與佛教——梁漱溟、熊十力、牟宗三》，《解構與重建——中國哲學的可能性》（東京：東京大學哲學中心，2010 年），頁 86、64。
47　例如熊十力比較佛學、西洋哲學、中國哲學殊勝之處，便曾云“佛家《涅槃》談主宰，而不説即主宰即流行。西洋哲學亦有談流行，而不悟即流行即主宰。通變易（流行。）（轉下頁）

學歸入玄學領域，儒家則順乎倫理領域，不表認同。

　　熊氏認爲儒佛不同之處，惟限於“一主入世，一主出世而已。”就前者言，“哲學思想始終不離宗教”，就後者説，“哲學思想始終注重倫理實踐”。對於將求見本體歸之於佛，而將儒者的冥契工夫修養的境地繫於體合道德法則之説，深不以爲然。在同爲見體的前提下，實相真如不離當下合理；而宋明儒的“當下合理”其所以然原因，其實也在“本體呈顯”，有見體方才有當下合理可説。對此，熊氏説孔子本身就做了極佳的示範，其“七十從心所欲不逾矩”，無疑是“當下合理之極致”，即便成佛證果（佛位）亦不過如此。驗諸孟子，“所謂居安資深，取之左右逢源者，乃無往不是天則，無時無在而非當下合理。”至如宋儒詩云“‘等閒識得東風面，（此喻見體。）萬紫千紅總是春’，可謂善於形容”，在在都是見體的憑據。所謂盡心、知性、知天之言，不過是證體的異名別説，取義不一，實則所表同事。況且若如張氏所云，則“當下合理即緣體合道德法則之效果”，無異於忽視見體作爲最重要的根據與價值源頭。若是這樣，“所謂道德法則便純由外鑠而無內在的權度”，缺乏內在根據，最終不免淪爲告子“義外”之論。[48]

　　儒學從表面看上，似乎只具有倫理學的價值與規範，而沒有形而上學的內容與根據，“實則儒家倫理悉根據其玄學，非真實了解儒家之宇宙觀與本體論，則於儒家倫理觀念必隔膜而難通。”換言之，對熊十力而言，當下合理不只是認識論的範圍，也不能只做認識論上的表述，應重視其存有論上的依據與來源；“當下合理”應繫屬於本體，方可使道德理論以系統化地展開；唯有見體，也才能説道德法則。一如前述，“哲學”不應只有知識的涵義，而是知識與實踐並重，“即知即行”，這也是儒家的學術思想彌足珍貴之所，意即“體神化不測之妙於庸言庸行之中”。是故，儒佛之體證，“同爲玄學”，都可歸入“形而上

（接上頁）與不易（主宰。）而一之者，是乃吾先哲之極詣。”熊十力：《答謝石麟》，《十力論學語輯略》，蕭萐父主編：《熊十力全集》，卷2，頁285。

48　熊十力：《再答張東蓀》，《十力語要》，卷2，蕭萐父主編：《熊十力全集》，卷4，頁171、171、171、172、172、172、172、172。

學"範疇,即如佛經説真如,亦言心之常樂我静,"故'樂'之一字不必爲儒佛之判也"。[49]

　　熊十力在答信中提醒張東蓀,定位宋明儒修養境界於"當下合理",應從認識論的層面轉入存有論的領域。然而事實上,張氏並没有否認儒家修證的終極境地不是從冥契工夫(或云見體)而來,或認爲儒家倫理並無形而上學的根據或本體論、宇宙論的支撑。毋寧,是以冥契證道之後的不同表現與歸趨,分判儒佛。張東蓀在第二次回信開頭便澄清,將儒佛進行玄學的與道德的分别(甚至於哲學本門裏的本體論、宇宙論、認識論之分),無非是基於"西方學術重分析之精神"而來,區辨的結果。之所以將宋明儒學歸化爲"道德的",絶非意謂宋明儒學没有形而上學(玄學)的涵義,僅僅是因爲在西方,研究行爲上的善惡而涉及價值判斷的倫理學,與討論實體問題的形上學,兩者"可以相互排斥"之故;然而在東方(中國),自然界的實然與價值界的應然,"則根本上爲渾一的"。道德的與玄學的,"此二義非但不相排拒,且常併爲一義,不可强分。"[50]

　　至於熊十力提到的儒佛"見體"及由此延伸而來的發展問題,張東蓀始終以爲"本體論爲西方哲學之特色"。至於有人將認識論視爲西方所獨有,殊不知印度哲學在這方面不遑多讓,"實甚精微"。而印度哲學雖講本體,方式卻與中國哲學相近:前者的"本體即是所謂如,並不是一件東西",並"以宇宙論代替本體論",中國思想亦然。若以中國古老的形上學《易經》爲代表,"《易經》只講宇宙論,而無本體論。"也可視爲是以宇宙論取代本體論。如若必須區分西洋哲學、印度哲學與中國思想三者在本體論上的差異,不妨説"西方確有本體論,印度只是以宇宙論當本體論講,中國又只是以人生論當本體論講。"無論如何,張東蓀始終認定道德觀念、宇宙見解與本體主張,在西方可以相互關聯,"但仍必爲三者,不可混而爲一。"中國則不然,"其道德觀念即其宇宙見解,其宇宙見解即其本體主張,三者實爲一事,不分先後。"中國思想的特色與優點,

49　熊十力:《再答張東蓀》,《十力語要》,卷 2,蕭萐父主編:《熊十力全集》,卷 4,頁 172、172、172、171。

50　張東蓀:《再答熊十力》,《十力語要》,卷 2,蕭萐父主編:《熊十力全集》,卷 4,頁 173、173。

有見於此。[51]

　　無獨有偶，熊十力在與弟子謝石麟授學時，也曾論及西洋與中土面對宇宙論、人生論與知識論三者關係的態度之別："哲學上之宇宙論、人生論、知識論，在西洋雖如此區分，而在中國哲學似不合劃畫太死。吾心之本體，即是天地萬物之本體。宇宙人生，寧可析爲二片以求之耶？致知之極，以反求默識爲歸，斯與西洋知識論，又不可同年而語矣。總之，中土哲人，其操術皆善反……其證解極圓融。（即物即心，即外即內，即動即靜，即器即道，即俗即真，即多即一，即現象即實體。）"[52]由此看來，熊十力與張東蓀對於哲學本門區分本體論、宇宙論、認識論的看法，及中國哲學合本體主張、宇宙見解及道德觀念三者爲一的特色的判斷，所見略同，其差異似乎沒有想象中的大。

　　約莫與熊十力通信的同一時間，張東蓀在"從中國言語構造上看中國哲學"（1936）一文指出，由於漢語不重主語，導致謂語跟著不明確，使得早期的中國思想史"不但沒有本體論，並且是偏於現象論（phenomenalism，亦可稱爲泛象論 pan—phenomenalism）。"[53]而這樣的結果，主要是張東蓀根據對早期中國哲學經典《周易》進行語言文字分析所得。張氏發現無論象徵或實物，中國的五行（乃至八卦）之説（並非如西方 Empedokles 所謂四根具有"元素"的意涵），並無"原質"之意。從八卦與六十四卦皆以象徵表示變化來看，《周易》著重推知變化之間的相互關係，以捕捉宇宙的奧秘，它"不但對於變化的背後有否本體不去深究，並且以爲如能推知其互相關係則整個兒的宇宙秘密已經在掌握中了。又何必追問有無本體爲其'托底'（substratum）呢？可見《易經》的哲學是完全站在'相關變化'（functional relation 即相涵關係）之上。"[54]

51　張東蓀：《再答熊十力》，《十力語要》，卷 2，蕭萐父主編：《熊十力全集》，卷 4，頁 173、173、173、173、173、174、174、174。

52　熊十力：《答謝石麟》，《十力論學語輯略》，蕭萐父主編：《熊十力全集》，卷 2，頁 296—297。

53　張東蓀：《從中國言語構造上看中國哲學》，《知識與文化》，附錄二，頁 190。引文內之外文譯語本於張東蓀所用，非個人迻譯，後同。

54　張東蓀：《從中國言語構造上看中國哲學》，《知識與文化》，頁 190。substratum（托底、底基），來自拉丁語 substrātus，是 sub-（躺在下面）與 sternere（伸展、擴散）的結合。在哲學上，意指支持物質現實屬性的無特徵的基礎，（散布、鋪設在下面、在下面展開的）一個廣泛的、共同持續的真理底層、基點，一如鏡子玻璃上那層極薄的鍍銀，那是支撐 （轉下頁）

　　在同時期的另一篇文章"思想言語與文化"（1938），張氏討論中國是否關心萬物背後有無本質（ultimate stuff）、本體的哲學問題時，再次提及，"西方人的哲學總是直問一物的背後；而中國人則只講一個象與其它象之間的相互關係。例如一陽一陰與一闔一闢。……我發現中國思想上自始即没有'本體'（substance）這個觀念。我們應得知道哪一個民族如果對於那一個觀念最注重，則必定造出許多字來以表示之。中國根本上就没有關於這個概念的字。所謂'體''用'（體用二字當然是見於《易·繫辭》，然用爲對待名詞則始於印度思想入來以後）與'能''所'，都是後來因翻譯佛書而創出的。可見中國自來就不注重於萬物有無本質這個問題。因爲中國人的文字是象形文字，所以中國人的思想只以爲有象以及象與象之間有相關的變化就夠了。"[55]隔年，張東蓀在"不同的邏輯與文化並論中國理學"（1939）一文中，歷經多年推敲、檢核與辯證，關於中國思想没有本體（本質的含義）而有絕對、整體的觀念的看法，終於瓜熟而蒂落。文中述及，"在三年前友人熊十力曾有信給我，反對我所主張的中國思想上無'本體'（即本質）觀念説。我當時確主張中國思想上没有主體觀念；現在我還是這樣相信。不過我並不是説中國没有'整體'觀念。整體觀念就是所謂'絕對'。至於本體在西方卻近於'本質'（ultimate stuff）。二者甚爲不同。中國不但有此種'絕對'觀念，並且是十分注重於這一方面。……後來

（接上頁）鏡子得以成像的根基、依據。關於 substratum 的拉丁語詞源，詳 "substratum." *TheFreeDictionary*. 15 Apr. 2021 <https：//www.thefreedictionary.com/>.

55　張東蓀：《思想言語與文化》，《知識與文化》，附錄三，頁 215。所謂的"象"，根據張東蓀解釋，"這個字不僅與西文'phenomenon'相當，並且與西文'symbol'相當。甚至於又有'omen'的意思。但有一點宜注意：即象的背後並没有被代表東西。象的指示只在於對於我們人類。因爲象乃是垂訓。"同前書，頁 216。substance（實體）的拉丁文 substantia，該字源自 sub-與 stāre。在哲學上，意指站立在下面，也就是現象之下的屹立不變者，作爲基礎的東西（希臘語 hypo-keimenon）。其特點在於它不寄存於另一物，而存在於其自身。見項退結編譯：《西洋哲學辭典（增訂二版）》（臺北：華香園出版社，1999 年），頁 515—517。關於 substance 一概念的哲學辯論，在西洋哲學史淵遠流長，豐富而龐雜，歷經亞里士多德（及其前）、中世紀、笛卡兒、斯賓諾莎、萊布尼茨、洛克、休謨和康德等，不一而足。參見 Robinson, Howard, "Substance", *The Stanford Encyclopedia of Philosophy* (Fall 2021 Edition), Edward N. Zalta (ed.), forthcoming URL = <https：//plato.stanford.edu/archives/fall2021/entries/substance/>.

的宋明理學完全是走向這一條路。我起一個名稱曰‘神秘的整體論’（mystic integralism）。”[56]

到了四〇年代初,張氏在根據課堂講義所編定的《知識與文化》一書中,歸結三〇年代以降的自我主張:“中國哲學後來雖不是没有‘最後的體’但卻只是指‘全體’而言,始終没有‘本質’或‘這個本質’（this subject）之觀念,因爲後者必須從言語上的主語方能出來。”[57]又言及,神秘經驗本身不可言説,但另一方面,又可聽人各説各話作任何解釋皆可,如此則神秘經驗:“只是拿了來作爲證明他事之用。換言之,即神秘經驗只能作工具。印度人以此工具來證明眞如,眞如即本體。中國人因爲始終没有本體觀念,乃只好用此工具以證‘整體’。”張東蓀更進一步談到兩者的差別:“本體是指萬物的‘底子’（substratum）,而整體是把宇宙當作‘一個’。即萬物一體之説是也。中國思想自始至終是有這樣傾向的。宋儒在一方面承受中國舊有的大統,在他方面卻又新受了印度思想的刺激。遂采取印度人的證本體而用以證整體。實則這種整體思想又是反映社會上的要求。就是在理論上必須承認我與其他一切物完全由一體而分出,同時亦即在此‘一體’以内。反之若以爲有我,而我以外都是非我。這樣便不能大其心以包括天地。這便是與萬物隔絶而不相通。故在修養上若能把自己的心以體會天下之物,則我便與天下合一。這就是分體與整體仍復合了。這種復合可以神秘經驗證之。於是使人不得不相信確有其事。迨既證以後,自然會心包萬物,我與天地合一,而遇事隨時隨地便覺得當下合理。所謂當下合理就是説自己在整體中,猶如眼睛在全身上一樣,一舉一動都是盡其應盡的職司。而與全體的‘大用流行’相諧和無間。當然是一個神秘境界。所以個人在社會上對於社會盡相當責任便有了心理上與理論上的根據。我嘗名此説爲‘神秘的整體主義’（mystic integralism）。”[58]具有堅實而穩健的中西比較哲學能力的張東蓀,主張中國哲學充其量只能説有“整體”,而没有本體可言。與此同時,我們業已看到熊十力如何一心以“見體”之姿,出於對本體爲眞的肯認,作爲乾

56　張東蓀:《不同的邏輯與文化並論中國理學》,《知識與文化》,附録四,頁 250。
57　張東蓀:《知識與文化》,第二編第一章《言語》,頁 59。
58　張東蓀:《知識與文化》,第三編第二章《中國思想的社會背景》,頁 136—137。

坤萬有基,統攝既有的知識系統,援爲己用,更視爲己出。於此,看似不可化約溝通的哲學對決中,無疑爲吾人重層地理解中國古代的精神世界,帶來相當富有張力且有意思的消息。只是,兩人對於中國哲學身分、性格的基本判斷與箇中差異,是否真的像表面所見的那樣,南轅北轍,截然有別?

四、異類睽通：體用論與神秘的整體主義

翻檢《熊十力全集》,讀者不難發現熊十力對於"泛神"之説並不陌生,乃至認可其説與本體之見之綰合。"泛神"一詞分別見於熊氏的早、晚期文獻,焦點集中、舉舉大者如：一、"知真理者'體物不遺',(《中庸》此語,獨云**真如遍爲萬法實體**。)而了無名相,故《中庸》以'無聲無臭'形容之。雖亦名天,其義特妙,無神説也。(《中庸》言鬼神曰'如在其上'云云,**如在者,無在無不在,蓋即斯比諾沙之泛神説。泛神猶無神耳。)無神,則無作者,故究形氣者,進言自然,遂贊天行之健。**";二、"所謂真如,又近泛神論。吾固知佛教徒恒推其教法高出九天之上,必不許泛神論與彼教相近。實則義解淺深及理論善巧與否,彼此當有懸殊,而**佛之真如與儒之言天、言道、言誠、言理等等者,要皆含有泛神論的意義**,謂之無相近處可乎? 須知窮理至極,當承萬物必有本體,否則生滅無常、變動不居之一一現象或一一物,豈是憑空現起!";三、"若夫吾生固有之神,即是遍爲天地萬物實體之神,此若可遮,則乾坤毀、人生滅,有是理乎? **哲學家之持泛神論者,自無儒佛致廣大、盡精微與體神居靈之勝詣,**(體神之體,謂實現諸己也。人能體神,則人即神也。居靈亦體神義,複詞也。)**而其變更宗教之神道思想,乃於萬有而皆見爲神,則亦於儒佛有可融通處。**(可者,僅可而未盡之詞。)其推度所及,亦有足多者。"[59]正如前節所述,張東蓀一開始曾由語言分析的角度,將早期的中國思想史歸之於現象論或"泛象論",而後隨其思想之逐步成熟與推移,易之爲"神秘的整體論"、"神秘的整體主義"。至於熊十力,則將真如、天、道、誠、理等見體哲學中極爲重要的關鍵概念,與泛神之説相提並論,

---

59　粗體爲筆者強調,引文分見熊十力：《示韓濬》,《心書》,蕭萐父主編：《熊十力全集》,卷1,頁6。熊十力：《摧惑顯宗記》,同前書,卷5,頁416、417。

從而認爲哲學家所謂的泛神論與神道化的儒佛二教思想，皆"於萬有而皆見爲神"，就此點而言，彼此可相互會通。職是，吾人或許可以透過對於此一共享的思想要素——泛神論的進一步解析，探索理解乃至榫接兩人定位中國哲學的身分及其思想性格的起始點，對熊十力的體用論與張東蓀的神秘的整體主義，進行現代轉譯。

　　一般而言，在西方某些德國觀念論（German Idealism）的代表人物（如費希特［J. G. Fichte，1762—1814］、謝林［F. W. J. Schelling，1775—1854］、黑格爾［G. W. F. Hegel，1770—1831］）的思考進程中，不難發現泛神論的哲學暗影。且不只哲學家，就是在某些藝術性的移情意識極端發展的詩人（例如歌德［J. W. von Goethe，1749—1832］）或十九世紀德、英的浪漫主義文學家那裏，也不難見到一種類似具有宗教意識、可在宗教家身上發現的泛神論意識。[60] 如何理解"泛神論"（Pantheism，希臘文中 pan 爲一切之意，theos 則是神的意思），向來就是此一概念的中心難題。其中，尤以歌德最佩服的荷蘭籍猶太哲學家斯賓諾莎（B. Spinoza，1632—1677），爲哲學中泛神論説之典型。

　　斯氏對於"上帝"的定義與解釋（"上帝或即絕對無限的存在，乃是一種實體，存乎無限屬性而每一無限屬性表現著上帝的永恒無限的本質性"[61]），使其成爲這兩種極端對反的雙重評價的重要代表：究竟是無神論，抑或泛神論。[62] 此一看似相悖的論點，在前引熊氏解讀《中庸》語"鬼神之爲德……體物而不可遺……洋洋乎如在其上，如在其左右"、"上天之載，無聲無臭"時也曾指明，斯氏之泛神含義，從另一面講也可以説是無神。泛神與無神兩説皆可成立，早期中國思想對於"天"的解釋與描述，也可以這麼看，從而熊氏説"無神，則無作

60　唐君毅：《哲學概論（全集校訂版）》（臺北：臺灣學生書局，1991 年），第 3 部第 10 章《泛神論》，冊下，頁 171。雖然，藝術家與宗教家的泛神意識，其間仍有細微差異。箇中差異之辨析，見唐君毅：《文化意識與道德理性（全集校訂版）》（臺北：臺灣學生書局，1986 年），頁 471—472。

61　斯賓諾莎：《倫理學》，卷 1 定義 6，轉引自傅偉勳：《西洋哲學史》（臺北：三民書局，1965 年），頁 293。

62　就中國哲學而言，泛神論所引發的困難也就在於，它"既主張絕對的道在雜多的萬物之中，因而不免會帶來'既一且多'的悖論。道既與萬物同一，因此，這種經驗也不免帶來：此經驗是唯物論或是泛神論之爭議。"楊儒賓：《導論：五行原論與原物理》，《五行原論：先秦思想的太初存有論》（臺北：聯經出版事業有限公司，2018 年），頁 39 注 32。

者,故究形氣者,進言自然,遂贊天行之健"。

在此,與其將此一"自然"視爲使神隸屬於宇宙的"泛神論"(宇宙即神論),毋寧,它們更像是另一類的泛神型態——將宇宙歸之於神的"萬有在神論"(Panentheism,即 pan[一切]+en[在内]+theos[神],一譯超泛神論)。[63] 如果一般泛神論認爲宇宙即上帝——上帝存在於萬物之中而完全以世界、萬物爲主,視宇宙爲上帝的表現形式而帶有神性,萬事萬物當中都可以找到上帝,上帝全然地消失於世界之中。那麼,此處萬有在神論則意謂上帝即宇宙——即萬有、萬物一切均在神之中,認爲神比宇宙更加偉大且囊括宇宙並與宇宙合二爲一,以神爲主,萬有是神的支流,神在個別物之中實現並顯示自己。每每在事物深處皆具有"神性",世界被當作純然是神的顯現,若轉爲中國哲學的語言,則是道在屎溺,無處非道,一切在"道"之中:每一萬有、萬物之存在皆具真實性,惟因受道的存在所孳乳。於此,對萬物而言,道既超越(transcendent),又遍在(immanent)。

換言之,如果泛神論主張神在世界中的存在,上帝和自然是一個整體,神與世界在本體上的同一性,可能産生唯物論式的無神論解讀,那麼此處使用萬有在神論,無非著意强調既超越又遍在的存有性格與意義。此一"存有"既非西方上帝,也非什麼人格神,而是非神的,但此一非神又並不等於無神。就像在中國,是"道"(而不是用具有悠久歷史的"神"一詞)表達了既超越又內在的存有,去暗示那非對象邏輯思考下的變與不變、易與不易、體與用的結合及

63　方東美曾指出 Panentheism(萬有在神論)一詞出自哈桑(C. Hartshorne)與瑞斯(William L. Reese)根據懷德海(A. N. Whitehead)著作之結論,構擬而出,相較於"泛神論"(Pantheism)的哲學舊名,更爲優勝。見方東美:《從宗教、哲學與哲學人性論看"人的疏離"——1969 年第五屆東西方哲學家會議論文》,《生生之德》(臺北:黎明文化事業公司,1979 年),頁 358 注 15。另見方東美:《方東美文集》(武漢:武漢大學出版社,2013 年),頁 199,譯者注 1。又,過去兩百年對於萬有在神論的豐富理解,主要是在回應科學思想的基督教傳統中形成;而現代的萬有在神論則是在德國觀念論如黑格爾與謝林,以及後來的懷德海的歷程哲學(process philosophy),乃至當前科學的影響下,發展起來的。其内容涉及相當專技的哲學術語及含義,關於萬有在神論的基本内容、發展歷史、當代的表述方式及上帝與世界關係的本體論性質等,參見 Culp, John, "Panentheism", *The Stanford Encyclopedia of Philosophy* (Fall 2020 Edition), Edward N. Zalta (ed.), URL = <https://plato.stanford.edu/archives/fall2020/entries/panentheism/>.

相互關聯（體在用中，用在體中，即用即體，即體即用）的一切發展，與其自因的内在性。正是在這一點上，所以當熊十力最早在教示韓潚時説“雖亦名天，其義特妙，無神説也。”又説，“如在者，無在無不在，蓋斯比諾沙之泛神説。泛神猶無神耳。”熊氏的意思絶不是《中庸》盛讚《詩經》裏頭以無聲無臭形容“上天之載”的道、描摹真理的體物不遺與遍在，完全是唯物之意。熊氏所謂“無神”，與其説是神並不存在的唯物意涵，毋寧是對非神之“道”那既超越又内在的指謂。從而被熊十力用來作爲萬物的最終依據或解釋的“泛神論”意義的“自然”，便存在著另一種向度的解釋：熊氏哲學思想中關注天地宇宙中最基本的存在——某個不能從邏輯上予以否定的、近乎絶對無限的存在。[64]

　　結言之，此一具有千差萬别各式屬性的無限存在（或言“氣”，萬物皆在“氣”中），熊十力以體用論明之，張東蓀原作現象論或泛象論，而後添加超越性格，改以神秘的整體論、神秘的整體主義稱之。無論如何，它們或許皆可以“本體宇宙論”統稱之。[65] 中國早期思想的本體宇宙論與一般宇宙論的異同就在於，此二者“都牽涉到宇宙生成的氣化歷程，都有自然哲學的藴含。差别在本體宇宙論另預設了超越的因素之理體，宇宙論則除了氣化的總體外，

64　無獨有偶，熊氏高弟唐君毅在青年時期發表的文章中，也曾提到《中庸》、《易傳》所洋溢的泛神思想。見唐君毅：《孔子與歌德》，《中西哲學思想之比較論文集（全集校訂版）》（臺北：臺灣學生書局，1988 年），附錄，頁 459。唐君毅：《中國宗教之特質》，同前書，頁 247。又及，唐君毅：《中國文化之精神價值（修訂本）》（臺北：正中書局，1979 年），頁 112—113。

65　值得一提的是，方東美曾有意識的以萬有在神論貞定中國哲學早期的宗教思想。方氏指出，泛神論（實即萬有在神論）不同於完全超越於世界之上的自然神論，也不同於限定在一具人格位階的有神論，它“肯定神明普遍照臨世界，肯定聖靈寓居人心深處。”、“神明的本質雖然遠超一切經驗界的限度但仍能以其既超越又内在的價值統會，包通萬有扶持衆類，深透人與世界的化育之中。”又言及，“中國古代宗教的特點爲一種無二元對立、在永恒的潛在者和變易的自然界與人類存在之間無斷裂的萬物有靈論。神之道與自然和人之道密切相連。神、自然和人在一種整個宇宙一體生命的有機哲學中内在地聯繫在一起。一切都沉浸在愉悦與旺盛的宇宙生命力之中，所有的個體存在都毫無障礙地與作爲最初開端和永恒生命之無窮源頭的神聖存在相遇合。”引文分見方東美：《從宗教、哲學與哲學人性論看“人的疏離”——1969 年第五屆東西方哲學家會議論文》，《生生之德》，頁 329、336。方東美著，孫智燊譯：《中國哲學精神及其發展》（北京：中華書局，2012 年），頁 54—55。

再無剩義。"[66]惟熊十力更突出本體的依據而强調："須知窮理至極，當承萬物必有本體，否則生滅無常、變動不居之一一現象或一一物，豈是憑空現起！"雖然，"承萬物必有本體"中的萬物與本體的連帶關係，又絕非普遍因果性原理與生成邏輯。

　　閱讀熊十力著作不難發現，作者時常以起滅不住的衆漚喻現象，以淵深渟蓄的大海水喻本體（或以繩喻現象，以麻喻本體），闡發體用不二、"體與用本不二而究有分，雖分而仍不二"之真諦。[67]　雖然，它們卻都只是譬喻，目的不外乎"在本體論上是要遣除一切法相"。[68]　尤有甚者，熊氏曾謂使用譬喻表達的目的及其原理："《新論》中談體用，輒以麻與繩或水與冰喻，此正對治用外覓體之病。至理，言説不及，强以喻顯。因明有言，凡喻只取少分相似，不可求其與所喻之理全肖。吾書中亦屢加注明。吾子不察，乃謂吾以因果言體用，亦怪事也。"[69]在此，便產生一個容易習爲不察的盲點：體用關係是否爲因果邏輯（causality）？　一般所謂因果關係或因果性，係指"在自然現象當中發生的前件（precedent）對於後件（consequent）的產生與變化而有的一種必然決定的關係。"[70]或云"凡直接表示一事與另一事之關係而建立之普遍原則，則爲因果關係。……在因果關係中，通常或以時間上在先者爲因，在後者爲果。或以倚賴而變者爲果，被倚賴而變者爲因。或以決定者爲因，被決定者爲果。在寬泛義上，此皆爲可説者。"[71]那麼體用邏輯是否與因果原理一致呢？熊氏曾批評將體用論誤認爲一般的因果邏輯："從來哲學家談本體者，都於'體'字不求正解，而

66　楊儒賓：《悟與理學的動静難題》，《國文學報》第 52 期（2012 年 12 月），頁 5 注 6。對於中國傳統視宇宙爲普遍生命流行的境界，方東美則將此一世界觀稱爲"萬物有生論"。方東美：《中國人生哲學概要》，《中國人生哲學》（臺北：黎明文化事業公司，1979 年），頁 16—19。

67　熊十力：《卷中後記》，《新唯識論》，蕭萐父主編：《熊十力全集》，卷 3，頁 277。

68　熊十力：《新唯識論（刪定本）》，第三章《唯識下》，蕭萐父主編：《熊十力全集》，卷 6，頁 66。

69　熊十力：《答梅居士》，《十力論學語輯略》，蕭萐父主編：《熊十力全集》，卷 3，頁 332—333。

70　沈清松：《實在及其原理——形上學的幾個基本問題》，載沈清松主編：《哲學概論》，頁 178。

71　唐君毅：《哲學概論（全集校訂版）》，册上，頁 460。

與原因意義相混。須知言因，則以彼爲此因；言體，則斥指此物之體，無所謂彼也。故體非原因之謂，即是現象之本體，固非立於現象背後，而爲其原因也。自來談本體者，多與原因意義混淆，此實足使人迷惑也。"[72]換言之，有別於一般形上因果原理，熊十力所謂體用之"體"，作爲與現象不即不離的本體與重要的認識原理之一，並不作原因的意義解釋：它不是某種被仰賴的且獨立於現象之外的實存者，不是作爲諸多可有可無的現象的助力或被依賴者，甚至使得現象的活動得以産生乃至啟動而開始存在的動力因。對此，日本當代漢學界研究新儒家思想的先驅島田虔次，曾提示過體用概念與因果概念之別："所謂體用論理是什麼呢？所謂體用，總之是相對'因果'而言的。假如借用《大乘起信論》的譬如，相對因果關係是風同波的關係，而所謂體用關係可以説是水同波的關係。……在因果概念裏説的是所謂因果別體，因同果是互相分開的，可是在體用概念裏經常説'體用一致'、'體即用，用即體'，這一點是它的特徵。"[73]細思"風–波"與"水–波"兩喻之差異，的確可把握因果的從屬邏輯與體不離用、即體即用的體用關係之別。比島田氏更早，而與熊十力差不多同時代的李長之（1910—1978），於抗日戰爭期間所編著的《西洋哲學史》一書中，在指認斯賓諾莎的思想具有泛神論内涵時，同樣也曾分辨一般因果之因與泛神之因的差異。[74]總之，以見體爲起點，在所謂"體／用"（或"道／器"）的陳述中，體、道等

---

[72] 熊十力：《與張君》，《十力論學語輯略》，蕭萐父主編：《熊十力全集》，卷 2，頁 228—229。翻檢《熊十力全集》，作者曾明確地辨析體用邏輯不同於因果邏輯者，約略出現過兩次。除了此處外，另一次則出現在《十力語要·卷一》。不過由於《十力語要·卷一》係來以 1935 年北京出版社出版的《十力論學語輯略》爲基礎，略加修改並增補四〇年代初期若干書札而成，故内容與前引《與張君》相當。嚴格説，熊十力對於體用與因果邏輯的甄別與釐清，僅此一次。

[73] 島田虔次著，蔣國保譯：《朱子學與陽明學》（西安：陝西師範大學出版社，1986 年），頁 2—3。

[74] "斯賓耨薩亦稱神爲宇宙之因，但其所謂'因'有特殊意義，原來這是像蘋果爲其紅之因牛乳爲其白之因然，而非如父爲子之因，日爲光之因然。後者之因皆外在的，斯賓耨薩所謂之因則爲内在的（immanent cause）。神爲宇宙之因者，並非謂神一度創造之、推動之，即不再聞問，乃謂爲萬物之永恒的底層、爲宇宙之最内在的質料。神與宇宙可謂同指一物，這就是自然（Nature），自然視爲萬物之源，可；視爲萬物之效能之總彙，亦可。斯賓耨薩非'無宇宙論者'（acosmist），亦非無神論者，卻是一個在嚴格意義之下的泛神論者，或'宇宙神論者'（cosmotheist），並非宇宙萬物之外別有神，宇宙就是神，神就是宇宙萬物。令人不禁想起大詩人歌德了！"李長之：《西洋哲學史》（天津：天津人民出版社，2016 年），頁 109。

不易的如實存有，並非器、用或任何現象事物在其開展目的、邁向終結的過程，所憑藉而得以實現、發生或轉化的本質或根據。因爲若是如此，則體用關係便與一般形上因果原理無異（仍以體爲因，用爲果），但體用不二原理並不相當於因果邏輯法則，它並非如"以發電機爲工具之體，以電能的作用爲用"[75]一般所得出的機械的因果關聯，[76]而是如"大海／衆漚"或"麻／繩"之喻所示——體用分觀，同時攝體歸用、即用識體。而在作爲"絕對"（並非"本質"之意）的"神秘的整體主義"裏頭，張東蓀所強調的"整體觀念"也不是自然現象中，前因對後果的出現及變化具有怎樣的決定性的關係（亦即因果邏輯），而強調"相關變化"、相涵關係。換言之，重點不在本質或唯一起點存在與否，而是如何透過推知事物彼此的相互關係，捕捉宇宙的秘密。

　　誠然，嚴分宗教與"哲學"的熊十力，必然不能同意體用論完全等同於泛神論（故而熊氏説"哲學家之持泛神論者，自無儒佛致廣大、盡精微與體神居靈之勝詣"），但若以一種非本質主義的方式，把握彼此"家族相似"般的聯繫，[77]仍可説泛神論與體用論有其親緣性，相信熊十力並不反對。因爲在中國哲學的原始文獻中，雖無泛神之名，但也正如熊氏所言："其變更宗教之神道思想，乃於萬有而皆見爲神，則亦於儒佛有可融通處"。實際上，的確不難發現關於宇

75　以發電機爲體，産生的電能爲用，係吳汝鈞批評熊十力的體用關係時常援用的類比，認爲熊氏"讓體用淪於機械化的關係（mechanical relationship）"，見吳汝鈞：《新哲學概論：通俗性與當代性》（臺北：臺灣學生書局，2016），頁 42。吳汝鈞批評熊氏的體用論過於"機械化（mechanical）"，散見其《純粹力動現象學》（臺北：臺灣商務印書館，2005 年），頁 18、33、35、38、84。機電之喻，見吳汝鈞：《純粹力動現象學六講》（臺北：臺灣學生書局，2008年），頁 11—12。

76　關於熊氏對"體用不二"撮要舉凡的説明，見熊十力：《答某君》，《十力語要》，卷 1，蕭萐父主編：《熊十力全集》，卷 4，"附記"，頁 75—78。《新唯識論》精華的濃縮提煉，又及《略談〈新論〉要旨（答牟宗三）》，《十力語要初續》，載前引書，卷 5，頁 12—15；《新唯識論（刪定本）・第六章功能下》，載前引書，卷 6，頁 135—166（尤其頁 148—152）。

77　"家族相似"（Familienähnlichkeiten／family resemblance）一詞，借自維特根斯坦（1889—1951）對於語言意義的分析。意指彼此雖有不同但仍具有相似之處的特徵，猶如家庭成員間由於親緣關係而具有一系列共同點，乃至重疊、交叉的聯繫。見維特根斯坦（L. Wittgenstein）：《哲學研究》，收入涂紀亮主編，陳啓偉譯：《維特根斯坦全集》（石家莊：河北教育出版社，2002 年），卷 8，頁 45—47、52。

宙創生的敘述與泛神思維之實，在中國有其淵遠流長的論述傳統。[78] 對此，島田氏曾指出，體用概念所以容易與中國式的潛在的思維傾向融合爲一，原因可能在於中國泛神論式的思想留存，提供了體用思維的理論擴散以推波助瀾的效果與豐腴的生長條件。某個意義下，佛教可以被視作屬於理論性的泛神論，如佛性説、佛身説等，它在中國被以泛神論般的展開，但屬於泛神論的精神作用，與此相應的，則有道家式的造化的泛神論。結言之，佇立在體用相即的論理邏輯背後的是泛神論的立場；至於其論理之歸結，則是一種持續、循環的邏輯傾向。[79]

五、小　結

體用之思作爲一種長久存在於中國，具久遠歷史的廣泛思想運動（或説“方法”[80]），自魏晉時代始，歷經宋明的高峰成就，尤其經朱子與王船山之手，益發燦爛奪目。若將體用顯正之理，往前推得更遠，探詢中國思想所以能夠與源自印度的體用論思維接軌，其底層的文化土壤究竟蘊含怎樣的思維前身與觸媒得以起催化作用，是怎樣的思維與精神上遊，使得體用論理一經出現，便能無違和感的在觸及中土之初，隨即嫁接起來。可以發現，此一文化上游不是別的，正是在中國充滿歷史重力（並曾蟄伏於各主要文明）的萬有在神論。熊

78　如論者指出“《管子·内業》的‘精’，《老子》一書的‘道’，《易經》書中的‘乾元’，可視爲‘神’的一炁化三清。”其中，“‘精’具有美滿的本質之涵義，‘乾元’是以六十四卦之首的‘乾’加上始源或本質義的‘元’組合而成，‘道’則具有貫穿萬物使之溝通的意象。”甚至，“如果不以辭害義的話，上述的話語可以説是‘泛神論’的語言，這裏説的‘神’是《易經》‘妙萬物而爲言’的那個古義之‘神’，而不是一神論的‘神’。‘妙萬物’意指使萬物神妙，這個叙述很粗淺，《易經》並没有立下太嚴格的定義。但可以推論：在原初的經驗上，萬物存在，萬物有生命，萬物能活動云云，這些現象即是奧祕，都是‘妙’，但其妙的依據卻不好解，它不是‘問題’，此所以爲‘神’。‘妙萬物之神’很可能提供了物的創生、維持、活動諸義，‘神’與‘物’同在，此之謂‘泛神’。”楊儒賓：《導論：五行原論與原物理》，《五行原論：先秦思想的太初存有論》，頁 37。

79　島田虔次著，蔣國保譯：《朱子學與陽明學》，頁 1—9。

80　如錢鍾書稱“體用相待之諦，思辯所需”。見氏著：《管錐編（二版）》（北京：生活·讀書·新知三聯書店，2007 年），冊 1，頁 15。

十力的本體論（或言體用論）與萬有在神論，兩者既有共同之軌轍，亦有特殊之蛻變。

　　作爲中國傳統文化深沉的源流低音，泛神論通過張東蓀的哲學之門，受現代哲學的血氣挹注，有了華麗轉身——神秘的整體論。由比較出發，最終超越比較，張氏繞經遠方（深悉西方思想）而回心中國，極力探索並充分展現本土裏極具高度辨識性的思維傾向與文化價值。在"中國思想之特徵"長文，張氏嘗結語道："總之，我們了解中國思想之特性必須深悉西方思想，用以比較。但同時又必把西方思想拋開，方能窺見中國思想之特別的地方。否則爲西方思想所迷。而强加以西方思想上的各種範疇嵌在中國思想上，必致反而失之。"[81] 從而主張中國哲學雖不是没有終極之體，但此"體"應指全體、整體而言，而非（如同西洋哲學本體與現象二分下）具本質觀念的"本體"。

　　相對於此，體用論經熊十力之手，變本加厲，踵事增華。其本體論不僅突顯了傳統儒學成人之教的主體與主題，也更新踐履晚周儒哲性天之教的訓誨，挪用並反身指導當代"哲學"。一如前述，余英時將新儒家第一、二代（主要對象是熊、牟二氏）以"體證本體"、"天道性命貫通"作爲學問的究極判斷，稱其是"良知的傲慢"。但也正如余氏所言，熊十力之"狂"有其來自古典中國的内在傳統資源（可上溯至象山、陽明），則陸象山、王陽明莫非也是"良知的傲慢"？熊十力對於向來以龐大知識論著稱的印度佛教文明並非一無所知，與其説熊氏因受當時代起自西方的實證—科學主義思潮的衝擊所影響（而對認知的傲慢進行反模仿），毋寧説，是在熊氏深究《大易》體用思想之根柢與佛學的守備範圍内，對"量論"（pramāna-wastra）[82] 的現代替身—科學，進行價值重估；重新盤點傳統資源，以調整時代的思想步伐，試圖在文化斡旋之際，科學主義喧囂乃至覆蓋時代耳目的風潮中，從東方的歷史傳統出發，恢復並刷新固有的"本體"價值。就像在佛家眼裏憑恃"分別智"無法證會"真如"一樣，民國新儒家面對科學主義盤據一般的社會認知與知識要求的氛圍，轉而强調由修養工夫、體

81　張東蓀：《中國思想之特徵》，《知識與文化》，頁 142。
82　意指關於獲得正確知識的方法學問，内中包含探索知識的起源、種類、性質及其相互之關係等的知識論，與研究論證之形式、過程等的論理學。

證而來的本體的價值與重要性，毋寧是起心學於地下，再一次的力挽狂瀾——老婆心切地對於傳統文化本身的合理性遺產念茲在茲，從而寓開新於復古地勸勉當時代的治學偏至與公共倒退，重審傳統的合理性内涵。

　　至於對體證的強調，是否必然引發與認知的要求及發展相抵觸的後果？至少，熊氏屢次申明，自己並不"反知"。[83]　毋寧如熊氏對弟子謝子厚所言："致知之極，以反求默識爲歸"。在熊十力，"哲學"有其自身的道路，它並没有遷就什麼關於知識的認識論、關於實體的本體論或關於宇宙構造的宇宙論上的要求，從而將自身置入特定的概念性尺度下，以便在學科體系中尋求定位；所謂"哲學"，至此不再僅僅是一般人所理解的哲學，更是自身悟解的成果與終極典範。自上個世紀寫就"錢穆與新儒家"二十年過去，余氏在新世紀接受專訪時，對於新儒家的評價與態度，一如故往，惟或不得已而勉强擠出一言："熊是特立獨行之士，他的價值在己出。"[84]無論如何，如果不嫌荒誕不經與不倫不類，則套用法國哲學家卡繆（A. Camus, 1913—1960）的話説：對熊十力而言，真正嚴肅的哲學問題只有一個，那就是本體；見體證會以把握體用不二，等於回答"哲學"的根本問題（甚至是所有問題）。

　　爲了究明本體論（體用論）的哲學意義，或可將之與同一（理論或文化）系統内部的其他要素對比，以進一步地加以把握；而要詳知確證熊十力體用論的特殊相及其性質爲何，與其互相比較的人選，若能是同文同種並且能夠共享統一的話語類型的思想家，或可避免錯認其特性，成爲非驢非馬，隨意牽合的混沌之物。就這一點而言，張東蓀無疑是很好的對手。本文藉由回顧 1935—1936 年，熊十力與張東蓀針對中西哲學與宋明理學的性質問題的討論，指認熊十力的特殊的"哲學"意味，及其與張東蓀所代表西方哲學的規範性意義的平行差異。其次，透過兩人的魚雁往返，在釐清西洋哲學、印度佛學的中國哲學三大文明傳統的性質、發展差異之餘，聚焦中國文化内部兩種古典世界觀（觀看

83　見熊十力：《答東蓀先生書》，《宇宙旬刊》，頁 12—14。在日後與林宰平論學時，熊十力也曾重申：玄學（形上學）求證本體之極致，是超理智（不可以理智推度）而歸證會的，但這並不意味著就是反理智。見熊十力：《與林宰平》，蕭萐父主編：《熊十力全集》，卷 5，頁 192。

84　陳致訪談：《余英時訪談録》（北京：中華書局，2012 年），頁 197。

中國與解釋中國的一般性觀點），突顯熊、張二氏各自持守並爲其辯護的本體論（體用論）與神秘的整體論之哲學判斷與基源立場。藉由橫攝對決，觀其異類旁通與合理性。不只究明體用論與神秘的整體主義兩者間的已知要素，尤其探索彼此不變的結構聯繫與共通特質，呈現特定時期中國哲學家對於傳統文化的把握與判斷。從這兩位承接晚清時代變局的中國哲學工作者的思考圖景與對話線索中，讀者不難發現，他們對於自身所掌握的自身文化傳統的根本認知與基本哲學立場，雖同中有異，卻不必然矛盾扞格。

（作者：臺灣清華大學哲學研究所 博士後）

引 用 書 目

一、中文

（一）專書

方東美：《方東美文集》。武漢：武漢大學出版社，2013 年。

方東美著，孫智燊譯：《中國哲學精神及其發展》。北京：中華書局，2012 年。

吳汝鈞：《純粹力動現象學》。臺北：臺灣商務印書館，2005 年。

吳汝鈞：《純粹力動現象學六講》。臺北：臺灣學生書局，2008 年。

吳汝鈞：《新哲學概論：通俗性與當代性》。臺北：臺灣學生書局，2016 年。

李長之：《西洋哲學史》。天津：天津人民出版社，2016 年。

林安梧：《存有・意識與實踐：熊十力體用哲學之詮釋與重建》。臺北：東大圖書股份有限公司，1993 年。

唐君毅：《中國哲學原論・原道篇（全集校訂版）》。臺北：臺灣學生書局，1986 年。

唐君毅：《中國文化之精神價值（修訂本）》。臺北：正中書局，1979 年。

唐君毅：《文化意識與道德理性（全集校訂版）》。臺北：臺灣學生書局，1986 年。

唐君毅：《哲學概論（全集校訂版）》。臺北：臺灣學生書局，1991 年。

島田虔次著，廖肇亨譯注：《佛教與儒教：中國思想形成之根本（二版）》。臺北：聯經出版事業有限公司，2017 年。

島田虔次著，蔣國保譯：《朱子學與陽明學》。西安：陝西師範大學出版社，1986 年。

項退結編譯：《西洋哲學辭典（增訂二版）》。臺北：華香園出版社，1999 年。

張東蓀：《知識與文化》。長沙：岳麓書社，2011 年。

張東蓀：《哲學 ABC》。上海：世界書局，1928 年。

郭齊勇：《天地間一個讀書人——熊十力傳》。臺北：業強出版社，1994 年。

郭齊勇：《熊十力及其哲學》。北京：中國展望出版社，1985 年。

郭齊勇：《熊十力思想研究：新儒学》。天津：天津人民出版社，1993 年。

郭齊勇：《熊十力哲學研究》。北京：人民出版社，2011 年。

郭齊勇：《熊十力傳論》。北京：中國社會科學出版社，2013 年。

陳致訪談：《余英時訪談録》。北京：中華書局，2012 年。

陳榮捷：《宋明理學之概念與歷史》。臺北："中研院"中國文哲研究所籌備處，1996 年。

傅偉勳：《西洋哲學史》。臺北：三民書局，1965 年。

楊儒賓：《五行原論：先秦思想的太初存有論》。臺北：聯經出版事業有限公司，2018 年。

熊十力：《新唯識論（語體文本）》。重慶：商務印書館，1944 年。

維特根斯坦（L. Wittgenstein）：《哲學研究》，涂紀亮主編，陳啓偉譯：《維特根斯坦全集》，卷 8。
　　石家莊：河北教育出版社，2002 年。

蕭萐父主編：《熊十力全集》，卷 1—6、附卷（上冊）。武漢：湖北教育出版社，2001 年。

錢穆：《師友雜憶》，《錢賓四先生全集》，冊 51。臺北：聯經出版事業有限公司，1998 年。

錢鍾書：《管錐編（二版）》，冊 1。北京：生活・讀書・新知三聯書店，2007 年。

（二）論文

中島隆博著，森川裕貫、李曉紅譯，喬志航校：《新儒家與佛教——梁漱溟、熊十力、牟宗三》，
　　《解構與重建—中國哲學的可能性》。東京：東京大學哲學中心，2010 年，頁 63—87。

方東美：《中國人生哲學概要》，《中國人生哲學》。臺北：黎明文化事業公司，1979 年，頁
　　3—74。

方東美：《從宗教、哲學與哲學人性論看"人的疏離"——1969 年第五屆東西方哲學家會議論
　　文》，《生生之德》。臺北：黎明文化，1979 年，頁 321—365。

王新命等：《中國本位的文化建設宣言》，《文化建設》第 1 卷第 4 期（1935 年），頁 1—5。

牟宗三：《一年來之哲學界並論本刊》，《牟宗三先生全集：早期文集（上）》。臺北：聯經出版
　　事業有限公司，2003 年，冊 25，頁 533—546。

余英時：《中國思想史上的智識論和反智論》，何俊編，程嫩生等譯：《人文與理性的中國》。上
　　海：上海古籍出版社，2007 年，頁 132—139。

余英時：《反智論與中國政治傳統——論儒、道、法三家政治思想的分野與彙流》，《歷史與思
　　想》。臺北：聯經出版事業有限公司，1976 年，頁 1—46。

余英時：《錢穆與新儒家》，《猶記風吹水上鱗：錢穆與現代中國學術》。臺北：三民書局，1991
　　年，頁 31—98。

吳震：《作爲哲學方法論的"本來性—現實性"——就荒木見悟〈佛教與儒教〉而談》，《中國哲
　　學史》2020 年第 1 期，頁 86—95。

吾妻重二：《民國時期中國的"哲學"與"玄學"——以熊十力爲中心》，馮天瑜主編：《人文論
　　叢：2006 年卷》。武漢：武漢大學出版社，2007 年，頁 96—105。

沈清松：《實在及其原理——形上學的幾個基本問題》，沈清松主編：《哲學概論》。貴陽：貴

州人民出版社，2004 年，頁 177—202。

林月惠：《一本與一體：儒家一體觀的意涵及其現代意義》，《詮釋與工夫：宋明理學的超越蘄
　　向與内在辯證》。臺北："中研院"中國文哲研究所，2008 年，頁 1—31。

哈米頓（C.H. Hamilton）著，陳文華譯：《熊十力哲學述要》，《中華雜誌》第 7 卷第 10 期（1969
　　年 10 月），頁 33。

唐君毅：《中國宗教之特質》，《中西哲學思想之比較論文集（全集校訂版）》。臺北：臺灣學生
　　書局，1988 年，頁 241—254。

唐君毅：《孔子與歌德》，《中西哲學思想之比較論文集（全集校訂版）》。臺北：臺灣學生書
　　局，1988 年，附録，頁 448—461。

島田虔次著，鄧紅譯：《論"體用"的歷史》，《中國思想史研究》。上海：上海古籍出版社，2009
　　年，頁 219—232。

秦平：《近 20 年熊十力哲學研究綜述》，《哲學動態》2004 年 12 期，頁 26—29。

荒木見悟著，張文朝譯，《我的學問觀（附録：著作目録及年譜）》，《中國文哲研究通訊》第 3 卷
　　第 1 期（1993 年 3 月），頁 35—48。

張汝倫：《中國現代哲學史上的張東蓀》，《現代中國思想研究》。上海：上海人民出版社，2001
　　年，頁 481—501。

張岱年：《中國古典哲學中若干基本概念的起源與演變》，《哲學研究》1957 年第 2 期，頁
　　54—70。

張東蓀：《與熊十力論中西哲學合作問題》，《宇宙旬刊》第 3 卷第 4 期（1935 年），頁 9—10。

張東蓀：《不同的邏輯與文化並論中國理學》，《知識與文化》。長沙：岳麓書社，2011 年，附録
　　四，頁 231—262。

張東蓀：《思想言語與文化》，《知識與文化》。長沙：岳麓書社，2011 年，附録三，頁 199—230。

張東蓀：《從中國言語構造上看中國哲學》，《知識與文化》。長沙：岳麓書社，2011 年，附録
　　二，頁 182—198。

張耀南：《張東蓀的"知識學"與"新子學時代"》，張東蓀：《認識論》（北京：商務印書館，2011
　　年），頁 141—179。

郭齊勇：《數十年間海内外熊學研究動態綜述》，《熊十力及其哲學》。北京：中國展望出版社，
　　1985 年，附録一，頁 118—145。

景海峰：《近年來國内熊十力哲學研究綜述》，深圳大學國學研究所主編：《中國文化與中國哲
　　學》。北京：東方出版社，1986 年，頁 385—397。

黃文宏：《西田幾多郎與熊十力》，《清華學報》新 37 卷第 2 期（2007 年 12 月），頁 403—430。

楊儒賓：《悟與理學的動静難題》，《國文學報》第 52 期（2012 年 12 月），頁 1—32。

楊儒賓：《開出説？銜接説？》，《思想》第 29 期（2015 年 10 月），頁 305—314。

楊儒賓：《從體用論到相偶論》，《異議的意義——近世東亞的反理學思潮》。臺北：臺灣大學
　　出版中心，2012 年，頁 37—83。

葉其忠：《西化哲學家張東蓀及其折衷論論證析義》，《"中研院"近代史研究所集刊》第 69 期
　　（2010 年 9 月），頁 79—125。

熊十力、張東蓀：《關於宋明理學之性質》，《文哲月刊》第 1 卷第 6 期（1936 年 3 月），頁 1—7。

熊十力：《再與東蓀先生論哲學書》，《宇宙旬刊》第 3 卷第 5 期（1935 年），頁 17—18。

熊十力：《答東蓀先生書》，《宇宙旬刊》第 3 卷第 4 期（1935 年），頁 10—14。

熊十力：《論玄學方法》，《思想與時代》第 16 期（1942 年），頁 1—4。

熊十力：《論玄學方法》，謝幼偉編著：《現代哲學名著述評》。臺北：新天地書局，1974 年，頁
　　267—274。

蔡岳璋：《漢字思維的哲學思考—張東蓀的方法論反思》，《文與哲》第 37 期（2020 年 12 月），
　　頁 193—228。

蔡振豐：《中國哲學中的體用義》，《杭州師範大學學報（社會科學版）》2017 年第 5 期，頁
　　36—45。

賴賢宗：《熊十力的體用論的基本結構與平章儒佛——熊十力的體用論之"體用不二而有分，
　　分而不二"與平章儒佛》，《鵝湖月刊》第 286 期（1999 年 4 月），頁 14—31。

賴錫三：《熊十力體用哲學的存有論詮釋——略論熊十力與牟宗三的哲學系統相之同異》，
　　《國立中正大學中文學術年刊》2003 年第 5 期，頁 81—120。

謝幼偉：《答熊先生論玄學方法》，《思想與時代》第 17 期（1942 年），頁 50。

謝幼偉：《熊著新唯識論（書評）》，《思想與時代》第 13 期（1942 年），頁 43—49。

龔鵬程：《傳統與反傳統——論晚清到五四的文化變遷》，《近代思想史散論》。臺北：東大圖
　　書股份有限公司，1991 年，頁 15—59。

二、日文

吾妻重二：《民国期中国における"哲学"と"玄学"——熊十力哲学の射程》，《中国：社会と
　　文化》19 號（2004 年 6 月），頁 232—238。

坂元ひろ子：《熊十力"新唯識論"哲学の形成——20 世紀前半の中国哲学思想世界を通し
　　て》，《東洋文化研究所紀要》總 104 號（1987 年 11 月），頁 87—174。

島田虔次：《体用の歴史に寄せて》，《仏教史學論集——塚本博士頌寿記念》。京都：塚本博

士頌寿記念会,1961 年,頁 416—430。

楠本正繼:《全体大用の思想》,《日本中国学会会報》1952 年第 4 輯,頁 76—96。

三、英文

"Ontology." *Britannica Academic*, Encyclopædia Britannica, 25 Nov. 2009. https://reurl.cc/ bz06EE. Accessed 14 May. 2021.

"substratum." *TheFreeDictionary.* 15 Apr. 2021 <https://www.thefreedictionary.com/>.

"Xiong Shili." *Britannica Academic*, Encyclopædia Britannica, 21 Nov. 2008. https://reurl.cc/ zbxyq0. Accessed 14 May. 2021.

Culp, John, "Panentheism", *The Stanford Encyclopedia of Philosophy* (Fall 2020 Edition), Edward N. Zalta (ed.), URL = <https://plato.stanford.edu/archives/fall2020/entries/ panentheism/>.

Robinson, Howard, "Substance", *The Stanford Encyclopedia of Philosophy* (Fall 2021 Edition), Edward N. Zalta (ed.), forthcoming URL = <https://plato.stanford.edu/archives/fall2021/ entries/substance/>.

Thinking "Substance" in China:
A Dialogue between Xiong Shili and
Chang Tung-sun as a Clue

Tsai, Yueh-chang

(Postdoctoral Fellow, Graduate Institute of Philosophy, National Tsing Hua University)

Abstract

In the 1930s, the Chinese philosopher Chang Tung-sun (1886 – 1973), in discussing whether China pays attention to the issue of whether there is ultimately substance in all things, pointed out that the concept of "substance" had never existed in China since the beginning. Such a phenomenon is reflected in the archaic Chinese language, which includes no such word representing this notion. This statement sharply contrasts with Xiong Shili's (1885 – 1968) emphasis on "Substance-function Theory" (*tiyong lun* 體用論) advocated in the same era. This essay takes these two eminent figures of the late Qing Dynasty and modern Chinese philosophy as its subject of investigation. Through the correspondence between Xiong Shili and Chang Tung-sun and the discrepancy between their respective philosophical judgments, it attempts to uncover the rich cultural understanding, comprehension, and imagination that traditional worldviews have stirred up in modern times, and to further explain the legitimate limits and proper bases of ontological discourses.

Keywords: Xiong Shili, Chang Tung-sun, Substance-function Theory, Mystic integralism, Panentheism

書評

書名：《中國古代文獻文化史》叢書

主編：程章燦

出版：南京大學出版社

出版日期：2021—2023 年

　　由程章燦教授主編的十卷本《中國古代文獻文化史》叢書陸續出版，共計十卷，第一卷趙益著《中國古代文獻：歷史、社會與文化》，第二卷徐興無著《早期經典的形成與文化自覺》，第三卷于溯著《中古時期的歷史文獻與知識傳播》，第四卷鞏本棟著《宋代文獻編纂與文化變革》，第五卷俞士玲著《明代書籍生產與文化生活》，第六卷徐雁平著《清代的書籍流轉與社會文化》，第七卷張宗友著《治亂交替中的文獻傳承》，第八卷程章燦著《作爲物質文化的石刻文獻》，第九卷金程宇著《漢籍東傳與東亞漢文化圈》，第十卷程章燦、許勇編《中國古代文獻文化史史料輯要》。叢書以文獻切入文化史，志在建構一種新的“文獻文化史”研究視野與方法，是當前中國書籍史研究的一次突破。該方法一方面繼承傳統文獻學立足文本考證的長處，尋求從文本到文化的超越；另一方面重視書籍史研究的本土化，呼籲從自身特點出發，以“文獻”突破“書籍”的限制。

　　在中國文明進程中，文獻是一種特殊的存在，對於文化延續起著至關重要的作用。古人對此早有察覺，《論語》載孔子言曰：“夏禮，吾能言之，杞不足徵也；殷禮，吾能言之，宋不足徵也。文獻不足故也，足則吾能徵之。”漢鄭玄注：“獻，猶賢也。我不以禮成之者，以此二國之君文章賢才不足故也。”宋朱熹《論語集注》解爲：“文，典籍也。獻，賢也。”可見孔子以來，學者均意識到文化傳承主要由典籍與人兩部分構成。人的代際傳承具有流動性，最終仍要依靠物質性的典籍留存下來。承載了文化體生命印跡的文獻是物質文化與精神文化的結合，人的思想與精神切片存於典籍，典籍以其物質性將流動在時間中的文化烙印於空間中。因此，文獻本身構成一種重要的文化現象，考察一種文獻特質，可以進而窺知其背後的時代知識與技術、社會與文化;比較各文化體文獻形式、内容及其所衍生的制度差異,可以釐清文化體的自身文化特質何在,探尋自身傳統特色。中國文化與古典文獻始終纏繞在一起,通過古典文獻考察中國文化,以文化視角關照文獻,可以同時揭示二者被遮蔽的面向。

　　中國古典文獻產生時代甚早,出土實物可證至晚在殷商時期即有甲骨金石契刻,同時及稍後又盛行簡帛書寫與造紙雕版;這些文獻數量極夥而類型豐富,除典籍外,還有諸如律令文書、契約賬册、金石契刻、書畫卷軸等。不僅文字書寫傳統源遠流長,由此展開的一系列文獻生產、閱讀活動和奠基其上的歷史文化制度亦蔚爲大觀,歷史悠久的官方藏書機構、史官記事傳統、文書行政系統、科舉制度即是明證。豐厚的文獻傳統孕育出成熟的古典文獻學體系,包括了校勘學、典藏學、版本學、目録學等分支,通過對文獻文本内容、物質形態、收藏傳播、分類接受等過程考鏡源流,提供了寶貴的學術傳統與資源。但是這一傳統偏重文獻物質形態本身的研究,未能深入抉發其文化史意義。

　　另一方面,西方以書籍史爲代表的新文化史研究在二十世紀中葉興起,以羅伯特·達恩頓 (Robert Darnton) 和羅傑·夏蒂埃 (Roger Chartier) 等人爲代表,特別注重書籍對文化特別是大衆社會文化變革的影響。換言之,書籍史研究將視點從文獻本身挪移至文獻與文化之關係,將人文關懷與問題意識賦予下層民衆,而不是將文獻懸擱於人之外。不同學者以不同側重點對圍繞書籍生產、傳播的一系列環節分而治之,合而統之,將書籍在歷史研究中的地位大大提升。在此基礎上又興起閱讀史的研究,學者將讀者的閱讀接受視爲書籍史的重要部分,強調書籍生產出來後之"用"和讀者之反作用,進一步明晰書籍產生文化效應的全過程。不過,此類書籍史研究圍繞西方書籍及其歷史語境展開,關注其對大衆的影響和歷史變革性,對書籍以外的文獻形態、近代以前的文獻文化缺乏關注,無法直接移植到中國文獻語境。

　　因此,結合文獻學傳統和西方書籍史研究,立足中國典籍本土特色,加以文化關照,重點關注古典文獻與中國文化之纏繞,是呼之欲出的研究趨勢。十卷本《中國古代文獻文化史》叢書即圍繞"文獻""文化"兩個支點及其關係展開,既在傳統文獻學的延伸線上省思文化的形成,也在文化史的框架下重審文獻的意義。該叢書以專論形式，各取古代文獻一個時期的某些特點，或某種特定形式的文獻，以點帶面，縱橫構成古代文獻文化的總體。具體而言可分爲三個部分：首卷緒論乃古代文獻文化的總體把握與理論建構，第二部分（二至六卷）以斷代形式分論不同歷史時期的文獻面貌，第三部分（七至九卷）以專論形式分論古代文獻的一個特殊面向，最後附以卷十《史料輯要》。

首卷趙益《中國古代文獻：歷史、社會與文化》總論文獻文化史研究的必要性與突破性，認爲中國文獻傳統的特點在其連續性、穩定性與精英性，特別指出文獻的存亡最終取決於其内容是否爲社會所認可和需求，不存在“絕對受制於外力的偶然性”。末章分析中國“文化共同體的獨特自性”，認爲作爲文獻共同語的書面語（漢字）構成了中華文化共同體認同的基本要素，是文獻文化形成的基礎。

卷二徐興無《早期經典的形成與文化自覺》專論先秦兩漢文獻。作者拈出“經典化”概念，指出早期經典在不斷闡發中實現自身，其思想史意義早已超越物質屬性。通過考察前軸心時代的文本書寫、諸子“立言”傳統、漢代六經次第變化、讖緯文獻結構等，梳理了先秦兩漢典籍文化觀念變遷，體現出文化的轉型，即由先秦時期禮制與諸子主導的文化轉向中古政治權威與宗教信仰主導的文化，而探索哲理與道德的興趣轉向了知識與法術。

卷三于溯《中古時期的歷史文獻與知識傳播》專論中古史部文獻的崛起。作者尋求新角度認識文獻生成和傳播的單位，即三種形式的中古文獻“文本單元”：卷（單卷獨行）、事（獨立事件）和模塊。文本模塊具有兩個核心特點：組合隨意與功能獨立，可以組合成多卷帙的史書，形成新的書寫特徵。作者還指出魏晉南北朝是一個“類”化的時代，如類書的出現，目錄學的發展，每一種知識獲得類的歸屬。在“類”的文化中解讀《五柳先生傳》，或能有別開生面的發現。

卷四鞏本棟《宋代文獻編纂與文化變革》選取宋初四大書、經部文獻、北宋私家藏書、南渡之際文獻傳承等個案，從文獻編纂看雕版興起後出版文化的轉變，勾勒宋代思想文化演變軌跡。如考證舊題孫奭的《孟子注疏》作僞者實爲書商，《孟子注疏》是孟子升格運動下民間學者、坊間書商與官府互動下的產物。又以《古文真寶》爲例將視野擴及東亞漢文化圈，論述選本透露的南宋理學思想之下沉。

卷五俞士玲《明代書籍生產與文化生活》圍繞明代圖書生產行為（包括著作、刊刻、交易等環節）與生產者（作者、讀者、書坊、政府等）之互動展開，如以三份購書單為中心，勾畫明代圖書生產版圖，把握正德間官刻、私刻、坊刻之分量構成，進而分析明代學風之動態變化。作者志在剝除明代書籍史研究的"多重葛藤"：譬如以"明人刻書而書亡"為代表的對明代刻書的全盤否定，對官刻、家刻、坊刻的截然三分，以商業出版研究統攝整個明代書籍史的思維定式等。

卷六徐雁平《清代的書籍流轉與社會文化》強調研究"動態的文獻"或者有"社會情緣的文獻"，考察作為"生命體"的書籍生產、流轉的過程；以"群"為方法，圍繞清代文獻"集群"與"人的集合"之關係，刻描各類中下層群體著書、賣書、看書、抄書過程所體現的多元文化。全書以日記題跋、購書清單、讀書指南、家集朱卷、女性著作、新學書籍等文獻，考察書估與抄手等潛隱群體、地方文人傳統、考據學興衰起落、女性自我覺醒、晚清科舉文化變革與西方思想衝擊，視角與方法均別開生面。

卷七張宗友《治亂交替中的文獻傳承》旨在分析文獻傳承的內在理路，認為古典文獻在注解、新纂中傳承發展，具備強大的文化內驅力，也依賴於知識階層傳承文獻的使命自覺，以及帝王為維護統治合法性建立的文獻纂修傳統。這一理路可以從《漢書‧藝文志》《隋書‧經籍志》到《四庫全書總目提要》的目錄學演進中得到楬櫫，乾隆《四庫全書》的纂修作為代表性事件，可以窺見皇權與知識階層如何合作實現文獻傳承。

卷八程章燦《作為物質文化的石刻文獻》超越以往石刻研究偏向史料和史學研究的格局，從物質文化角度深入石刻生產、使用、閱讀、傳播全過程。以"物質性"而言，石刻天生具備權威性與展示性；以"文獻性"而言，石刻由於其文字而深度參與古代社會文化。由此，在文獻文化史框架下，作為"景觀"的石刻文獻呈現出獨特的二重性。作者特別關注刻工這個潛隱群體，提煉出石刻作為"尤物""禮物""方物""文物"的特色，凸顯石刻作為物質文化載體參與文化建構的意義。

卷九金程宇《漢籍東傳與東亞漢文化圈》指出漢籍東傳是促使東亞文明格局發生變化的動力之一。漢籍東傳的起點並非地理涵義上的中國，而是中國博大精深的思想文化;終點也不是地理涵義上的日本、朝鮮等國或個別某國的文化,而是包括中國在內的東亞漢文化圈。本卷通過對漢籍東傳時間、種類、途徑、特點、域外典藏情況的考論,展現東亞古典學與漢文化圈的互動。

卷十爲程章燦、許勇編《中國古代文獻文化史史料輯要》,第一部分彙集歷代著作中與文獻生成、載體、流散、整理與收藏相關的重要論述,首次建構古代文獻文化的傳統論述框架。第二部分爲與文獻文化史相關的國外重要論著提要,格外注重海外書籍史的最新研究成果。

總體而言,叢書始終圍繞"文獻文化史"這一核心命題展開論述,有著一貫的時代關懷和多元的研究取徑,體現出四個鮮明的特點。其一,在書籍史關照下,尤其注意古典文獻的本土特色。首卷提出傳統文獻具備連續性、穩定性與精英性,均是與西方書籍特色比較之下有爲而發,其連續性衍生對近世以前文獻的重視,穩定性衍生對傳承理路的探求,精英性則是相對西方書籍史偏向大衆文化而提出。以文獻類型而言,叢書將研究範圍從書籍擴充爲文獻,以容納簡帛卷軸、金石刻鏤、檔案文書等,提倡寫本、印本、拓本並重。這一特點充分體現於卷八對石刻文獻的專論,以及卷五、卷六對各類型文獻材料的應用。以文獻年代而言,一改西方書籍史對近世書籍的偏好,上溯至先秦兩漢文獻,強調簡牘時代、寫本時代與印本時代並重,反映傳統中國的悠久歷史。以研究方法而言,叢書重視對傳統文獻學方法的繼承,例如卷四、卷七、卷九立足編纂學、目錄學、版本學,分析文獻對文化的影響。

其二,注重文獻與人的互動,著眼於"文獻-人-文化"的複雜關係。一方面,出於對社會文化的關懷,叢書重視文獻的生產、傳播、閱讀者,發掘以往被忽略的中下層群體。如卷二指出民間學者對於讖緯文獻體系的建構與推動,卷五強調民間編纂者、出版者與閱讀者如何重塑明代圖書生產,卷八發掘隱於石刻背後的刻工群體對石刻形態的影響,以及卷六將視點聚焦於文獻之下和之後的書估、抄手、女性等群體。另一方面,立足中國文獻特色,強調其精英性的一面,如卷二論述先秦諸子對經典文化的建構,卷四指出文化精英如呂祖謙對文獻的整理與傳承,卷七揭示文獻傳承相當程度上依賴於皇家意志與士人自覺等。

其三,始終在動態過程中考慮文獻的文化與文化的文獻,注重二者的相互影響。其中，卷二注意變化的文獻觀念與文獻觀念的變化，考察經典的形成而非具體的經典；卷三置中古史部文獻於變化的文獻生產技術背景之上考量，又指出魏晉時期"類"的思想形成與傳記文本的關聯；卷五據《祝趙始末》，在糾紛社會史的框架中討論文書、印刷與社會行動的複雜關係；卷六提倡文獻集群與人的群體之交集，如家集編纂的盛行與清代家族、地域觀念生成的彼此影響；卷九考察漢籍東傳與回傳的歷史過程，以凸顯其文化演變。

其四，放棄了通史的寫法，充分發揮各卷作者的學術特點，對文獻文化史進行重點突破。叢書並有視野的開闊和發掘的深入：在世界史視野之下注意地域與全局的關聯，不僅卷九專論漢籍東傳對整個東亞文化圈的文化塑造，卷四亦專章考察比較視野下的《古文真寶》之流傳，卷六、卷七還關注到晚清新學書籍對國人的知識、思想的衝擊。而卷二、卷三、卷八則分別專注於早期文獻的思想史歷程、中古史部文獻、石刻文獻的歷史文化，以一持萬，不落於大而全的陷阱。叢書方法的多元與精準共存：運用多學科研究方法，在文獻層面繼承發展傳統校讎學、目錄學、版本學、典藏學、編纂學知識；在歷史層面，綜合技術史、社會史、思想史、文化史研究方法而言之有物，如卷五第八章借鑒經濟史統計學的方法分析圖書價格，卷六第十章使用技術史視角討論石印出版文化，卷一、卷二則多采學術史、思想史方法切入古典文獻的脈絡；在文化層面，結合當代文化研究理論，如新文化史、物質文化研究、傳播學等，更好地揭示古典文獻的文化內涵，如卷八以物質文化切入古代石刻，卷九結合傳播學考察漢籍東傳等等。

可以認爲，《中國古代文獻文化史》是對"中國""古代""文獻"與"文化史"的同時超越。它在世界史比較視野之下理解"中國"，以"文獻"超越"書籍"的限制的同時，將文獻從對象轉換爲方法，又以自身文獻傳統重審文化與"文化史"研究，最終回應時代的關懷。總之，叢書志在建構一種新的研究視野與方法（如果不能説範式的話），以文獻切入文化，以歷史反觀自身，由群體審視整體。只有在這種大的關懷下，才能理解"文獻文化史"之深刻意義。

（作者：南京大學文學院博士　汪斌）

書名：《民國詞集研究》
作者：朱惠國　余意　歐陽明亮
出版：中華書局
出版日期：2022 年 6 月
頁數：654 頁

　　以"民國文學"概念的生成拓展爲橫坐標，以古典詩詞史的延伸承續爲縱坐標，近年來，民國舊體詩詞的研究漸呈上揚之勢。一方面，學界在文獻、理論兩大維度上都頗有獻替；另一方面，也確實存在著"求數量輕品質、重立論輕考辨的不良傾向"（頁 20）。朱惠國先生主持詞學壇坫有年，在民國詞研究領域成果卓著。他與兩位年輕學者余意、歐陽明亮合著的《民國詞集研究》（以下稱"本書"）正是在這一背景下推出的又一優異成果，更不啻是針對當下某些粗疏浮躁學風敲響的一記清耳之鐘。

一

　　在蔣寅先生《清代詩學史》的讀後感中，我曾提出"下潛"之説，主要意指通過對文獻的深度把握去還原文學史的原生態，[1] 這是優秀學術著作具有普遍性的基本特徵，而在以民國詞集文獻作爲切入點的本書中又表現得尤爲突出。可略舉數例：

　　首先，南社驍將傅專詞一向頗受冷落，"湖湘文庫"本《傅熊湘集》僅據民國二十一年（1932）所刊《鈍安遺集》收入其詞一卷 35 首，加輯佚亦僅得 44 首。拙著《晚清民國詞史稿》已經指出，實際上傅專詞見之《南社叢刻》者多達 159

1　馬大勇：《詩學史的下潛、遙望與有我之境：基於〈清代詩學史（第二卷）〉的討論》，《學術界》2021 年第 6 期，頁 117。

首,風格精悍雄奇者居多,絕非“纏綿哀豔,深沉綿邈”之類評語所能涵括。[2]
今讀本書,方知傅氏詞另有一種兩卷鈔本,收録其己酉(1909)至壬子(1912)的
詞作,卷前有寧調元、高旭等多人題辭,並作者甲寅年(1914)自序及跋尾(頁
65)。夏敬觀詞遠較傅專著名,然其晚年所作一向未能寓目,本書指出上海圖
書館藏有兩種《映庵詞》鈔本,去其重複,共收詞82首,爲1939年至1953年之
作。這些鈔本的發現當然有助於對這些詞壇名手的全面把握與深入認知,諸
家題辭、自序、自跋更可爲把握其詞軌跡與特質提供較豐富的視角。

　　其次,1925年在北京依託“譚家菜”第二代主人譚篆青而成立的聊園詞社
是民國時期的著名詞人群落,我在有關論著中曾將其列入近百年重要社團之
一,然而限於文獻,僅能略勾勒其輪廓而已。本書則博搜旁引,不僅列出了總數
多達37名的詞社社員,更依據其成員別集逐年鉤沉出聊園社集的詳細狀況。
其中如乙丑(1925)冬首次社集正值東坡生日,夏孫桐、邵章、姚華、爽良等因有
題《東坡笠屐圖》之作,這是清代以來一直頗爲興盛的“壽蘇會”之苗裔,而一直
罕見齒及;聊園詞社丁卯(1927)春之社集係以清詞人京城故居命題,舉凡納蘭
性德之渌水亭、徐釚之雙椿老屋、黄景仁之法源寺寓舍、陶梁之紅豆樹館、周之
琦之雙柏堂、王鵬運之四印齋皆在吟詠之列,這又是慧眼別具、“腦洞大開”的
風雅韻事。其庚午(1930)社集則取“庚午春詞”爲主題,仿庚子秋詞之例,“選
于唐五代宋詞凡十有四家,二十有三調,二十有九闋,依調擬作,不命題,不限
韻”,雖然没能查檢得相關詞作,有此線索,也足以爲“庚子秋詞影響史”添上寶
貴的一筆。有了如此“下潛”後的文獻細節,一部“聊園詞史”也就栩栩浮出歷
史的海面(頁184—190)。

　　本書第二編對於詞社的考證特見工力。在這一編裏,我們不僅可以看到
不經見的蘇州六一詞社、上海新社、上海滄社等各具特色的詞學社團,不僅可
以通過對玉瀾詞社的考證校正“林修竹組織玉瀾詞社”“寇夢碧參加玉瀾詞社”
等一些誤解,更可以成批量地從藝文函授社、中華編譯社函授部、文學研究社
等函授部社透見彼時詞學教育之一端(第二編第六章),從南社到萸江吟社等

---

26 個報刊型舊體文社的活動去體會其"傳統與現代的二重特性"及其"保存國粹"思潮背景下的微妙態度(第二編第八章)。凡此當然都是極有啓益而醒人心目的。

本書第三編擇取潘飛聲、周岸登、楊鐵夫、廖恩燾、夏敬觀、盧前作爲樣本對民國詞壇名家予以舉論,其間亦不少探驪得珠之"亮點"。其第三章副標題名爲"楊鐵夫詞體創作的細節考察",内裏也確多耐人尋味的"細節"。如楊氏于1932 年曾油印一部《抱香詞》,既未請人題簽,亦無任何序跋,明顯是一部"徵求意見稿"。在廣東省立中山圖書館藏本及孔夫子舊書網拍賣品書影中,都有著毛筆批點的痕跡,或正其句法,或校其音律。正是在此指瑕糾謬的基礎上,兩年後楊氏才正式刊行鉛印本,此本較油印本詞作多出數倍,廣泛徵求題辭,而且對油印本詞作進行了大幅修改。書中詳舉《掃花遊》《無悶》二詞的初稿與改稿進行對照,那就可以直觀地看出,二詞皆修改了百分之七八十以上,幾乎接近推倒重來。後文再加上澳大利亞國家圖書館所藏稿鈔本《抱香室詞存》,對某些詞篇三本對勘,從而使文中對於楊氏詞心之深探句句鑿實,具有無可争辯的論斷力量。多年以前,我在校點《大鶴詞集》時嘗以諸本對勘,力圖以"原作""改作""又改作""定作"等不規範的校勘用語還原大鶴詞的創作修改過程,並由此上探其"以詞托命"的心志,因而讀到本書這一章時即特有共鳴。只是我淺嘗輒止,没有將這些文獻工作更多提煉昇華到理論層面,那就又多了一分自慚自責之心境了。

書末所附 162 位民國名家詞集之叙録亦是精意用心之作,其價值絶不在正文之下。該叙録中固多名家,而亦不少不大爲人所知者。如李孺《侖闇詞》,《叙録》論定其爲遺民之屬,稱其"以情緯文""有時爲表達不滿,毫不遮掩,不惜以粗鄙出之"(頁 489);又如張丙廉《聞妙香室詞鈔》,《叙録》考證生卒年之餘,更指出其"集中不乏豪放之作,並多用《八聲甘州》《金縷曲》《水龍吟》《念奴嬌》……《水調歌頭》等詞調",再引《解佩令・自題詞集》略窺其創作狀貌(頁491);又如王渭《花周集》,《叙録》提挈其作詞"取適吾性,必拘拘聲律奚爲者"之觀念與"以蘇辛爲典範,詞格俊朗"之特徵,更特別表彰其以"新時局、新事物、新詞語入詞"的"强烈的時代性"(頁 493),凡此皆要言不煩,極便學者。該

《叙録》名單顯然基於朱惠國、吳平先生主編的《民國名家詞集選刊》，而所增七十余家尤多女詞人，如楊延年、姚倚雲、許禧身、王蘭馨、玉並、温倩華、羅莊、姚楚英、温荀、馬汝鄴、姚倩、姚苾、楊锺虞等，這也在一定程度上呈現出女性詞在民國繁星麗天、跨入"後李清照時代"的嶄新樣態，並爲後續的"民國女性與民國詞集"之專題研究拓夫先路。[3]

二

　　對於文獻作爲學術研究基石的重要作用，我們怎樣强調都不過分，同時，"文獻態"如果能夠進一步昇華到"理論態"，[4] 那當然更是學人樂於企及並孜孜以求的。本書的出發點在於文獻，但卻常常插柳成蔭，在理論層面上予人鑿井成市、水到渠成的驚喜。朱惠國先生所撰第一編《民國詞集的歷史考察》具有鮮明的總論色彩，其第一章首先提出並解決民國詞集的界定、分期與流變問題，將不到四十年的民國詞分爲 1912—1927、1927—1937、1937—1949 年 9 月三個時期，並以詳實的資料與紮實的例證指出，"無論詞的創作數量、詞集的出版數量還是詞社的活躍程度"，第二期都堪稱民國詞創作的繁盛期，"如果與整個民國史相比較，這一時期與民國史研究中所謂的'黃金十年'基本一致"（頁33），這是極其簡切而又高屋建瓴的理論判斷。在劃定民國詞人群體的基礎上，朱惠國先生以專章特別關注"民國詞集的新内容與新風格"，將其分爲"新型觀演詞逐漸興起""新型詠物詞應運而生""詞作特色主題的新景觀""域外詞空前勃興"等四個主題分別予以論述。其中，"特色主題"之"新美人"歌詠又最能"體現社會氣象、思想觀念等的變化"（頁 87）。《沁園春》"詠美"發端于劉過，經清代董以寧、朱彝尊等而漸成風氣，但也不無墮入惡趣之嫌。朱先生不僅敏鋭地指出陳栩開《沁園春》"詠新美人"系列之先河這一詞史事實，更以深湛

---

[3] "後李清照時代"的概念由門下弟子趙鬱飛率先提出，見其《晚清民國女性詞史稿》（長春：時代文藝出版社，2019 年），頁 112。

[4] 此乃鍾振振先生之提法，見其爲李遇春《中國現代舊體詩詞編年史》（北京：人民出版社，2021 年）所作序，頁 7。

的文獻工夫鉤沉出陳小翠、陳次蝶、季娣、春夢、顧佛影、顧清瑶、張晉福、金兆豐、王渭等多家和作，再以林修竹、闊普通武等詞作衍爲餘波，從而速寫出民國詞苑這場“豔體詞的自贖”的初步輪廓。

朱先生長期參與並主持《詞學》編務，對於詞學刊物與詞業發展的關係極多體驗與思考，故探論“民國詞集與現代詞學刊物”這樣的專題肯定是不二人選。本章別辟蹊徑，僅以《詞學季刊》的“詞壇消息”欄目爲小切口，從詞壇動向、詞社活動、詞集編纂等三個方面展開討論，很好地導向了詞學刊物“在現代詞學構建中的作用與地位”的大目標，其中若干小細節的揭示尤其意味深長。如 1933 年 8 月，《詞學季刊》第 1 卷第 2 號“詞壇消息”刊發的《匯刻〈全宋詞〉及〈詞話叢編〉之擬議》之末尾，編者特加一句“兹事體大，非同人財力所能勝，世倘有願任刊印之責者乎？馨香禱祝之矣”，又如 1935 年 7 月第 2 卷第 4 號“詞壇消息”稱唐圭璋將所輯《全宋詞》先交國立編譯館印布草目，意在“廣徵海內詞學專家及藏書家之批評與補正”，末尾有“事關趙宋一代文獻，想亦海內學者所共樂助其成也”之語。細味此類看似客觀的新聞報導用語，當能看出其中包含的拳拳之意，從中也確實可見“《全宋詞》從醞釀到推進，再到最後完成，《詞學季刊》始終都參與其中，確實給予了多方面的支持”（頁 123）。如此論斷手眼，真有“草蛇灰線”之妙，所謂“驟看之有如無物，及至細尋，其中便有一條線索，拽之通體俱動”。[5]

第三編“民國名家詞集舉論”也多有此種自文獻態上升至理論態的精彩篇章。其第五章論夏敬觀“學人而兼詞人”之觀念，至第三節則筆鋒一宕，轉談“近世學術體系轉型下的學人之詞”。文中特別指出，隨著中國學術體系逐漸走向現代，以龍榆生、夏承燾、唐圭璋爲代表的新一代學人紛紛登上詞壇，他們和王鵬運、朱祖謀、夏敬觀等傳統學人的思想觀念已有很大不同。如夏敬觀與龍榆生對於“學辛”的不同態度，“表面上是對學詞門徑的不同見解，其背後折射的則是新舊兩代學人在文學的功能、意義等觀念上的差別……正體現出傳統‘學人之詞’向現代‘學人之詞’的轉變軌跡”（頁 440）。該編前五章所論潘

5　陳曦鐘等輯校：《水滸傳會評本》（北京：北京大學出版社 1981 年），頁 20。

飛聲至夏敬觀大體上是較傾向于傳統的詞人,殿末的第六章所論"試爲詞體開新路"的盧前則是深具民國氣質的一員飛將軍。其《中興鼓吹》不僅與國族危亡、全民抗戰的大歷史語境高度密合,具有純粹的詞史品格,而且,在詞體創作手法、内容、用韻、入樂等方面,盧前也表現出了極其鮮明的革新意識。因而,作者在結尾部分歷舉夏承燾、龍榆生、林庚白、李冰若諸家關於詞體革新的思考,並給出這樣的結語:"舊體文學的改革是一件極其複雜的事情,盧前所遇到的這些問題,直到今天也没有得到很好的解決,不過,盧前的《中興鼓吹》畢竟是一次可貴的'試驗',它所取得的成績以及暴露出的問題,都對當今詞壇有重要的啓示意義"(頁466)。如此縱橫捭闔,議論風發,接續傳統,關切當下,這才是正中"民國"這一特定歷史時期詞史研究鵠的之上乘佳作。

這部《民國詞集研究》精彩處尚多,非此一篇小小讀後感可以盡说,而讀時略有不愜意處似還可嘮叨兩句。本書叙録 162 家民國詞人已堪稱廣博,不應再求全責備,然而如顧隨爲"民國四大詞人"之一,其十個詞集中有九個刊於民國時期,此書未論,此闕失令人頗覺遺憾;[6] 又如鄭騫爲顧隨相交莫逆之"燕京小友",亦是掉臂獨行的顧氏在當時詞壇爲數極少之同路人,其"真率自然,平易曉暢而又富於才思"之詞風大抵受顧氏影響而得來,[7] 叙録倘能楬櫫之當更佳;又如左又宜《綴芬閣詞》大抵剽竊而成,似也應于正文及叙録中有所體現。[8]當然,比之全書令人如行山陰道上目不暇接的閲讀快感而言,這些只是"責備於賢者"的白璧微瑕。我與學界同道一樣,都熱切期待著朱先生及其團隊鼓勇精進,早日推出"民國女性與民國詞集""民國詞集的刊刻與傳播"等專題,從而爲民國詞研究拓開一條更富新意、更具深度、也更加廣闊的路徑。

（作者：吉林大學文學院教授 馬大勇）

6　顧隨之爲"民國四大詞人"之一係我個人看法,見拙著《晚清民國詞史稿》,頁 455。

7　馬大勇《百年詞史 1900—2000》(即刊)於此有所論列。

8　見趙鬱飛《晚清女詞人左又宜〈綴芬閣詞〉剽竊考述》,《文學遺產》2019 年第 3 期。徐燕婷在《文史知識》2022 年第 9 期發文《涉嫌剽竊的晚清女詞人左又宜》提及此事,可看作是對本書叙録的一種補充。

書名：《哈佛新編中國現代文學史》

主編：王德威

出版：四川人民出版社

出版日期：2022 年 2 月第 1 版

頁數：1252

讀通《哈佛新編中國現代文學史》（以下簡稱《哈編》），須解字説文而取精用弘。

何爲解字、説文？ 解字以凸出該著作的關鍵字/要素，説文呈現王德威賦予這些詞彙以主體特質。標題中心詞“史”接受五重修飾，以史爲樞紐而限制詞由近及遠，層遞解字説文：史、文學、現代、中國、新編、哈佛。修飾詞蘊含豐厚，本文僅限於書中呈現的特別語義。

史

王德威的現代文學研究與歷史對話淵源既深，著述文學史勢所必然。

《孟子·離婁下》述“晉之乘，楚之檮杌，魯之春秋，一也。”三種史書，今人仍有“史乘”説法，“春秋”習慣指代歷史典範，“檮杌”不常見。王德威視小説含史乘，某些虛構就是歷史；《歷史與怪獸：歷史，暴力，叙事》[1] 的檮杌（怪獸 The Monster）囊括茅盾的《虹》的革命加戀愛、姜貴《旋風》的亂臣賊子等，歷史與小説一體兩面；一二十年過去，“魯春秋”的編年例被王德威用於統籌《哈編》，紀年、下接一兩個陳述句的體例其來有自，儼然國史身分。

《春秋》是史，又爲儒家“五經”，左氏傳經爲《左傳》，《哈編》一百六十篇以

---

[1]　臺北：麥田出版社，2004 年初版。英文本爲 *The Monster That Is History: History, Violence, and Fictional Writing in Twentieth-Century China*（University of California Press, 2004）。

上的"紀年、陳述語/文章"（部分篇什的陳述句寫成了主題句），好似經/傳體式。一百五十多個作者的文章，不如左丘明的統一，然而彼此間多有脈絡關聯：或形如金聖歎"草蛇灰線"，或自然生成對話機制，或是"華夷風"衆聲喧"華"，或有漢學家考據，或是比較文學的影響、平行討論，或作文化研究的生發，或與新人類、科幻未來通聲氣，致敬傳統又推陳出新。

《哈編》取編年體例棄斷代史方式，甚且不以人事實體爲起訖。起點 1635 年可謂"弱水三千，但取一瓢飲"，終於 2066 年韓松想象"火星照耀美國"，又一個"太虛幻境"。晚明、盛清、晚清、五四、現代、當代的斷代依據浸於編年長流中溶解了，連過往申述的"没有晚清，何來五四"，[2] 也於五四、晚清的辨證之外失去了時段劃分的價值。這個體例回歸"文史"，不依託國體鼎革、政治、經濟類的社會科學，不拘於歷史大事作節點。著手編書前，王德威就認定："'當代'文學理應首尾開放，展現歷史進程中每個稍縱即逝的刹那。"[3] 錐指管窺"刹那"是篇什的基本結構，它是"文"。

文　　學

中國文化傳統中"文史不分家"，西書《哈編》也昭示文學與歷史互爲屬性，編年體例決定了文學呈現的開放性。

編年便於體現時間流動不居，人爲的文學史分期則近乎抽刀斷水，因而不必拘於閉環定義概念，也不宜突出某家有崇高地位並配以篇幅鞏固其價值判斷，文學作品經典化更不依賴文學史一言九鼎。時間之流中人類的文藝活動方式、媒介更替引發文類之變，習見文學史的詩、小説、散文、戲劇的分類方式須退位，點燃一時文化的爵士音樂與歌詞、京劇樣板戲、華語世界的電影等，這些爲社會熟知的文化產物在《哈編》中陌生亮相了。有容乃大：藏語、東幹語彙入

2　出自王德威英文專著 *Fin-De-Siecle Splendor: Repressed Modernities of Late Qing Fiction, 1849－1911*（Stanford, Calif.：Stanford University Press, 1997）的中文本《被壓抑的現代性：晚清小説新論》（臺北：麥田出版社，2003 年）導論之標題。

3　王德威、陳思和、許子東主編：《一九四九以後》（香港：牛津大學出版社，2010 年），署名王德威的《編者前言》。

語言之流，南洋華語文學、地方戲、多民族母語朗誦活動、網路詩歌，作爲學科的現代文學史的編述與重寫、美歐中國現代文學的學術遺産……等，都成爲編年洪流中大大小小的浪漩。

《哈編》絶大多數篇什可作爲文學作品閱讀，這些篇什的文、字藝術地負載歷史：有點“故”（過去／未來）事，有那些文“人”活（躍）在“人／文際關係”中，有刊“物”揭載她／他們的“文”，有圍繞著文與人發生的大大小小看似分隔但脈絡關聯著的“事”。王德威邀約作家以經驗與想象呈現其另樣文學史。王安憶體悟母親茹志鵑的小説，開闢“公共母題中的私人生活”面向（朱天心與父親朱西寧異曲同工）；余華講述 1987 年“胡鬧”著從僵化的文學觀念縫隙裏把“先鋒文學”製造出來。莫言討論切己的長篇小説文類，捍衛文學尊嚴；反之，哈金把産生《狂人日記》的崇高尊嚴日常化；李娟叙述邊鄙生活平静得近乎永恒，小説就是歷史。

在諸多別出心裁的篇什之間閱讀逡巡，像行走山陰道上，又不停地急轉彎。有的篇什像詩的比興：1952 年陳述語，“《人民日報》宣佈，丁玲和周立波榮獲史達林獎”，篇題《社會主義的世界文學》，正文展開蘇聯文學影響中國的脈絡。順序讀《哈編》，篇什不停地大幅度轉向：學人“重寫文學史”，轉詩人“面向大海，春暖花開”，切入藝人崔健“搖滾”文化生活與社會空間。在篇什呼應間，魯迅《墓碣文》出現了三次，全書述及魯迅十次以上；同是康有爲，漢學家研究托古改制的公羊想象，作家把《大同書》視爲烏托邦小説，與《科幻中國》結束全書的想象遙相呼應，成全了主編王德威的文學未來歷史的“文際關係”想象。

現　　代

《孔夫子》如何在費穆的鏡頭裏思考兩千年後的抽象概念“現代性”？必曰：托之於空言，不如行事之深切著明！司馬遷曾經把這層意思滲透到屈賈生命、李將軍及遊俠的叙事中，《哈編》費穆鏡頭中敗垣頹屋具象的“中國性”，也是電影《小城之春》的抽象現代性。相似篇什描述周立波在延安的窯洞中講西洋文學課,世界的高爾基、托爾斯泰、巴爾扎克隨之活躍在中國內陸深處高原黃土下開掘的狹小空間裏,兩個“行事”篇什可謂深切著明,也符合“以小見大”的主旨。此類比比皆是的篇什,讓歷史與理論變得可觸摸了。

　　胡適、陳獨秀的“五四”有德、賽先生與費小姐(科學、民主、自由)的現代精神觀念,王韜1860年代穿袍褂、打小辮行走歐西引人側目,可他眼中的西洋世界頗具中國性。王德威看見余萬春、王韜時代就有中國“被壓抑的現代性”,二十年間復有“没有五四,何來晚清？”,[4]將五四、晚清兩個時間點順逆推導與辨證;《哈編》則取散點透視,這些點上各有故事,彼此輻射映照。《哈編》“以文帶史,論從文出”,王德威在此時此地此書中討論現代性,也可以看作是一種與時俱變的方法修正。

　　讓“現代”出諸“故事”,順編年的時間之流而下,抽象的現代性存活在中國人具象的行事之中。《哈編》是個實驗,各篇什皆爲某一時地人事的點,人際關係、代際關係、文際關係視閱讀主體而扯出一條條脈絡線,脈絡交叉而爲多個層面或複雜面向,或曰某些值得重視的脈絡而未能呈現者是“疏漏”,殊不知“疏”才是對話的空間,《哈編》正是一個開放的對話體,而且期待積極的讀者與之“合體”。

中　　國

　　必須爲文學史編撰意義上的“中國”尋找體現特質的關鍵字。比較兩部有中英文版本的文學史：吳福輝(1939—2021)《中國現代文學**發展**史》(王德威曾做此書2020年英譯本的 *Introduction*),關鍵詞是“發展”;王德威導論《“**世界中**”的中國文學》,確定《哈編》關鍵詞“世界中”。

　　吳史叙述“發展”是在中國域內看世界,與世界聯繫最多的上海是書中生態最豐富的開放都市。實證性的人、地、時事的歷史圖片、文學大事年表、白話報紙發行、話劇劇場及演出、現代經典作品的中外版本、特定時期與流派的刊

4　王德威：《没有五四,何來晚清？》,見《中國文哲研究通訊》第二十九卷,第一期(臺北：“中研院”文哲所,2019年)《“五四100週年學術論壇”專輯》,頁3—6。

物及特殊地方的出版、外國經典作品的中譯、作家的流動蹤跡,這些圖表無非是"現代文學發展"的里程刻度。線性發展是歷來中國文學史的叙述主軸,魯迅從進化論到階級論的表述是樣板;1927 年的革命與政治使魯迅接受馬克思主義的"階級鬥爭是歷史發展的動力";五四"文學革命"到"革命文學"是典型的階段發展命題。

　　王德威援用"世界中"哲學來建構域外英語《哈編》的文學世界觀,其概念核心是"變",在任何一個時空點上駐觀文學變相,此一變相延及、騰躍到彼一變相,有跡可循的依違間看到了草蛇灰線,——更扯出線頭,抓住郁達夫在新馬的《亂離雜詩》,追溯"漢詩下南洋"、探勘"華夷風"吹遍南洋華文世界,又見金聖歎所謂的"拽之半山俱動"。讀《哈編》可以於"鼎革以文"中變與不變,可以窺得因文見人的"獨立之精神,自由之思想",也可以年深月久的人世變化中聽不變的"何日君再來",可以由圖書館一本教科書中夾著的陳年試卷引出虛構和真實的人世變遷。文學之變的歷史軌跡是在無始無終的時間裏、無意計數的點上引出方向不確定的線。這"世界中"隨機的變,比起"發展"的定向,實在不好把握,但努力捕捉不易把握的變相,應該是閱讀《哈編》的趣味所在。"世界中"的中國文學或文學中國,蘊藏之豐富深厚而難以遽斷,在蓋棺論定的不刊之論定式與開放的結論之間選擇,正考驗閱讀主體。

新　　編

　　2016—2020 年是英語世界中國現代文學史出版高潮,新編和新譯中國現代文學歷史大部頭著作有六種,[5] 哈佛、牛津、劍橋、哥倫比亞等世界著名大學

5　《哈佛新編中國現代文學史》英文原著 David Der-wei Wang, ed., *A New Literary History of Modern China*(Cambridge, Massachusetts: The Belknap Press of Harvard University Press, 2017)之外,有范伯群的《插圖本 中國現代通俗文學發展史》(北京: 北京大學出版社, 2007 年)英譯本 *A history of modern Chinese popular literature* (Cambridge, United Kingdom; New York: Cambridge University Press, 2020),吳福輝的《插圖本 中國現代文學發展史》(北京: 北京大學出版社,2010 年)英譯本 *A Cultural History of Modern Chinese Literature*(Cambridge, United Kingdom; New York: Cambridge University Press, 2020);此外,王德威《哈編》的《導論》提及"2016 年即有三部文學史導向的著作問世":　(轉下頁)

的出版社都參與。劍橋出版社范伯群（1931—2017）、吳福輝兩種翻譯插圖本先發後至，范史 2007 年的中文版距王德威 2017 年《哈編》出版隔十年。

　　王德威新編的特色須在比較其它編著中彰顯。王德威《哈編》的雅俗與范史的通俗文學疊映，周瘦鵑“紫羅蘭”以小見大“言情”深邃，“向愷然的猴子”未必讓民國武俠小説彰明較著，金庸現身卻是後來居上。范史囊括現代小説半壁江山，《哈編》格局可包含范史。吳史的文學生態依仗史料之詳贍，王德威的別樣生態除了上述的“世界中”，是文學性的“深切著明”。牛津和哥倫比亞大學出版的兩種 Companion：鄧騰克編允稱“益友”，在於穩健地提供一系列作家論和特別時期文學流派等資源；張英進（1957—2022）編堪爲“良侶”，它長於西學理論基礎上歸納分類中國現代文學的論述；羅和白的“手冊 Handbook”和張編好似孿生。以西學理論衡量，三本手冊皆中規中矩，《哈編》的體例有些出人意表。

　　《哈編》文、史對話而“文”轉新創，一百左右的篇什“新”在理論鉛華卸去，敘述行文常見血肉筋脈的生命旺相，“文”之馨香處有如“賈植芳做棉衣”，可望暖心得體。王德威“編”的方法是整合，他調動了英語世界治中國現代文學的學人從韓南（Patrick Hanan, 1927—2014）、李歐梵到哈佛東亞系的博士候選人，撰稿人與篇什比手冊多出兩倍，其它語種的漢學家有馬悅然（Nils Göran David Malmqvist, 1924—2019）、瓦格納（Rudolf G. Wagner, 1941—2019）等。老中青“代際關係”其實意味著不同世代的方法論，歐洲漢學與當代文化研究（晚輩 30 多人尤其華裔學人有電影研究方向）的學術軌道幾乎是平行線，但是在“文”的召喚下，不同世代與地域、不同語種和理論背景的學人們走到《哈編》中來。

哈　　佛

　　哈佛在此意謂西語。2017 年出英語《哈編》，2022 年四川人民出版社出中

（接上頁）Yingjin Zhang（張英進）, ed., *A Companion to Modern Chinese Literature*（London：Wiley Blackwell, 2016）；Carlos Rojas（羅鵬）and Andrea Bachner（白安卓）, eds., *The Oxford Handbook of Modern Chinese Literature*（Oxford：Oxford University Press, 2016）；Kirk Denton（鄧騰克）, ed., *The Columbia Companion to Modern Chinese Literature*（New York：Columbia University Press, 2016）。

文版，王德威表示：“西書中譯，難免會出現認知與行文落差。”這主要指閲讀的期待，且不論中譯本陳映真再度現身等衍文，另列措辭三例。

譯 1862 年 10 月 11 日“*Wang Tao land in Hong Kong*”[6]《王韜登陸香港》，land in 翻譯爲“登陸”雖不無斟酌，聯想到的往往是戰場、外星球。王韜因“長毛狀元”事件出逃至蠻荒半島，英文篇什有象徵意味（標誌中國士大夫走向世界的第一人、香港爲第一站），標題如何兼顧？ 考量王韜避走香港的人生低谷、履英譯經講學、作爲日東詩祖踐東瀛、大臣斡旋回淞濱的生命歷程，對應其爲文用語，可否譯題目爲《王韜走香港》？“走”亦“逃”，離船登岸而走入香港生活，繼而行走觀察並表述歐西，報刊政論剖析寰宇政争，結集爲《弢園文録外編》不脛而走。

王德威説：“甚至本書中文版的出現也不妨作爲一個翻譯事件看待。”同一人撰文，既寫英文也譯作中文，1918 年的《現代梵音》中的弘一法師，英文叙述 Hongyi's commitment to transforming himself into a living vessel of the Vinaya was awe-inspiring，[7] 中文爲“弘一現身説法、以身殉道的決心令人肅然起敬。”以身證道可解，何必曰“殉”？ 翻譯必然是一個“世界中”的改變，就像吴史的 *The Development* 置換爲英文本 *A Cultural History*，孟子所謂入國問禁在此可以解釋爲編譯填補罅隙，《哈佛新編》譯本因而成爲“具有特色的中文本”。

（作者：臺灣“中央”大學中文系教授 吕文翠
　　　　揚州大學文學院教授 徐德明）

6　David Der-wei Wang, *A New Literary History of Modern China*, p. 108.
7　David Der-wei Wang, *A New Literary History of Modern China*, p. 263.

《人文中國學報》稿約

（一）本學報旨在推廣中國人文學科之研究，歡迎有關中國文史哲學科之學術論文。

（二）本學報自第二十二期（2016）起由年刊更改爲半年刊，每年 6 月、12 月出版。

（三）來稿請使用繁體字，並提供與 Microsoft Word 相兼容之文稿電子檔。

（四）本學報以刊載中文文稿爲主，字數通常以不超過三萬字爲宜。

（五）來稿請標明中英文篇名、作者、職銜及服務機構中英文名稱。另附中英文提要各四百字左右及中英文關鍵詞五個。

（六）論文請以"中文提要—中文關鍵詞—正文—引用書目—英文提要—英文關鍵詞"格式提交。

（七）本學報採用雙匿名的評審制度，故文稿中請勿出現足以辨識作者身分之相關信息。若於來稿後五個月內未獲學報回覆結果，作者可以自行處理稿件。作者請自留底稿，來稿概不退還。

（八）來稿送請兩位相關研究領域之專家學者評審，如審閱意見不合，再請第三位學者評判。所有文稿必須通過審查後始予刊載。

（九）編輯委員會對來稿有修改權，不願者請預先聲明。

（十）來稿請勿一稿兩投，經刊載後，未經編輯委員會書面同意，請勿在他處發表。

（十一）文稿發表後，敬奉論文發表費，以正文（不包括注釋）每一千字港幣一佰元整計，以三萬字爲限。論文發表費已包括一切形式的著作權使用費。

（十二）論文作者每人贈送學報兩冊及抽印本二十冊。

（十三）來稿請寄電子郵件至：sinohum@ hkbu.edu.hk。

《人文中國學報》撰稿格式
（2022修訂版）

一、中文部分

（一）書寫方式：

1. 來稿請用繁體字、橫式（由左至右）書寫。

2. 正文需用 12 號新細明體，全文 1.5 倍行距。

（二）標點符號：

1. 請用新式標點，每一標點符號佔一格位置。

2. 一般引號用""，單引號用''（即用於引號內之引號）。

3. 書名、論文名及篇名用《》。書名與篇（章、卷）名連用時，用間隔號表示分界，例如：《詩經・小雅・鹿鳴》。《》中出現書名或篇名，用〈〉，例如：《〈今詞初集〉與清初詞壇》。

（三）分段及引文：

1. 每段第一行第一字前空兩格。

2. 各章節下使用符號請依一、（一）、1.、（1）……等序表示爲原則，文中舉例的數字標號統一用（1）、（2）、（3）……

3. 三行以內之引文，加""與正文同列，並於引文後編號注明出處，編號用 ^{1}、^{2}、^{3} 形式，置於標點符號之後。

4. 引文如超過三行以上需獨立引文，不用引號，但每段前均空三格，使用標楷體 12 號字體，引文段落前後各空一行。

（四）注釋：

1. 使用頁下注（腳註）的形式，以 1、2、3……爲序號，每頁不重新編號。注釋編號應與正文注號 ^{1}、^{2}、^{3} 相同並相應。此外，採用 10 號字體。

2. 首次引用之文獻，須列舉全部出版資料，第二次以後可省略出版資料，只須寫上作者、書名及頁碼。作者不標註朝代、國別。另外,除古籍外,出版年份一律爲公元紀年。

3. 若引用同一出處的資料,在緊接的下一條注,寫“同上”,卷數不同者寫卷數,頁碼不同者加頁碼。

4. 引用格式示例如下:

（1）引用古籍:

原刻本:

辛棄疾:《稼軒長短句十二卷》（北京:中國國家圖書館藏,明嘉靖十五年王詔刻本）,卷1,頁5a。

影印本:

張唐英:《蜀檮杌》,卷1,《景印文淵閣四庫全書》（臺北:臺灣商務印書館,1986年）,冊464,頁240。

整理本:

例1:王念孫撰,鍾宇訊點校:《廣雅疏證》（北京:中華書局,1983年）,卷8,頁7。

例2:賈誼撰,閻振益、鍾夏校注:《新書校注》（北京:中華書局,2000年）,卷7,頁262。

例3:蔡襄:《祭范侍郎文》,蔡襄著,吳以寧點校:《蔡襄集》（上海:上海古籍出版社,1996年）,卷36,頁660。

（2）引用專書:

例1:屈守元:《文選導讀》（成都:巴蜀書社,1993年）,頁21。

例2:夏承燾:《唐宋詞論叢》,《夏承燾集》（杭州:浙江古籍出版社,1997年）,冊2,頁100。

例3:楊繪:《時賢本事曲子集》,唐圭璋編:《詞話叢編》（北京:中華書局,1986年）,冊1,頁10。

例4:白一平、沙加爾著,來國龍、鄭偉、王弘治譯:《上古漢語新構擬》（上海:上海教育出版社,2020年）,頁67。

（3）引用論文：

期刊論文：

例 1：張立敏：《顧嗣立卒年補考》，《文學遺産》2008 年第 2
期，頁 136。

例 2：張會會：《明代鄉賢祭祀中的"公論"：以陳亮的"罷而
復祀"爲中心》，《東北師大學報》2015 年第 2 期，頁 97。

例 3：曾永義：《皮黄腔系考述》，《臺大中文學報》第 25 期
（2006 年 12 月），頁 200。

輯刊論文：

徐安琪：《蘇軾"以詩爲詞"新探》，《詞學》第 20 輯（上海：
華東師範大學出版社，2008 年 12 月），頁 50。

論文集論文：

例 1：甘懷真：〈隋朝立國文化的形成〉，《皇權、禮儀與經典
詮釋：中國古代政治史研究》（上海：華東師範大學出版社，
2008 年），頁 207—223。

例 2：戴君仁：《春秋在群經中的地位》，《春秋三傳研究論
集》（台北：黎明文化事業公司，1982 年），頁 8。

例 3：林文月：《八十自述》，臺灣大學中國文學系主編：《林
文月先生學術成就與薪傳國際學術研討會》（臺北：臺灣大
學中國文學系，2014 年），頁 1—16。

學位論文：

例 1：黄春：《戈載詞與詞學思想研究》，（合肥：安徽大學文
學院碩士論文，2010 年），頁 78。

例 2：王前：《中古醫書語詞研究》（杭州：浙江大學人文學
院博士論文，2009 年），頁 19—20。

（4）引用報紙：

例 1：《四川會議廳暫行章程》，《四川官報》第 16 期（1910
年），頁 75。

例 2 :《上海各路商界總聯合會致外交部電》,《民國日報》1925 年 8 月 14 日, 第 4 版。

例 3 : 朱美禄:《女郎詩》,《光明日報》2018 年 3 月 30 日, 第 16 版。

（5）引用網絡文獻:

例 1 : 王明亮:《關於中國學術期刊標準化資料庫系統工程的進展》, http : //www.cajcd.cn/pub/wml.txt/980810-2.html, 2013 年 3 月 5 日訪問。

例 2 : 魏徵等撰: 平安時代九条家本《羣書治要》, http : //www. emuseum. jp/detail/100168/004? word ＝ &d_lang ＝ zh&s_lang ＝ zh&class ＝ &title ＝ &c_e ＝ &region ＝ &era ＝ &cptype ＝ &owner ＝ &pos ＝ 1&num ＝ 1&mode ＝ detail&century ＝ , 2012 年 10 月 22 日訪問。

二、外文部分

（1）引用專書

例 1 : George Lakoff, *Women*, *Fire and Dangerous Things: What categories Reveal about the mind*, 5th ed. (Chicago : University of Chicago Press, 1987), p.21.

例 2 : 荒木見悟:《明清思想史の諸相》,《中國思想史の諸相》(福岡: 中國書店, 1989 年), 頁 200。

（2）引用論文

期刊論文:

例 1 : Edward H. Schafer, " the Jade Woman of Greatest Mystery," *History of Religions*, 17(1978) : pp.387.

例 2 : 植木久行:《王勃──唐鈔本の價值》,《詩人たちの生と死》(東京: 研文出版, 2005 年), 頁 25。

論文集論文:

例 1 : Michel Strickmann, " On the Alchemy of T'ao Hung-ching，" in Holmes Welch and Anna Seidel，ed.，*Facets of Taoism: Essays in Chinese Religion*（New Haven：Yale University Press，1979），pp.124－128.

例 2：伊藤漱平：《日本における『紅楼夢』の流行——幕末から現代までの書誌的素描》，古田敬一編：《中国文学の比較文学的研究》（東京：汲古書院，1986 年），頁 370。

學位論文：

例 1：Edwin O. James，*Prehistoric Religion: A Study in Prehistoric Archaeology*（Cambridge：Harvard University Ph. D. dissertation，1957），p.20.

例 2：藤井省三：《魯迅文學の形成と日中露三國の近代化》。東京：東京大學中國文學研究所博士論文，1991 年，頁 36。

三、引用書目

（一）文末請附"引用書目"，列出該論文所徵引的文獻。請注意與文中注釋進行核對，避免"引而未列"或"列而未引"。

（二）引用書目另起新頁，首行標明"引用書目"字樣，用 18 號新細明體粗體。

（三）引用書目按需要分中文、外文等分項，又分專書、論文兩類（如某項僅有一類，則不必標註專書或論文），按作者姓名筆劃排列，不標註朝代、國別。另外，除古籍外，出版年份一律爲公元紀年。

（四）引用格式示例如下：

1. 中文部分

引用古籍：

例 1：辛棄疾：《稼軒長短句十二卷》。北京：中國國家圖書館藏，明嘉靖十五年王詔刻本。

例 2：張唐英：《蜀檮杌》，《景印文淵閣四庫全書》，冊 464。

臺北：臺灣商務印書館,1986 年。

例 3：王念孫撰,鍾宇訊點校：《廣雅疏證》,北京：中華書局,1983 年。

例 4：賈誼撰,閻振益、鍾夏校注：《新書校注》（北京：中華書局,2000 年）,卷 7,頁 262。

引用專書：

例 1：屈守元：《文選導讀》。成都：巴蜀書社,1993 年。

例 2：夏承燾：《唐宋詞論叢》,《夏承燾集》,冊 2。杭州：浙江古籍出版社,1997 年。

例 3：楊繪：《時賢本事曲子集》,唐圭璋編：《詞話叢編》,冊 1。北京：中華書局,1986 年。

例 4：白一平、沙加爾著,來國龍、鄭偉、王弘治譯：《上古漢語新構擬》。上海：上海教育出版社,2020 年。

引用論文：

期刊論文：

例 1：張立敏：《顧嗣立卒年補考》,《文學遺產》2008 年第 2 期,頁 136。

例 2：張會會：《明代鄉賢祭祀中的"公論"：以陳亮的"罷而復祀"爲中心》,《東北師大學報》2015 年第 2 期,頁 97。

例 3：曾永義：《皮黃腔系考述》,《臺大中文學報》第 25 期（2006 年 12 月）,頁 200。

輯刊論文：

徐安琪：《蘇軾"以詩爲詞"新探》,《詞學》第 20 輯。上海：華東師範大學出版社,2008 年 12 月,頁 50。

論文集論文：

例 1：甘懷真：《隋朝立國文化的形成》,《皇權、禮儀與經典詮釋：中國古代政治史研究》。上海：華東師範大學出版社,2008 年,頁 207—223。

例 2：戴君仁：《春秋在群經中的地位》，《春秋三傳研究論集》（臺北：黎明文化事業公司，1982 年），頁 8。

例 3：林文月：《八十自述》，臺灣大學中國文學系主編：《林文月先生學術成就與薪傳國際學術研討會》（臺北：臺灣大學中國文學系，2014 年），頁 1—16。

學位論文：

例 1：黃春：《戈載詞與詞學思想研究》。合肥：安徽大學文學院碩士論文，2010 年，頁 78。

例 2：王前：《中古醫書語詞研究》。杭州：浙江大學人文學院博士論文，2009 年，頁 19—20。

引用報紙：

例 1：《上海各路商界總聯合會致外交部電》，《民國日報》1925 年 8 月 14 日，第 4 版。

例 2：朱美祿：《女郎詩》，《光明日報》2018 年 3 月 30 日，第 16 版。

引用網絡文獻：

例 1：王明亮：《關於中國學術期刊標準化資料庫系統工程的進展》，http：//www. cajcd. cn/pub/wml. txt/980810-2. html，2013 年 3 月 5 日訪問。

例 2：魏徵等撰：平安時代九条家本《羣書治要》，http：//www. emuseum. jp/detail/100168/004？ word ＝ &d_lang ＝ zh&s_lang ＝ zh&class ＝ &title ＝ &c_e ＝ &region ＝ &era ＝ &cptype ＝ &owner ＝ &pos ＝ 1&num ＝ 1&mode ＝ detail&century ＝ ，2012 年 10 月 22 日訪問。

2. 外文部分

引用專書：

例 1：George Lakoff, *Women*, *Fire and Dangerous Things: What categories Reveal about the mind*, 5th ed. (Chicago：

University of Chicago Press，1987），p.21.

例2：荒木見悟：《明清思想史の諸相》，《中國思想史の諸相》（福岡：中國書店，1989 年），頁 200。

引用論文：

期刊論文：

例 1：Edward H. Schafer，"the Jade Woman of Greatest Mystery"，*History of Religions*，17(1978)：pp.387.

例2：植木久行：《王勃——唐鈔本の價值》，《詩人たちの生と死》（東京：研文出版，2005 年），頁 25。

論文集論文：

例 1：Michel Strickmann，"On the Alchemy of T'ao Hung-ching"，in Holmes Welch and Anna Seidel，ed.，*Facets of Taoism: Essays in Chinese Religion*（New Haven：Yale University Press，1979），pp.124–128.

例2：伊藤漱平：《日本における『紅楼夢』の流行——幕末から現代までの書誌的素描》，古田敬一編：《中国文学の比較文学的研究》（東京：汲古書院，1986 年），頁 370。

學位論文：

例 1：Edwin O. James，*Prehistoric Religion: A Study in Prehistoric Archaeology*（Cambridge：Harvard University Ph. D. dissertation，1957），p.20.

例2：藤井省三：《魯迅文學の形成と日中露三國の近代化》。東京：東京大學中國文學研究所博士論文，1991 年，頁 36。